2019年6月26日上午，锡林郭勒盟乌拉盖管理区在哈场隆重举行中华人民共和国成立70周年、兵团成立50周年大型庆祝活动。前排一行右六（女）为原天津女兵团知青，原乌拉盖农牧管理区党委副书记，原内蒙古农牧厅副厅长纪大才。左六为原六师兵团知青，原内蒙古农牧场管理局乌拉盖分局财务科长，原内蒙古农牧场管理局局长周惠达。

管理区党政领导和部分退休领导出席了兵团成立50周年庆祝活动。管理区党工委副书记、管委会主任领柱（左七）发表了热情洋溢的讲话。管理区党工委副书记王利军（右五）做了鼓舞人心的讲话。管理区党工委委员、宣传部部长部文兵（左一）主持大会并做了新时代继续弘扬兵团艰苦奋斗等精神的讲话。左五为管理区党工委委员、纪检委书记、监委主任呼和。管理区副主任任喜军（右四）发表讲话，表示欢迎兵团知青回归第二故乡。左四为管理区原党工委委员，原管理区党工委纪检委书记张伯友。哈场书记卫文川（左三）出席活动并讲话，原兵团知青、原乌拉盖牧场副场长张志和（右三），乌场书记杨劲松（右一），贺场书记李景良（右二），乌场场长王昶宇出席兵团成立50周年庆典活动。庆祝活动获得圆满成功。

前排左二为原六师五十一团天津兵团知青代表刘凤岐。最前面发言者为原兵团六师五十一团原八连唐山知青赵玉成，代表回归第二故乡的广大兵团知青发言，继续弘扬兵团精神，为新时代实现好中国梦继续努力奋斗！

庆祝兵团成立50周年大型活动在管理区党工委、管委会及党工委宣传部及三场全力配合下举办，大批北京、天津、呼市、唐山、河北等地的兵团知青重返第二故乡参加庆祝活动。2019年8月26日上午，管理区在哈场庆祝兵团成立50周年活动开幕式后，演出了丰富多彩的文艺节目，参观了兵团文化长廊、九曲湾天边草原等，广大原兵团知青们流连忘返。乌拉盖文学会也到庆祝现场开展了文学采风活动。

锡林郭勒盟乌拉盖文学会2019年第四期文学创作培训班于2019年7月23日在管理区隆重举行。内蒙古诗词协会副会长、著名诗人田学臣（左三）、内蒙古文联原副主席、国家一级作家荣毅（左四）分别为管理区文学会员和周边旗县市作家近60人授课，广大文学会员受益匪浅。

管理区党工委委员、宣传部部长部文兵（左二）在文学创作培训班上发表热情洋溢的讲话。管理区党工委宣传部副部长、文明办主任姚迪（左一）致辞。她对新时代的文学创作提出了具体要求，对管理区文学会近年来所取得的工作成绩给予了充分的肯定和赞许。右三为内蒙古作家协会会员、锡林郭勒盟乌拉盖文学会会长叶振亚。培训会由叶振亚主持并讲话。他热烈欢迎两位著名作家来乌拉盖为文学会会员和作家们开展精彩的文学讲座，希望广大文学会会员接地气、传递正能量、歌颂真善美，多出作品、多出精品。

2019 年 7 月 23 日乌拉盖文学会专题文学讲座开班前，内蒙古诗词协会副会长、著名诗人田学臣为获得散文、文学评论一等奖的作者颁奖。散文《远在天边》的作者郜文兵（右一）获得一等奖，此文发表在《草原》2018 年第 9 期。文学评论《新时代乌兰牧骑精神唱响草原唱响中国大地》的作者叶振亚（左一）荣获一等奖，此文发表在《文艺论坛》、2018 年第 8 期《草原》上。

刘孝英的小说、李海波的散文、关荣荣的诗歌均获 2018 年度文学创作二等奖。（右一为关荣荣，中为李海波）

颁奖者为内蒙古文联原副主席、国家一级作家荣毅。

李海波的散文《风情万种九曲湾》发表在《草原》2018 年第 9 期。关荣荣的诗歌《听雪》《花开在眼前》《其实我很在乎你》发表在《草原》2018 年第 9 期。刘孝英的小说《永远割舍不掉的情怀》发表在《天边草原文学》2018 年第 1 期。

原锡林郭勒盟委领导、内蒙古诗词协会副会长、著名诗人田学臣（左一）应约为乌拉盖文学会会员和周边旗县市的作家和文学爱好者们讲授诗歌创作专题。

内蒙古文联原副主席、国家一级作家荣毅为乌拉盖文学会会员和周边旗县市的作家和文学爱好者们讲授小说创作专题。

2019 年 6 月 25 日上午，锡林郭勒盟乌拉盖文学会在兵团六师成立 50 周年庆典时，乌拉盖文学会深入哈场兵团六师五十一团开展文学创作专题讲座活动。

主席台左一为内蒙古作家协会会员、锡林郭勒盟乌拉盖文学会会长叶振亚。

主席台左二为霍林郭勒市文联作家协会副主席兼秘书长，乌拉盖文学会会员卢国强。

2019 年 6 月 25 日下午，锡林郭勒盟乌拉盖文学会在兵团六师成立 50 周年庆典时，乌拉盖文学会深入哈场兵团六师五十一团开展文学创作采风活动。

2019年6月25日上午，锡林郭勒盟乌拉盖文学会在兵团六师成立50周年庆典时，乌拉盖文学会深入哈场兵团六师五十一团开展文学创作专题讲座活动。在兵团庆祝广场上乌拉盖文学会会长叶振亚(右一)和管理区文学会会员于凤霞(左一)合影留念。(叶振亚是原兵团六师五十一团八连的兵团知青；于凤霞是原兵团六师五十一团九连的兵团知青)

管理区史志办编辑出版的《岁月如歌》讲述乌拉盖自己的故事一、二册，在兵团成立50周年庆祝活动之际，开展作者与读者见面会暨签名赠书活动。

在兵团成立50周年庆祝活动现场，管理区开展作者与读者见面会暨签名赠书活动时，管理区史志办领导特约乌拉盖文学会会长叶振亚参加活动。左一为叶振亚，中间是管理区史志办主任苗德雨，右一为管理区史志办副主任焦旭辉。

2019年8月17日，内蒙古作家协会会员、锡林郭勒盟文艺评论家协会副主席、锡林郭勒盟乌拉盖管理区文学会会长叶振亚和乌拉盖文学理事李海波、文学理事刘洁应《西部散文》组委会邀请参加了《西部散文选刊》(原创版)2018年度优秀散文颁奖典礼暨新时代散文创作高峰论坛。

二排左四为叶振亚，前排左二为刘洁，后排左五为李海波。此照片为参会代表合影。

2020年7月27日，锡林郭勒盟乌拉盖管理区文学会举办文学创作培训班。乌拉盖管理区文学会会长、主编叶振亚（右一）致欢迎词。中国作家协会会员、内蒙古文联诗歌编审、著名诗歌作家刺勒川（右二）主讲了诗歌的写作方法。乌拉盖管理区党工委宣传部副部长李立功（右三）做了“文学艺术以人民为中心”“积极反映正能量，歌颂真善美”等重要讲话。内蒙古出版集团创新中心主任、著名作家周承英（右四）主讲小说的创作方法。霍林郭勒市作家协会副主席、乌拉盖管理区文学会会员卢国强（右五）。左一为乌拉盖管理区党工委宣传部副部长、文明办主任姚迪。

锡林郭勒盟乌拉盖管理区九曲湾文学创作采风活动集体合影。右一为中国作家协会会员、内蒙古文联诗歌编辑、著名诗歌作家刺勒川，右二为锡林郭勒盟乌拉盖管理区文学会会长、主编叶振亚，右三为内蒙古出版集团创新中心主任周承英，右四为乌拉盖管理区文学会文学理事刘洁，左一为乌拉盖管理区文学会会员曲玉梅，下右一为乌拉盖管理区文学会会员关荣荣，下左一为乌拉盖管理区文学会会员刘艳霞。

天边草原文学作品集

叶振亚　主编【上】

远方出版社

图书在版编目（CIP）数据

天边草原文学作品集 / 叶振亚主编. -- 呼和浩特 ：远方出版社，2019. 10

ISBN 978-7-5555-1340-7

Ⅰ. ①天… Ⅱ. ①叶… Ⅲ. ①中国文学－当代文学－作品综合集 Ⅳ. ① I217. 1

中国版本图书馆 CIP 数据核字（2019）第 221230 号

天边草原文学作品集

TIANBIAN CAOYUAN WENXUE ZUOPIN JI

主　　编	叶振亚
责任编辑	蔺　洁
责任校对	蔺　洁
装帧设计	韩　芳
出版发行	远方出版社
社　　址	呼和浩特市乌兰察布东路 666 号　邮编 010010
电　　话	（0471）2236473 总编室　2236460 发行部
经　　销	新华书店
印　　刷	内蒙古爱信达教育印务有限责任公司
开　　本	170mm × 240mm　1/16
字　　数	1232 千
印　　张	75.5
插　　页	8
版　　次	2019 年 10 月第 1 版
印　　次	2020 年 10 月第 1 次印刷
印　　数	1—1 000 册
标准书号	ISBN 978-7-5555-1340-7
定　　价	248.00 元（全 3 册）

序　言

“天边大草原，纯美乌拉盖”享誉国内外，乌拉盖草原拥有丰富而独特的文学艺术资源。这里有传统的民族文化，有农垦精神、兵团文化，更有改革开放以来经济、社会、生态和民生的喜人变化。

乌拉盖草原景色如诗如画。风起的时候，感受“风吹草低见牛羊”的诗韵；花开的日子，徜徉五彩斑斓的花海；雪飘的季节，眺望银装素裹的北国风光！目光所及之处，风景伴着牧歌在广袤的草原上肆意播放。这里的草原，美得磅礴大气，让人叹服；这里的草原，美得精湛细腻，使人沉醉。抬手抚白云，放眼到天边，置身于此才真正感受到天苍苍、野茫茫。

乌拉盖草原民族风情浓郁。乌拉盖传统民俗固腊卜赛汗敖包祭祀和草原那达慕，每年都吸引着大批虔诚者和游客前来祈福祝愿。狼图腾的神奇传说，让乌拉盖草原成为苍狼秘境。蒙古族的歌舞、服饰，蒙古族的毡包和勒勒车，蒙古族醇香的奶茶、传统的奶食品、醇厚的马奶酒，都诱唤着人们对乌拉盖草原由衷的神往。

乌拉盖草原兵团文化内涵丰富。走在乌拉盖兵团小镇，时光仿佛又回到了那个激情燃烧的岁月。当年的知青和兵团战士在这片土地上艰苦创业、建设家园，把旷野荒原变成了绿色家园。时间老人从我们身边匆匆走过，许多人、许多事，都成了历史，成了回忆，也为我们留下了独特的兵团文化。迈进新时代，勤劳质朴的乌拉盖人豪情满怀、继往开来，将兵团精神薪火相传、发扬光大，把文化旅游业作为高质量发展的新引擎，积极推动红色文化、民俗文化、生态文化融合发展，特别是推动红色人文旅游资源与绿色旅游产业结合，满足人们“回归自然、崇尚文化”的旅游需求，使美丽与发展双赢、生态和民生相协。

乌拉盖管理区党工委、管委会在党的十九大精神的指引下，认真贯彻落实中央、自治区、盟指示精神，结合实际，真抓实干，使乌拉盖草原的政治、经济、文化、生态、民生等得到了空前的发展！

深厚历史积淀和新时代伟大成就互相融合，幻化出魅力无限的文化底蕴。“文章合为时而著，诗歌合为事而作。”广大文学艺术工作者对之发掘提炼，创作出了无愧于时代、无愧于人民的优秀作品。

在新中国成立70周年、改革开放40周年之际，管理区文学会在自治区文联和盟文联的指导下，在管理区党工委、管委会及党工委宣传部大力支持下，编辑出版了《天边草原文学作品集》。这套《天边草原文学作品集》以党的十九大精神和习近平新时代文艺思想为指导，真实地反映了十八大以来乌拉盖地区所发生的巨大变化，表现了乌拉盖地区干部群众积极向上的精神风貌，歌颂了天边草原的美丽富饶，弘扬了正能量，弘扬了社会主义核心价值观。同时也反映出广大文学会员和作者们扎根生活沃土、书写人民心声，为辽阔壮美的乌拉盖草原歌唱、为团结奋斗的乌拉盖各族人民礼赞、为感人肺腑的乌拉盖故事点赞的责任担当与精神追求。这套文学作品必将对繁荣发展乌拉盖地区的社会主义文学艺术起到积极的推动作用。

乌拉盖地区历史悠久，美丽富饶，进入新时代以来更是百业齐举，欣欣向荣，各族人民谱写出团结奋斗、共同进步、守望相助、情同手足的动人篇章。用文学作品来描绘乌拉盖草原的发展、繁荣、进步是文学工作者义不容辞的责任。管理区文学会的会员们和广大文学爱好者要学思践悟习近平新时代文艺思想，用文学积极反映新时代，努力使笔下的文字成为书写新时代火热生活的动人乐章，为不断满足人民日益增长的美好生活需求做出新贡献。

愿乌拉盖文学如天边草原上漫山遍野的美丽山丹花一样火红耀眼，飘香万里！

（孙振江　锡林郭勒盟乌拉盖管理区党工委书记；领柱　锡林郭勒盟乌拉盖管理区党工委副书记、管委会主任）

目　录

上册

小　说

报告文学

文学评论

思想论坛

中册

散 文

凡人善举

下册

诗　歌

小 说

意 遁

岁 月

世上的许多事情都是如此，一成不变的生活形成许多凝固的观点。而当一切发生了改变，从前的真理瞬间成为指间的流沙。对陈咎而言，这种时候往往选择逃遁。在他看来，时间是逃遁的唯一理由，也是他逃遁的最佳方式。

一

从酒店回来，陈咎很不舒服。

他从来没有感到像今天这样荒唐。面对当年自己教的这些孩子们，自己竟然会变得拘谨、忐忑和纠结。这些是他当年教的学生吗？席间，同学们的放诞和戏谑与他的庄重、矜持形成鲜明对比。他甚至觉得学生是在有意无视自己的存在，嘲弄自己的庄严。

十几年前，他离开了那所学校，带着对这些孩子们的理解与了解。那一刻，他如释重负。如果不是因为一次偶然的回顾，也许他并不知道世界已经发生了太多的改变。然而，这样的改变多少让陈咎感到有些猝不及防。

现实并不因为他内心的顽拒而停步不前。

没有改变的是这座小城的面貌。十几年过去了，这里似乎还是当年的样子。铅华是镶在表面的，道路两旁新近矗立起来的高楼似乎在着力掩饰着什么，虚假地交错掩映。走过用绿色网罩遮挡的脚手架的街面，那些小胡同依旧狭窄，依旧拥挤。每一扇大门旁边都堆放着一些垃圾，在夏天的空气里嘤嗡有声。这是深植在这个小镇骨子里的东西，是一种标识，是属性。那时，陈昝刚刚从一所师范类学校毕业，经过漫长的等待，终于被分配到家乡县城一所中学任教。他对这所学校的印象并不好，从他第一天到学校报到起，从他面对校长阴沉沉的脸色起。他向校长胆怯地伸出了手，校长从容不迫，视而不见，并不表示对他的欢迎。这无疑严重打击了陈昝的自信心和上进心。那个时候，校长在座椅前的踱步也给他留下深刻印象。校长略一停顿的刹那仿佛在自言自语："学校现在还人浮于事，教育局这帮官老爷，也不问问咱们学校的实际。"好在校长也并不就势赶他出来，而是认真地盯着他看了一会儿，"你先到学校的图书馆锻炼锻炼吧。"正好学校图书管理员有事请了假。学校把一间阅览室腾开给他做了宿舍。学校没有食堂，他被安排到教育局食堂吃饭，而到那里就需要穿过这样的两条胡同，每天四次，周而复始。

如今教育局已经搬迁，教育局食堂早已没有了踪迹。一段残垣背后隐隐有一处简易棚舍，依稀有一两个民工在阴凉处小憩。这样的场景既让他心生期冀，又使他有一丝感慨。期冀的是这里一派建设景象，不久的将来应该会有一些改变吧。感慨的则是物是人非，也不尽然，物亦已非了。

转过这个街角就是姑姑他们的住处了。姑姑是父亲唯一的妹妹，当年他从山东移民过来参加高考，就是先把户口落在姑姑家的户口本里。而他毕业后也就顺理成章地回到了这座小小县城。在学校，他待了将近六年，而这六年他从一个充满希望的、朝气蓬勃的有为青年完成了颓废的变迁。他酗酒、和同事争吵、与领导闹意见，甚至大打出手。不得已老父亲找遍了各种关系才把陈昝调回了山东老家。

这是他离开这里十几年以后第一次回来，他没有告诉这里的任何人，也不需要告诉任何人，他是奉了父亲的指示，专门来看望年迈的姑姑的。他也很少出门走动。他清楚地知道，这里的大多数人并不认识他。他想安静地待几天，陪着姑姑叙叙旧，然后走掉。但是，改变就在这一刻发生了。

街角处是一个小市场，由于是中午刚过，生意并不兴隆，因而显得有些萧条。午后的阳光十分耀眼，一排排的遮阳伞下挤满了卖各种蔬菜、水果的摊位，有几个摊位的主人聚在一起打扑克，脸上沾满了纸条，另有三两个人跟着起哄；有的则干脆用一顶草帽遮住半张脸，躺在放蔬菜的货架下午休；有的抓紧时间用喷壶给水果上喷水；还有的是让未成年的孩子看着摊位，自己早已不见了踪影。

这时，一个摊位前对话的声音吸引了他。那是一对男女，女人看来是货摊的主人，不到四十岁模样，阳光下脸有些发黑，但轮廓俊俏，胡乱扎起的头发像一个笊篱倒扣在头顶上。她正拿着一把香蕉递给对面的男人。对面的男的手里提着几个大包，里面装满了各种蔬菜、水果、熟食，一边接香蕉一边说：“二蛋现在咋样，还行不？咱们同学也帮不上个甚忙，有甚事千万别客气。白天顾不上，我晚上去。”男的说着狡黠地笑了笑，提着东西转身向路对面的一辆面包车走去。女的伸手拿起一颗橘子隔着货架向着男子扔了过去，一边嗔道：“去你娘的，不怕你老婆骗了你？”然后两个人都哈哈大笑起来。

陈砻忽然有一丝恍惚。这两个人似曾相识，特别是声音，如此熟悉，一时间却想不起来。他明显感到一丝光亮正穿过一道大门逶迤而来，他想逃避，却不自主地睁开了双眼；他想对视，却又分明感到迷离。在满眼金色的尘霾之中，一束光线直射过来，穿透尘霾，四散开来。他知道，这是他的学生。短暂的空白之后，他现在甚至清楚地知道他们是谁。只要他现在一张口，就能准确地叫出他们的名字，说出他们住在哪儿，家里有几个姊妹兄弟。

是的，陈砻对他们太熟悉了。那是他的学生，周晓丽和白锦华。

二

此刻，一张桌子上的八个人中，就有白锦华和周晓丽，当然还有他们的班长刘刚。说起刘刚，学习不太突出，社会交往倒是挺广，经常和校外的一些人有来往，是同学们当中的及时雨。谁有什么困难和问题都会找他帮忙解决。

刘刚本人也非常热心，乐善好施，急公好义，在同学当中颇有人缘，也因此成为班委成员之一。据说他的姐姐是个开发商，这几年随着城市扩容，处处搞开发，发展得很好，在这座县城里名头极是响亮，手下有商贸、餐饮、建筑建材等几个分公司，资产号称上亿。刘刚高中没毕业就跟着姐姐跑，现在独立负责一个酒店的业务，同学们都称呼他刘总。面前的桌子就坐落在刘刚酒店的某间包房内，而出了房间的门，外面是一片通过各种几何图形连接在一起的气势恢宏的建筑。自然这一顿宴席出自刘总的手笔。

看上去刘总并不算现在典型的成功男士。陈明一直认为成功男士的长相都是相近的，比如短而直立的头发，堆累而又线条柔和的颈项，阔大而丰满的脸面，微挺的肚子，等等。除了肚子以外，刘刚似乎应该算是一个儒商。他戴眼镜，留分头，脸面俏丽而略显瘦削，举止文质彬彬。

事实上，当看到刘刚第一眼时，陈明大感意外，意外于时光对一位成功男人如此多情。刘刚夸张地和老师拥抱在一起，很有力度地拍着他的后背说没想到会见到老师，“你回来咋不早告诉我们，听说你现在当官了，是不是当了官就不理我们了？难怪我这几天心里总是呼呼撩撩的，原来是要见到老师了，紧张的。”还说这么多年不见，都让人想死了。陈明好几次想张口辩解都被刘刚密集的话语给堵了回去。说着话，刘刚把他请到这座酒店二楼的一间办公室，招呼服务员倒茶。陈明坐在沙发上环顾一周，见办公室陈设简单大方，一桌一椅一床一书柜。难得的是书柜里也不像大多数老板码的满满的经典著作，倒有大半地方空置。床头上方挂一幅字“得大自在”。陈明由衷赞道：“不简单呀，刘刚，你这个老板很有内涵呀。”

刘刚笑一笑，说：“老师，那你说呢，不看我是谁的学生？”边说边拿起案上的电话，说：“王老师你到了吗？陈老师已经在我这里了，你来了直接先到我办公室来吧，我们在这儿聊会儿天。”

王老师全名王军，年龄较陈明为长，当初和陈明搭班。陈明教的是语文，兼二班班主任，王军教数学，兼一班班主任。前些年王老师到了退休年龄，经人介绍到临近河北的一所学校代课。可就是在这个当儿，老伴儿得了乳腺癌，一来二去，家当花光了，老伴儿也没能留住，他也再没心情去代课了。刘刚看王老师形只影单，就把它推荐到姐姐那里去管联络，相当于办公室主任。不过，今天王老师来这里更多的是作为陪客出现。

三

陈昝工作以后的第三年，一位高中年级女语文老师请假生小孩。单位里几个交好的同事提醒他说：“陈昝你可以成就你的事业了，这是一个难得的机会，你该活动活动了。不然你总是这么打杂，那不就废了吗！作为一位老师，没有带过自己的班级，不能从事自己的专业，哪还有什么前途。”这是一次机会，同事们的话使他受到了鼓舞，但一想到校长阴鸷的脸，他还是有些颓丧，动力不足。这几年他也找过校长，希望能当一位真正的老师，站在三尺讲台上，传道授业解惑。每一次站在校长办公室里，他都像心里有鬼，手足无措，说话磕磕巴巴的，弄到最后校长对着他连连挥手，“行了行了，年轻人慢慢来，好吧，你得好好锻炼。教书是什么，你懂吗？”尽管如此，在这三年之中，陈昝还是抓住过一些机会登上了讲台，他讲过初中历史、初中地理，偶尔也替其他老师代过几次语文。

中午吃饭的时候，他喝了一瓶啤酒，这显然给他壮了些胆气。下午一上班，他找到校长，表达了自己想要替补出场的伟大抱负，并且逐条陈述了他作为不二人选的理由。他逻辑清楚，思维敏捷，口齿伶俐，滔滔不绝。他还从来没有像今天这样，理直气壮，举止得体过。陈昝在心底里暗暗吃了一惊，不知是为他自己的镇定从容，还是惊诧于一瓶啤酒的威力。面对他的一番表白，校长一反常态，对他的表现给予赞扬和肯定。校长拍着他的肩膀说：“好啊，年轻人，有魄力，有追求。不过这还需要教务处研究研究，高中很关键呀，你准备好了吗？”受高人指点，这天晚上，他特意买了两瓶四特酒到校长家里造访，并与校长进行了深入交流。一周以后，他如愿以偿地被安排担任高中语文的教学工作，并且带班主任。而他们正是那时他班上的学生。

这是一个良好的开始。他为此激动、兴奋。为了给孩子们留下深刻印象，他做足了功课。开学前两天，他拿到了班级学生的档案，这里的每一个孩子都将成为他的学生，他要熟悉他们，包括他们的相貌、姓名、学习成绩、毕业学校，甚至家庭住址、家庭成员等。他甚至希望能在短短的两天时间里通过一纸档案与孩子们成为十分熟稔的朋友。他设想这样一个场景，孩子们前来报到的时候，他就像老朋友一样，不仅可以当场叫出他们的名字，而且还能偶尔问及某位同学父母的情况。看着孩子们一个个面露惊讶，多美好呀。憧憬、满足和神圣感鼓舞着我们的主人公在未来的路上奋勇前行。

但实际情况并非如此。经过一个假期，许多孩子的长相已经发生了巨大的变化，有的和档案上的照片简直判若两人。而他提前做的功课大都不在点上，这一科的成绩就可想而知了。他不得不像其他教师一样反复询问每一个前来报到的同学的具体情况，零星的几个名字似乎激起他一点儿记忆，他想顺便问候一下这位同学家里的情况，结果却搞得张冠李戴。好在这一情况客观上活跃了气氛，大家毫无掩饰、毫不拘谨，肆意而笑，小小的办公室因此而有节律地膨胀收缩起来，以致旁边办公室的一位老师不得不出来制止。

陈砻和他的学生们的生活就在这笑声里开始了。

她那时十六岁，风华正茂。

她是开学的第二个星期来报到的。

再过两天她如果还不来报道，就意味着自动放弃，他的班里就可以重新招录一名学生，而语文教研组的李老师早就和他打了招呼，说本家乡下的亲戚想转到这里就读。教务处正催着他赶快把学生报到情况报上去进行汇总。他想，反正她不会来了，正好把李老师的事办了，岂不两全其美。陈砻拿了学生报到的花名册，带着他那如意算盘站起身来，对着衣服架旁边的那面镜子捋了捋头发，扶了扶眼镜。

就在这个时候，他看到从镜子的深处走过来一个女孩，长得蛮漂亮，眉清目秀，一头乌发飞瀑一般，身着一套修身的淡米黄色西服，显得格外飒爽。再细看，女孩粉红色的内衣隐约可见。“哪位是陈老师？”女孩大大咧咧地开口问道。

“什么事？”陈砻以问代答。

“报到。”

“哗啦”，他听到了，那是他的如意算盘摔落的声音。这个孩子叫周晓丽，住在城郊，中考成绩很一般。这个孩子的衣着和举止让他难以接受。再看小女孩两手插兜，走路摇摇晃晃的样子，俨然就是混迹街头的一个小痞子。这个印象很长时间里影响着他对周晓丽的判断。

他没问周晓丽为什么来晚了，因为并没有到达最后的期限。他只告诉周晓丽明天七点钟到校，不准穿西服，不准走路摇摇晃晃的，也不准——他指了指周晓丽——把内衣露出来，不管是不是间接露出来的。周晓丽看了看他，脸一下红了。而他抽了抽鼻子，叹了口气。

第二天，周晓丽来得很准时，早晨七点整步入教室，穿着一身淡蓝色运动服。嗯，很好。他昨天的失败感一扫而空，取而代之的是成就感。

也许，这就是当老师的感觉，他想。

四

周晓丽念书时候成绩一直不怎么样，尽管有那么一段时间她显得很努力。因为长得漂亮，念书的时候她的前后左右总围着不少小男孩，于是关于她的各种风言风语漫天而来，传得沸沸扬扬。陈昝刚刚带班，哪里处理得了这些，不能不说，又不能滥说，弄得他焦头烂额，手足无措。因为周晓丽，本校高三年级的几个小男生和校外小青年打了起来，陈昝竟然亲率本班弟子手提扫帚、板凳来了个全民动员。一时间师生一片哗然。陈昝为此背了处分，但赢得了部分学生的好评。从陈昝内心来说，他很喜欢周晓丽这个孩子。她本质不赖，人很善良，特别是听他的话。谁知道呢，也许是树欲静而风不止。陈昝苦口婆心的说教只能平静一段时间，过后就又回归老样子了。平心而论，陈昝在周晓丽身上是下过功夫的。有一次期末考试，周晓丽因为打小抄被监考老师没收了试卷，而她却和监考老师争抢起来，结果羽绒服被撕扯烂了，羽毛飞了一地。陈昝当场就和那位监考老师吵了起来，最后弄到教务处，被当作袒护学生作弊的典型在大会上做了深刻检讨。高三那年分科，陈昝带的班级因为人数少，成绩总水平太差被兼并到其他三个班里。周晓丽也决定不上学了。听到这样的消息，陈昝还专程到周晓丽的家里做了家访，他担心这个孩子在这个年纪到了社会上被毁了。

我们总是愿意高估自己，总是愿意把自己的意志强加于人。谁又知道我们实施的这种可笑的教育究竟是在育人还是在害人呢？当高考不再是就业的敲门砖时，那些几代人为之孜孜以求的国民教育会被后人以怎样的方式解读呢？我们把教条背得滚瓜烂熟，愚昧了自己的心灵，还希冀以此去说服他人，何其荒谬也哉。

当然，这位女生没能考上大学，后来嫁给了一个长途汽车司机。那几年，跑长途很赚钱，长途司机风光无限啊。小伙子年轻力壮，有资本，有追求，在众多竞争者中脱颖而出，最终占得花魁。婚后，司机继续手握方向盘天南地北地跑，周晓丽在家里支应了一个小卖店，生活倒也安逸。谁知，天有不测风云，也许上天嫉妒他走的路太远了吧，五年前的一场车祸把小伙子的两条腿拿走了。他现在只能坐在轮椅里，再想远离这座小县城都成了一个遥远的梦，而且只能被白锦华称呼为二蛋。闻之令人唏嘘叹惋。

五

时光流水一样过去。河流时而平静，时而波翻浪涌。陈昝和班级里的学生成了很要好的朋友。他了解这些孩子。他关心他们，爱他们，像熟悉自己的睡眠一样熟悉他们。他知道宋东海关心集体，有责任感；赵梅人机灵，爱文艺；林岫长相可爱，聪明灵巧；白锦华为人诚恳、实在，等等。

白锦华读书的时候作文写得不错，经常在年级学刊上面写点儿东西，算是一个文艺青年。但那又能怎样呢，高考不是选秀，一门精远远不够，必须各门功课都好才可能挤过独木桥。陈昝对他的印象可谓深刻，也经常教导他要有上进心。可往往地，一个人一旦喜欢上了文学，就会以文学的名义藐视一切，甚至无视根基。白锦华也不例外。他在自己的内心中编织出来的一条美轮美奂的道路上前行，距离现实却是越来越远。

“你的理想是什么，你清楚吗？”陈昝问他。

“当然是当一个用笔做枪的文人。”他答。

“那你就应该脚踏实地，把基础打好。”

“同意，但不是以高考的方式。”

现在，白锦华如愿以偿地不用去高考了。由于家境贫寒，读到高二的时候白锦华就辍学了。真是生活处处都有辩证法，上帝关上了门就必然会打开一扇窗。白锦华的浪漫主义在他的生活里找到了最好的诠释。他的一个舅舅在省城当兵，把他也弄去当了兵。转业后，他被安置在镇政府科技服务站，算有了工作。哪料到这机关害死人，平时上班没啥事，他学会了喝酒抽烟打麻将，日子就这么一天天混下去了，好好一个孩子不思进取，玩物丧志。结果前几年搞机构改革，要竞争上岗，一考被考了下来。一起下来的几十个人天天上访，今天去旗里，明天去市里，最后反映到了北京。动静整大了，上级责成地方妥善解决，确保社会稳定，县里最后给出一个似是而非的处理结果，给他们发百分之七十的工资，人不用上班。这一次，诠释他的浪漫主义情怀和打开一扇窗子的是及时雨刘刚。

看他年轻轻的没得干，每天待在家里不是个办法，刘刚安排他到饭店当了个副总，总理后厨一应事宜。这多少算得上是量才而用，因为白锦华当兵时在炊事班。

客观地说，白锦华仍然保留着自己的诗意和浪漫。岁月的曲曲折折给予他的不只是挫败感，更多的馈赠应该是丰富的生活的感悟。他在买菜的当口不是还没忘记夜以继日地去帮助需要帮助的人吗?

六

和王老师一同到来的还有三位女性。其中一位是刘刚的爱人。这是一个旧时代赋闲贵夫人的翻版，一袭旗袍隐约动人，如果拍一张照片大家就会理解此刻陈咎的想法。那一定是一张旧上海滩海报上的美女，从形象到气质，从装扮到举止。而她自称是一位喜欢诗的人，以前写过不少诗歌小品，都在一些知名刊物上发表了，希望能得到陈老师的真传。另外两位是和刘刚同届的其他班的同学，和刘刚的爱人是好朋友。陈咎觉得似乎认识，但又不确切。两位女生很热情地握了陈咎的手，说听过老师的课，受益匪浅。并且她们也都表示是文艺发烧友，希望陈老师不吝赐教，多加指点。

陈咎不置可否，很诚恳地笑一笑算是回应。

白锦华打电话说现在可以入席了。于是他们一行向餐厅进发。

七

酒桌上的气氛异常热烈。

陈咎预想的种种客套没有出现。刘刚响亮地致了开场词，欢迎陈老师回来，一两多的杯子每人干了一杯。紧接着王军老师发言，不外乎经年未见，渴慕之情日炽云云。大家一一附和，再满饮一杯。

陈咎知道今晚断难全身而退。此刻，这场盛大的宴席再不是学生和他这个经年未见的老师的欢聚，倒更像是学生们给他摆的一出鸿门宴。他努力清理了一下思绪，之前做出的“作战方案”全然派不上用场。以他多年来在酒场上打拼的资历，他当然不会惧怕这些后生晚辈。“射人先射马，擒贼先擒王。”他故意把身体向身边的组织者刘刚歪了歪。刘刚忙伸手扶住他，“老师，没事吧？”“没事。”他又把身体坐直，捋了捋逐年减少且变得斑白的头发，“我想提一杯酒。”

刘刚很响地拍了几下手，示意大家安静。

“现在让老师给我们讲几句，大家欢迎。”

有掌声，清脆稀落。

陈咎清了清喉咙，“感谢同学们的盛情。十几年了，第一次和大家聚在一起，我很激动。作为你们的班主任，我一直以为，对于同学们我是有愧的。由于我的无能，致使我们班到了高三分科的时候被其他班级吞并，落了个有始无终的下场。我对不起大家，这一杯，向大家道歉了。”说完，陈咎将满满一杯酒一饮而尽。同学们也跟着纷纷举杯。

“第二杯，感谢同学们的盛情。我曾经以为我们的友谊会因为年龄的差距、师生角色的差异而只是附着在墙壁上的装饰，经不起时间的冲洗。但今天我确实感觉到了我们的友情真实、持久。这一杯我感谢大家。”

说完陈咎毫无征兆地又一饮而尽。大家纷纷举杯。

“第三杯。我今天看到大家每一个人都活出了精彩。尽管你们现在从事的事业各不相同，承担的社会角色也不一样，甚至生活的境遇也大相径庭，但大家都没有偏离生活的本真，都牢牢地把握住了生活的准心，在各自的轨迹上描绘出了令人赏心悦目的画图。我衷心祝愿大家今后的生活更加辉煌，干，干，干。”

三杯下肚，大家的情绪迅速高涨起来。

白锦华端起了杯。

周晓丽端起了杯。

刘刚的爱人端起了杯。

在场的每一个人都端起了杯。

接着又进来几个歌手献唱，合起来敬酒，一个个敬酒。

大家回忆过去，怀念过去的一切，逃课、搞对象、考试作弊、互相陷害、彼此帮助，等等。开始时围绕着陈咎，能想起来的陈咎会积极配合，查漏补缺，极力使故事丰满起来；有时陈咎还帮着纠偏，说这个事当时不是那么回事，实际情况是那样。后来这种引起争议的情节多起来，陈咎知道已经不需要再纠偏了。事情过去了那么多年，已经无从稽考，随它去吧。于是，在大家的回忆中，当时生活的点点滴滴，循着彼此的愿望，相互映衬、彼此参考，以另外一种形态活跃起来，并且成为唯一真实的存在植根于每一个人的内心。

大家其乐融融，心照不宣，于是共饮一杯。

再往后或是两两捉对，彼此互诉对饮，或是组团出击，一对多，多对一，词出不穷。男同学以喝为主，女学生倒是聊得热火朝天。表面上没有大规模作战，其实暗流涌动，并不平静。一会儿，几个女同学要共同和两位老师喝一杯，陈咎劝道：“女孩子，少喝为妙。”立马遭到群起而攻。周晓丽直接说：“老师你把我们当成是淑女啦。”

酒进行得差不多了，刘刚提议，“王老师，你把大家的电话都记上，咱们明天把在这里的同学都找来，搞一个大型聚会，做一个通讯录。”于是互留电话，大家你打过来我打过去地存电话。之后又有人提议：“咱们去唱会儿歌吧。”大家都说好，于是这一场匆匆结束，却并不凌乱，大家整装束甲，又赶往下一个地点。

唱歌喝啤酒，饶是陈咎久经战阵，也有些力不从心。

歌声持续到深夜十一点多才算真的结束了。

刘刚说：“老师，你在我这里住吧，条件还不错。”陈咎说不行，得回姑姑那里去，这是他的使命，违不得。刘刚说：“那我找司机送老师回去。”陈咎说：“不要送了，我正好走走路，醒醒酒，免得这样回去让老人担心。”刘刚表示完全尊重老师的意见，于是放陈咎独行。

八

转过街角就是姑姑家。陈咎在街角的一个台阶上坐下来，点燃一支烟，轻啜数口，慢慢地吐出烟圈。烟圈在昏黄的灯光下袅袅升腾。他再一次被一种莫名的情绪击中。这就是他当年的学生，他们的生活与他当年的教育有关系吗？明天还可能见到更多的学生，那些曾经的存在能逃得了吗？

他熄灭了烟头，迈步走向姑姑家的楼梯，张大口哈了几口气，用手遮在鼻子前嗅了一嗅，然后甩了甩手，像是要把什么甩出去。

然后，他伸手摁下姑姑家的门铃……

汗水之花

叶振亚

这是一个孝顺父母天降福，汗水之花蕾尽情绽放的美好动人故事，是一曲人生的美好赞歌。

在一个宁静的夜晚，明月当空。清华大学图书馆里灯火通明，一个角落里，一对男女青年学生已本科毕业了。二人志同道合，有着美好的共同理想。为了考研，他们正认真查阅一堆复习资料，晚上10点多了，还在孜孜不倦地翻阅着各种考研资料。男的身材高大，英俊潇洒，名字叫锡林巴，特是位蒙古族青年，27岁，成绩优异，是清华大学物理学专业毕业的高才生，获得了学士证书。女的貌美如花，叫李红，在26岁，专业成绩同这位蒙古族青年不相上下，由于同班，所学专业一样。两个人都在紧张地复习考研，这一段时间几乎形影不离，互相有了好感。

这天花好月圆，他们双双以优异的成绩被清华大学物理课题科技前沿录取为研究生，此时此刻二人兴高采烈地谈论着理想、学业、事业、人生、爱情等，好不惬意。

冬去春来，他们二人在清华大学具有国际水准的大师的指导下，成绩直线上升，大有比翼双飞之感。

天有不测风云，锡林巴特这天突然接到一封家里发来的加急电报，说从事城市环卫工作的老父亲病危。锡林巴特只得火速赶回家中，不料回家后的第二天父亲就安详地躺在儿子锡林的怀里，永远地离开了人世。父亲走后，靠打工挣钱的老母亲着急上火，得了重病，卧床不起，锡林巴特只得和亲朋好友借债给母亲看病。母亲病情大为好转，可是锡林却因债台高筑，被迫退出研究生学业。他的研究生同窗女友李红家庭条件好，想全力支持他完成学业。但因锡林巴特的母亲病情一会儿好，一会儿不好，离不开家人照料，锡林最终被迫退学。女友李红及他们的研究生导师都为锡林巴特这位高才生惋惜。但他不得不面对现实，退学到母亲所在的城市一家大型企业就业，如此一来，不仅有了经济来源，而且伺候母亲也方便些。

后来发生在锡林巴特身上的一些生动故事，体现出汗水之花蕾含苞欲放，如草原上的山丹花迎风绽放，飘香万里。

前面已说过，锡林巴特这位蒙古族帅小伙子，长的身材高大，浓眉大眼，心地善良，是清华大学物理专业本科毕业的高才生，本已考上了研究生，因家庭贫困，照顾母亲不得不放下学业，进了一家企业工作。他勤奋能干，是某省城的老实巴交的美男子，工作敬业，生活朴实无华，美名远扬。

俗话说：天道酬勤。老实人常在，好人一生平安！

一晃几年过去了，年过30岁的锡林巴特还未娶妻生子。古人云："不孝有三，无后为大。"

锡林巴特的阿爸巴图原是本市一位模范环卫工人，多年前因患病离开人世，他和年迈多病的老额吉（老母亲）相依为命。这几年，亲朋好友也帮他物色了几个对象。美女们踏进他的家门，虽然看中了锡林巴特结实粗壮的身体，憨厚朴实的性格，英俊的笑脸，但一看他年迈多病的老母亲，贫困的家庭环境，还住着20世纪50年代的危旧平房，都不约而同地再无回音了。

这可急坏了他年老多病的老母亲，老母亲一脸愁容，他却每天精神饱满，勤奋地工作着，一副乐呵呵的样子。他和老母亲虽然艰辛度日，但是母慈子孝，到也安逸。改革开放以来，某省城和周边市区及农牧区小城镇都高楼林立、绿树成荫，天上客机，地上火车、汽车、手机等应有尽有。夜晚，华灯齐放，一对对情侣、游人心情舒畅地漫步在公园花海中、漫步在四通八达的宽敞明亮的大道上。一辆辆崭新的款式各异的轿车飞驰而过，城乡居民大部分都过上了丰富多彩的现代化生活。

锡林巴特是个工作狂，靠扎实的专业知识，凭着自强不息的敬业精神，打拼出一片新天地。他靠辉煌的业绩成为省城某大型科研企业工厂的高级工程师，月薪也近万元了。但老母亲常年吃药打针，开销大，还是入不敷出，日子过得紧巴巴的。虽然生活比较贫寒，但他不堕青云之志，勤奋好学，刻苦攻坚，成为厂里的技术革新能手，也成为远近闻名的大孝子。他开出的条件是找对象成家立业，百善孝为先，不论民族、长相，关键要温柔善良，贤惠孝顺，识大体。

省、市电视台记者纷纷慕名前来采访他的先进事迹，使他的孝道和勤奋工作自强不息的精神轰动了整个省城。

多少美丽的姑娘因此芳心涌动，想以身相许。但一看到他家现实的情况，既没有楼房别墅，也没有高级轿车，家里更是有年老多病的母亲拖累着，住在40平方米危旧的平房里，便纷纷在各自家长及亲朋好友的劝说下打起了退堂鼓。

虽然，锡林巴特身材魁梧，阳刚帅气，也吸引了不少姑娘的芳心，但常言道：漂亮的脸蛋能换大米吗？能带来富足美满的生活吗？

岁月流逝，光阴如梭。他的终身大事托了几年了，还杳无音讯。这一段时间，厂里接受了省城和中国科学院一个世界前沿性的科研攻关项目，要求一年时间拿下该科研项目，责任重大，刻不容缓。此科研项目如果研制成功，可为国家节省大量外汇，并可填补我国一项科研成果转化为现实生产力的新空白。为祖国争光义不容辞，厂科研攻坚小组在锡林巴特的带领下，日夜攻关，眼看还有3个月的时间，如到时完不成科研课题，上千万美元的订单不仅会打了水漂，而且还会严重影响厂里的声誉。

这天，锡林巴特像往常一样，加班到夜深才下班。漆黑的夜空繁星点点，他骑着摩托车回家。当他骑摩托车行至市区一个比较偏僻的十字路口时，看见3个小混混正在路口无理纠缠一个漂亮的女郎。他怒不可遏，大喝一声：“闪开！不得无礼！”这3个人怒目圆睁，乘着酒劲，对锡林巴特扬胳膊动腿，口吐狂言：“你少管闲事，识相点儿，别找不自在！”说着3个人挥拳向锡林打来。锡林巴特机灵地一躲闪，3个醉汉扑了个空。随后远远传来警车声，3个醉汉便落荒而逃。

原来，这位姑娘的宝马轿车被扎了轮胎泄了气，抛锚在路边。她正无计可施时，被3个小混混无理纠缠。恰好，被高大伟岸的锡林巴特挺身救助，姑娘十分感谢。锡林巴特说：“不用客气。”随后，三不两下地帮姑娘换上了备胎。车子发动的一刹那，这位楚楚动人的姑娘深情地看了这位高大英俊的蒙古族帅哥一眼，递过了一张名片，微微一笑，说：“十分感谢你！以后有事联系我。”锡林巴特此刻也大胆瞟了这位美如天仙的姑娘一眼，不由得心头暗生爱意。随后，姑娘驾车消失在茫茫的夜幕中。

后来，经锡林巴特多方打听，得知这位姑娘名叫郑玉秀。她是3年前从美国留学归国的学医的博士后。她毕业后主动放弃了留美讲学和在纽约一家有名的医院做医生的机会，回到家乡某大医院工作。她清纯善良，美貌无比，医德高尚，医术精湛，为患者服务热情周到。社会各界人士对她好评如潮。

过了一段时间，正赶上国庆长假。这天，锡林巴特服侍老母亲吃了药休息后，想看一下世界科研前沿攻关课题的有关科研书籍及最新科研动态、参考文献等。

这时手机铃志骤然响起，传来一个甜美的女孩声音：“明天正好是周末，上午9点，约你到明月楼大酒店答谢您，感谢您危急时刻，英雄救美。”锡林犹豫了一下，还是被这甜美的声音吸引了，于是就爽快地答应了女孩的邀请。

第二天火红的太阳从东方升起，晴空万里，海棠花盛开。

锡林巴特如期赴约。郑玉秀亭亭玉立，如出水芙蓉。她早已来到明月楼酒楼恭候。二人在宽敞明亮的包间开怀畅饮，海阔天空地畅谈理想和未来，还互诉衷情，大有相见恨晚之感。二人一直谈到近中午时分，才恋恋不舍地分手。这一来二去，得知对方均为单身后，两个人经常花前月下约会，很快进入热恋阶段。

这天是礼拜天，红日高照，蓝天白云，绿树成荫，二人轻盈挽手步入省城幸福一条街的宽阔的大道时，两旁行人不由得驻足观看，赞叹道：“真是郎才女貌，天生一对，地造一双啊！”

又是一个风和日丽的周日，风景如画。郑玉秀的父亲在本市一家知名大企业担任董事长，携爱女郑玉秀去客来香五星级豪华饭店赴宴。席间，当一位企业大老板和他那风度翩翩的公子看到貌美如花的郑玉秀后心生爱慕。此后不长时间，老板携公子登门向郑玉秀热情地递上了橄榄枝。可郑玉秀心中有了意中人，还没来得及和父母商量呢。郑玉秀只好婉言谢绝，这令郑玉秀的父母大惑不解，随即劝道：“你也是近30岁的人了，老大不小了，男大当婚，女大当嫁。这位老板是民营企业的知名人士，家财万贯，楼房别墅、豪华轿车应有尽有。这位公子刚从国外留学毕业归来，一表人才，也是博士后，与咱们门当户对。你不可错过良机。”

当女儿说出已有意中人后，郑玉秀的父母大吃一惊，劝道：“终身大事要门当户对，为了你将来的幸福，要慎重考虑，不可轻率。”女儿点了点头，微笑地说：“我选人关键是人品和事业心，其次是长相和物质条件。即使他有金山银山，没缘分也不行！”郑玉秀的父母也赞同女儿的观点，笑着说：“女儿说得对，不过你要尽快选好你的意中人。”女儿点头默许。

锡林巴特这一段时间带领厂里10多名骨干科研攻关人员日夜奋战在世界级科研攻关项目课题中，已到了最后冲刺的时候，几次约会，他都推了。

当得知心上人在全力以赴攻关课题时，她也只好平复心情，耐心等待。俗话说：好饭不怕晚嘛。

时光飞逝。这天红日当空，彩霞万道，把大地映照得通红，格外壮美。

郑玉秀陪同父亲乘飞机前往大洋彼岸，到美国纽约一家企业考察合作项目。郑玉秀还要到她就学的美纽约医学院进修深造3个月。当飞机起飞前，锡林巴特火速赶到机场与郑玉秀告别，却被郑玉秀的父亲发现。看他们二人眉来眼去，郑玉秀的父亲前来挡驾，还放出狠话：“你死了这条心吧！我家姑娘是豪门大户，留美博士后，不找普通百姓子弟。你要有自知之明，认清形势，好自为之！”说罢，一把拉起姑娘向安检口走去。唯有郑玉秀不时回头张望，与锡林巴特恋恋不舍地挥手告别。

回到家中，正好是晚饭时分，明月当空。锡林巴特坐下来服侍老母亲吃罢饭，喝了几杯闷酒，以解忧愁。酒后他遥望天空中的明月，坐在椅子上，陷入了沉思。“明月几时有，把酒问青天”，“人有悲欢离合，月有阴晴圆缺，此事古难全”“愿天下有情人终成眷属”……

俗话说：“货比货往外扔，人比人不如人。”此话对吗？难道自己要就此放下抱得美人归的愿望吗？不能！绝对不能！古人不是也说过苍天不负有心人吗？天下有情人终成眷属吗？他此刻更加坚定了追求郑玉秀的决心，先用实际行动拿下这世界级的科研项目，凭实力说话，然后继续大胆地追求心上人郑玉秀。

红日东升，霞光万道。转眼一年的春节快到了，省城的迎新春气氛格外浓厚，大街小巷彩旗飘扬，家家户户喜贴春联、窗花，家家除旧布新，蒸年糕、包饺子，好不热闹。不时，阵阵鞭炮声由远及近传来，噼啪声不绝于耳，使得新年的味道更加浓厚地弥漫在大街小巷。

狗年除夕的夜色降临了，大街小巷张灯结彩。伴随着阵阵鞭炮声，家家户户喜气洋洋；大人小孩红光满面，欢乐无比。

锡林陷入了深深的相思，郑玉秀的人品、美貌和才学深深打动了他的心。他和老母亲的房间，都被他起早贪黑地打扫得干干净净，一尘不染，有了喜迎新年的热烈气氛。

他特意买来唐代诗人王维的诗画“红豆生南国，春来发几枝。愿君多采撷，此物最相思”高高挂在了自己的房间，经常驻足观看品味。他此刻想着一个多月前机场送别的尴尬画面，看着郑玉秀回眸一笑的动人场景，恋恋不舍地向他招手道别的画面，似有“回眸一笑百媚生”的感觉。想到此处，幸福的暖流便在他全身涌动着。

此刻，他沉重的心情伴随着新春的喜庆气氛也豁然开朗了。

俗话说：“车到山前必有路。”是你的终究是你的，不是你的莫强求。想到这儿，他喜出望外，手里拿起一串鞭炮引燃，伴随着“噼噼啪啪”的鞭炮声，他的心情高兴起来。等她归来，大胆热情地拥抱她！此刻，老母亲微笑着说：“今年是狗年，狗年吉祥！儿子，你也该成个家了。这些年我把你拖累的，好几个谈对象的女孩看见我常年卧床吃药，加上家贫无新楼房，都拂袖而去了。”说到这儿，老额吉忍不住掉下几滴晶莹的泪珠来。

锡林巴特赶忙上前安慰母亲道：“不急不急，是因缘棒槌也打不散啊！我心里有感觉，郑玉秀和我就是天生一对，地造一双！昨晚我还梦见了她，如仙女下凡坐在我身旁，相互吐露着爱慕之情。好饭不怕晚啊！”母亲满脸笑容说：“好梦好梦啊！好兆头啊！”

“天道酬勤，汗水之花蕾尽情绽放啊！孝顺父母天降福啊！耐心等待，老天总有开眼的一天！”老额吉道：“是啊！是啊！”

除夕夜，母子俩过得格外高兴。他心情愉悦地和母亲唠着家常话。他为母亲细心地按摩了一会儿，为母亲擦洗了身子，还为母亲从里到外上了新衣服、新鞋袜等。当他看到老母亲红光满面换地吃着迎新春的饺子，看着中央电视台喜迎新春的精彩的文艺晚会，看着德德玛、宋祖英等著名歌唱家演唱的《我和草原有个约定》《家中有个老妈妈》《常回家看看》等精彩的节目时，激动的心情溢于言表。

母子二人高兴得合不拢嘴，脸上满是欣慰的笑容。这两间破旧的小屋子也迎来了新春的快乐气氛，迎来了新一年的新气象，到处弥漫着春的新希望！母子俩快乐无比地迎来了大年初一。

转眼春暖花开，燕子飞来。在鲜花盛开的美好季节里，锡林依旧带领他的科研团队争分夺秒地辛勤攻关！离完成科研课题项目满打满算还有一个月的时间，为了保质保量按期完成这项特殊任务，他特意为老母亲雇了个临时保姆。小保姆20多岁，长得如出水芙蓉一样漂亮，手脚勤快，干活麻利。她从乡下来城里，在街头举着牌子找工作，正巧被憨厚善良的锡林巴特撞见。锡林红着脸上前说明了想请个保姆到家中伺候母亲。小保姆看锡林朴实善良，就满口答应了，随锡林巴特来到了家中。母亲看这姑娘长相俊俏，勤奋能干，也满心欢喜地留下了她。小保姆名叫张凤琴，把老太太伺候得十分周到，像亲姑娘一样。

锡林巴特在下班后也能吃上热乎乎的可口的饭菜。他科研攻关的干劲倍增，攻破了一道又一道难题，科研项目胜利在望。

眼看科研项目期限快到了，这些日子，为了赶进度、抢时间，如期完成科研项目，为祖国争光，锡林索性吃住在厂里。老母亲由小保姆伺候着，他也放心了，能一心一意地日夜攻关啦。

转眼小保姆来锡林家当保姆快一个月了，这天晚上明月当空，已经是夜深人静，锡林房间还和往常一样，案头上堆满了科研攻关的书籍，锡林研究着科研项目的每一个难点和疑点，时而做着笔记。锡林巴特经常夜夜攻关和百般孝顺母亲的精神感动了小保姆，小保姆想以身相许。

又是一个明月夜，晚上8点多，锡林正在房间研究着科研项目实施的每个步骤。突然传来了一阵轻轻的敲门声，锡林巴特大步上前开门。小保姆含情脉脉，亭亭玉立，楚楚动人地站在门口，美丽的大眼睛一闪一闪的，脸颊绯红地递过一封信来。小保姆递上信后，羞涩地转身走了。锡林巴特打开信一看，这哪是普通的家信，分明是一封情意缠绵的情书："春风吹绿了大草原，山坡上开满了红牡丹，鞭儿甩碎了千层雾，远处的高楼接蓝天！亲爱的锡林哥，你好。小妹被你忘我的工作精神和孝顺母亲的精神打动，愿意终身做你最亲密的伴侣，白头偕老，为你分忧……深爱你的凤琴，一表真情，请你笑纳为盼！"

看到这里，锡林巴特的心情难以平静下来，正在苦想时，大洋彼岸美国那边传来了美女郑玉秀熟悉的声音，嘘寒问暖，好不惬意。他望着天空中的一轮圆月深思，久久不能入睡……

过了一段时间，老母亲也催促锡林巴特说："你已经30多了，我希望尽快抱上孙子，希望你有个温暖的家。我这些日子观察，小保姆凤琴貌美贤惠、勤奋能干，而且她好像对你有意。你考虑一下这门亲事如何？"锡林巴特慌忙说："不急，不急，等科研项目结束后再说。"母亲只好微笑着点头同意。

凤琴自从给锡林巴特递过情书后，干起家务来更加勤快，伺候老太太更加体贴周到。锡林巴特也看在眼里，记在心上，几次心里暗流涌动。

一次，太阳刚刚落山，吃了饭，他正要看书时，凤琴就大胆地闯了进来，与他唠起了家常话。唠的不觉已到夜深人静之时，大有花好月圆之感时，凤琴大大方方地过来拥抱住锡林，并在他的脸颊上狠狠亲了一口。锡林巴特也控制不住感情潮水的来袭，正要亲凤琴的小嘴时，突然，大洋彼岸旧金山那边再次传来心上人郑玉秀甜美的声音："锡林巴特哥，我在美国医疗实习取得了优异的成绩，并取得了医疗实习科目合格证书。我下周将回国工作，抽时间去看你，亲爱的想死你了，你还好吗……”

听到知心人打来的电话，锡林巴特在正要抱紧小保姆柔软的身子，亲凤琴的小嘴的一刹那停住了。这时，小保姆也听到了郑玉秀那爱意缠绵的声音，回头说了句：“锡林巴特大哥，保重。”便转身离去。他望着凤琴的背影，再次陷入了爱情旋涡的矛盾之中。

他不由得喃喃自语，婚姻大事，听天由命，看缘分，顺其自然吧……

功夫不负有心人。当锡林巴特的攻关团队经北京中国科学院等有关专家现场验收试车成功时，锡林巴特这条蒙古族硬汉激动地流下了热泪。

这天，阳光普照着大地，省城高楼林立，一片片绿荫中海棠花迎风怒放。锡林巴特在数百名国内外专家学者参加的科研项目复核评审研讨会上，声音洪亮地向在座各位细心介绍着他带领的团队日夜攻坚取得成功的名震全球的科研项目。他话音还未落，对面一位面熟的长者一双大手友好地伸过来。锡林巴特激动地伸手握住了对方的手，仔细一看，心里一紧张，原来此人就是郑玉秀的父亲，中国大华集团著名专家、董事长郑天凯。此刻，郑玉秀的父亲和蔼地微笑着说道：“小伙子，我女儿眼光不错。谚语说：‘一棵树两只花，蒙汉团结是一家’祝你成功！”

在座的领导、专家、企业家、来宾好像也听出了弦外之音，都不约而同地鼓掌祝贺，气氛十分热烈，场面壮观！锡林巴特得到了郑玉秀父亲和在场所有专家们的称赞。此刻，锡林巴特始终悬在心头的一块大石头也落了地，不由得喜上眉梢。不一会儿，美貌无双的心上人，郑玉秀也打来了祝贺电话，令锡林更加神采飞扬！真是人逢喜事精神爽啊！

又是一个艳阳高照的早晨，厂里特意为锡林巴特带领的10多名科技攻关团队的成员开庆功会。庆功大会上，厂领导在雷鸣般的掌声中为锡林巴特等人戴上了大红花，各路记者的镁光灯一闪一闪的，记下了这美好的瞬间。

当他春风得意地走出庆功礼堂时，美人郑玉秀大大方方地迎了上来，在众目睽睽之下，热烈拥抱住了他。真是家有梧桐树，引来金凤凰啊！

大家定睛一看，啊！貌似天仙般的美女从天而降，简直不敢相信自己的眼睛。大家在惊讶之际，齐声鼓掌祝贺。啊！真是人不可貌相，海水不可斗量，福星高照，双喜临门呀！

这天清晨，一轮鲜红的太阳从东方升起，照的整个省城金碧辉煌。省城宽阔的大道上，柏油路两旁绿树成荫，路两旁火红的红玫瑰迎风绽放着，吐着迷人的清香。

宽敞明亮的S101省道伸向远方，路上驶来数辆迎亲的崭新的车，几只喜鹊在树梢上鸣叫个不停。蒙古族帅哥锡林巴特牵着美人郑玉秀的玉手，终于步入了婚姻的神圣殿堂。

伴娘正是纯朴善良的小保姆张凤琴。她大方得体，亭亭玉立，在喜庆热闹的现场陪着新郎新娘款款走过，吸引了众多前来参加二位新人婚礼的宾客艳羡的目光。

新婚典礼热闹非凡。刚从北大研究生毕业的郑玉秀的表弟张杰作为伴郎也是一表人才。可能是老天安排，机缘巧合，在这场婚礼上张杰认识了楚楚动人的伴娘张凤琴后，穷追不舍半年有余。一年后，他俩也走进了盛大的婚礼殿堂！这是后话。

正是火红的玫瑰花盛开的季节，绿树成荫，芳草萋萋，草的清香和花的浓香飘香万里。

前来为锡林巴特和郑玉秀贺喜的人流如潮，镁光灯闪烁，记下了这些美好的瞬间。天道酬勤，汗水之花如草原上的山丹花一般鲜红耀眼，迎风怒放，飘香万里！天下有情人终成眷属！两个人的爱情故事在当地传为美谈！

玫瑰花、山丹花、海棠花、野菊花等迎风怒放，随风摇曳；汗水之花蕾也含苞欲放，飘香万里！古人云："孝顺父母天降福啊。"天道酬勤，老实人巧遇良缘！好人一生平安！

叶振亚 笔名原野、海涛，高中语文教师，副高职称，内蒙古作家协会会员、锡林郭勒盟文联作家协会会员、锡林郭勒盟诗词协会会员、锡林郭勒盟文艺家评论协会副主席、锡林郭勒盟乌拉盖管理区文艺家评论主席、锡林郭勒盟乌拉盖管理区文学会会长、主编。近年来，先后在《草原》《华夏纵览》《内蒙古日报》《北方新报》《锡林郭勒日报》《锡林郭勒广播电视报》发表小说、诗歌、散文、报告文学、文学评论、兵团生活故事等60多篇。

云山镇记事

赵清源　刘孝英

云山镇是谁给起的名字，又是从什么时候被确定下来的，这些已全然不知道了，也根本无从考证了。它远离省城哈尔滨数千里，属于小兴安岭西侧余脉范畴，大山腹地之一隅，山峰连着山峰，巅岭连着巅岭，层叠起伏，绵亘不绝，巉崖冷峻，峭壁凶险，当年那里人烟稀少得几近于无。倘若偶有来者，立于苍山之下，其必定也会产生一种毛骨悚然的感觉。

我父亲年轻时，正赶上了伪满时期。他是铁路上的一名普通工人，用时下的话说，恰是弱势群体中的一员。我父亲不断地调动工作，我们全家人也就跟随他四处漂泊不定。后来他被调到云山镇火车站里来了，我们全家人也就都到此汇齐了。这个云山镇，虽然也叫镇子，但其实它并没多少人家，铁路工人们都住在紧靠火车道这一带，而离火车道较远的地方住着些以地为生的农民，他们便是另外一种生活方式了。因为我们家在这里住了较长一段时间，所以我爷爷对这里所发生的一些奇特事件知道得不少。我那时才是个四五岁的小孩子，属于瞎胡闹的年龄。爷爷为哄我不哭不闹，就时常给我讲讲这里的那些个真实事情。奇怪的是，鬼使神差，我从那时起，就记事了；那些事情，就牢牢地植根于我的心灵之中了，后来竟然影响了我整整一生。

要说我小的时候，自己的脾气还真是挺不好的，这的确是应该做检讨的事情。就有一回，不知是因为什么事，我又犯起了驴脾气，还驴得挺邪乎，躺在地上直打滚，一边号哭还一边直蹬腿，谁也叫不起来。爷爷见状，忙扔下他手边的活计，奔过来哄我。他就又断断续续地给我讲了如下这件事。

老巡道工

据我爷爷说，这个件事，当年就发生在我们家附近。

当年我们家邻居住着个老巡道工，他高高的个头，身体很健朗。他极具善心，只要稍有空闲，就常常能买来些糖块什么的，招引来一帮小孩子围着他嬉闹。他把一双眼睛眯成两钩弯月，轻声慢语地给孩子们讲些个故事听，引逗得大家很是开心。

爷爷说，日本鬼子刚一侵占东北时，这老巡道工的家乡发了大水，他就从老家"闯关东"来到这里了。当然那时他还很年轻。他是带着妻子和女儿一起过来的。爷爷说，这老巡道工年轻时力气极大，车站上那些日本护路队的兵们看中了他的力气，有一次围过来四五个人，非要与他比试摔跤不可。他们上来有的搂脖子，有的扳腰，可就是整不过他。其中有个日本兵，真是忒蠢笨，竟被这巡道工使劲一抡，轻飘飘地撂倒在了铁路枕木上。这下子可坏了，那日本兵磕疼了脑袋，立马将眼睛一瞪，一骨碌爬将起来，回手抓过长枪，对准这巡道工就搂了火。"噬！"一枪打过去，巡道工一歪头，虽然没被打着，可也吓得够呛。他连夜带着妻子和小女儿仓皇逃回关里老家了。他在关里整整躲了七八年，后来听说那个日本兵早已调走了，他才又敢偷偷地返回到这里，接着干他那巡道工的活计。

悠悠岁月，流年似水，逝川不舍昼夜。等到他再回来以后，他的女儿已经长到十四五岁的年龄，什么事全懂了。这小丫头生得挺有灵性的，浓眉大眼，面庞白净，无论从哪个角度看，都怪叫人喜欢的。当年这里的情况的确是很苦的，一来那些工人们生活水平都很低，人们普遍缺少营养；二来当年黑龙江地区十分寒冷，不少妇女都不适应这里的水土，很多都在青中年时期，就可悲地逝去了。这巡道工的妻子也没能例外，在贫寒交集之中死去了。要不怎么说，当年的北大荒，正是一块世界上的苍凉之地哩？这样一来，这个巡道工的家庭就显得过于萧索冷清了，随后他只能与女儿相依为命了。

这个巡道工所干的那种巡查道路的活计也是很不容易的，不管是寒冬还是酷暑，夜里雪有多大雨有多急，只要到了钟点儿，他就得一骨碌爬起来，拎起信号灯与工具袋，咬牙走进那乌沉沉夜幕之中，去给日本人卖命。他真是没有办法，只能栉风沐雨，好不艰辛。而且他走进深山里，还常能遇上狼群趴在火车道上劫人。他身上又没有武器，实在是没别的办法，只好用那巡道的大铁锤去砸钢轨，直砸得钢轨发出“钢钢”山响的声音，才能把那些豺狼们给吓跑了。可于某日夜里，他又去巡道，就又遇上了狼群来劫道。这可怎么办？他只能又如从前一样，故伎重演……只可惜这一次，他因为妻子刚刚死去不久，情绪甚是惆怅，心神不够集中，那只大铁锤并没有砸到钢轨上，而是一偏，砸断了自己的一条腿。

他痛苦地歪倒在路基旁，动弹不得了。

过了很长时间，幸好当夜的那些个狼们，不知是出于什么原因，竟然没有稀罕吃他的肉，这让他意外地白捡了一条性命。他躺在路基下，疼痛难忍，一动也不能动，直到天快亮时，被路人发现了。那人又招呼来不少人帮忙，这才将他抬回到家里来了。

他家里本来就贫困，他女儿一直上不起学。这回也正好了，她就只能在家担当起伺候父亲的任务了。这时他女儿随着年龄的增长，女大十八变，越变越好看，已然出落得很是不一般了。她穿着很简朴，上身一件带补丁的蓝布衫，下身一条吊腿裤子，裤脚向上翘着，每当走起路来，那裤脚就恰似两面小旗帜一般，迎风招展，活泼灵动地张扬着。这样一副纯朴鲜活的形象，无论谁看了，都觉得挺抢眼的。

当年那云山镇火车站里，就有个日本副站长。他平时绝不像其他的日本官们，对中国人那么趾高气扬、飞扬跋扈。他平时对中国人还是比较温和的，有时还常到中国铁路工人家中去看看，串串门儿什么的。他就曾来这巡道工家里看过几次。而这巡道工受伤几个月来，在女儿的精心伺候下，已经能拄着双拐，自己出去屙屎撒尿了，这已是很幸运的了。那天他又出去活动他的那条断腿了。

可当他回来后，却发现女儿一个人傻傻地立在地上，双手捂着脸，哭得浑身都在颤抖。他有点儿慌了，便问："咋了？"可他女儿却不说话。他真是急眼了，大骂："他妈的，你哑巴了吗？"女儿仍不说话。他顿时双眼立起，大吼着："嘁，再他妈的不说话，我就扇你大嘴巴子！"女儿被逼不过，才嘤嘤地哭叫着如实交代了，"爹呀，那个日本人他欺负人，他不是人……"

哦！他立刻明白了一切，又进一步询问，才把事情全给弄清楚了。敢情那人面兽心的日本副站长已经将他的女儿给奸污了。这日本人表面温和，实则包藏祸心。

他女儿因为身心受到创伤过重，整天不吃也不喝，再不说一句话，呆呆地双眼直望着窗外。没过多久，她就疯疯癫癫地不省人事了，到处乱跑，都不知道回家了。在一个大雨天里她跑出家门，当时天黑得宛若燧人氏出生前的世界一般，再也没有回来，从此没了消息，不知她到底是死到哪里去了。一个原本秀骨清相的小姑娘，就这样从人们的视线中消失了。这真是太可惜了！

这时的巡道工确实已很衰老了，已变成了老巡道工，满头白发，身腰弯驼，只能自己在家里艰难地苦度时日，继续维持着他那缺残的生命……大约又过去有一年多的光景，事情已经有些时过境迁的味道了，这老巡道工的心绪的确是平静了些，也不知他是用了什么方法，几次跑到火车站上去，竟将那日本副站长给请到自己家里来了好几回。可能是已经尽捐了别人残害自己女儿的前怨？没人能猜得出来他的心思。

最后一次，他又把那日本副站长请到家里来。他们二人在他家里都谈了些什么，也是无人知晓的，总归他后来是请那日本副站长喝了不少酒的，而且是共同喝的，他们还都喝了挺多，都喝得很到位。这事情还用多说吗？这一准是他对过去他女儿的一切遭遇都不想了。他们不知道究竟是什么时候才离开桌子散了席的。

但事情的结果，却恰恰又出现了个石破天惊的大意外。第二天天一放亮，车站里有个铁路工人到井台上去挑水，低头往下一看，吓，那日本副站长与这老巡道工一同淹死在水井里了。这还了得，人们赶紧向日本当局报了案。打捞上来的两具尸体表情各异。日本副站长一脸忸怩，很羞惭的样子；而老巡道工，双眼圆睁，死不瞑目。人们见了他，都不寒而栗。

这件事好蹊跷。日本当局马上来了不少当官的。后经日本警务厅法医反复勘验现场，最终才得以认定，这事情正是那老巡道工一手策划的。这是他为了给女儿报仇，蓄谋已久所干出的事。而且，警务厅的日本官们也找到了一个目击者。那目击者是个乞丐，他哆嗦着说，当天夜里已经很晚了，他很想找个睡觉的地界，一头钻进老巡道工家旁边的柴草垛里避风去了。他刚钻进草垛里没多久，还没睡着哩，就看见有人走过来了。那日本副站长和那老巡道工一起，从老巡道工家走出来了，看那意思是老巡道工在送那日本副站长。他们二人都喝醉了，都里拉歪斜地朝前走。老巡道工还不时地扶一把日本副站长，对他可真是挺关照又挺亲热的。可当他们走到水井旁时，兀地，老巡道工一下子就扔了双拐，两眼顷刻射出两道凶光，真是又蓝又绿，活像一对狼眼。他上去猛地搂住那日本副站长的腰，一使劲，就与那日本人一块儿攮进井里去了……那乞丐还说："从头到尾，那老巡道工只说了一句话。"听到这里，警务厅的那个日本官急着骂问："你的，八嘎牙路，他到底说什么了？快说！"乞丐被骂得吓了一大跳，忙回说："可……我不敢说呀……"日本官又骂："八嘎牙路，快说！再不说，我就叫你死了死了的有！"那乞丐真是被逼不过，实在是没办法了，才吞吞吐吐地如实说："太君呐，那老巡道工最后说的那句话就是，'小日本鬼子，我操你们个妈呦，你们不是人，都是畜生！'"

"啊！"那日本官登时被气得七窍生烟，倒退一步，直甩头，接着又破口大骂："八嘎牙路，这话我好像能听懂，不是什么好话，那是骂我们呢，简直气得我肝儿疼噫！"他骂完之后，又上去一个大嘴巴子，将那乞丐给打翻在地了。

那乞丐吓得趴在地上，浑身直打哆嗦，再也不敢爬起来了。

总的来说，这事情出得很了不得，整个云山镇的人都受到了极大的震动。在那段时间里，人们一有时间，就扎在一起议论这事。但是，大约又过去半年，也就再没有人说起这档子事了。

历史可以淹没一切，这是很悲哀的事情。所以，我爷爷就说，这种情况，是很值得我们注意的……现在总结下来，我爷爷他看问题，还是颇有些真知灼见的，这应该给予肯定。

现在不客气地讲，我小时候的头脑就是要比一般的小孩子要聪明一些，脑子里尽装着些奇异莫测的幻想。比如那日，我忽然看见天空中飞过的一群鸟，就非要上天去抓鸟不行。可又因为我够不着天，急得我跳脚大哭大闹。爷爷知道我的操蛋脾气，就只好瞧瞧我，再次走过来，陪伴着我，给我讲了下面这一事件。

他终于扔下了手枪

“砰，砰，砰！”云山镇外，清冷岑寂的深山旷野里，突然传来了数声枪响。这叫人们都跟着一阵惊慌失措。

镇乡丁队长狗蹄子听到枪声之后，也不禁为之一怔。他紧咬着牙关，狠狠地想：“嗨，他妈的，又有人作乱了，总这么不消停，麻烦！”这个乡丁队长狗蹄子，生得一副身高马大的体态，满身剽悍气，抬头能撞碎一个门框，跺脚能踏平一截田垅。他的这一脾性，在云山镇里，的确是人所共知的。但世间的事情，又是好奇怪的，力气并不能等于人格——狗蹄子他，只能是在这样鼓眼转睛地听听动静以后，又忙着肃慎戒惧地立在郦保长面前，乖乖地听那郦保长颐指气使地向他吩咐着。他听得很认真，一句话都不敢漏掉。等那郦保长把话全讲完了，这边的狗蹄子才唯唯领命，后退两步，由墙上摘下他那把锃明瓦亮的盒子枪，手一挥，带领上七八个高矮不齐，胖瘦不等的乡丁，风风火火地扑向镇外的月亮岭，那深山老林之中去了……

这八百里月亮岭，峰峦跌宕，“群山削玉九千仞，乱石穿空一万枝”。山顶上斗角雄踞，山下碧浪缠绕，满山皆是郁郁葱葱的林木。这是造物主于那天地混沌之时，由大海的浴盆内捧出的奇绝，愣是搁置在了这里，随后又细心地经营着，方使它一如既往地、从容不迫地，滋润并养育着这一方人。狗蹄子跨着大步，急急率队前行着，他心中又不觉想起了往事，呃，自己的父母，都给邴保长干了一辈子的苦累活，末了连口棺材都没能攒下，就双双饿死在邴保长的家门前了。一回想起那时的那些情景，狗蹄子他就觉得真是令人痛心疾首，那时太难了，爹妈那一辈子太苦了……但是后来，邴保长见他虽然年少枯瘦，但腿脚还算利落，头脑也反应灵敏，就赏了他几碗苞米馇子粥，到底还是救活了他的这条性命。他从此也就被邸保长收留下来了，给邸保长家放牛放马，砍柴担水，跑道送信儿，等等。“咱吃人家饭给人家干活，这已经是挺不错的了，无论干什么活，咱都从不耍奸蹭滑，有多大力气出多大力气。”一晃他也就把自己的体格硬是给“撸”出来了，这不，他现在这胳膊腿，已经生发成身腰足奘的莽汉子了。狗蹄子再顺眼瞧瞧，小路两边那树干修颀、叶冠舒朗的片片林木，也怪周正端方的，接着他又抓紧往前奔了几步，心里也就又继续想下来。这几年，镇外连连有人起反，财主东家们为防范抗联游击队的袭扰，都拉起了民团。邴保长见他在训练中骁勇干练，处处都很用心，又学会了双手使枪，还能百步穿杨，很欣赏他，就让他当上了这个乡丁队队长。“现如今，他能让我在众人面前，有了出头露脸之机，我这也正是此一时彼一时了哟……嗯，听说月亮岭里，冒出的那个抗联营长靠山好，枪法也能百发百中，专门杀富济贫，仗义得很，他们又打日本人又灭汉奸，颇受山民们的拥戴。可他们为啥非要来危及邴保长的安全呢，这不也是找碴儿和我狗蹄子过不去吗？啐，我狗蹄子可不听你那一套，今天我非要和你比个高低上下不可，不取下你的人头献给邴保长邀功，那我都对不住邴保长对我这一片救命之恩了！”

“嘭，嘭，嘭！”狗蹄子还在匆忙赶路，心中还在这样想着心事，却骤然间就又是一串枪响，撕心裂肺地传过来了。未及狗蹄子躲闪开身子，跑在前边的弟兄已经追上了抗联的人，双方已经接上火了。流弹飞蹿，硝烟四起，阵阵火光冲天，这阵势好不激烈，双方就这样你打我我打你，各不相让，反复拉锯了好一阵子……可惜的是，那抗联的武器到底还是不如乡丁们的武器精良，仅仅是又接着打了一两个回合，他们就接连被打死了四五个战士。而后又拼杀了一阵，又死了一些人，最终打得仅剩下靠山好一个人，成了光杆司令。但他仍然不服输，甩了帽子和上衣，秃头赤背。他的脸被硝烟熏得黢黑，像一块生铁一般。他还在东蹿西突地拼杀着，只是他到底寡不敌众，渐渐就无计可施了……狗蹄子眼见时机已到，狞厉地一笑，抻直脖筋狠命喝唬一声："他妈的，你个靠山好，这回跑不了了。你还不赶快投降，还等个啥？"他又回头对左右众乡丁嚷着："都快点儿冲，上去给我将他拿下！"丁勇们听到狗蹄子的吼叫，一窝蜂似的冲上去，遂将个靠山好给团团围在了当中。眼见就要被生擒活拿了，靠山好确实难以突杀出去了，狗蹄子不禁又瞄上一眼，竟然满是坏意地笑了一声。

天有不测风云，事情紧跟着就出现了变故。谁也没有想到，那靠山好的性情竟是那般的怪异，完全将生死置之度外。于这绝境之中，他反而发出了一阵震山撼岳般的狂笑，导致那头顶上的树叶如同一只只拳头一样，有力地砸了下来，很吓人。随后，又见他从容不迫地亮出了绝活儿——倏然将一双鹰眼瞪圆，待狗蹄子等七八个亡命徒冲至近前时，猛然由腰间掏出一枚金光灿烂而又珍贵无比的手榴弹，当下两手一分，"哧啦"，拽开了引信，然后就不再松手了。天呀，这还了得！包括狗蹄子在内的所有人，全都纷纷后退着，每个人的眼睛转瞬就全变得比乌鱼眼还要忧郁恐怖了……

"嘭……轰！"手榴弹的爆炸声震耳欲聋。手榴弹不但炸死了狗蹄子手下的悉数丁勇，也捎带着炸去了狗蹄子的一条大腿。狗蹄子由此就缺少了一只狗蹄子。

那边的靠山好也一下子仰倒在地上，被削去了双臂。那肌肉的横截面上，鲜血喷涌，绰是令人不敢正视。

而此刻的空气仿佛已经凝固了，令人喘不过气来。双方连死的带活的，全都不能动弹了。老山风穿崖透岭地砸将过来，力度无穷，阵阵不绝。月亮岭的巅峰上，百年的老松树不停地损枝折杈，互相撞击着、倾倒着，发出了酷似金属拆裂般的轰鸣怪响……

空中的太阳仍在不停地走动着，也不知时间又过去了多久。这边的狗蹄子慢慢地苏醒过来了。他使出了周身的力气，睁眼一瞧，吓，不好，那边的靠山好并没有死掉，他正在用两截断臂挣扎着爬行着，已经挪出去两三丈远了。狗蹄子眼睛一横，立时明白了自己应该做什么。他吃力地伸出一只大手，拾起身边的那把盒子枪，“咔啦”顶上了子弹，对准前方瞄了瞄，就要扣动扳机了。他要给靠山好补上一枪，将他彻底送上西天完活儿！

恰逢此时，狗蹄子的那条断腿遽然传导上来阵阵椎心泣血般的疼痛，他知道自己已活不了多久了……那天边上的山峰，寥远沉静，鹿到天涯惊回首，目光是美丽的……他虽然没有多少文化，但照样能体会出一种意境，他转而进入了形而上的思考范畴之中，眼前又浮现出了自己父母那瘦骨嶙峋的身躯、满脸菜色的面孔以及父母双双饿死在邴保长门前时的悲惨景象。而邴保长彼时那狰狞可怖的凶相，再一次令他心寒……随后，他眼前又出现了方才靠山好拉开手榴弹引信那一刻的凛然壮举。这使他转而周身热血贲涨，他的头脑如嘣裂开般地轰轰炸响着，眼前出现了幻觉，那靠山好已然巍嵬挺身立起，通体都放射出耀眼的辉煌，直刺激得他不敢再睁眼瞻望。他觉得靠山好的形象还在不断地升高变大，正如那宙斯般雄伟，似普罗米修斯般巨硕奇健……对，人家不给别人卖命，不给别人当奴才，那才叫真正的活得大气、傲然，那才是一条真正的汉子！是的，靠山好，你行，我佩服你！想到此，狗蹄子不禁手腕一软，随之松开了枪柄，那剧烈的疼痛感又如山火焚身般地由下肢一直通遍了全身。这是一种切肤之痛……他眼见靠山好拖着一路血迹，正向着更高远的山峰上爬去……

狗蹄子脸上的肌肉又一阵痉挛着，这是一种最后的痛苦。他失声痛叫一声：“啊，靠山好，我服你了，你才是真正的人吔！”之后，他便身子一挺，咽下了气，去了……

顷时，那染了血的太阳由云翳的缝隙中，艰难地挤出来，自惨褐色转换成了殷红、大红，遂将整个天际都点燃了……

我爷爷本是个没有什么文化的人，根本讲不出什么大道理来。不过，他所说的那些话的意思，我是完全能听懂的。他说：“小兔崽子，你给我听好了，那狗蹄子的心里，是有一条根的，那根的须须叉叉早已长遍了他的全身，扎进了他的躯体与四肢，还有他的每一根血管、每一条神经，他的行动，最终都是要受那根须而支配的呦……”

不知为什么，我的脑袋登时就大了。我从那天起，就开始记事了，我认为我爷爷说得是极对的，我就用力地点了点头。

单线联系

当年，我爷爷还认识我们云山镇中学里的陆校长，还曾给我讲过一些有关陆校长的真实情况。

虽然当年我们云山镇并不大，但东街上还是设有一所中学的。那学校里主管教务的陆校长，是极具治学之道的。比方说，他常年主持学校业务工作，却从不召集全员大会，偶尔产生了某种构想，需要进行部署了，他就写下一张纸条，然后将这纸条交与他的心腹同仁，再由这心腹同仁转交给次心腹同仁，而这次心腹同仁再传给次次心腹同仁……以此类推，最终即能使全校教工尽数知晓他之旨意，从而达到那一体周知之效果。由此可见，陆公这一创举或称之为发明，的确还是具备一定计划韬略的，既省时又省力，还能及时推动工作，足以可见，其在运筹帷幄上的折冲樽俎之能事了。当年，人们不知道他究竟是不是中国共产党党员，但他的这种做法极类似中国共产党地下党组织的接头原则——单线联系。这倒也是个挺有意思的做法。

当年虽是战争年代，但云山镇百姓们的日子有时也能显得相对平静一些，在那如同流水般的平静日子里，许是学校教员不足的缘故吧，总之学校后来又新聘入一名青年教师。这位青年教师，中等身材，显出几分文静之气。也正因为他是新来乍到的，还没有座位。陆校长走过来，晃着大高个子，只简单地瞧了瞧他，就随手一指对面一处空座位，说：“呶，你就先坐那儿吧，等有了空闲位置再给你调整。”那青年教师赶紧点头应诺。他自知自己职位低卑，有个座位就算不错了。他是绝对不敢挑三拣四的，只好乖乖地从命而坐了。

事过之后，可能仍是教员不足之故，学校又聘入了一名中年教师。此人身材要比那青年教师稍矮一些，长相不错，可称得上相貌堂堂。他的性情十分忠厚沉稳，对人极是友善温和，执教更是严谨求实，因而同仁们对他也是绰有好感的，大家普遍夸奖他说：“这人有水平，有人缘，日后一定会出人头地，发达显赫起来的。”

那陆校长执教之余，还有一些其他方面的社会活动，于是事情就有了下面的一些内容——在他的同仁之中，常有纸条按逆时针方向反传到他的手中。倘若再详细一点儿讲，其具体传导形式乃是，先由那次次心腹同仁发出来，而后转至次心腹同仁，再由这次心腹同仁继续转给心腹同仁，这心腹同仁最终便再来一次接力棒儿，将那纸条转送到陆校长的手里。此种反方向的传递方式，倒也同样是挺有趣的，那纸条周游一圈打住了，这分明是对陆校长工作实践中的另一种逆转。

那么，这反传过来的纸条，其内容又是些什么呢？

是的，现在到了关键处，笔者就不得不交代明白了。那日，陆校长忽而又收到了那心腹同仁反传过来的一寸纸条，上面有明令指示："新来的这中年教师经认真考察后，其表现是可靠的，应迅速发展为我中共党员。此任务现交由你亲自去谈话执行。"

陆校长看过纸条后，只有去执行了。

岂料造化弄人，这一极具秘密色彩的谈话过后，却引来了石破天惊的节外生枝的大变故——谈话过后尚不足两个小时，日伪的军警宪特们便纷至沓来，一个个横眉立目，形同凶残饕餮，一举包抄了这个学校，将陆校长硬是给堵在了屋内。随后上去好几个人，五花大绑地将陆校长给捆了个结结实实，并连夜投入大狱，叫他从此失去了自由。

接着就是非人的折磨，那是可想而知的了……面对敌人的严刑拷打，陆校长已深知自己所处的境地了。他给自己打了个比方，自己正好比是一条船，但已经樯倾楫摧，就要沉入大海了。他什么都不在乎了，他依然怒目圆睁，气贯长虹，革命的气节至死不渝……但后来所发生的情况，又叫他渐渐陷入了重重困惑之中。那就是那中年教师西服革履、油头粉面地步入审讯室款款落座以后，就阴冷地笑着问道："请问陆公，您还认得我吗？您没想到吧，敝人正是宪兵队所派，经过我的明察暗访，到底还是摸清了你们中共地下党的组织线索……赶快交代吧！"

陆校长听过之后，瞪大眼睛，为之大震。那人的这番话仿佛一枚炸弹，差点儿炸飞了他的命。那人说的每一句话都在满地乱窜，着实令陆校长眼花缭乱……噢，原来敌人早已注意到了我们学校，可恨此人面相温软和善，实则却是打入我校的一名暗探。他可真是奸佞叵测哟！

只不过，当这狗汉奸若想再威逼陆校长，让他交代出其他同党时，陆校长即便就是真想说出哪个来，也委实是很为难的了，因为他们的整个活动情况正是执行着单线联系的原则。陆校长只能交代出他的顶头上司心腹同仁，却再也无法说出其下级联系人了。他虽然在校内公开身份是最高司令官，但他在党内是最底层的执行人，是断不可能再有下级的了。

陆校长手扶冰凉的铁栅栏，心中好不沮丧，深深痛惜，学校党组织已被敌人给彻底破坏了……当然，他又很为党的负责人信息灵通而欣慰，他到底还是连夜就远走高飞了，他还真是够敏锐、迅捷的了！原来，党的负责人正是那最先被聘来的青年教师。别看他公开身份极低，可就是他趴在那被临时指定的破桌子上拟好指令后，再以逆时针方向一级级传给了陆校长，责令他去执行谈话任务的。好嘛，敢情党内他才是最高司令长官呐……“不过，这也不对劲呀，正是因为他考察失误，才错将那中年敌探误认为朋友了，才造成了我陆某人身陷囹圄。我俩对面而坐，却对其甚是不详，他老弟若是能晚走一步，设法通知我一声，不也就免去我遭此大难了吗？他这是一种什么行为？”陆校长想到此就心里发堵，当然过后，也只能是无计可施了。

不过事后，人们倘若能将问题冷静思考一下，也是不难解释的。不管当年还是如今，任何工作中都难免会出现失误，不管你是什么样的官，职位有多高，即便就是圣贤，也是绝对躲不开错误的。这当然是一条铁的规律，错误总是伴随着每个人的一生的……

只是后来，陆校长更是没有想到，事情刚刚过去不久，忽而就有那么一个夜里，天空月暗风高，四处漆黑一片，那年轻的党内负责人率领着一队抗联人马，竟奇迹般地打劫了这座监狱，营救出了陆校长。

陆校长颠颠橐橐地跟着队伍跑上山路后，忽有侦察员将日伪当局对陆校长的判决书抄件塞给了他。他停下脚步仔细一看，不禁周身出了一层冷汗，那上面明确写着：“明晨八点，即对陆匪执行枪决。”陆校长看后，猛地一拍大腿，样子好像就要飞起来咬人似的，狠命地叫了一声：“吓，这他妈的有多悬，这也太万幸了！”

好在，事情总算过去了，一切总算结束了。

一晃几年过去，很快全国解放了，人们都过上了好日子。但在和平环境里，陆校长仍能常常想到一些问题，“哦，要说在早先的年代里，那些个上级领导们，可绝没有不关心下级死活的事哟……”每次想到这些，陆校长就不由得目光如隼，感慨颇多。他找到我爷爷，就是这样对我爷爷说的。我爷爷听了，就说：“是啊，我们不应该忘了这些吔！”

当然，有关陆校长的这些心理活动，是等我长大以后才了解到的，那时，我已完全懂事了。

典型环境中的典型心声

我已经说过了，我爷爷当年就是个极普通的工人家庭中的极不起眼儿的老头儿罢了，他那时，只能给镇上的地主老财们打打零工，做做杂活什么的，补贴一点儿我们的家庭生活而已。然而，谁也没有料到，在他的身上，竟有着十分令人吃惊的离奇故事哩。

日本人战败以后，到了我们国家开始施行民主专政之时，我爷爷的身份一下子公开了，这时我们才意外地知道，自从我们一家搬到云山镇以后，我爷爷就已参加了当地的中共地下党组织，并很快成了云山镇这一带党内的领导人。现在解放了，党组织要委他以重任了，让他去做更多更重要的工作了。只是这么一眨眼的工夫，我爷爷就突兀地光鲜起来了，他要到我们云山镇上属的领导县份上，即北安县城里去当副县长了。因此，他很快就离开了我们。而我还得继续跟着我的父母留在这云山镇里，过着普通平民的生活。

就是在一次宣布新政权成立的群众大会上，主持人宣布：“下面请本县副县长到台前就座！”等那人被点到名字时，一站起来，大家都为之一震，人们仔细瞧了瞧，立刻说：“哟，敢情是他！”人们紧接着又是一惊——我爷爷上身还是穿着他的那身脏棉袄，下身仍然是那条旧棉裤，头上还是戴着他那顶满是油渍的破毡帽头儿。他站起身来，冲着大伙笑了笑。

众人顿时大哗，纷纷议论开了："咦，这不就是那个卖油炸糕的老芮头吗？"

"吔，可不是他咋的，真都邪了门儿了。"

"看看，这事儿整的，这有多蹊跷。"

"啧啧，真是没想到哇！"

"可不，咱们全被他蒙在鼓里了！"

这时我已经长到十来岁上了，已经上小学了，不再需要爷爷给我讲故事了。因为我和同学们在一起，我们学校里本身的故事就是说不完的了。

时间匆匆就到了二十世纪五十年代初，国家高层决策人下达了命令，全国迅速开始统一施行人民公社建制，省县以下的管理机关统称为人民公社，再下面还有大队、小队等基层行政单位。

我们铁路系统是由铁道部垂直领导的，有关公社方面的事情本与我们关系是不大的。不过又因为我家住在当地，我们与当地的乡亲们也是一直有着千丝万缕的联系的。

至于我爷爷，他后来领导着全北安县的人民，进行着社会主义革命和社会主义建设事业。其政绩到底如何，我不得而知。我只知道我自己身旁发生的这些个事情。

譬如当时在我家后院住着个农家的小邻居。他从小死了母亲，下身又不太好使。东北土话管这种孩子叫小踿子，大概是说，小孩子小的时候挨摔，摔坏了腿脚，落下了残疾，走起路来像鸭子一样，踿踿达达的，所以就统称为踿子了。

小踿子的真实名字叫什么我一直都不知道。当然这也没什么要紧的，因为他本来就家境贫穷，又上不起个学，起不起个名字之于他来说，也真是没有多大实际意义的。但我知道人们叫他小踿子肯定不是好话，因此我在他面前就从不直呼他这一"劣称"，而只管他叫嗳。

比如我有时就叫他："嗳，你替我数数我家的小鸡，看够数不。"

比如我有时又叫他："嗳，你到我家来玩儿吧，别不好意思，我妈不会嫌弃你衣服脏，有那怪味儿的。"

只在背地里提起他时，我才当着人们的面，叫那有损他人格的外号。但现在想来，就是那样也是不对的，那也是一个对不住他的地方，也应该做检讨。

小踋子的父亲已经很老了，老得都驼了背，不能干重活了，也没法照顾他。他的两个哥哥又都很痴呆，下地干活时，会常常冻坏了手脚，回来就知道哭，再无其他本事。正因为他是那样的一个家庭，他家煮的饭不是干就是稀，还十有八九都烧串了烟，闹得满屋子都是焦煳味。有时候我正在他家里玩儿，呛得我转头就往外跑。

也正因为小踋子家里没人照料他，他常到我家里来玩儿。因为我们能常在一起玩儿，我发现了他不少的长处。例如，别看他腿脚有毛病，可他的手挺灵巧的。我们在一起扎风筝，我扎的一直飞不起来，而他扎的却只只都能飞。他能把那风筝胸前的三根拉线根根都摆弄得可以用得上劲，风筝一沾风就上了天。我看着天空，风筝在上面翩翩起舞，我只能望风筝而兴叹，一筹莫展。我对他的这一本事，已羡慕、佩服得到了极致……

他还曾对我说过，他妈妈活着的时候，曾给他做过新衣服，还打算找医生给他治好了腿，然后送他去上学，可后来他妈妈死了……

每当听到这里，我就会不由得产生出一种非常同情他的感觉，那也是一种挺不好受的滋味儿。

我家冬天有火炉子取暖，而他家没有，我家比他家强一些，所以一俟我放学归来时，他就准会按时来找我。我们在暖屋子里，守着火炉子唠嗑儿、嬉闹，自然也是颇为快活惬意的事情了。我从不嫌他脏衣服上发出的那种不好闻的气味，有时候闹到高兴处，我俩就抓挠在一起，你骑我，我压你，撕扯、纠缠在炕上没个完，我们确已结下了深厚的情谊。虽然我们的情感已处到这个份上了，但是每当我家开饭时，他就一准要起身回家去了。这使我的心里曾经生出过很有些过意不去的情绪，为此我也曾多次挽留过他，我说：“暖，你就在我家吃完饭再走吧！”

可他每次都是很腼腆地回答我说：“不了，我要回自个儿家去了，一会儿再来。”因此我一次都没能留住他……

也正是因为我自己的这些事，跟着也就把爷爷的事全给忘了……

当时在我家前院还住了个小丫头。她长了一头黄头发，人们就都叫她黄毛儿。她平时说话挺刻薄，又特别厉害。她哥哥当年在生产队里当队长，她就绰是显现出一副有恃无恐的样子，完全不把我们放在眼里。特别是每当她遇事与人交锋时，就更要表现出一种“费厄泼赖”得可以的操蛋威风，这叫我们心里都感到很别扭。

那天，小踋子我们仨孩子凑在一起玩儿。小踋子一时不慎，冷不丁撞着了这小黄毛丫头的肚子，她登时小脸儿一拉，就翻了脸，立刻开口骂道：“嘁，你个小踋子，瞅你那熊样儿，支棱八翘的两条腿，走道仄仄歪歪的，活像只瘸螃蟹！”

“咦？你……怎么这么骂我……你可真是不讲理。”这可把个小踋子气得够呛，他噘起嘴，看样子肯定是想回击她点儿什么。但他只是想了一会儿，到底又什么都没说出来，涨红着脸，“吭哧吭哧”喘着粗气，灰溜溜地躲到一边去了。

没错儿，上面我已交代过了，我从小的脾气就挺犟性。我觉得这黄毛丫头骂人嘴太损，就立刻顶回去，抱打不平地说：“你好，骂人不当刀儿，你个黄毛丫头，太欺负人了！”

岂料眼前这位黄发公主根本就不在乎我的存在。我的那点儿威力之于她说来，全然不在她的话下。她只将满头黄毛儿“刷”地一甩，立马反唇相讥。她说：“行了行了吧你，你个小源子，瞅瞅你那两只鞋，前头都张了嘴，露出脚趾头了，多砢碜！”

“吔吔吔……”我当下就被她击伤了软肋，一下子闹成了一只窝脖子鸡，以下即便嘴再硬，那也只能是色厉而内荏了。我脸一红，说：“你咋这么笑话人？你可真是的……”我刹那兵败滑铁卢了。

我双眼死盯着她，恨不得能将她身上给恨出一个洞来。我决定再也不搭理她了。

可是，日升月落，暑来寒往，在以后的时日里，不想我们之间又出现了新的情况。大约半年之后，我与小踋子一起进山里去采榛子，却偏偏极不情愿地，就在那大山的密林中，与这黄毛儿丫头不期而遇了。当时天色已经很晚了，那山冈上冷风四起，又不时传来野狼的瘆叫声。那叫声声声凄厉，令人胆战心惊。

这回这个小黄毛儿丫头没辙了，满脸惧色，生怕我们撇下她。她伸长脖子哀求道，小踋子哟，你听这狼号得多怕人呐，我都要吓尿裤子了，你们可等等我呀，咱们一块儿回家吧，要不，我非得叫狼吃了不可……”

小踋子抬起头，看看她，想要说点儿什么。

但我马上拨拉了一下小踋子，狠狠地对他说：“别理她，你忘了，上回她骂咱俩了！”

小踋子愣怔了一下，然而他稍一思索之后，还是劝我说：“别介！源子，咱们都住在一个镇子里，看她现在也怪可怜的，真要是出了点儿啥事，那多不好。”

“哼，你个小踋子，真是没骨气，忒窝囊！”我心里真是不痛快，就这么愤愤地想罢，赌气地一个人先走了，愣将他们给扔在了后头。他们后来到底是怎样的情况，我就全不管了。

我回到家以后，大约过去了两个小时，已经把晚饭吃完了，闲着没啥事儿了，就又走出镇外来玩儿了。也就在这时，我猛然远远地望见，那小踋子瘸瘸跶跶地正陪着黄毛儿一前一后地从山边上走回来了。天上的夕阳分外明亮，将这两个小孩儿的身影拉得长长的。那一抹晚霞，将小踋子映照得通体光明……

可不是嘛，人生总是在多元化的形态下，不停地向前发展变化着，正所谓，山不转水转，水不转人转。我后来在云山镇读完高中，考上了省城里的大学后，就到哈尔滨去读书了。即便穷尽我的所有智慧，我也不可能想到，一年后，就是那个叫我讨厌的黄毛儿丫头，居然也来到我们学校里读书了，仅比我低一个年级。而在其后的岁月中，不知是黄毛儿倒霉，抑或是我交了什么厄运，总之通过多次接触，我竟然不但对她尽弃了所有的前嫌，而且还渐渐地对她有了相当的好感。这实在是命运的阴差阳错，我就赶紧改变战术，经过与她友好地谈判，本着“以邻为伴，以邻为善，相互尊重，共同发展”的基本原则，又经过了相交、相处以及那男女之间相互吸引的恋爱阶段，后来我们以德报怨，结成了秦晋之好。我们欢欣喜悦地结了婚，从此黄毛儿名正言顺地成了我之爱妻。

在以后的光阴里，我们夫妻为了生活，整天都在忙忙碌碌，奔波不停。接着，我们又是抓紧抚养孩子，又是抓紧操持家务，对从前的许多事情也就都渐渐遗忘了。

可就在某日，我与妻子躺在床上，她突然问我一句："嗳，你还记得小踋子吗？"

我忽地瞪大眼睛，立刻回答道："怎么不记得？"

她又问："你想他吗？"

我旋即实话实说："咋不想呢？"

妻子就重重吁出一口气，说："唉，人生真是多有无奈啊，我们都多少年没有见到他了。"

我又赶紧说："可不，现在算起来，咱们和他已经有三十多年没见面了。你也想他吗？"

妻子一下子眼含泪花地说："……可以说，在这个世界上，除了小踋子之外，我再也不想第二个人了。也不知他现在在哪里，生活得怎么样。"

我的一颗心突然颤抖得厉害了，忙说："谁说不是，我们真是应该想办法找找他。"

妻子又说："嗯，是这样的……"

之后，我们夫妻皆是一脸沉重与庄重……

我觉得妻子的话一句句像一只只拳头，沉重地敲在我的心上。我对小踋子产生了扯筋拽络般地牵挂。我凝视着房中一隅，思维徘徊在怀旧的码头上，儿时那喜悦的记忆，煞似一盘散沙，再也无法聚拢成团……

一条营养不良的河流，正在沙漠中干涸……我承认我没有那高蹈、超拔的思想境界，但我会用实际行动，努力走近小踋子的……

好人一生平安

原 野

沈飞身材高大，两眼炯炯有神。他年轻时在一家企业工作，在市场经济的大潮中，他所在的企业设备陈旧，技术落后，经济效益不好。他刚上班三年，这家企业便因经营不善破产了。当时，他分到企业破产买断费一万两千元。他先是买了一辆三轮车拉客，艰辛渡日。由于他勤奋能干，后来考取了驾照，租赁了某出租公司的北京现代牌出租车，无论是刮风下雨还是严寒酷暑，都辛勤地跑的。他父亲过世几年了，他和年近七旬的老母亲相依为命。他孝顺母亲、扶老携幼、助人为乐、邻里和睦的精神在十里八乡被传为佳话。去年，他被本市评为“最美司机身边好人”荣誉称号。

话还是从头说起吧。

那是1965年夏季的一天，阳光明媚，耀眼的阳光直射到他家三间西房里，仿佛在窥视屋里发生的事。此刻，西房南面的一间屋子里，他的母亲和父亲。听到了一声婴儿的啼哭，沈飞幸运地来到了人间。他的父母当时结婚三年多了，终于喜得贵子，甭提有多高兴了。当时，本市某医院的产房里，在场接生的女医生、女护士们满脸微笑。她们都是浓眉大眼，和蔼可亲，一直不住口地夸这刚出生的婴儿。沈飞一出生就是个九斤重的大胖小子。“你们两口子真是有福气啊！”沈飞的父母乐的连嘴都合不拢。三天后，左邻右舍各自拎着二斤鸡蛋、二斤红糖还有奶粉等前来道喜。沈飞的父亲满面春风，正所谓人逢喜事精神爽。

话说在他三岁那年的一个雨天，中午时分，他们一家三口正在吃午饭。突然，一阵急促的敲门声传来。当沈飞的父亲打开门时，两个身穿着公安制服的民警走了进来，说有事找沈飞的父亲到公安局询问。这一询问的内容大致是说，沈飞的父亲与本单位一名已婚妇女有染，被她的丈夫，一名处级干部，告到了当地公安局，因此引发了上面的故事。

律师询问他父亲此事的详细经过，沈飞的父亲说纯属于一场误会。原来是省城的上级单位要来本单位检查工作，单位领导让沈飞的父亲和这位女同志临时加班完善一下工作的档案材料。沈飞的父亲当时是本地一家大型木材公司的办公室主任，文笔好。那位女同志是单位秘书，叫刘秀兰。他们两个人一直从上午忙到当天晚上十一点多，才把汇报材料的业务档案内容准备好。由于加班晚了，刘秀兰回家有一段地段比较偏僻，而且没有路灯，路上很黑，沈飞的父亲出于好心送刘秀兰回家。那是二十世纪五十年代末期，那个年代人们受封建思想影响，是很保守的，也就是在这黑咕隆咚的晚上，沈飞的父亲才敢说送刘秀兰回家的。这座城市偏僻的路段还没有开通公交车，沈飞的父亲只好骑着自行车送刘秀兰回家。刘秀兰左手打着手电筒为沈飞的父亲照路，右手紧紧抓着沈飞父亲腰部的上衣。正当他们走到半路时，天空电闪雷鸣，下起了瓢泼大雨。天有不测风云，这不就让他们赶上了。他们随即躲到路边的一间低矮的水井房里避雨。水井房空间狭小，里面一片漆黑，刘秀兰说有点儿害怕。沈飞的父亲很绅士地安慰其说：“有我在这儿别害怕。”“怕”字还没落口，天空中一道闪电划过，惊慌之中，刘秀兰投怀送抱，身子贴在沈飞父亲的身上，正好她那两团柔软的乳房贴在沈飞父亲身上。沈飞的父亲当即像触电一样，浑身不由得打了一个激灵，因为是夏天，衣服穿得都很单薄，沈飞的父亲清晰地感受到刘秀兰的体温，同时伴着一股香气飘然而来，直入肺腑。沈飞的父亲不经意地吻了刘秀兰一下，正巧此时电闪雷鸣，就是在这一道闪电之中，刘秀兰的丈夫突然出现在水井房门外，门正好是敞开的，在闪电的映照下，沈飞的父亲轻吻他老婆的特写镜头一览无余。这还了得，吃了豹子胆了，竟敢在雨夜里亲吻他的老婆。只听他当时大喊一声："来人啊！抓流氓啊！"正巧，这时雨也停了，这惹祸的急雨，说来便来说停就停了，谁又能说不是呢？这个时候也有下夜班的人路过此地，小声叽叽围观了一会儿后各自散去。

再看刘秀兰对着丈夫哭哭啼啼地说："下雨了，一片漆黑，我害怕，他乘机就亲了我啊！请老公原谅啊。"刘秀兰的丈夫狠狠地剜了她一眼说："回家！回去再跟你算账。"刘秀兰低着头跟着丈夫回家了。在当时，沈飞的父亲解释了这纯属一场误会。沈飞父亲的解释更引发了刘秀兰丈夫的雷霆之怒，说他亲眼所见，还想抵赖吗？那个时候，沈飞的父亲也是百口莫辩，真是好人难做呀。此刻，沈飞的父亲也是懊悔莫及。

过了几天，就发生了以上的一幕。原来，她丈夫向公安部门及检察院多次写检举揭发材料，刘秀兰也在她丈夫的逼迫下，签名并按了手印，证实了以上情况属实。

最终，沈飞的父亲被公安部门和检察院以调戏妇女和强奸未遂的罪名处以开除公职的处罚。沈飞父亲的工作没了，只好托几个老同学帮忙，去了省城西郊落户，远离了这座城市和人们的白眼。他父亲在几位老同学的热情帮助下，远离了那个不堪回首的雨夜，离开了那个是非之地，携全家去了省城，心情也慢慢好多了。可是没有了正式的工作，没有了稳定的收入，他只好靠打零工挣钱勉强度日。他的父亲先是在一家面粉厂做搬运面粉的工作，后来去了一家砖瓦厂干体力活，每月工资四十八元，一家三口勉强解决了温饱问题。

夜深人静，全家人睡得正香。

沈飞的父亲常常夜不能寐，在昏暗的灯光下，他写着一封又一封的申述材料，试图恢复那个雨夜避雨的真实情景。但是，寄给原城市执法部门的申述材料均石沉大海，杳无音信。

1967年，"文化大革命"如火如荼地进行着。那位揭发沈飞父亲的处级干部，也就是刘秀兰的丈夫，在本市被打成了"走资派"戴着高帽子、挂着"走资派"的牌子满大街游街示众。后来，"文革"结束了，刘秀兰的丈夫平反昭雪，恢复了工作。当时因为高兴，喝酒庆祝，酒喝得过量后酒精中毒，一命呜呼了。真是应了那句老话：害人终害己。最后，他也没落个好下场。

这天，阳光明媚。刘秀兰千里迢迢从她家里来到省城西郊造访沈飞的父亲，在他父亲家中，刘秀兰拿着她为沈飞父亲写的平反材料，连声说着：“对不起、对不起……”当时，她还哭出了声音以表示诚恳的忏悔的心情。

原来，是她的丈夫当时误会很深，不依不饶，如果她当时不在揭发沈飞父亲的材料上签字画押，她丈夫就要告她和沈飞的父亲是通奸罪，还要和她离婚。正当她犹豫不决时，她三岁的女儿突然醒来，哭个不停。女儿不能没有爸爸，刘秀兰自私地在那份写着沈飞父亲调戏她，企图强奸她的材料上签了字画了押。她的丈夫这才原谅了她。

时过境迁，物是人非。如今，刘秀兰的丈夫才五十多岁就离她而去了。刘秀兰也许是良心发现，常常从噩梦中醒来。良心告诉她说不能冤枉好人。她终于鼓足了勇气，主动登门道歉，并主动承担了冤枉好人的罪行。公安部门和检察院、人民法院根据刘秀兰新提供的证明材料，并反复核实和公开审理此案，最终认为：此案证据不足，没有物证，事实不清等，撤销原判，给予平反昭雪！给予沈飞的父亲精神损失赔偿费十五万元，并恢复其名誉和工作，补发近年的工资待遇等。当地的公安机关、检察院及法院也对刘秀兰在她丈夫的误会逼迫下，一时糊涂冤枉好人的犯罪行为依法做了刑事拘留从轻处罚。因为她最终能够主动说出事实的真相，有悔过的表现。假的就是假的，最终，沈飞的父亲恢复了名誉和工作，社会各界人士也唏嘘赞叹不已。

这天，艳阳高照，晴空万里，市领导和单位领导们来到了省城登门慰问沈飞的父亲及其家人。沈飞父亲的工作也就近安排到了省城一家机关。沈飞的父亲眉开眼笑，开怀的笑声飘向远方。

沈飞的父亲把赔偿的精神损失费捐给了一所希望小学，在当地社会各界引起强烈反响，当地媒体也进行了追踪采访报道，为歌颂真、善、美，弘扬正能量而打开绿色通道！

自从冤案昭雪后，沈飞的父亲又扬眉吐气了，重新为国家和人民出来工作，做着贡献，直到六十周岁才光荣退休。沈飞的父亲经常笑容满面，有时拉拉二胡，有时还会唱当地的民歌，优美的旋律和动人的歌声盘旋回荡，仿佛在追述着他的人生。

许多年后一个秋天的某一天，正是沈飞的父亲七十九岁的生日。沈飞的父亲红光满面，精神抖擞。亲朋好友都来祝贺沈飞父亲的生日。沈飞的父亲一时高兴多喝了几杯，晚上突发心脏病离开了人世。古人云："乐极生悲。"他的父亲真应了这句话。

他的父亲走后，沈飞和母亲相依为命。一晃几年过去了，他也是三十多岁的人了。他的母亲年迈多病，住着父亲省城西郊留下的两间土坯房，房子经常漏雨，家中经济状况不太好。沈飞虽然也在朋友的引荐下谈了几个对象，但相处一段时间后，对方嫌他没房没车，先后就说拜拜了。

岁月如梭，一转眼又是一个明媚的春天，沈飞的母亲体弱多病，经常打针吃药，入不敷出，家庭的生活条件比较差。为了给母亲治病，他省吃俭用。沈飞也经常起早贪黑地微笑服务，辛苦地跑着的车，文明服务，口碑良好。沈飞因热情服务、文明服务，多次被评选为省城的"最美司机"荣誉称号，并在主席台上戴着大红花，向观众微笑着招手致意。人生没有单行路，日子里有剩米剩饭，没有剩儿剩女。男大当婚女大当嫁，这是家的传承。不是你没有情缘，而是你的情缘未曾出现，不过是或迟或早而已！沈飞的心如花期也相约在春天里绽放。也许是他的孝心感动了上苍，上帝为他的生活撒下了鲜花。也许是佛祖捕捉到了他的善良，派下月佬为他牵线搭桥。终于，沈飞眼里看到了希望。

这年的春天显得格外美好，在这个鸟语花香，鲜花盛开，香飘万里的季节里，一天晚上，沈飞正在跑车，当他的车转弯经过一个比较偏僻的路口时，听见有女子呼救的声音。他马上加速顺着声音开了过去，停下车。因为是黑夜，他探身走近呼救声音处，看看是什么情况。原来是三个混混在非礼一个女孩子。他大喊一声："住手！不得无礼！"小混混们一看就他一个人，壮着胆子快速围上来想动手，沈飞凭着前几年学过的几套防身自卫的拳脚功夫，飞起一脚先把冲在前面的一个大个子的混混踢倒，然后快速出手，拳脚相加，把另外两个小混混打翻。三个人见状慌忙爬起来，一起摆了副打架的架势。三个混混眼神传语，"撤"，一起落荒而逃。

沈飞上前轻轻扶起倒在路边的美女，美女感动得热泪盈眶。路边停着一辆崭新的宝马牌红色高级轿车。原来是车的左前轮爆胎了，正当美女停车准备打电话让汽车保修公司前来派人换备胎时，不想正好碰上了三个闲逛的小混混无礼纠缠，正在危机时刻，沈飞像天降的神兵解救了她，她连声道谢!

沈飞经常跑车，对给车换备胎比较熟练，沈飞对美女说：“不用叫人来了，我帮你换吧。”美女一听，心里想：“这太好了，叫人来，人家黑灯瞎火的掏钱也不愿意给来。”但她嘴上说：“这怎么好意思麻烦你呢？”沈飞回了句：“不麻烦。”沈飞用了不长时间，麻利地给美女的车换上了备胎。美女上车时，笑盈盈地递过一张名片，“于秀华”三个字跃入沈飞的眼帘。美女说：“请有事电话联系，我以后会当面道谢的。”沈飞马上接过名片，也把自己的名片恭敬地递给美女一张。美女回以微笑，发动宝马车缓缓消失在前方的夜色之中。

时间在不经意中度过，这天一家企业招聘司机，月薪六千元。沈飞抱着试试看的态度去报了名，经过面试，他顺利通过，被录取了。他每天的工作任务就是早中晚准时接送老总上下班。一个月后，试用期满，老总非常满意，也很欣赏他的为人，评价他车开得稳，人也勤快。

中秋节这天，正当沈飞看书入迷的时候，一个电话打了过来，请他今天在本市楼外楼五星级大酒店见面。电话是那位美女——于秀华打来的，要当面感谢他危怨关头挺身而出的搭救之恩。沈飞心里美滋滋地回想着那天晚上，宛如电视剧里上演的英雄救美的一幕。他应约而至，主宾落座，寒暄过后，开始边吃，边喝，边聊着……两个人海阔天空地随意聊着。他们第二次相见，并没有感觉生疏，谈的十分投机，大有相见恨晚的感觉。

于秀华，28岁，身高1.7米，体重60公斤，未婚，瓜子脸，樱桃小嘴，柳叶眉，身材窈窕，婀娜多姿，一双大眼睛十分妩媚迷人，一笑有两个酒窝，如初开的花蕾。于秀华是医科大学博士，在本市人民医院工作，是著名的外科大夫，月薪一万五千元。其父母都是知名企业家。

沈飞，公司老板的司机，33岁，身高1.8米，体重75公斤，未婚，月薪六千元。沈飞身材高大，浓眉大眼，一双剑眉，方脸宽额，两眼炯炯有神，也是当地数得着的帅哥!

有时双休日，花前月下，二人像玉树临风而至，风度翩翩走来，不知不觉中沈飞和于秀华心生爱意，彼此爱恋着对方。他们的情深意浓引得男女老少不由得回头驻足观看，真是天造一双，地造一对啊！路人啧啧称赞！是呀，红花自然配绿叶，君子自然逑淑女。

这天雪花飞舞，鞭炮声迎风飘来，天刚刚黑下来，在新世纪广场上，沈飞和心上人于秀华也在人海中徜徉。腊月二十三过小年这天，市长发表了喜迎新年的热情洋溢的致辞，城乡居民们和附近的牧民们开展了腊月二十三祭火神的活动，以求新的一年里幸福安康、风调雨顺、五谷丰登、百业兴旺！

随后，内蒙古呼和浩特市草原乌兰牧骑演出队闪亮登场，欢声笑语响彻夜空。乌兰牧骑演出的蒙古长调、马头琴演奏、万马奔腾、顶碗舞、“好来宝”、《赞歌》《雕花的马鞍》《十五的月亮》等异彩纷呈。

新年过后，青城出现了更加祥和的气氛。这天春风扑面，沈飞一大早拉着母亲来到呼和浩特市人民医院，由专家免费做了白内障手术，手术非常成功。母亲休息了几天，过去看东西模糊不清，现在一目了然了。沈飞的未婚妻于秀华也买了好多营养品前来看望母亲，一家人其乐融融。

风和日丽的星期天上午，沈飞应于秀华约请，前去大青山主峰爬山野游。他们兴致勃勃地爬到半山坡时，看到一位长者蹲在路边直喘气，呼吸困难，脸色苍白。沈飞马上说：“你去开车，我给老人做人工呼吸，马上送医院抢救。”沈飞给老人做人工呼吸进行抢救后，老人的脸色渐渐红润起来，当送到医院时，因抢救及时，长者的生命安然无恙。又是一个风和日丽的好天气，野外的山丹花、野菊花、芍药花开得正旺，吐着芳香，微风送来阵阵的清香。

清风送花香，迎来五一国际劳动节，同时沈飞和于秀华俩人也迎来了新时代的第一个春天的婚礼，他们步入了神圣的婚姻殿堂。那位游山的长者也带着十几位儿孙，手捧着九十九朵红玫瑰前来祝贺。

新婚现场汇成了花的海洋，祝福的歌声此起彼伏，好像在传送着沈飞过往的点点滴滴。沈飞用一颗朴实无华的心，迎来了人生最美的时刻。于秀华驻入沈飞的心中，伴他走进婚姻的殿堂，陪他一直走向更美的明天！祝愿沈飞和于秀华白头偕老！龙凤呈祥！

好人一生平安！这才是百善孝为先，与善结伴行，沈飞将把这福报传送给天下所有的人，愿好人一生平安！

三　哥

玄　英

三哥，北方某地农民。少时好动，厌学。小学毕业即辍学，遂归田务农。

三哥务农三十年，恰逢我国改革开放之三十年。

三哥命里属于庄稼地。在田野、地头，三哥风云际会，如飞龙在天。忽耶田间种地，忽耶山坡放驴；似曾割草养羊，却在他乡栽菜；继而外出打拼，终归家乡务工。

三哥的际遇是北方农民的际遇。个人与时代的矛盾与耦合注定个人要随波逐流。原有的梦想在不期然中实现，新的梦想又在追逐中破灭，包括与生而至的爱情、婚姻、家庭。在中国改革的大潮中，农村转型引发农民转型。三哥的身份被一次次重新界定，经历了模糊、清晰，再模糊、再清晰的嬗变。因此，三哥的生活变奏尚无尾声，但充满期待。

我回老家，该见的人都见了，想见见三哥，却没见到，说三哥忙着。

我知道，三哥肯定忙。三哥的前半辈子就没闲过。

从老家回来，我心里一直惦记着三哥，就想：把三哥和他的事记下来吧。

一、关于三哥

三哥在家排行老三，上面有两个姐姐。按照家乡人的习俗，三哥其实应该叫大哥。他毕竟是男的嘛。有什么比你是一个男的更具有在排序上的竞争力呢？但大家一直都叫他三哥。时间长了，同村里年龄比他小的人都渐渐地叫他三哥。甚至连长辈们在说“他三哥”时，不经意间，往往把那个“他”给轻声成了“三哥”。

三哥现在在镇里的一家酒厂打零工，三嫂在家做糕点。算起来他们进城也七八年了。两口子什么也干，能吃苦。开始的时候，三哥打些零工，跟着季节，什么能赚钱就做点儿什么。有时在冷库帮着捆羊，忙种菜的时候给人家栽菜。三嫂在居委会的帮助下，找了个保洁员的营生。冬天早早起来，负责清理两条街的下水道。北方的冬天天寒地冻，下水道结满了各种垃圾冰，镐头砸下去一个白点，好大工夫才能清理出一个。三哥每天早早起来，扛上镐头，帮忙清理。三嫂主要负责打扫里面和把垃圾冰运走。经过几年奔波之后，在这个小小的城镇里，终于有了他们自己逐渐稳定下来的一种生活状态。他们的两个孩子也都大了，女儿上了大三，儿子去年初中毕业，到职业技术学校学技术去了。

三哥进城后，在西郊租了两间房子住了下来。三嫂不做保洁员后给一家糕点铺打了几个月工，时间长了找到了门道，自己把小房子打扫出来，做点心，开了自己的糕点铺子，生意还不错。他们两个人厚道，不做假，这两年物价上涨，做点心用的面、油、糖，哪一样都涨，两个人看看坚持不下去了，价格才稍微做了些调整。街坊左右看两个人实在，经常照顾她生意，邻里关系很是和睦。眼下正是栽菜的大忙季节，三嫂骑车把她做的烧饼趁热送到方圆十几里的大棚菜地，生意确实还好。

父母在大姐家住。大姐是在高考恢复后的第二年考上中专的。大姐和姐夫都有工作，家里没啥负担，就把父母接到身边尽孝道。三哥到县城找活干，大姐和姐夫没少帮忙。三哥经常上班的路上顺便捎一些麻饼过来。父母都已经是七十多岁的老人家了。父亲身体还行，年轻时干活落下的肺心病在大姐的精心照料下反而比年轻时强点儿。虽说上个楼还要喘一阵子，但比预想的要好许多。相比之下，母亲的身体要差一些。从三哥记事起，好像母亲的身体一直不怎么好，不是今天头疼，就是明天腿疼。近两年老寒腿把老人家折磨的出门都吃力。看着母亲趔趄着在厨房里忙活，三哥的眼睛有一丝雾气慢慢地升腾起来。大姐说："娘你坐吧，和你儿子说说话，看走多了腿又疼"。母亲说："多少年了，都习惯了。这都是年轻时坐下的病，生的孩子多，又没得吃，月子刚起就下地干活。第一个得说是老三，饿得成天哭，干活还得背着他，累的过个小壕沟都起不来。"话虽这样说，但三哥清楚，父母最放心不下的还是他。

二、念书和套雕

今年的雨水好像特别勤快，时间刚刚五月，已经下了几场透雨。耳畔听着窗外的雨声，三哥想，好多年了吧，没有这样下过雨了，老百姓讲牛马年好种田，看来今年真的是个好年景。在这个经济萧条的春末夏初，雨声格外富有感染力和亲和力。

回家去把地种上吧，打闹点儿口粮。今年看起来雨水错不了，难得有一个好年头。想象中三哥点上一根烟，吸了两口。现在行了，种地有补助，这两年粮价也可以，多少能赚点儿。而且，种地也不是太栓人，找机器种，一两天的事。锄、割都雇人，就等秋天打打场。

三哥不爱学习。和中国的大多数农民一样，父母一直希望他们的孩子能爱学习，跳出农家门，不再榜二垄子。为此，在那样一段非常的日子里，父母想尽各种办法供几个孩子念书，只要能考上个学他们干什么都行。二十世纪七十年代末，刚刚恢复高考的第二个年头，大姐考上了当地的一所卫校。这对这个家来说无疑是个很好的开端。接着，家里的几个孩子相继向考场发起了冲锋，但收效甚微，全家五个孩子，考上两个。尽管如此，在那个百十来户人家的村里依然十分抢眼。到此，这一家里贯穿十几年的主题曲终于画上了休止符。

三哥说一上课他就头疼。三哥清楚得记得，他念书那会儿，学校其实并不怎么注重文化课。“学工学农”他倒是没赶上，可赶上了学校里天天排戏，搞什么文艺宣传演出。三哥和二姐差着两个年级，可每天都在一起，不是排样板戏，就是学大寨啥的。三哥总是背着个木头手枪，手枪的把上系一条红领巾。他心里盼望着能够出演李玉和、郭建光这些光辉形象，不过现实中这些角色是轮不到他的，都被大队书记和生产队长的孩子抢了去。三哥发狠，声称宁可演座山雕，那才威风。这样的环境谁还有心思学习。为了应付父母的检查，三哥起初每天还煞有介事地读一会儿书，一页一页翻过去，口中念念有词，不是那种心里边默念，是有口型的那种，双唇张合得很夸张，很有节奏。当然谁也不知道他念的是啥。这样的把戏很快就被识破，他就干脆向父母摊牌了，说无论如何也不念书了。

用老家的话，三哥是个“套雕货”。不过他真的没套住过什么“雕”，小绿雀没少逮。我们村子地处山坳，四面环山。村前屋后有两片树林。夏天，树林是孩子们的乐园，也是各种精灵竞相炫耀的舞台。三哥带着一帮和他一样不爱读书的孩子们，在和树林子的精灵们嬉戏、比拼，这个时候才彰显出他真正的王者风范。为了把一种叫作鹊鹞子的大鸟逮到手，三哥亲自动手做了一只大老雕，还不惜偷了父亲用来做纸染的颜料。颜料是父亲用来染他做的一种纸质的手工花的。那时候物资紧缺，就是这些颜料还是几年前从来村里的一个货郎手里买到的。三哥拿了颜料用不完，又怕被发现，索性把剩余的颜料偷偷地撒到了壕沟里。这一举动激怒了母亲。几十年后讲起这件事来，母亲尤带怒容，“可是个败家子”。母亲拉长了语调，“多会儿也不让人省心。”冬天的时候，山坳里、山坡上到处积满了皑皑白雪。三哥和一帮小朋友在山上打雪仗，套兔子和小鸟。一大帮子小孩，带着铁锹、一种用牛粪冻成的冰牛子（冰车），从山顶上骑了铁锹、坐了冰牛子一路向山下滑去。三哥没带工具，从头上取下狗皮棉帽子，让毛冲下，顺坡下驴，居然比那个冰牛子还快。半天玩够了，衣服也全湿透了。

我知道，记录下这些往事对于塑造一个三哥的形象并无益处。我忘不掉的是他童年里的闹闹腾腾的生气，小朋友们是多么崇拜他啊，跟在他的身后，骄傲地昂首挺胸地……（此处可接任意动词）多年以后，我带着儿子回到老家，寡言的三哥在晚上出院（上厕所）的间隙，回来时就给他的侄子变戏法似的从衣袖里掏出一个家巴子（麻雀）。那一刻的感动和我儿子的欢呼至今在我身体的某个角落呼啸。

三、耪二垄子

三哥念到六年级就再也读不下去了。刚好那时村里包产到户，家里有了自己的地，他也就顺理成章地成了庄稼地里的铁杆庄稼。在后来的很长一段时间里，父亲总是拿三哥比例子教育我，说："不好好念书，看见没有，就像你三哥得耪二垄子。"

三哥从此开始老老实实地耪二垄子了（或许并不），十几岁的孩子，不上学了，在田间却可以抵得上一条成年壮汉。"你三哥是个半吊子，那会儿才十七八，和老李家大小子（长子）比赛割地，四百步的征子（地垄长度）不直腰。"已经记不清母亲是第几次说起这次比赛了，"人家老李家大小子都快三十的人了，那些大人们也不正经，在一边跟着架秧子、瞎起哄，说谁输了就买二斤点心。你三哥信了真，汗出的裤腰边子都湿透了，赢了，结果老李家又坐了腊（反悔）。""要不是看老李当时病得厉害，我非去他家要出来（接不可）。"几乎每次三哥在场的时候都会这样为自己辩解。我甚至在写这些文字的时候，还似乎听到他用力咬下一口大葱，很响地咀嚼。

许多事情被转述的次数多了，连自己也分不清楚哪些是真实的，哪些又是演绎的。真实的经历和虚幻的记忆重叠着，总给人一种错觉。因此，在讲述关于三哥的这些故事的时候，我其实自己也是恍惚的。年代是恍惚的，事件也是恍惚的。在太多的恍惚中我不能保证我的陈述的真实性。因为，我有时甚至能无比清晰地记着出生以前的事——这在理论上是无论如何也不可能的。

三哥从生产队承包了三十多亩旱地，加上自己家里的一共有六七十亩。我们那个地方是山区，（后来我有机会到南方见到真正的山区，才知道那不过是一些丘陵。）到处是坡梁地，机器上不去，全靠人工。三哥有的是力气。那时候三哥还没和三嫂成家，不过两个人已经订了婚。三嫂家里的地少，早早就割完了，就拿了镰刀到我家帮忙。三嫂割得快，三哥就要更快；三哥不磨刀，连拔带拽一路就到了头。在地头歇息，三嫂磨好自己的刀，再给三哥磨。三哥返回去把刚刚割下的麦子捆起来。两个人配合十分默契，出活快，顶得上四五个人。乡亲们都在议论，“看这小两口，真是天生一对干活的好手。”或者那时他就干得更带劲，如鱼得水。不知什么时候起，父亲好像已经没有了当时的失落感，会背转身不加掩饰地夸奖，说他“没有出息，就是咱庄稼地里的‘苗’。”

记忆里的这一背转身，我却分明听到一声喟然长叹。

四、有关爱情

然而，这棵苗在这片滋滋冒着油腻的黑土地上很快茁壮成长起来。雪花、杨树花在眼前晃动飞舞，转眼三哥已经长成大小伙子了，身上的肌肉一疙瘩一疙瘩的，到了该成家的年龄。前文交代过，父亲和母亲为了几个孩子能念上书，想尽了办法搞一些政策允许的副业多赚些钱，比如做些手工啦，养几口猪啦。乡下那时还很封闭，不像现在路也通了，人们都想往外边跑。四面环山的小村庄那时候受政治气候的影响相对要小。因此，父亲有充分的机会学着给人做衣服。别人做青年服，父亲就学做中山装，别人做单衣，父亲学做棉衣，后来竞争更激烈了，索性学做皮衣，工钱从两三毛到一两块不等。父亲在十里八村居然出了名，日子居然红火了起来。印象中老是这样一幅场景，半夜醒来，父亲在缝合白茬皮袄，微弱的罩子灯下，低头咬断一段棉线，粗糙的手指灵巧地打上个结。母亲站在炕沿前，双手翻飞，铺摊着一片片劣质的棉絮。这样的景象一次次重复，以至于我对那个时代的记忆都淡化在这样的一个背景里了。三哥的肌肉一块块隆起，从这个背景里走出来。他确已到了成家的年龄。村子里总有几个人，义务给青年男女保媒。（时代呼唤某种人物，某种人物便应运而生）我们故事的特别之处是“媒男”。该“媒男”是女方的亲戚，长一辈，我们称他二姑夫。二姑夫叼着烟袋，盘腿坐在我家炕头，话题先从对我们家家境越来越好说起，说："你们家现在是大户了，孩子们眼看着都出息了。你那老三精明能干，说媒的不少吧？现在的年轻人根本不用老人操心了，都自由恋爱。有了没有？是哪家的闺女？"母亲赶忙申辩说还没有，还得麻烦他二姑夫帮忙介绍一个。二姑夫说："不可能，现在的年轻人，啊？"他打个哈哈又说："不过呢要是没有还真得张罗张罗，老李家的二姑娘咋样？有点儿倔是吧？王家的青梅是同学，就是她妈人缘差点儿……"说到后来说起他内侄女，"能干，初中毕业，有文化，人也贤惠，你们看合不合适？"

二姑夫的这次重要谈话三哥其实并不知道。父母坚持认为三哥没有自己搞个对象。事实上，很多迹象表明，三哥那时已经春心萌动，即使不太明朗，也还是有些目标的。但父母说他没有，他就成为事实上的没有。在没有三哥参与的情况下，三哥的婚事被确定了下来。三哥本能地表示着自己的不满和不快乐。比如，到了年节，都要去给岳父母送些节礼，三哥就抽驾（摆出姿态）着不去。免不了父亲吓唬吓唬，母亲劝一劝，最后还是如数送达。父亲因此常常说："庄稼地的苗，没甚主心骨，就得敲打敲打。"

现在我斗胆写下这些，还望三哥、三嫂见谅。我对行为学、心理学没什么研究，但有时候我认定从行为学和心理学上讲，其实三哥并不是真的不愿意，他想表达的更多的还是对父母亲包办做法的不满吧。因为后来的情况完全证明，这是一桩美满的婚姻。

三哥的婚事办得很红火。乡亲、好友也凑了三五桌。炕上地下挨挨挤挤，大家这个随（礼，表贺）一对暖壶，那个随一对枕巾，有几个人合伙买了个大穿衣镜，亲属基本上都是现金，三块、五块不等。三嫂的大姑父是县城里的干部，有身份，专程赶来参加了婚礼，场面一下子有了档次。前一天的下午，三哥赶着他那两面都是双轱辘的毛驴车（那可是三哥的"宝马"车）从通到乡所在地的班车上把这位有身份的亲戚接上。坐在毛驴车上，大姑父说："好啊，比坐吉普还强哩。我看这个姑爷不错，有出息。"三哥听了好一阵高兴，好长一段时间里成了他炫耀的谈资，原先的拘谨一扫而光。好心情直达结婚当天，三哥、三嫂红着脸给客人们逐一敬了酒。一个我们叫五伯的喝得当时就吐了，还叫嚷着再喝。她的老伴前来劝他，他踉跄着要动手。几个当小的也不讲究，七抓八挠的把他给摁在了地上，又有人起哄，用绳索绑了，抬了回去。

三嫂是个好人，长相一般，但身材高大，身板结实，干起活来手脚麻利。她和三哥是小学同学，甚至有几年还是同桌。有没有半块橡皮的故事，我不尽知。据好多他们的朋友的消息，他俩在班里可是一对冤家，经常争吵打斗，可谓不打不相识。三哥人很善良，即使是和男同学打着玩儿，也不会下重手，对女同学就更可想而知了。但时过境迁，大家都说他在念书时打过三嫂，而他又不置可否，渐渐地大家就相信真有其事了。三嫂是个过日子的人，母亲非常满意。他们成家以后，三嫂就成了家庭的主要决策者和执行者了。每年种什么、种多少，他们两口子一商量基本上就定下来了。副业搞些啥，养羊还是养猪，也是他们说了算。

庄户人的生活多少年不变，自给自足。然而在中国历史的某一个关键点上，却发生了急剧的变化。而这个关键点却契合着一个普通的北方年轻人的生活。三哥成家的喜庆鞭炮声弥漫着这个变革时代的两端，恰成一种写照。

五、倒驴换马

分田到户。三哥怀揣着一种特有的心情——这种心情在以后的岁月里会几经显影，却永远不会重复；这种心情会多次重逢，却永远无法定格——去生产队抓阄。他在手心吹一口气，然后两手合起来，上下搓几下，闭上眼，把手伸进一个纸口袋，慢慢地拈出一个纸阄，小心翼翼地打开，上面就写着编号。经过确认找到了那头黑色毛驴。请您不要计较这里枯燥而缺乏生机的叙述，您尽管想象着在某一部电影或者电视剧中的某个情节，甚至可以想象着那头小毛驴长有一双隐形的天使的翅膀，它开启了三哥全新生活的大门。

三哥刚刚辍学，每天骑着毛驴上山，毛驴吃草，他在一边割草。毛驴吃饱了，他也割下三四捆草了，驮上回家，再把草晾开晒干。一年下来，冬天备下了大大的一垛。来年春天，用这些草和原生产队长家换了一匹大黄马。大黄马是一匹四岁骒马，本是名马之后，无奈在队长家没人精心料理，长出一身痱子，一身金黄色的毛早已不见了踪影，灰不溜秋，样子实在不咋样。不过三哥从小就爱马，对这匹马的祖宗三辈都了解，透过满身的痱子，三哥还是看出了这匹“名门闺秀”的大家气派。大黄马也是为悦己者容，接下来的几年间，大黄马为三哥下了两匹马驹和两头骡子。嘿，三哥甭提多高兴了。眼瞅着摊子趟开点儿了，父亲也不知为什么却犯起愁来。“老三呀，我看有个牲口能干活就行了，别弄那么多，怪累的慌。你说呢？”三哥说：“有甚累的，我还要发展一大群呢，到时候办一个马场也不一定。”父亲一听就慌了神，“哎呀呀，可不行。弄得大人家就眼红，就整你，到时候怕是鸡飞蛋打一场空。”

父亲说的不是没道理，或许是在他年轻时有过那样的经历吧，兵荒马乱的年代，没有哪个人的财产是可以保全的。关键是他没能把道理讲清楚。讲不清楚就没有说服力，三哥坚持要发展他的马场。“不行就是不行。”父亲撂下这样一句转身出了门。三哥冲着父亲的背影撇了撇嘴，低声嘟囔了句：“老顽固。”不过在母亲的斡旋下，最后两个人达成妥协，留两匹骡子做畜力，剩下的换了几只羊来养。“养羊也成。”三哥咬了咬牙。他还记得小时候，生产队的羊群回来，他跟在一只羊毛脱落的把屁股都裸露在外的羊后边，蹒跚着手指那块粉红色的裸露，呼叫着要“吃肉肉”的情景。好吧，养羊就养羊。有了养马的经验，养羊也不成问题。一理通百理通。三哥怀揣着“吃肉肉”的梦想，把换来的几只羊侍弄得跟踪爹老子似的。两年下来，发展到二十几只，俨然成了村里第一养羊大户。

吃肉是不成问题了。曾几何时，我们百姓的全部生活只是为了吃饭。当国家不再为姓资还是姓社伤脑筋的时候，“吃肉肉”的梦想却在三哥脚下铺伸了近二十年。

其时羊毛增值，从每斤几毛钱一路飙升至一块五六，看样子还要升。三哥养的大多是本地羊，产毛少，卖不上价。会“倒驴换马”的三哥想着还得倒换。离营子不远的河北一家牧场养着美利奴细毛羊，听说要淘汰一批。

三哥那时刚刚成了家，也不和媳妇商量，起了个大早，赶着四五只老母羊便出发了。到了牧场一看，他可开了眼界了，那美利奴种公羊个头大的跟牛犊子似的，身上一圈套一圈全是密匝匝的羊毛，喜煞个人。一问要十几只本地羊才能换。三哥踌躇了，乖乖，十几只，不行，看有没有小家伙，养一两年也行。三哥一打听还真有，四只羊换了小种公羊回家。母亲见了说：“你个败家的货，四只羊才换一个小羊，缺心眼。”三哥也不说个啥，嚷嚷着说：“饿了，快弄些吃的。”三嫂是个好人，对这件事也没说个甚，回屋给三哥弄吃的去了。

春去秋来，转眼到了第二年，“小家伙”发挥了大作用，四只母羊怀了胎，三只产了双羔，一只居然产下了三胞胎。这可是特大新闻，连乡里的干部也惊动了，前来一看究竟。小羊羔个个都很精神，一色是带着套引子（马驾车时脖颈上所戴之物）。乡里乡亲都来看稀罕，有的说这回三哥要发大财了，有的也担心下那么多小羊羔怎么养活。三嫂听在耳朵里，却是记在了心里头。不能让这么金贵的小羊羔饿着。她用过年吃的麻花，嚼碎了，拌些奶粉，像喂婴儿那样把几只羊羔喂的肥肥壮壮。这些经验后来在他们有了第一个小孩时，发挥了积极作用。我那侄女在三嫂的精心呵护下长的身体结实，胖嘟嘟的。

羊毛已经涨到一斤三块钱了。三哥家的羊平均产毛十几斤，不得了了，一年光卖羊毛就是五六百块。人家说，村看村，户看户。榜样的力量是无穷的。不到三五年时间，村子里由原来的两群羊迅速壮大到五群。到了卖羊毛的季节，不用再到乡供销社了，而是供销社派人来村里收购。几家好吃懒做的主，往往还是村里的“大社员”，就是在集体时老是到队长家蹭饭，打听些消息，知道村里，主要是队长的一些猫腻，不用干活，还得高工分的人。这些人平日里好吃懒做，吆五喝六，很少有正庄。就是这些人，看别人卖了钱，眼红。一个叫石老二的来找三哥商量，“我没有羊，你有。我和乡里来收羊毛的熟，我给你的羊毛里掺些细土面儿，他也不查咱，多出来的钱咱二一添作五，咋样？”三哥想这咋行呢，掺土，不是骗人吗？不行，绝对不行。三哥不答应，石老二说：“你等着。”等着的结果是，乡里收购羊毛的人拒收三哥家的羊毛，还在三哥家羊毛里查出了一块砖头。事情越闹越大，最后收购的人声称三哥破坏市场，要没收羊毛。三嫂挺身而出，到县城把她大姑父的关系找来，低价收了羊毛，这事才算收了场。

我想我是理解我们那时的市场的。刚刚走上市场的中国的广大乡村，缺少法和法的精神。我想我也是理解那时的干部的，在中国农村变革的大潮中，他们或许正在经历着肉体和灵魂的双重调整。然而，进步的代价总是由个体的付出甚至是牺牲堆积而成，且生生不息。

六、一段插曲

现在，三哥是欢快的，神色也很好，每天下班后回家看看电视，帮三嫂进些面粉和油，赶到中秋节、春节帮着照看一下烤炉。春节后的几天短暂休息日，三哥有时候到附近的娱乐室打几圈小麻将，生活规律起来，也有了色彩。

在这个小小县城的边缘，三哥的生活渐渐有了新的色彩。有那么一段时间，村子里无事可干的人们在无事可干的季节里总要聚在一起押宝、打麻将、推牌九。农闲时节农村展现的不再是田野里的波浪，几个光棍的住所成了临时聚赌之地。烟雾缭绕中不时发出几声怪叫，“大、大，小、小”，“和了”。三哥没事干，家里又有一点儿结余，自然成了一些游手好闲之徒的争取对象。三嫂为了从牌场子里把三哥找回来可谓费尽心机。父亲给三嫂出主意，实施找回男人三部曲：经济封锁，攻心战术，扫清外围。父亲让她找到就搅局，别给他留面子，拿炉钩子刨他。父亲也跟着找，从旁策应。一次，三哥正在一户人家激战，父亲和三嫂探得消息，一个把门，一个进屋捉拿。三哥见势不妙，一个箭步穿窗而逃，父亲大步上炕，结果把人家的炕给踩塌了。三嫂拖着六甲之身，手提炉钩子夜巡围堵，同时也放出话去，谁和三哥玩儿就去谁家吃饭。直到三嫂生产，三哥才在内外交困的情况下回心转意。

没有健康的文化生活，农村的闲暇时间变得丑陋。赌博是一张张网以待的黑色的陷阱，一些乡村甚至成了赌博专业村。三哥一年辛苦的得来在几声尖叫里去的“毫不费功夫”。如今，国家连续几年出台文件，在加强农村经济发展的同时，提出了新农村建设的宏伟目标，把“乡风文明”作为一个重要的方面，制订了一系列切实的，在实践中也是富有成效的措施。农村文化生活日益丰富。同时，各种专业合作组织、协会组建起来，大家都有的忙了，赶场子忙赌博的人再也没有了生态土壤。

七、外出务工

养羊是越来越难了，草坡少，羊群多，方圆不到四五公里的地方，养了足足有上千只绵羊。山坡上再也难以看到往日的丰腴姿色，一片片裸露着红麻麻地。再加上市场没人整顿，家里就算有羊毛也卖不出个好价钱。

不过，种庄稼还是三哥的本庄。三哥是种庄稼出身，这些年养马呀、养羊呀还不都是副业嘛。上级号召调整种植结构，什么赚钱就种什么。为养而种、少种种好。种大豆（是为蚕豆）、种土豆，这些挣钱；种青贮、种苜蓿，这些可比养羊、卖羊赚钱。几年下来三哥的日子是越过越来劲了。

然而，市场是不以人的意志为转移的。无形的手左右着市场，今年大豆值钱，明年种了大豆，恰恰大豆又不值钱了。二十世纪九十年代中期，中国人奉为"心里不慌"至宝的粮食价格一掉再掉。三哥留了几年的粮食，陈放在手，再也没有卖出去。一个铁杆庄稼不会种地了。迷茫，到处是迷茫的眼神。村里的年轻人纷纷出走，开始到外面的世界打拼。大片土地开始撂荒，有的甚至举家外出。营子里遇有老人过世，居然连挖坑的壮劳力都找不出。一首歌唱尽了个中滋味："外面的世界很精彩，外面的世界很无奈。"

然而，在这个偏僻的小山村，三哥一辈哪里知道，整个中国农村正在经历怎样的阵痛。市场放开了，信息不对称造成千家万户的个体难以应对千变万化的大市场。而中国农村整体上劳动力过剩，在沿海沿江的乡镇企业的带动下，劳动力梯级转移已是大势所趋。

三哥四十五六岁，看上去却更加苍老一些。春节前刚刚镶上的两颗假门牙不知哪里去了，一张嘴，黑洞洞的两个窟窿还把母亲吓了一跳。问他怎么回事，他说是头一天晚上上厕所，一个喷嚏把假牙打到厕所里了，回去找了个铁钩子钩了半天也没弄上来。母亲说："还钩它干甚，还要往嘴里安吗？"大家哄笑。"嗨，好几十块钱呢。洗干净也没事。"三哥笑着回应。

雨声好像更大了。说起回去种地的事，三哥又想起了那年承包了两亩水浇地种西芹的事来。

新世纪初年，种菜成了风气。三哥所在的这个镇里建起了一个规模好大的市场。那几年，村里的年轻人都往外跑，春节刚过，一家一家的就卷着铺盖卷踏上了外出务工的路。三哥看别人外出心也稳不住砣，想出去闯一闯，母亲一听死活不同意，说："你那么大年纪了，不像二十来岁的小伙子，吃没个饱餐，睡没个好觉，几天把身体折腾坏了。"父亲也说："听说种西芹不错，一亩地收入上万元，打听打听包点儿，咋样？"三哥家土地全是旱作，没有水。三哥就和他的小舅子跑到他小舅子的小舅子那里租了两亩水浇地，打井、拉电、买秧苗、上肥、打药，投入了六七千。也是运气不济，辛辛苦苦一年下来，正赶上那一年西芹卖不上价，多少钱没人要，满大街、田塍上到处是丢弃的芹菜。经这一闹腾，三哥元气大伤。到底和他小舅子两个人丢了家人，跑省城一个建筑工地打工去了。三哥的两颗门牙就是在这次打工期间被碰掉的。

正好那年我出差，借道去看望三哥。中午有一个小时午餐时间，我在就近一家小吃铺早早坐下来，点了菜等他。看着十二点半了，远远地，三哥和他的小舅子向小吃铺走过来。两个人一样的装束，上身穿一个二股筋背心，下面一条迷彩裤子。问他怎么样，他说还行。我问他多会儿回家，他说估计得年底。我问他喝点儿啥，他俩都说中午不行，全是机械。看看时间要到了，我给他买了条烟和几包熟食，嘱咐他："注意身体，不行就回去，年龄大了，别再弄出毛病来。"他说："放心吧，没事。"转身回了工地。他是不是哭了，我现在想，他转身回了工地，走路的步幅很大，夹着烟和熟食，回没回头记不清了，好像回头摆了一下手，又好像没有。当时我哭了吗，好像有一丝咸涩，雾一样在胸间升起，又仿佛没有。那一次，他的门牙应该还在，应该是在这之后的某一天被碰掉的。过去很长时间了，我们都该忘记了吧。

为什么要记起来呢？三哥是我童年的向往。在庄稼地里的三哥是我的向往吗？那天三哥的话特别少，或者说了很多，但他的神色并不好。在那个小餐馆里，我莫名想起了鲁迅先生笔下的闰土。是时代的特征还是角色的定位？那一刻，我的思绪又一次断了路。

在中华人民共和国成立六十周年到来之际，中国农民的命运发生了翻天覆地的变化。三哥已经不再是一个典型的农民，但他又是今天大多数农民中的一个。来到城里不种地的三哥需要有一份稳定的工作。在大姐和姐夫的帮助下，他到酒厂当了装卸工，收入不算高，计件。好在这家酒厂效益不错，活也就少不了。每个月挣个千数来块，加上三嫂卖糕点的收入和村里退耕地的补助，供孩子念书还负担得起。

三哥回村里去种地了。

短短的几千字里，我们无法讲清楚关于三哥的更多的故事。他留给我的两次笑，分明地又叠映在了这个故事的某一些章节里去。我不知道这篇文字能不能交差，关于三哥的童年、三哥抓阄、三哥成家、三哥养羊、三哥种地、三哥打工，是真实的，又是虚幻的。在那么多成功转型的农民群体中，三哥的故事无论如何都不能传达什么。如果可以的话，我想说在变化的变革的时代，他的笑声会在三哥们的将来里埋下伏笔。

衷心祝福三哥幸福，快乐！

五保户田老汉

韩晓红

一

近来，田老汉开始做梦了。每天晚间那鼾声如雷的睡眠里，总有一个清晰的梦，那就是乡亲们敲锣打鼓地把一个蒙着盖头的新娘迎接到了他那新盖好的房子里，他开心地笑着，就这样把自己笑醒了。醒来后，他很遗憾地摇着那硕大的脑袋，自言自语道："怎么就醒来了呢？真不该醒的。"在以后的梦里，他也都是这样把自己笑醒，然后重复着同一个动作、同一句话。

日子好过了，田老汉居然开始有梦了。以前，他总是不明白别人为什么会做梦，而自己连梦是什么都不知道，更不要说怎么来做梦了。自从住进了新房子以后，村里的上了年纪的人们就经常地对他说："新房子也住上了，日子好了，怎么也得张罗着娶个媳妇来照顾自己了。"每当他听到这样的关心话，"嘿嘿"一笑，就说："娶什么呀，都这把子岁数了。"心里却在琢磨着他们的话。久而久之，夜晚就有了这不断重复出现的梦。

白天干活的时候，他总要把梦里的情景仔细地回忆一遍，想知道那蒙着盖头的新娘子是什么样的。他有时候想得出神了，居然忘记手头的活计了，等回过神儿后，就不好意思似地磨叨着：“我这是怎么了？日子越过越好了，我怎么不知足了？”然后继续他的劳动。

这个田老汉，身板儿硬朗，已经是六十多岁的人了，除了头发有点儿花白，牙齿却没有脱落很多。他听村里的人说，大城市里可以镶牙。他听了感觉新鲜，但是不好意思问那是怎么一回事儿，就琢磨着有机会也去大城市去镶牙，“这样就可以吃大豆了。”

田老汉以前住着低矮的土坯房，就是一间小房，进屋就是一盘炕，可以活动的空间很小，不用怎么收拾，屋子显得很整齐。一个油漆斑驳的木头箱子是他全部的家当，还有一些零碎的生活用品。屋子显得很空，很大。炕上是一个发黑的行李卷，再没有别的物件。他很满意自己的生活状态，有吃有喝，身体还很健康，村里的人们对他都特别好，走到谁家，不用自己说什么，就有吃有喝。衣服什么的也有村里的妇女们给做。他一直感到自己虽然没有成家，但也没有什么拖累。偶尔看到别人家那热闹的情景时，他也会动点儿心思，但是想不出个所以然来，就停止了这样的念想，去重复着日复一日的生活。

村里近年来在发生着变化，开始是把集体的田地分散到各户，之后就是把牛、马、羊也都分到各户，再之后就是各户自己经营自己的。陆续地就有旧的土坯房屋被推倒，红砖房拔地而起。田老汉弄不明白这究竟是怎么一回事儿。村里也分给他一小块土地，是在村子的边上，方便他管理。他不用去场院里看管集体菜地了，就在属于自己的土地上种上一些蔬菜，等蔬菜长大后，经常采摘下来送到各家各户去。各家各户还是他的家，他可以随便到任何一家去吃饭。后来，他不再经管菜地了，由村里派人给他管理，他也就乐得享受晚年的生活了。再后来，村里的年轻人们都外出了，说是去“打工”了。“什么叫打工？”他问过人们，听了后也不怎么明白，他也不再往明白了弄。村里成立了养猪场，一下子就富裕起来。这样村里就给他盖了间新的房子，还给他配备了许多新的生活用品。每当他看见那宽大明亮的玻璃窗户时，就用手去小心地摸触它，说：“真叫个好，亮哇哇的。”炕头上是新换的被褥，“盖着暖和，就是不抗脏，不像以前，不洗都行。”他呵呵地笑着对村里的人们说。他们就告诉他，要“经常洗澡，保持卫生”。他不敢到村里的集体浴池去洗澡，怕人们看他的身体。他在自己的新家里，关了门窗，把窗帘拉住，然后独自去擦洗身体。他擦洗身体判断是否干净的标准就是看脸盆里的水是不是很黑了，如果达到他心里的“黑”的标准，就停下来，否则就一直去擦。后背他是擦不到的，努力了半天，胳膊也无法把后背都擦到，也就是在这个时候，他第一次感觉到应该娶个媳妇了，有了媳妇，擦后背就不困难了。

“住了新房子，盖上新被子，就得天天擦洗身体，挺麻烦的。”他每次擦身体时都这样独自磨叨，但是他天天都擦洗，仿佛是任务，“要不弄脏了新新的被褥，可惜了”，或许这是他擦洗身体的出发点。当他把身体舒坦地放到被褥上时，感觉就是舒服，也许，就是因为舒服，他才连续做着那个“娶媳妇”的梦吧。

除了这样的梦，他还喜欢去回忆过去。他奇怪，自己老也老了，对过去的事情怎么记得那么清楚呢。

说实在的，田老汉的过去太平常了，没有波澜，平淡得就像村儿里的那口水井里的水一样，谁喝了也没有什么深刻的记忆，除了那一股草根儿的味道。很多时候，他躺在暄腾腾的褥子上，往事就像电影一样在眼前走过。他感觉，单是回忆过去日子里的一天里的生活，就足够他去想上很久的。在这样的回想中，他送走了很多个黄昏，他觉得，回想过去，真的是很快乐的事情呢。

过去日子里的每一天，可以简单地描述为吃饭—劳动—睡觉。三百六十五天里，几乎没有什么新鲜的花样，除了四季的更替。但是，每一天，他都是在快乐里生活。这不，舒服地躺在褥子上的田老汉又在回忆往日里的生活，不过是把那一天的生活来回想。在这样的回想中，他打着呼噜，睡着了。梦里，清晰地出现了过去的生活，尽管只是一天的生活。

二

清晨的太阳在东边的山头上把第一缕阳光撒向醒来的小山村。看不出来太阳是怎么走的，却在慢慢地远离那座不高的山，在渐渐地变小，好像远行的船只，离送行的人越远就越小。只是，它不会消失在地平线上，除非当它要落山时，它才像落到山那头的东西一样，“咕咚”一下，没有了踪影，只把余晖撒满西边的天空，仿佛远行的人把“再见”的声音以回音的方式传递到人的耳朵里。云彩犹如一只巨大的手，从太阳的表面掠过，像懒惰的孩子给自己洗脸似的，只把手在脸上停留一次，就再也不管了。被“洗”过的太阳满意地露出了笑脸，去看着大地上的一切。

风在无声地刮着，慢慢飘走的云告诉大地它在和风做伴。山峦披着绿纱，和眼前的庄稼一起沉静在这空气清新的早晨。很远、很远处有不清楚的牛叫声，还有村民们的笑声。家家户户的烟囱里浓浓的炊烟在渐渐变淡。该出工的，该上学的，都陆续到位了。

在村子的南边不远处，有一片菜地，是村子里的公共菜地。那里有一口井，一头小毛驴是井的固定的汲水者，管理那口井和蔬菜地的也是固定的一个人，那就是田老汉。

那片不大的菜地，在清晨的阳光下，也披上了一层金色的光芒，蔬菜叶子像刚睡醒觉的孩子一样，舒展了腰身。它们也在轻轻地摇晃，更像赖在母亲怀抱里不肯离开的幼儿，任性且可爱。

菜地边上有一间灰黑色的土坯房，那是下夜用的临时房屋。阳光下的灰黑色土坯房屋，给人的感觉也不再是那么荒凉，明亮的阳光能够把很多东西涂上一层柔和的光圈，就连房顶上那几棵小草的色彩都是明亮的。田老汉在夏季里就住在这间小房子里，便于看管菜地。

田老汉早早地起来了。他揉着眼睛，脸都不洗，一边独自磨叨，一边把拴在桩子上的小毛驴牵到了井边。小毛驴不情愿地离开一大堆的青草。田老汉似乎是生气地说：“看看你，懒成甚了，吃了一大早的草了，把肚皮都撑鼓了，还想吃？你就谗吧。”小毛驴在他的磨叨声中被套上了龙头，绕着井开始车水。水车吱嘎吱嘎的声音跟随着小毛驴的脚步声传了出来。清澈的水从井里被车了出来，顺着头天晚上田老汉修好的水渠流向了菜畦子。

此时，田老汉手搭凉棚，眯缝起眼睛向东边没有目的地看了看，转过身，拿起一把铁锨，开始把菜畦子边缘的土拍打得结实些，以免水从里边跑出来。他不时地向手掌心里吐吐沫，以便把铁锨把握得更紧。

“踢嗒踢嗒”的小毛驴的脚步声，“咯吱咯吱”的水车声，田老汉“啪啪”地拍打菜畦子声，形成早晨的大合唱，却也能够分辨出各自不同的声音。

炽热的太阳让田老汉不停地用袖子擦着满头满脸的汗水，即便是这样，他也没有停歇下来，依旧整理着一畦一畦的蔬菜。已经看不出当初质地的灰黑色衣服，被汗湿了，又很快地干了，之后又湿了，反复多次，使其后背有了地图一样的不规则的图案。

小毛驴停了下来。专心理菜地的田老汉听不到那个声音了，口里就说了：“唉，你个畜生，你就偷懒吧，我还没有停下来，你就停了？”他把手里的铁锹插入土里，转身向着小毛驴走去，很快就又停了下来，笑呵呵地说：“敢情你个畜生是在尿呢。”于是，田老汉再次把铁锹握在手里，继续他的劳动。

“踢嗒踢嗒”的小毛驴的脚步声，“咯吱咯吱”的水车声，田老汉“啪啪”地拍打菜畦子声，也再次汇集在一起。

七月里的天气，上午热得让人难忍。田老汉的袖口早已被汗水和鼻涕弄得一塌糊涂了。他用粗黑的手大声地擤着那个蒜头一样的鼻子，随手把鼻涕甩到地上，之后把沾了鼻涕的手自然地向大腿处一擦，两条痕迹在“人”字的顶端处会合了，然后熟练地回手用袖头随意地抹了一下鼻子，鼻子下面和上嘴唇之间的一小段“开阔地”里，有了很清晰的不规则的鼻涕痕迹，但是在黑红色脸膛的田老汉的脸上不仔细看是看不清楚的。结束了这个过程，他抬头看天，说：“也不下雨，这要热死个人了。”他停下手里的活儿，看着大片的已经弄好的采地，拍拍双手，对着那头依然一圈圈绕井而行的小毛驴说：“我是要歇歇了，你个畜生就偷懒吧。让你快走你不快走，你看看我都弄完了，你个畜生还没有浇完。”说完这话，他也不管那汗流浃背的小毛驴有没有听见，就倒背双手向着菜地边上的那间灰黑色的小土坯房子走去。

那间小屋子，低矮、破旧，一扇“田”字样的窗户上，有两块乌黑的玻璃，另外的两处是用麻纸糊住的，那麻纸也是乌黑的。一扇门，门板是用手指头那么粗的麻绳子拴在门轴上的，门板是由很多的条状板子弄成的，颜色是土黄色的，也就是木头本身的颜色，多年也没有用油漆刷过一次。门锁是一条皮绳子，随意挽个扣就把门扇和门框“锁”在了一起。门口处有一块淡黄色的大石头，有田老汉身体的一半多么大。田老汉坐在那块大石头上，脱了那双已经露出脚趾头的黑色鞋子，双手握着鞋底，相互拍打着。然后往地上“啪”的一扔，把那双几乎是永远也不洗的黑脚板塞到了里面，舒服地伸了个懒腰，从上衣的口袋里掏出了一个装旱烟的黑亮亮的口袋，用烟袋锅拧了一锅烟，划了火柴点上，靠在了墙上，深深地吸了一口烟，老半天才把烟吐出来。他跷起了二郎腿，一只黑黑的脚丫上是一只黑黑的露着脚趾的鞋，随着他的腿的晃悠也在晃悠着。田老汉用一条胳膊支撑着另外一条胳膊，那条胳膊上架着那只烟袋锅。他眯缝起双眼，似乎是没有任何思想地在吸着烟。

小毛驴还在不紧不慢地拉着水车，在井边做着圆周运动，“咯吱咯吱”的声音伴随阳光一起来到田老汉面前。这让他感觉很惬意。田老汉把烟袋锅往鞋底上磕打了几下，又把烟袋放回烟口袋里，用口袋上的绳子迅速一绕，随即放到了衣服的口袋里，烟口袋的一角从上衣口袋上那个蚕豆大的小洞里露了出来。他离开舒服的像热炕头一样的大石头，站起来，背着手，猫着腰，向小毛驴走去：“你个畜生，也该歇歇了。”

那个总被田老汉称为畜生的小毛驴看见他走过来，也停了下来，似乎知道它的主人是来“请”它休息的。田老汉拍了拍小毛驴的脖子，把龙头摘了下来，牵着它离开那口井，来到了房屋西边的一个木头桩子前，把它拴在了桩子上。小毛驴顺从地任凭田老汉摆布。田老汉从房子的后墙根处抱来一小抱的青草，那是在早晨就放在那里，预备着小毛驴休息时吃的。小毛驴低头吃着青草，田老汉又把一小桶凉水拎了过来，放在青草边上。“咕嘟咕嘟”的喝水声使田老汉笑了：“你个畜生，就知道吃喝。”他摸着小毛驴汗津津的身体，就像抚摸着自己家的孩子一样。

说起这个田老汉，他是这个村儿的五保户，他不知道自己的身世，也不知道自己是怎么落户到这个村儿的，当他记事儿时，就和村儿里的人们一同生活在这个偏僻的小山村里，再没有离开过。他的个子不高，充其量也就是一米六五多一点点。一个硕大的脑袋被不相称的细细的脖子支撑着，一双眼角总是带着眼屎的小眼睛，只有在看到小孩子时才会发出光芒，那时候，他额头上的皱纹也随即出现了，平日里，几乎看不到他的眼珠是什么颜色的。一对“元宝”样的耳朵带给他很多的快乐，因为村里人都说那是“有福气的样子”。他身上的肉不多，如果不是“架子大”——骨骼大，把衣服撑起了成人的样子，单凭那个头和瘦瘦的身板，别人一定要把他看成孩子了。一年四季都看不到他有别样颜色的衣服，灰黑色的，实际上是黑色的，因为年头久了，褪了色，又不清洗，使衣服看上去是灰黑色的。他的一双手，只有手心是白色的，手背和脚的颜色一样，都是黑的。

他没有上过一天学，连自己的姓名都不认识。村里的人常常逗他：“田老汉，你怎么不娶媳妇儿？”他憨憨地笑着说：“小时候家里穷，我爹娘给我娶不起。爹娘死得早，我自己更娶不起媳妇儿，长大了还是娶不起媳妇儿。”拿他逗乐的人问完也就完了，可是每次他都认真地回答，让逗乐的人反倒过意不去。没有成过家的田老汉自然也就没有儿女了，以前他年轻的时候，是自己养活自己，等他老了之后，就变成村里的五保户了。他自己很少做饭，走到谁家就吃到谁家。那时候家家都不富裕，可是没有一家嫌弃他，只要是他来，家家户户都自动地把碗筷摆放在他面前。他从不洗手，只把双手在衣服上蹭一蹭就去吃饭，也从来没有人嫌弃过他的这双手。遇见谁家有小孩子，他就要和那些小孩子说话，特别是对蹒跚走路的孩子，他更是耐心多多。他会用粗糙的大手轻轻地放在孩子的脑袋上，然后轻轻地抚摸，在这个时候，他的双眼比平时变大了几乎一倍，而且眼睛里的光芒是那么的不同以往，可以说是慈祥的光芒，清澈而柔和。

此时，当他抚摸着这头小毛驴时，眼睛里的光芒就是那样让人感到亲切、善良。

太阳凝固在天空中央了。喝足水、吃饱青草的小毛驴在阴凉处歇着了。王老汉返回房子前，用绳子把门“锁”上，向村里走去。

村民们陆续收工了，妇女们忙着做饭，男人们就地坐在树荫下乘凉，喝着酽酽的茶水，吸着自己用纸卷的旱烟，相互简短地聊着，等着吃饭。

田老汉慢悠悠地走了过来，随便蹲在他们某人的身边，默默地从口袋里取出烟袋，又默默地吸烟。这时候，就有蹒跚学步的孩子围拢过来，有的在他身上亲昵地涂抹着鼻涕，有的搂着他的脑袋，还有的钻到他怀抱里用手去抠他的喉结玩。他面带微笑地任凭他们在他的身上“胡作非为”，一不留神，就一屁股坐在了地上，“嘿嘿”笑着，用不拿烟袋的那只手抚摸着孩子们的头和脸，不时地掀起自己的衣服来为他们擦鼻涕。旁边的男人们看惯了这一切，偶尔说上几句话，多数时间里就是默默地吸烟。劳动一个上午了，他们感到疲劳。

妇女们喊着自己家的男人和孩子们回家吃饭，他们从地上一跃而起，顺便都把田老汉喊上：“田老汉，来我家吃饭吧。”田老汉答应着，他究竟是到谁家吃饭，是由那些流鼻涕的孩子们来决定的。这个说：“爷爷，到我家吃饭，我家吃莜面。”那个说：“爷爷，我们家吃馒头，到我们家去吃饭。”田老汉对孩子们称呼他为“爷爷”的感觉很受用，只有孩子们这样亲切地称呼他。最终，他就在孩子们的盛情邀请中，选择一家，作为解决自己吃饭问题的“食堂”。只见他抱起身边一个最小的孩子，又用手牵着一个，还有拽着他衣襟的。他被前呼后拥地向着那家走去。而那些没有轮上的孩子，很失望地离开他，回到了自己的家。

家家户户的锅碗瓢盆的响声结束了。人们开始午睡了。

三

田老汉离开村子，又沿着来路向菜地里走去。烈日下，他的影子几乎就在自己的脚下。他慢悠悠地背着双手，猫腰走着。天空没有一丝云彩，周围的庄稼在风中传来了飒飒的声音。他远远地就看到那头小毛驴卧在地上，也在睡觉。田老汉加快了脚步，走到小毛驴的跟前，弯腰抚摸了一下毛驴的头，说：“你个畜生，可真能睡。”他直起身来，用拳头捶打了几下腰部，摇了摇头，自言自语道：“唉，老了。”他走到门口，把绳子解开，进了门。

屋子的墙面几乎是黄黑色的，在墙上却有一张比较新的《红灯记》剧照，剧照上，李铁梅高举“号志灯”，仿佛在唱“学我爹爹打豺狼”。一铺炕，有一张已经磨得发亮的炕席，在炕席边缘处，有几处用黑色、蓝色布缝补的补丁，也被磨得发亮。他一卷铺盖，凌乱地堆放在炕头上。旁边有一张小炕桌，是紫红色的，油漆脱落了很多，使这张桌子看去像花色的。桌子上，有一把扇子，扇面上是斑驳的污迹。还有一个搪瓷缸子，缸子的底部大约是漏了，用一点儿棉花塞住了，棉花也是黑色的。另外还有一个煤油灯。田老汉爬到炕上，双脚灵巧地把鞋子甩了下去，看也不看那两只倒扣在地上的鞋子，把漆黑的枕头拽了过来，倒头就躺了下来，双腿微弯，双手交叉着抱在胸前。小屋子里迅速响起了呼噜声。

屋外骄阳似火，不大的村庄在骄阳下处于宁静中。早晨，牛的叫声，孩子们奔跑着去学校的嬉笑声，大人们出工向田里走着并开心的说话声，还有姑娘们的歌声，这一切都暂时成了过去。那只小毛驴也没有任何声音，还在睡梦中。只有王老汉的呼噜声从没有停歇过，只要他的头一碰到枕头，呼噜声几乎就会同步出现，悠扬、绵长。村里人和他开玩笑说："田老汉，你要是娶了媳妇儿，一定要把媳妇儿吓跑了。"田老汉听了这话，不好意思地用手摸着那颗硕大的脑袋说："我哪能娶到媳妇呀。"那神态像孩子，那口气却充满了渴望。如今，田老汉是睡了，却不会做梦娶媳妇。

忽然，田老汉猛地坐了起来，迅速离开炕，下地穿上鞋子，从墙角处拿出一个篮子就走向外面。他揉着眼睛，适应着外面强烈的光线，向菜地走去。早晨出工的时候，村长嘱咐过他，让他摘些豆角，按户数分给村民。大约是他睡眠中听到了村长的吆喝声，所以赶紧起来去摘豆角。

田老汉钻到豆角地里，伸手摘豆角。村长没有告诉他摘多少，他自己看见成熟的豆角就摘下来，当篮子满了，他就把豆角倒在地上，如此反复多次。当他感觉满意了，就停了下来。此时，他是汗流浃背了。他把外衣脱了下来，扔在地上，拎着篮子满意地冲着地上的豆角笑了。汗水顺着胸脯往下流，他随意用手抹着，瘦瘦的身上留下了绿色、黑色的印子。他放下了篮子，掰着手指默默地数着，数完了，就开始跪在地上从豆角堆往外扒拉，把大堆的豆角分成一小堆一小堆的，每一小堆都特别的均匀。田老汉的后背，被阳光直接照耀着，同样在向下流汗，头发也是湿漉漉的。分完了，他爬起来，拍打着裤子上的土，又双手相互搓了搓，之后，向小屋子走去。当他折出来时，手里是大大小小的口袋。他把那些豆角装到口袋里，口袋大的，拦腰用绳子扎住，再放入豆角，再把口扎紧。田老汉干活从不偷懒，也从不用人多嘱咐一句，只要是告诉过他一次，就可以放心地等结果了。所有的口袋里都装满了豆角了。

他向小毛驴走去：“你个畜生，别睡了，起来给我往村里挨家送豆角去。”他牵着驮豆角口袋的小毛驴，缓步向村里走去。

村里有了动静，午睡的人们起床、喝水、上厕所，准备出工了。田老汉从村东头开始送豆角。他把豆角倒在各家的地上，村民们没有客气的道谢话，他也不客气地用水瓢直接从水缸里舀出凉水，“咕嘟咕嘟”地喝着，就像那是香甜的二锅头一样。田老汉有个爱好，那就是喝酒。他喝酒和别人不一样，他是把酒倒在大粗陶瓷碗里，双手端起来，“咕嘟咕嘟”地喝起来，然后用大拇指把流在嘴边的酒小心翼翼地抹一下，再把手指头放到嘴里，嘬一嘬手指头。看他喝酒就像喝水一样香。虽然他喜欢喝酒，但是他不贪杯，无论什么场合，若有酒，就那么半碗，喝完了就不再喝，别人怎么劝他，他也从不多喝。田老汉喝完凉水，没有像喝完酒那样用大拇指把嘴角的酒抹一下，而是直接用袖头把嘴一蹭，再把嘴吧嗒几下，看他喝水，就像喝酒一样香。他把水瓢随手放在缸盖儿上，继续为下一家送豆角。走时，他把门仔细地用挂钩挂好了。没有谁在家等候他，对他就好像对自己的家人一样放心。

田老汉挨家送完了豆角，牵着小毛驴向菜地走去。日头仍高高地悬挂在天空上。他用手背擦着流到下巴的汗水，默默地低头行走在那条不知道走了多少次的小路上。路两旁的青草时而碰到他那两只漆黑的脚背上，有了痒痒的感觉，令他不时地弯腰挠着脚背。小毛驴的蹄子声伴随着田老汉重重的脚步声，响在乡间的小路上。

田老汉追着树荫，把小毛驴拴在那里，从屋里取出一把铁丝做成的“梳子”，开始给小毛驴梳理皮毛：“你个畜生，累着你了。爷把你伺候得好好的，明天你可别偷懒。”小毛驴温顺地接受他悉心的梳理，就像孩子接受母亲梳头一样舒坦。从头到尾，再从尾到头，每次都是这样的两个程序，年年如此。

这头灰色的小毛驴，说它小，不是因为年岁小，而是因为它的个子小。它的年龄大约有八九岁的样子，就是不长个子。王老汉为此没少批评这个畜生。他特别有理，说：“你个畜生，有爷爷我天天给你弄草、喂水、给你挠痒痒，你还不满意？怎么的也该长点儿个子呀。你个没有良心的畜生。”田老汉每每说到“畜生”二字，总是轻轻的，如同称呼自己家孩子的昵称似的，充满了柔情，语气里满含着爱意。小毛驴是被他惯坏了，梳理两回之后，就地卧倒，惬意地休息开了。王老汉把铁梳子一扔，一头枕在了毛驴的大腿上，闭着眼睛养神。

夏季里，这样的情景几乎天天都有，到了寒冷的季节，田老汉就舍不得让毛驴冷着了，他把它牵到圈里，让它在圈里自由地跑动，他呢，就回到村子里的那间过冬用的房子里歇息。

此时，王老汉蜷曲着身体，呼噜声一声接一声。脸上落着苍蝇，他也不管，偶尔伸出黑黑的手指挠几下。人们都不知道他做不做梦，因为他从来就不讲自己在睡梦中的事情。别人讲自己做的梦时，他总是“嘿嘿”地笑着，不搭腔。被人们问得急了，他就不好意思地低头小声说：“做活累的，谁知道梦是什么东西？睡着了什么都不知道了。”熟睡中的田老汉的涎水流到了嘴角，细细的，在慢慢地向下蔓延，鼻翅随着呼噜声一张一合。或许他真的不做梦，或许他并不知道做梦是怎么一回事。他的睡眠总是那么好。他问过人们：“甚叫失眠？”当人们告诉他“失眠就是睡不着觉”的时候，他的表情是莫名其妙的样子：“庄户人哪有睡不着觉的？”

太阳渐渐地向西山爬去，地面上的各种影子在渐渐地变长。太阳的热度似乎在运动中散发得差不多了，天气不那么炎热了。小毛驴和王老汉几乎没有改变姿势地继续睡着。

不知道是谁家的鸡跑了出来，在菜地里叫着，把田老汉惊醒了。被惊醒的还有那头小毛驴。田老汉支棱着耳朵，判断着声音传来的方向，随即一跃而起，向着声音的方向快步走去，嘴里叨叨着：“好你个贼头，敢来园子里撒野？”他弯腰捡起一颗小石子儿，向菜地投去，惊跑了那只“贼头”。他走到菜地里，弯腰低头仔细地看着那些菜，说：“你个贼头，不好好在你家待着，跑到菜地来撒野做甚？”当他确信没有损失到什么时，直起腰身，拍了拍双手，再把双手背在身后，绕着畦子走开了。

他没有再叨叨，就那么无声地走着，不时地用手扒拉着那些蔬菜。大大的脑袋在瘦小的身体上特别醒目。他的头发黑的多，白的少，长不过半寸，从来也不认真地洗头，无论是什么季节，用湿毛巾一擦，就算洗头了。没有人告诉他应该几天洗一次头，手巾只要是到了他的手里，他就习惯地把它往脑袋上一放，一只手熟练地按住毛巾，绕脑袋一周后，就把头擦完了。那条毛巾，早就不知道当初的颜色是什么样的了，黑黑的，硬硬的，还有很浓重的身体的混合气味。他巡视在畦子周围，走了一圈儿又一圈儿，每走一圈，就用手摸一下那颗特大号的脑袋，似乎是记数一般。

田老汉所在的小山村，很小。几十户人家，分散在半山腰。家家户户的房屋都是黑灰色的土坯房，家家户户都有十几口人，让这个小山村显得热闹了些。田老汉住在村子的西边，也是低矮的房屋，里出外进也只有他自己，显得很冷清。每当傍晚收工时，他既感到开心，也感到落寞。开心的是，又可以开始吃饭了，和给他提供饭菜的那一家人热热闹闹地说说笑笑，尽管他很少发言，多数时候是听别人说，而他用憨厚的笑来表示他的参与；感到落寞，就是随着年岁的增加，他也渴望自己有众多的子女，有热闹的场面，不再是自己独自守候在空空的房子里，在清冷中睡去，日复一日。当田老汉绕着畦子一圈儿圈儿地走着时，他的心情会随着渐渐西落的日头而沉寂下来，因为，那离他孤单地回到那间低矮的土坯房子里的时候不远了。

太阳终于要落到山的那一边了，它吻着山头，很快就要在山的那边灿烂去了。太阳的余晖把他环绕着，有了一圈儿朦胧的光环。他倒背着手，低着头，猫着腰，默默地走着。那头小毛驴不知道什么时候起来了，地上有一片湿，那是它撒的尿。它安静地吃着地上的青草，青草已经不再是那么鲜嫩了。它看到田老汉的影子，就停止了吃，抬起头来，向田老汉张望。田老汉似乎有感应，也同时抬头看它，嘴里几乎是同时发出了声音：“你个畜生，别吃了，咱们回家吧。”他走向了小毛驴，把拴在桩子上的绳子解开，牵着它走到房子的门前，用绳子熟练地把门“锁”住后，又倒背着双手，牵着小毛驴向村子里走去。长长的影子在地上跟随着他和它在移动。

去谁家吃饭呢？中午的时候，小他几岁的村长家的七海就因为他没有去他家吃饭而哭闹了，晚间的时候就去他家吧。他直接向村长家走去。

七海看见他了，高兴地跑了出来。这个孩子已经有六岁了，只穿了个小裤头，上身黑黢黢的，既是晒黑的，也是不常洗澡的结果。他欢快地跑到田老汉跟前，伸手把小毛驴牵了过来，顺手把它拴在了自己家院子里的一棵小树上，反过身来牵着田老汉的大手，向家里走去。似乎是闻到了什么香味儿，田老汉的鼻翅动了好几下，问七海晚上吃什么饭，七海说是玉米面锅贴，还有稀粥。田老汉笑了，拍了拍七海的脑袋，说："好，好呀。"

村长家有七个孩子，都是男孩子，七海是家里的老小。一家九口人，再加上田老汉，十口人围坐在炕上的那个大大的紫红色的桌子旁，把个大炕占得满满的。桌子上的一个瓷盆里盛放着玉米面锅贴，金黄色的，看着就香，一个粗瓷大碗里是芥菜咸菜，每人面前是一大碗的稀粥。大家边吃边说着话。田老汉自如地斜跨在炕沿上，默默地喝稀粥、吃锅贴，不时地发出笑声。他内心里特别希望这样的时刻能够延长点儿，因为他喜欢这样的时候。

终于，结束了晚饭。桌子上没有剩下什么食品。村长的媳妇和孩子们把碗筷收拾下去了，又给他们俩每人端来一大碗茶水，然后去收拾厨房。孩子们跑出了家门，去外面玩耍，不到漫天星斗时是不会回来睡觉的。田老汉和村长坐在桌子的对面，边喝着茶，边没有目的地说话，这样的默契，是早就形成了的。田老汉把烟锅里的烟吸完了，磕打出烟灰后，说："不早了，都睡吧。"他牵着小毛驴离开了村长的家，往场院下夜的房子走去，那是他在夏季里的家。

漫天的星斗，陪伴着星斗下的田老汉，还有那头默默跟随着他的小毛驴。村子里几乎没有什么声音了，偶尔传来几声孩子的啼哭声，就是夏日里的庄稼在风中送来的微弱的沙沙声，伴随着的还有他"啪嗒啪嗒"的脚步声以及小毛驴的蹄声。

他把小毛驴拴在了门前的那棵小树上，摸索着抱来一小抱青草，放到小毛驴的跟前，他说："你个畜生，饿了就吃点儿，然后赶紧睡觉，明天还有营生呢。"

田老汉离开它，推开家门，随手又关上家门，摸索着到了炕跟前，胡乱地把衣服脱了下来，爬到炕上，倒头躺了下来，不久就发出了均匀的呼噜声。

漆黑的屋子里，是不会做梦的田老汉；屋子的外头，是孤单的小毛驴。他和它，是伙伴，谁也离不开谁。在夏日的夜晚，他和它就这样相伴地睡着了。

四

田老汉以前的日子就是吃饭、劳动、睡觉，他从来没有想到过要改变自己和自己的生活。日子越来越好了，村子里家家户户的日子也在发生着变化，那些以前和自己岁数差不多的人，有的故去了，有的依然在健康地生活着，不同于自己的，就是他们在和他们的子女生活在一起，在享受着天伦之乐。每当他去各家吃饭时，就特别地羡慕他们，羡慕那些和自己同龄的人能够得到老伴儿的照料，最关键的是相互间有个唠嗑的人。他多次感到独自一人确实是太寂寞了。在以前，他这样的感觉不太强烈，劳动一天，倒头就睡，能吃、能喝，还愁什么呢？一些念头只是瞬间闪过，可是随着日子越来越好，他开始感到寂寞了。

前几天，老村长的老伴儿对他说，要给他介绍个媳妇，是她的一个本家妹妹，丈夫去世多年了，想找个伴儿，“看见你孤单一人，想给你介绍，你愿意不？”老村长的老伴儿笑着问他。他居然感到脸上一热，不好意思地低下了头，说：“有啥不愿意的？”就再也不说话了。那情景，是再愿意不过的了。

老村长的老伴儿就告诉他：“你把自己打扮得光鲜一点儿，洗洗澡，很快就要相亲了。”田老汉把脑袋点得像个吃米的小鸡儿似的，心里那个乐，连他自己都吃惊。

已经是习惯“洗澡”的田老汉，每天都要擦洗身体，曾经一双漆黑的手，也在这样的擦洗中渐渐地变白了。当够不着后背时，他就想了，等媳妇进门儿后就好了，让她来给自己擦洗后背。但是，他很快地用双手把脸蒙住了，因为他想到让一个陌生的女人来看自己的身体，感觉太羞怯。自己的身体，几十年来，只有自己看见过。如今，还要被一个陌生女人来看，太“丢人”了。可是，“娶媳妇能不让她看吗？不让她看不是惹她生气吗？”善良的田老汉想到这里，毅然地把双手从脸上挪开，放在脸盆里仔细地搓着，仿佛新媳妇已经站在了他的后面，在给他擦洗后背。

灯光下的田老汉独自擦洗着身体，日子好了，他的身体胖了许多，让人看了不再有瘦弱的感觉。他感觉到自己比以前还要年轻。他想到她到来后，他们一同说话，一同出入，他要疼她，自己能做的事就不让她做，听老村长的老伴儿说，“她也是个受过苦的人”，于是，他要让她陪伴着他说话就行，家里的营生有他做就足够了。

灯光笼罩着田老汉，他格外地开心。他想着那头已经故去了的小毛驴，叹息道：“你个畜生，走得太早了，要不让你看到你爷我娶媳妇该多好呀。”他目光巡视着屋子里的摆设，心想着该添置一点儿新的东西了，“不知道她喜欢什么？明天问一问村长老伴儿去。”可是，“不好意思问，真的张不开嘴啊。”他感到了难为情，又琢磨着相亲时穿戴什么，该给自己未来的媳妇准备点儿什么见面礼。

“唉，娶个媳妇，事儿也很多呢。”他磨叨着，把擦洗净的身体放到了松软的被褥上，想着相亲的事儿，慢慢地睡着了。

鼾声伴随着他，进入了梦乡……

韩晓红 女，汉族，中共党员。2017年于内蒙古锡林郭勒盟工商局退休。内蒙古作家协会会员、锡林郭勒盟家庭教育促进会理事。2014年出版散文集《流动的记忆》。

爱情生如夏花

陈　丽

初遇补鞋匠

不知不觉，四季又轮到了万物凋敝的冬季。一场风雪的降临，让这座城市更添寒冷。小林在等早餐的时候，被风吹的一直打哆嗦。一回家都不着急吃买来的早点，便急着翻箱倒柜，到处找保暖的衣服和鞋子。找来找去，棉衣服倒是多的是，厚点儿的棉鞋，却只找到了一双去年的棉靴，而且鞋子的后跟已经开了半边。小林无奈地摇摇头说："这怎么穿，唉，真是的，天气变得太突然，还没来得及准备新棉鞋。""哦，对了！"小林脑袋灵光一过。街道的尽头，商店的角落那边有个老爷爷是补鞋的，让他补一下，先凑合穿着。她找了个袋子，装上鞋子穿上衣服，便起身走了。

小林一路小跑，在寒风中打着哆嗦，终于到了补鞋的老爷爷支摊的地方，一下子松了口气。只见那靠着商店的墙边支了一把大伞，伞下有个破旧的沙发，沙发对面有几个小木板凳。沙发上坐着两位老人正在聊天。他们面前有个旧桌子，那上面有一个木板，上边写着"补鞋，换拉锁"。那后面有两个工具箱，旁边还有一个暖壶和一个旧茶缸。小林心里默默地想："唉，这摊面也真是太寒酸了。”“这么冷的天，我还以为您不出摊儿呢”。小林边说着边向补鞋的老人走去。补鞋的老人跟另外一位老大爷聊得正酣，突然听到了小林的招呼声，便回过头对小林说：“怎么会呢？我这老骨头，虽说老是老了点儿，可抗寒的呦，别说刮这点儿风，以前下了雪，我还出摊呢。”“爷爷，您看，我这鞋子后跟坏了，您能不能给补一下？”补鞋的老爷爷说道：“可以啊，这点儿缺口，爷爷能修了，你把鞋给我，坐着等会儿，一会儿就好。”

小林把鞋子递给了补鞋的老爷爷，正准备坐在板凳上时，补鞋的老爷爷突然说：“娃儿，先别坐，爷爷给你个垫儿，板凳儿被风吹的凉着呢！”说罢便从背后拿出一个靠垫，递给了小林。小林突觉心头一暖，接过垫子，垫在凳子上，这才坐下了。只见补鞋的老爷爷从工具箱里拿出来一块布和一管新胶水儿，先用手扒开开胶的鞋后跟，用布仔细地把鞋缝里的灰尘一点儿一点儿擦干净后才上胶水。突然，旁边的大爷手机响起来了。“喂，嗯、嗯、我知道了，我这就回去。哎呀知道了，你别催了，我马上回去。”大爷露出不耐烦的神情，挂了电话便无奈地说：“老张，你看我刚出来一会儿，才跟你聊了没有个把小时，我老伴儿又让我陪她去超市买菜买面，真是别让人有一点儿清净了！”补鞋的爷爷哈哈笑着说：“老马，你快回去吧，让你去就赶快去，咱们聊天儿又不是什么当紧事儿。改天再来聊。”那位老大爷起身说道：“老张，那我先走了，这天儿，越晚越冷，你这早点儿收摊儿，也没什么活儿，别冻坏了身体。”老爷爷说道：“谢谢，俺这不着急，身子骨硬着呢！”补鞋的老爷爷盯着他的背影，摇了摇头笑着说：“老马，你可知足吧，有人让你陪着也是福气。”补鞋的老爷爷还在用手用力摁着鞋子。小林说：“爷爷，差不多了吧，我看您补得挺好的，应该可以了。”老爷爷说道：“不行，还得会儿，我这补了多年鞋，感觉还没到，你这鞋，我现在松开，这时是粘着，但是你回去穿几天就开了。俺这既然给你修了，就得让你满意。对了，娃，你来我旁边坐着等吧，那靠风太硬，这沙发上有垫子，你再拿来板凳那个垫儿靠着，就不太冷了。”小林笑笑说：“没事儿，爷爷。我不冷，我坐着再等会儿。”“来坐我身边吧娃，外面那风太硬。”“好的，谢谢爷爷。”小林答道。两个人临近坐着，近距离端详补鞋的老爷爷，那满脸的皱纹更加明显了，就像岁月的刀刻在了他的面容上。他的双手还在紧摁着小林的鞋，两只手由于常年劳作，都被冻裂了，同时布满了老年斑。他眼神浑浊，却掩不住一种精气神儿。他这样看来少说也有古稀之年岁了。“爷爷，您不冷吗？早点儿收摊吧，再过一会儿也该是晚饭的点儿了，早点儿回家吃饭吧。天气好了，再多出来会儿。”“娃儿，爷爷可没老马那么幸福，还有人使唤，没人叫我回家吃饭，俺老伴儿早就去了。”小林心中一惊，说：“不好意思爷爷，我触碰到您的伤心事了。”爷爷说：“没事儿，娃，你着急回去吗，鞋已经粘好了。”小林说：“不急爷爷，我今天休息，没事。”爷爷嘴边突然扬起了一个微笑：“那你继续坐会儿，愿不愿意听听爷爷给你讲讲俺和俺老伴儿的故事。”小林点了点头，说：“当然，您说，我洗耳恭听。”

他们的爱情故事

爷爷的眼睛突然深邃了起来，语调充满了哀伤。他先是重重地叹息了一下，随后讲道：“俺和小英认识的时候才十六岁。俺家穷，俺是俺家的老大。俺娘生俺小妹时，难产死了。打从那时候俺就跟着俺爹过。俺念过几年书，但是后来俺爹和俺为了让弟弟、妹妹上学，俺就不念了，跟着俺爹在家种地。俺到了十六岁，俺爹把俺送出了村，说给俺在城里找了份差事，还说比在家种地赚钱。俺就是到俺岳父的小吃铺来做差事，在这儿俺遇见俺老伴，那还真是缘分。有一天她跑来后厨房玩儿，就看见了俺在做事。后厨大多都是年纪大的师傅，俺们俩年纪相仿，她可能好奇吧，就过来俺身边，打听俺打哪儿来，姓甚名谁。俺那是头一次见城里的姑娘，只觉得害羞。再说俺老伴年轻时候生的真是水灵大方，俺怕生，又是头一次见的姑娘，都羞得不敢抬头看她的眼睛。俺也没回话，一下子就冲出去了。她还在背后笑俺，那声音就跟银铃似得悦耳。以后，她时不时地也来找俺，俺在那儿慢慢干的时间长了，俺们俩就熟了，俺也跟她说话了。就这样过了三年，俺老伴那年十六吧，俺十九。开始陆陆续续有了来俺岳父铺子来提亲的人，那时她出落得更漂亮了，有模样儿，又有涵养，家境还好。好多比俺条件好的男娃都来追求她，但是都被她回绝了。那段时间，她也不来找俺玩儿，俺还以为她生气了。直到有一天，俺岳父亲自来后厨找俺。俺一打量俺岳父长得就是一个不折不扣的生意人啊。他那双如算盘般的眼睛飞扫着俺，第一句话就是：‘小子，你没对我家姑娘做啥吧，要是她嫁不出去，我要你好看！’俺还不知是咋回事，赶忙说：‘老板，小英还在生气吗？俺不是故意的。那天收拾后厨桌子的时候，俺也不知道是她采来的花，俺就当垃圾给扔了。俺错了，小英打那以事再也没来找俺，小英肯定是生俺气了。’一番话说完，俺岳父都蒙了，摇了摇头说：‘这是一个傻小子，这丫头还跟我闹得天翻地覆的。唉，傻丫头。’接着他又对俺说：‘你赶今儿别在后厨干了，搬到我们家院子里，去找给我们家看门的老杨，你跟他做事，知道了吗？’说完就走了。俺是丈二和尚摸不着头脑。打那以后俺就搬到老板的院子里，跟老杨师傅一起做看门的。俺打那以后每天都能见到小英，小英看见俺就开心了。俺们俩还是像从前那样有说有笑的。直到又过了一年，有一天俺岳父又把俺叫到身边，问了俺一大堆话，不过这次内容很不一样，问的是俺家里的情况，俺都一一如实照答。接下来俺岳父说的话，俺一辈子都忘不了。他对我说：‘小子，你在我这儿也做了四年的差事了，我又把你叫到身边观察了一年。我发现你这小子，就是呆头呆脑的，人倒是勤快老实。我话就说白了，我问你，你喜欢我家小英吗，愿不愿意娶她做你的新娘？’俺当时一听这话就吓蒙了，连忙摆手说：‘老板，俺对小英绝对没有非分之想，俺和小英就是好朋友，您别误会！’俺岳父哭笑不得，用手掌重重地拍了我的头一下，‘怪不得小英说你呆，你真是个呆头鹅。出去吧，自己好好想想。’俺那时真是呆啊，除了干活吃饭，根本不懂男女之爱。俺觉得小英好，性子好，又善良，一点儿也没有有钱家女孩的架子，模样又好看。但是俺对她就像妹妹一样，一点儿没想歪过。突然那天吧，俺听老杨师傅说过几天是小英的生辰，老杨师傅说好多人都来给小英过生辰，还要送一大堆礼品。俺听完，也盘算着给小英送个礼物。可是俺也没什么钱，挣的钱都捎回家去给俺爹贴补家里了。俺心里那个着急啊，那两天，除了夜里看门，还托杨师傅，去给俺找了份临时的差事，白天去粮仓扛粮食。干了几天吧，终于到了英子生日那天，俺拿了俺扛粮食赚的钱，去街上转悠，打算买东西送她。俺头一次给女子买东西，俺也不知道女子喜欢什么。突然想起曾听后厨的师傅说小英喜欢吃一家很有名的店做的糕点，俺就跑去那家店买。俺给她买完糕点，就高高兴兴地准备去送给她。可是马有失蹄，人也这样，俺一路小跑，满脑子都想着快点儿送给她，没注意到路前面的石头，一下被绊倒，糕点盒和俺都重重地掉在了地上。俺顾不上身上疼，把糕点盒拿起来，打开一看，里面那几块精致的糕点都没有了样子，都碎了。俺当时真的眼泪都出来了，俺是没钱再去买一盒糕点了，怎么送小英礼物？俺当时灰心了，垂头丧气地便回去了。那天老板家里很是热闹，装饰的也漂亮，院里院外，张灯结彩。来拜访的人络绎不绝，手里都提着礼品。俺亲眼看着心里更不是滋味。那天俺故意找了个借口没去小英的生辰会。俺把自己锁在屋子里，闷闷不乐，一直在怪自己不小心。直到傍晚，人散去了，突然，俺的房门响了。‘小张，你在屋里吗？小英小姐说找你，正在花园的池塘那儿等你。’“原来是老杨师傅啊。”俺说，“知道了。”俺心里很慌，也没有礼品，怎么见她。可是吩咐下来，就必须得去。俺只好硬着头皮过去。走到后花园，俺发现了许多花。俺突然灵机一动，摘了几枝花，编成了一个花环。俺手里拿着花环，小心翼翼地向池塘那儿走去。俺记得，那天月亮特别圆，特别明亮，远远地看见小英在池塘边一棵柳树下静静地靠着，风吹起她的头发，露出了她美丽的侧脸，月光照在她的脸上，显得那么柔美。俺头一次觉得小英有了一种不同的美，俺的心开始‘怦怦’地乱跳。俺羞着脸，背着手向她走过去。她听见了俺的脚步声，回过头，甜甜地对我微笑，说道：‘你来了，今天为什么不来我的生辰会啊！’俺低着头，不好意思地笑着说：‘小英，俺没法去，俺没有什么好礼品送给你，俺不好意思去。’小英说：‘你个大呆子，谁跟你说必须要拿礼品才能来参加我的生辰会？’俺低头不语。小英的笑容突然消失了，严肃地说道：‘你前两天听我爹说了我们俩的事没？你怎么想的？你真的不喜欢我啊？’俺还是头一次听女子说这么明白的话，当时点头不是摇头也不是，就慌张地说：‘俺不是这个意思，俺……俺也说不清楚。’小英又大笑道：‘怎么说你好，对了，你干吗一直背着手，手里有什么东西啊？’俺这时才敢抬起头，把花环递到小英面前。‘俺给你的礼品。俺本来买了礼品，但是在回来的路上被俺不小心弄坏了。这花环太简陋了，你不要也没事。’小英从俺手里接过花环，戴在了头上。‘怎么会不喜欢呢，头一次有人送我这么好看的礼品。那些人送的虽然是珠宝玉石，琳琅满目，但大都是为了巴结我爹，不是真心祝福我，俺顿时觉得心头大石落地，说：‘那你喜欢就好。’小英突然又严肃地说道：‘天色晚了，谢谢你的礼品，早点儿歇息吧，咱们明早见，我先回去了。’俺点点头说：‘好的，小英你歇息吧。’俺俩转身默默地背对背走着，俺那时心里特别不舒服，也不知怎么想的，突然顿住脚步，看着小英越走越远的背影，再也忍不住，鼓起勇气，又向她跑去。‘小英，你等会儿，你等会儿。俺有话要说。’小英回过头，看着俺说：‘怎么了，你先喘口气再说。’‘俺不是不喜欢你，俺不知道喜欢是怎么回事。俺只是个农村出来的穷小子，俺对你一直是很敬重的。俺知道俺配不上你。但是，俺、俺、决定了，俺要回家跟俺爹说好用大轿子抬你回去。俺不会让你受委屈。俺、俺、俺发誓！’当时俺说着这段话，心跳得那么快，头一次觉得自己做了那么大一个决定。俺都怕被天打雷劈，说俺癞蛤蟆想吃天鹅肉。说完俺又低着头，连看都不敢看她。小英听罢用惊喜的口气说道：‘你说的是真的吗？那你是要娶我了？’俺害羞地点点头。小英的手突然牵起了我的手。她的手是那样的柔软。她轻声说道：‘你个大呆子。’俺的心跳得更厉害了，俺慢慢地抬起头看了看小英那如花般美好的面庞，眼中是掩藏不住的欣喜。那天俺俩终于表白爱意，心灵相通。又过了一阵子，俺专门回了趟家，跟俺爹说了俺和小英的事，俺爹一听很痛快地就同意了。双方大人商量好了婚礼事宜，给俺俩也定好了日子。那天是黄道吉日，亲朋好友都来祝福，俺们俩也终于喜结连理，结为一生相伴的夫妇了。婚后，俺岳父就不让俺看门了，说想让俺学着经营铺子。俺心里犯愁，俺认的字儿实在太少，算盘也不会打。俺又不好跟俺岳父直说，就跟小英说了俺的想法，想让她替俺对岳父说说。小英却说：‘不会可以学，我教你。’打从那天我就开始跟小英学习，小英从小被先生交过文化，懂很多知识。直到两年后，俺俩的第一个儿子出生了，俺也跟着英子学会了许多知识，开始学着经营铺子。俺们吃穿不愁，生活富裕，日子过得是真幸福。但是好景不长，只过了五年，俺老岳父得了肺病，到医院治病，最后还是去了。小英打那以后特别伤心，从他爹病重到去世，她一直倍受打击，整个人也憔悴了很多。虽然俺安慰她，但还是替代不了她那份痛苦。俺听俺岳父说过小英的身世，她从小很俺岳父相依为命，俺岳母也像俺娘一样早早地就去了。她还有个同父异母的姐姐，早早嫁到了外地的人家，也不怎么回来。俺岳父总觉得对不住她，打小就对她颇多疼爱，什么事都由着她，想方设法地让她幸福。俺心里也不好受，替她难过，也替俺岳父难过。俺俩的生活打从这以后就不在太平，打击也远远不止于此。那年社会动荡，俺岳父的铺子不知怎的，那天突然被当地的政府收了，家当也全部缴了去。俺们一家都被赶了出去。俺俩四处去找当年和俺岳父要好的人，请求他们暂时收留下俺们一家，但是那些人真是如小英所说，只是看见了俺岳父当年的风光，现在又是变了一副嘴脸，要么刻意推辞俺们，要么就直接给俺们来横的。最后俺们一家还是用小英随身的首饰变卖了钱，暂时在郊外租了一个房子。俺打从那就发誓，一定要用自己这双手让小英过上好生活。俺就去给人家做零工，扛粮食、跑腿，只要不违法，俺都干。但是现实太残酷了，在这种颠沛流离的生活中，俺俩又有了两个孩子，生活更艰难了。俺赚的钱已经不能糊五个人的口了。没办法，小英在家开了个裁缝铺，贴补家用。俺岳父从小爱惜的那双手，感觉连沾露水都会刺疼的皮肤，却跟着俺受苦了，不仅要料理家事，还要用这双娇嫩的手去赚钱。俺心里特别不是滋味，俺真对不起俺岳父的厚爱和重托，更对不起小英。俺俩的日子就这样平淡地过着，穷是穷，日子也紧凑，虽然还会有坎坷，但苦中有乐，酸中有甜。时间流逝，我们慢慢变老了，孩子也慢慢长大了，苦日子总算熬到了头，轮到享子孙福的时候，小英却永远地离开了俺和这个家。她去的那年，才刚到花甲之年。她那年身体突然出了问题，一咳嗽就是个把月，俺很着急，问小英有没有上医院看过。她说大儿子陪她看了，医生说就是个气管炎，吃几服汤药就好了。俺那时还没退休，每天上班，早出晚归，太疏于对她关心，就信了她的话，没亲自陪她去医院瞧病，只听她说没事，就叮嘱她按时吃药，下了班以后时常为她煲些去咳嗽的汤。唉，没想到她……那真是一个让我永远内疚的回忆。她有一天突然对俺说，要和大儿子出去旅游几天，散散心，说这样病会好得快点儿，俺就说：‘你身体不要紧吧，还是别出去了，等治好了病俺请假陪你出去玩儿。’小英却说：‘你放心吧，不有儿子跟着我吗，玩儿几天就回来了，不然我太闷了，身体更不好恢复。我不在的时候，你要好好照顾自己和孩子们，别太辛苦了。我的病你不要在意，我知道它是怎么回事，这次回来，就没事了。’俺那时真傻，竟然没听出话外之意，就同意了。俺也觉得换个环境有助于恢复健康。小英和俺儿子收拾了行李，第二天就走了。在小英走后第八天晚上，俺们家的电话突然响起来，俺一接，竟然是俺们所在的县城医院打来的，一开口就是对俺下了小英的病危通知。当时俺都傻了，俺都急疯了，急忙骑着自行车，往县医院奔去。一路上俺的脑袋里回想的都是医生对俺说的那几句话。‘你好。同志，你是江慧英的家属吗，这位病人目前在抢救中，情况非常危险。你最好赶快来医院，病人目前还有呼吸和意识，您可能还能见病人最后一面。’俺的心都快裂开了，自行车被俺骑得飞快，俺当时真是不要命地骑车，恨不得马上飞到她身边，问她个究竟。小英啊，小英啊，你不是说去旅游了吗？过几天就会回来吗？为什么要骗我？为什么要自己忍受这些？为什么……俺终于骑到了县医院，满脸的汗都流下来，俺像护士打听急救室在哪儿，一路跑来，在手术室前，看见了俺大儿子在门口焦急地踱步。俺顾不上问他，俺那时候只想去见小英。俺直接往手术室跑去，儿子看见了俺，一下子跪在地下，抱着俺的腿哭着说：‘爸，你不能进去，大夫说在抢救中。我对不起你，妈她也一直在骗我，说她就是个肺炎，让我来陪她住院输几天液就好了。她说你工作忙不想麻烦你，让我来陪她几天，治好了再回去。直到今天早上，妈咳不停，还咳出了血，我赶紧找来大夫，大夫说直接急救，说妈得的是肺结核，跟姥爷一样是肺病。我不知道该怎么办，就让医院给您打电话，让您过来。我不知道妈是这样危险的情况，我错了，我错了，爸。’俺当时再也忍不住了，泪如雨下，俺们爷俩抱头痛哭。‘俺的小英，你怎么这样欺骗我，你快点儿好起来，怎么舍得丢下我和孩子啊！’终于，急救室的门打开了，一个穿白大褂的医生走了出来。俺和俺儿子都冲上去问：‘大夫，大夫，俺家小英怎么样？’他摇了摇头，‘请您节哀，我们已经尽全力救治了，抢救无效，病人在急救中死亡了。您是江慧英的家属吧，请您尽快安排病人的后事吧。’那一刻，俺已经没有了哭的冲动了，俺只觉得那种绝望比天塌下来都难受，太痛苦了，让俺也想一死了之，去陪俺的小英。但是回过头看看俺的大儿子哭的那么撕心裂肺，俺家里还有两个孩子等着俺去照顾，俺就不能那么冲动了。俺这个人，最大的幸福就是遇到了小英，和她结为夫妇，同甘共苦。同时，俺这一辈子最对不起的也是她，俺觉得俺几辈子做牛做马，也不能回报她对俺的恩情。”爷爷说到这儿，开始哽咽。话语落下，再也说不下去了。

爱情生如夏花

老爷爷哭了，几滴泪水顺着他的脸庞落下。小林的眼泪也“噼里啪啦”地落了下来。爷爷看着小林这模样，慌忙说道：“娃儿，你别哭啊，爷爷没事，没事，只是想起这段事，还是心疼得不行，想俺老伴。”小林抽泣着说：“爷爷，没事，我只是觉得您和奶奶太不容易了，太感动了。我……”当小林又想说什么的时候，补鞋爷爷的电话突然响了。老爷爷掏出手机，接通，道：“喂。”“喂。”一个稚嫩的童声传过来，“太爷爷，您还在外面吗？我们都来您家看您了，怎么没人？”“小豆豆，你来了呀，俺知道了，太爷爷马上回去，你们都乖乖在门口等着啊。娃儿，你看，爷爷得收摊了，俺重孙来俺家看俺了。你的鞋修好了，你试试，粘的结实着呢，别哭了啊，事都过去十多年了。你看天色不早了，你又是一个女娃娃，赶快回家吧。”小林擦干眼泪，接过鞋说道：“好的，谢谢您，爷爷，多少钱？”爷爷说：“娃儿，钱别给了，爷爷，这陈年往事，可耽误了你不少时间。”小林说：“不行，什么事就是什么事。爷爷，您的故事，我真的觉得能听到太有意义了。”小林掏出了五块钱，给了补鞋的老爷爷，说：“不用找了，您辛苦了半天。”老爷爷说：“娃儿，你这是干吗，爷爷不赚黑心钱，爷爷补鞋就收四块，来，找你一块。回家买个馍馍吃啊。俺得赶快走了啊。”小林只好接过了老爷爷递来的一块钱。说罢老爷爷从商店旁边推出了一辆小三轮，小林也赶忙过去帮忙把工具箱和暖壶提到小三轮上。老爷爷骑在上面，对小林摆摆手说道：“娃儿，爷爷走了，谢谢你的倾听，爷爷心里也痛快多了。你是个懂事的娃儿，爷爷祝你健康快乐，再见！”小林也向补鞋的老爷爷挥了挥手说道：“谢谢爷爷，您路上骑慢点儿，注意安全。”“好嘞娃儿，快点儿回家吧。”说罢，补鞋的老爷爷慢慢骑着三轮走了。他那年老的背影，一点点消失在夜色尽头。他们的爱情虽然说不上轰轰烈烈，但真情永存。经历过的一切，都是彼此幸福的见证。小林抬起头，今天的月亮也是那么圆，月圆之夜的誓言依旧闪烁。最美的年纪，互相遇见被缘分许定的对方，生如夏花般的爱情悄悄绽放，两颗相爱的心，默默许下的诺言，互相扶持，携手同行。小林低头看了看手中那一元钱和补好的鞋子，默默地攥紧了手里的一元钱，拿着鞋，转过身，向家的方向奔跑着。泪珠还在眼眶里不停地打转，眼泪又不由自主地掉落，随着风儿飘散不见。

笔会情缘

杨　勇

那年，盟文联在锡林郭勒盟乌拉盖举办文学笔会，我应邀参加。

我早上六点从多伦诺尔坐一趟班车先到达锡林浩特，后转乘另一趟班车去乌拉盖，下午四点多才到达乌拉盖汽车站。

汽车站很小，一下班车，随着“师傅打车吧。”“师傅你要车不？”的声音，有五、六个的车司机上来招揽生意。我向来讨厌这些招揽生意的人，所以你越是冲到我跟前我越是视而不见，不搭理他们。我一眼就看到广告牌下那位不敢往前挤的女司机，脸儿红红的，嘴唇哆嗦着却不敢说话，一看就是个新手。一股同情之感在我心里油然而生。我快步走向她，朗声道：“同志，我去迎宾大酒店。”她怔了一下，便慌忙伸出手想要接我的包，我笑道：“不用了，一个小包，不重。”

我跟着她走了没几步，就到了她的车跟前。那是一辆很破旧的燃柴油的小三轮车。她红着脸、低着头说：“大叔您坐好了呵，我要开车了。”我说：“坐好了，你开车吧。”她启动了三次才打着火，那越发紫红的脸上全是汗水。我不停地安慰她：“不着急的，师傅。”

没用十分钟就到了迎宾大酒店。因为我是第一次参加文学笔会，心情非常激动，所以车还没有停稳，就快速递给女司机五块钱，提上小包急急忙忙向酒店的大玻璃门走去。在我身后，她在喊："大叔，找您两块钱。"我头也不回地应道："不用找了，不用找了。"但她很快就追了上来。我粗鲁地推开她的手和钱，厌烦地说："看你麻烦的哇，你快走吧，不用找了。"我快步向大厅沙发边站着说话的两个男人走去，那高个子是盟文联的季主席，低个子是阿副主席。

和两位文联领导客套了几句，就感觉没啥可说的了，便去报到处报到、领房间钥匙。我在房间里待不住，就上楼去找诗人永斌。其实我和永斌也只是相互看过对方的作品却从未谋面的文友。我俩一见如故，很快就聊得热火朝天，中途李爱国也来了，我们三人聊得更火，直到工作人员招呼热我们去吃饭才告一段落。

吃完晚饭后，大多数作家没有回房间，停留在大厅里，或坐在沙发上，或站在那里，谈家常、聊文学。突然，门口有点儿乱，有人在吵吵嚷嚷的，好像还和我有关。一位老大爷和一位姑娘来找人，那姑娘一眼就认出了我，"爷爷，就是这位大叔。"我也认出了这姑娘，就是几小时前送我来宾馆的那位三轮车女司机。

"快把多收的两块钱退给叔叔。"爷爷是个大嗓门儿，他说："咱老田家祖祖辈辈诚信第一，从不占人家便宜。这人呀，无论干啥……"那姑娘把手里又皱又湿的两块钱塞到我手里。面对那么多作家，我接也不是推也不是，尴尬得面红耳赤。姑娘可怜巴巴地说："叔叔，您快拿上吧，要不爷爷会骂死我的！"我只好接过那两块钱。

特别幽默能侃的玉海趁机说："姑娘，你可是看走眼了，不能叫叔叔，要叫哥哥，杨勇老师比你大不了几岁嘛。"爷爷板着脸说："不沾亲不带故的叫什么哥哥，对了对了，叫杨老师才对头……"

正说着，乌拉盖当地的作家老叶来了。老叶和这爷孙俩都很熟悉。通过老叶的简单介绍，大家得知爷爷是位离休老干部，在解放战争时期，是人民解放军第四野战军战士，参加过与国民党军队的大小战斗十多次。说到这儿，爷爷深情地说："记忆最深的是渡江战役，我们四野1949年5月14日南渡长江，那江面上全是船，船上全是解放军。在渡江三天后解放武汉的战斗中，我最好的战友林义财头部中弹，牺牲在我怀里……”大家都在静静地听爷爷讲述着。

送走田姓爷孙俩，已经快十点了，大家各自回房间洗漱睡觉去了。

次日是笔会的第一天，上午开大会，主要是领导们讲话。中午吃罢饭，我通过大厅玻璃门看到外边有个熟悉的女人，还是那位开三轮的田姑娘。她也看到我了，怯懦地向我招手，示意我出去。我想，她又来找我干啥，两块钱我也接了呀。

在大酒店院里，田姑娘红着脸交给我一块折叠成小方块的纸。她说：“这是我写的一首小诗，请杨老师斧正。”我友好地笑着说：“噢，你也是文学爱好者。”她笑了笑，“嗯”了一声，就红着脸、骑上她的三轮车跑了。这次三轮车挺争气，她一下子就打着了火。

回到房间，我展开那纸，轻声念叨着：“你叮嘱我的，我不会忘记，我告诉你的，你也全部收藏，我们的记忆是飘不落的时光……”好诗，好诗呀。我怕自己吃不准，让几位写诗的作家看了，大家都说好。永斌说：“这么有潜力的作者咋不请人家来参加笔会呢？乌拉盖的老叶呢？老叶！”

找来老叶，老叶看完田姑娘的诗文，边吧嗒嘴边说：“乌拉盖有这么好文采的作者，我们咋就没发现呢？！”正说着，阿副主席也来了，他过问了此事并看过作品后，果断地说：“这首诗我马上交给《草原》杂志的任老师。老叶，你赶快去通知这位作者来参加笔会。”

于是乎，笔会又多了一位作者。在三十多位编辑、作家中，田姑娘只认识我和老叶。老叶因为是东道主，忙得团团转，所以，无论是上课、讨论，还是去布林泉、水库等地采风，田姑娘总是不离我左右，张口杨老师闭口杨老师叫的我很受用，那些男作者们一个个眼睛红红的，充满了羡慕和嫉妒，没有恨。

在笔会的最后一天下午，田姑娘被气愤的爷爷和爸爸从会议室给揪出去了。爷爷大声训斥着：“熊孩子，这是你能来的地方吗？不好好拉活儿，就你这样不务正业的女孩子，将来你都嫁不出去……”看着田姑娘的惨状，大家都唏嘘着，却爱莫能助。

次日早晨，我早早起来去车站坐班车，一出酒店大门，就看到了田姑娘。

她快速迎上来，不好意思地对我说："杨老师，我送您去车站吧。"

到了车站，我要掏钱给她车费，她拒绝了："不用了杨老师。只是……只是我能经常给您写信，请您修改我的作品吗？"我认真地点点头。她高兴得笑成了一朵花。她这一笑，让我猛然发现她是个很漂亮的姑娘，心中生了点儿依恋之情。我们就此别过。

后来，我和田姑娘经常通信，先是评说各自的以及对方的作品，渐渐地就无话不谈了。田姑娘对我的称呼由杨老师变为杨哥，杨勇，勇，三年后正式改成老公，现在叫我老头子，哈哈哈。

草原深处最美园丁

叶振亚

特木尔巴特身材高大，浓眉大眼，一表人才。他是内蒙古师范大学蒙古文系的高才生。2009年8月，他从内蒙古师范大学蒙古文专业本科毕业后，本该留在呼市或其他盟市的民族学校任教，可他在《内蒙古日报》上看到一则远在锡林郭勒的某旗的一个边境苏木缺蒙古文教师的消息，立刻动了心，多次向组织上主动请缨，决心用实际行动到那荒凉的人烟稀少的大草原的少数民族的地方教书育人。他的申请终于被组织上批准了，欢送会上，他激动地与朝夕相处的师生们话别。校花娜仁托娅对他恋恋不舍。据说娜仁托娅是某市副市长的千金，他们双双留在大城市民族学校任教不成问题，可倔强的巴特尔认准的道，九头牛也拉不回来。他动员娜仁托娅也随自己赴锡林郭勒大草原某旗某苏木嘎查从事民族教育事业，为牧民子女服务。但终因娜仁托娅是高干子女，又是独生女而作罢，分别时他们流下了热泪。

古人云："人往高处走，水往低处流。"这是自然规律，自他怀着建设牧区草原的满腔热情踏进边疆牧区教师工作岗位，一晃五年了。虽然他和心上人娜仁托娅也有鸿雁传书的浪漫故事，字里行间表露相互爱慕的心迹，但终因牛郎织女，天各一方而作罢。他来到一望无际的美丽的锡林郭勒大草原一个草原深处的苏木嘎查任教一晃几年了，认真演绎着他教书育人的精彩人生。他似乎步步登高，然而，他走的每一个“高处”都是更偏远、条件更艰苦的高寒牧区教学点。

2017年六一儿童节这天，晴空万里。他所在的学校也举办了学生运动会，一百多名学生欢聚一堂，博克、赛马、赛跑、跳远、跳高、拔河等应有尽有，学生们经过激烈的比赛，各个项目前三名的运动员纷纷登台领奖，热闹非凡。

2018年六月底的一天，正好是星期日，这天万里无云，艳阳高照。特木尔巴特老师带领他们班全部共十五名体壮如牛犊的活泼可爱的学生，向附近的一座敖包山进发。这些学生都是牧民子女，从小在马背上长大，个个都是赛马能手，有的还在那达慕比赛中多次获奖。他们骑着自家的马在碧绿的原野上飞驰。一个多小时，他们来到了敖包山上，同来自苏木嘎查的数百民牧民一同祭敖包，弘扬蒙古族民族传统文化。蓝天白云，山丹花迎风怒放伴，随着马奶酒，微风送来阵阵清香。

特木尔巴特来到草原深处扎根牧区，默默耕耘，已经在牧区教育战线上工作了七个春秋。他以校为家，一直工作在教学第一线，长期担任小学班、初中班语文、数学等课程教师，由于学生少，因而他大多采取复式班教学。他师德高尚，模范履行教师职责，热爱学生，团结同志，忘我工作，无私奉献，为锡林郭勒某旗某苏木嘎查学校的教育事业呕心沥血。他的教育、教学成效显著，是位德才兼备的优秀教师。

年近三十的他，浓眉大眼，身材高大，也得到了不少姑娘的芳心，但因他忙于教学工作，那些姑娘都被他婉言谢绝。

正巧，这年来了一位支边蒙古族女教师锡林高娃，年龄二十八岁，美如天仙。在近一年的共同教学中，两个人似乎也有了共同语言，志同道合。在他们认识的第二年的教师节，巴特由于教育教学工作成绩显著，被评为盟级优秀教师荣誉称号。他和锡林高娃也在苏木书记、学校校长等人的主持下，在全体同仁的祝贺声中喜结良缘，正是双喜临门。

时光荏苒，岁月如梭，转眼又一个明媚的春天来到了，山丹花火红耀眼，吐着芬芳。

特木尔巴特自从踏上教师这个工作岗位以来，始终热爱教师这个职业。在工作中，他严于律己，全面贯彻党的教育方针，教书育人，为人师表，培养学生德、智、体、美、劳全面发展，事业有成。他们二人切实履行教书育人的职责，团结同志，关心学生，勤奋工作，乐于奉献，受到了学生、家长的尊重，得到了同事的赞许和领导的信任。他从教以来，自觉践行《中小学教师职业道德规范》，有强烈的事业心和高度的责任感，一心扑在教育教学工作上，任劳任怨，尽心竭力，默默耕耘，教育教学成绩突出，是一个学生喜欢、家长满意、同事尊敬和领导放心的优秀老师。一分耕耘一分收获。他多次被评为学校、苏木乡镇的德育先进工作者，先后获得镇级、旗县级、盟级、自治区级优秀教师荣誉称号。

人到中年的他以苦为乐，以群众的需要为己任，淡然面对种种诱惑。无论在哪个校点，他都留下了闪光的足迹。

2019年5月，已是中教高级教师的他，经全校教职工无记名投票选举、当地教育局推荐、组织部门考核，被任命为乃林高勒镇中心校校长。俗话说："火车跑得快，全凭车头带。"由于他是科班出身，又在教学一线历练了七年，教学经验比较丰富，管理到位，学校教学秩序井然有序，全校三十多名教职工在他的带领下，兢兢业业奋战在教学第一线，使学校的基础教育和中考成绩名列全盟前位。

他去乃林高勒镇中心校担任校长时，多方筹措经费，给全校任课教师的见面礼是每人一台笔记本电脑，为教师们备课、查找资料带来了福音。这在偏僻的草原深处还是一件新鲜事呢。教师们可以在网上备课，遇到疑难问题到网上一查，茅塞顿开，开阔了教师的眼界，丰富了教师的知识，也为教书育人带来了福音。当发现有寄宿的牧民的孩子们头疼脑热时，他和校医会第一时间到其床边问寒问暖。生病的学生感到了在家一样的温暖，很快就康复了，此举，受得了学生及家长的好评。

7月的草原，天蓝、水清、草绿、牛羊肥壮，白色的蒙古包在蓝天白云下，形成一道迷人的风景线。

对于外来务工和少数留守儿童，他与教师们更是关爱有加。2016年冬，一个名叫齐齐格的女学生上学时衣着单薄，消瘦的身体在寒风中瑟瑟发抖。特木尔巴特看到后，给她买来了厚实的新棉衣。放学后，他得知齐齐格家庭贫困，靠政府低保生活。于是，他全力帮忙，为齐齐格申请了在校助学金和生活困难补贴等，使该学生以优异的成绩毕业。此后，该学生考入了旗高中。后来，她在党和政府及热衷于社会公益事业的好心人的资金赞助下，顺利地考入了内蒙古大学。

墙内开花墙外红。一枝红杏出墙来，满园春色关不住。

关怀后进生成长，是特木尔巴特校长的重要课题。该校初三毕业班宝音图同学的数学成绩较差，他的家长是牧民，文化低，干着急，只能是反复叮嘱他刻苦学习。有的同学嫌他学习不好，疏远他，导致他心理不平衡而调皮捣蛋。特木尔巴特了解情况后，抓住他爱好蒙古文书法的特点，找蒙古文字帖指导他临摹、练习，主动与他拉家常，以心灵的对话感化他的思想，激励他发展特长。通过努力，宝音图获得锡林郭勒乃林高勒镇第五届中小学生蒙古文书法比赛一等奖。面对宝音图的进步，他和班主任老师因势利导，激发宝音图发愤学习。结果，宝音图毕业时，数学成绩得了满分。后来他也上了高中，高中毕业后考入了锡林郭勒盟职业学院大专班。

2019年的春天来临，阳光普照，绿草刚开始破土而出，乃林高勒草原空气清新，风景如画。

新学期，新气象。盟、旗及当地教育局领导深入该基层偏远的民族学校视察工作，看到在这辽阔的草原上民族教育事业发展喜人，给予了很高的评价。盟、旗领导答应为学校建设校园体育跑道并为每个班级配备电子白板这好消息不胫而走。近年来，随着地方经济的健康发展，该边境旗及乃林高勒镇以人为本，关注民生，谱写教育民生新篇章，大力优先发展民族教育事业，大力支援民族教育事业率先发展，而且为近两千多名学生实行十五年制免费教育，住校生每月每人有一百二十元的伙食补助。这些政策深受社会各界人士的好评。

乃林高勒中心校在2018年度，因教育教学成效显著，又被评为盟级民族义务教育先进学校荣誉称号。

西天边的一片晚霞红的似火，把特木尔巴特的脸膛映的通红，光彩照人。

他从教多年来扎根牧区，以苦为荣；教书育人，为人师表；以校为家，坚守岗位，成绩斐然。他潜心教育，关爱学生，得到了社会各界广泛的赞颂。2017至2018年度，特木尔巴特再次荣获盟教育局、自治区教育厅颁发的先进教育工作者称号。

成功男人的身后，必然有一位成功的女人相助。他的妻子这些年除了保质保量地完成她的教育教学本职工作，主动包揽了全部家务，让丈夫可以竭尽全力投入学校管理工作中，使学校教育教学管理工作井然有序，成绩斐然。她如草原上火红耀眼的一枝浓郁的山丹花，飘香万里！

正如鲁迅先生所说：吃的是草，挤的是奶。他一心扑在党和人民的民族教育事业上，闪闪发光，无怨无悔，默默奉献！

7月的草原一望无际，蓝天白云，牛羊满坡，百鸟歌唱，鲜花尽情绽放，尤其是火红的山丹花火红耀眼，吐着芬芳，飘香万里。

这个周末，红日高照，天空晴朗，巴特尔等几名男女教师带领着天真烂漫的十几个男女学生深入草原深处写生。天边草原骏马奔腾，雪白的蒙古包，满坡的牛羊，火红的山丹花，令人流连忘返。

道尔基出山

赵瑞生

一

年底，牲畜该出栏的已经卖掉了，欲降生的还流连在娘胎里。这是一年中的清闲日子。白音宝力格嘎查的嘎查委班子要换届了。

现任嘎查主任巴图早就放出话来，说是不再当主任了，一来给更有能力的年轻人腾位置，二来也想清闲清闲、享受享受。老马倌儿道尔基老汉倒觉得老巴图当了大半辈子嘎查干部，经验丰富，为人正派，老当益壮，还可以再接着干吗。要是选出一个嘴上没毛的家伙当嘎查主任，他还真不放心。

怕啥来啥，两个候选人果然年轻，其中一个还是自己的儿子巴特尔。对另一个候选人他不好说什么，对自己的儿子巴特尔那是一百个看不上眼。那个浑小子一天大马群也没放过，马倌儿的那些技艺一点儿也不拿手。平时不是牵着马去旅游点揽生意，就是骑着摩托乱转，还说是搞什么项目。说得好听，哼！道尔基最看不上眼的就是他赚了钱后乐的咧个大嘴数钱的样子。一个连当马倌儿的资格都没有的浑小子竟然想当嘎查委主任，要管我这个白音宝力格草原上自己数二别人不敢数一的马倌儿。这么大的嘎查，几百口子人，他能干好吗？

道尔基决意还是要选老巴图。

选举那天，牧民们大多开着汽车、骑着摩托来了，骑马来的屈指可数，道尔基是其中一个。各种车辆颇有气势地停放了一大片，围着拴马桩的那几匹马显得很落寞。道尔基扫了一眼，心中泛起一丝惆怅。

“赛呶”“赛，赛”的打招呼声不绝于耳，人们交换着热情，交流着感情。

道尔基闷闷不乐，走进会议室独自坐在角落里发呆。“嗨，老弟，赛呶！”随着问候声，一只大手拍在了他的肩膀上。声音很熟，是老贡登大哥。他急忙站起来转过身还礼：“赛，赛！老哥你身体可好？”“好，好。身体倍儿棒，吃嘛嘛香。”说话的同时，贡登还使劲拍了拍胸脯。

两人寒暄后坐定，三聊两聊就聊到了选嘎查长的事。

道尔基说：“老哥呀，你说这年轻人靠谱吗？别人不敢说，就我那浑小子巴特尔我就觉得不靠谱。别看他也三十郎当岁了，可我觉得他还嫩呢！”

候选人中有道尔基的儿子，贡登老头不好评说，支支吾吾地“哦，哦”着，其实他也觉得还是让老巴图接着干好一点儿。

看着老贡登尴尬的表情，道尔基说：“老哥，你不必忌讳，咱老哥俩跟亲兄弟似的，有啥想法你直说嘛。”

看道尔基十分诚恳，贡登也就实话实说了：“确实，还是老巴图有经验，为人处事也公道。”几个旁听的老牧民也纷纷点头。老哥几个最后商定还是要选老巴图。

投票完毕，开始唱票。两个候选人的得票交互上升，其中也夹杂着选别人的票。巴图干得不错，选他的人也着实不少。唱票到了后半程，巴特尔的优势渐渐明显起来，最终他赢得了选举。巴图也获得了几十张选票。他很高兴，这是乡亲们对自己工作的肯定啊！道尔基却高兴不起来，自己的那个浑小子能担得起这么重的一副担子吗？他越想越觉得悬乎。

“嗨，嗨，老伙计，回家吧，怎么，还要让人家管饭？走吧，我请客。”巴图说着便一把拉起了道尔基。

道尔基骑着马，巴图骑着摩托，老哥俩向自己的浩特奔去。路上，巴图的兴致很高，一会儿预测来年的天气，一会儿展望嘎查的未来，一会儿又规划自己的“退休”生活，一会儿还夸赞巴特尔肯定会当个好主任。道尔基闷闷不乐，有一搭没一搭地应着，当听到巴图夸赞自己的儿子时，便说：“老弟呀，你可得好好帮他啊，真要是捅下什么娄子，咱自己丢人现眼倒还是个小事，给咱嘎查、给乡亲们带来损失，那罪过可就大了！”“哈哈哈，”巴图爽朗一笑，“放心吧，老哥哥，帮是肯定要帮的。巴特尔是个有能力也有头脑的人，肯定不会蛮干的。我会当好参谋的！”

到家了，巴图拉着他去喝两盅“庆贺”一下，他心情不好，婉言谢绝了。

儿子自从当上了嘎查委主任，在家里数票子的时候少了，往外跑的次数多了。道尔基觉得这是对的，要为大伙的事多忙，少操心自己的那几张票子。一段时间过去了，道尔基没有听到大伙对巴特尔有什么不好的议论，倒是时不时听到有人夸赞他。道尔基一颗悬着的心渐渐放下了。

二

暮春，草根泛出了新绿。追赶春光的雁阵不时掠过头顶。新降生的羊羔、牛犊早已跟着大群出牧。

道尔基早早起了床，喝了奶茶，又去羊圈、牛棚转了一圈，哪儿都拾掇得利利索索，想扫扫院子，院子也干干净净。无所事事的他又返回屋里，端起了茶碗。唉，真的老了，无事可干啦。

道尔基想去找老巴图聊聊天，可他自从过完春节就去旗里儿子家了，已经快俩月没见面了。打开电视，没有喜欢的节目，又关上了。再踱到院子里仍旧没有什么可干的事儿。远处隐隐传来羊咩牛哞声，衬托着院子更加寂静。百无聊赖的道尔基又回到屋里。无所事事地挨了半上午，人渐渐迷糊起来……

一年一度的打马鬃、烙马印、骟马蛋的盛大的马事活动开始了。几百匹骏马把浩特前的一片草地搅动得烟尘滚滚。每个人都忙碌着。身材魁梧的巴图是生产队长，忙着指挥调度。几个老年牧民在烧着牛粪篝火。一群妇女在熬奶茶、煮手把肉。个头不高却非常健壮的贡登正在剪马鬃，他的一双大手粗壮有力却又十分灵巧，马匹经他修剪过鬃毛后立马就精神了，人们都愿意请贡登给自己心爱的坐骑“理发”。贡登也十分乐意显露自己的手艺，总是来者不拒，所以他是最忙碌的，身边围了一圈儿牵着马等待的人。这也是男孩子们快乐的节日，全大队的半大小子们都跑来了，有学门道的，有看热闹的，有角力摔跤的，还有嬉戏打闹的。

道尔基骑着心爱的枣红马，手持套马杆追逐着一匹两岁的小红马。这匹小红马比他的坐骑还要火红。奔驰在草原上的两匹红马就像两团燃烧的火焰，骏马越跑越快，火焰越烧越旺，人们纷纷停下手中的活计围观，发出一阵阵喝彩。其他马倌儿也纷纷停下马来，观看这巅峰对决。道尔基全然顾不上这些，耳边只有呼呼的风声，眼中只有那匹可遇不可求的枣红神骏。近了，近了，套马杆梢已碰到了那随风飘逸的长鬣，正待伸出套马杆套的时候，那匹小红马突然一低头，四蹄磨地、身体后挫来了个急刹车，道尔基的坐骑猝不及防，冲了过去。等道尔基圈马回来，那匹小红马在远处兀自站着，长鬣在微风中飘拂，汗珠在阳光下晶莹闪烁。它盯着道尔基，像是在宣战，又似乎流露出几分敬意。看到道尔基策马奔来，它便长啸一声转身跑了。道尔基马靴后跟一点马肚，胯下的枣红马四蹄飞奔，不一会儿就追上了小红马。他看准时机迅速出杆，套索就要碰到小红马“嘀嘀，嘀嘀”，突然，一阵汽车喇叭声传入耳鼓，壮观的马群、激动人心的套马场面霎时无影无踪。道尔基揉揉眼睛，看到窗外停着一辆崭新的小轿车，老巴图和老贡登从车上下来，唉，两个老头儿，比刚才梦中的形象差远了。

“赛呶！”道尔基赶忙起身迎客。

“赛！”随着话音，两个老头已进到屋里。

寒暄甫定，敬烟敬茶。老哥仨聊了起来。道尔基的心情一下子好多了。

道尔基满腹狐疑：“巴图老弟，你啥时候学会开车了？”

“哈哈，告诉你吧，”巴图十分得意，“你当我去儿子家享清福去了？我才没那个闲心呢。我是去旗里的驾校学开车去了。哈哈哈。”又是一阵既得意又自豪的爽朗大笑。

“你这老弟花样可真够多的。你学开车应该挺容易吧，你当年可当过咱大队的拖拉机手啊。”贡登老头说。

“那是，什么油离配合、半坡起步、移库倒库，我比那个毛头小教练还玩儿得顺溜呢。”巴图老头很是得意。

道尔基心想，这老巴图的脑筋就是活泛，什么新鲜事都走在前头。嘎查里他家是第一个买摩托的，也是第一个开办旅游点的，这买汽车虽然不是第一家，他却成了第一个开汽车的老头。

都说三个女人一台戏，这仨老头也够热闹的。老哥仨时而哈哈大笑，时而拌嘴斗气，时而又轻声慢语。话题天南海北，不知不觉又唠回到汽车上。巴图说：“你看，这通往嘎查的小水泥路也修好了，不管是刮风还是下雨，想去哪里一溜烟儿就没影了，痛快呀！”

道尔基嘴上应和着，心里却想，这轿车确实好，可这传承了几千年的游牧文明也是不该消失的好东西呀！想到这里，他说：“你开那个小轿车确实好，可我还是觉得只有骑在马背上才像样，要不我们怎么叫‘马背民族’呢？”

贡登也叹口气说：“是啊，‘马背民族’可是从祖先一直叫到现在的呀！”

话说到此，连巴图也没了兴奋劲儿。老哥仨明白，从前的大马群早就不见了踪影，放牧骑摩托，出门坐汽车，草原上为数不多的几匹马只不过是供游客们过过骑马瘾的。而车轮子却给草原造成了老大的破坏。老哥仨不禁忧心忡忡，你说一句“这旅游是好，给牧民增收不少，可对草原破坏也大”，那个接上一句“是啊，那自驾游的汽车到处跑，车轮子碾过的地方就不好好长草了”，又有人说“就说那骑马也纯粹是凑热闹，玩儿玩儿而已”，另一个又反驳“人家来旅游不就是玩儿玩儿吗”。三个人都觉得，光是骑骑马、吃吃手把肉，似乎还是少了点儿什么。

三

日子一晃就到了初夏。自从那天老哥仨聊了对草原生态的担忧之后，道尔基的心情一直很沉闷，他不断地想怎样才能既让草原跟上现代文明的脚步，又能保护好生态和民族文化，却理不出一个思路来。他有时想跟儿子聊聊，但一方面儿子确实忙，另一方面他觉得那浑小子也未见得有什么好想法。

还是找老巴图说说话吧。到了巴图家门口，他感觉到屋里十分热闹，就连和他非常要好的大黑狗也没有跑过来迎接他，也在屋里凑热闹。

“赛呶！怎么这么热闹？”道尔基在门口高喊。听到喊声，大家纷纷出门迎接客人。道尔基一看，不仅有老巴图老两口，他们在大城市工作的小孙女儿萨日娜也回来了，还有自己的孙子阿尔斯楞等几个年轻人。大黑狗也跑过来摇着尾巴讨好道尔基。

“赛！老伙计来了？快请进来。”巴图热情地说。几个年轻人也纷纷向道尔基爷爷问好。道尔基一时应接不暇，只好“赛赛”的统一作答。

寒暄之后，道尔基开始与远方归来的萨日娜交谈：“闺女，是回来看你爷爷、奶奶的吧？听说你在大城市里上班忙得很，这次回来也待不了几天吧？”听到他的问话大家都笑了，把他笑了一头雾水：“这，这我，说的不对吗？有什么好笑的？”大家更是笑成一团，巴图甚至都笑出了眼泪。

萨日娜止住了银铃般的笑声，莺声燕语地对他说：“爷爷，用你们从前看样板戏《沙家浜》中的一句台词来说，‘这次回来就不走了’。”这姑娘的嗓音就是好听，像电视里的主持人一样。

什么？不走了？现在的年轻人可是爱往大城市里跑啊，哪怕是像沙蓬一样飘着也不愿回来。再说，听说萨日娜在大城市里可是干得有声有色啊。道尔基有点儿糊涂了。

看着道尔基满脸的不理解，巴图发话了：“嘿嘿，老伙计，你说这孩子是怎么想的。当年她阿爸念了个中专就留在了旗里，还挺让人羡慕的。现在这孩子读了大学，放着大城市不待，非要往这牧区里跑，还说什么创业呀、电商呀、弘扬文化呀什么的。咱们老了，跟不上形势了，孩子们有文化，眼界宽，总是错不了的。”“对，对。”年轻人们纷纷点头称是。

萨日娜说：“道尔基爷爷，您说咱们草原上的牛羊肉、奶食品好不好？”

“那还用说！”

“城里卖得贵不贵？”

“那还用说！”

“可是咱们牧民出手的价格高不高？”

“唉，那还用说，这钱都让二道贩子赚去了。这头咱牧民卖不上价，那头城里人又得出高价买，两头不得利啊。”道尔基无奈地说。巴图插话道：“这中间还不知有多少道贩子呢。”

“就是嘛，现在网络发达了，国家又大力提倡“互联网+”，咱们直接出售畜产品，直接和消费者见面，两头都有利。”萨日娜说得信心满满。

萨日娜侃侃而谈，两个爷爷，一个奶奶，还有一干年轻人听得津津有味。

这道理道尔基也多少知道一些，天天看电视哪能一无所知呢，但是萨日娜深入浅出的讲解还是让他第一次觉得自己真明白了，又长了见识，怪不得说要活到老学到老呢。对了，应该让巴特尔那个浑小子向萨日娜好好学习学习。

他回到家，儿子却不在，不知又去哪儿忙去了，倒是有两个客人在家等他。一个是和他见过几面的熟人，显然是领路人，另一个据介绍是某旅游公司的老板，姓金。原来，这位金老板得知道尔基保存有不少马具，便慕名前来参观。爱马如命的道尔基一听金老板说喜欢马具便十分高兴，一口应允，领着客人来到库房。

一间不算小的库房里井井有条地陈列着许多马具，有挂在墙壁上的，有放在架子上的，还有摆在地面上的。马镫、马绊、马棒、马印、马鞍子、马嚼子、马笼头、刮汗板……把个库房装得满满当当。金老板看看这个、摸摸那个，流露出十分喜欢的神情。看到有人如此喜欢自己的宝贝，道尔基非常高兴，金老板每拿起一个物件，他就讲解其用途用法，而且每一个物件都有故事，把道尔基的讲解记录下来简直就是一本精彩的“马具宝典”。金老板听得两眼放光，口中喃喃道：“如此更好，如此更好。配上如此精彩的介绍，游客们肯定格外喜欢。”

盘桓了半晌，金老板说话了：“大叔啊，您的这些东西也没什么用了，不如转让给我吧。”

“什么，你要？”

“噢，噢，您老别误会，我不是白要，我给您钱。”

"拿钱买？哦，不。"

金老板认为道尔基是在待价而沽，便说："您老的这些东西也都破旧了，也不甚值钱……不过，您开个价吧。"

"开价？"

"是的，大叔，你开个价，金老板也是爽快人。"那个领路的熟人说。

"哈哈哈，"道尔基明白了，爽朗一笑，"是啊，也不是什么金贵的东西，不值多少钱。可是我真舍不得它们呀！"

金老板以为道尔基是在欲擒故纵抬价钱："大叔啊，亏不了您。就给您八千……一万吧。这价钱可真不算低了，您可以去打听打听。"

一万真不算一个小数目了，可道尔基真的不想卖这些心肝宝贝，在他心中，这些东西可是不能用金钱衡量的无价之宝啊。"金老板，您误会了。一万可真不少了，我不是嫌钱少，是打心眼里就没想卖这些东西啊。"

"这……要不行您挑您看不上眼的东西让我买几件，总不能让我空手而归呀。"看道尔基十分直爽，那金老板也就不绕弯子了。

"这……这我还真没有不喜欢的。"道尔基又给他浇了一瓢凉水。

"我是要建一个马文化博物馆，这是弘扬民族文化，把这些东西陈列在博物馆要比被您放在库房里睡大觉有意义吧。"

那个领路人也附和着："意义大多了。"

这条理由可真有说服力，把道尔基说得口服了，可是心里仍然依依不舍，但他没有什么话好反驳了。突然，他想起了萨日娜的话，现在许多人搞什么文化开发，其实大多是商业运作，举保护文化之名，行赚钱盈利之实，要弘扬和保护民族传统文化还得靠自己。他心思清楚了，话也就到了嘴边："'借奶还黄油，借牛还骏马。'金老板，你的好意我老头子心领了，多谢你对马文化的热心。这弘扬民族文化是个好事，如果我这一屋子老物件能发挥点儿作用，那可太好了，我不但不要钱，倒贴都干。可是，我还得找个有缘人啊……我看，萨日娜这个孩子像是个干这个事儿的人。"

金老板收购不成，悻悻而走。

道尔基认为这件事就算过去了，没想到还有更精彩的续集。

几天后的一个深夜，道尔基在熟睡中听到浩特边上那不多的几匹马有一些骚动，他猛然醒来，感觉到似乎要出什么事。侧耳静听，万籁无声，连浩特里的狗也在熟睡。突然传来一声马啸，在草原上吃夜草的马儿们又骚动了片刻。道尔基一骨碌爬起来，把老伴乌日娜给惊醒了。

“哎，老头子，半夜三更不睡觉，发哪门子神经？”乌日娜被萨日娜聘请当了顾问，每天早出晚归，年纪大了，感觉有点儿累，睡得很香甜，不想让道尔基给惊醒了。

“你不知道，怕是要出事儿。”

“能出什么事儿，外边一点儿动静也没有。”

确实，这时外面又恢复了安静。

“我得好好睡一觉，休息好了明天还得给萨日娜传经呢。”乌日娜半嗔半怒地说。

“你不懂，凭我几十年放马的直觉，肯定要出事儿。”

“都多少年没马放了，还直觉。”老伴有几分揶揄。

“说你不懂还真不懂，要是没这直觉，那马还不让盗马贼都给偷光了。你先睡吧。”

道尔基一边说一边摸黑穿上衣服，随即走出了家门。老伴乌日娜赶紧叮嘱“小心点儿”。

这就是千百年来游牧民族与他们心爱的马儿建立起来的互信与合作。马匹是最有灵性的动物，在草原上既有天敌又有盗贼，机警的马儿往往能够首先发现危险，有了动静它们先是驻足竖耳静听，感觉到有危险它们会焦躁踏蹄，危险临近它们会打响鼻来提醒马倌儿，如果危险迫在眉睫它们便仰天长啸。马群的一声一息都逃不过马倌儿的耳朵，即使是在酣睡，对于其他声音充耳不闻，对于马儿的声音极为敏感，在这心理学上叫知觉的选择性。道尔基虽然已多年不放马了，但是马倌儿的敏感性还是保留着。

黑黢黢的夜只有几点星光，远山仅能约略看出一点儿轮廓。道尔基的双眼在当马倌儿的时候已锻炼得能在黑夜里看见东西，现在虽然老了，不比当年，可还是超过常人。道尔基依稀看到有两条黑影向他家摸过来，一点儿声息也没有。这两条黑影蹑手蹑脚地爬上他家的院墙，又毫无声息地落在地上，幽灵一般飘向了存放着马具的库房。怪不得老话儿说做贼要有做贼的本事呢，这连狗都不惊动的本事确实是本事，如同武侠小说中的轻功一样。若不是道尔基多年放马养成的直觉，这俩贼真要得手了。

这是要偷他的心肝宝贝呀，道尔基不禁怒火中烧，大喊一声："抓贼！"那两条黑影惊叫一声，瞬间就翻墙而逃。道尔基抄起套马杆追了出去。

"轰隆隆"一声，两个贼踩着了三轮摩托，一道白光瞬间射出，三轮摩托像箭一般蹿了出去。这时，浩特里的狗才都狂吠起来。他奔向离自己最近的一匹马，快速解开马绊，左手紧抓马鬃，右手用套马杆撑地，纵身一跃就上了马背，双腿一夹马肚子，马儿就像风一样向前奔去。这几个动作一气呵成，完全不像一个年过花甲的老人，道尔基也不觉暗自高兴。

如果是在道路上，马儿是不可能追上摩托车的，可是毕竟做贼心虚，两个贼慌不择路，在草原上乱窜，那车轮子可就不是马蹄子的对手了。不多时，道尔基就追上了那辆三轮摩托。他大声喊话："站住！"那两个贼却不听话，把油门拧到头，摩托车颠簸着狂奔。看着来文的不行，道尔基便伸出套马杆在两个贼的头上一晃，同时大喊："再不站住就套啦！"这两个贼知道，这一竿子套下去，非把自己从摩托车上拖下来不可，那一定会摔个瘸胳膊断腿脑震荡什么的，只好认倒霉停下了车。这时，巴图领着众人骑着摩托、开着车也赶到了。

原来，各地都在建设马文化博物馆，老物件行情大涨，道尔基树大招风，招来了两个贼。

四

仲夏，羔犊驹们基本断奶，正是草原盛乳的季节。

年轻人就是有魄力，做事也利落，萨日娜的厂房盖好了，食品加工机械也安装好了，全是不锈钢的，锃明瓦亮，在阳光下闪耀着光芒。各种执照也办下来了。紧接着，第一批奶食品诞生了。

然而，萨日娜还没有来得及享受成功的喜悦，就被一盆凉水浇了个透心凉。刚生产出来的奶食品品相很好，也说不上难吃，但味道总感觉不如记忆中老阿妈做的奶食品那样诱人，缺少一种舌尖上的享受与回味。

老伴乌日娜从厂里下班回来了，道尔基发现她脸上有一片愁云，一点儿也不像平常脸上总带着和蔼的笑容。

“怎么了，累了吗？”道尔基关心地问。

“累，不怕累。要说累也是心累啊。”

“嘿嘿，真是‘黄金旁边的红铜也发光’，跟大学生混了几天也学会抒情了。”道尔基揶揄道。

乌日娜白了老伴一眼：“看你胡说什么呢，看萨日娜那孩子有了难处，我也是着急呀！”

“咦，有了难处？什么难处？那厂子不是办得很顺利吗！”

“唉，我已经把自己做奶食品的本事都使出来了，可是做出的产品总是感觉味道不正宗。”乌日娜就把情况一五一十地都告诉了老伴。

道尔基也不免替萨日娜着急起来，这孩子把大城市的工作辞了回到家乡创业，万一不成功可怎么办呢！他想帮一把，可又没法帮，要是侍弄马匹他可真能帮上忙，可是这做奶食品……自己可是连奶茶都没熬过啊。

帮不上忙归帮不上忙，可道尔基还是被这件事困扰着，平时睡眠很好的他，今晚却失眠了。他知道老伴也没睡着。该怎么办呢？自己枉称白音宝力格的名人，现在对这件事一筹莫展。

月亮已经偏西，满屋的银辉仅剩下照射在东墙壁上的一线光亮。突然，道尔基脑海里灵光一闪，就像射进屋里的那道月光格外明亮。他想起了前几天看的电视剧，各方强人纷纷争夺一只紫砂壶，这只紫砂壶非常神奇，只要一到进白开水就能冲出一壶浓郁的香茗，原因是这只紫砂壶已有几百年的历史，人们天天用它沏茶，茶叶的精华早已深深沁入壶壁，只要有水入壶，那茶叶的馨香便会弥散出来，成为一壶好茶。世间万物事不同理同，那沁人心脾的马奶酒，离开了从祖母的祖母手里传承下来的发酵皮囊，那会是什么味道呢？草原上的百年沙榆与鲜牛奶互相浸润，那舌尖上的醇厚美味才好出现。道尔基的心里一下子敞亮了，他兴奋地推了一下老伴：“老婆子，还没睡着吧，我，我有办法了！”

乌日娜兀自发闷，冷不丁被老伴推了一下便稍有愠怒：“干什么呀，大半夜的不睡觉，一惊一乍的。”

“嘿嘿，你不是也没睡吗。你别不高兴，我可是给萨日娜那孩子想到好办法了。”

“要说放马，你的办法太多了。可是做奶食品你懂什么！”

“嘿嘿嘿，”道尔基讪笑，“我是不懂什么，可是……”道尔基坐起身来，把自己的想法一股脑倒给了老伴。

听完老伴的一番话，乌日娜也觉得是这么个理。

天还不亮乌日娜就起床要把这个好消息告诉萨日娜。可萨日娜更着急，乌日娜衣服穿了一半，电话铃就响了。电话那头是萨日娜银铃般的声音：“奶奶，我好像有了一点儿思路了，您快来。”乌日娜边穿衣服边回答：“孩子，你道尔基爷爷也想了个点子……”结果娘俩说到了一块儿。把传统的器具拆散、洗涤、消毒，再装到不锈钢容器的内壁，既满足了食品加工的卫生要求，又保留了传统风味。

草原人既豪爽又是急性子，天一亮道尔基立即给萨日娜忙上了。他先给多年的老朋友郝木匠打了一个电话，请他立马从旗里来白音宝力格，然后在仓房里把酿奶酒和做奶食品的器具全部翻腾出来。自家的器具有限，但是问题不大，全嘎查的人都积极支持，一天之内所需要的老物件就凑够了。

第二天上午郝木匠师徒三人来了，到来之后便马不停蹄地又锯又刨，忙活到半夜才把机械整修完毕。萨日娜哪里能等到天亮，率领着几个大姑娘、小伙子在乌日娜奶奶的指导下急不可耐地干了起来。

早晨，道尔基陪着郝木匠师徒喝茶。草原人淳朴、待客热情，从这一桌子丰盛的早餐就能看出来。馨香扑鼻的手把肉，颜色金黄的蒙古馃子，洁白如玉的奶豆腐，还有乳香四溢的奶茶。

“请，请，辛苦了，多吃一点儿。”

“佳佳佳，太丰盛了。”

老哥俩以茶代酒，吃着，喝着，唠着，鼻尖、额头渗出了晶晶汗珠。两个年轻的徒弟尽情地吃着、喝着。

“爷爷，你们尝尝这个。”随着一阵银铃般的声音飘来了奶食品的馨香，随即一个漂亮的姑娘端着一大盘“查干伊得”——奶食品进来了。这姑娘不用说就是萨日娜。

“爷爷，各位师傅，你们尝尝这刚出锅的奶食品。”萨日娜把盘子放在桌子上，又殷勤地给每个人夹了几块奶豆腐。

道尔基夹起一块奶豆腐放在嘴里，咀嚼了几下，又闭上眼品味了一番，然后放声大笑：“哈哈哈，就是这个味儿，孩子，你做得真好！”郝木匠也一边品尝一边点头：“这才是真正的奶豆腐味儿。”那两个小徒弟只管往嘴里添，香得顾不上说话，只是不由自主地打了两个嗝。

看到这个场面，萨日娜更高兴了：“爷爷，这可是您的金点子啊！”

道尔基倒有点儿不好意思了：“嘿嘿嘿，闺女，你不是也想到了吗。”

郝木匠打断了他的话：“老哥，你就别谦虚了。在白音宝力格草原，你还真是一个了不起的人物。”那两个徒弟连吃带点头“是，是”。屋外，阿尔斯楞喊了起来：“萨日娜，有几个客户催货呢，你看怎么办？”“怎么拌？趁热拌。”萨日娜做了一个鬼脸跑了出去。

五

萨日娜的乳品厂终于制作出了口味正宗的奶食品。道尔基老两口都很高兴，午饭时道尔基特意搬出了一皮囊马奶酒，他想喝两碗，一来为萨日娜那孩子庆祝，二来也解解自己的馋虫。现在草原上马匹少了，马奶酒也就变得珍贵了。他拔出裹着红布的木塞子，一股沁人心脾的酒香弥散出来，道尔基把鼻子凑过去深深地吸了一口酒香，眯着眼睛很享受地品味着，酒还没有入口便已陶醉了三分。

忽然，门外传来了巴图洪亮的大嗓门：“哎呀，好香的马奶酒，老哥哥，这么好的酒也不说请我喝一碗。”听到巴图的声音，道尔基连忙把浓郁的酒香咽到肚里，起身迎接巴图：“巴图老弟，你的鼻子好灵啊，快进来喝两碗。我正愁没人陪我喝酒呢，一个人喝多没意思啊。”

“没意思还不叫上我？是舍不得你的好酒吧。”

“哪里，哪里，好几天都没见你的人影，今天萨日娜的奶豆腐做成功了，这么大的事儿也没见你……你到底忙什么呢？”

“哈哈哈，忙的自然是大事。”

“萨日娜把大城市的工作都辞了，回到草原创业，这还不算大事？万一她失败了……”

“哈哈哈，萨日娜那孩子的事也是大事，不是有你们老两口帮着她吗？有你们我还不放心？不过，我忙活的事比萨日娜那孩子的事大多了，那才真是大事！”

“到底是什么大事，比萨日娜的事还大？要知道，又是辞职又是投资的，这事可不小了！”

“好好，老哥，快让我坐下喝酒呀，咱老哥俩边喝边聊。”

恰好乌日娜端着一盘子热气腾腾的手把肉进来，赶紧插话：“巴图兄弟，快坐呀。”又对老伴说：“看你，老糊涂了，还不赶快请他大叔坐下。”

道尔基讪笑：“嘿嘿，光顾说话了……我老哥俩也没那么多客套。”

乌日娜给他俩斟满酒，又出去忙活去了。

老哥俩也好久没在一起喝酒了，便心有灵犀地端起酒碗，一个“干”字酒碗就见了底。道尔基拿起一块肥嫩的手把肉，十分灵巧地割下一条肥肉递给巴图，巴图一吸溜，这条肥肉就进了肚。他啧啧称赞：“啧，啧，乌日娜嫂子煮的手把肉味道就是正宗，香得很哩。”道尔基十分赞同，由衷地点点头：“那是。”

三碗酒下肚，巴图把话头引到正题上：“老哥，我现在就跟你说说大事吧。”道尔基一下子想起了老巴图说是忙大事，一喝酒倒把这茬给忘了。

“老哥呀，那天我和老贡登来你家，咱老哥仨说到草原被破坏那事儿你还记得吧？”

“记得，记得。”道尔基记忆犹新，看着草原被破坏他心疼啊，这哪能忘得了！

“我就是忙这件事去了，你说这是不是大事？这事是不是比萨日娜那孩子的事大？”

“当然，这是大事，确实也是比萨日娜的事大。”

“这就对了。老哥哥，这事还得你大力相助呀。”

“这事我肯定要出力，可是怎么个出力法呀？”

“那天咱老哥仨分手后，我回家想了一夜，多多少少有了点儿眉目。第二天我就找巴特尔说了。倒是年轻人有干劲、脑子活，他也在想这事儿，我们爷俩想到一块儿了。”显然，巴图是很欣赏巴特尔的。

道尔基却不以为意，又是这浑小子，他能有什么好点子，该不是老巴图又在谬夸他吧。“哎呀，老弟，你干事那肯定靠谱，巴特尔那个浑小子……”

“老哥哥，你可别小看了他，这半年多来他干得不错，乡亲们都竖大拇指呢。比如这次要成立马业发展合作社，就是一件了不起的事。”

“什么？他要成立什么社？”

“马业发展合作社，就是把大伙组织起来，一块儿干，一块儿致富，一块儿保护草原。”

“什么？就是搞大集体？那不是几十年前就不搞了吗？”道尔基满腹狐疑，更坐实了对儿子做事不靠谱的看法。

“哈哈，老哥，这个合作社和以前的不一样，是农牧民新型的合作组织，是咱们农牧区经济社会发展到一定程度的必然产物，上边大力扶持呢。”巴图接着说，“咱这白音宝力格草原在清朝的时候可是皇家御马场啊，你太爷和我太爷那可是给皇帝放过御马的哟。这御马文化现在可是块金字招牌啊，得利用起来。”

“皇帝早就没有了，还皇家御马场呢。”道尔基有几分揶揄。

“老哥，这叫文化，现在就时兴文化旅游。”

道尔基想，这当过干部的人就是不一样，满嘴的新名词。接下来老哥俩边喝边聊，道尔基这才把合作社的性质和巴特尔的想法摸了个门儿清。这合作社是个好组织，把全嘎查的草场统一起来，蓄养上几百匹骏马，所有的马事活动都按照原汁原味的老传统来做，让白音宝力格草原成为最正宗的马文化传承地，让游客们从伪马文化的喧嚣中解脱出来，接触到纯正的草原马文化，把旅游开发与草原保护有机地统一起来。这听着倒是挺好，而且老巴图还说，他与巴特尔等几个嘎查干部和积极分子请示了领导，又请教了专家，还整出了什么行动方案、可行性报告，听着还不算离谱，可是，真的能干成吗？草原上的牛羊肉好吃，行情年年看涨，现在牧民们都养羊和牛，牛和羊才是牧民们的饭碗子。自己虽然热爱马，喜爱那成百上千的骏马，可现在马早就没有几匹了，要不是这两年时兴旅游，游客们都爱骑骑马玩儿，那马就更不会有几匹了。现在要大量养马，要是干不成那不是打了人们的饭碗子吗，对大家可怎么交代，特别是那几户说是要看我道尔基怎么办他们就怎么办的牧户。万一干不成，自己带头参加反而害了别人，那可就成了白音宝力格的罪人了，不能干，万万不能干！

挺好的事儿在道尔基这儿卡了壳。这合作社是牧民们自愿加入的组织，如果草率成立，草场连不成片反而不好，那就只好再等等了。愿意成立马业发展合作社的牧民纷纷说老道尔基是个老顽固，那几户犹豫不决的牧户变得坚决起来，老巴图急得上了火，小阿尔斯楞和爷爷恼了，巴特尔有许多事要忙，一时也顾不上合作社了。

草原旅游的黄金季节来到了。今年的游客更多了，还大多是自驾游。游客们兴奋极了，骑马、拍照、吃肉，看那达慕、篝火晚会……还开着汽车随意游玩。

六

深秋，旅游季结束了。游客们兴尽而归了，旅游点赚钱了，草原却满目疮痍了。

道尔基看在眼里疼在心头，巴图也心疼，巴特尔、乌日娜、萨日娜、阿尔斯楞……全嘎查的人都心疼。成立合作社，保护草原，有序发展旅游，这事儿再也不能等了，而关键还在道尔基这儿。

这天阳光很好，晒在身上暖融融的，道尔基的心情也略微好了一点儿。

“道尔基爷爷，您好啊！我来看您了。”一串银铃般的笑语声传入道尔基的耳朵。萨日娜和阿尔斯楞来了。

“是萨日娜呀，快来，快进屋。”

“爷爷，我早该来看您了，可是太忙了……”

“哎呀，可别客气，你那么忙，我一个大闲人，帮不上什么忙，哪能再耽误你干正事儿呢。”道尔基急忙说。

萨日娜把礼物双手捧给道尔基：“爷爷，这是给您的一点儿小心意。”

道尔基一看，是两个非常漂亮的皮囊，里边装的马奶酒肯定错不了，年轻人就是能干啊。

“爷爷，这是我们厂的新产品，消费者反映不错，网上销售得可火了，请您品尝噢。”萨日娜既得意又带着三分娇嗔。

“好好，孩子，你太客气了。”道尔基十分高兴地接过酒囊，下意识地嗅了嗅。

寒暄过后进入正题：“爷爷，您看这草原……”

道尔基知道萨日娜要说什么：“可不是，心疼啊！”

“如果统一管理起来就好多了。”两个孩子异口同声说。

“可不是嘛，只是……”道尔基把自己的顾虑和盘托给了萨日娜。

萨日娜笑了：“这事儿我给您想好了，为了不让牧民们受损失，我给您兜底。”

道尔基知道萨日娜创业成功了，生意很火，可是怎能让一个小姑娘承担这么大的责任呢。他默然不应。

萨日娜明白道尔基爷爷不愿意让她承担风险，便说：“爷爷，您就不要考虑那么多了，我回到草原不单单是为了赚钱，还想干一番事业，保护我们的草原，传承我们的文化。我在大城市的收入也不错呢，要是光为了钱，我就不回来了。”

道尔基知道萨日娜有头脑，有理想，是个干大事儿的人，白音宝力格草原的未来还得靠他们，心里便有了三分同意。之后，巴图和巴特尔等一干人又趁热打铁，道尔基终于同意加入合作社了。他那一仓库的宝贝马具也无偿地捐献给了合作社。

七

积雪融化了，南雁北飞了，牧草返青了，春天又来到了白音宝力格草原。

白音宝力格马业发展合作社紧锣密鼓地筹备着。巴特尔更忙了，巴图也跟着忙得团团转，没工夫和道尔基喝酒聊天了。道尔基寂寞着，也盼望着、憧憬着，盼望着合作社能红火起来，憧憬着白音宝力格草原再现万马奔腾的皇家御马场的辉煌。

“嘀嘀”门外响起了汽车喇叭声，道尔基从窗户看是老巴图来了，心想这老伙计今天怎么有空来串门了，急忙起身迎接。

“老哥哥，赛呶！”巴图洪亮的嗓音先飘了进来。

“赛呶，老弟，赛！”在道尔基回答的同时，两双粗糙的大手有力地握在一起，“巴图老弟呀，你怎么有闲空来看望老哥哥呢？”

“有闲空？哪有闲空啊，我可是忙得团团转呀！”

“那你这是……”

“哈哈，我是在工作。受合作社筹委会的委托，来请你这个放马的老把式出山！”

“出山？出什么山？”道尔基有点儿摸不着头脑。

“说起和马打交道的能耐，你在咱们白音宝力格草原可是没人能比啊。大伙一致推举你当咱们马业合作社的首席顾问。”

“哎呀呀，这么大的责任我怎么承担得起呀，万一……”

“哎呀，老哥哥，你就别谦虚了，大伙儿都信得过你！”

“这可不是谦虚，是……”

“噢，是怕受累？”巴图调侃道。

“不，我不怕受累。”道尔基辩解道。

“那是不想给大伙儿出力了？”巴图接着调侃道。

“也不……不是，都不是，”道尔基着急起来，把脸都急红了，“我，我是怕干不了，耽误大事。”

“哈哈，当年的道尔基哪儿去了？你那时可是当仁不让，从来不示弱呀。”

“唉，好汉不提当年勇，老了。”道尔基多少有点儿伤感。

“‘老骥伏枥志在千里，烈士暮年壮心不已。’道尔基爷爷，您老还能干一番大事业呢！”萨日娜等几个年轻人恰到好处地进来了。

巴图看到来了援兵，十分高兴：“孩子们，帮我劝劝这个老顽固，看样子我这张大胖脸还不够大。你们的巴特尔叔叔不敢来请他阿爸，让我来请，这老头子也不赏给我脸。”

其实，道尔基看着大伙儿非常忙碌，早就想帮忙干点儿什么了，可是觉得自己除了放马什么也不会干，又怕给别人添乱。老巴图来请他出山，他早就心动了，就是担心干不好耽误了大事儿。现在大家又是劝说又是打气地“围攻”，他终于下定决心，大手一挥，说：“这个顾问我干了！”沉吟了一下又说：“你们可都得帮着我点儿。”大家回答“那是自然”。

白音宝力格马业发展合作社成立大会十分隆重，盟里的专家来了，旗里和苏木的领导来了，邻近的嘎查派代表来了。在大会上，自己的儿子、合作社的主任巴特尔郑重其事地把一个红彤彤的聘书颁发给他。道尔基激动了，一方面为了儿子成长为一个合格的嘎查主任，另一方面也为自己终于能为大伙儿干事了。他的眼睛模糊了，渐渐幻化出一大群奔腾的骏马，而台下雷鸣般的掌声变成了“嘚嘚”的马蹄声……

微笑的哥

海 涛

鲜红的太阳升起来了，照亮了美丽富饶的内蒙古锡林郭勒一望无际的大草原。一阵阵悠扬的马头琴伴随着嘹亮的蒙古族长调随风飘荡着；百灵鸟也在明媚的阳光下唱着委婉动听的歌，给美丽寂静的草原带来无限生机，令人神往。

内蒙古锡林郭勒盟某地半边山嘎查村随山就势，坐落在一个风景优美的草原大山深处，属于半农半牧区，千百年以来，蒙、汉、满、藏、回族等群居在这块美丽富饶的草原上。一进锡林浩特市附近的白音苏木半边山嘎查村子东头，有两棵参天大树，枝繁叶茂。该嘎查村100多户人家，大部分是蒙古族牧民，80%人口靠放牧养殖业为生，这几年，党和政府开展的美丽乡村建设以“棚户区改造”为突破口，狠抓落实，掀起了新农牧区建设热潮。该嘎查村旧貌变新颜，危旧房全部改造升级，房屋整洁，面目一新。400多人口的男女老少和睦相处，大街小巷欢声笑语，民风淳朴，其乐融融。

改革开放以来，该少数民族嘎查村除了一部分牧民放牧和务农之外，年轻人大都进了城市打工或开民族服饰店、开饭店、开出租车、理发等，生活如芝麻开花，节节高。

蒙古族牧民巴特尔从小在半边山嘎查村草原深处长大，朴实厚道，勤劳能干。20岁时，他就长得身材魁梧，浓眉大眼，一表人才，是该嘎查村的一位帅哥，吸引了同嘎查村好几个蒙古族、汉族大姑娘的芳心。但终因家贫，又有年迈多病的老额吉（母亲）的拖累，美好的理想和愿望暂时搁浅了。

20世纪90年代末，他读完高中，高考落榜，回到魂牵梦绕的半边山草原放牧。天有不测风云。不巧的是，他回牧区放牧的第二年，他父亲铁柱因急性心脏病医治无效悄然离开了人世。他和老额吉（母亲）相依为命，日子过得紧紧巴巴的，但还算舒心。

前几年，他把数千亩草场租赁给同村的巴图一家放牧，进了城市租房打工，和年迈的母亲生活在一起，先是擦皮鞋之后还去建筑工地搬砖当过小工。

几年后，巴特尔抓住机遇，靠国家扶贫无息贷款贷了一笔款，进驾校培训了一段时间。靠高中文化的基础，他很快就考上了驾照，买了辆崭新的国产吉利出租轿车当起了的哥，招手上车，微笑服务，好评如潮。

他今年27岁，身体强壮，憨厚老实。他从牧区来到城市已5个年头了，和母亲相依为命，日复一日，年复一年。

几年来巴特尔驾车安稳，服务热情周到，始终坚持微笑服务，久而久之，乘客们都热情地称呼他为：微笑的哥。

微笑的哥巴特尔每天驾驶着国产吉利轿车穿梭在繁华的大街上，成为这座城市不可缺少的一道靓丽的风景线！

转眼又是一年中春暖花开的季节。微笑的哥巴特尔还是寒暑来往，日出日落，像上紧了发条的闹钟，自动循环往复地跑车拉客。

他开出租车满城拉着乘客东西南北地跑，有时还拉乘客到乡下郊区，有求必应。有80多岁的老人上下楼乘车不方便，只要一个电话，他随叫随到，还免费为老人服务。他经常背着老人上下车，他始终把顾客当成上帝一样耐心周到地服务。

微笑的哥巴特尔始终坚持“有零钱找零钱，无零钱免零钱”，不占乘客一分钱的便宜，贫困学生和65岁以上的老人他免费出车。他用实际行动谱写出城市的哥的良知，传递正能量。

他始终微笑着，保持热情周到的服务，乘客们纷纷赞叹道：“微笑的哥名不虚传啊！有口皆碑！”

微笑的哥巴特尔仿佛是天生的乐天派，不知道忧愁是啥滋味，整天乐呵呵地笑迎各种乘客，文明服务。

他和唯一的亲人母亲相依为命，进城闯生活，一转眼就6年了，可现在他还是外甥打灯笼——照旧，还是和白发苍苍的老母亲辛勤度日。

一次，该市郊区牧区的一位蒙古族中年妇女打的时，下车把钱包和银行卡、苹果牌手机落在了车上，微笑的哥巴特尔当时开车追上去如数奉还。蒙古族中年妇女点点钱，5万元分文不少，各种证件都齐全，激动的当场抽出2000元以示感谢，他婉言谢绝。这位中年妇女非常感激他，夸他人品好，便顺手要了巴特尔的名片。从此有事出门办事，她就直接给他打电话上门接送她外出办事或回家。她图的是便利，说他人品好，开车稳，安全舒心。

这一来二去，中年妇女知道了微笑的哥巴特尔因家贫，目前，和母亲相依为命，还未娶妻成家。

正是锡林郭勒大草原鲜花盛开的季节，微风吹来阵阵清香。一天，天刚刚蒙蒙亮，巴特尔刚要外出拉客，这位中年妇女突然急匆匆来到巴特尔身边，说是有要事相商，神秘地附在他耳旁压低声说有喜事。

原来，该城郊区附近嘎查村有一位汉族美女年近30，其未婚夫出国留学5年音信全无，八成是变了心，正想找一个知冷知热的知音呢。

微笑的哥巴特尔只好领着这位蒙古族中年妇女进到自己家里，和母亲共同商量商量婚姻大事，看是否真的喜从天降。

正巧这天是星期日，天空晴朗。这位中年妇女兴致勃勃地指引巴特尔向大东头郊区新民村疾驶而去，一个多小时的工夫就赶到了城市郊区外新民村，一排宽敞明亮的农家大院跃入眼帘。听见汽车喇叭声，这位美女在家门口翘首以待，笑脸相迎。

正巧，美女和她的父母都在家。美女把他们热情地迎进家，寒暄一阵后，双方直奔主题。

这位美女也有几分姿色，是一位本科毕业的大学生，在一家外企工作，收入可观。

她看微笑的哥巴特尔身材高大，相貌英俊，便有了几分好感。她微笑地说："咱们可以接触一段时间，看缘分，看发展吧。"

这位蒙古族中年妇女使尽浑身解数想成全这门亲事，微笑着大声说："女大三，抱金砖，好姻缘！"

但是，美女的父母一听男方家庭一贫如洗，连连摇头说："男方必须有房有车，楼房要在120平方米以上，还要精装修，红木高档家具、家用电器等要一应俱全。车最低也得是40多万的奥迪车。彩礼钱10万元，按当地农村习俗，还要离娘肉（猪、牛、羊）各36公斤，离娘酒茅台36瓶、高档次法国原装进口红酒36瓶，离娘高档点心36盒，离娘雪白大馍馍36个（手工蒸的），金银首饰、订婚绿宝石、钻戒等也要应有尽有。

美女的父母一公布订婚清单，在场的人个个目瞪口呆！

美女也当场表示找对象不能找穷光蛋。

微笑的哥巴特尔也忘了是咋样离开那美女家里的，现在冷静想起来，有点儿丈二和尚摸不着头脑，好像老天爷诚心和他开了一个天大的玩笑似的。

蒙古族中年妇女也说："天涯何处无芳草。她条件太高了，望尘莫及呀。以后有合适的再慢慢物色吧。"巴特尔微笑点头，表示只能这样听天由命了。

时光流逝，岁月如梭。这些年来，微笑的哥巴特尔形形色色的乘客都见过了，有丢失手机和钱包的，有丢失其他贵重物品的，他都完璧归赵，受到社会各界好评；有喝醉酒耍酒疯的，有坐车不给钱的，有失恋女孩不下车，让他满大街无目的地疯跑的，有吸毒的，等等。

路遥知马力，日久见人心。他热情周到的服务，获得的好评如潮！微笑的哥巴特尔美名扬！

他经常免费接送贫困学生，对65岁以上的老人他一律免费接送。遇到大风和雨雪天气，飞机场打车困难，他总是出现在接送乘客的路上。他文明微笑、热情周到的服务，让每位乘客都感到舒心。

微笑的哥成了美丽的草原明珠——内蒙古锡林浩特市一道亮丽的风景线！

他先后当选锡林浩特市"最美的哥"、内蒙古自治区劳动模范、全国"五一"奖章。他多次受到市长的嘉奖！

微笑的哥巴特尔和别的出租车司机几乎没啥区别，都是一样的早出晚归，任劳任怨地跑车。所不同的是他的出租车是“全市文明出租车”，市长在全市文明出租车表彰大会上，和他亲切握手，亲自给他戴上大红花，颁发了奖金和奖状。

今年，全市又隆重表彰先进出租车司机，他又获得无记名投票第一名。这是他连续三年获得全市文明服务先进出租车先进个人荣誉称号。此刻，金碧辉煌的表彰大厅，音乐优扬，掌声雷鸣，鲜花朵朵，气氛热烈，他激动万分。他有一种扬眉吐气的感觉。

他还在隆重的表彰大会上代表全市近万名出租车司机做了为民文明服务的发言。他的发言和获奖实况还在省城电视媒体播发。他的先进事迹轰动了整个锡林浩特市，风光无限。

一时间，微笑的哥开出租车周到服务的先进事迹在盟市、自治区电台、报刊及新媒体中广泛宣传，慕名而来的求婚者接踵而至，踏进他在这座城市租赁的破旧平房，看到四处透风，下雨天房屋漏雨不停，外面不下雨了，屋子里还滴答着豆粒般大小的雨点，家里还有一个年迈多病的老母亲后，都就沉默了，像石沉大海一样杳无音讯了。

出租车行业是一座城市文明服务的窗口，他能流利地用蒙、汉、英三种语言为乘客服务。一次，一对英国老夫妇前来锡林浩特草原旅游，包租他的车三天，深入一望无际的锡林郭勒大草原观光旅游，他不仅提供了周到服务，而且用较流利的英语为他们做导游。临别之际，这对英国夫妇非要再额外给他1000元小费，被他婉言谢绝。

这对英国夫妇感动地说：“中国美景好，好似人间天堂！中国人素质高，服务更好！”

文明规范的用语，和蔼可亲的周到服务，优美动听的车载音乐都给乘客带来愉悦的欢乐气氛，乘坐微笑的哥巴特尔的车就是路途再远，乘客也会在优美的音乐声中，有说有笑的欢快气氛中不知不觉就到了目的地。

跑出租车，全靠起早贪黑两个汽车轮子跑出来的，时间就是金钱。但他依旧做着大量的公益活动，如免费接送老人、残疾人、学生中考、高考等。他说："救人、帮人、免费服务、乐于助人，为他人服务是一种享受，一种心灵上的安慰，也是弘扬中华民族传统美德的一种细小的实际行动！"

一个大雪纷飞的严冬的傍晚，他免费送一位贫困老人回家过年，回来的路上，在前不着村，后不着店的途中，一位漂亮的红衣女士的豪华车半路抛锚了。红衣女士冻得瑟瑟发抖。他二话不说跳下车问寒问暖，得知红衣女士的豪华奥迪车左前轮爆胎后，他三不两下就帮女士换上了备胎。

红衣女士是一位蒙古族姑娘，对巴特尔感激涕零，大大方方地在洁白的雪花飞舞的原野上，拥抱了巴特尔一下，并在他红里透黑的脸颊上吻了一下！一个鲜红的口红印记牢牢地贴在他的脸颊上。

微笑的哥巴特尔顿时觉得一股暖流流遍全身，一股香气迎面而来。临上车时，红衣女士还主动要了微笑的哥的名片，之后飞驰在漫天皆白的高速公路上。

巴特尔好像刚从梦中醒来一样，在后面紧紧地开车追了上去，消失在城市郊区的夜幕中。

春光明媚的一天，微笑的哥巴特尔突然接到了这位漂亮红衣女士的电话，女士用命令式的口气邀请他星期日上午9点到本市昭君大酒店就餐，还表示不见不散!

阳光灿烂，晴空万里，巴特尔穿戴整洁如约赴宴。他刚出门就听见一对喜鹊在家门口不远的一棵参天大树上鸣叫个不停，他心想："好兆头啊！好兆头！"

他开上车一路春风一路歌地飞奔向昭君大酒店，转眼间工夫到了昭君大酒店门口，漂亮的蒙古族红衣女士满面春风，面带笑容地迎了上来。宾主双方进了一间高档雅间，酒过三巡，菜过五味，漂亮的红衣女士便打开了话匣子。她毕业于海外一家著名医科大学，荣获海外医学博士学位，因追求学业和事业，无暇顾及婚姻大事，年近30还未谈男朋友。

红衣女士说着说着，美丽的大眼睛便含情脉脉地注视着微笑的哥巴特尔。巴特尔今年29岁，因家贫，无房无豪华车，又有年迈多病的年近70岁的老母亲拖累，也娶妻。

两个人谈的情意缠绵，大有相见恨晚之感。随后一段时间，微笑的哥巴特尔几乎每天都早早收车，接上刚下班的红衣女士沿着美丽的城市郊区兜风。

这座风靡全国的美丽的草原生态文明城市高楼林立、交通发达，交通、通讯、广播电视、医疗卫生、社会养老等均走在了全国的前列。这里吸引了国内外大批游客前来观光旅游，成为一座现代生态宜居城市，居民幸福指数不断攀升。

一天早晨，微笑的哥开着出租车刚路过一个路口，一位年近半百的妇人突然闯红灯，出现他车的左前轮方向，他紧急刹车，但她还是受了轻伤，前额微微出了点儿血。

巴特尔当即就把她抱上车送到医院。她只是轻微受了点儿皮外伤，医护人员处理好她的皮外伤后，他亲自送她回家，把她背到楼上。她十分感动地说：“你是个好人！”

他转身告辞说：“您好好休息，明天早晨9点我来接您，再到医院换一次药，以防感染。您现在先按医生的吩咐吃消炎药。”这位年近半百的妇女微微点头和微笑的哥挥手再见。

第二天正巧是周末，艳阳高照，晴空万里。巴特尔按照约定来接她到医院换药，当敲开门时，一位俊俏的美女给他开了门。他进屋背起她下楼，她的姑娘——那位美女紧随其后。转眼工夫他们到了医院门诊，医护人员认真地为她换药。一连三天，巴特尔感动了这对母女。她的丈夫前几年因病不治，离开了人世，她们母女俩相依为命。

母女俩看巴特尔身材高大，相貌英俊，心地善良，觉得此人不错，姑娘想以身相许。

当得知微笑的哥巴特尔已有了心上人后，只好作罢。

一天早晨，风和日丽，一位白发苍苍但精神矍铄的老头招手上车。老头在天外天体育彩票站下了车，说：“等我几分钟，我抓个彩票试试运气。”微笑的哥点头称是。

微笑的哥周到地扶着老人进了彩票站。老人买了两注彩票后，两眼放光微笑着说：“年轻人，你也试试运气，买一张彩票看看，一张才2元钱。”巴特尔顺手摸出2元钱，买了一张随机机打体育彩票。晚上9点收车回家，他打开电视，正在播发今天体彩中奖情况。他简直不敢相信自己的眼睛，他买的那张体彩居然中了500万元大奖。这时，未婚妻红衣女士正巧打来电话叫他一起去吃夜宵。

人逢喜事精神爽！女友看巴特尔今晚神采飞扬，便问：“有啥喜事，今晚你这样高兴！”巴特尔眉飞色舞地拿出了那张中了500万元大奖的彩票给女友看。女友当即用手机在网上验证，中大奖的彩票数字千真万确！

第二天，红日高照，天气晴朗。红衣女士特意请假一天，陪微笑的哥巴特尔拿着中大奖的体彩票和身份证等去领奖。在上交中奖税金100万元后，其余400万元当场打到了巴特尔的银行卡上。他俩高兴得请假3天，商量这笔上天赏赐的巨款该如何科学合理支配。

巴特尔和女友商量并征求母亲的同意后，决定致富不忘国家。他果断决定400万元大奖分配如下。

捐献给本市希望工程100万元。

捐给本市敬老院100万元，用于改善敬老院老人们的生活水平。

捐给本市红十字会100万元，用于扶危济困。

自己留下100万元，用于母亲看病和养老以及他买房买车，成家立业！

又是一个阳光明媚的五一，该市领导和市民政局、教育局、红十字会在省政府大礼堂联合表彰微笑的哥巴特尔热心社会公益事业的精神。

本市市委书记、市长，相关部门领导以及社会各界人士1000多人出席了热爱社会公益事业见行动的隆重表彰大会！

大红花在微笑的哥巴特尔胸前迎着耀眼的阳光闪耀，一大群记者跟着巴特尔。他们走出了表彰大会礼堂后，红衣女士手捧着99朵鲜红耀眼的红玫瑰在礼堂外面献给了巴特尔，并在众目睽睽之下紧紧拥抱住了他。这时，巴特尔也大着胆子在红衣女士额头上狠狠地亲了一口，引来群众、记者们的围观和赞许！

这一特写镜头被新闻媒体抓拍，正巧也被刚刚散会的道尔吉市长看到。他的姑娘——红衣女士娜仁托娅和获奖的微笑的哥巴特尔热烈拥抱。身材魁梧的道尔吉市长微笑地当着众人面大声说：“我女儿娜仁托娅眼光不错，找了有品德、有责任心的微笑的哥，巴特尔弘扬中华传统美德，热心公益事业，有钱不忘国家，值得我们骄傲自豪！

这时，道尔吉市长的千金，漂亮的红衣女士脸色红润，拉着未婚夫微笑的哥巴特尔的手说："还不赶快谢谢阿爸？"巴特尔顿时受宠若惊，和红衣女士一起给道尔吉市长深深鞠了一躬，齐声说："谢谢市长大人（阿爸）的理解和支持！"

艳阳高照，晴空万里。这时，围观的人群和一大群记者也热烈鼓掌，齐声称赞道："天下有情人终成眷属！好人一生平安！"

杜日博的村庄

卢国强

一

杜日博觉得一切苦难都是从女主人离世那天开始的。就说天气吧，冷得“嘎巴嘎巴”响，太阳被冻得直打哆嗦。挨到后半夜，正房的松木窗扇被豁牙子撬开，裹了一身白布的女主人双脚朝外踏进雪地里，锥子一样的西北风便把号啕大哭的儿女们扎没了声。杜日博不敢乱叫了，它怕一张嘴，牙齿会变成冰块掉下来。

这是一片退耕还林后还没来得及种树的缓坡地，属于霍金罕山的一个小分水岭，清凌凌的月光下，烈火烧敖包黑黝黝的影子神秘莫测地压过来，远处的大兴安岭和近处像羊犄角一样盘旋生长的小树显得格外沉静。敖包山下有一个月亮泡，水面已经被严寒封住，可在阴阳先生眼里，始终有种神秘的光波穿透冰层，与皎洁的月光遥相呼应。

烈火烧敖包据说埋葬了一个烈士，因为反对放垦被张作霖的手下烧死在这里。也有人说这块风水宝地埋葬了一个辽代有名的将领，与杨业交过手。所以，不管是科学家还是盗墓贼，三天两头就扛着洛阳铲来这里到处乱戳。老太太葬在这儿可不安生。西南有块卧龙岗，可惜，被早年移民点的人给占了。他们把草场和坡地都种上了庄稼，死了把自己种在山坡上，真有树从棺材里长出来，那地方也就成了人家的祖坟。

“就这吧！脸朝东南，往两边多刨点儿，给老包也占个地。”阴阳先生定了穴，收好罗盘，蹲在一边抽烟，一朵橘红色的花蕊在指间一张一合。

在杜日博的记忆里，男主人一直被人称作老包，包括女主人，或者他的儿子，也用蒙古语这么称呼。而孙子呢，不会蒙古语，叫他包爷爷，有点儿生分。杜日博能从老包微妙的脸部表情看出不高兴的成分，好在孩子无意，时常骑在老包身上练骑马。

“应该去煤矿借台挖掘机，不给借就不同意搬迁。”吉日嘎朗村的牧民都来了，能出力的却超不过十个，其他老弱病残都在一边祷告。山里的雪厚，冻层深，一镐头下去，只刨下奶豆腐大的一块冰。

“补偿款都到苏木了，说啥都不管用了，就等着坐在炕头上数钞票吧！”

“数钞票比数羊好受多了，一点儿也不冷，唯一的缺点是没有奶茶喝，用啥泡炒米？钞票又不顶饿。”

煤矿在草原深处，白天，黑色的尘埃在天空中飘荡，像千万只灰鹤在集体迁徙；夜晚视线不好，看不见烟尘，但翻斗车给草原带来的震动，顺着地下的矿脉传导过来，隐忍而又顽强，像惊蛰前躁动的雷声。

墓坑终于刨好了，点几张纸，烧热了炕，女主人的大红棺材便在一片哭喊声中下了葬。引魂的公鸡不走，带着红色的羽毛像团火一样在棺材上跳跃。阴阳先生用松枝在它后背狠敲几下，“早走早托生，早走早托生”，公鸡便飞出墓穴，在雪地里扑腾出一溜浅沟。杜日博看见那团火更红了，仿佛要把身边的雪融化了一般。

手电筒的光柱在雪地里乱扫，人影被放大到无垠的天幕里直至消无。豁牙子跳进晃荡的光柱里抓鸡，他跋涉的样子像游泳。大伙骂他嘴馋，说：“你几辈子没吃肉了，连叫魂鸡也敢吃，不怕老太太晚上来找你？”豁牙子说：“早吃早消化，早消化了老太太早托生。”他抱着鸡往远处一个坟堆走，这是他老伴的，去年埋的，草还没长高，全压在雪下边。从远处瞅，跟个发面大馒头似的。豁牙子先按住大公鸡给老伴磕头，然后自己也嗑了几个，说：“你放心吧，我能照顾好自己和彤彤。”

“她奶走了，可把彤彤想坏了，从小带到大，没撒过手。”有人伤感地说。

成捆的烧纸烧起来，印得跟真钱似的冥币、纸扎的牛羊和秫杆骨架的家用电器都被点着了。熊熊的火光映红了月亮，这种完全汉化的丧葬仪式快要把小山岗熔化了。杜日博忍受不了那种烧灼，不情愿地跳开。为女主人准备的盛宴与寒冷的天气形成强烈的反差。杜日博终究无法分享这最后的温度，它站在冰凉的雪地里为女主人送行。

这是村里最后一辆勒勒车，属于谁家已经不重要了，重要的是它能拉棺材。虽然久不上油的车轴和随时都能散架的车身一直都在“咯吱咯吱”响，但是，它陆陆续续送走了村里大部分老人，甚至牧民点的人也来借用。平时偷鸡摸狗的事他们没少干，可生气归生气，关键时候，村里人没有卷他们的面子。这个面子不是给借车人的，而是给已经放下一切恩怨，把青春与生命都埋葬在大兴安岭这块异乡土地上的人的。老母牛仿佛也是专门为送葬保留的，因为它走得慢，更适合离别的脚步。

杜日博觉得，这是它有生以来最寒冷的一天。下山的勒勒车空着，人们不坐，不是不敢，而是怕冻掉手脚。那天的大青牛气喘吁吁，鼻孔和嘴巴周围挂了好长的一串冰溜子。杜日博一直认为，是女主人坟前的那把大火把世间所有的热量都吸走了。从此开始，整个世界一片黑暗。

二

豁牙子的门牙是在小卖店打牌时被人一拳砸掉的，欠账一笔勾销，还赚了一笔镶牙钱。不过，据男主人说，他的镶牙钱后来又被他输给打他的那个人了。男主人每次打牌回来，都会把小卖店里发生的新鲜事说给女主人听。女主人嫌他传话寡淡，天气好的时候，便坐在轮椅里，让男主人推她到麻将桌旁看热闹。打麻将是当下最时髦的一种娱乐项目，村里几乎没人不会玩，就跟当年

7岁的孩子能骑马一样，现在不骑马了，而是全民学习打麻将，仿佛不学就会被世界抛弃了似的。杜日博认识豁牙子的时候，他已经练就了一副从牙豁子往外射口水的绝活，当时村里有人用第一笔补偿款在100里地以外的旗政府所在地买了楼，过上了王爷般的生活。豁牙子也要在镇里卖房子，但他的补偿款不够，所以每次赢了钱都等于为新房子添砖加瓦。那次在小卖店门口，它不但见证豁牙子如变色龙般迅疾准确的吐纳神功，还吃了他主动赠予的半根麻花。当时它并不饿，可是看见主人回敬了他一根烟，俩人一边吸烟，一边饶有兴致地回忆起童年放羊的某些幸福时光，它便装作对麻花情有独钟的样子把它咽了下去。

狗窝背后的两间土坯房，矮矮的，斜仄着，仿佛要钻进地里，这是豁牙子的家。豁牙子的儿子8年前在屋里结婚，一年后领着儿媳妇到煤矿里打工，再也没有回来。

豁牙子常领着彤彤来侍弄菜地。彤彤是一个脾气火爆的老娘们送来的，她把小姑娘扔皮球似的扔在豁牙子怀里，说："你儿媳把我老公拐跑了，生了个娃倒让我养活，没门！"老娘们走后，豁牙子和老伴就有事干了，擦屎裹尿，洗衣服做饭，不管这个孩子是谁的，拴在他家槽上就是他家的驴，两口子对这个孩子十分用心。

杜日博在爷爷与小孙女的交谈中听到两个年轻人的名字的时候，大脑里仍然能回忆起他们稚嫩的身影，特别是结婚那天在漫天飞舞的纸屑中幸福而又娇羞的面容。可是杜日博不知道他们为什么始终没有回来看望这个孩子，它始终不相信有关他俩离婚的各种传言。小姑娘不光名字像汉族人，一言一行都像汉族人。她喜欢穿闪闪发亮的防雨绸衣服，跟化肥袋子似的。冬天的时候，无数鸭毛和鹅毛从红色的羽绒服里钻出来，飞得漫天都是。爷爷给她买了一身蒙古袍，小女孩不穿，说学校里没人穿蒙古袍，做操不方便。学校并到旗里去的时候，小女孩开始逃学。她把一只红色的印有米老鼠图案的书包藏在仓房与狗窝之间的夹缝里，有时也通过后墙的窟窿塞进鸡架。这个秘密只有杜日博知道，它成了书包卫士。小姑娘常趴在窗户上往屋里看，一边看一边用脏兮兮的小手捋平门框上的对联。这是几年前粘上去的，残缺，模糊，连不成句。杜日博这时候总会凑上去，舔她咸滋滋的手。它不敢看她的眼睛，她的眼睛有一种与她的年龄不相符的忧郁，它觉得舔净她手背上的泪水便是对她最好的安慰。

这两间被遗弃的土坯房迅速萎缩下去，去年冬天，歪歪斜斜的西山墙在一阵鞭炮过后轰然倒塌。天气转暖后，缺失山墙的房屋开始向西倾斜，房顶上蓬勃的蒿草纷纷掉落，屋里的水缸和铁锅全被掩埋了。杜日博如果站在鸡架上，能看见门楣上方，绽放在塑料相框里的灿烂笑容，还有一只硕大的黑蜘蛛若无其事地在他们头上织网。可是，一场大雨过后，照片、蛛网还有屋檐下，自从小夫妻走后就一直没有燕子居住的燕窝统统消失了。

三

天刚破晓，老包的孙子出来上厕所，十分钟后，他“嗷嗷”大叫着从厕所里跑出来，“哎呀妈呀，冻掉屁股啦！”一只拖鞋掉了，他没捡，就那么光着脚跑进屋。第二个出来的是主人的大儿子。他围着汽车转了一圈，钻进驾驶室发动汽车。大嗓门出来的时候太阳已经把窗户上的冰花融化了。她站在院墙根，把头伸进园子，乜了它一眼，转脸对着金灿灿的阳光刷牙。大嗓门是主人的儿媳妇，骂起人不管不顾，打狗也不会看主人的面子。那年冬天，杜日博生了一窝小狗崽，女主人把它们挪到走廊里。大嗓门过年回来，一下把它从桌子底下拎出来，扔到鸡架里，还把一窝没断奶的小狗崽送了人。对此，它一直对大嗓门心存芥蒂，从不拿正眼看她，当然也不轻易靠近她。

男主人迟迟不见出来，杜日博隔着玻璃看见他在炕上的一堆衣物间挑挑拣拣，难以取舍，它的心有点儿慌了。

男主人终于出来了，恋恋不舍地环顾瓦房、院墙和柴火垛，最后，与杜日博急切的目光对接。杜日博一下子站起来，扑在男主人怀里。一夜之间，他的头发全白了，他好像已经抱不动自己了。他把它放下，它又站起来，急速地伸出舌头，舔他脸上的皱纹。

皱纹里的液体又咸又涩，杜日博“呜呜”地哭出了声，像个孩子似的。所有人都怔住了，狗还会哭呢？虽然没有眼泪，但是呜呜咽咽的声音的确是从它的喉咙里发出来的。“冻掉屁股”的孩子说：“要不我们把它带走吧。”他爸看他妈的眼色，他妈说：“把它拉回去，就把你留下！”他爸就对他爷爷说：“爸，市里不让养大型犬，怕咬伤人。再说，它那么大，车里实在没地方放，等到家我给你买个京巴吧，在屋里养，准保比它好玩。”

豁牙子来了，头发蓬松，脸色疲惫，指间的烟已抽了半截。男主人把鼻涕和眼泪都蹭在杜日博脖子上，嘱托豁牙子照顾杜日博。豁牙子说：“人迟早都得走，只是这些带毛的牲口可咋办？楼房里没法养，还有这些鸡、鸭、鹅，都能下蛋呢，杀了忒可惜。”老包沉默了，点着一支烟，抽一口，摸一下杜日博的脖子，再抽一口，捏一下它的耳朵，却始终不敢看它的眼睛。接连抽完三根烟，他沉沉地说：“最迟，明年祭敖包的时候我会回来。”转身进屋，拎出几个塑料袋，并排放在杜日博眼前：“饿坏了吧，昨天人多，把你给忘了。”

这是从饭店拿回来的剩菜，一共7包，头一个是只鸡，翅膀和大腿已经没了。杜日博一口把鸡头叼在嘴里，晃着脑袋撕下一块，吞下去才发现味道实在一般，不如女主人用铁锅炖的有嚼头。杜日博咬第二口的时候，大门落锁的声音传进耳鼓，一抬头，院子里的人没了，汽车也不见了。它猛地蹿出，翻出院墙，疯了一般朝村子外边追去。

那天本没有风，可是杜日博一跑，就形成了风。风灌进杜日博的嘴里，变成凉气喷出来，立马凝结在鼻子、嘴巴和眉毛上。杜日博感觉眼珠都要被冻裂了，它不敢再叫，只是一个劲往前冲。空气中的水分凝成了霰，路上的积雪被碾成了冰，杜日博滑倒了，爬起来，又摔倒了，再爬起来！在那个无比寒冷的冬日，好多人看见杜日博单薄的身影在冰晶闪耀的雾霭里狂奔，也有好多人在它摔倒的时候伤心欲绝。可是杜日博最终也没有撵上飞驰的车轮，它眼睁睁地看着两个橘红色的汽车尾灯，阴险地眨了眨，便拐上304国道，消失在滚滚车流中。

杜日博丢了魂似的回到家，阿拉嘎和拉布拉多坐在门口等它。阿拉嘎是德国黑贝和草狗杂交的品种，它桀骜不驯的头型和凛然不可侵犯的眼神让人望而生畏。“别难过，人就是这样，用着你又是疼又是爱，用不着就不管你了，抛弃你了。”因为没有羊可放，赋闲多日的阿拉嘎精力异常充沛。它们是老相好，它的安慰应该有几分诚意。可如今，在杜日博眼里，这都是怜悯，它不想让阿拉嘎可怜自己，特别是在拉布拉多面前。拉布拉多是只城里退役的导盲犬，通身金黄，温柔得像只猫，会许多讨人喜欢的绝活，诸如倒立、叼飞盘啥的。这种汉人教的花活不是生存的必需技能，就像他们种的地一样，最后总会被黄沙掩埋。杜日博更不相信两只成年的异性狗之间会有纯粹的友谊，即便有，也是没到发情期。因此，杜日博一直对这个退休的保姆横眉冷对，把它的安慰统统看成幸灾乐祸和落井下石。

拉布拉多眼尖，看见雪地里的一堆食物，跑过去就吃。杜日博鼻孔冲地，眼睛翻白，严正警告。拉布拉多有恃无恐，咬下鸡头细嚼慢咽。杜日博怒火中烧，冲上去咬她的脖子。拉布拉多扭头躲避，肩膀被撞个正着，两只狗滚进雪地里厮杀。一只是金黄色的，一只是银灰色的，阿拉嘎却分不清谁是谁了。它也不打算分清，这种狗咬狗一嘴毛的事它懒得管。在它眼里，母狗之间的打斗无论因为什么都逃脱不了争风吃醋的成分。后来，两只狗互相咬住对方的脖子僵持在雪地里，阿拉嘎围着它们转了一圈，觉得挺过瘾，也挺陶醉。它们的眼神里充满了祈求，而杜日博的眼里分明多了一份愤怒。阿拉嘎冲它们汪汪咬了两口，转身往院外走。裁判结束，也很公证，拉布拉多率先张嘴放开杜日博，杜日博也就松了口。阿拉嘎走到大门口，抬起后腿，在右侧的石头墩上尿了一泡尿。拉布拉多撤退出来，闻了闻石头墩，蹲下来，也尿了一泡尿。杜日博觉得受到了侮辱，冲拉布拉多一阵狂吠。两只狗跟没事似的拧着腚走远了。

豁牙子一直在院子里看热闹，他曾经呵斥过，只是杜日博没有听见。豁牙子在院子里巡视一圈，趴在玻璃窗上往里看，最后确认屋里一个人也没有了，便到厕所旁边，像阿拉嘎那样撒了一泡尿，然后把掏粪用的大马勺扛在肩上，不顾杜日博的怒吼，锁上大门走了。

时光一天天过去，地上的食物越来越少，只剩最后一份的时候，杜日博不再吃了，它把狗食盆里的雪舔了个干干净净。

豁牙子没时间照顾它，他自顾不暇。他天天到镇里要钱，最后把买房子的钱都输了。他回嘎查时的脸色很难看，不光他的孙女躲着他，村里的狗见到他都绕着走，杜日博也从他身上闻到一股隐约的杀气。

排土场像一台巨大无比的推土机，从天边一点点靠近，有风的时候，浓烈的土腥味夹杂着零星的雪花飘进嘎查，钻进牧民心里，石头一样硌人。有人开始陆陆续续搬家，房子很快空出了一多半，杜日博眼里出现一种奇特的景观，白天，拆的拆，搬的搬，人仰马翻，沸反盈天；夜晚跟蒸发了似的，悄无声息，跟坟地一样宁静。

杜日博每天都到村口张望，用鼻子嗅公路方向飘过来的气流，分析这些交通工具可能携带的关于主人的蛛丝马迹。有时候他也对拐进村的车辆叫几声，仿佛某种宗教仪式，虔诚而又痴迷。杜日博一直坚信，主人会在某个阳光灿烂的日子突然回到吉日嘎朗。

晚上，它与主人以另一种形式相会，有时候是和男主人在草原上徜徉，羊群像白云一样在天边飘荡，空气里充满了萨日朗的清香。杜日博和男主人各衔了一只草茎在咬，天下太平，没有诸如拆迁啊、坍陷啊、沉降啊一系列闹心的问题，主人一高兴，骣骑了枣骝马风一样刮走，骗杜日博去追。杜日博不上当，它眼里盯着旖旎的羊群，它知道它的职责是守护羊群。虽然威胁羊群的食肉动物已经多年不见，但骨子里的遗传基因使杜日博时刻准备对它们发动进攻。有时候为博主人开心，杜日博也象征性地陪他跑几步，算是给主人面子。有时候是女主人推门出来喂它食物，一只手总是习惯性地折磨它的右耳朵，有时候会把它抱到怀里。女主人身体棒棒的，抱着它并不吃力，她浑身上下都散发着美食的味道。

这样的梦也容易醒，哪怕最细微的一次风吹草动都会把虚幻中的温饱击成粉碎。那种如烟花般绚丽却又转瞬即逝的幸福感对于空空如也的肠胃，无疑具有恶作剧的意味。

每次在呢喃中醒来，杜日博都会陷入无尽的哀伤，这种痛苦超越饥饿本身，让杜日博避之不及。所以，它更愿意陪着女主人走在去小卖店的水泥路上。杜日博奔跑的样子很幸福，它在为主人开路。这时候，女主人甚至不用坐轮椅，就那么悠闲、雅致地走在乡间的小路上。这种感觉不会因梦醒后的清冷而迅速幻灭，反而能让它在无数个难熬的夜晚反复回味。这时候，不管男主人在城里的生活是否幸福，他儿子能否兑现给他买个京巴的诺言以及他领着新宠遛弯儿时，有没有想到遥远的故乡，还有一只无家可归的、被饥饿与孤独折磨得奄奄一息的老狗，它都不太在意了。毕竟，8年来保有的幸福时光，即便零散而又模糊，在澄澈的、一尘不染的夜色的浸润下，还是能够让它一次次回味到天亮。

四

腊月很快就要过去了，杜日博在希望与失望、现实与梦幻中反复折腾。它的毛开始脱落，那种曾经属于狼的金属般的光泽彻底从它的身体上消失，那条用来勾引阿拉嘎和取悦主人的银灰色的大尾巴也变得戕毛戕齿，猥琐不堪。那种凛然而又高贵的气质是什么时候溜走的呢？杜日博的心情陷入极度的沮丧和莫名的恐惧中。它趴到窗台上往里张望。它知道屋里没人，有人就是闹鬼了。它是通过双层玻璃看到自己的倒影的，它被自己颓废的眼神吓到了。它第一次感到，比寒冷的天气更为可怕的是来自自己内心的恐惧与自卑。这一刻，它突然对邻家那个经常把书包藏到狗窝里的小女孩深表同情。她是在爸爸、妈妈离婚后开始逃学的，看来，不是她不爱学习，而是她羞于见人。杜日博龟缩在自己的院子里，哪儿也不去。它不但羞于见人，它连同类都不想再见到了。

打麻将的人在反锁大门，声音十分刺耳，而之后的沉静又那么凝重，凝重得让杜日博窒息。整个世界仿佛都死掉了。偶尔有几声犬吠，仿佛来自遥远的太空。杜日博对着夜空中的街市狂吠，再仔细倾听，却好久也得不到回应，它的心也就跟着死了。

杜日博没有等来主人的回归，还把最后一堆食物弄丢了。那是一个啃剩的猪肘子，杜日博一直没有舍得吃。它准备在实在坚持不下去的时候享用，可是猪肘子却消失了，消失得干干净净。它仔细搜索周围的空气，没有人的气息，跑到门口，石头墩子上有两条清晰的湿痕。杜日博的鼻孔还没凑上去，阿拉嘎和拉布拉多交叉苟合的腥臊直扑大脑。这对狗男女！杜日博气涌当头，张口向嘎查东头狠咬了几声，要去寻仇，跑了几步，又停下来，它没法兴师问罪，打狗看主人，它现在没主人了，它是丧家犬，是谁都可以欺负的丧家犬。杜日博掉进无尽的悲哀之中，它的精神世界一下子崩塌了。

一场大雪过后，院子里的足迹和气味都被遮盖了。正屋玻璃上的窗花再也没有化开。屋里的灯和电视机像被冻结了一般，再也没有亮起，连冰柜恼人的嗡嗡声也不见了。世界如此安静，杜日博甚至听见老鼠掉进米缸里的尖叫声和水缸冻裂的嘎巴声。后来的日子，它只能听见自己的肚子在咕咕叫，越来越虚弱的心跳通过耳鼓直接轰击它的大脑。

杜日博终于崩溃了，它开始在小卖店与家之间机械地徘徊，到主人的邻居、小卖店和他去过的所有麻将场梭巡。它甚至回到当年放牧时驻扎过的浩特去寻找，那已经被挖掘机挖开了一个硕大无比的大坑，底下黑漆漆的，即使10个吉日嘎郎村跌进去也看不见影。它知道主人不在那里，可是它还是盼望有奇迹发生，它希望经过自己的努力找回主人。打麻将的人越来越少，他们知道它的目的，会反复提及它主人的名字。杜日博在咀嚼这些信息的时候，仿佛重新拥有了主人的关爱。至少，在听到人们谈论它和主人的那一刻，它一度脱离了孤独与无助。尽管时间短得猝不及防，可那片刻的幸福毕竟超过面对漆黑矿坑的茫然，杜日博十分珍惜这样的时光。

可是，主人没找到，彤彤却丢了。这事与杜日博无关，是豁牙子的祸事。最近一段时间，豁牙子除了赌博就是赌博，黑夜连着白天，饭也不做，炕也不烧，他不但没有发现彤彤逃学，甚至不知道她具体是什么时候失踪的……

村里能动弹的人都去找了，可是，那个叫彤彤的孩子终究还是消失了，消失得无影无踪。

豁牙子疯了，满口胡言乱语，不是骂老伴儿就是骂儿子，有时候也骂政府，更多的时候是埋怨自己，说这回没脸去见死去的老伴儿了。儿子闻讯赶了回来，把村里没拆的空房子全推倒了，猪圈、牛圈、羊圈还有狗窝、鸡架都翻了一个遍，终于无可奈何地耷拉下头。那个离了婚的儿媳妇始终没出现。豁牙子便找茬跟人干仗，到苏木闹事，被关了几天禁闭。村长骑摩托车把他从派出所接回来，骂了他一句："别他妈给我找不自在。"豁牙子就变成了哑巴。他开始肆无忌惮地破坏村里仅存的公用设施，公家的砸没了就砸个人的，比如谁头一天搬走，连夜你便能听见这户人家玻璃窗与石头相接吻的支离破碎的响声。

20天后，村子成了一个空壳，鸡、鸭、鹅在最后时刻成了乔迁的祭品。猪都杀了，那头送走了无数亲人的老母牛在被剥皮的时候又活过来，"哞哞哞"连叫了好几声。杀牛师傅手里的刀飞到墙上，答应给他的牛皮也不要了，骑上摩托车一溜烟没了影。蒙古人最难以割舍的狗都卖给移民点的汉人了，杜日博亲耳听见阿拉嘎和拉布拉多生死离别般撕心裂肺的惨叫。

豁牙子一直对老邻居手下留情，不过有天深夜，有个黑影跳进院墙，杜日博叫了几声，一种末日来临的恐惧袭遍全身。它悄悄钻进鸡架，躲进一堆乱草中发抖。

杜日博听见雪花在黑暗里被踩成齑粉的呻吟声，也感觉到编织袋堵在狗窝门口形成的黑暗与窒息感。这只编织袋里散发的排泄物的味道让杜日博感到绝望。它眼前扑棱棱蹦出一只火炬一样燃烧的大红公鸡。

"哐！"狗窝的后墙塌了，一股浓烈的土腥味伴随着呼啸的北风掀开了鸡架上的积雪。"哐！"镐把砸在石棉瓦上的声音干脆而又执着，杜日博感觉夜空在流血，自己脆弱的头盖骨已经爆裂出惨白的伤痕。

五

太阳从大兴安岭上爬起来，懒洋洋的，一点儿温度也没有。杜日博记不清几天没有吃到食物了。从接触雪地的脚掌开始，它血管里的液体逐渐在冷却、停滞，曾经健硕有力的胸肌与大腿越来越僵硬。它感觉整个世界都在一点点地凝固。它不但丧失了弹跳的能力，甚至无法集中精神去扑住一只匍匐不动的野兔。

有个黑点儿在天幕里盘旋、移动，越来越大，是只鹞鹰。杜日博平时没有注意到它的存在，只记得村口杨树林里有只布谷鸟，可是今年春天，这只布谷鸟竟然没有鸣叫，准是这个畜生惹的祸。杜日博纳闷村里的鸡也没看见天上有鹰，否则早炸了窝了。鸡看不见鹰是因为鹰不进村，野地里的老鼠把鹰喂肥了，它活得很滋润。杜日博看不见鹰是因为杜日博从来不跟鹰抢食。今天的情况大不一样，它进入了鹰的领地。

野兔是灰色的，在白雪覆盖的草原里很显眼，杜日博连扑了三下都失败了。它觉得野兔根本没把自己放在眼里，自己不是野兔的天敌，又那么虚弱，野兔在跟自己玩躲猫猫的游戏。

可是这时候鹰来了，盘旋几圈突然扑向杜日博。杜日博慌了，难不成它想把自己叼走？杜日博很虚弱，不能跟它斗，本能地一闪身，躲过了袭击。

鹞鹰贴着雪地滑行，尾翼一抖，突然改变方向，把兔子按了个正着。杜日博虚惊一场，看见鹰并没走远，抓着野兔在头顶盘旋，是示威还是炫耀？作为一只牧羊犬，杜日博感到从未有过的羞辱。

杜日博跑进一片荞麦地。荞麦地覆盖着脏兮兮的雪。杜日博知道每根麦茬的走向，也知道哪个洞口常有老鼠出没。杜日博在一个挂了霜的洞口隐蔽，不一会儿，一个黑乎乎的小脑袋就钻出了地面。不知是饿的还是阳光太强太晃眼，小老鼠贴着雪地歪歪斜斜地往前爬，速度非常缓慢。可是即便如此，杜日博却再一次扑空了。小老鼠仓皇出逃，慌乱之中，跳进深深的车辙，藏匿在漆黑的煤屑中。

车辙来自远处的煤矿，矿坑像黑洞一样吞噬着周边的土地，吉日嘎郎村最后的几间房子也被推倒了，褐色的烟尘落在白皑皑的雪原上，像伤口周围的瘀血似的触目惊心。从矿坑蜿蜒过来的土路上撒满了黑色的煤渣，像一条黏稠的小河，淹没了车轮碾过的每一寸草原。

杜日博蹑手蹑脚地走近小老鼠的藏身地。它的嗅觉功能没有因饥饿而退化，它心里悄然微笑的时候，好久没有摇动过的尾巴左右摇晃了一下。这时，一辆满载煤炭的巨型卡车从矿坑方向开过来，地面像癫痫病人似的觳觫起来，车辙里的煤屑像被飓风刮起似的飞到半空。杜日博有点儿站不稳了，轰鸣声太大，它的耳鼓像要被碾碎了似的，它赶紧躲到一边。小老鼠钻出煤屑，在车辙里左右奔突，相对而言，一只瘦骨嶙峋的牧羊犬给它带来的恐怖远远不及载货汽车排山倒海般的压力。

它终于翻越高高的车辙，像刚从水里爬出来，抖一下身上的毛，开始继续逃亡。杜日博紧追不舍。小老鼠向矿坑方向逃窜，翻过一道土塄，又越过一条车辙，最后消失在一道长长的裂缝中。

杜日博感觉有股强劲的风从裂缝中呼啸而来，裹挟着地壳的温度和远古时期动植物被压榨与发酵的气息。等被吹上天空的枯草与煤屑冤魂般四散飘落，杜日博发现了卡在地缝里的红色的印着米老鼠图案的书包。

矿区与村庄之间裂缝很多，每一场大雪都会形成无数个陷阱。彤彤挣扎的痕迹清晰地印在洞壁上。杜日博冲她“汪汪汪”叫了好几声，彤彤没有应答。她好像睡着了，脸蛋红扑扑的，上边敷层白霜，像苹果打了一层蜡。

六

老包回来了，可是，通往吉日嘎朗的村路已经被排土场掩埋了。一辆辆翻斗车排着队在原来的路口等着卸车。有个司机蹲在阳光下抽烟，老包的儿子下车问路，回答得挺积极，只是也不知道该怎么走。他把车开到未卸土的草原上，沿昔日铺设的铁丝围栏往记忆中的家的方向疾驰。

他发现，他已经很难找到自己的家了。他生活了半辈子的吉日嘎郎村长出了一座巍峨的大山，而且还在继续生长，有好多红色的卡车蚂蚁搬家似的往山上运土，他的家便被层层叠叠地压进地层里了。半路上，他捡到一个人，是豁牙子。尽管那人蓬头垢面、衣衫褴褛，他还是在一个突兀的土包上认出了豁牙子。豁牙子没走，他整天像个幽魂似的在工地上晃悠，有时候拦住压草原的小轿车要个买路钱，有时候也帮修车的司机卸个轮胎、拧拧螺丝，钱到手就买酒喝，喝醉了就问人家看见一个叫彤彤的背着米老鼠书包长到他胳肢窝高的小女孩没有。

杜日博远远地跟着从排土场边缘开来的这辆小车。小车唤起了杜日博某些快要遗忘的记忆，是大儿媳妇彪悍的嗓门以及极寒天气里那对儿渐行渐远的橘红色的尾灯。是的，就是这台车把主人拉走了，今天，它又把他送回来了。

老包是躺在骨灰盒里回来的。他过不惯城里的生活，吃喝拉撒都不舒服，有一回还迷了路。鳞次栉比的楼房对于习惯了一望无际的大草原的老包来说无异于一个个陷阱，随便钻进哪个胡同都会迷途于蚂蚁贩蛋般的人海中。住进城里一个月，老包终于适应了拥挤与躁动。有一天，在绵绵不绝的钢铁洪流里，他看见一群白色的绵羊鱼贯向他奔来。他冲过去，迎面抱住一只，好温暖、好柔软啊！这膻腥的羊粪味可真是久违了啊！他把脸深深地埋进雪佛兰坚硬的灰白色的金属躯壳里……

老包临死说了一句话："我要……回去……祭……敖包！"他死在了回家的路上，对于他来说，走到哪儿都是回家的路。

有豁牙子带领，汽车左拐右拐，好不容易才绕过工地的铁丝网，爬上埋葬女主人的墓地。他们小心翼翼地铲开女主人的坟墓，把老包的骨灰盒紧贴着老伴儿的棺材安葬了。

墓地周围积了厚厚的一层雪，从远处看，已经完全和山岗融为一体。月亮泡左岸的敖包山银装素裹，不知道从什么时候起，烈火烧敖包已经从人们的视线里消失了。通往敖包的雪原上徘徊着一连串啮齿类动物的足迹，仿佛在守护着什么秘密。杜日博出现在墓碑前的时候，主人的儿子和豁牙子一时都愣住了，他们都忘了这个世界上还有一只叫作杜日博的老狗还在艰难地生存。墓地刹那间变得异常宁静，连树梢和野草都停止了摇曳，一种极其复杂的情感在人与动物之间激烈燃烧。

花岗岩的墓碑上新刻了两个人名，一个叫包斯愣，一个是白秀英。杜日博不认识字，但是它认识照片上的人。两个人紧紧地挨在一起，微笑，幸福，一点儿也不孤独。杜日博不顾一切地扑上去，用爪子使劲抓挠墓碑，用舌头舔主人的脸，它再一次"呜呜呜"地哭出了声。

大儿子抱住杜日博失声痛哭。豁牙子没哭，他被杜日博拖拽来的书包所吸引，他的腿开始发抖，跟抽风一样，接着是双手，他根本打不开书包。他用牙齿扯开了拉锁，作业本、教科书、文具盒一样没少，纸做的手工和一只袖珍版洋娃娃似乎还残留着彤彤的体温。豁牙子抱着彤彤的书包疯疯癫癫地往下山跑，路上的雪已经开始融化，远处的矿山和近处的草原都看不见了，杜日博拖拽书包的痕迹在正午的阳光下逐渐消失。

卢国强 男，汉族，1969年生人。祖籍吉林，现定居霍林郭勒市，经商。2013年下半年开始文学写作，先后在《内蒙古日报》《通辽日报》《海外文摘》《草原》《骏马》等报纸杂志上发表小说、散文、诗歌100多篇。2014年毕业于内蒙古大学第五届文研班，同年获得“内蒙古十佳文学新人”称号。

分 别

吴淑兰　李立功

初次相逢

“你们快别再打了，再这么打，不就把他打死了吗？”

“你是干啥的？”

“我就是崖下寨的一个民女呐。路过这里，看你们这么打他，也打得太狠了，我就和你们这样说说嘛。”

“你看他那个样，一个外国人，蓝眼睛，黄头发，鹞鹰鼻子，浑身又都长着毛，整个就是个大马猴子，打死他算了！”

“别别别，不管咋说，这也是条命吔，你们哪能那样办哟？”

“你知道我是谁？”

“不知道。”

“我是土司！”

唔，听到这话，她当然立时就明白了。她知道土司是个很厉害的人物，人家手中是握有生杀予夺大权的，于是这女子就一时沉吟下来了。

土司遂接着又问道：“你叫啥名？”

这姑娘就也又回答说："我叫鞠水女。我就是好心眼儿才说了那句话嘛。"

那土司再瞭了这姑娘一眼，又说："嗯，看你长得还算顺眼，今天就听你一回。行，你把他领走吧。"

于是，鞠水女就走过去，解开了捆绑那外国人的绳子，把他搀出了土司的大厅，接着又把他搀到了山坡下。而后再往前走一走，她就将这个外国佬扶到旺水河边上了。她用水草蘸着河水，给他清理擦拭着伤口。他的裤子已经被撕烂了，下身完全裸露出来了，但鞠水女完全不在乎这些，也完全不避讳这些，她就这样一直为他清理擦拭完毕为止。

这个老外已经来到中国有一段时间了，能说一口流利的中国话。他们二人又通过交流，鞠水女已经知道了，他是个英国人，名字叫亨利·卡维尔（Henrycavill）。而此前在土司的大厅里，通过土司与鞠水女的对话，他也已经知道了她的名字叫鞠水女。

此事距离现在已经有近一百年了，时间是1921年。那时候的苗族地区可不是现在的样子。那时候，那里实在是闭塞落后、愚昧蛮荒得令人难以想象。

亨利·卡维尔坐在草地上，又休息了一会儿，觉得自己的身上又有了些力气，他就说："鞠水女，我很感激你，是你救了我，不然我就没命了。"

然而鞠水女却说："不用，见死就得救，这是谁心里都能有的念头。"

接着鞠水女又问："那土司他们为啥这么毒打你？"

亨利·卡维尔就回答说："呃，我来到你们这里，是没有任何利益企图的，完全是讲付出，完全出于人道，是来帮助你们改善生存条件的。你们这里的人，文明缺失，文化荒芜，我要用我自己的财力、物力，来全力帮助你们改变现状，让你们过上好日子。我要在这里兴办学校、开设医院，还要救助麻风病人。可是，土司知道了却说，苗人知道的事情多了，就不好管束了，有的人还会与他们对抗，还是现在这个样子好。他们说，我的行为已经损害了他们的利益，他们让我滚蛋，我不答应，他们就对我下了毒手。"

鞠水女闪动着一双明亮的大眼睛说："呃，你倒是个好心眼的人，可那些事太难了。"

亨利·卡维尔扬起头，一脸坚定地回道："有了困难，就要克服嘛。"

"可……这多危险哟，弄不好，你是要搭上性命的。"

"那也没什么，为了达到我的目标，就是死了，我也认了。"

"我看还是算了吧，我看你就别搞了，再回到你的国家去吧。"

"不，不实现我的理想，我绝不离开这里。"

鞠水女望望亨利·卡维尔，没有再说话。在她与亨利·卡维尔接触的这一过程中，她那一双漂亮的大眼睛里，始终闪现出一种坚毅的性格。她是个很有主见的女孩子。她很佩服亨利·卡维尔，她办起事情来，也是从不言败的。譬如有一次，一个富人家的小子想要欺负她，她不服气，躲过那人的两招以后，忽然扑上去，一拳又一脚，反将那小子给踢翻在地了，此后，那个小子，就再也不敢在她面前轻举妄动了。

还有，鞠水女的头脑从小就很灵光，停了一会儿，她又说："你看你，你的脾气，也是十头牛都拉不转的，挺犟的吗。往后要办的事情可不容易呦。在这种严酷的形势下，她说这句话时，一直是看着他的，之后她反而又笑了笑。

亨利·卡维尔当然也是始终在望着她的，他自然也能够立刻感受到她对他的一片温情。他的心里也已然涌起了一阵暖融融的情感，但他还是说："嗯，谢谢你的好意，这是我早已打定了的主意哩。"

鞠水女又忽闪一下眼睛，思索了一会儿，她觉得她不便再说什么了，于是也就只好再没有说什么……

旺水河在幽幽地流淌着，水草企图阻拦着河水，不时荡起几束别扭的浪花，这叫人心里不免产生了几分惆怅……

尤其四周的山野又起风了，而且还在不断地加大着力度。眼前的林莽与衰草跟着发出的声音，分明有些凌乱……

鞠水女与亨利·卡维尔又互望了两眼，他们就这样分手了……

二人心气相通

现在再回头说这个亨利·卡维尔，他今年已经有三十四岁了，他总觉得自己尚有未竟的事业，所以一直不想成家。他的家乡，是远在八千公里之外的英国，他家的居住地，距离伦敦并不算太远，那是座叫森波里的城市。那里风景优美，山清水秀，地势平坦，物产富足。亨利·卡维尔出生于一个军人家庭，他的爷爷于第一次鸦片战争期间，曾经随军队来到过中国，之后还曾在中国驻扎过一段时间。亨利·卡维尔从小家境优渥，他自有他那金色的童年与少年。他不但经常去畅游泰晤士河，还曾经到过爱尔兰海，去搏击过风浪，领略旖旎风光。四海八荒，精骛八极，竟是那么令人分外眼宽气爽。他常常面对大海沉思，那湛蓝而又广阔无垠的大海的强大包容性格，给他留下了终生难忘的深刻印象。

实事求是地讲，亨利·卡维尔从小就天资聪颖，其学业一直是很优秀的，他的学习成绩，在班级里，始终是名列前茅的。他还有一股极强的拼搏劲头，是一般的孩子所比不了的。记得那还是他读中学时，有一次他去郊区游玩，遇到了一头大公牛。他企图骑到那牛背上去，然后再跑上几圈，那才叫过瘾呐。可是那大公牛不肯，它完全不同意。接下来他即与那公牛开始周旋起来，左突右扑，躲闪腾挪，不知经过了多少个回合，他才终于跳上了牛背，驾驭着那头大公牛，狠命地疯跑了好长一段路，很是风光。随后，他便满意地跳下了牛背。他擦擦头上的汗，回家了。

亨利·卡维尔大学毕业以后就开始经商了。当然了，经商就是要有高潮与低谷，有挣又有赔的。他最艰难的时期，不但赔光了老本，而且外欠了上百万的债务。但他咬紧牙关，绝不言败，经过顽强地拼搏，他终于成了有钱人，而且很有钱，成了富甲一方的农场主。

记得还是读大学的时候，亨利·卡维尔曾偶然得到了爷爷的一个笔记本，是爷爷的日记本。爷爷在那里面写到，于第一次鸦片战争时期，他随同军队，被派往中国打击清军。1841年7月，被他们追赶的一股清军逃到了云贵川交界处的云南昭通石门坎一带。这里的苗族人真是胆大妄为，他们竟敢协助清军藏身匿迹。遂司令部下达了命令，英军血洗了这里的几个寨子。（爷爷写到这里，表露出了自己的忏悔之意）。随后，英军在这里驻扎了一段时间，由是，爷爷在这里的所见所闻让他深刻地了解到了苗人的命运。历史上的苗族人饱受汉族人的歧视。苗族人为了躲避种族仇杀，他们中的一部分人，就逃到了最偏远的贵州乌蒙山区。苗族内部是土司头目说了算，他们根本不把属下的苗族人当人看，可以任意“取其牛马，夺其子女，生杀由性”。他们的性关系非常混乱，每个苗寨的村头，都有一个公共场所，苗人称之为“花撩房”。女孩子十三四岁以后，就可以进入这个房间里和其他的男人发生性关系。所以，在这里随处可见很多才十四五岁的小女孩子，怀里就已经抱着个小孩子，而且肩上还背着个小孩子了。早婚早育及混乱的性关系自然又会导致疾病的发生。一个十三四岁的小女孩子，本该是接受教育，享受青春的年龄，却早早地做了母亲，这种怪异的习俗，会令人感到窒息。而这种悲惨的处境，艰苦的环境，非人的生活，更使得这个民族变得麻木了。他们把贫穷、疾病和悲痛，都视为是自己无法回避和更改的世袭命运。

亨利·卡维尔看了爷爷的日记过后，沉思良久，心绪一直不能平静，他感到中国那里的苗族人实在是太苦了。从那时起，亨利·卡维尔就下定了决心，一旦自己有了条件，就一定要去全力帮助那里的苗族人，改变他们的命运……他认为，只有做到那些，才能实现如中国人所说的仰不愧天、俯不怍人……他一想到这些就会很激动。

正在水田里帮助父母劳作的鞠水女，抬头看看空中的太阳，又望望那远山与近树，她的心思一直在波动着……她今年才二十岁，还没有找婆家，而且，她是个很有见解的女孩子，她若看准的事情，一般都是不能改变的。她接着就又想到那个亨利·卡维尔，“他可真是个好人，今后要再有能帮他的地方，一定还去帮他。”她觉得自己分明已经喜欢上了这个外国人。

这会儿的亨利·卡维尔已停住了手里的工作，他想起了鞠水女，他觉得鞠水女那个小女子是位可以信赖的人，如果有机会，应该再见见她才好，应该给她一些文化上的开导才对，这一点很重要……

于是，他们就这样，在同一时间里，想到了彼此。

屋外的太阳始终是那么火辣辣的，而且越来越烈，贵州的夏日是很残酷的，大地已然有些发焦，烈日炙烤得人们的心里，都是格外抑的……

再次舍命相救

此后，情节自然要继续发展下来。亨利·卡维尔还真是能说到做到的，他依然继续着他的事业。他要在这里开设学校，消灭愚昧；他要开设医院，救死扶伤；他要到麻风病人里去，尽量救助他们。他原在英国不断地开拓事业，后来他已经成为一个农场主，这已不必细说了。他临来中国的时候，已经卖掉了他全部土地与房屋的三分之一。

亨利·卡维尔的第一步打算，是要建造学校。他已经在这一地区建造了两所学校。他被鞠水女救出来之后，一刻都没有停下来，匆忙地跑回到工地上指挥着那些工匠们，继续建造他心目中的第三所学校。他处处争分夺秒，忙得废寝忘食。他夜以继日地工作着，已全身心都扑在这上面了。

也正因如此，时间并没有过去多久，亨利·卡维尔的行为又被土司知道了。土司认为，亨利·卡维尔实在是太不听劝阻，甚是是大逆不道，便又下令将其抓来，并关进了大牢里，准备对其施行火刑，烧死他。

鞠水女听说以后，心里跟着就一阵发慌，她咬咬嘴唇，想再救他一次，她便连忙走进了土司的院子。土司的居所是居高临下的，那令人望而生畏的大厦，正是那种飞檐翘脊的砖瓦楼房，自然是分外的宽敞明亮、气派森严的了。而鞠水女已然知道亨利·卡维尔被关在大牢里了，便直奔了大牢而来。到了大牢门前，有个寨丁正在守门。鞠水女对那寨丁说："亨利·卡维尔是个好人，是善良人，是来帮咱们的，放了他吧。"可那寨丁完全是一副奴才心理，不但不理解鞠水女的好意，而且顷刻立起了眼睛说："咦，穷丫头，你吃了豹子胆吗？那还了得？"鞠水女说："放了他，咱们一起走，远走高飞，到别处去，也照样能过活。"那寨丁却认为鞠水女完全是一派胡说八道，不但不听鞠水女的劝告，反而立时大光其火，顺过肩上的火铳就要向鞠水女开炮了。鞠水女每天都是在田里山上劳作着的，身上总是带着砍刀，她手疾眼快，用手一搪那火铳，寨丁身子一仄歪，她跟着又上去一刀，就立刻结果了那寨丁的性命。而后她打开了牢门，放出了亨利·卡维尔。随后，鞠水女立马将亨利·卡维尔推上了高墙，让他翻过去。紧接着，她自己也翻墙而过，牵着亨利·卡维尔的手，跑进了眼前的树林里。

亨利·卡维尔一边跑着一边喘息着，他很感激她，就说：“你可真是了不起，又救了我一命，这是一般人做不到的吔。”

鞠水女则说：“我看你人好。我愿意来搭救你。”

亨利·卡维尔神色凄惶地说：“可那土司是不会放过你的，你今后可怎么办呀？”

鞠水女立时说：“你别管，我都想好了，我自有打算。”

亨利·卡维尔仍心绪惴惴地说：“呃，我很为你担忧。”

鞠水女又接着说：“不用，我不怕，我有办法。”她说这话时，那双眼睛中已然闪现出了明亮的光芒，显现出了她那与生俱来的遇事当机立断的犟劲。

亨利·卡维尔再次想了想，又问：“那，你准备上哪里去？”

鞠水女回答说：“不说了，你回去吧……你先去躲两天，等风头过了，你就接着办你的事情好了。”

亨利·卡维尔跟着鞠水女，将信将疑地走出了树林，淌过旺水河，躲到别的寨子里去，小心地探听着消息。

等到了当天晚上，有一个上山去砍柴的老汉从山上走下来，走进了土司的大厅里。是鞠水女让这老汉给土司捎话的。鞠水女说：“那亨利·卡维尔是来帮咱们苗人的。他是个好人，今后不要伤害他。我鞠水女已经离开家，上山为寇了，我随后就去招募手下人了。如果土司你胆敢对亨利·卡维尔不善，我鞠水女将带领手下人等，闯进你土司的院子里，剁了你这个土司。”

还真别说，那种不要命的劲头，有时还真是管用的。土司听了这些话以后，身子一哆嗦，还真的被镇住了。土司坐在椅子上，转转眼珠，身子又一战栗，心里说，算了算了，别因为鞠水女这么一折腾而因小失大，那就先让他们去吧，别管了，以后再说吧。因此，这以后，土司就假装没事一样，真的再没有去找亨利·卡维尔的麻烦。

而亨利·卡维尔听说之后，自然得到了极大的安慰。他可真是矢志不渝，他又可以忙他的事情了。

很快，苗族人们就纷纷传说，那鞠水女真的已然上山成了山大王，并且已经招募了不少的手下。鞠水女真的威震了这一方领地，那土司也就只能老实地消停下来了。

鞠水女的事情被传得沸沸扬扬……

老百姓继续传扬着这件事，这对亨利·卡维尔说来，自然是大有好处的……

当然，亨利·卡维尔的心中，一直是惦念着鞠水女的。

下山来看心中人

接下来再看看亨利·卡维尔的事业吧，现在亨利·卡维尔的第三所学校也已经建造好了，他已然开始招收学生了。（十几年后，当时的国民政府曾经有过调查统计，这一地区的孩子，在考大学的过程中，能考上大学的苗族的孩子比汉族的孩子还多）。眼下的亨利·卡维尔，几乎天天都奔走在寨子里。他走街串巷，挨家挨户地动员孩子们去上学。开始苗族人都想不通，认为让孩子去上学是没有用的。那亨利·卡维尔就动之以情，晓之以理地说服家长，说明让孩子读书的好处。他披星戴月，奔走呼号。

有的孩子太小，上学不方便，实在是有困难，亨利·卡维尔就牵着他们、背着他们、抱着他们，将他们送进课堂里。

有的孩子家庭困难，中午不能带饭，亨利·卡维尔就雇佣厨师，开设食堂，并免费为孩子们提供饭菜。

精诚所至，金石为开，功夫不负有心人，亨利·卡维尔最终还是打开了局面，孩子们来上学了，学校开学了，亨利·卡维尔的脸上露出了欣慰的笑容。在一日的夕阳的余晖中，他的嘴里竟愉悦地哼起了好听的英语歌曲，只是，人们都不知道他在唱什么。

鞠水女的心里一直挂念着亨利·卡维尔，待时间又过去七八个月之后，她实在是再也忍不住了，就于某天夜里悄悄地潜回到了寨子里。她来看望亨利·卡维尔了。亨利·卡维尔见到鞠水女，心中自然也是格外兴奋的。他给她做了好几样西点，汉堡、比萨、巧克力夹心饼等，热情地让她吃。但实事求是地说，她吃不惯这些东西，她不喜欢吃。她也给他带来了不少苗族人喜欢吃的吃食，糌粑、黏米团、腊肉，可老实讲，他也吃不惯她带来的东西，他也不喜欢吃这些。

他们就这样相视一笑，望着对方，那是可以互相理解的，也是很友好的眼神。

之后，他们就坐下来了，有一嘴没一嘴地说了一会儿话。

屋外的月亮格外圆大，周边没有一丝云彩，清风吹入屋内，柔柔的，缓缓的，着实是令人感到很舒爽的。这种氛围的确是很有诗情画意的，也是很有哲学意味的哟。

墙上的大挂钟在不停地“咔嗒咔嗒”地走着，时间一点点地流逝了。又隔了一会儿，鞠水女望了亨利·卡维尔一眼。她已经很喜欢亨利·卡维尔了，她有几次都想要提出与之要好的话，那话已经到了嘴边上，可到底是因为少女的羞赧心理，终归还是没有说出来。

亨利·卡维尔也瞧了瞧鞠水女，他也颇为激动，但他也没有说话。

这要开口说话之前的外壳好坚厚哟，总也突不破，怎么办呢？鞠水女就索性找来了亨利·卡维尔应该洗涮的衣裤以及被单、床单等，二话不说，为他清洗起来了。

但是很快，该清洗的都清洗完了，再也无事可做了，鞠水女就又坐下来了。

他二人就这样又对坐了一阵子，接着又是对坐了一阵子。鞠水女没有文化，不会探讨人生的价值以及世界上究竟是好人多还是坏人多，这类大而无当的话题。他们现在已经无话可说了，她甚至感到好无聊、好烦躁、好尴尬了。而且，此时由窗外吹进来一股冷风，并且还在不断地加大着后劲，这尤其是叫人的心里产生了不小的寥落昏聩抑闷的情绪。实在是再没有别的办法了，鞠水女只能是呼出一口粗气，而后站起身来，抿着嘴唇，说：“我要走了。”

亨利·卡维尔回说：“唔，好的，有时间，请你再来。”

于是事情便如是无疾而终了。

此时此刻，寨子内外，风萧萧，雾漫漫，星光惨淡。今夜的小夜曲，并不浪漫，野渡无人舟自横……就是这样，鞠水女只好又带着满腹的遗憾默默地走了。

鞠水女越走越远了……

白驹过隙，时光匆匆，不觉又是大半年过去了，亨利·卡维尔已经建起了第一所医院。他正在着手建造第二所医院。只是，由于资金紧缺，他经过思考，又卖掉了他在英国的全部土地与房屋的三分之一，总计起来，他已经卖掉了他全部土地与房屋的三分之二了。他打算待建完这第二所医院后，就要抓紧时间，深入麻风病人里去，他要去努力救助那里苦难的病人，所以这建造第二所医院的工期，就显得非常紧张了。而也就在这时，真是老天不作美，这里进入了雨季，空中不停地下着大雨，听说更大的雨期还在后头。亨利·卡维尔雇佣来了几辆马车，拉运着砖瓦，就停在了距离石门坎十几里外的路上进不来了。因为雨水太大，道路过于泥泞，马车已经走不了了。亨利·卡维尔站在马车旁边，十分焦急，却又一筹莫展。

忽然，由山上下来一哨人马，有几十个人，为首的正是鞠水女。她是听说了亨利·卡维尔的情况之后，带人前来帮他扛运砖瓦来了。亨利·卡维尔见了鞠水女，自然是喜出望外的。他赶紧与众人一起，扛起那些砖瓦，向石门坎走来了。十多里的山路，人们往返几次，终于将那些砖瓦全都给扛运完了。

活儿干完了，他们共同走进了一处破庙里，他们要在这里休息一下。鞠水女捋捋头上的雨水，说："跟我上山吧？"

亨利·卡维尔却回答说："不。"

鞠水女问："为啥呢？"

亨利·卡维尔说："第一，你走的不是一条正路，正常人不能这样做。"

鞠水女说："我这也是被他们给逼的喽。"

亨利·卡维尔说："那也不能走这条路。"

鞠水女说："我也是为了你呀。"

亨利·卡维尔说："这我知道，我也很感激你，但你要改邪归正。"

“行了，不说这些了。你的第二条呢？”

“第二，我不达到自己的理想，就不想成家。”

“成家就不能做事情了？”

“毕竟是要牵扯精力的嘛。”

“唔……”鞠水女愣怔了一霎，脸上的颜面肌痉挛一下。事情既已至此，她已无话可说了。她说：“那，我等着你。”

他又说：“你不要等我了。”

她说：“我一定要等！”

他们二人四目相对，目光凝结在了那里。这是很煎熬的。

那乌蒙山峦，一派朦胧。那山下的旺水河，九曲十八弯，就在他们的脚下哀哀地流淌着，显得极其无奈……

鞠水女说完这话以后，站起身来，理了理头发，心里满装着遗憾，又惝恍着脚步，带领着手下的人走了。

日月递嬗，光阴飞逝，不知不觉已是一年以后，亨利·卡维尔的第二所医院也已经竣工了，于是，他身体力行地走进了麻风病人里。

彼时的那些麻风病人，一个个病魔缠身，都是很严重的。他们全身溃烂，流脓淌水，还没等走到近前，老远就能嗅到一股恶臭的气味。他们有的人已经烂掉了手脚，行动极不方便，有的满脸都烂出了大坑，眼睛也已经烂瞎了，其形象真是比恶鬼都吓人。亨利·卡维尔雇佣来医生，悉心为他们治疗。他们有的家庭房舍倒塌了，他就会花钱为他们修建房舍。他冒着被传染的危险，一直吃住在病人群中。他不停地与他们打着交道，设法给他们以治疗与服务。他执着顽韧，锲而不舍，着实是历尽沧桑，永矢弗谖，摒弃了众多的忧谗畏讥之郁悒，决心以东方神鸟集木自焚的精神，坚持不懈地努力下去，绝不言退。

他常常眼望天衢之上，凝视着，凝视着，一直望得自己已头晕目眩……

他的意志，始终不泯……

继续真诚地等待

光阴一晃，又是三年过去了，总共已经是六年时间了，这的确已经不能算是太短了。亨利·卡维尔为了给麻风病人治疗疾病，帮助他们修建房舍，又花去了大笔的钱财，他已然两手空空了。怎么办呢？不得已，他毅然卖掉了他在英国的全部家当。他现在已经一无所有，成为真正的无产阶级了。倘若他再花光了这些钱，他就是个名副其实的穷光蛋了。但开弓没有回头箭，他矢志不渝，毫无胆怯之意。

天不遂人愿，可悲的是，半年过后，他的钱真的又花没了。这可如何是好？经过几番思索之后，他认为，事情应该是天无绝人之路的，上帝关上了你的一扇门，但同时也必定要再为你打开一扇窗的。实在是没有办法了，他只好回国找到了英国的某些慈善机构。但不要以为慈善机构的钱就是很容易能够得到的。他不停地跑慈善机构，不停地提出自己的诉求。他经常是不吃也不喝，忍饥挨饿。他的一双鞋居然都被磨漏了。经过反复争取，他终于获得了一笔资助。他欣喜若狂，接着又抓紧时间返回到中国的乌蒙山区来了。

可是，前进的路上，总是那么坎坷崎岖，又是一年过后，他的钱又花光了。他已黔驴技穷，陷入了绝望之中。他于这严峻形势下，咬牙又坚持了一段时间，他已然没有下锅之炊了。他一连两天都没有吃饭了，一个人情绪恹恹地躺在床上，眼前一片漆黑。

突然，有人敲门。

打开房门一看，原来是鞠水女来了。

她提来了上万元的钞票。他感到无比惊讶。她认真地对他说："你放心，我拿来的这些钱不是抢劫来的。这是我和弟兄们在山上开荒种地，卖了粮，得来的钱！"

亨利·卡维尔顿时泪流满面。他现在虽然还没有吃饭，但他已经感到浑身都充满了无尽的力量。

鞠水女欣慰地笑了。

鞠水女又深情地望了亨利·卡维尔一眼，再没有多说一句话，转身默默地走了。

亨利·卡维尔深情地凝望着鞠水女的背影……

亨利·卡维尔继续为麻风病人服务着。但天有不测风云，这是铁律。一晃又是两年过去了，亨利·卡维尔仍在麻风区里工作着，这次他竟然意外地被毒蛇咬伤了。鞠水女听说以后，当下挑选了最快的好马，套上马车，连夜将亨利·卡维尔送到了百里之外的威宁城，那里有医院，可以救治他。后来的事情还算是万幸，经过医生的一番抢救，亨利·卡维尔到底还是活过来了，他的脸上又有了血色。

就在亨利·卡维尔快出院的那一天，在病房里，鞠水女又说："还是和我一起去上山吧。"

然而，亨利·卡维尔觑定鞠水女的面庞，半晌也没有说话。

鞠水女说："我已经等你这些年了。"

亨利·卡维尔却说："可我们想的不一样，这就叫志不同道不合。这样吧，我外地还认识一些人，我把你介绍给他们，你去外地，找个合适的男人成家吧。"

鞠水女说："我就看中你了。"

亨利·卡维尔说："或者，我也可以把你送到英国去，你到那里去成个家。"

鞠水女说："我不想离开你。"

"可我不想让家庭牵扯我的精力啊。"

"我可以下山，我到外地去找房子住，我不会牵扯你的。你只要能常回去看看我就行。"

"但是，需要救助的麻风病人实在是太多了，你再等等我吧。"

"好，那我接着等你！"

亨利·卡维尔的身子猛烈地哆嗦了一下。

鞠水女的身子反而挺直了一些。

乌蒙群山严峻着脸孔，旺水河惆怅着襟怀……

树木与衰草于瑟瑟的凄风中哀哀抖动着……

“晓镜但愁云鬓改，夜吟应觉月光寒……”

鞠水女与亨利·卡维尔，他们就这样又一次分手了……

造化弄人，祸不单行，时间仅过去不足两个月，亨利·卡维尔还在忙于他的事业。在一次他与工匠们为麻风病人维修房舍时，不料脚手架倒了，不偏不倚，正砸断了他的一条腿。鞠水女听说此事以后，于一个鸡鸣霜重的清晨，又急忙赶来，及时将他再次送入了医院。经过一段时间的治疗，亨利·卡维尔的腿骨接好了，渐渐地好起来了。鞠水女又亲自送他返回石门坎。他们二人坐在马车上，天光夕阳衔山，走在半路时，鞠水女再次问他：“我们还不能走到一起吗？”

亨利·卡维尔停了好长时间，才费劲地回说：“真没办法，你再等等吧。”

鞠水女说：“呃，那我就接着等。”

亨利·卡维尔说：“这实在是苦了你了。”

鞠水女说：“谁让我喜欢你呢。“

亨利·卡维尔没有作声。他的心里，却在汩汩地流着血。

乌蒙山一脸沮丧，旺水河满怀忧戚。这氛围着实是令人感到无限的遗憾与痛惋……

鞠水女满脸泪水，一个人赶着空马车，再次返回大山里去了……

两情若是久长时，又岂在朝朝暮暮

不觉又是一年春草绿，满城无处不飞花，宇宙间风云变幻，世事皆在不停地更迭着。

也就是这一年的夏天，那老土司得了很严重的肝病，很快就病入膏肓了。亨利·卡维尔听说之后，赶紧吩咐人将老土司抬进了他所创办的光华医院里。

虽然经过一番治疗，但依然无法回春。老土司临咽气时，他对他的儿子小土司说：”亨利·卡维尔真是个天底下难寻的好人，我伤害过他，我对不起他，你今后要好好待他才行。“

小土司眼含热泪，用力地点着头。

老土司接着又说：“他现在手头紧，把咱们家的积蓄拿出一半来送给他，让他接着救治麻风病人吧。”

小土司哭着，又是使劲地点着头。

此后很快，小土司就带领着寨丁，抬着几箱子金银财宝来到亨利·卡维尔的面前。

亨利·卡维尔望着小土司，坚辞不收。

小土司见状，别无他法，一下子“扑通”跪在了亨利·卡维尔的面前。亨利·卡维尔显得很是惊慌，再也想不出别的办法了，就也跪在了小土司的面前。他们两个人就这样僵持了好长时间，最后小土司实在是没有办法了，站起身来，向手下人无奈地挥了挥手，把那几箱子金银财宝重新抬回了自己的府上。

时光不知又无情地流逝了多长时间，总之，鞠水女又来了。她说：“现在老土司也死了，这回我可以下山了，我们一起过日子吧。”

然而，亨利·卡维尔却说：“可是学校、医院、麻风病人还是千条万绪，你再等等我吧。”

鞠水女说：“好，那我接着等！”

乌蒙山在栗，旺水河在呜咽，此种煎熬，是需要双方付出多么大的毅力……

鞠水女情态姁姁地一直望着亨利·卡维尔。亨利·卡维尔一直紧紧握着她柔软的手……

精诚所至，金石为开

岁月如梭，光阴一晃一晃又一晃，就晃过去了这么多年，已经是二十多年了哟。树叶黄了又绿，绿了又黄，南山落叶，叶落南山。

不觉此时时序已然来到了公元1948年秋，亨利·卡维尔在中国已经整整度过了二十七个春秋，他已经六十一岁了。他已然再不是年轻的亨利·卡维尔了，而是个老亨利·卡维尔了。

这一次，鞠水女又专程来看望亨利·卡维尔了，她说："难道我们就永远也走不到一起吗？"

这一次的情况竟然是意料之外的。这一次的老亨利·卡维尔动了真情，他说："能。"

老亨利·卡维尔说完这句话之后，就抬脚走向前，并紧紧地拥抱住了她。他们面对面地坐下来了。亨利·卡维尔轻声地告诉她说："我要回英国去了。"

鞠水女猛一愣怔，忙问："为啥呐？"

亨利·卡维尔冷静地回说："这里就要施行新政权了，这里的土地、房屋等一切都将要收为国有了，我的学校、医院都将要派来新的管理者，这里已经不需要我了。"

鞠水女惊慌地听着。

亨利·卡维尔又接着安慰她说："和我一起去英国吧？我会很用心地照顾你的。"

鞠水女只是思索了一霎，眼前显出一片白色的光芒，并且在不断地滚动着，她最后叹了一口气，却说："嗐，我都老成这个样子了，哪里也不想去了。"她那心中企盼的夕阳，已经坠落入绝望的黄昏里了。

亨利·卡维尔说："唔，我明天就动身了。"

鞠水女说："呃，那我送送你去。"

她要送他去昭通，那里有汽车，汽车可以载着亨利·卡维尔走出大山，走向大海，走向世界。

接下来，鞠水女在帮助亨利·卡维尔归置行装时，看到了亨利·卡维尔祖父的那个日记本。她没有文化，她问他这是什么。亨利·卡维尔就认真地向她如实地述说了日记本中的全部内容。她听了之后，静静地思索了良久，其后又感慨唏嘘了好长时间。

第二天，他们每人骑乘着一匹快马，并肩奔跑在山路上。

他们走了一段路，中间他们双双下了马，共同坐在草地上。他们的心里都有许多话要对对方说，他们的胸中都掀起了排天巨浪，他们的体内就要炸开那万钧雷霆的暴风骤雨。那远近的荒草与树木，皆发出了阵阵非歌非泣非悲非怨的涛声。

她终于哭了，满脸皆是泪水。他望了她一眼，也终于落泪了。

他们又相拥到了一起，久久地没有分开。

他们此时的全部精神世界，正犹如那当年的霸王别姬，抑或是当年那荆轲过易水般地壮怀激烈。

他们终于来到了汽车站。亨利·卡维尔很快便融入拥挤的人群中去了，随后他就登上了汽车。

亨利·卡维尔向鞠水女不停地招手。

鞠水女也向亨利·卡维尔频频地挥手。

汽车跑上了一条土路，拉出了一条灰尘的长龙。那汽车渐渐地跑远了，夕阳西沉，天边染血……

唔，此时天空已分明显得有些昏暗，呃，古道西风瘦马，枯藤老树昏鸦……

是的，在老亨利·卡维尔来到中国不久，就已经有人写下了那传世名句——“轻轻地我走了，正如我轻轻地来，我轻轻地招手，作别西天的云彩”……

是的，老亨利·卡维尔走了，再也没有回来，多少年之后，就又有人写出了一首优美深沉的歌曲——“多少人曾爱你青春欢畅的时辰，爱慕你的美丽假意或真心，只有一个人还爱你虔诚的灵魂，爱你苍老的脸上的皱纹……

“老疯头”的故事

赵　方　杨艳明

鲁迅大师曾经写过《狂人日记》，我一个无名鼠辈，亦很想模仿着鲁迅大师的路子，写一个由健康人而变成疯人，最后又彻底消失了的人。但我得事先声明一下，我可没有鲁迅大师那么深邃的思想以及他那精到的文笔，敬请鉴谅，还得敬请各位适当降低些取舍标准，我只是试试而已。

“老疯头”一来我们是老邻居了，二来我们又是从小学到中学的老同学，直到各自参加工作以后，我们才分开。就算是分开之后，我们也有常见面之时。多年以来我们一直搅和在一块，所以我对他的“发生”“发展”，再到“结束”的全过程，都是十分清楚的，所以我确实有这个发言权。

那就先说说他的少年时期吧，当然了，那同样也是我的少年时期。记得他比我小一岁，他姓张，小名叫小果子。上学以后，是老师替他起了个大号，他就叫张建国了。那个时候，我们哈尔滨这座城市的规模，还不像现在这么庞大，建筑也不像现在这么先进，还是挺落后的，而且人口同样也没有眼下这么众多且拥挤。那时候我们两家还全是住着平房哩，我们就住在同一条胡同里。那时的主要干道上，就偶尔能见到跑过来的小轿车了，很光亮的，我们都感到挺新奇。小果子就常常叫上我，让我跟着他一起去看那干道上跑过来的小轿车。当然，那时的小轿车还不是很多，我们要在那里等上很长一段时间才行，而后才能开过来一辆小轿车。是啊，那时候的汽车确实很少。过了好一会儿，那小轿车到底还是突突地开过来了，其后又从我们的面前突突地开过去了，我们实在是觉得颇开心的，挺激动。可我心里对那小轿车着实挺纳闷儿，就问他："哎，我说小果子，你说那小轿车的肚子里，一定是有汽儿的吧？"他就回答说："那是当然的了，不价，咋就能拱得它'噌噌'的蹽，还跑得那么快？"我说："呃，真是不简单呐。"他也说："可不是么，真是太神了。"汽车已经开过去了，再也没有别的了，我的兴趣大减，就说："车都开走了，咱们也回家吧。"他也就回我说："嗯，是没事儿了，走，咱们回家去吧。"

再闲着没事儿，我们还一起去钓过鱼。那时候我们哈尔滨不用走出去多远就能找到小河沟，小河沟里有鱼，我们就可以钓到鱼了。小果子的脑瓜灵通，很会钓鱼，不大一会儿，他就能钓到一大串子肥鱼。可不像我，在沟子沿儿上蹲了老半天，也钓不上来几根小瘦鱼。我不如他精明，我从心里还是挺佩服他的。

我们就这样，常在一起玩耍。记得我们还在一起放过风筝。可能是因为我太笨，我弄的风筝一直都不好用，好不容易把它放到天上去了，飞起来并不高，且极不稳定。风筝一开始浑身直哆嗦，之后左晃一下，右晃一下，最后就大头朝下乱崴咕起来，接着就一头攮下来，扎进那雪堆里，再也飞不起来了。它彻底完蛋了。而小果子弄的风筝，却只只都能管用。他能把那风筝胸前的三根拉线条条都调理得可以用得上劲儿，一沾风就上了天，飘飘摇摇地飞在空中，吸引来一帮孩子，拥在一块儿看热闹，真是挺令人兴奋的，令人热血沸腾。我们就在地上疯啊，蹦啊，跳啊，乐此不疲，乐不思蜀，已经完全忘记要回家了……

后来我们一起上了小学，走进了学校，并且很快，老师又把我们都给发展成为少先队员了，还发给了我们红领巾。我们更是激动不已，真是快活极了哟。小果子，不，他现在已经不再叫小果子了，而是叫张建国了。他的脾性一向对别人都是很大气的，小小的孩子却很有气度。那时候，本来他家的口粮也很紧张，可一旦他遇到别的同学没有带中午饭，就会把自己带的苞米面大饼子掰下来一块，送给那同学吃。当然，那孩子自然也是很感激他的了，他却从来都不说什么。而且，他也是个品学兼优的孩子。他会经常帮助老师搬运教具，擦拭讲台、黑板什么的。老师表扬他，说他勤快，热爱劳动。他却说："么事，么事（他父母皆是山东人，他也就常能带出些山东口音来）。另外，这张建国很有些声乐天赋，每次过六一儿童节时，班里排练节目，老师都会把他选进去。等到了演出的时候，他往台上一站，还真是挺有范儿的。只要他张嘴一唱，嚄，那小嗓子，"哇哇"的，贼亮堂，就跟一只小电池喇叭一样。"我们坐在高高的谷堆旁边，听妈妈讲那过去的事情……"他的歌声就是这样声震四座，令人极是艳羡。那时候，我们的同级学生中，就有李双江、金铁霖，他们后来都成了大歌唱家、大音乐家。而小张建国虽然没有成名成家，但他确实是天生的一副好嗓子，在当时的各小学当中，他还是很有名气的。而我们全不行，就只能是望嗓子兴叹了。还有，他的学业成绩更好。各门课程，只要老师一讲，他就都能听明白了，可绝对不像我们，一个个吭哧鳖肚的，干琢磨也整不明白，笨。等到了每次考试时，他均能排在班级里的前三名，而我们根本就没有名次可谈了。我从那时候起，就已经认识到了，人的自然天赋差异委实是很大的，人可真是不能与人相比哟。

那宇宙间的光阴流转，岁月飞逝，是一刻都不会停留的事情。后来我和张建国一起升入中学了。并且，到了中学的时候，我们还在一个班级里。在这个中学的时代里，他的一副形象已然生发得颇为阳光了，高挑的个儿头，面孔白白净净的，男女同学都挺喜欢他的。他仍然能对谁都是那么友善、客气的，而且又是很有礼貌的。他的心眼儿依然是那么的好，如果谁有了什么困难，他都会想方设法地去帮助解决。他的确是个很热心的同学。譬如就有那么一回，有个男同学去江边玩儿，不小心，他的衣服竟被江水给冲跑了，怕回家挨骂，他都急哭了。当张建国知道了这一情况之后，只是略想了想，就把自己的一件小褂子送给了那个同学。而他自己呢，就只能是穿了件小背心子，整整地混了一个夏天，直感动得那个男同学哭了好几回。

张建国却劝他说："哭啥？你爹妈没发现，没骂你，没打你，你就算熬过来了嘛，嘿嘿……"

那个男同学转而破涕为笑了。我亦跟着笑了。

后来，等到了我们初中毕业时，正赶上了我们国家开展“大跃进”的年代，到处都在招工，到处都在用人。我们两家的生活本来都是很贫困的，我们就都不念书了，很快就去参加工作了。他被分配到一家集体企业工厂里，当上了一名钳工，半拉铁匠。他整天与铁块子打交道，不但劳动环境又脏又差，而且劳动强度也是挺大的。而我则进入了一家表带厂，被分配到组装车间。我每天的工作，就只是用镊子组装一些表带零件。这样一比较，我的劳动强度，那几乎就是没有劳动强度了，我可比他轻省多了。他在他们的那个工厂里，着实是很认干的。他干起活来，一向不怕苦不怕累，舍得出力气。因此，他很受领导赏识，他很快就加入了共青团。他的进步可真快呦。而我则不行，干起活来总是慢腾腾的，还不怎么会找窍门儿，我的表现就很是一般化了，自然也就不怎么受到领导的待见了。

随着年龄的增长，他结婚了，当然这时候我也结婚了，我们均已进入了成年时代。他的妻子我是见过的，长得正经挺漂亮的，大高个儿，眉清目秀的。我们有时候上公园，或者到街上去买东西，就常能见到面。我看他们夫妻是蛮般配的，又听他们互相间的交流，我从旁感受到，他们也是挺恩爱和谐的。只是后来一晃，又是七八年过去了，他爱人一直不生孩子。这是他爱人的问题还是他的问题，我没有问过，打听别人的事，不是太过分了嘛。而七曜更迭，光阴飞逝，再后来，雁队南飞，雁队又北飞，又是于不知不觉中，人生一晃，就又是八九年过去了，这样加起来，我们都已经又走过二十多年了，这时间确实是不算短了，真是时光催人老啊。到了这个岁数，已经是张建国的中壮年时代，当然这同样亦是我的中壮年时代了。而这时候我再见到他，就不觉有些诧异了，我见他变化很大，显得有些苍老衰败了，他着实是因为干活很劳累吔。当然，这还是因为他的劳动强度所造成的。他那个钳工的活儿，不但活儿很累，还整天烟熏火燎的，这就使得他整个人都那么埋汰，灰头土脸的，他人也就显得不是那么清爽利落了。而再到后来我们才知道，他的那个媳妇呢，不但不会生孩子，还不怎么会料理家务。他家我也去过，屋子里实在是不怎么干净整洁，甚至都有些腌臜邋遢，有些杂乱无章。他们家的门窗历来不擦，全是乌涂涂的，屋内一片凌乱，床不像床，柜不像柜，一张吃饭的桌子也是油渍麻花的，地上堆放着各种杂物与垃圾，这可多不清爽呦？这时候再看眼前的张建国，瞧着他就觉得他已经落魄得很了，他再也没有了先前在中学时代里的帅气与倜傥的表相了。我瞅着他的这一副形象，心里不觉一阵发酸，委实是有些空落落的。我跟着就又想到，他的命运可真是不怎么样呀。

是的，他的命运还真是叫我给说着了。我这分明就是一张乌鸦嘴，他的命运可真是挺糟糕的呀。尤其是再到了后来，更可悲的是，他的爱人开始只是说一直觉得身子不太自在，可随后到医院里去一检查，竟然是得了尿毒症。张建国把他们家里的积蓄全花光了，但他媳妇经过反复抢救，到底还是因为抢救无效而死去了。张建国好生悲伤。他痛苦了好一阵子，从此就成了一个光棍汉。由于他的工资很低，手里又没有钱，他若再想找个媳妇，那可就太不容易了，甚至比登天还难。他就只好一个人这样对付地过下来了。

在这大千世界里，从来都是斗转星移，日月递嬗的，不觉又是多少年过去了，而这时候的张建国与我，都已是逐渐步入晚年了。他还住在他父母亲临死前给他遗留下的那十多平方米的平房里，的确是很苦的。当然了，平民嘛，若想宽绰些，那也是宽绰不了的。好在他的房子前头还有个小院子，也有十多平方米，若是将来有朝一日，这里能动迁了，那可就好了，也是可以给换算成新楼房的住房平米数的。但那可又要等到何年何月呢？那是个没有指望的日子呦。

可是，这世间的事物就是这样，在这其中就又多了好些个不可知的概率在里面。不想就有那么一天，这正好比是那晴天一声霹雳一般，从天上就掉下来馅饼了，好事儿愣是硬砸到这一带平民百姓的头上了。政府已然发出了号令，这一带的棚户区就要实施改造动迁了。老天爷哟！这是多么大的好事儿呀！这说明这一带的住户们每户人家的上辈子老人，平时可都是积了多大的德哟，才能叫他们的后代儿孙得了这如此之大的洪福呀！

人们都乐了，张建国亦乐坏了。

于是，张建国也和其他人一样，匆忙着乐呵呵地往回跑，跑回家里去找那文字材料，找出了当年死去的老人给他留下的那房产、院落等的占地面积的证明。接着，人们又都争先恐后地跑到动迁办的临时办公处，也就是指挥部吧，再忙不迭地将材料交上去。

当然，张建国也不例外。张建国刚把材料交上去以后，就有一位负责的科长，挺着个大肚子走过来了。他一把掠过那材料，只是扫了张建国一眼，看他的那一副形象，也不像是个当干部的样子。他口气挺横地对张建国说：“你小子你看！这只是当年街道给开的一个临时证明，这也不是有效的房产证明啊，不好使！”

张建国一听，完全懵了。他身子一哆嗦，急忙着说：“哎哎哎，那什么，科长啊，不是，那你听我说……”

那位负责的科长把眼睛一瞪，叱哒他说：“你还说个啥你说？去去去，这里正忙着哩，少扯那些个没用的，整个儿地快给我拿出去吧！”

张建国就又忙往后退了一步，眼见人家不再让他说话了，根本都不再扯他了，他已毫无办法了，只好按照人家的吩咐，给整个儿地拿出来了。

大街之上，车流如水，尘土飞扬，人头攒动。张建国站在大街之上，一时都有点儿辨不清方向了。后来，他已经不知道自己是先迈的哪条腿，才脚步踽踽地返回到家里来了。

其实，这本是个历史遗留的问题，国家每个时期都有每个时期的不同政策。而张建国家，他们祖孙已经在这里居住几代人了，这是历史的事实。动迁办本应具体情况具体分析，具体情况具体对待，确实应该为他妥善解决才是，要关心弱势群体，老百姓的事情大于天嘛。动迁办当时说研究研究，但是没有给他解决。而像张建国的这种情况，另外还有四五家子等待解决。

只是他们后来到底是怎么得以解决的，外人自然是不知道内情的了。这是很遗憾的事情。怎么办呢？事情停了一段时间，有些老邻居很可怜张建国，就对他说：“果子，你当时要是能给那个科长送点儿礼就好了。”可惜张建国这个人就是太忠厚了，已经忠厚到有点儿“死脑瓜”的程度了，他当时就是愣没有想到这个茬儿哩。

那老邻居说完之后，张建国又看看四周，一片茫然。他已经没有房子住了，他觉得这可不行，还得想办法。因此，没过几天，他又去找过那科长两回。他就还是说哎呀科长呀，哎哎哎，那什么，不是，你听我说吔，你要是这么着，那我不就没有房子住了吗？”那科长就又将一只大肚子往前一挺，说：“咦，你可又来嘟嘟个啥？再嘟嘟也没用了，赶紧给我走人吧！”但张建国这回不但没有走人，还赖着不走了，而且他还接着嘟嘟，说：“不是，那什么，科长啊，这是在早先，我爹他临死的时候，就给我留下的这张证明的啊，可到现在，它咋就不好使了呢？”这回那科长可就不耐烦了，将牛眼珠子一瞪，嚷：“你还磨叽个没完了，是不是？”

“哎呀呀，科长，那什么，我这不是磨叽，可这证明，是那个时候的街道……是我……咳！”

“住嘴，快给我滚出去！就是你祖宗给你留下的，今天到我这儿，也他妈的不好使了。快点儿，听见没有，你就给我诸葛亮的扇子，远点儿煽着吧！”

后来的那一回，我在大街上，正好遇见了一次张建国。我见他的衣服裤子都穿得很有些缺少章法了，分明都有些邋遢腌臜了。他看到我，什么话都没说，只是瞅瞅我，那目光颇显呆滞，当然那里面也已存有某种异样的东西了。我就劝他说：“你也别太上火，上火也没用。要不再去找找他们，争取一下吧，也许会解决的。”他只是叹了一口气，回说：“唉，太难了啊……”之后他就走了。我瞧着他那远去的背影，感到他现在的一副形象，着实已经很有几分鲁迅笔下的那个晚年闰土的模样了。

再之后，我又听说，张建国后来还真的按照我之所说，经过一番思考，又去找了一次那动迁办负责人。负责人回答他说：“不好办，再等等。”呃，我的内心里想，我们老百姓的事可真是难办呀。我甚至感到，我给他出的那个主意，让他再去争取一下的做法，很可能就恰恰是个错误的建议，这是我帮了他的一次倒忙，正是一步臭棋！

情节继续发展下去，目前的形势是，张建国已再无安身之处了。他眼下的生活就好比是，他突然错进了一间屋子里，越是着急出去，就越是找不到出口。这对于他说来，简直就是一种无法生活的生活了。而等到再后来，他捡来一些干树枝，又捡来一些旧塑料布。他就在他家原来的地址上，眼下当然已经盖起了簇新的大楼，就在那楼角下，用干树枝和旧塑料布搭建了一个窝，是窝，而不是窝棚，然后他就钻进去了。听人说，人们见他在那里面，一气儿睡了两天两夜多的觉。他可能是太困了，太乏了，太累了。等他再钻出来的时候，他的态度可就大变了，语言也大变了，出口就不太文明了。他冲着那动迁办的方向，抻长脖子，像一只啄木鸟一样地凶残，破口大骂：“我草泥个玛（他那山东口音，就又全给带出来了），啥事呢……那是我家的房子，我草泥个玛……咋就不给了呢？”之后，他每隔一会儿，就不定时地再重复着骂上一遍，而后他再重复着骂上一遍，再重复着骂上一遍……然后，他就去翻垃圾箱了，找那些个剩馒头、残点心、烂香蕉、没喝完的矿泉水。

他还由此得了一场大病，耽误了很长时间而不能去上班了。厂子里只给他开了一半的工资，可他也说不清楚了，他也理不清楚了。再后来，他就连这一半的工资也不知道去取了。这更好了，那厂子里的财务室主任与厂长一合计，就把钱私分了。直到多少年以后，那厂长因贪污犯了罪，是检察院审理他的案子时，他才被迫交代出来了。可惜的是，那钱对此时的张建国来说，已经毫无意义了，他已经不会花钱了。

而张建国的情形，等到了再以后，他发也不理了，脸也不洗了，衣服就更是肮脏极了。人们都看到了，他每日里还在不停地几次三番地坚持上访、递材料。有时骂那动迁办不为老百姓考虑民生等。他好像有点儿疯了。人们都避开了他。

他从此以后，无论刮风下雨，或是酷暑严寒，始终坚持写材料、上访，夜晚就一直圪蹴在他的那窝里头，就连那三九天，他也蹲在那里面，可是居然就硬是没有被冻死。当然，也有好心人，偶尔送给他一些馒头、饼子什么的，他却从来都不吃，而是拎出去挂到树上，直到风干扔掉为止。他还真是有一种“不食周粟”的意味儿了。

我曾经堵住过他，对他说：“走吧，我领你去洗个澡，再到我家里去吃顿饭，然后换换衣裳吧。”

可他怔怔地瞧着我，说：“我现在哪里也不去，就等着那房子的拆迁补偿款了！”

咳咳，我神色惶遽地听完了他的话，心始终是那么“怦怦”狂跳着，不停地颤颤着，又一直是空落落的。我想说："傻子哟，你可还能等来个什么结果呦？"

记得就是那一次，他说完上面的那些话以后，我立在大街之上，不由得就反复地诘问苍天："唔，现实生活，就是这样的吗？你对张建国就这么不开一点面儿吗？"

事情的确是如此，张建国这个疯子，就是这样不断地晃动在这一带的街道上。真是造化弄人，没有人去理睬他，也没有人知道他原来的名字曾叫过张建国，大家都管他叫老疯头了。街树的叶子黄了又绿，绿了又黄。于不知不觉中，就这样又是两三年过去了。此时，他已到了花甲之年，我亦跟着有廉颇老矣之感。

一轮红日从东方升起。该市区大街小巷楼房林立，宽敞明亮，旧貌变新颜，百姓得实惠。

不知道从什么时候开始，人们说那老疯头得了一大笔拆迁费就远走高飞了，有人说他和老伴去老伴的山清水秀的南方老家养老去了。

"疯老头"去南方生活的第二年春天，阳光明媚，鸟语花香。事情渐渐地过去了很长时间，但人们还能常常想起"老疯头"张建国，而且每思及他据理力争的勇气和言行，终究得到了党和政府的合理拆迁房屋的几十万的补偿款，社区的居民们便为"老疯头"的敢于抗争精神所感动也敬佩"疯老头"据理力争的精神，从而不由得产生了深深的敬意……

火红的萨日朗花

岳凤玉

关键词：草原、军事、抗日侦察兵、女人

时间：1945年。

地点：乌拉盖大草原。

人物：萨日娜——民柱道尔吉王爷的女儿。

布尔固德——苏蒙联军的一名侦察兵。

民柱道尔吉——乌珠穆沁左翼旗（乌拉盖草原）世袭贝勒王爷。

索那木——民柱道尔吉的长子，任乌珠穆沁左翼旗的旗长。

藤山一郎——日本驻乌拉盖草原特务机关队长。

惠子——藤山一郎的妻子。

道布登——日本人扶持的蒙奸，代理负责乌拉盖草原的旗务工作。

引　子

1945年7月，以苏联红军为主的反法西斯联军在欧洲战场上取得了主动权，打败了德、意法西斯扩大殖民地的侵略战争。继而，苏联红军挥师东进，准备向拒不履行《中美英三国促令日本投降之波茨坦公告》内容的日本帝国主义宣战。

8月9日零时10分，这是一个伟大的历史时刻，从欧洲战场上转移过来的苏联红军和苏联远东军，共计150多万人，分东、西、北三个方向，在4千多公里的战线上，越过中苏、中蒙边境，以包围的态势向素有“皇军之花”之称的日本关东军突然发动袭击，帮助中国人民解放东北。

苏联后贝加尔方面军由马利诺夫斯基元帅指挥，其麾下的克拉夫钦科上将率领的近卫坦克第六集团军一部，另外还有二梯队五十三集团军一部，剑锋直指东北重工业基地辽宁沈阳。前方车辆已挺进到内蒙古锡林郭勒盟的乌拉盖大草原。

马达声声、烟尘滚滚，一眼望不到边的作战坦克、运兵装甲车和其他运送补给的车辆，浩浩荡荡地驶过茂草齐胸，被厚厚的植被腐殖层覆盖的松软土地，草原上留下了一条条钢铁履带碾轧的深深的车辙印。

一

1945年8月10日晨。太阳从东部的丘陵山坳处透过一抹浮云露出鲜红的光芒。由于草原昼夜温差较大，附近乌拉盖河湾形成的平流雾气，弥漫在宽阔的草滩上，随着晨风慢慢向山坡上漂移。

心事重重的民柱道尔吉按照多年养成的习惯，老早就起床，穿好袍靴，推开蒙古包绘有吉祥图案的双开门扉，径直去看不远处草滩上用长绳拴着的坐骑。绿草丛中的晨露打湿了他的绣花高腰马靴。他把马牵到毡房前的拴马桩上，拿着坚硬楠木材质的刮梳板，为心爱的坐骑梳理马毛。

民柱道尔吉是乌珠穆沁左翼旗扎萨克世袭贝勒王爷。日本人进驻乌拉盖大草原后，听到有人告密，说民柱道尔吉有私通蒙古国之嫌，遂剥夺了他的扎萨克旗长职位，安排其子索那木担任。但这旗长一职，也是个虚职，已经没什么实权了。旗里的日常公务由日本人扶持的蒙古族人道布登代理执政。道布登就是那个在日本人面前说民柱道尔吉坏话的人。

在日本人的指使下，道布登对原旗王府制度进行了全面改革。王府设总务、畜牧、财务和民政科，把原王府的贵族按原有的等级，任命他们科长、副科长等职位，余下的给予科员待遇。把民柱道尔吉从王府赶出，在乌拉盖草原南部的山脚下划出草场，让他们一家人以放牧为生，自食其力。当时，民柱道尔吉只带了近亲和家丁15人，物品20箱，蒙古包4顶，马200匹，山羊和绵羊加起来不到500只，另外还有十几头用于挤奶的母牛，这些仅供维持生计。

正在这时，家丁骑马从远处疾驰来到民柱道尔吉的跟前，跳下马背，上气不接下气地说："报告王爷，听说'老毛子'（指苏联红军）的坦克部队开进了中国，一支队伍的前锋已经来到乌拉盖草原，占领了胡硕庙、布林庙、农乃庙和布日都庙（该庙在今东乌旗满都苏木）。"

民柱道尔吉听到家丁报信后，暗自得意，没有动声色，依旧用刮梳板梳理马毛，喃喃自语道："怪不得早晨听到'隆隆'的声音，一开始还以为是'腾格里'（天的意思）要下雨打雷了，出门一看，天空晴朗少云！机器的声音一直没有间断，再后来我以为我耳鸣的老毛病又犯了。哦，原来如此！"

接近中午时，几辆苏制军车驶到民柱道尔吉毡房附近，看家的十几条猎犬向军车蜂拥过来，"汪汪汪"的疯狂地叫着。苏兵举枪就要射杀猎犬。

民柱道尔吉带着家丁走出毡房，打听情况。原来是苏军首长要面见民柱道尔吉，便乘车去了农乃庙附近的苏军临时指挥部。

这时他抬眼看见整个后山脚下，密密麻麻地停着一排排坦克等军用车。农乃庙的殿顶建筑已经塌陷，冒着浓浓的黑烟。见此，民柱道尔吉惊愕：这世道可真要变了！他转念又想，这些俄兵和蒙古兵只不过是路过，不会久留此地，万一他们拍屁股走人，小日本再卷土重来，到那时麻烦就大了！所以，在接下来苏军调查日本人的行踪时，他只是以自己被解职、软禁和信息不畅为由搪塞了过去，没有交代任何自己知道的关于日本人的情况，在这场大是大非的博弈中，给自己留了条后路。

其实，苏军早已掌握了当地的基本情况，在苏军挺进乌拉盖草原之前，日本人就已经陆陆续续从乌拉盖草原转移到河北张家口，留下十几个精通蒙古语的日本兵冒充喇嘛，分散隐藏在这几座寺庙内，暗地里监视、控制军事地位较高的这一地区。

苏军识破日本人的阴谋，下达军事命令，要求寺庙内化装成喇嘛的日本特务限时缴械投降，否则格杀勿论。

当地的喇嘛双手合十，纷纷走出寺院投诚。余下的日本特务则为效忠天皇而拒不投降，负隅顽抗。苏军用重型大炮把那几座藏匿日本特务的寺庙彻底摧毁，将其斩草除根。这几座被毁的寺庙是胡硕庙、布林庙、农乃庙和布日都庙（该庙在今东乌旗满都苏木）。

苏军恢复了民柱道尔吉王爷的职位。官复原职后，他做的第一件事就是把日本人扶持上台管理旗务的道布登等日本走狗免去职位，绳之以法，关押于牢中，听候发落。

这日，苏蒙联军队伍中走出一名身材魁梧相貌像蒙古族的军官，来到民柱道尔吉办公的旗务室，用蒙古语询问一个名叫萨日娜的女人的下落。

一听到萨日娜这个名字，民柱道尔吉心头一怔。他直视了一眼来访者，然后说："草原上叫萨日娜的女人多得数不清，你要找哪一位？"

"就是王爷您的女儿、那个日本人藤山一郎的夫人！"蒙古军官回答。

民柱道尔吉又上下仔细打量了一下眼前这位来访者，问："你打听她干什么？"

"她是我的救命的恩人！去年（1944年），我在乌拉盖大草原被日本兵抓获，差点儿被日本人打死，是她救了我的生命，并掩护我逃离了日占区，圆满地完成了组织交给我的军事任务。我这次来，是想找到她，当面感谢她的救命之恩，同时，表彰她为苏蒙红军顺利进入乌拉盖地区打击日本侵略者做出的贡献！"蒙古军官说。

民柱道尔吉现出愠怒的神色，轻声说：“哦，你就是那个叫布尔固德的年轻人吧！你先退下，让索那木跟你细说吧！”

在另一处毡房的会客厅里，民柱道尔吉的长子索那木详细陈述关于萨日娜的事情：“你们刺杀那个日本人藤山一郎后，捅了大娄子。日本人迅速组织保安队和其他青壮年人马围追你们，找到了萨日娜。她最后开枪自杀了！”

蒙古军官听到这里两眼湿润，咆哮道：“怎么会是这样……”

二

事情还得从1944年讲起。

萨日娜是民柱道尔吉的女儿，是民柱道尔吉继承扎萨克贝勒爷的第二年，也就是1923年夏生的，时年22岁，是索那木的妹妹。

生萨日娜的那个月份，正值草原水草丰美，萨日朗花盛开的季节。花儿鲜艳，红遍山野，让人赏心悦目。于是，民柱道尔吉就给她取了个名字，叫萨日娜。萨日娜系蒙古语，即萨日朗花的偕译。她的长相随了她的母亲，自幼亭亭玉立，如花似玉。她的两只大眼睛，像秋水深潭，清澈见底。婚后，她又多了几分少妇的雍容、矜持和成熟的韵味，但又不失当初天真浪漫的少女情怀。

她不仅长得漂亮，而且聪明伶俐，心地善良。在王府的私塾房里，萨日娜是最用功学习的一个孩子。她除了会本民族的语言文字，还掌握满语、汉语和俄语，而且精通日语。在日本人的授意下，民柱道尔吉把萨日娜送到日本留学进修。在日本进修两年归来，她变得愈发卓尔不群，又不失秀外慧中。远近的公子王孙争相托媒，想娶她为妻，还有日本驻乌拉盖草原的长官藤山一郎。

民柱道尔吉为了讨好日本人，没经女儿同意，就答应把她许配给藤山一郎为三姨太。这件事让萨日娜大为光火，一开始她死活不做那个日本人的妾。可是没办法，她不敢违抗父亲的意愿。是呀，万一得罪了日本人，恐怕他们会给她的父王穿小鞋。

萨日娜十分愤恨日本人对中国的殖民占领和统治，特别厌恶他们奴化中国人民的殖民主义文化教育。那时她读过伪满国民学校，课本上第一页写着："皇帝（溥仪）万岁、万岁、万万岁。"老师讲的第一节课就是"我们是满洲国人，皇帝就是最高指挥者……"她在日本看的奴化宣传教育的电影《黎明前的曙光》和《风雪之春》等，内容都是美化日本帝国主义对中国的侵略，动员中国人要为日本侵略战争效劳，连篇累牍地宣扬什么"大东亚共荣圈""皇道乐土"以及"日本精神"，等等。

萨日娜只好硬着头皮嫁给了比自己大20多岁的藤山一郎做姨太。举行婚礼那一天，她执意没有穿日本女人穿的那种和服，穿的是灰颜色简约大方得体的蒙古族人穿的裙袍。

婚后，藤山一郎的妻子惠子训导萨日娜学习日本人的礼仪，要她穿和服，要她跳日本女人手拿折扇的舞蹈。

萨日娜说："在草原上，就应该穿蒙古族人的服装。它是游牧民族几千年以来，为适应当地的气候条件，便于生产、生活而逐渐形成的。我听说，日本人的和服是从中国唐朝汉族人的丧服发展而来的。日本人为了区别丧服，在其丧服的后背加了一个包袱，就成了现在的和服。结果弄巧成拙，那个'包袱'像一副备好的马鞍具，时刻准备着让男人驾驭和骑乘！是吧？哈哈……一个身穿丧服的民族，其骨子里是摆脱不了死亡的宿命的！"

藤山一郎听到后说："你的胡说的干活，大和民族是战不败的民族！"他指着背面墙上的日本国旗说："知道那上边的四个字吧，'武运长久'！"

萨日娜说："武运长久？那怎么在1939年的诺门罕战役上，日本人被苏蒙联军打得一败涂地呀？呵呵！"

藤山一郎说："我们只是这场战役中运气差了一点儿。胜败乃兵家常事。但这不妨碍日本人建立'大东亚共荣圈'的夙愿和决心！"

萨日娜说："我看这轮太阳已近黄昏，快要陨落了！"

"……"藤山一郎下意识地用手推了推鼻梁上的眼镜，用三角眼狠狠瞪了一下萨日娜。

惠子说："萨日娜，不要口无遮拦什么都说，作为一名女人，没有参政议政的权利，在自己的夫君面前，只有低眉和服从！”

迪彦苏莫（也叫迪彦庙）位于今乌拉盖管理区农乃庙南部，中间隔着一条乌拉盖河。“迪彦”是蒙语，为辽阔之意。“苏莫”是庙宇的意思。迪彦苏莫这个地方没有庙宇，附近的农乃庙修建以前，曾有喇嘛在这里搭建过简易房屋做祭祀点。农乃庙建成后，该祭祀点自然废弃，但这个地方昔日的名字一直保存了下来。日本人为了便于管理，把特务机关从30公里远的噶黑勒苏莫（今东乌旗乌拉盖苏木），搬迁到日本人据点较集中的迪彦苏莫，称日特机关迪彦庙分驻所。

距离迪彦庙15公里远的胡硕庙据点，位于乌拉盖河支流色也勒吉河东部。胡硕庙修建时间虽然与周边庙宇一样，皆属于清康乾时代，但该庙稍早于乌拉盖的其他寺庙。“胡硕”是旗的意思。一开始，管理乌拉盖草原的乌珠穆沁左翼旗王爷府设在这里，因而叫旗庙。

这日，驻扎在胡硕庙据点的日本小士官来报：“报告队长，我们抓来一个蒙古国越境的嫌犯，现关押在胡硕庙。”

藤山一郎问：“这个人多大年龄，没问问他干什么跑到这里来吗？”

士官说：“他自报年龄21岁，家住蒙古国的东方省。他是个给当地王爷放马的‘阿都沁’（牧马人），马群被群狼咬散，丢失了200多匹马。他在寻找马匹时，走失了方向，进到了皇军的军事禁区。”

藤山一郎说：“嘿，这小子还挺会编故事！”

士官说：“用过刑，但他始终没有交代出有用的口供。”

藤山一郎说：“灌辣椒水、坐老虎凳，看他还不如实招供！”

在一旁的萨日娜插话：“不可以用严刑峻法屈打成招！你们不知道，草原上的蒙古汉子的性格，他们一旦认上一条死理，就是掉脑袋也不会认输、服软、流泪！还是让我去看看吧，也许会获得有用的信息。”

藤山一郎说：“可以软硬兼施，务必搞清楚此人来这里的真实用意。来者不善，善者不来呀！”他接着又低声说，“总部来密电，苏军在欧洲战场上节节胜利，打败德、意军后，肯定会东进与日本的关东军决一死战。形势日趋紧张，切不可掉以轻心。凭我的直觉，这个蒙古小子是苏蒙联军的一个间谍，来这里是打探皇军的军事秘密的。你们要加强防范，注意提防，不能麻痹大意！”

士官说：“嗨！队长，我的明白！”

萨日娜乘坐藤山一郎的丰田牌绿色军用吉普车，过了乌拉盖河大桥，顺着自然路径直前往胡硕庙。

她们来到关押那位蒙古青年的房间。几个行刑的日本兵和伪军看到士官领着大队长的夫人进来，毕恭毕敬地站在一边。只见一个上身赤裸，被打得皮开肉绽、血肉模糊的壮汉被吊绑在柱子上。此人耷拉着脑袋，双眼紧闭，似乎已经死去了。

士官来到蒙古青年身边，用手触了一下鼻息，说：“夫人，他还有呼吸，没有死！”

萨日娜说：“给他松绑。”之后，萨日娜舀来一瓢凉水，泼到那个蒙古青年脸上。

青年渐渐苏醒，说：“你们快打死我吧！”

“我们不会打死你，我们想知道你来自哪里，是谁派你来的，干什么来了？”萨日娜问道。

那个青年蜷曲在地面上，又昏迷了过去。

“快叫来军医，把他救活！”萨日娜厉声说道。

士官向萨日娜敬了个日本军礼：“遵命，夫人！”

三

这位被日本人抓获的蒙古族青年叫布尔固德。他的真实身份是苏蒙联军的一名侦察兵。1943年，斯大林在德黑兰会议上曾对美国总统罗斯福和英国首相丘吉尔说：“一旦德国垮台，我们就能联合起来打击日本了。”为此，苏蒙联军正在就下一步出兵中国东北打击关东军而紧锣密鼓地做着前期准备工作。联军派出经过一段时间特工训练的布尔固德扮成牧马人找马，前去乌拉盖草原刺探军情。

乌拉盖草原自古就是兵家必争之地，这里有金代为抵御蒙古游牧民族入侵而修筑的金界壕和边堡等军事防御工事。有资料表明，一代天骄成吉思汗在这里打过两次著名的战役，一个是在高尧乌拉山与札木合联军打的阔亦田战役，另一个是在乌拉盖河与色尔勒吉河汇合处打的征服塔塔尔战役。乌拉盖草原河流多，河水流量大，湿地面积广阔，这对坦克、装甲车等车辆通行会带来很大的麻烦。更主要的是，这里寺庙多，牧民比较集中，日本人在这里派重兵把守，还将特务机关设在这里。苏蒙联军曾几次派侦察员深入乌拉盖草原，了解这里的地形和日本特务在这一地区的军事活动情况。结果，都被日本人抓获，后又被残忍地杀害。所以，苏蒙联军对盘踞在乌拉盖对区的日本人和伪军更加恨之入骨，总想伺机狠狠地报复一下。

萨日娜回到迪彦庙驻所后，跟佐藤一郎说：“那个蒙古青年秉承了游牧民族的倔强脾气，来硬的恐怕不好使。”

藤山一郎说：“夫人说得很有道理，还是软化攻心，智取为上策。中国的清朝历史记载，当年，皇太极俘获了明朝兵部尚书、蓟辽总督洪承畴，他一开始以死抗争，拒不投降。据说，后来是皇太极的爱妃孛尔济特氏——庄妃，前去感化收降的。”

萨日娜说：“你说的是‘舍不出孩子套不住狼’，是吗？”

藤山一郎说：“为了套住狼，怎么也不能把孩子搭进去啊！”

萨日娜说：“为了天皇陛下，为了日本帝国武运长久，为了‘大东亚共荣圈’。常言道‘舍小家，顾大家’，有舍，才有得啊！”她继续说，“如果皇军需要，我可以小试牛刀，撬开那小子的铁嘴，再把那颗有用的牙齿拔出来！”

藤山一郎有些急功近利，说：“只要能从这个蒙古小子那里得到有用的军事信息，我什么都能豁出去！”

萨日娜问：“包括你的爱妃？”

藤山一郎说："为了大日本帝国的根本利益，可以包括……"

萨日娜斟满桌上的两只高脚杯，端起酒杯，说："一言为定！"

藤山一郎不情愿地端起酒杯，与萨日娜轻轻碰了一下杯子，苦笑着说："但愿不是'周郎的妙计安天下，赔了夫人又折兵'啊！"

萨日娜爽朗地笑了。

其实，佐藤一郎一点儿也不糊涂，他是企图用萨日娜的民族同胞的情感软肋，千方百计地去感化布尔固德，从他嘴里得到一些关于苏蒙联军的军事情况，然后上报总部，自己就可能被嘉奖赏识。他希望尽快被提拔重用，早日离开乌拉盖这个环境恶劣的是非之地。

好在布尔固德没有伤筋动骨，皮外伤经过一段时间的治疗也出现了明显的好转。日本人把他从胡硕庙转到迪彦庙看守所羁押，等候处置。

这一天，萨日娜约布尔固德步行前去农乃庙进香。迪彦庙驻所距农乃庙不远，乌拉盖河从中间横过，有一架日本人修的木制桥连接河的两岸。不一会儿，他们就来到了风景秀丽的乌拉盖河畔。

夏季的乌拉盖草原绿草如茵，鲜花点缀。弯弯曲曲的乌拉盖河像一条蓝色的飘带，流经草原，滋润这方土地。百灵鸟不知疲倦地婉转歌唱，几只鸥鸟在不远处的河面上飞来飞去……

布尔固德问："把我放出来，不怕我跑掉吗？"

萨日娜说："这你尽可放心，你是跑不掉的。日本人早已加强了警戒，你要是敢越雷池一步，恐怕子弹就会像雨点一样飞来！呵呵，只要你老老实实地跟在我身边，你就会很安全。"

监视布尔固德的特务扮成牧民，赶着一头黄牛牵引的勒勒车在他们身旁慢悠悠地走过。

萨日娜看到布尔固德健硕威猛的体魄和那古铜色的肤色，像一尊雕像，让她莫名的心动。这是一个少妇，对心仪的男性会有本能的冲动。她跟藤山一郎结婚一年多，从来没有体验过这种冲动的感觉。当布尔固德回过头与萨日娜对视的一刹那间，萨日娜的娇颜早已飞来两片红霞，心里的小兔子不停地乱蹦。

萨日娜平复心情，转过话题：“你们那里的草原也像乌拉盖草原一样美好吗？”

布尔固德说：“是的，我的家乡克鲁伦河岸边，也是水草丰美，辽阔富饶！”

萨日娜说：“我向往过牧民‘日出而作日落而息’的田园牧歌式的生活，与世无争，幸福安宁。”她接着说，“我虽然嫁给日本人做了姨太，但这不是我的选择，是被我父王逼迫的。我骨子里厌恶小日本鬼子。我喜欢本民族的历史文化，喜欢成吉思汗的英雄故事，喜欢体魄强健的草原男儿！”

布尔固德远眺前方斗拱飞檐的农乃庙，没有说什么。

萨日娜说：“你的名字叫布尔固德，是雄鹰的意思，很阳刚、很剽悍。男人就应该活得像雄鹰一样矫健、威猛，这样才算男子汉，才算草原人！”

布尔固德说：“你的名字是萨日朗花的意思，很好听！”

萨日娜说：“人也像花一样好看！呵呵呵！”她发出银铃般的笑声。她接着说，“据我额吉（母亲）说，生我的时候，正赶上乌拉盖草原萨日朗花盛开的季节，整个山坡、草滩像着了火一样，红红的一片，开得恣情浓艳、郁郁葱葱，叫人迷醉。于是，给我取名叫萨日娜！”

农乃庙的院门香客和穿着袈裟的喇嘛进进出出，人群的喧嚣声夹杂着喇嘛的诵经声……

布尔固德说：“今天寺庙人很多呀！”

萨日娜说：“国家不幸，寺庙就兴隆！附近的牧民从四面八方前来寺庙顶礼膜拜，是为盼望纳福禳灾，祈求国泰民安！前两年，有一个商队赶着一排勒勒车从盐池（今东乌旗）载着一车车盐和其他以货易货的皮张、条毡等，往东部科尔沁草原运送。车行进到乌拉盖草原，被日本兵拦截。日本兵把那十来个运货的人硬说成是八路军的间谍，扣了他们的货物、车辆，还把他们押送到东部130多里远的红水泡子（今乌拉盖哈拉盖图农牧场东部）沼泽滩修路，上山打石头，其中有一部分人被活活折磨致死。”

布尔固德说："日本人比强盗、蛇蝎还狠毒！"

萨日娜说："从那以后，各路商人都不敢再来乌拉盖了，牧民需要的砖茶、布匹、针线、洋火（火柴）以及锅碗瓢盆等生活日用商品，都没处可买，弄得乌拉盖草原物价暴涨，民不聊生。在日本人的强权压制下，牧民既不敢怒，也不敢言。"

他们步入正殿，向释尊、观音圣像燃香、合十膜拜。

萨日娜说："佛、菩萨，能为广大善男信女度六道轮回，解除一切苦厄……我们尽可放下执着，苦海无边，回头是岸！"

布尔固德说："我们在庙里焚香祈祷，可以求菩萨保佑自身逢凶化吉，可是还有那么多父老乡亲、兄弟姐妹，他们依旧身处水火之中，不能解脱。我多么希望，佛祖老爷显灵，大发慈悲，普度众生，救他们于茫茫苦海之中啊！"

由于布尔固德面部的伤痕还没有退去，引来众人好奇的目光。他们进完香，匆匆离开佛殿，准备返回。正好，门外藤山一郎的司机开着绿色越野车，来接他们回特务机关。他们乘车不一会儿就到了迪彦庙驻所，把布尔固德重新关进牢里。

见到萨日娜回来，藤山一郎问："怎么样呀，那个蒙古小子透露点儿实情了吗？"

萨日娜说："凡事要循序渐进，不可一蹴而就，我看事情会有希望的！"

藤山一郎说："你把那小子带出去，我暗中派了十几个人盯防跟踪，就怕他跑了。"

萨日娜说："至于这样兴师动众吗？我们蒙古族人是讲信誉的，不会跑掉的！"

藤山一郎说："兵不厌诈。我们是皇军，力求做到万无一失！"

四

这段时间，为了感化布尔固德，萨日娜每天为他亲自熬制奶茶，给他端来香喷喷的羔羊手把肉，还拎来日本的军用铁皮罐头给他吃。

布尔固德的伤愈合得很快，伤口结的痂有的已经脱落了。只是治疗跌打损伤的七厘散还没有停服，身上有几处伤疤还贴着膏药。他对萨日娜十分感激，感激她的救命之恩。

萨日娜说："你身体恢复得很快呀，多亏有一个好身板！看你的体魄，像个搏克手（摔跤手）。"

布尔固德说："我在克鲁伦河畔，曾拿到过摔跤比赛的第三名。那时年龄偏小，摔跤的要领掌握得还不够。摔跤不仅要有孔武的体魄，还要讲究技巧，讲究智慧。"

萨日娜说："我们乌珠穆沁左翼旗道特淖尔地方，曾出过一位著名的摔跤手，叫都仁扎那。他是草原上的摔跤之王，是英雄。后来，他在其他盟旗比赛时，也无人能出其右。对方使用暗器加害于他，他就这样客死他乡，死于非命了。他的事迹流传很广，人们又编了长调歌曲，歌颂他的英雄气概，弘扬人间正气。"

布尔固德说："是的，这支长调歌曲在草原上家喻户晓，我也会唱一段。"他轻声哼唱了几句，"十两银的金色跤服，摔跤场上闪闪发光。英俊跤手都仁扎那，草原上远近闻名……"

布尔固德乘门口站岗的看守开小差之际，低声对萨日娜说道："你是我们蒙古族人，虽然嫁给了日本鬼子，但我感觉你的骨子里依然保持着蒙古族人善良、诚信和淳朴的本真。我知道你对我无微不至地关怀，实际上是想了解一些事情。可以说，你给了我第二次生命。我曾经赴汤蹈火、九死一生，如今把生命看得很淡。一切都可以置之度外，唯有恩情不能辜负、不可抛却。我知道，小日本不会总对我这样仁慈，说不定下一刻就会处决我。"

萨日娜说："你说得很对！"

布尔固德说："我曾经是克鲁伦河畔的一名普通牧马人，我的父亲曾是一名军人。1939年，俄蒙联军与不可一世的日本人在中蒙边界哈拉哈河畔的诺门罕战役战争中，不幸牺牲在战场上，为国捐躯！"他接着说，"我父亲生前曾经常告诫我们，一个公民，当他的祖国处在生死攸关的时刻，就要挺起身奔赴前线，与敌人顽强抗争，誓死捍卫家园，报效祖国，为国争光，实现个人的理想。这样的人才算是一名合格的公民！所以，当我听到父亲为国捐躯的消息后，就毫不犹豫地步入军旅，做了一名普通的士兵，既要完成父亲的遗愿，又要为父报仇！”

萨日娜说：“好男人就应该当兵上前线杀敌，为国争光！”

这时，看守回到门前，布尔固德没有再说什么。

惠子来到藤山一郎身边，说：“自从那个蒙古小子被抓来后，萨日娜就像是失了魂一样，一天到晚不着消停。”

藤山一郎用手轻轻抿了一下上嘴唇上的一撮胡茬，说：“她是在为皇军执行一项秘密的军事任务，这个你们妇道人家不懂！”

惠子说：“不懂什么呀？我站在女人的视角，更能读懂萨日娜的所思所想。人们都在风言风语……”

藤山一郎问：“说什么了？”

惠子说：“人们说萨日娜喜欢上了布尔固德！哈哈哈！”

藤山一郎说：“岂有此理，真是妇人之见！”又低声说，“我这是放长线钓大鱼！”

惠子敛住笑容，说：“即便是‘妇人之见’我也要提醒一下，凡事要明察秋毫，防患于未然，不要让那个小贱货在你眼皮底下给你戴绿帽子，更不能贻误军机大事！”

其实老奸巨猾的藤山一郎对萨日娜的一举一动都心中有数。

萨日娜问：“队长怎么闷闷不乐呀，是不是吃布尔固德的醋啦？呵呵！”

藤山一郎说：“那个蒙古小子，透露他的身份和有用的材料了吗？”

萨日娜说：“他交代了，他是蒙古国的一名现役军人！”

藤山一郎惊喜道：“啊，果然不出我之所料！他交代了他的真实用意和企图了吗？”

萨日娜说：“这个他还没有交代。事情不能操之过急，一切都要慢慢来，我想很快就会弄清他的真实目的！”

藤山一郎说：“最好是进一步了解一下苏蒙联军的内部军事情况。你告诉那个蒙古小子，他要是对皇军做贡献，皇军是有大大的赏赐的！”

萨日娜说：“赏赐那倒是次要的，关键是我想知道，如果他如实交代了他所知道的一切，队长大人，你们最后将会怎样处置他？”

藤山一郎说：“这个我还没有考虑。但我知道，是狼，你即便喂得再饱，也是拴不住的，最终还是会跑回山林！”

萨日娜说：“那就趁早放回山林！”

藤山一郎说：“不，那不是放虎归山吗！”

萨日娜说：“那你就把他留任在你的队伍里。相传，700多年前，成吉思汗在乌拉盖草原的高尧乌拉山一带与札木合联军展开过一场著名的战役，史称阔亦田战役。成吉思汗在这场战役中打得很艰难，心爱的坐骑被射杀，自己的脖颈也被箭镞射伤，险些丧命。这个敢冒天下之大不韪的人是泰赤兀部的小青年，叫只儿豁阿歹。战斗结束后，成吉思汗不计前嫌，收降了这个俘虏，并赐名哲别，即弓箭手之意。后来哲别跟随成吉思汗转战南北，身经百战，战功卓著，被誉为‘蒙古汗国第一猛将’，官至千户长。”

藤山一郎说：“那是故事，我们这是现实，风云莫测、瞬息万变的战争前沿！要记住，日本人的词典里是没有‘心慈手软’这一词汇的！”

萨日娜苦笑了一下，明白了他的狠毒用意。在此之前，苏联红军就曾向乌拉盖草原的日本据点用飞机降落伞投放过一名懂日语的少校级信使，责令盘踞在乌拉盖的日本兵认清大局，履行《波茨坦公约》，无条件投降。结果，这位信使被日本兵残忍地杀害了。

形势越来越严峻，萨日娜为布尔固德的命运担忧，心急如焚。看来布尔固德是逃不出日本兵的魔掌了，横竖都是一死。萨日娜绞尽脑汁、冥思苦想，想方设法把布尔固德营救出来，给他一条生路。

萨日娜利用例行去看望在监区关押的布尔固德之机，把日本人的意图全部告诉给布尔固德。

布尔固德听了萨日娜的述说，没有感到惊讶，说："只能听从命运的安排了！"

萨日娜说："若是听天由命，只有死路一条，并且死得很惨。或活埋，或喂军犬！"她说，"与其坐以待毙，不如杀出一条血路，突出重围。记住，挑战与机遇共存。我们一起出去，冲出黑暗，迎接光明！"

布尔固德说："我要是出了三长两短，你务必帮我把这里的地貌和日本人的布兵情况，画成草图，想办法交给苏蒙联军，也算替我完成了军事任务，这样即便我牺牲了，也能瞑目了！"

萨日娜说："不要说那些晦气话，你不会死！你一定会活得好好的，看到日本人垮台、投降、夹着尾巴滚回他们的岛国！"

布尔固德说："打击殖民统治，打击外来侵略，这就需要全世界人民联合起来！"

萨日娜与布尔固德低声商讨下一步的计划……

五

1944年7月，正是乌拉盖草原的雨季。这天傍晚，西北地平线上飘来一大块阴云，吞噬了即将落山的夕阳。当地流传的谚语中称这种气象为"老云接驾三更雨"。牧民知道，出现这种云，后半夜八成会下雨。

晚上，迪彦庙特务机关内灯火通明，藤山一郎举办庆祝自己五十大寿的酒宴。几个身穿和服、扮相妖艳的艺伎，或拿小伞，或拿折扇，翩翩跳起日本的舞蹈。留声机播放着日本传统的歌曲《樱花》："樱花啊，樱花啊！阳春三月晴空下，一望无际樱花哟！花如云海似彩霞，芬芳无比美如画！快来吧，快来吧！快来看樱花！"

《樱花》这首歌虽然词曲很优美，但萨日娜一直不愿意听。在她听来，"樱花"一词，用日语读就是"杀哭啦"（日语：さくら），杀完哭了，血腥味很浓，很容易让人联想起叫人不寒而栗的日本的"三光政策"，即杀光、烧光、抢光。

宴席上，萨日娜依旧满面春风，与诸位把酒言欢，交杯换盏，左右逢源，忙得不亦乐乎。

士兵、伪军和保安队员也在餐桌旁猜拳令酒、大快朵颐。

藤山一郎与前来祝寿的伪旗长道布登手挽着手，喝上了“交杯酒”，并说：“道布登旗长，你效忠天皇，是我们大日本帝国最忠实的朋友！”

道布登连连点头，像小鸡啄米：“能为黄军效犬马之劳，是我等满洲国子民应尽的责任。”

藤山一郎左手端杯，右手拍了一下道布登的肩膀，竖起大拇指，现出十分满意的表情。

觥筹交错间，几个回合下来，藤山一郎已经红酡上脸，不胜酒力，出现了明显的醉酒状态。萨日娜让几个士兵把藤山一郎搀扶到卧室里，让他醒酒休息。

道布登借酒劲跑到舞台上，搂着一位体态丰腴的日本艺伎，晃晃悠悠地跳起了日本舞，引得众人捧腹大笑。

外边漆黑一片，天空开始零星掉下雨滴。萨日娜送走了各界宾朋，后勤人员清理杯盘，打扫完卫生也离开了宴会厅。

外边的雨渐渐下得大起来了。萨日娜打着雨伞出去了一会儿，回来时领来一位身披军用绿色雨衣、身材高大的人。因雨衣的连体帽遮挡，加上这个人低着头，看不清这个人的面部形象。

由于是萨日娜引路，那个人顺利地通过了门卫这道关卡，径直走进藤山一郎的卧室。藤山一郎依旧酩酊未醒，鼾声如雷。

萨日娜迅速从墙上取下日本武士刀，交给那个人。那个人褪掉雨衣帽，烛影摇曳间，照见那个人的面部。哦，原来他是布尔固德！

布尔固德没有接那把长刀，只是用一只手掐住藤山一郎的脖颈。藤山一郎腿脚乱蹬，做垂死挣扎。不一会儿，佐藤一郎就瘫软在床上，没有了气息。萨日娜吓得没敢看这一幕，急忙捂着脸进了另一个房间。

接着，布尔固德用武士刀把写有“武运长久”四个字的日本膏国旗从墙上挑下来，盖在佐藤一郎的尸体上，并折断武士刀放在上边，借以羞辱日本人倡导的“日本精神”。然后，他吹灭烛火，跟着萨日娜给停放在门外的越野车加汽油。萨日娜往车里放了一长一短两把枪和弹药，还有一些事先准备好的军用压缩饼干，并把一份日本人测绘的当地军用地图，折叠包好放进自己胸窝的口袋里。

布尔固德驾驶车辆，坐在副驾驶上的萨日娜与门岗亭执勤兵说有特殊任务，打了个招呼，便出了特务机关大院，向北消失在雨夜里。

雨淅淅沥沥地下个不停，夜色很暗，好在萨日娜从小生长在乌拉盖，对这片草原的地理地貌以及主要的自然路都很熟悉。他们借助车灯，一路向北飞驰而去。

布尔固德像一头跑出笼子的野兽，异常激动，对坐在旁边的萨日娜说：“多谢你的救命之恩，不然我将死无葬身之地！”

萨日娜紧张的心情还没有平静下来：“我们还没有逃离险境，开车注意力要集中，要保证行车安全。”

布尔固德说：“没事，我在苏联特种兵训练营里训练过，会开各种车辆，会使用各种常见的武器，还练过擒拿格斗……除了本民族语言，还会说俄语、汉语和日语，当然只会简单的对话交流。”

她接着说：“你对佐藤一郎下手真狠，也很解恨！”

布尔固德说：“我与日本人有杀父之仇，不共戴天，我这是替父亲报仇雪恨。你不残忍，他们就会对你残忍。我没有用刀杀死他，是怕那个日本鬼子的污血脏了我的双手。”

萨日娜为缓解紧张气氛，调侃道：“日本人对你有‘杀父之仇’，那么你现在对日本人可是‘夺妻之恨’啊！哈哈哈！”

布尔固德也开怀大笑起来……

吉普车顺利趟过了色尔勒吉河一个没有桥梁的河道口。

雨渐渐停歇，云罅间偶尔露出皎洁的月亮，隐隐约约可以看见前方的固腊卜赛罕山。

固腊卜赛罕山，蒙古语，“三座好看的山”之意，海拔1200米，位于今乌拉盖地区北部。山巅有乌珠穆沁左翼旗先民遗留下来的敖包。

萨日娜说："过了固腊卜赛罕山，再走不远的路途就是蒙古国边境了。进入蒙古国，我们就安全了！"

布尔固德说："这个路可真难走呀，不是高草就是泥潭！"正说着，吉普车掉进了沼泽滩中，不能动弹。他无奈地说："四个轮子都陷进了泥中，已经开不动了。他妈的，日本的丰田车也这德行！关键时刻，还不如苏联的嘎斯车管用！"

远处山野传来群狼凄厉的嚎叫声。

萨日娜焦急地说："是不是我们惊动了固腊卜赛罕山敖包山神了？车子不能动，让我们怎么办呀？"

布尔固德安慰道："不是的，这跟敖包山没关系。这里人迹罕至、草木葱茏，已经无路可寻了，加上夜里下雨，车子更难前行。还好，感谢日本的汽车制造商制造的这辆车，载着我们俩走了这么远，几乎逃出危险区，就算够保佑我们了。"

萨日娜说："那我们应该感谢长生天、感谢敖包神灵，是他们的保佑，让我们迅速摆脱险境的！"

他们俩带上枪支弹药和军用压缩饼干，丢下越野车，来到敖包山前叩首祭拜。

布尔固德说："天快亮了，不能再这样走下去，我们的目标太大，会被追兵发现的。我们还是到牧户家借两匹马，继续向北进发吧。"

这时，南边的狗咬声连成一片，说明有追兵在行动。

他们来到一户牧民家。主人是一位70多岁的老人，满脸皱纹写着沧桑。萨日娜亮明了自己是王爷民柱道尔吉的女儿，并避重就轻地编造了一个故事，老人不敢怠慢，牵来两匹马，目送他们消失在雨后的雾气中。

追兵由远而近，隐约可以听见他们驾驶的机动车的喧嚣声音。

原来，当天深夜，惠子听到大院里有机动车起动的声音，就起身打着伞出来看看动静。等她来到藤山一郎的卧室一看，室内一片狼藉，藤山一郎仰面躺在床上，身上还放着一把断刀，似乎已经气绝身亡。

惠子见状大吃一惊，慌忙跑出房门，声嘶力竭地疾呼："不好了，出大事了，队长被人害了……"

惠子的叫喊声惊动了营房里熟睡的官兵。人们很快知道发生了什么，大家一方面找来军医抢救藤山一郎，一方面冒雨组织人马顺着雨中时断时续的车辙追击萨日娜和布尔固德。

六

追兵的叫喊声越来越近，似乎已经不到5公里远了。

萨日娜在一个壕墙遗迹处勒住马缰绳，说："布尔固德，日本人兵分几路包抄过来，我们很快就会被发现，不能与敌人赛跑，那样我们俩就会全都被捉。"

布尔固德问："那我们咋办呀？"

萨日娜说："我们脚下的这个长长的土台子，是古代金国人为抵御蒙古族游牧民族修筑的壕墙遗址，叫金界壕，我也说不上它究竟有多长。你顺着这个界壕往西北走，不迷失方向，走上个把小时就会进入蒙古国境内。我顺着界壕往东北走，把追兵引到宝格达山原始森林里，把他们都喂了林子里的野狼和黑熊！"

宝格达山在今锡林郭勒盟东乌旗东北角，国家级森林保护区，主峰额布根山海拔1504.3米。

布尔固德说："那你怎么办？我不能丢下你一个人不管。蒙古族人不会这样丧尽天良，况且我还是个男子汉！咱们要活活在一起，要是死也死在一起！"

萨日娜说："你不能死，你还没有完成组织上交给你的任务。你一定要活着出去，再回来消灭这些日本兵……我熟悉地形，把他们引开后，翻过宝格达山也能进入蒙古国境内，之后我们再相聚！"

萨日娜低着头，轻轻说："布尔固德，我们短暂的相处，却演绎了一出轰轰烈烈的大戏，故事的男主角是你，女主角当然是我。当其中一个人的任务重于泰山时，其他都可以作为配角，共同把戏演好。今晚你是主角，我是配角。之前的戏演得很成功，我们还要有个精彩的结尾。我们俩马上要各奔东西了，这一别，不知何时能再见，临别时我想拥抱一下你，好吗？”

布尔固德用有力的臂膀把萨日娜一把揽到自己宽广的怀里，俯身吻着她散发着淡淡的桂花油清香的长发，吻着她滚烫的额头，吻着她颤抖的嘴唇……

萨日娜闭着眼睛，尽情体会着这感觉，没有羞涩，只有甜蜜、沉醉和销魂——这是她在藤山一郎身上从来没有得到过的一种感觉，这是爱的感觉！她说：“等革命成功了，战争结束了，我们就结婚。我们可以生活在你的家乡克鲁伦河畔，也可以生活在我们的乌拉盖河畔。我们有自己的草场，有自己的牛羊，有自己的毡房。我给你生很多很多孩子，男孩都像你一样健壮，女孩都像我一样漂亮、温柔……”

追兵的声音似乎近在咫尺，布尔固德不忍心推开仿佛还沉浸在梦幻里的萨日娜。

布尔固德说：“萨日娜，我们赶快离开这里，再不离开，我们就会耽误大事！”

萨日娜踮起脚尖，无限深情地吻着布尔固德留着络腮胡须的脸颊，依依难舍……

萨日娜从衣袍的胸口掏出“地图”，小心翼翼地交给布尔固德，并嘱咐他千万不要弄丢、弄坏。之后，她把步枪和子弹交给布尔固德，自己留下了手枪。她说：“步枪的射程和杀伤力更强一些，把枪上好子弹，我们也不能对敌人心慈手软，要做最后的斗争！你上马快走吧，我掩护！”

布尔固德说：“萨日娜，我真的舍不得离开你！”

萨日娜用命令的口吻说：“上马，快走吧！”

布尔固德飞身上马，说：“萨日娜，多保重，我会回来找你的！”

萨日娜目送着布尔固德乘骑沿着金界壕一直向西北消失在茫茫晨雾之中，然后，她才“啪啪”举枪向天开了两枪，驳马向东北疾驰而去。

几路兵马都向枪响的地方包抄过来。

这时天已经大亮，追兵发现了萨日娜骑马飞奔的身影，向她开枪射击。追到一座山崖下，她的坐骑中枪倒地死亡，她也身负重伤，从马身上摔出很远。她踉跄着爬起来，蹒跚着来到山崖旁，当她侧过身端起枪要与他们血拼的时候，发现包围她的这队人马基本上都是她的亲人，有她的父亲民柱道尔吉，哥哥索那木以及家丁，还有一些伪保安队成员……

民柱道尔吉说："萨日娜，你这个逆子，你可犯下了滔天罪行！放下武器！"

萨日娜说："抗击日本侵略者，我何罪之有？"

这时，那个由日本人扶持的道布登和日本兵开着汽车也向山崖附近驶来。

萨日娜说："'嫁出去的女，泼出门的水。'我跟你们已经毫无干系了！"

民柱道尔吉说："那能没有关系吗？你把我们家族推向绝境了！"

道布登跳下车问萨日娜："那个叫布尔固德的人朝哪个方向逃走了？"

萨日娜说："向宝格达山、向蒙古国、向着红色苏维埃方向飞走了……他是布尔固德，他是雄鹰……"

这时，日本兵端着枪走过来，大喊："捉活的，不要打死她……"

萨日娜背倚山崖举枪向自己的头部射去。随着一声枪响，她应声瘫倒在地上，崖壁上留下了她喷溅的鲜红色血迹……

恼羞成怒的日本人在萨日娜的遗体上又补射了数发子弹，然后，深入宝格达林区继续搜捕布尔固德。

雨后的天空格外晴朗，暖暖的阳光洒在草滩、山野上，洒在染着血迹的萨日娜的遗容上，洒在她身边盛开的鲜红的萨日朗花丛上……

几天的搜捕，日本兵没有找到布尔固德的丝毫踪迹。日本人一气之下，把民柱道尔吉和索那木父子俩五花大绑，押回迪彦庙的日本特务机关。

七

1945年8月10日下午，一辆苏联高尔基汽车厂（简称"嘎斯"）生产的两排座军用轻型越野车在乌拉盖草原上向北疾驰。车的后排坐着布尔固德和索那木。

索那木在车里继续给布尔固德讲述涉及布尔固德和萨日娜事件的后续情况。

原来当时在迪彦庙的特务机关，经过日本军医的全力抢救，藤山一郎奇迹般地从昏迷中苏醒过来了。军医解释这是假死现象，临床医学上也是不多见的。他被送到沈阳治疗了一段时日，还好只是颈椎骨爆裂，没有伤及中枢神经和血管，需要器械固定治疗。等伤养好后他发现，留下个“歪脖”的后遗症，一时还矫正不过来。遂人们私下里戏称他为“歪脖一郎”。他执意返回乌拉盖大草原，继续坚守“伪满洲国”的边防线，为日本帝国效忠。

驻乌拉盖草原的特务机关，把萨日娜和布尔固德逃脱一案，定为乌拉盖事件，汇报给关东军上层。鉴于证实布尔固德是苏蒙联军的一名侦查员，乌拉盖草原的军事情况已经暴露无遗，只好把设在乌拉盖迪彦庙的特务机关撤走，留下一部分日本特务化装成喇嘛藏匿在乌拉盖的几座寺庙中，设秘密电台和发报机与日本上级沟通联系，继续管控这一地区。日本人为了长期占有该草原，笼络人心，从长计议，按总部的要求，释放了有世袭贝勒爵位的民柱道尔吉和索那木父子俩，只是剥夺了他们的一切政治权利。

藤山一郎在率队撤回张家口的途中，遇到了晋察冀边区一支八路军抗日小分队的伏击。负隅顽抗的日本兵和伪军，悉数被歼灭。走投无路的藤山一郎拔出战刀，高呼“天皇万岁！”，剖腹自杀。（据说，这个绰号叫“歪脖一郎”的日本军官藤山一郎的牌位，至今还供奉在日本京东千代田区的“靖国神社”里。）

布尔固德讲述了自己与萨日娜分手后，在萨日娜的掩护下，躲过日本人的围追堵截，披荆斩棘，在一个叫巴如青呼哈德山（在今东乌旗满都苏木境内，海拔1252米）旁，遇见一位好心的牧民指路，之后向北大约骑行一个多时辰的路程，就安全进入了蒙古国境内，并及时把日本人绘制的乌拉盖军事地图以及自己了解的情况一并上报给了苏联红军第六方面军总部，为苏军开辟乌拉盖这一军事通道，提供了十分有价值的军事情报。指挥近卫坦克第六集团军的克拉夫钦科上将听说布尔固德与一位叫萨日娜的女人九死一生，完成组织交给的任务的事迹后，非常感动，特意派人把自己获得不久的苏联红旗勋章赠送给英雄布尔固德和萨日娜，以表彰他们在反法西斯战斗中表现出来的大无畏的勇敢精神。人民才是真正的英雄！布尔固德回到苏蒙混编队伍后，由普通士兵提拔为一名军官。

嘎斯越野车在勒勒车轧出的小路上颠簸着。一年多过去了，索那木也忘记了萨日娜牺牲在哪个山冈上。他们找了一个当地的牧民做向导，来到了萨日娜生前战斗牺牲的那座丘陵山脚下，又步行来到崖壁前，瞻仰缅怀烈士的英灵。

向导说，自从萨日娜牺牲在这里后，花开的季节，这座山上上下下突然开满了红红的萨日朗花。人们感到很惊奇，于是，称这座无名的丘陵山为乌兰哈德。乌兰是蒙古语，红色之意。哈德是山、山崖之意。（这座丘陵山位于今乌拉盖管理区正北，与东乌旗接壤处，海拔1334米。）

如今崖壁依旧，只是过了萨日朗花开的季节，一切都湮没在葱茏的杂草丛中，不见了昔日的景况，好像这里什么事也没有发生过一样。然而，逝者的音容笑貌浮现在布尔固德的眼前，想起去年的往事，悲痛的泪水滑过腮边。

布尔固德说："萨日娜，去年你为了掩护我牺牲在这里。今天我来看你了，感谢你付出生命的代价救了我，让我光荣地完成了组织上交给我的战斗任务！萨日娜，你就这样去了，我说了等到战争结束了，娶你为妻……如今，你为了打击法西斯侵略者付出了年轻的生命，山川做证，你的英名和可歌可泣的事迹，将名垂青史，永远铭记在一切爱好和平的人民的心中！"

布尔固德从内衣口袋里掏出一个红布小包裹，小心翼翼地打开，露出那枚由克拉夫钦科上将转送给他们的鲜红的苏联红旗勋章。勋章的红旗图案上有几行用俄文镌刻的铭文："全世界无产者，联合起来！"

他双手捧着勋章，说："荣誉属于烈士，属于萨日娜！"他边说边把勋章挂在萨日娜牺牲的崖壁上，让这枚鲜红的勋章伴着烈士的英灵长眠在这座山中……

结 尾

苏联红军第六集团军一部和二梯队五十三集团军一部，在乌拉盖草原短暂休整后，继续以平均一昼夜82公里的速度，马不停蹄地向南推进。

一身戎装的布尔固德向乌拉盖大草原深情地敬了一个标准的军礼，告别了这方热土，转身踏上了铁骑洪流的征程。

机械化部队如扇面状向前推进，经锡林郭勒盟的西乌珠穆沁旗，通辽市，赤峰市的林东、天山两镇和辽宁的朝阳，目标指向东北重工业基地沈阳，一路所向披靡、势如破竹，击穿了日本第三方面军后宫淳大将的防线。后宫淳被俘，沈阳解放。

1945年8月15日，中、美、英、苏4国政府同时宣布接受日本无条件投降，第二次世界大战完全胜利。

在乌拉盖大草原，官复原职的民柱道尔吉王爷带领儿子索那木以及6个佐（相当于苏木、乡）的600多户旗民，牲畜6万多头（只），远去蒙古国境内的克鲁伦河一带游牧生活，离开了乌拉盖这个满目疮痍的地方，从此再也没有回来。不愿意跟民柱道尔吉王爷走的3个佐的旗民，依旧留在今东乌旗道特苏木一带以放牧为生。

由此，乌拉盖草原直到20世纪50年代初，几乎成了空荡荡的无人区。那几座清康乾时期敕造的庙宇，早已寺毁僧散，成为一片废墟，到处芳草萋萋……

岳凤玉 男，60后，大专文化。乌拉盖管理区文学会秘书长。曾在报刊上发表过小说、散文、诗歌以及新闻、通讯报道等若干篇。

列车开得正快

范怀荣

一

爷爷那时还很年轻，那时的爷爷还不叫爷爷，而是叫乌里汉。因为爷爷的父母亲家里养了一群牛，所以爷爷得整天去放牛，贪黑起早地不停忙碌着。

奶奶那时也很年轻，那时的奶奶也不叫奶奶，而是叫莲花。因为奶奶的父母亲家里养了一群羊，所以奶奶每日里就得去放羊，一天都不能停歇的。

一望无际的大草原，被荒凉所笼罩着。那日，天气说变就变了，空中不停翻滚着乌云，山冈上一直刮着冷风，爷爷和奶奶各自赶着自己的牛群和羊群，他们就这样不期而遇了——为了躲避寒风，他们把牛羊赶到了一起，然后，他们二人就坐在沙窝里，一块儿说谈起来了。

当时是乌里汉首先问莲花的。他问：“你家羊群今年收成怎样？”

莲花先是望了一眼面前这位体格壮实的小伙子，而后就不无愁苦地回答说：“唉，今年胡匪多，连着抢了我们家两次，羊群里的羊没多少了，收成只能是一般哩。你家呢？”

乌里汉又瞅了瞅莲花，同样一脸苦恹恹地回说：“呃，今年牛瘟重，半个月前死了一批，前天又死了一批，剩下的也不怎么长膘，收成也是很糟糕的吔。”

那时，头上的天依旧阴涔涔的，凉风还在飕飕地猛刮不止。空中那大块的阴云，就一直赖在眼前，死死地不愿离去。他二人的心情，也都如这天气一样，时时充斥着几多沮丧与压抑感。

停了一会儿，乌里汉又苦抽着脸说：“唔，咱们穷苦牧民的日子，可怎么过呢？”

莲花就耐着性子说：“只有熬呦。”

“可什么时候才是个头呢？”

“这不好说，还是只有熬吧。”

“嗐，真是没个办法。”

“犯愁也没用，接着往前奔啵。”

“噢，也只能听你的了。”

可也就在这时，他们正这样说着话，却猛然听到，从那草原的尽头处，传来了一种如同惊雷般的轰响声。

莲花身子一凛，真是好害怕，便急着问：“你听，那是什么在响？”

乌里汉随即大声回答说：“唔，听说是那日本人为了要拉矿石，就在咱们草原下面修了铁路，那是火车的吼叫和跑动声啊。”

莲花闪动着惊奇的目光，又说：“哦，火车是个啥样子？可惜咱们看不见呐。”

乌里汉只好安慰她道：“可不是，那就得等以后再看了吧。”

看看天色已不早了，话说到这里，他们赶着自己的牛群和羊群分手了。

在以后的时日里，乌里汉与莲花于放牧之中又不意相遇过几次。没错，正是因为他们二人从此不断地接触，由生疏到熟悉，由不了解到了解，后来他们就产生了感情，而且，他们相处得还真是怪好的了。他们之后只要再见了面，就有说不完的话。当然，他们那时的话题，也只能是局限于身旁的牛羊啊、草原啊，等等这一类最基本的内容。他们想不了太多，也想不了太远。我们得原谅他们。

于是事情至末，就又有一次，莲花便鼓足了勇气，红着脸问："那……你喜欢我吗？"

乌里汉听了，顿时脑袋"嗡"地一叫，就大喜过望地忙回答："嗷，我当然喜欢你呦……那我也来问问你，你对我呢？"

莲花就很不好意思地点点头："嗯。"

呃，天上的白云呐，全都细心地镶上了金边；那身边的片片鲜花哟，皆在朵朵怒放着……

当年，爷爷的父母亲，自然都是老年人，他们观察起事物来很细致。他们看清了这两个年轻人的心思，于是，爷爷的父母亲就求助到媒人那里，恳请那媒人前去奶奶家里说亲。还好，奶奶的家人们认为乌里汉这小伙子人还是很踏实的，又很能干，他们也就愿意与爷爷家结为秦晋之好了。于是爷爷与奶奶是遵从父母之命，媒妁之言，从而结合到一起的。他们都那么质朴、憨厚，从此他们就一块儿过起了自己的小日子。

爷爷照样赶着牛群与羊群，到草原上去放牧。奶奶则在家里侍奉老人，打理孩子，照看牛犊、羊羔。

爷爷和奶奶从年轻时就听到了火车的响声，但他们从未见过火车的样子，他们没有走出过草原，只是整整听了一辈子。

他们只能是这样听听而已，尽管有时他们也要互相望上一眼，心里也是有些向往的。

日月轮回，时如流水，在其后的岁月里，他们几经挣扎，顽强又执着，通过殚精竭虑的努力，完全是依靠着自己的辛勤劳动，终于抚养大了他们的下一代人。他们自己都渐渐地衰老了。

二

待爸爸长到二十多岁时，确实已是生发得身强体壮，气力十足了。而在他的家乡，形势也发生了很大的变化，此时这里已然成立了新政权。在上级政府的号召下，此地已经实行了农牧并举的新政策。

草原的四周是青山绿峰，这委实令人感到无比辽阔广大。那远处的山峦依稀起伏跃动着，山体蜿蜒着延展到天边去。此地的景致，不能不说是优美宜人的。

这里的农牧民们，为了生存计，皆在奋力劳作着。

有一次，爸爸正在卖力地铲着自家的田地，其时正是骄阳似火，“汗滴禾下土”，当他铲到地头时，甩了一把头上的汗水，就坐了下来歇一歇气。

妈妈当年也才只有十九岁，却已出落得眉清目秀，身腰柔软了。她家的田地恰好与爸爸家的田地相邻着。

当天，天头真是烈日炎炎，夏风凝滞，空气是极闷热的……妈妈也在铲着自家的田地。她铲起地来也是极努力的，等铲到地头时，妈妈也感到好热，就也想歇一歇。当妈妈刚抬头一瞧时，她的目光就与爸爸的目光相遇了。

事情就是这样，他们二人就是这样互相一望，爸爸当时的眼睛就“轰隆”一亮，觉得妈妈长得竟是那么的漂亮、生动，竟是那么的招人喜欢。他便主动上前问上了，说：“你家今年的庄稼长得还真是挺不错的呀？”

妈妈就又看了爸爸一眼，也蛮喜欢爸爸这个小伙子的。她觉得他浑身是劲，憨厚踏实，因此也就笑眯眯地回答说：“是的，可比头年强多了。那……你家的庄稼不也长得这么旺兴吗？”

爸爸叫图尔木。此时他的眼睛里，甚至已闪动出了无尽的希冀与向往，他就又说：“可不。等卖了钱，我还想再去买一匹好马哩。”

妈妈叫翠云。她随手理了一下鬓角边的头发。这时她也很是兴奋，就也愉快地回说：“我想等卖了钱，就去再给我爸和我妈各添一件好衣服呢！”

图尔木便高声说：“对，我们的日子就得使足了劲儿往前奔嘛。”

翠云顺从地说：“嗯，你说得对。”

就在那个时间里，草原上的太阳依然格外圆大，但因有阵阵清风吹来，太阳已然不似从前那么毒烈了，反而照耀得每个人身上都暖融融的。他们二人就这样互相笑望着，谈说着。他们都感到心情格外畅快意惬。

于是，图尔木与翠云就进一步唠扯下来了，并且越唠越深入。他们对未来有着美好的憧憬，对新生活有着梦一样的向往。他们很快就已达到那种息息相通，心心相印的程度了。他们比起爷爷和奶奶来，已经有了明显的进步，他们二人的婚恋速度，也比爷爷、奶奶加快了进程。

图尔木就又说："翠云，你知道吗，现在供销社里，收购咱们的牛和羊，价钱也比以前见涨了哩。"

翠云笑着说："是吗？正好我家有几只羊，也该出栏了，明天我就赶着去把它们卖了。"

"这太好了。"

"可不是么。"

眼下，辽阔的草原上，四周虫鸣如琴，响透了河的此岸，又响过了河的彼岸，极是欢快地传向了远方。

也就在此刻，眼前就有一列力大无比的火车开过来了。那草绿色的车厢，竟是那么的明亮、光鲜，煞是耀眼夺目。原来，随着经济的不断发展，自从今年春天起，那铁路就已由图尔木与翠云家住的村前通过了。他们看得着实真切亮堂。这真是很叫人振奋不已的。

图尔木一时兴起，又说："嗳，明天我就带着你，坐上火车，咱们到城里去玩玩儿，那该多有意思啊！"

然而，翠云却立时羞涩地反驳道："去，你脸皮厚。告诉你吧，得不到我妈妈的允许，我是不能随便跟任何男子走的！"

图尔木愣了一下，但他只是沉吟片刻，却并不气馁，就又说："那我等着你。"

翠云便笑着答："好的，这还差不多。"

"呵呵。"图尔木也跟着笑了。

"咯咯咯。"翠云笑得更加开心了。

他们又共同放眼望出去，眼前的山尤青，水尤蓝；远处的鸟鸣声，更嘹亮悦耳了。他们二人心里别提有多高兴了。

回到家里，爸爸心里仍是很激动的，他当下主意已定，就对爷爷和奶奶说，他要娶妈妈为妻。

妈妈返回家后，心中同样也是极不平静的，就也对外公与外婆说，她要嫁给爸爸为妇。

是的，双方的父母还是通情达理的。他们听了以后，相视一望，觉得既然孩子们都同意了，那当老人的就应该因势利导，就应该尊重年轻人的感情才是。所以，他们完全支持了他们的孩子的选择。爸爸和妈妈自然是相当开心的了。

于是，爸爸家经过了一番精心地准备后，爸爸很快就娶来了妈妈。妈妈就和爸爸组织起了自己的小家庭。其后，他们就男耕女织，夫唱妇随，齐心戮力地接着奔好光景，浑身都有使不完的劲儿。

时光如梭，岁月似歌。爸爸与妈妈婚后不久，就有了他们的孩子。这是生命的力量，这是新希望的延续。他们眼望着他们的后代，心里自然是感到十分满足、十分欣慰的。

生命就是这样一代一代地传承下来了。

飞云走动，江河奔腾，世间的事物，自然还在不断地向前发展变化着。

爸爸与妈妈依然劳做在自己的家乡里。那些农牧民们历来以田园与草原为本。他们几乎天天都能看到火车由村前通过，他们却只乘坐过有数的几次火车，仅是到附近的城镇里去办些事项，然后就匆忙地返回家来了。他们不想，也不可能离开自己的家乡太远。他们走不出去。

老百姓只能是这样过着自己的日子，他们同样也是依靠着自己那勤俭、耐劳的品性，用他们那咸涩的汗水，养大了他们所繁衍出来的下一代人。不觉，他们也都两鬓染霜了。

三

宇宙的变化实在是人们难以预料的。在以后的时日里，红日在蓝天上笑声朗朗，新生活一日千里地疾速飞奔着，有哲人说，这就是事物发展的必然。

人们于不知不觉中，已然进入了一个全新的时代，一个前所未有的时代。

爷爷儿子的儿子，爸爸的儿子，名叫巴特儿，是改革开放年代里成长起来的一代新人。其一副潇洒形象，高挑儿大个儿，俊朗又机敏。他大学毕业后，自愿回到家乡来发展，现在已在家乡的一家跨国公司里当上了部门经理。他今天乘上火车，坐在卧铺车厢里，从家乡出发，前往南方的某城市，去参加一届商品展销会。他一脸踌躇满志的神态。

现代化的高级车厢里，是那么舒适、整洁、清爽。这的确是令人心旷神怡的。

事情巧的是，巴特儿对面坐着的那位姑娘，名叫琪琪格，同样也是位大学毕业生，其神色阳光而又超然，正属于那种新新人类一族。她生得浓眉大眼，竟是那般靓丽、清纯，性情又十分开朗活泼。她也是在附近的一家大公司里，担任了一名主任的角色。她此次的南方之行，任务是去洽谈一份商业项目。这项目是很有发展前景的，利润也是十分可观的。她现在已成竹在胸，心里是很快活的。这两个年轻人，就这样殊途同归地邂逅相逢了。这应该说是他们的一种缘分。

当然，年轻人遇到一起，就是有着说不尽谈不完的话题。于是，他们便其乐融融、海阔天空、一发而不可收地谈说起来，并且越谈越彻底，越谈越顶级。他们从理想、抱负、志趣，谈到与时俱进、科学发展观、以人为本、全球战略，人类发展，等等，无所不包，无所不括。他们完全是属于那种形而上与形而下范畴的完美结合，完全是一派新的意识与思维。他们都感到这是很“给力”的。

天文地理、声光电化，政治、经济、文化、哲学，人的情感、商场规则……

巴特儿说：“商场即战场，就是这么残酷。”

琪琪格说：“待完成了资本原始积累过后，有时也会表现出某些道貌岸然来，但那已是另一范畴了。”

“一点儿没错。”

“本来就是这个样子的么。”

尤其经过双方的沟通，他们还惊奇地发现，原来他们各自家庭三代人的经历，竟是那般的相像，简直就是如出一辙，都是一代更比一代强，一代更比一代优越，一代更比一代美好。他们都感到格外愉悦，也感到很值得思考，当然他们同时也想到了其他的许多。

因此随后，你望望我，我望望你，至终都会心地笑了。

接下来，巴特儿便将身子更往前凑了凑。他分明已有了自己心中的运筹帷幄，就又认真地问道："那么你看，我们已经谈了这么许多，我们之间，还有进一步发展情谊的可能吗？"

不想，那琪琪格面不改色心不跳，竟是那样大气爽快地回答道："OK，那是当然有了！"

巴特儿就又说："请说一点理由可以吗？"

琪琪格则说："嗨，你还要什么样的理由，我们彼此相悦，彼此相通，我爱你，你爱我，这不就足够了吗？嘻嘻。"

哇，真是带劲呵！巴特儿当下就心动过速了，就热血沸腾了。他不顾一切，猛地上去就亲吻起了琪琪格的俊脸。

琪琪格也就紧紧地抱住了巴特儿的壮腰。若用当下的网络语言说，他们皆感到对方特"萌"哟。

他们完全目空一切，完全不在乎别人的存在与否。若仍用当下的网络语言说，他们这事可真是好"雷人"。

于是，他们二人便更加热烈地、忘我地继续亲吻起来。

总之，他们的行为，就还正是那种如置无人之境的。

列车仍在"隆隆"作响着。此时此刻，本次列车的车窗外，正是阳光明媚，大气流畅，平畴绿野，一派生机盎然的景象。

当然，"不是我不知道，而是这个世界变得太快……"是时代变了，什么也都跟着变了样。所以有关他们的婚事，他们想的一点儿都不沉重，一点儿都不犹豫，他们是完全不用再回家去征询老人的意见的了，他们完全能自主决定。我的事情我做主嘛。

"呜——"列车仍在继续飞速前进着。它挟风携雷，气势磅礴。城市、乡村、山川、河流，全都一闪而过，在人们的脑海中，全都留不下任何印记。而人的自身，这时则显得渺小与无所谓了。

回想当年，爷爷和奶奶初相识时，只是听到了火车的鸣叫声；爸爸与妈妈刚交往时，也仅是看到了火车由村前飞过而已。那么且看如今呢？车厢里的这第三代人，他们坐在舒适的沙发上，谈笑风生，笑语飞扬，无忧无虑，亲密无间，眼前着实已充满着无尽的希冀与向往……

他们还在继续研讨着。他们说，他们的婚事宜速战速决，切不可拖泥带水，事业尤为催人疾进。他们已决定下来了，等他们由南方办完事后，回来立马就结婚。他们说到这里，就又都畅心地笑了。

苍穹之下，天宇湛蓝，劲风送爽，红日普照，车窗外的阳光更加明亮。此时的列车，分明又加快了速度。

她的故事

陈 杰 曲玉梅

我平时的生活消费可以说是比较节俭的，无论衣食住行哪一项，都是要尽量节省一些为好。而陆敏却比我大手大脚得多。她给我打来电话，说她要来见我。我说："那就来呗。"撂下电话之后，她那曾经和我在一起工作时的形象，就接连不断地出现在我的眼前了。她皮肤白皙，头发墨黑，两只大眼睛总是那么有精神。她那时只要闲下来，就喜欢与人聊天，而我却觉得没什么可说的。这是我们性格上的差异使然。她喜欢活动，比较张扬，而我则比较木讷内敛。

陆敏的家就在本市郊区。自从我们分手以后，已经许多年了，我们一直也没有来往。她这次来见我，会有什么事呢？

她说来就来了。我在家里等着她，她给我滴里嘟噜地拎来了两兜子吃食。我就埋怨她说："看你，完全没有这个必要，太破费，太浪费了。"她说："哎哟，一晃儿，咱们都十六七年没有见面了，给你买这点儿东西算个啥呀！"

我又说："嗐，你这张嘴呦，还是这么厉害，说不过你。坐吧，坐吧。"

她就坐在沙发上，冲我笑了笑。

接下来，我们就扯了些可有可无的话，什么胖了瘦了的说了说，再就是孩子的情况，等等。再后来，也就该到吃饭的时间了。我说：“咱们下楼去吃吧。”她没有反对，而且我一说到吃饭，她就又忽然提到了卢克光。她说她也已经有好几年都没见到卢克光了。我知道他们俩的关系，我也有好几年没见到卢克光了，我就马上说：“那就通知他一声呗，你有他的电话吗？”她说有。随后她就通知卢克光了。但对方却说了个也许是真的，也许是假的理由，总之就是说没有时间，不能来了。我俩互相瞧了一眼，事情也就只好如此了。

然后我们就下了楼。走在路上，陆敏又问我：“你丈夫魏玉鑫呢？”

我回答她说：“他出差了，得一周左右才能回来呐。”

她“呃”了一声，便算罢了。我们又走了一段路，进了饭店，刚一坐下，她就接着又说到了我。她说：“咱们在公司时，卢克光就说：‘别看尹晓丽平时不吱声，可她肚子里却是有韬略的。’”

我忙说：“咦，我可有什么韬略咿？整天傻乎乎的。”

她说：“不，你看人看事，都相当准确深刻。卢克光这么看，我也是这么看的。”

我有些不好意思了，急说：“哎呀妈呀，干什么呀，你这次是专门来批判我的吗？”

她笑了，“呵呵，那倒不是，友情来会老同事嘛。来喝茶，喝茶。”她控制着整个聊天的局面。

我又搭讪地说：“你噫，你只要是找准了角度，就死不饶人。”

她摆摆手，说：“行了，行了，说到底，还是没有你有心计……唉，从前的时光，完全没有了。”

我说：“干啥这么伤感？”

她说：“不伤感，只是说说嘛。”

是的，回想起当年，那时，我们都是大学毕业以后，由应聘而来到这家公司的。当时我、陆敏、魏玉鑫、卢克光，我们整天都搅在一起，后来我与魏玉鑫结婚了。那时陆敏与卢克光也相处得很要好。

我们的话说到这里，彼此已经够敞开的了。但我的心里还是觉得，陆敏多少年才来见我们一面，卢克光不来，总是说不过去的。于是后来，我就向陆敏要了卢克光的电话号码，给他打了过去。在我的逼迫下，卢克光到底还是来了。

但他们见面以后，并没有显出什么格外的情感波澜，更没有那种风云动荡的表现。他们都没说什么，甚至显得挺生分的样子。

这使我感到有些不解与狐疑，我看了看他们俩。

事情只能是这样了。时下，天气已然入秋了，我请他们吃的火锅，另外又要了几小盘配菜，就算齐了。我们开始进餐。

眼下的形势就是这样，自从卢克光进屋之后，陆敏的话匣子几乎就是关闭了的，我觉得我们这次集会的氛围有些沉闷。他们俩还是一直都没有说什么，只是互相用目光扫了对方几眼，他们始终没有说出什么实质性的话语来，我觉得这很不正常。要么，或许是因为我在跟前，他们放不开？我这样想过之后，为了给他们腾出空间，就故意去了两趟洗手间。可是我回来以后，据我观察，他们的情感，仍旧没有什么大的变化。这到底是怎么回事？这实在是令人费解。

时间一分一秒地过去了。一只蜘蛛，不知从哪里爬出来了。它在瓷砖上缓慢地爬行着，爬过来又爬过去，没有目的，总也爬不完……

时间又渐渐地过去了，总之就是这样，我们三个人，断断续续地维持着这种局面，实在是没有唠出什么内容来。这顿饭到底还是吃完了。

但这顿饭吃得并不欢畅惬意，分明有几分不欢而散的味道。

我俩再回到我家以后，陆敏继续与我聊，她说她要将自己的心里话全部掏给我。她说："我回到家乡以后，情况很糟糕，可比不了你们呐。"我说："你不要哭穷藏富吧。"她严肃了脸，说："晓丽，我说的可都是真话，不是和你开玩笑的。"

我想了一下，是的，现在，我与丈夫魏玉鑫都分别做了公司的部门经理，我们目前的生存条件，的确已经算是可以的了。而陆敏毕竟回了乡下，后来也没听说她有什么发达。我又想了一下，就问她："你后来为什么没有与卢克光走到一起？"

她回答："责任在他。"

我又问："为什么？"

她再答："开始时他说我没有固定工作，收入不稳定，以后再说吧。后来我回了农村，那就更不用提了。"

这又使我想到，可不嘛，人所共知，卢克光是个讲求奋斗的人。他后来跳槽，考取了公务员，如今已经是某区副区长了。

我就又问："你当年不返回农村不行吗？"

她喟叹一声，说："咳，我爸爸中风脑昏迷，长年卧床。妈妈本来就双目失明，又患了肾衰竭。我不回去，谁伺候他们？"

我也跟着叹息一声，"唉，这可真是难为你了。卢克光没有帮帮你吗？"

她回答我说："我最困难时，他曾经给过我几回钱，但也很有限。尤其时间长了，他也不宽裕。"

我又问："你后来是怎么和你丈夫林景辉结合的？"

她答："我们是小学同学。我回家以后，他常来帮我服侍我父母，又能帮我做些农活什么的。"

我又问："就这些？"

她又答："关键是我长年在农村，拔不出腿来，始终看不到新曙光。卢克光最后就在城里结婚了。从此，我的感情线被掐断了，我万念俱灰了。"

说到这里，她捋捋头发，语调低缓地又说："我在农村里吃尽了苦头……"接下来，她就给我讲了她回乡以后的全过程，有些情节，听得我心惊肉跳。

屋子里很静，时间一点一点地过去了，她与我的谈话，一直在持续着，她不停地说，我就不停地听着，这的确是耗时不短……

也就是这样，直到午后四点多钟，她才说："好了，晓丽，我也玩儿够了，我该走了，祝你们夫妻幸福。"她说这话时，她的脸上分明掠过了一绺凄苦，这我察觉到了。之后，她离开我家，乘公交车返回到郊区她的家里去了。

我回味了一下她之所讲，心里"咕咚"一声，猛地往下一沉。我受到了极大的触动。

陆敏走后，我又想了一下我自己。我和丈夫魏玉鑫，这些年，在公司里始终谨言慎行，小心翼翼，兢兢业业，总算熬得有了一定位置。现在，我们常常能坐在自家宽敞明亮的卧室内，看着液晶电视，嗑着瓜子，吃着水果，这的确已经有些养尊处优的意味了。

而想想陆敏的遭遇，她那么惨，我的心里很不好受。我的眼前闪出了一绺惨红色的光芒。

所以，等我丈夫回来以后，我一连好几天，断断续续地将陆敏的话转述给了他，不说出来，我心里不好受。我丈夫也认真地听下来了。

陆敏说："我回到家里以后，所有的活计全压到我身上了，在家里，我是又喂猪又打狗，在田里，我是整天摸爬滚打在泥土里，可把我给累惨了。最严重的时候，把我的两条腿都给累劈叉了，把我的腰都累弯了，手指变成了鸡爪子，头发简直就是一团乱麻。"

我直听得自己的心里震颤了几下，唉，陆敏她回去以后可遭了罪了。一个大学本科生，在城里混了好几年，最后回乡当了农村妇女，这是多大的变化，又是多大的反差，这可真是不可思议。可怜了当年那个活泼浪漫的陆敏哟。

陆敏继续说下来。"这时，林景辉出现了。特别是我刚回去的那几年，春播中耕秋收，都是他帮我干的。他曾对我说：'你别着急，别上火，天无绝人之路。我们共同努力，会有转机的。'他这样说，实在是说得我好感动。我说：'呃，多亏你的大力支援，多亏遇上你了。'他说：'呵呵，这也是一种缘分吧。'我说：'是啊，我也是这么认为的……'"

我向我的丈夫说了这些，他也被感染了，放下了正在摆弄的手机，眨眨眼睛，看着我。我还在继续向他转述着陆敏的话。

陆敏接着说："我父母要不断地看病，我就得不断地面对创收。现在，农村里也施行雇保姆、雇用钟点工了，我就去给人家打短工、干零活。你可以想想，伺候人的活，好干吗？"

我再次瞧瞧她，是啊，我的心里又哆嗦了一下。

她又接着说："而地里的活计，还是丝毫不能放松的，在烈日与暴雨之下，我在拼命。荒草与野蒿撕缠着我、欺负着我，蚊蝇在叮咬着我。晚上回到家里，直累得我身子都要散了架，一动都不想动了。最累时，我曾经一连半个多月都没洗过一次澡，身上都发出了一股酸馊味了。林景辉就说我：‘你都快变成一头猪了。’我说：‘猪就猪吧，老娘我现在是任啥都顾不了了。’”

“三年以后，我实在是太困难了，就给卢克光打了电话。他给了我点儿钱，但很少，不够干啥的，杯水车薪。我问他，我们的情谊还可以继续发展下去吗？他还是回我说：‘还是要等你改变了身份再说吧。’”

我们的话说到这里了，这时，我将目光投向了天空。空中就不时有那小燕子为了生存而匆忙掠过去；而且不时又有鸽子群，同样也是为了生存，而“哗哗”地飞闪过去。一切生命均是为了生存，而皆在拼命地挣扎着。

陆敏稍停缓了一会儿，而后她又说下去。“后来卢克光给我打来了电话，他告诉我，他结婚了。”

“‘天呐！’我听后哭了。这对我的触动太大了，我一连两天没有吃饭，心里太不是滋味了……你是知道我的，我对卢克光是心存情谊的。”

我用力点点头。

那一次，公司派我俩公出，我们去了外地，给了我们彼此深入交流的机会，谈天说地，畅快淋漓。

“在随后的日子里，我也思考了一番，林景辉的身材还算标致，他的相貌也还算是端正的。我面对现实，最后就只有和他结了婚。”

“可事后我得知，卢克光的妻子家庭条件很好，据说其父是市里的一个局级干部，房子与车，一样都不少。卢克光当初选择了这个妻子，主要就是看中了人家的家庭条件。但结婚以后，他妻子自持甚高，处处趾高气扬，颐指气使，他在家里毫无话语权，这使得卢克光感到很悲催，苦不堪言，他甚至想要离婚但这些已经完全与我无关了。”

陆敏继续说下去：“而且，农村里的情况也是复杂的，农民还有许多不如意之处。”

“秋天往粮库里卖粮，我们的四轮车在粮库外面整整排了一宿，车辆排成了长龙大阵，足有好几里地远。可村长的车来了，就能直接开进院子里去检斤过秤了。我又困又饿，实在是气恼不过，就骂了一句：‘妈的，真是不顾老百姓的死活呀！’村长就带人揍了我一顿，把我的胳膊都打折了，在家养了半年多。我找到派出所，找到法院，可村长有人，派出所和法院都说我证据不足，不能立案，硬是把我给哄出来了。”

“尤其是前几年，你也知道，咱们这地区，连续出现了两年特大旱情，庄稼都旱死了，没有粮食可卖，可把我们给苦坏了，困难坏了。我女儿上学，连学杂费都交不起了，家里两只下蛋的老母鸡和一头瞎驴也卖了。”

陆敏说到这里，我再次沉吟下来。我周身的血液都在不停地涌动着。随后，我又将我的家庭想了一遍，我想到，现在，我与丈夫、女儿，我们三口人，常去健身房，常去度假村，常去郊游，陆敏她能做到吗？肯定是不能的。我们的条件可比她优越得多了。

“但为了第二年再种地，还得再去买种子、化肥、农药，我们没有钱，就得设法去贷款。林景辉找到了乡农业银行的女主任，那主任看林景辉长得还算直溜，不但给他贷了款，而且还勾搭到一起了。”

“他们的所作所为，全乡里的人都知道了，我就与林景辉理论，我说：‘你怎么就变成这个样子了呢？’”

“他说：‘人生，就是在不断地变化之中嘛。’”

“我说：‘你那是异化。’”

“他说：‘不管什么，情况就是这样了。’”

“我实在是气愤不过，就指责他，‘你可太对不起我了，你个畜生。’”

“他就恼羞成怒，往死里打我。有两回，他都把我打死了，是邻居们跑过来，往我头上泼凉水，又把我给激活了。可林景辉还瞪圆眼睛，跳着脚冲我吼：‘妈的，打死你，我就去和那银行主任过，她有公职，有工资！’”

“咳，他曾经对我说过，只要我们不放弃努力，我们就会把日子会过好的。”

“现在看来，他那都是屁话。”

“我的命运太苦了，我已再无力挣扎，我的眼前没有一点儿希望之光，我浑身哆嗦着，心彻底死了。”

“从此以后，我们就分居了，我搬到正房旁边的厦屋里去住了。”

“按说，每个人均有一定的抗争能力，我也可以变成一把刀。可是，我这把刀，即使再狠，也绝对狠不过生活这条河流……”

“假如可以用颜色来描绘我的心情，我已经由最初的淡青进入了深灰，再往前一步，就是暗无天日的漆黑了。”

陆敏直视着我，她已说得口干舌燥。她抓起茶几上的杯子，呷了一口茶水，稍停了一会儿，又接着对我说：“到后来，我到底还是把父母老人先后都侍奉得入土为安了。”

我立刻说：“那你就抓紧再返回到城里来吗。”

她却无望地说：“嗐，晓丽，就凭我现在的这张脸，我还能找到什么工作？我又能干点儿什么呦？”

我说：“城里总是要比农村条件好些的。”

她说：“唔，我的心已经碎了，已经万念俱灰了。我啥都不想了。”

我说：“唉，你哟，不要这样，还是要往开处想想嘛……”

可她却说她不想再多说了。她说到这里就打住了，闭上了嘴，然后她起身走了。

陆敏走后，我的心情一直不能平静，我的心里始终放不下这件事。尤其是不曾想没过几天，卢克光又给我打来了电话，告诉了我陆敏的情况，我听了之后，身上一冷，两眼一阵发黑，感到极大的震撼与惊诧。我的心里再次淌出了血。

那些天里，我一直吃不下，也睡不着，就算工作起来。也是毫无精气神儿的。真是巧得很，没过几天，就在大街上，我又正好遇见了卢克光，我便问他：“陆敏前一次来找你，到底是要干什么？”

卢克光当即回答我说：“她真的是没有什么事，她就是想把我们分别以后，她的遭遇与感受给我说说。”

我问：“那么你呐？”

他说：“但在我看来，每个人的遭遇，从来都是不可能一样的。而把自己的感受说给别人，与不说出来，又有什么两样？一切都已经时过境迁了，没用了。”

我又问：“如果陆敏不是那样离开了，你们今后有可能走到一起吗？”

他答：“不能。”

我又说：“她可是个敢爱敢恨的人吔。”

他说：“敢爱敢恨固然值得点赞，但不讲策略，不讲方法地生活在这个世界上，最终是行不通的。”

我怔怔地站了一会儿，觉得再无话可说了。我又瞧了几眼卢克光，随后，我们就分手了。

接下来，就在这一期间，我家儿子吵着要去旅游。我丈夫就向公司请了假，带他去外地转了一圈。

当然了，外面的世界很精彩，儿子玩得很开心，我丈夫也玩得颇为开心。我想，是的，我们的儿子不用像陆敏的女儿，放了学，还要帮助她妈妈干农活、干家务，而他只要念好书、长好身体，一切就都齐了。我丈夫自然也跟着是挺高兴的。

就是这样，天蓝蓝，水清清，他们父子转了这一圈，然后就顺理成章地又回来了。

我丈夫回来的那天晚上，依然显得颇愉悦，我就来了兴致，“你听我把陆敏的情况讲完如何？”

他问：“还说？”

我点点头，“嗯。”

他微微一笑，听着我说。

我又接着把陆敏后来的事情说了下去。很快，我讲述的有关陆敏的经历，就要接近尾声了。我丈夫有点儿受不了了，他说：“要不，我们去看看陆敏吧？”

我说：“不可能了。”

他问：“咋了？”

我说：“半年前，她感到腹部剧痛，到医院里去检查，发现已经是肾癌晚期了。不久前，她已经离开人世间了。她前段时间在电话里，已经把这些都给卢克光讲了。”

我说到这里，实在是太心酸了，我的眼中已经有泪水流出来了。我哽咽了几秒钟，又接着说：“她就是想临死前，来看看过去的老同事，而后了此一生。”

我丈夫一动也没动。他分明一脸苦楚，不自觉地搓搓两只手。

我说完这些，心里仍然很不好受。我一直觉得，我家的条件，已经算是可以的了，可是这些年，我对陆敏实在是关心得太少了。

我与丈夫，都久久未能入睡……

楼外有凉风刮过，而且愈来愈大，这夜我们聊了很多人生的艰辛。

陆敏的生活如此悲苦，令我们彻夜难眠。

第二天，一轮红日由东方升起，唤醒了勤劳奋斗的人们对生活的新的美好希望。

屠夫飞天

元旦达吉

伫立在山峰上，俯瞰山下一切缩小了的景象。山脚下，帐篷内，袅袅升起的白烟连着天上高高挂着的白云，我与云的距离近了些。

远眺，山峦连绵，我伫立在最高山顶的岩石上，脚下就是山谷深渊。脑子里不断回想起那双含泪潋滟的眼珠。我轻轻闭上了眼，纵身跃下。

坠落，随着空气撞击着我的身体，体会到了从未有过的轻盈。继续坠落，竟然解脱了心里的罪责。当我张开眼时才发现，我飘浮起来。朝着云朵的方向飘去，也朝着太阳暖暖的方向飘去。云朵就在我身边，触手可及。我抚摸着，感觉到它洁白绵软的质感，像羊毛。云，应该就是有绵软的质感。这时，我再次回想起那只白色的绵羊那双含泪的眼睛。

我宰过的牲口并不少，在多年宰杀牲口的生涯里，多数是受别人之托而杀生，罪孽理应算在我头上，他们是这么认为的。若不是这次我亲眼所见，都不敢去相信，可谓是匪夷所思。

和往常一样，我磨好了刀，从羊圈里牵出一只羊。准备好了捆绑用的绳子、接血的盆子，还有锋利的刀子，宰杀前的准备很利索。其实，我厌倦了宰杀牲口剖腹时，散发出浓浓的，热热的血液的腥膻味。这味道吸进肺里让我反胃。如果不是生活所迫，我也不想当屠夫。可眼下，我要像以往那样麻木地宰杀羊。

我开始罗列器具，将刀放置在羊跟前。转身梳理捆绑用的绳子，再转回身子时，看见了惊人的一幕。那只羊竟然用前腿刨土，不断地往刀上盖土，试图藏刀。我心一颤，更冲击内心的是，我竟看到它的双眼含着泪水，像是一个哀求的人。我心里和脑子里一片空白，发愣。这一幕竟像是在做梦，但的确是发生在我眼前。霎时，我看见我的双手沾满了鲜血，不断地淌到地面，积成了一汪血滩。血滩上映出了我的模样。我扭曲的脸和被血染红的全身都浮现在血滩上。我害怕了，害怕眼前的自己，欲要溺死在血池里。

片刻后，我回过神来，心里油然产生一种前所未有的失落，也感到恐惧，更多的是厌恶。我剥夺过多少哀求的生命，早厌倦了宰杀的生活，直至今日我才看清，这不是我想要的生活。夺取生命，是要有多么残忍的心，才能麻木地狠下心。

我从厌恶的感觉中渐渐转变为自责，自责感逐渐放大。终于，使我产生了结束这种生活方式的念头，脑海中又清晰地显露出羊流泪藏刀的一幕，我悲痛欲绝。从而，我转身拖着重重的思绪，朝向那座最高的山上游离，像一个丢了魂的人，更像行尸走肉。

我不断地向高山上攀爬，不感觉劳累，心里只想着要爬到高处，脑子里羊藏刀的那一幕依旧清晰，也许这就是动力吧。爬到山顶，伫立山峰，我感受着山风的气息，像是在劝我：跳吧！是该结束这种残忍和厌倦的生活了。

我纵身跃下。这一刻，我却飞了起来，朝着湛蓝的天空飞去。

蹊跷，我飞向天空，被一个闭关多年的修行僧目睹。他从闭关多年的洞穴中走出来，也攀爬到了我跳涯的山顶，口中念念有词："一个屠夫竟能觉悟而飞上了天，我一心参悟修行多年岂能飞不了天？"他整理僧服，张开双臂，纵身跃下。他没有飞上天，反而不断下坠。谷底传来他一声短促的惨叫声。

永远割舍不掉的情怀

赵静思　刘孝英

一

青山镇是个埋在大山里的镇子，而且，青山镇还是个非常穷苦的镇子，人们的生活皆是很艰难的。

祥英婶心眼好，丈夫死后，一个寡妇女人拉扯着一个十三岁的儿子保华，生活实在是已够穷愁的了。可就在半年前，日本兵气势汹汹地押解着一群老百姓，由祥英婶的家门前路过，那一帮穷苦的人群中有男有女，有老人也有孩子。等大队人群走过去之后，就只剩下个十一岁的小丫头桂芝了。这小桂芝破衣烂衫，满脸惊恐，一脸污垢，完全被吓懵了。祥英婶看见这小丫头已哭成泪人，正在四处张望，一个劲儿地找妈妈。可她再也找不到妈妈了，她的妈妈已被日本兵给押走了。祥英婶再没多想，急忙跑过去，咬紧牙关，将小桂芝给拽进院子，硬是收留下来了。她接着急问："这是咋回事？"

小桂芝哭着回答："日本人说，我爸和我妈都是反满抗日分子，押过去就都得枪毙。"

祥英婶皱着眉头说："唉……真是没法子，造孽呦，这可咋办呢？"

小桂芝眨眨眼睛，答："我不知道哇。"

祥英婶就说："那……你就别走了，以后就管我叫妈吧。"

小桂芝抻着衣襟，先是抬头望了一眼祥英婶，满眼都是感激之情，接着她又低下头去，认真地答："嗯，往后我就管你叫妈了。"而后，她因为感动而哭得更加厉害了。

祥英婶也跟着落了泪，说："行了，行了，别哭了，以后咱们一块儿过。快过来洗洗脸吧。"

祥英婶的儿子保华立在一旁，定定地瞧着小桂芝。他心里也怪可怜她的。

小孩子之间是极易沟通的。保华望着小桂芝，并向小桂芝咧嘴笑了笑。

小桂芝亦向他笑了笑。

而在以后的时日里，保华就能经常带着小桂芝上山去挖野菜、拣蘑菇、摘野果。回来以后，他们又能一起帮着妈妈烧火、抱柴火、打扫院子，甚至还能替妈妈煮饭。

在那段时间里，乌云时来时去，日子一天天过去了，小桂芝的心情逐渐好多了。

那次，保华与桂芝都在院子里，他们正在一边忙着帮妈妈搓草绳，一边唱着儿歌。

保华唱："小耗子，哭又闹。大耗子，学猫叫。猫叫学得太像了，大耗子把自己吓一跳。"

桂芝唱："小耗子，好串门儿，一串串到猫家来。小花猫，咧嘴笑，我真欢迎你来到。小耗子，傻了眼，不敢喊来不敢逃。"

院门处有阵阵清风拂过来，天空中有白云在飘动着，而且变幻无穷……就在这没人之时，小桂芝不知是为什么突发奇想，歪起脑袋，笑着说："保华哥，妈和你对我真好，等我们长大了，我就给你当媳妇吧。"

小保华还根本不懂得夫妻的真正含义，也就爽快地答道："中，那我就给你当丈夫了。"

小桂芝坚定地说："好，等咱们有了孩子，我就当妈。"

小保华同样义无支顾，说："对，那我就当孩子他爸了。"

“真带劲。”

“可不是嘛。”

“嘻嘻……”

“嘿嘿……”

他们小无两猜，笑逐颜开，一时间院子里笑语飞扬。

随后有一天，祥英婶正在门口纳鞋底。

这时，由远处走过来了一个小小子。这小小子也一定是个穷孩子，只见他全身枯瘦如柴，憔悴不堪。待走到近前时，他冲祥英婶说：“大婶，给我口吃的吧。”

原来这竟是个小要饭的。祥英婶当下停住了手里的活计，瞅着他，问：“叫啥名？”

小小子回答：“狗剩。”

“多大了？”

“十二。”

“咋要饭了呢？”

“爹妈都叫日本人用刺刀给捅死了，没家了。”

“咳……日本人杀起咱中国人来不眨眼呀。你这孩子可真难呐。”

“大婶……我好饿呀。”

“我知道了。我这就去给你搅一碗糊涂粥喝吧。要不……你就再别去要饭了。”

“那我可咋活吔？”

“啧啧，看你多可怜呀！往后就和我们一起过吧。”

“妈妈呀……”狗剩听了，“扑通”一声跪在地上，泪水唰地流了出来。他使足浑身的劲儿喊了一嗓子妈。

祥英婶的眼圈也跟着红了。

保华和桂芝都围了过来。

狗剩从此又有了妈妈。狗剩从此又有了家。他可真是太高兴了。在这个家里，他不但有了哥哥保华，还有了妹妹桂芝，他们都相处得很好。

在这之后，每当再上山去砍柴时，他们就是三个人了。别看狗剩年龄小，可他是他们三个人当中最能干的。每次他砍完了自己的燃柴，还能过去帮助桂芝和保华。当三个人都砍够了一捆捆燃柴之后，他们才一起返下山来。

回到家里，祥英婶已熬好了野菜粥，招呼三个孩子赶快过来喝粥。

三个孩子围拢过来，喝完了粥，都填饱了肚子，围坐在一块儿，说说笑笑，倒也正是虽苦犹乐。

祥英婶看着他们那活蹦乱跳的样子，脸上就会常常挂起了劳累后的笑容。她心里也跟着透进了一缕缕阳光。

二

白驹过隙，时间过得真快，一晃，两年过去了，这时的保华和桂芝还有狗剩都懂事了。而懂事了的孩子们就比较麻烦了。

这期间，他们倘若再一起到山上去砍柴，一旦谁要解溲，那就必得要避开另外的两个人了。是的，时间是智慧之母，她到底细心地开启了这三个孩子的心灵，到底耐着性子教会了他们要明白的事理。

保华更愿意帮助桂芝砍柴，当然那狗剩亦在其间紧忙活着。桂芝也同样愿意接受保华的帮助。

保华不住地瞧望着桂芝，他们互帮互助，干起活来更有力气了。当然，他们的心情也是愉悦的。

现在，祥英婶一家人仍然艰辛地生活着，穷苦人就是这样没完没了地泡在穷日子里的。

但也就在这时，发生了一件更不幸的事——这个原本就异常穷困的家庭又一次遭到了日寇的抢劫。他们那仅有的一匹能帮助家人干活的瘦马，也被日本兵给抢走了。妈妈上前去哀求，还被日本兵一脚给踢倒在了地上，然后又用枪托狠狠地砸了一下。妈妈在炕上躺了一个多月，才慢慢地坚持着能下地劳动了。

这今后的日子可怎么过呢？这真是叫我们没有活路啊……这使得保华很是

想不通，他就常常一个人来到青山镇外的柳溪河畔上，坐在一棵大柳树下，情绪恹恹地冥思苦索着。

巧的是，在这时，就会常有一个人从大山里走出来，悄悄走到镇子里去，买上些油盐酱醋、火柴纸烟什么的。他见保华常常蔫蔫地坐在大树下，长吁短叹地发愁，就问他怎么了。保华便把自己的心里话对他讲了。那人一扬手，说："哼，要想过上好日子，好办法倒是有的。"保华又问他有什么好办法，他就把办法全告诉了保华。保华听了眼睛一亮，心中好一阵激动，认为他说得太对了，信服他了。

保华从此像变了一个人一样，回到家里也坐立不安的。桂芝心中很纳闷，想："他这是怎么了，这可真是个不小的迷。"

于是，另一天，保华与桂芝又一起上山去采蘑菇了。树下的蘑菇真多，旺盛地生长着，一片一片的。保华一边与桂芝采着蘑菇，一边神秘地对桂芝说："我和你说件事，你可千万不要对外人说，也不要告诉咱妈和狗剩，省得妈她惦记我，也别让狗剩找我。"

桂芝觉得好生奇怪，就问："啥事呀？"

保华挺直了腰杆说："前几回，我在柳溪河边上认识了一个人，他告诉我说，我们要是想过上好日子，就得把日本鬼子赶走才行。他说他是抗日联军上的人……他说我要是想去帮助穷人翻身，就跟他走……他今天就要来接我了，领我上虎头山上去参加抗联……我走后，你要照看好咱妈和狗剩弟弟哟。"

桂芝感到事情太突兀了，先是身子一颤，睁大眼睛，瞧了保华好半晌，想了想，接着她就流泪了。她说："保华哥，你真的要走吗？"

保华决心已定，回说："嗯，我一定要走。"

桂芝叹了一声，说："唉，你真的要走，我也留不住你。可我告诉你，我这心里已经有了你。你还记得我们先前说过的话吗？"

保华当然能听懂桂芝说这话的意思，将身子一挺，说："桂芝，咋不记得？我这心里也早就有你了。等赶走了日本鬼子，我们过上了好日子，我就回来找你，你就给我当媳妇，我就给你当丈夫。等有了孩子，你就是妈，我就是爸嘛。"

桂芝猛地扑过去，一把搂住保华的脖子，又说："宝华哥，我有个主意，要是想咱俩永远好下去，现在就在这大山上，咱们自己操办拜天地，表明咱俩的心意。"

宝华把双眼一瞪，说："行！"

于是，他们二人就地取材，先是堆起两堆黑土，而后就插草为香，自己嘴里叨念着，"一拜天地，二拜高堂，我们夫妻对拜，我们向苍天盟誓，我们永远是夫妻了！"

待仪式结束后，保华回身抓住桂芝的胳膊，说："桂芝，别想我，你要等我回来。"

桂芝也紧紧拉住了宝华的手，说："唉，哪能不想呢……保华哥，你走吧，我一定等你回来……可我还是想你啊！"

保华又说："咱俩的事，先别告诉咱妈，也好免去她的牵挂。也别告诉狗剩，他知道了也没用。"

桂芝认真地点头答道："嗯，知道了。呃，宝华哥哟，可我还是好想你呦……"

高山屏住了呼吸，白云停住了脚步，万物注目着这一对年轻人，此处发生了如此感人的一幕。

保华走后，祥英婶觉得她的一颗心，还有她的全部灵魂，都被保华给带走了。儿行千里母担忧，祥英婶到底还是悲恸地哭了。但哭过之后，她向远处望了望，又打住了内心的愁绪。她想，孩子到底长大了，不能总待在自己的身边，出去闯荡一番，也许还能有个出息哩。她擦干眼泪，抚摩着桂芝和狗剩的头，凝望起远方，更远方……从此以后，她带着剩下的这两个孩子，继续过着他们那苦巴苦捱的穷日子。

飞云走动，江河奔流，看着桂芝和狗剩一天天在长大，祥英婶心里总是能泛起那阵阵既疼爱又欣慰的情愫。每当她再要带领孩子们去农田里莳弄庄稼时，临离开家那会儿，祥英婶为了能给孩子们解渴，总是要带上一些黄瓜的。干一气儿活后，她就把黄瓜拿出一根来，折成三截，递给桂芝和狗剩的那两截，一般都是长的，而她留给自己的这一截，总是那最短的一截。桂芝和狗剩也都很懂事了，他们反过身来，一起去抢妈妈手里那截最短的。祥英婶心中不停地涌来阵阵欣慰的热浪，慌慌地说："看着你们这样孝敬我，我就知足了。你们能干活了，我这心里真是敞亮。可妈妈没本事，不能让你们吃上饱饭，只能跟着我遭罪了。"

桂芝忙说："妈，你可别这么说，等再过几年，我们再长大一点儿，我和狗剩哥下地干活，就再不用你干了。"

狗剩也立马对桂芝说："嗔，等再过几年，也不用你干了。我一个人，就都能干过来了！"

桂芝动情地望着狗剩。她觉得他也很有志气，很有骨气，她越来越喜欢他了。

祥英婶理理鬓间白发，一张脸已笑成了一盘向日葵。

虎头山上真是另有一番天地。放眼望去，座座山峦，连绵起伏，一派郁郁葱葱的景象。那位带领保华上山的人，原来只是抗联里的一名交通员，现在已被提升为连长了。

这连长鼓励保华说："好好干吧，也好尽快成长起来。"

保华憨厚地回说："放心吧，连长，无论遇到多大困难，我保证都能克服。"

连长高兴地夸赞说："行，是个好样的！"

保华加入抗联以后，打起仗来果然极勇敢，其他各方面也都表现得很好，所以不久，他就被任命为排长了。他的革命劲头更足了。

只是，没过多长时间，上级又有了新任务，那连长找保华谈话，让保华与一名年轻漂亮的女抗联战士瑞芬假扮夫妻，不，是真正地结为夫妻，潜回青山镇去，到那里侦察敌情，及时报告给抗联部队。因为他们必须长年住在镇里，如果假扮夫妻，长期没有孩子，势必要引起敌人的怀疑，所以他们必须是假戏真做。

"哦，这，这……"保华听了之后，那感觉就如同万钧霹雳轰顶一般，周身不停地颤抖着，内心也仿佛开了锅似的翻腾不止。呀，我已与桂芝堆土插草为香，已向青天发出了海誓山盟，已叩拜天地成亲了啊。天底下我什么都可以舍弃，唯有桂芝不能舍弃吔！但是……他转念一想，想到了自己曾向连长做过的保证，想到赶走日本鬼子是头等大事，为解救众多苦难百姓义不容辞。如今自己已是组织上的人了，组织上的决定重如泰山，压倒一切，那么我就只有完全服从了……“桂芝妹，这样一来可就苦了你了，我对不起你呦。为了大家的事，你原谅我吧……”保华擦去腮边的泪水，接受任务后，与那女战士瑞芬走下山来了。当然，等到保华与那女战士瑞芬搬到一起时，立刻就向她如实地说明了情况。那女战士瑞芬也非常珍重保华与桂芝之间的情感，陪着保华哭了半宿，最后说：“唉，保华，我也真为桂芝姐妹可怜呢，这对她是多大的折磨啊！这全是日本鬼子给逼的哟……”之后，他们在青山镇落了户，约一年多以后，他们有了情感结晶，生了一个大胖小子。

多事之秋，逼人无奈，事情只能是这样了。这期间，他们为组织上做了大量工作。而保华则一直尽量躲避着桂芝。人生多有不如意之处，但这又是没有办法的事情。

本来保华与瑞芬落脚的住处离保华家并不远，只隔着一道山梁。但为了保密起见，为了工作安全，保华一次也没有回家去看望过妈妈、桂芝、狗剩。他也只能这样做了。

桂芝每时每刻都在想念着保华。她想：“保华哥哥，你啥时候才能回来呢？”

保华走后，狗剩真是说到做到。他更加关心起桂芝来了。而且，他也是个生理正常的小伙子，他越来越觉得桂芝长得那么受看、耐看，就变着法地对桂芝好。在地里干活，他们饿了就烧苞米吃，狗剩总是把烤得火候最好的苞米拿去送给桂芝吃。

铲地时，狗剩铲得快，而到了地头，他总是要不断地回过头来接桂芝。

当然，对于这一切，桂芝也是心知肚明的。桂芝对狗剩也是心存一腔感激之情的，但她一想到保华，就焦虑异常、心神不安。她只能将狗剩对她的所有情感，全部深压于心底。

那次，家里实在是揭不开锅了，再没一点儿吃的了，狗剩就到柳溪河里去捞鱼了。他费了挺大劲，只捞上来两条并不算太大的鱼。回到家来他把鱼煮熟后，一条送给了妈妈，另一条端到了桂芝面前。桂芝就急忙说："咱俩分着吃吧。"

狗剩却把脖子一拧说："不。"

桂芝问："咋？"

"不咋，就是不吃。"

"看你，我一个人吃不了嘛。"

"扯，怕还不够吧！"

桂芝立时被感动得流了一脸的泪水。

妈妈从旁看到了这些，心里全看明白了，也跟着落了一脸泪水。

狗剩蹲在地上，活像一尊铁浇铜铸的塑像模样，其态度着实笃诚得可以。

在狗剩的心中，他已完全是家里的一根擎天柱了。

三

战争年代情况瞬息万变。保华与瑞芬的真实情况，到底还是被敌人发觉了，那伪保长带领着乡丁们前来捉拿他们。幸亏地下党交通员反应灵敏，急急跑来通知他们说："……快，快，人家抓你们的人马上就要到了，你们赶快离开这里吧。"

瑞芬正在抱着孩子喂奶，听后猛地一愣怔。

保华扫了一眼孩子，心里也是一惊，他想到，是啊，大人怎么都好说，但这孩子可怎么办？

他们二人都急得团团转。

在这情急之中，保华迅速地想啊想，突然，他决定回家去找桂芝，他只有去找桂芝了，他认为只有桂芝是最值得信任的人了。

事情只能这样了。保华与瑞芬一起匆匆地回到老家来。进了门，见到桂芝后，保华第一句话就说："桂芝，我对不起你呀……可是，这件事只能拜托你了……”

瑞芬也跟着说：“是啊，桂芝姐妹，这是没办法的事情啊，我们对不起你……”

桂芝完全懵了，急问：“怎么回事呀？”

保华一拍大腿，就把他离家后的事情经过以及这次回家来的目的，全部给桂芝说了一遍。

桂芝听着听着，眼泪就“唰唰”地淌下来了。她的头上恍若是敌人投下了重磅炸弹，身体不停地哆嗦着，“事情怎么会是这样的？这也太叫人感到意外了，这也太叫人想不通了……”她看看孩子，又望望妈妈。

妈妈同样听得一脸遗憾，眼前流动着一片惨淡的白色。但目前又有什么好办法呢？事不宜迟，妈妈最终还是说了一句：“快，桂芝，快把孩子收下吧。”

桂芝又回头瞅瞅狗剩。

狗剩跟着“腾”地一下蹿起来，吼道：“嗐，还愣着干啥？救孩子要紧，赶快抱过来嘛！”

桂芝颤抖着嗓音“嗯”了一声，然后强忍住哭泣走过去，到底还是从瑞芬的手上接过孩子，抱进了自己的怀里。

第二天，那镇民们就传说着，有一个女抗联，在逃跑中，被伪保长和乡丁他们愣给打死在虎头山脚下了。

桂芝很不放心，急忙顶着冷风赶过去看看究竟，她看到了那可怕的情形。天呀，那正是瑞芬啊！她静静地躺在冰凉的地上。看起来，她睡得倒也是挺安详的，只是可惜了她那一条年轻的性命。那么保华哥的情况又是怎样呢？此后，就再没有一点儿关于保华哥的消息了。

而且也就是在这一期间里，狗剩更是想着桂芝了，真是想得他不行了，整天都拎着一颗心，一闭上眼睛，面前就是桂芝……为了解决这一麻烦，他强迫自己跑到山坡下又盖了间窝棚，躲开桂芝，自己住了进去。

其实，妈妈是知道狗剩的心思的，这孩子是有苦难言呐，为此妈妈不知又哭了多少场。妈妈是既疼爱宝华，亦疼爱狗剩的……

当然，狗剩照料那孩子还是极上心的。他偶然捉到一只山兔，就赶快送过来，说："熬了汤给孩子喝，他才能长得快些哩。"

他有时抓到一只野鸡，也匆匆送过来，又说："熬了汤，给孩子喝吧，他才能长得壮实嘛。"

桂芝望着他，心情格外复杂，默默地低下头去，然后，就去给孩子熬汤了。

看着孩子一天天地长大，狗剩憨厚又开心地笑了。

后来，狗剩实在忍不住了。那次，桂芝从窝棚门前过，狗剩就追上去问："桂芝，你打算等多久？"

桂芝回答："不知道，但我一定得等。"

狗剩再问："究竟要等多久呢？"

桂芝再答："不知道，一直等下去呗。"

"那我就一直等着你。"

"何必呢？"

"这是我愿意的。"

"咳，你呀……你也是个好人。保华哥他要真是没了，我就嫁给你。"

"不，我也盼着保华哥快点儿回来。他要真是不回来了，那我就一条心地等着你。"

"多少年也会等吗？"

"那还用说吗！"

桂芝再不作声了。

两个人的眼圈都是红红的。

沉重的老山风，扯天扯地，淹没了一切……

世界上没有不透风的墙。没过多久，事情就走漏了风声。忽然有一天，伪保长带着乡丁们闯进了桂芝的家。

孩子正在炕上熟睡。

伪保长冲着祥英婶走过去，他那眼睛都要瞪出血地逼问道：“老婆子，你儿子呢？”

祥英婶真是一肚子气，就顶撞他说：“上回你们抓劳工，镇上的年轻人都跑光了。他从打那次跑出去以后，就再没见着影！”

伪保长说：“我们那不是抓劳工。”

祥英婶就问：“那你们抓他干啥？”

伪保长阴阳怪气地说：“哼哼，他怕是当了抗联吧？”

祥英婶回说：“他不管当啥，我都盼他能有出息。”

“你不用跟我来这套！”伪保长突然奔到炕沿边上，用枪管指着孩子，问：“这孩子是谁的？”

“废话，别人的孩子能上我们家来吗？”

“住嘴！”伪保长一下子蹿到狗剩面前，“是你的？”

狗剩声音不大，但态度很坚定地答：“嗯。”

“你们啥时候结的婚？”

“今年春天。”

“挺快嘛，当年媳妇当年孩儿。你不是住在山下边的窝棚里吗？”

“那不是我为了看我们自家地方便嘛。”

“现在已经是冬天了。”

“冬天，我在坡下挖了兽窖，等着窖野猪、黑瞎子啥的。这样我不是能少跑路了嘛？”

“告诉你，要不是你的孩子，你敢瞎整，那可是要掉脑袋的！”

“你这是啥话，我个人的孩子，掉什么脑袋？我这是真话，你也不能再给我多长个脑袋吧？”

“嗬，嘴硬，是不是？”

“这咋叫嘴硬呢？本来嘛。”

这时，孩子被吵醒了，大哭起来。

伪保长当即转过身去，心里一盘算，一双鹰眼盯住桂芝，问：“怎么不奶孩子？”

桂芝白他一眼，说：“关你什么事？”

“哼哼，我要看看。”

“看什么？”

“看你是怎么奶孩子的。”

“这太没意思了吧？”

“嘁，这太有意思了。”

屋外的山风越刮越紧。事情到了这种关键时刻，再不能迟疑了，桂芝转而说：“你讲究点儿。”

伪保长一愣，“怎么回事？”

“你一个大男人，总不能眼睁睁地瞅着我们女人奶孩子吧，你转过身去。”

伪保长只好一侧身子。

天上的云块好像都凝固了，低低地压在门口上。“哗哧！”桂芝凛然扯开了自己的衣襟，当下将奶头插进了孩子嘴里。

这是世界上的一次壮举，足以使一万个人瞠目、震惊。

一旁的祥英婶已经呜咽着哭出了声音。

孩子衔住了奶头，暂时有了充饥感，居然不哭了。

事不宜迟，桂芝又赶紧假装到外面去看看晾晒着的干草，就一手抱着孩子，一手翻弄着干草，一举一动，还真是很像一位极在行的农妇哩。

伪保长眨着一双猫头鹰似的眼睛，众乡丁也一头雾水。伪保长再也无计可施，只好带着他的人，讪讪地走了。

敌人渐渐地走远了。一块石头落地了。这时的祥英婶、桂芝、狗剩全出了一身大汗。

那在桂芝怀里的孩子，因被她搂抱得过紧，同样也被捂出了一身热汗。

此刻的桂芝，双眼明亮，定定地凝视着远方。

此后，时光无岸，逝川不舍昼夜，仍然是一直都没有保华的任何消息。

四

那时的日子真不是人过的日子。天有不测风云，一波未平一波又起。那天，鬼子又来大屠杀了。

狗剩慌忙背起母亲，抱着孩子，领着桂芝，匆匆向大山里逃命。隆冬数九天，在这雪地里，桂芝的两只鞋全跑丢了。冰雪沾在她的脚上，化了，再沾上，一层又一层，已经冻成了两块冰坨子。她跌跌撞撞地走下来，极是艰难。待跑进一处山洞后，狗剩二话没说，放下妈妈，抓起桂芝的两只脚，就搁在了自己的肚子上。他要用自己的体温来给她焐脚。桂芝惊恐地叫了一声："哎呀，狗剩哥，你多凉呦！"

狗剩却回说："别动，我不在乎！"

桂芝又叫着："哦哦哦……狗剩哥呀……真难为你了！"桂芝当即哭得周身颤抖。

狗剩抱着桂芝的脚，停了好一会儿，他又问："桂芝，你咋打算的？"

桂芝答："我还是要等他。"

狗剩说："对，应该等保华哥！"

桂芝说："那……你呢？"

狗剩说："我也还是那样，等你有了决定再说。"

桂芝几乎又是在喊叫着说："狗剩哥，唉……我的身子真是不能分成两瓣哟……"

"不用掰，掰它干啥？"而后，狗剩就转头不语了。

祥英婶在一旁哭得抽噎不止。她觉得，真是难为了这两个孩子。

山洞外的狂风暴雪越来越没头没脑，铺天盖地，肆虐恣行……

但不管怎么说，阴霾总会散去，光阴的脚步总是飞快的。它正仿佛那东逝流水一般匆匆而过，终于，天空出现了太阳。东北光复了，穷苦的人们彻底翻身了。

人们都在欢笑，人人奔走相告。

朗朗乾坤下，山川河流，森林草原，满眼俱是旧貌变新颜的景象。

此时，保华哥在部队上，因屡建奇功，已当上团长了。

对于这一切，家里的人依然是一无所知。

桂芝妹总是一个心眼地想着心事，还在时时地想念着保华哥。“保华哥，你可真叫我好想啊，你总不会忘了我吧？你到底是死是活呦，你怎么就一点儿信儿都没有呢？”

这么多年，保华为什么一直都没往家里捎来一封信呢？殊不知，他是有难言之隐呃。

眼下情况到底是好转了，那一日，保华哥突然回来了，大家却骤然被惊呆了——他拄着双拐，行动很不方便。在战争中，他可悲地失掉了一条腿。他后面有警卫员跟随着。

保华哥见到妈妈、狗剩弟，自然是要悲喜交加一番的。等其他人情感上的事情都平静下来之后，他便回过脸来问桂芝：“桂芝，你是怎么想的？”

桂芝抹去脸上的泪水，绝无二话地答：“保华哥，我什么都没想，就盼着你回来的这一天呢。”

保华有些沮丧地说：“唉，可我已经是个残疾人了。”

桂芝说：“不，你就是两条腿都掉了，我也还是要跟你的！”

保华进一步说：“不，你要好好想一想，这些年，狗剩弟为了咱妈，为了你，为了孩子，付出的太多了。”

“这我知道，他真是个好人。”

“我们就不能为他想一想吗？”

“这是两回事。”

“你再好好想想。”

“我没啥好想的。”

“你再好好想想嘛。”

“咦，这可就怪了，难道他已铁了心了？”桂芝的心里一连抖了几抖，终于意识到问题的严重性了。她随之感到周身的骨头都一疼，忙说：“难道你就这样定了？”

保华铁着脸，回说：“是的，我就这样定了。”

“你可到底是为了啥嘛？”

“还用再细说吗？就为了狗剩是天底的头号大好人。我今后还得冲杀在战场上，有今天没明天。我不能再让你苦等了，不能再耽误你了！

桂芝的脑袋“嗡嗡”直叫。她分明感到天在旋地在转，虎头山在倒塌，柳溪河在倒流……她想：“说实话，我也挺喜欢狗剩哥的，可我更喜欢保华哥哟……”阵阵痛苦感强烈地袭击着她，她的心里一直是冷冰冰的，浑身没有一点儿暖气儿……但她不能不听保华哥的，保华哥的话，她从来都是要听的，最终她还是能理解保华哥的，就按保华哥说的办吧，她只好哭着默认了。

这时，保华哥又接着说：“人生就是要大气一些才行，我们就是要做大气的人。还有，我知道，狗剩一定不好意思来接你，那我就去给你送亲吧。来，现在哥哥就亲自送妹妹出门子了！”

桂芝一直咬着自己的嘴唇，把嘴唇都咬破了。最后，她站起身，走到保华身边，说：“保华哥，那就让我最后再亲亲你的脸吧。”

保华立刻张开双手，迎来了桂芝。保华抱住了桂芝的腰肢，二人的脸紧紧地贴在了一起。他们的心，都在“怦怦”跳着。他们的心中，都盛满了大海一样的狂啸。

桂芝的眼睛都要哭出血来了。她哭着说：“保华哥哥呀……就是到了天塌地陷那一天，桂芝我也永远想着你呀……”

保华一扬手，说：“别，今天是个高兴的日子，快擦干了脸……”可说完这话，保华自己到底还是落泪了。

之后，保华哥就拄着拐杖，与警卫人员一道，陪着桂芝走下了山坡……

这又是一次世间的壮举，这仍会使一万个人瞠目、震惊。

那当年的孩子，如今已长到七八岁了。他不停地眨动着双眼，完全不知道这里发生了什么事情。

祥英婶紧紧地搂着那孩子。

三天后，保华哥告别亲人，又重新返回部队去了。

五

一年以后，那个先前的抗联连长做了本县的县长。他亲自来看望桂芝一家人了。他当着全家人的面说：“保华团长真是个好样的！他从参加队伍那天起，就一直在为穷苦人立着大功啊。可惜，他在解放锦州时，已经不幸牺牲了……”

桂芝一家人遂哭成了一团。

天荒地老，人生悠悠，岁月漫漫……

雨落转心湖

孙海涛

黎明时，草原深处这座小镇的汽车站，一个寂静而空旷的小院里终于响起低沉的马达声。也许是深秋的缘故，这声音带着一股寒气撞进旅客们的心扉，有的人急忙把大衣往紧里裹裹。

说是车站，满院里只有一辆老掉牙的客车，现在正害哮喘病似的喘着。那声音上气不接下气，仿佛随时会熄灭，真是折磨人。

车厢里，旅客们的目光都紧张地向前聚，紧盯着司机那只握着挡把儿的手，仿佛生怕突然发生什么变故。

"上帝保佑！"我默默祈祷着，心跳也骤然加快。

这是一次稀里糊涂的旅行，虽然离家快一千多里地了，但我仍不能透彻地给自己一个回答——为什么要进行这次旅行？

不，确切地说我是真不清楚，好像只是凭着一时的冲动和感觉，而且那种冲动和感觉已经深藏心头多年，并且不时地出来诱惑我，让我心存一种说不明白的驱动力。这次又是它，成为我最终决定这次目的并不明确的旅行的推手。

人时常会陷入这样一种难言的模糊氛围中，由于目的不明确，行为也就信马由缰一样，朦朦胧胧地跟着感觉走。我这次出行就是这样，恍惚之中，好像什么时候就曾经有过一次相同的经历。

本来婚期已定，如果我不加坚持，现在就不会人在旅途，而是人在蜜月。肯定用不着像逃难似的随人流涌向车站。

从旅店到车站足有三四里的路。车站连续三天没发车，可坑苦了这些赶路人。所有人都怕误了这唯一的一趟车。每天天不亮，旅客们就爬出暖烘烘的被窝，然后争先恐后地往车站跑。这几天，我也是每天都重复着这样的节奏，像是后面有狼追，谁落到后面就会被吃掉一样。每次，待到被热汗浸透的衬衣变凉，又凉飕飕地贴在脊背上时，一个又黑又瘦的小老头儿就出现了。他走到乱糟糟的候车室，冲人群甩进一句话："今天不发车。明天发。"

于是，挤满了旅客的简陋候车室里会出现瞬间的宁静，紧接着就会爆发出一阵愤怒的喧闹声，失望的旅客们就在这声浪中垂头丧气地散去。

从车站到旅店的路上，稀稀拉拉散布着扛着大包小包、拖儿带女、扶老携幼的人们，不时还有人停下来，回头向车站的方向张望，那神色仿佛在期待会有什么奇迹出现。不过，他们很快就会失望地拖着脚步继续往旅店走。

有人在大声地骂："乌拉盖，鬼地方！"

今天总算没见到那个丧门星一样的小老头，直到所有的旅客都陆续走进车厢，他也没有出现。此刻，大家几乎都在想着同一件事，只要司机搭在挡把儿上的手那么轻轻一晃，汽车就该开动了。

现在，人们都提心吊胆地期盼着这一刻的到来。

司机是个爱骂几声粗话的汉子，可能也感觉到了旅客们对他的期待，因此底气很足地把半个身子探出车门，使劲地喊了一声："喂，哥们儿，这可是最后一次。它要是再要熊，我可不伺候啦！"

听了司机的这句话，车厢里更静了，我知道全车人的心都像我一样吊到了嗓子眼。

"别别别，嘿嘿，陆师傅——"

我听这声音耳熟，猛地想起那个又黑又瘦的小老头，心忽地一沉。

"陆师傅，为站上七八个弟兄的奖金，你，你就辛苦一趟吧！算我求你，行不？"

司机望着车前方，半晌没吭声，仿佛在犹豫什么。

我觉得自己的血凉刷刷地往下落。

思忖了片刻，司机把那顶油污的前进帽往机器盖儿上一甩，说："好，哥们儿这可是全看你的面子，拉也把车拉到大石寨，一千多里地，容易吗？不过，咱们丑话说在头里，就这一次，再不换车就玩勺子去，奖金也没有那么大的马力。"

"好孩子，面包会有的，牛奶也会有的……"这是小老头嬉皮笑脸的声音。

司机没再搭理他，把前进帽很随便地往头上一扣，手娴熟地在挡把儿上摆了摆，车身抖了一下后缓缓启动了。这时，小老头举起一面三角形的绿色小旗。其实谁都认为这是形式，真正看见这面小旗的是坐在倒数第二排座儿上的我。

汽车终于开出了车站。

车厢里的人们几乎同时都松了一口气，随后传来气氛有些轻松的说话声。

车出乌拉盖小镇的时候，天还没大亮，淡蓝的晨曦驱赶着湿润的雾气向四处扩散，更多的地方依然被黛青色的霭气笼罩。

路边的草窠中，有几只鸟被惊动，它们惊慌失措地扑棱着翅膀跃到空中，划出几道优美的曲线后又无声滑翔下来，钻进雾气腾腾的草丛深处。

我用手抹去车窗上的水蒸气，把目光探向草原与晨曦的交融处，看见的是一条模糊的微微起伏的线，上面是渐渐淡化的蓝天，而下面仍然是黑灰色的一片，在晨曦中反射着冷清清、蓝幽幽的光。

汽车孤独的喘息声，几天清晨的疲于奔命，还有对这辆老爷车不肯上路的担忧，此刻化成一阵长长的倦意，使我那本来很朦胧也时常泛起几朵甜蜜涟漪的心有些凉了。

我甚至责怪自己太那个了。

十年前，我曾走过这条路。

不知是什么原因，从老家跑出来已有三十多年的父亲，突然提出让我代表他回故乡看看。

父亲是偷跑出来参加解放军的，听他说老家已没什么亲人了。我爷爷、奶奶故去得早，他是一棵独苗。

父亲的心思我猜不透。母亲在为我整理行装时曾开着玩笑说："当年你爸跑得匆忙，把个没过门的俊姑娘丢在家，这回你要是见到她，代表爸爸道个歉。"

不过，母亲的话我不信。

不知是草甸草原雨多，还是二十世纪七十年代初雨多，我的那次旅行简直就像被湿漉漉、冷幽幽的秋雨泡透了。

那时的乌拉盖比现在热闹，生产建设兵团有个师部驻扎在这儿，穿着洗得发白的兵团服的男男女女们来往于镇子上，散发着一股青春的气息，好不热闹。

那天，车出乌拉盖的时候，淅淅沥沥地飘起了小雨。

秋天的旅途，最怕赶上连阴雨。那铅灰色的云层低低垂在空中不高的地方，凉飕飕的雨丝像能直接飘进人的心扉，再有湿湿的冷风一吹，让人里外一块儿冒凉气。

刚刚离家，又逢着这样一个陌生僻远的旅途，我陷入一种犹豫而怅然的情绪难以自拔。

汽车驶进草深路缓的大草原后，车厢里越来越浓地弥漫着苦艾和雨腥气味。这让我突然有些伤感和想家，而且难以自拔。

我微闭双眼，专心听着座位下旅行包里的声响——母亲特意准备了新漱口缸子和妹妹托人走后门买的中华牙膏。伴着这声响，一幅幅我再也熟悉不过的画面从脑海中飘过，那是一座温馨的土墙小院，两间房子里挤住着我的家人。

离家时，父亲亲自送我上的汽车。

母亲没敢送，她最怕孩子离开自己，虽然时间很短，但也会伤心落泪。

父亲叮嘱我："到老家多住几天，村头那条小河景色美极了，岸边有棵老榆树，树荫几乎能遮住半个河面。还有一座小木桥，很细，人走上去它就'吱吱'地喊，很吓人。"

“沙沙沙……”

我听见好像有人往车篷上撒细沙石，时轻时重，时紧时松，很有节奏。

我把目光转向窗外。

下雨了。稠密的雨丝把墨绿色的草原冲成灰蒙蒙的淡色，远远望去像块褪了色的大地毯。

突然，一种隐隐的野性十足的苍凉，通过目光涌进我的视野。那是一条大河，在迷蒙的旷野上很野气地奔腾着。河水由北向南，低垂的黑色云团似乎在鼓噪它的野气，紧紧贴着河面飞快地流动。

汽车驶上一条残破的水泥桥时，我看见几个大红字——乌拉盖河。字迹显然被人描过不久，很醒目。那几个字写得端庄秀丽，与这粗犷豪放的河形成了鲜明的对照。

“吱”的一声，汽车停了。

有人上车。

长途旅行，人们谁也不会留意这些短途上下车的人。

“到转心湖。”

这声甜脆的买票声，一下子把所有人的目光扯过去。

我看见车上出现一个挺秀气的女孩儿，她收拢了还在滴水的红雨伞，又抖了抖，就向车厢后边走来，她边走边微微抬起那只抓伞的手，脸也很自然地向那只胳膊的臂弯贴去。她是在擦脸上的雨水，那姿势很自然，也很美，仿佛每一个细微动作都能牵动人心微微一动。

雨天，草原上的自然路很滑，汽车摇摇摆摆地像个醉汉。她好像并不在乎这种颠簸摇摆，身子不时倒换着依靠两旁座椅的支撑慢慢向后走，动作很娴熟，也走得很稳。只是她背着的那只绣着“忠”字的黄书包，在肩头不停地荡来荡去。

她还差两步就走到我跟前的时候，把目光落到我旁边的空座位上。我装作并不在乎的样子低下了头。但是感觉告诉我，她的目光落到了我身上。

因为雨天，车厢过道很脏，是人们上下车时带来的泥水。我的旅行包不知什么时候滑到过道上。我伸手把它拽回来，重新塞到座位下面。就在我手还没收回来的时候，一双绿色的小雨靴出现了。雨靴很小巧，上面是挽得不高不低的军裤，在雨靴和军裤之间恰到好处地露着皮肤白皙的小腿，很细嫩，也很富有弹性。有几颗被体温烘干的小泥点贴在上面，让人看上去挺舒服，好像成为这双秀气小腿上的天然装饰。

“同志，这儿有人吗？”是那个甜甜的声音在问。

我仓皇起身，像掩盖什么难言之隐似的红着脸说：“没，没人。”

她嫣然一笑，很大方地挤过去，靠着车窗坐下。

立刻，我觉得浑身都不自在起来，每一个关节都那么僵硬，手也不知往哪儿放才好。神差鬼使中我不知怎么竟然把《手抄本》掏出来，心不在焉地翻看起来。至于我为什么非要装成看书的样子，只有上帝知道了。

座位是两个人一排的，也许那时的胖子少，很窄。虽然能勉强坐下两个人，但是我们的身体却难免不偶尔触碰在一起。

为了保持一种距离，我觉得自己的全部注意力都集中到了有可能与她接触的地方，那完全是凭借感觉划定的一条警戒线，而此刻自己靠近她身体的一侧，正不停地在这条线上摇摆。

结果，要想保持我们的身体不接触是不可能的，尽管我做了努力，可她的体温还是从紧挨我的腿那里传导过来。

“扑哧——”

她在笑。

我转向她，目光却游离到窗外。

“你是排字工人？”她问。

“不是。”

她用下颌朝我手上示意了一下说：“那，怎么倒着看书呢？”

她的话没有一点儿恶意。

我的脑袋却“嗡”地轰鸣了一声。我知道，丢丑了！

她没有再笑。

“原来是这本书。你也爱看《手抄本》？”她很惊讶地问。

我点点头，急忙把《手抄本》倒过来：“这个，你……看过？”

“是。背着我父母偷偷看过一遍，可不过瘾，总想看第二遍、第三遍。”她说。

我没想到，这个《手抄本》会传得这样远。本来是受了当时流行的“手抄本”小说的影响，自己也凑热闹写了一个，谁知叫妹妹偷偷传给了她的同学。就这样，在众多的“手抄本”中又多了一本。

滑稽的是我手写的那本传丢了，我倒也未在意。后来，要当我新娘的她，不知从哪里搞来一本，字迹不是我的，内容却是我写的。她在让我看的同时，还不以为然地质疑说：“男女之间真会像这上面写的那样缠缠绵绵、难舍难分吗？怎么咱们俩就没有呢？那一定是作者想象出来的。”

这句话，我一辈子忘不了。

我本想对那个将要做新娘的姑娘说“这是我写的”，可是最后我终于没说，怕她不能理解。

汽车轻轻颠了一下。

“那种感情，只有经历过的人才知道是真实的。”她很由衷地说。

“也许有这样经历的人不多。”我说。

“也许。可是我总觉得男女主人公的经历很亲切，读着这个《手抄本》，我感觉自己就是其中的一个人，很多事都和我若即若离地有些瓜葛，就像亲身经历过一样。”她说。

我听了心里一热，觅到知音般地看着她。

她，瓜子脸，眼睛像两颗甜甜的葡萄，与那小巧笔挺的鼻子相配，把人衬得又甜美又秀气。

我影影绰绰的感觉她很熟，好像在哪儿见过，是邂逅在什么地方，或者是在梦中？我说不清。

雨，继续不紧不慢地洒着，车窗外的景物更加虚幻了。

再往北走，就靠近兴安岭的原始森林了，车厢中又增加了一种神秘的冷峻。

车速很慢，单调的轰鸣声像一尾尾小鱼，不知不觉地游进人们的意识中，让疲惫不堪的旅客们的神经慢慢松懈下来，随着许多颗脑袋不规则地东摇西晃，不知从哪里传来一阵低低的鼾声。

“你是锡林浩特市人？”她问。

“嗯——你怎么知道？”我有些奇怪地反问。

“听口音。”她说。

“去过那儿吗？”我问。

“没有。是从一首歌上知道的那座城市。”她语气中有些遗憾。

“那是一首歌唱锡林河的歌，很美，草原上的人都会唱。”我说。

“那条河有桥吗？”她问。

“没有。”我想也没想就回答了，可话一出口才想起来，谁说没有桥？有啊，我还经常在那座小桥下玩水呐！可我不能纠正了，如果连这么简单的问题都不知道，我怕她怀疑我没说实话。

她沉默了，神色有些失望，脸转向窗外很专注地凝视着什么，好像心事重重。

窗外，雨珠儿异常活跃。它们不停地落到玻璃上，瞬间又融合在一起，成为一支支细流。透过有层哈气的车窗玻璃，外面的景色被它们割得支离破碎，模糊不清。

无意中，我们挨在一起的腿阵阵发热，显然她也感觉到了。

我想挪开，又怕她难堪。

她似乎也与我想着同一件事。最终，我们谁也没有动。

“你去哪儿？”她又开口了。

“回老家。你呢？”

“回家。在一个很小很小的湖边。”

转心湖！我想起她刚上车时说的那个地名，耳边仍然回荡着她那甜甜的带雨香味的声音。

车窗外，出现了一个骑马的牧人。他被雨淋得很惨，蒙古袍紧紧贴在身上，可是他依然上身微微前倾，目视前方，始终保持着很优雅的骑姿。

骑马的牧人逆雨而行，与我们的车交错而过。

“你还会见到这个人吗？我说的是这一生。”她突然问。

“也许不会了。这么大的草原，这么僻远的路。”我愣了片刻，想了想觉得只能这样回答。

“那个《手抄本》写的也是这样的故事，两个人在一起时谁也没在意、没珍惜，可分离后才发现他与她就这样交错而过，永不再见，留在心里的却是一道深深的再也不会愈合的伤痕。”

我虚构的那个故事，她竟记得这样清晰。

我清楚了她的经历。

“你会骑马？”我不知怎么会冒出这样一句话。

她也怔了一下，“会。还和汽车赛过。那次，汽车跑飞了一个轱辘。”她本来是要笑的，可没笑出来，出现在嘴角边的是一丝怅然的苦涩。

突然，她转过脸，冲我淡淡一笑：“瞧，尽说话打扰你，看书吧！”说完，她把身子微微侧过去转向窗外，留给我的是半个背影。

她的黄上衣是精心加工过的，很贴身，颜色已经褪得发白了。圆圆的柳肩随车身轻轻地颤动，抖出了少女丰满身影的魅力，还隐约散发出一股沁人心扉的馨香。

我的心猛然向外一撞，又被重重地拽落下来。

“喂，我背上也有‘手抄本’？”她没回头，冷不丁笑着问。

被她发现我在偷看人家，我的脸“腾”地红了。

她手指着车窗玻璃说：“从这儿能看见你的一举一动。”

我凑过去看——灰色的云团压得很低，飞快地向南堆积，把北面无际的云絮渐渐扯薄了，有的地方竟透出浅灰的蒙蒙亮色。那亮色从后车窗透进来，使靠近她的那块玻璃像一面镜子，把身后的一切尽收眼里。

她对自己的发现很满意，话中带着几分调皮和快活。

“这景色有人写过。”我说。

她睁大了双眼望着我，怔怔的。

“你，经常外出吗？”不知她怎么会说出这样一句不相干的话。

“不，这是第一次。”我说。

“孤独吗？”她问。

我点点头。

她没有问下去，刚浮现在脸上的那副调皮与快活像突遇一阵大风，转眼消失得无影无踪，渐渐的又出现了成熟女人的那种庄重，随后很像回事儿似的叹了口气，说："唉——第一次出门就遇上了雨天，还有这缺德的路！也真够可怜的。"

这话是说给我听的，这种没有任何修饰的同情，直接渗入我的全身心，让人在旅途的我有遇到知音的感觉。

其实我离开家才几天，可却像跨越了几个世纪那样漫长。孤寂的旅途上听到这样体贴入微的同情话，我真恨不得把心掏出来给她看。

"可是，可是你，你呢？"我想到了她。

"我经常这样，习惯了。不过，不一定是客车，有时是货车、拖拉机，甚至是马车，反正碰到什么车就坐什么车。"

"你？在大野甸子里与一个陌生的男人同路，你不害怕？"

"不。我听姥姥说，只有把别人想得很坏的人才会怕。"

"不过，真是出过事的。有司机趁年轻姑娘搭车时使坏心眼儿。"我认为有必要提醒她。

"那……你见过？"

"没有。"

"假如是你，假如现在这大草原上就你和我，你会吗？"她很认真地望着我，眼中却有一种令人难猜的东西，忽隐忽现。

我认真地想了一会儿，然后摇了摇头。

她听了好像有些失望，勉强地笑了笑："我知道，你不会，不会。你与那些人不一样。其实，假如，假如你……唉，算啦，说这些你不会懂。你还是个没长大的小男孩儿。"

我被她的话说糊涂了。说实话，我怕看她那忧郁的神色，想解释可又不知该怎样说。

她拢了拢散发，定定地注视着如梦似幻的雨中草原，像是在寻找和确认什么。

天依然阴得没个头儿。黏稠的秋雨缠缠绵绵，没完没了。

“你还会走这条路吗？”她收回目光转向我。

“不，再也不了。你瞧这路、这车、这雨。”我随口说。

“除了这些，难道就没有别的吗？”她说话时可能身上在发冷。

“你是不是想说那条挺壮观的河？”我问。

她失望地摇摇头。

“那——”

我终于再也想不出还有什么。

她轻轻吁出一口气，把脸扭向车窗，恢复了原来的姿势，又留给我一个散发着青春活力的侧影。

我想看，却又不敢看，但总觉得有东西在心中涌动，可又被什么压抑着。

突然，她站起身。

“师傅，请停车。”她向司机打招呼。

“你，你说什么？！”我没能适应这急骤出现的变化，再也顾不得矜持和面子了，因此话问得很生硬，甚至有些失礼。

“下车。”她这话像对我说，也像对司机。

“这，这是哪儿？”我问。

“转心湖。”她平静地说完，拎着小红雨伞站起来，在迈向过道的同时很坦然地向我伸出一只手：“小男孩儿，再见吧！”

我握住那只手，它很凉，还在微微抖动。情急之下，我不知道该说什么好，一时间嘴竟像被封住一样，脑海中也是一片空白。

她飞快地抽出手，食指不轻不重地戳了一下我的脑门，深深地叹了一口气，转身走了。

汽车停住了。

她在司机不耐烦地催促中不情愿地加快了脚步。

当我再次用眼睛找到她时，她已经下车了，站在雨中那把小红伞下，慢慢向我举起小手。她的手举得不高，手背贴着把旧军服撑得鼓鼓的丰满前胸，缓缓而无力地摆了几下，然后猛地转身跑进被雨淋透了的草原。雨幕中，一个播撒着浓郁青春气息的背影也渐渐虚化了。

我突然想起自己拿着的《手抄本》，应该送给她。她说过没看够，假如此刻我能亲手把自己写的这《手抄本》送给她，也许我的心才会得到一种宁静，可是，我失去了机会。

这时，我才觉出脑门上刚被她戳过的地方竟一下一下地跳起来，节奏像跳动的心率。

汽车低低轰了一阵油门，在泥泞中扭了几下屁股，又继续驶向茫茫草原的深处。

雨雾中，隔着她刚依偎过的车窗，我试图寻找她的身影，可是没看见，却意外地看见了一块铁皮站牌，上面的油漆早已被岁月侵蚀，但还依稀可见模模糊糊的三个字——转心湖。

抓“鬼”记

赵瑞生

梅姐曾是兵团的战士，经常讲当年兵团的故事，一次她讲了她抓“鬼”的趣事。

故事发生在梅姐初到兵团的时候。那时她才十六岁，她和另一个小女战士被分配去放羊。放牧点远离连部，只有一间土房和一顶蒙古包。她俩住土房，蒙古包里住着老额吉和一个十八九岁的小伙子。小伙子当马倌儿，不常在家。

两个女战士胸怀理想，豪情万丈。她俩唱着《草原新牧民》，迎着朝阳出牧，沐着晚霞归来，第一天当牧羊女还算顺利。

暮霭四合，万籁有声，遥远的星光照射不到大地，草原漆黑一片。这时她俩不觉害怕起来，不仅害怕传说中实实在在存在的狼，更害怕传说中虚无缥缈的鬼。她俩强装镇定安顿羊群，之后忙不迭地滚进屋里，用一根大棒子牢牢地顶住了房门。

油灯如豆，咫尺之外便是黑暗，环顾四周黑魆魆的，突然，她们看到墙上巨大的黑影如鬼魅一般，吓了一大跳，随即醒悟，那是自己的影子。她俩在恐惧中不知不觉睡着了。怀揣着一颗忐忑之心自然不会做什么美梦，梅姐被噩梦惊醒，心中惴惴。突然，尚有点儿迷糊的梅姐听到屋外不时传来“嗵嗵”的声音，放牧点白天都看不见人影，深更半夜就更不会有人了，那会是什么东西呢？难道是鬼？！一想到鬼，梅姐一个激灵，彻底清醒了。她急忙伸手去推同伴，原来同伴早已被“嗵嗵”声惊醒，正蒙着头在被窝里瑟瑟发抖呢。两个人谁也不敢出声，下意识地滚进了一个被窝里，互相搂抱着彼此壮胆儿。“嗵嗵”，声音不时传来，她俩的心也就一直吊在嗓子眼。

毕竟放羊累了一整天，年轻人觉又多，她俩在恐惧中竟然又渐渐睡熟了。不知过了多久，她俩被一片“咩咩”声吵醒。睁开眼看，天已大亮；侧耳谛听，除了“咩咩”声并无昨夜那吓人的“嗵嗵”声。太阳出来胆气壮，她俩想到昨夜的狼狈颇为自羞自责。“怕什么，天下哪里有鬼，今夜如果再出现那“嗵嗵”声，一定要出去看个究竟，说不定真能捉住个什么，比如特务。哈哈。”她俩边说边巡查，在房屋四周转了两圈，既没人影也没鬼影。就是嘛，天下本无事，庸人自扰。

然而，随着天色渐暗，她俩的胆量也在萎缩，等到草原浸入夜幕的海洋，她俩又像泄了气的皮球，强打精神安顿好羊群便三步并作两步逃回屋里，紧紧顶上门子。依然在忐忑中入睡，在噩梦中惊醒。“嗵嗵”之声依旧，她俩又在恐惧中钻入一个被窝。

接连好几天都会在夜里传来“嗵嗵”声，她俩几乎被搞得崩溃了。梅姐和同伴都意识到害怕和躲避不是办法。来到兵团这个广阔的天地，本来就是要锻炼自己的，如今几声“嗵嗵”就吓个半死，真是愧对“兵团战士”这个光荣称号。她俩决定要勇敢起来，是鬼就捉鬼，是人就捉特务。

夜晚来临，为了捉鬼，她俩和衣而卧。胆气壮了，噩梦也就不再光临。她们心中惦记着捉鬼，在半夜时分悠悠醒来，“嗵嗵”声如约而至。说一点儿也不怕，那是假的，她们还是感觉到头皮发麻。她俩互相使劲捏了捏手，彼此壮胆、鼓劲。灯是不敢点的，怕惊动了外边的鬼。她俩默诵着“下定决心，不怕牺牲，排除万难，去争取胜利”，蹑手蹑脚向门口摸去。还是太紧张了，同伴一下子碰翻了洗脸盆，“当啷”一声洗脸盆掉在地上，水洒了梅姐两脚。她俩心中一惊，不好，惊动了鬼。仔细听了一会儿，还好，“嗵嗵”声仍犹在，看来没有惊到鬼。梅姐把顶门棒紧紧握在手里，身后的同伴一手放羊鞭一手擀面杖。梅姐轻轻拉开屋门，唉，门又“吱——”的一声，声音在黑夜里显得又响又尖，直刺耳膜，她俩心中又是一惊。屏气凝神听听，似乎仍然没有惊动鬼。“嘘——”她俩长出一口气，这鬼也真够笨的，如果是特务，也是个二百五。

她俩战战兢兢地走出屋子。月牙儿如丝，刚从东山露头，微微的月光勉强勾勒出远山的轮廓。听听声音的源头，应该是在东山墙那边。她俩绕个大圈过去，远远看去，东山墙下有一个黑乎乎的影子。是鬼？看起来不大像；是人？她俩心中一紧，莫非是特务？特务肯定有枪。梅姐赶紧一拉同伴的衣服，两个人急忙卧倒。那个特务似乎也在盯着她俩。她俩心里发毛，腿肚子发抖。撤退？那不是和逃跑一个样吗，兵团战士要有压倒一切敌人而不被敌人所屈服的英雄气概！梅姐高喊：“谁？干什么的？举起手来！”声音有点儿颤抖。特务没有答话，也没有举手，倒是跺跺脚，发出了“嗵嗵”的声音。哎呀，这个狗特务的脚劲好大。同伴又急又怕，大喊：“抓，抓特务呀！”声音也是抖抖的。这个特务真够蠢的，既不掏枪又不逃跑。突然，狗特务“咴儿，咴儿——”鸣叫起来。嘿，特务果然了得，还会模仿马叫唤。

她俩的咋呼声惊动了蒙古包里的人。小伙子打着手电急急忙忙跑出来，嘴里嚷着“什么特务，在哪儿呢”，抄起套马杆奔过来。有了帮手，梅姐两个人瞬间勇气大增，站起身来大喊：“抓……”结果，特务两字给硬生生憋回去了，此刻那“特务”转了身，把侧面亮给她俩——真是一匹马。

原来额吉生病了，为了照顾额吉，小伙子每天半夜从马群赶回来，天亮之前又匆匆离去。马倌儿的坐骑随时要骑，不解鞍，不散放，就拴在东山墙边。马儿站立休息，三蹄着地一蹄虚立，四蹄轮番休息。虚立之蹄不时刨地，便发出了“嗵嗵”的声音。

梅姐她俩由抓“鬼”而抓“特务”的故事不胫而走了。

心里话的力量

陈 杰 张 华

这天阳光明媚，大街小巷热闹非凡，人们享受着改革开放以来带来的惠民好政策。

的确是这样的，人们唠嗑最爱听心里话，“良言一句暖三冬暖，恶语一句六月寒”。心里话力量大！

我在本市林管局规划处供职，属于事业编制，福利待遇说不上最好，可也绝说不上太差。我虽然只是个一般职员，但我认为，领导有领导的权力，职员有职员的职责，各干各的活，关系只要是正常化也就行了。除此之外，再没更多的想法了。而那种整天想三想四的做法，其实是无形中给自己增加心理负担，肯定不是理智之举。不忘初心，牢记使命。人活着就要为中国富强、人民幸福做点儿有意义的工作和贡献吧。

当然了，我在单位里有领导，有同事，在社会上有朋友，在家里还有亲人，而且在小区里，我还有那些邻里互助的左右的邻居们。我在人们的眼里，举止言谈虽说不上谈笑风生、左右逢源，但见人打招呼，对人挺客气，同时还能时常说上一两句小笑话什么的，也互相爱说说心里话。总的来说，我的人缘就算不错了，人们在评价我的性情时，也都说我还是挺随和从众的，说我是个实在人。我就常与这些人打交道，想听听他们各自的心里话，谈谈人生的意义等，从心里话中吸取众人的一些智慧和力量。

但实事求是地讲，说心里话，当我一个人独处时，我的内心里却又常常是很寂寞、很空虚、很失落的。这其实才是我的真实体验与本性。而我的这些真实思想，又实在是无法向外人述说的。那么我到底需要什么呢？我很需要与人进行真正意义上的交流与沟通，需要听到别人那种真诚的心里话。

思来想去，我就给自己下了定义，我顶礼膜拜走夜路，希冀畅游在思想幽深的隧道之中，盼望着与人们的灵魂发生碰撞。有的时候，窗外已然明月跃上枝头，我已躺到床上了，可我又突然想起了这些心思，于是我就又翻坐起来，冥思苦想起来。我认为，我的这些想法，对任何人都是没有任何危害的，这甚至已经成为我的一种追求，我应该是能达到我自己的目的的，我要朝着这个方面去努力。但愿如此，我要继续寻找下去……

先说在单位里吧，我与贾社弟一连对桌工作了整整七年，这时间已不算太短了，我们算不上密友，但关系相处得也绝对是不错的了。上班见面了，点点头；下班分手时，再点点头。但工作期间，多数时候，我们只是说着那些枯燥得不能再枯燥的工作内容了。我猜想，他一定也应该有许多心里话是要对我说的。可是他从来不对我说，我自然也就是全然不知道的了，这的确是个很遗憾的事情。譬如他和他老婆离婚了，按说，他是有一肚子心里话需要倾诉的，他也应该对我讲一讲他们之间的某些过节之类。但一经涉及这一话题时，他只是说一句："呃，过不到一块儿，就散了呗。"他一语中的，一句话就将事情给扎住了，全砸得死死的了，再不容别人置喙。

我俩还曾一起出过差。我们一块乘飞机、乘轮船、乘火车；一块住旅店、吃餐馆；又一块去办理应办的公务。我们之间已经说了不少的话，尤其贾社弟说到兴奋处时，还将他曾经去洗浴中心按摩或足疗的事也都对我说了。他对我不可为不真诚。可是我静下心来细想想，他没有哪句话能给我留下较深的印象，这不全是一堆废话吗？我有时真是为此而苦恼。

另外，我还和我们科室里的徐尼铭一起下乡支过农。我们一连在乡下工作了半年多。我们同吃同住同工作，可我们每日里所说的内容，也就是那些吃喝拉撒上的事情，此外，也再就没有别的什么可说的了。我只是记得，他曾对我说过，他对他现有的工作并不是太满意，他想如果能找准机会，就要去下海经商，他有意要去抓大钱。但我却觉得，他对我说的这些话，有什么意思呢？又有什么用呢？对于他所说的这些，我听了之后，真的是并不怎么感兴趣。

还有偶尔之时，我正在办公室里办公，竟然渐渐地就停下笔来，望着那空中的炎炎烈日以及那荡荡白云，就心思不属了，就又想到了我的心事……也就是说，我还是总想听听别人的、我又感兴趣的心里话，却总也听不到。这分明对我已经是一种折磨了，呃，原来人类的缺憾，竟然还有这么许多，以前的确不晓得哟。后来有一次，我实在是百无聊赖，坐立不宁了，就打开了其他科室的门，走了进去，很想听听他们都在说些什么。

其实我们之间都是相识的。我愣怔了好一阵子，还是听不到我想听到的内容，我就不想再在这里坐下去了，再坐下去也毫无意义。因为他们说的就是这些话，这依然是我不感兴趣的。

是的，我当然也知道，祸与福是在时间的缝隙中行走的，每一瞬间都在不停地交换着位置，人们的期望总是美好的，我自然也不例外。可不是嘛，在单位里，我的设想没有能奏效，那么我得另外去想辙，后来我就又把心思用到大街上去了。

我开始观察起大街上的人来，那一回，正好对面有两个三十岁左右的少妇在说谈着。两个人都光腿穿着裙子，裙子一条是白色，另一条是蓝色。穿白色裙子的人烫了发，而穿蓝色裙子的人梳短发。我就走过去了，假装向远处张望着，实则在侧耳听她们都在说些什么。我分明听到了她们的如下对话。

那烫头的先说："哟，你看，这鸡蛋又涨价了。"

短发的当即回说："谁说不是呢，猪肉也涨了呦！"

烫发的又说："呃，这物价就一门涨，真是烦死人了。"

短发的再说："咱也只能是这么对付着维持啵。"

烫发的又说："不过随着物价上涨，国家也大幅度为干部职工提升了工资水平啊！日子一天比一天好啊！"

短发的回答："是啊，是啊！这几年，人民生活水平总体上看是大幅度提高了，体现了社会主义的优越性。”

“你爸的病好点儿了不？”

那短发的再回说：“现在有了医保，还能网上会诊，小病不出社区，大病网上专家会诊，老父亲越活越健康，越活越年轻啊！”

然后，她们就都走了，走得干干净净的。大街上的人越来越多，车也多起来了，间或还有遛狗的、闲逛的、吵架的……我不得不离开了。

此后，一年三百六十五天里，天气有时下雪，有时下雨，有时刮风，有时落霜，我一切都照常如故。而在这一期间里，我有我的喜怒哀乐，可我的心里还在盘算着，还是念念不忘我的那些想法……于大街上也没有得到收获，后来我就又上了公交车，看看这里的情况咋样。那一次，我正在公交车里寻觅着，很快就上来俩老头，一胖一瘦，年龄皆在六十开外。那瘦老头先说：“真的，你呀，一点儿都没变，还是原来的样子。”胖老头就说：“得了吧，你可真会说话，咋没变呢，都老成啥样子了！”瘦老头又说：“咦，不，不，不，瞅着还是那么精神的么……嗳，这回过节，你家孩子都回来了吗？”那胖老头再回说：“嗔，哪呀，都说忙，就我他妈的闲着，一个都没回来。”瘦老头就又说：“得，和我家一个样。现在的这些个小犊子啊，就他妈的知道顾自个儿，太不像话了！”胖老头又说：“哦，早知道这样，当初就不该要孩子。”瘦老头又说老哥，谁让咱们年轻时没出息了，非要找娘们儿不可哩！“胖老头只是望望那瘦老头，再没吱声。随后，他们也就都不再说话了。车子飞一样地继续前行着，乘客们脸上毫无表情，身子皆在不停地晃荡着。

情节进展到这里，我又猛地记起了一件事。我听说，有个别人家，亲兄弟姐妹之间，长年都不通个电话。有的都死去好几年了，自己还不知道哩，是后来听别人说了自己才知道。这当然只是个别现象。那么，他们内心里的情感，不感到憋得慌吗？他们听到自己的亲人都死了，自己居然还不知道，他们的心中又该做何感想？而我于是又接着想到，我们作为人类不应该冷漠，应该经常问候一下，人类应该是很伟大的，之所以伟大，是因为它有语言、有情感，可以交流。倘若不能较好地沟通与交流，那它与地球上的其他生物又有什么区别？人间自有真情在，却又是冷暖自知。

的确是这样的，尽管我没有“搜刮”到我所希望得到的信息，但我的正常生活还是得照样进行下去的。当然了，我的任务没有完成，我这心里总是在惦记着。没过多久，我去看望我妈了。我妈和我都住在这座城市里，乘坐公交车，也就是三四站的距离。我去看望我妈的那一天，正巧赶上乡下我三姨也来串门了，我就想趁机听听她们都在说些什么。

我三姨刚一坐稳，我妈就问上了，“现在农村干部关注老百姓的疾苦吗？”

我三姨马上回说：“党的十八大和党的十九大以来的方针政策如阳光雨露铺展大地，国家发展日新月异，人民生活水平不断改善。美丽乡村建设正有序开展着，农牧区也发生了显著变化。农村普遍走上了脱贫致富之路，国家新出台了生育二胎的政策，再不用偷摸生二胎了。党和政府的惠民工程使村容村貌大变样了。”

我三姨又说：“咱们老百姓的日子越过越红火啊！”

我妈说：“真是芝麻开花节节高啊！”

我们就这样坐着。不知不觉间，我妈和我三姨关于这一谈话主题，已经进行了一个多钟头了，而且仍然没有刹车的迹象。

可不是么，生活本身就是具备诗意的，但我企图追求更加诗意的生活，这就是我之天性。我便又试探着不断追求人生的意义。我仔细琢磨起来。我只好又将目光投回到自己的小家里来，那么在我家里的情况，又是怎样的呢？我用心地回忆起我与妻子共同生活的前前后后。我与妻子已经结婚十一年了，我们的感情还算是挺不错的。妻子贤惠貌美，我们住着宽敞明朗的楼房，楼上楼下，电灯电话，还有互联网、高科技产品等，过上了现代化新生活。夫妇尊老爱幼，家风美名扬。今年，我们家被评为内蒙古自治区“草原儿女赞，最美家庭”荣誉称号，展现了社会主义核心价值观在普通居民中的生动实践，在社会各界传为美谈。

红日高照，美景无限。男男女女围在路口大槐树下，远望这整齐美观的红墙绿瓦，一排排整洁的小康新居，社会主义美丽乡村建设工程为广大农牧民带来了福音。

西天边的彩霞映照着居民们的一张张笑脸。村口大槐树下，居民们相互述说着幸福生活新变化！他们是那样真诚，有着喜闻乐见的心里话啊！

“两个一百年的美好中国梦一定能如期实现！”心里话鼓舞人心力量大！好日子长着呢！

报告文学

佛前那朵莲

——纪念我的母亲

原 野

我是佛前的一朵莲花，在五百年前。

日日陪伴在佛祖身边，听佛祖讲人世沉浮，苦海无边。

并试着提高自身的修为，让自己宠辱不惊，心如止水。

就这样过了一世又一世，低头望尘寰，多了许多浮浮沉沉的离合悲欢。

我仍是佛前洁白的莲，亭亭净植，不忧也不惧，无悲也不喜。

佛曰：缘心如水，方为上心。

莲欣然。

——席慕蓉

一

二〇一九年农历正月十九，北国边疆小镇——内蒙古乌拉盖仍处在冰天雪地之中。

远处不时响起稀稀拉拉的鞭炮声，人们洋溢在新年的喜悦中。

早晨8点，明亮的阳光透过窗子，照在客厅的茶几上，屋子里暖意融融。

我像往常一样，晨练过后，坐在餐桌前，品尝老伴端上来的丰盛的早茶，边吃边和老伴拉着家常。

突然，一阵急促的手机铃声打破了这祥和的气氛，是居住在内蒙古乌海市的弟弟打来的电话，告知与他一起生活的母亲在半个小时前已安详地去世了。

我和老伴不胜悲痛，眼泪顿时夺眶而出。我强忍悲痛，通知在160多公里外的女儿、女婿来会合，之后一家人火速乘车赶往离乌拉盖将近700公里的内蒙古锡林郭勒盟太仆寺旗宝昌镇，为返回宝昌镇的母亲安排后事。

乌海的兄弟姊妹、孙子、外孙等扶着老人家的灵柩，千里迢迢地驱车赶来。远在河北张家口市赤城县的舅舅、舅母和外甥，张北的几个外甥、外甥女以及远在秦皇岛的我84岁高龄的二叔，得到了母亲不幸去世的消息后，都悲痛地掉下了眼泪。二叔、二婶由于年事已高，行动不便，便委派他们的儿子，也就是我的叔伯弟弟叶振峰作为代表前来吊唁。我们这些亲人们，齐聚在宝昌镇万安小区六弟住的楼前大院里，在母亲的灵柩前，为母亲送行。

母亲的原籍是河北张家口市赤城县。她18岁时就从北京市朝阳区随姥爷迁徙来了宝昌镇，在此与父亲相识并成家立业，整整生活了50多年。母亲已把这里当作了她的第二故乡，对这片神奇的土地情有独钟。

享年89岁高龄的慈祥的母亲，生前向善，送人玫瑰，手有余香。她深受佛教文化的影响，一心敬佛礼佛，平素吃斋念佛，非常虔诚。她乐善好施，助人为乐，深得邻里四方的爱戴与尊敬。

我们在追忆母亲时，感到她从小就与佛教有缘。她的乳名是金蝉子，大名为爱莲。这与她喜欢的菩萨的那朵纯美纯净的莲花一样纯美，香飘万里。

我们在为她老人家送行时，祝福她老人家一路平安，走好！衷心祝福笃信佛教，虔诚的母亲——杨爱莲居士在“西方三圣”的接引下，顺利往生西天极乐世界，实现她生前的夙愿。我们祝福杨爱莲居士的在天之灵永远安详、快乐！

二

料理完了母亲的后事，坐下来，我的眼前都是母亲的影子以及关乎她一心向善的点点滴滴。

我的父亲叶树坡、三叔，均毕业于张北师范学校，二叔、三叔在父亲的引荐下先后参加了工作。父亲于1950毕业后，当了几年教师。二叔叶树森勤快、稳重、孝顺，12岁时放学后便主动帮爷爷经商记账，深得爷爷、奶奶的喜爱。20世纪60年代初，二叔到了锡林郭勒盟食品公司工作，后调入乌拉盖地区工作，从事财务工作，是远近闻名的精通业务的“铁算盘”。他先后在哈拉盖图农牧场、贺斯格乌拉牧场担任计划劳资财务科科长、乌拉盖管理区审计局局长等职务。身材高大的二叔，一表人才，心地善良、作风正派，在当地受到社会各界人士的一致好评。三叔叶树栋毕业后，在乌盟化德县从事教育工作，担任过学校校长等正科级职务。三叔的大儿子叶振卫，在内蒙古部队某部工作，在20世纪90年代初就是正团级干部了。

我们全家10口人，尤其在20世纪五六十年代和20世纪七八十年代的艰苦岁月里，母亲用她柔弱的肩膀硬是凭着惊人的毅力，刻苦耐劳、勤俭持家、艰苦奋斗的精神，使叶氏家族这棵大树枝繁叶茂，长成参天大树，她功不可没，有口皆碑。当时，20世纪50年代末至60年代初，受“大跃进”和三年自然灾害的严重影响，8个子女又陆续上学，孩子多，收入少，家庭入不敷出，我们一度几乎是过着吃糠咽菜的艰苦生活。多亏母亲勤劳肯干，支撑起全家，再有二叔、二婶经济上的热情资助，我们这些儿女们才能够度过那个缺吃少穿的艰苦岁月，成长起来。

母亲和父亲于1950年有缘成家立业。当时，父亲17岁，母亲20岁，风华正茂。母亲比父亲大三岁，在婚后生活中处处体贴、处处谦让着父亲，经常为父亲“开小灶”，这样也娇惯出了父亲的任性，形成了脾气暴躁的性格，导致父亲稍不如意、心不顺，就对母亲撒气，母亲成了他的出气筒。对于母亲的“逆来顺受”，我们都不理解，但母亲说“一家人，让一让、忍一忍就过去了，家和万事兴”。这对我们影响很深。当我们自己成家立业后，“忍一忍、让一让，家和万事兴”就成为处理家庭矛盾的法宝。

母亲善良、朴实、勤快、厚道。在成家后的五六年里，她相夫教子，全心全意地伺候公婆、我父亲以及几个小叔子，还要做全家7口人的饭、洗衣服、打扫家等，十分辛苦。每天，天不亮母亲就起床开始为公公、婆婆烧好洗脸水。每顿饭还要提前询问婆婆喜欢吃啥饭菜，再按照她的吩咐尽心尽力地去做好每一顿饭。做好饭后，母亲和颜悦色、毕恭毕敬地伺候公婆及丈夫吃饭。日复一日，年复一年。

母亲生前曾经说过，爷爷和二叔对她的辛劳付出很认可，他们也会对母亲说几句暖心窝的话。二叔还主动抽时间做一些家务活，以分担母亲的负担。母亲因此感到很开心，说自己吃点儿苦、受点儿累不算啥，没有过不去的山，也没有过不去的河。

姥姥在母亲16岁时就已去世，当时我二姨12岁，三姨8岁，舅舅4岁。1948年9月，母亲18岁时，由于战乱，当时在北京市居住房租太贵，姥爷杨正清便带着母亲、二姨、三姨和舅舅举家从北京市朝阳区迁徙到塞外草原宝昌镇安家落户。不久，1949年1月初，北京和平解放，姥爷一家再想回北京时，因难以再恢复北京户籍，回不去了，宝昌镇就成了母亲他们的第二故乡。姥爷出外挣钱，养家糊口，照顾弟妹和家庭生活的重担就自然地落在了母亲稚嫩的肩上。

特别遗憾的是，新中国成立前因河北赤城县教育非常落后，学校离家太偏远，交通不便，所以母亲没有上过学，大字不识一个。这使她有时在遇到一些问题时，只知道凡事要讲与人为善、忍让，从不知道对待不公要去抗争，也就吃了很多的哑巴亏。但母亲坚信吃亏是福，她说：“都是一家人，争什么争？”母亲的坚强，使她始终自己默默地坚持和承受着一切艰难困苦，勇于吃苦在先，享受在后，也才有了晚年一心向佛、在安详中驾鹤西游的福气。

提起母亲和父亲的缘分，还有一段动人的故事。这故事是刻骨铭心的。他们婚后，两个人的生活一波三折，甜咸苦辣酸，五味俱全，难以用语言来描述。古人云：“是因缘棒槌也打不开。”父母亲的婚姻正应了这句老话——有缘千里来相会，无缘对面不相逢。

1950年春季的一天早晨，阳光明媚，天空湛蓝湛蓝的，远处飘来片片美丽的彩云，杨柳刚发出新芽，几只喜鹊在一棵大树枝上“叽叽喳喳”地叫着。

姥爷领着母亲迎着阳光来到宝昌太平街一家坐北朝南临街的名号叫长一龙的商铺买东西。这家铺子正是我未来的爷爷开的。母亲那时刚刚20岁，看上去如同出水芙蓉一样，亭亭玉立。女主人，也就是我未来的奶奶祖母梁金花热情地招呼着他们爷俩，询问他们要买什么。奶奶穿着一身漂亮的蓝旗袍，风姿绰约，别有一番风韵，一双明亮的大眼睛透着生意人的精明强干。当时，母亲年轻力壮，一条乌黑的又粗又长的大辫子托在身后。奶奶不时地上下打量着眼前这位年轻的姑娘，觉得她虽然貌不惊人，但面相朴实善良，顿时眼睛一亮，一眼就相中了。随后便托熟人四处打听，详细了解我姥爷家的情况，不久便托宝昌郊区西山坡村的名人田生贵到姥爷家登门提亲。因田老头平时为人热情、善良，口碑较好，和我爷爷、我姥爷平时都常来常往，彼此之间见面时无话不聊，是彼此互相信任的好朋友。我爷爷、奶奶托他登门提亲，就是冲着他两家都能搭上桥、说上话。

这天，风和日丽，老田头哼着小曲儿，面带微笑地来到姥爷家提亲。他说希望叶家和杨家两家结为百年的秦晋之好。当时，姥爷心有顾虑，自己的姑娘善良老实，又是口里人，怕嫁给了口外叶家，人地两生的，以后受气受罪咋办？这时，老田头拍着胸脯，对母亲说：“姑娘你二爷爷我可以为你担保，你将来嫁给叶家大户，如果叶家人敢欺负你，我给你做主！到时候，你要是受了委屈，可以来找我，你可以用你的脚板子打你二爷爷老田头的嘴巴！”母亲听完，脸通红地走开了。姥爷说需要和家里人商量商量再说。老田头满意地跑到爷爷家报喜邀功去了。爷爷、奶奶自然是好酒好菜地热情招待了老田头好几次。好饭不怕晚。后来，在老田头三番五次热情地撮合下，天下有情人终于成了眷属。

1950年春季的一天早晨，一轮红日升起在东方，阳光普照，大地生辉。正是玫瑰花开得火红耀眼的时候，微风送来阵阵清香。在这天，母亲出嫁了。迎亲的队伍浩浩荡荡，母亲坐上了喜庆的花轿，童男童女等人员紧跟在新郎的高头大马和新娘的花轿后面，良辰美景，才子佳人，花好月圆的美好时刻，鞭炮齐鸣，锣鼓喧天，喜气洋洋，热闹非凡。

俗话说：“女大三，抱金砖。”婚后几年里，父母相安无事，很是幸福。

听爷爷说，在1947年冬季的一天，爷爷要回久别的河北沧县老家去看望太祖母，顺便采购些红枣、小米、大米、榛子、核桃等沧县特产和布匹之类的新鲜货物。爷爷带着13岁的父亲把几千块钱货款用一块布子包好，缝在父亲棉裤右面的小腿肚子内侧，以防丢失。火车在张家口火车站向北京方向启动半小时左右，巡警巡查时发现父亲穿的棉裤的右面小腿肚子鼓鼓囊囊的，便产生了怀疑说："把腿上的绷带解开看看。"这时，爷爷的心一下子就提到了嗓子眼，十分紧张和担心。父亲却机智地在原地转了一个圈，巧妙地把他左面小腿肚子裤腿的绷带打开了，父亲又解释说数九寒天棉裤厚，巡警一看啥也没有，悻悻地走开了。爷爷吓出了一身冷汗，这几千块钱是他们起早贪黑做小买卖，好几年的心血啊！好在苍天有眼，由于父亲的机灵，躲过一劫。爷爷30多岁得子。父亲叶树坡是老大，爷爷、奶奶从小就溺爱他，娇生惯养，唯我独尊，由着父亲的性子来，从不不严格管教他。这件事后，爷爷、奶奶对他更加娇惯，认为父亲聪明，也形成了父亲长大后目中无人的坏习惯。父亲觉得自己有文化，才高八斗。因20世纪50年代初年刚解放，新中国的社会主义建设热火朝天，各行各业都需要有文化的年轻人。那时父亲才20岁，身材高大，一表人才，又有文化，精明强干。当时，父亲在人们的赞许和恭维下，有点儿飘飘然，骄傲自满和自以为是的火爆性格不时流露出来。

随着岁月的流逝，日子不像老田头当时预言的那样美好，特别是父亲的坏脾气，更使母亲逐步尝到了日常生活中的甜酸苦辣。1954年夏天的一天上午，当时在北京工作的母亲的亲二姑，我的二姑姥姥杨桂兰，坐火车专程从北京去张家口看望母亲和父亲。那时她30岁，年轻漂亮，身材高挑，一双美丽动人的杏核眼，非常迷人。因有文化而显得更加气质不凡，能说会道。她和蔼可亲地叮嘱父亲对我母亲好点儿，好好过日子。父亲点头答应着。两天后她就回北京市上班去了。

渐渐的，在父母亲漫长的磨合中，苦尽甘来，母亲最终赢得了脾气粗暴的父亲的理解与关爱。淳朴善良的母亲用质朴的语言对我们说："你们的父亲不仅身材高大，浓眉大眼，一表人才，而且有文化。他就是我手中的一只风筝，我只有把握好风筝线的松紧度，才能够使他安稳地飞翔。她以自己经年累月的付出，犹如长江大河中流出的涓涓溪流，滋养着我们这个家。

1954年的春天，阳光明媚。父亲也慢慢地改变了坏脾气。因工作能力强，能写会算，他离开了教书育人的工作岗位，被上级领导调到察哈尔盟贸易公司担任秘书科副科长。他文笔好，经常在《内蒙古日报》《张家口日报》《察哈尔盟日报》《锡林郭勒日报》等报纸上发表文学作品、新闻消息以及各种时政评论等，小有名气。

生命给予人最不动声色的礼物，便是以柔克刚的温柔。母亲以“绕指柔”，改变了父亲暴戾的性格，也实现了家和万事兴的愿望。

三

爷爷叶长忠是河北沧县大官厅乡东留肖村人。曾祖母刘瑞芬说，叶家祖上在明朝中叶时曾在朝廷上做过大官。爷爷是一位在年轻时就走南闯北，饱经风霜、艰苦奋斗、勤劳创业的人。

1928年春，爷爷从河北沧县逃荒到察哈尔盟太旗宝源县（现在的锡林郭勒盟太旗宝昌镇）谋生。爷爷年轻力壮，一路走村串户地挑担卖画做点儿小买卖，经常是起早贪黑，饥寒交迫。但他非常有志气，能吃苦，有头脑，走南闯北地奋斗了十多年后，积攒了些本钱。苍天不负有心人，1932年，爷爷在宝昌镇太平东街开了一个3间土房的杂货店，在解放大街17号还有2间门面商铺房。共5间商铺房。爷爷的店名叫长一龙。这些店铺基本解决了一家人的温饱，但爷爷还继续向小康的生活水平奋斗。

1933年春天，爷爷和河北张家口宣化的梁金花结识后成家。奶奶很有大家闺秀的风范，长得俊俏富态，一双大眼睛一闪一闪的，被人称为“有福之人”的容貌。奶奶先后为爷爷生了4个儿子，前3个儿子，新中国成立以来，都成长为精明强干的科局级国家干部，唯独四叔一生下来智障，因而失去了机会。

爷爷还会武功。1946年秋季，当时华北地区还没有解放，土匪横行。有一天晚上，爷爷和河北沧县的2个老乡用牛车拉着山货走在崎岖的山路上。当他们走到一片树林时，一声口哨声响过后，突然从树林里冲出3个蒙面大汉，手里拿着大刀，让爷爷等人留下买路钱。爷爷机智冷静地说：“我是老板，你们先放货车过了这个山冈，我马上给你们掏钱。”三个大汉看有爷爷做人质，又肯掏钱，就挥手放货车和另外的2人过了这前不着村、后不着店的山冈。当3个大汉和爷爷要买路钱时，爷爷举着右手掌说："你们问问我的这铁砂掌答应不答应。"随即，以迅雷不及掩耳之势，像抓小鸡一样，抓起其中一个蒙面的大个子的衣领，顺手就把他扔到几米外的路边的草丛里，又飞起一脚踢掉了另一个蒙面大汉手中的刀。爷爷越战越勇，又一跃而起，踢翻了第三个截路贼，一身正气地吼道："还不逃命，我这铁砂掌一出，定让你们粉身碎骨！"

3人一看不是爷爷的对手，歪歪斜斜地站了起来，互相搀扶着，惊恐地落荒而逃。

1949年，察哈尔盟太旗宝昌草原解放了，爷爷、奶奶一家迎来了当家做主的新生活，日子越过越红火了！

1958年，爷爷的5间街面商铺房被太旗人民政府公私合营了，给了一份公私合营的产权证书，房屋产权归爷爷叶长忠所有。是年10月，爷爷被政府安排到宝昌运输社赶牛车，靠拉货维持生活。公私合营一开始，国家还每年每月给点儿房屋租赁费，1966年"文化大革命"期间停发至今。后来太旗商业总店租赁该商铺房做买卖，再后来商业总店把爷爷的5间房子拆除，在原址上盖起了砖房商铺房，仍旧经商至今，产权却不属于爷爷的后人，也没有了5间商铺房的任何补贴。

1959年大年初一，奶奶不幸去世。这期间，爷爷和傻叔叶树元近6年的生活费，基本上由非常孝顺爷爷的在乌拉盖胡硕庙储备繁殖牧场工作的二叔叶树森、二婶张秀兰每个月准时邮寄的15元，以维持生活。直到1964年5月份，爷爷过世后，因傻叔生活不能自理，二叔和三叔商量后说："只好交给吃苦耐劳的大嫂来伺候傻叔的饮食起居生活了。"母亲点头答应了，伺候了2年多后傻叔也去世了。左邻右舍说傻叔解脱了，但母亲感到很难过，因为傻叔才只有27岁。

四

疾风知劲草，烈火识真金。母亲风里来雨里去，任劳任怨地承担起维持全家的生活重担。

父亲患病期间，母亲独自挑起了养育几个孩子的全部生活重担。她去打短工，冒着严寒酷暑去山上打石头，去轧麻厂轧麻，到郊区割草，去蔬菜场种菜。她也做过伺候疯子、当保姆、去医院托儿所当阿姨等工作。这期间，母亲受尽了人家的白眼，尝尽了辛酸。但母亲意志坚强，有着钢铁一般的毅力，为了全家人的生计，她无怨无悔。她就像是女强人，在宝昌被传为佳话。

1959年夏天的一天晚上，伸手不见五指。母亲拿着一把镰刀和一根手指头粗的6米左右长的麻绳，和村民结伴到离家几公里远的宝昌郊区农村的地垄上去割青草。因白天有看田的，不让城里人割草，母亲只能在天黑下来后偷偷摸摸地去割，好养家糊口。这天后半夜，母亲提心吊胆地背着一捆30多公斤的草，艰难地行走在农村的山道上，露水把母亲的裤腿都打湿了。母亲把割的新鲜绿草背到养马、养牛的地方去卖。

第一次，卖草卖了2元钱，母亲脸上露出灿烂的微笑。接着又是第二次、第三次……

有一天快天亮时，母亲心情沉闷地空手回来了，说是让看田的农民把一捆割好的草连同镰、背草的绳子全部都没收了。母亲一连跑到乡下3次，和那位农民说好话，告诉他我们家境的艰难，得到他的同情后，母亲才把镰刀和绳子要了回来，并口头保证以后再也不来宝昌南马家营子附近割草了。

过了几天，家里几乎断粮了，母亲不得不硬着头皮去宝昌北面快到后房子的乡村附近割草。这天正当后半夜，突然电闪雷鸣，下起了瓢泼大雨。母亲正背着一捆30多公斤的新鲜草，在道路泥泞湿滑的大雨天中，艰难地一步一步地行走。母亲不知滑倒了多少次，用尽了全身的力气才勉强爬了起来，继续在旷野里冒着大雨背着山一样沉重的草，艰难地一步一步地行走。母亲全身早已是沾满了泥水。天亮时，母亲才好不容易背着这捆草走进了宝昌房产所的马棚。浓眉大眼、50多岁赶马车的孙马倌刚起床，他心地善良，富有同情心，看到母亲的情形，马上说："你真不容易呀！真能吃苦！比男人还能干！你以后割的草不管好天雨天、刮风下雨，我全收！"随后，老孙头过了秤，掏出一张崭新的2元钱递给了母亲。母亲道谢后，火速赶到宝昌粮食店买了10斤莜面、5斤白面（当时莜面5分钱一斤、白面9分钱一斤），又一次解决了家里无隔夜粮的危机。母亲说："天无绝人之路。"真是苦了我的母亲！

1959年冬季，母亲为了生计又来到宝昌钨砂厂四处露天的工棚里砸石头，大块大块的石头都要人工砸成鸡蛋大小的样子，人们将沉重的数公斤重的大铁锤，高高举过头顶后，再用力地砸在大石头上，反反复复地砸着那些青石头。砸一立方石头才挣1.5元，每人每天最多只能砸0.5立方的石头，也就是每天每人只能挣七八毛钱。

数九寒天，母亲和那些砸石头的人一道，坐在露天的四处透风的工棚里，手脚都冻僵了，手上裂出鲜红的大口子，坚强的母亲用白胶布粘住冻伤的血口子，继续干！冬天天短，天黑得早，每人每天最多干六七个小时。为了能够多挣钱，母亲拼命地多干，中午都顾不上回家，吃着自备的冰冷的干粮，喝一口带冰碴的水后继续干。她把自己当成了一个"铁人"。

草原的数九天是冰冻三尺。当年，我家住在宝昌镇人民街3道巷8号，在东把边的一间四面透风的土坯房里。窗户上糊着麻纸，光线昏暗。里屋里东墙的墙面上挂满了2寸左右厚的霜雪，家里冷得像一座冰窖。由于我们买不起块煤取暖，只能在做饭时烧一把柴火和煤面子，一家人在稍微暖和的炕上取暖，睡觉时全身蜷成一团，嘴里吐着白色的冰冷的哈气，眉毛上也挂着白霜，手脚都冻裂了，半夜常常被冻醒。那时真是饥寒交迫、一言难尽啊。

母亲白天外出去干活，就将最小的2岁的弟弟用一床棉被围在炕头上。父亲卧病在床，弟弟得不到精心地照顾，在连冻带饿下，弟弟生病了，不省人事。得到信儿后，母亲慌忙向干活的工地上请了假，凑了7元钱，火速抱着弟弟去医院治疗。医生诊断后说："来得晚了，赶快回家准备后事吧。"母亲慌忙把这个2岁的孩子抱到宝昌照相馆，抱着他拍了弟弟人生中最后的一张照片，作为这个孩子来到这个世界上的最后纪念。以后，每逢清明节，母亲都要去宝昌西山坡弟弟的坟前祭奠。

又是一个清明节来临，母亲又来祭奠弟弟。然而，母亲却发现，这个离世的弟弟的墓地不见了。母亲在原墓地的平地上撕心裂肺地哭了半个时辰。这时，路过了几个行人，母亲向他们打听这个孩子的墓地咋不见了。有一个行人指着菜地最南端的一口枯井说："去年秋天，宝昌一中的种菜人员来收土豆时，由于小棺材因风吹雨淋裸露了出来，有4个人抬着小棺材扔到离墓地几米远的一口枯井里面了。母亲慌忙来到枯井面前看时，发现这口枯井早已经被填平了。

母亲无奈地又大哭了一阵，擦干了眼泪，离开了这令人伤心的地方。

上小学期间，我们兄弟3人每学期每人2元的学费，国家予以免费，每人每个学期只交0.5元的喝开水费。家贫出贵子，逆境出人才。我上小学时，每学期十多门课程，期末考试都是5分，只有音乐是4分，每学期的家长通知书，都是甲等评语。当时老师们都说我是清华、北大的苗子。不幸的是，我赶上了“文化大革命”，国家暂停了高考，我的大学梦也因此破灭了。

五

1960年，正是三年自然灾害期间，粮食不够吃。这时人们普遍都在吃野菜、树皮等充饥的年代。我们家也是靠母亲去附近野地里挖点儿野菜，掺上玉米面、莜面、麸皮，做成野菜团子篜熟了充饥。据说这年春天，一个农村妇女领着7岁的儿子，去一道山坡的野地里挖野菜，女人只顾着挖野菜，小男孩不知不觉地离开了妈妈，在稍远的地方玩耍，突然，不知道从哪里窜出一匹饿狼，张着血盆大嘴向小男孩扑了过去。这位妇女因手无寸铁，连哭带喊地大喊“救命……”。可是，周边又哪儿有人呢，这位妇女眼睁睁地看着孩子被野狼掏了，真是惨不忍睹。

由于长年累月地吃麸皮做的馍馍，我们经常便秘，排便不畅。这年冬天，宝昌镇房产所的管理员孙勤俭来我家收房费，一推门，一股寒气向他袭来，看到我们家寒冷如冰窖，又看到我们3个孩子便秘，憋得满炕打滚，还痛苦地呻吟时，他表情沉重地掏出1元钱，对母亲说：“大嫂，你别嫌少，赶快给孩子们买点儿治便秘的药吃吧。”当时的1元钱，那是真的值钱啊。

随后，他肥胖的身子骑着自行车迎着风雪离去，从此，他再也没来登门收取过母亲家的房费。母亲说：“真是遇到了好人呀！”

舅舅杨富代表我姥爷等亲人，先后两次从河北赤城县来宝昌看望母亲和我们。记得，舅舅每次来我家的第二天，母亲都要把养的一只正在下蛋的老母鸡杀掉，炖了招待舅舅。舅舅深知鸡对于我们这个家庭的重要性，“鸡屁股是银行”，杀了它，“银行”就“倒闭”了。母亲则笑着对舅舅说：“这只母鸡打鸣，不吉利。”

1961年5月的一天，我二姨抱着刚满1周岁的孩子玉东，从河北赤城县到我们家看望母亲。二姨来时，父亲正卧病在床，母亲起早贪黑地为宝昌人民银行的刘行长一家4口人当保姆。每天从早到晚给刘行长一家洗衣做饭，还要伺候行长的疯老婆。当晚，二姨看见我妈天黑时才满头大汗地下班回家，倍感心酸。当二姨得知母亲现在的艰难处境时，又不由自主地流下了眼泪。二姨和母亲驱使住了十多天后，要回河北张家口赤城县了。临别时，二姨为了减轻母亲的生活负担，非要把我带回赤城县上学。当时，我才虚9岁。起初，母亲不同意，但架不住二姨苦口婆心地对母亲做了几个晚上的工作，最后，母亲勉强同意了。

去二姨家上学的情景我记忆犹新。两天的路程，第一天下午住在张家口市的古胡庙街，在姥爷的同族好友杨怀家住了一晚上。第二天，这位老人的女婿热情地开着解放牌汽车，送我们到张家口市的汽车站。我们下午4点左右到了母亲的故乡——河北赤城县。二姨领着我见了我年迈的姥爷和年轻力壮的舅舅、舅母等。长辈们经常请我吃年糕和特色饭菜，使我大饱口福。

母亲的故乡山清水秀，人杰地灵。赤城县县城四周环绕着绿水青山，县城的城墙雄伟高大。二姨家住县城的西大街，姥爷、舅舅、舅母共同住在县城北面的松林村大队。松林村也叫松树梁，松树梁的东面山坡上风景优美，几棵几人都环抱不住的参天红松耸入云霄，遮天蔽日，蔚为壮观。城西南7.5公里处有著名的风景区“塞外第一泉”——赤城县温泉。清朝康熙皇帝和他的母亲皇太后曾来这里沐浴50多天，并在这里立碑刻字“洗心”。至今，碑文尚在，“洗心”二字格外醒目，成为吸引大批游客前来观光旅游、沐浴治病的旅游胜地。

在二姨的安排下，我拿着转学证，在赤城县城关小学就读小学二年级。期末考试后，我的成绩名列全班40多个同学的前三名，得到了班主任李老师多次口头表扬。20多年后，这位和蔼的女教师在赤城县大街上偶然碰到我二姨时，还一直打听我的情况呢。

在赤城县生活一年半，第二年秋季，我的父亲突然来信说，怕我在二姨家、姥爷家、三姨家生活娇惯，让二姨把我送回宝昌。这样，二姨和姥爷、舅舅商量后，决定尊重我父亲的意见。1962年的10月份，二姨夫把我送回到宝昌镇我的家中。

爷爷听说我回来了，马上步行赶来看我，还非让我和他老人家去他家住。我跟着爷爷走了近2公里路后，来到了太平街爷爷家。在去爷爷家的路上，爷爷亲切地拉着我的手，问我："对宝昌的主要街道和商店还认识吗？"我一路点头说："都认识！"并一一说这条路叫什么路，那个店叫什么店。爷爷非常高兴，我也非常开心！

那天晚上，爷爷问长问短，随后还讲了在20世纪30年代，他年轻时闯天下，出口外经商的动人故事。

爷爷也讲起每年的春节前夕和中秋节时，母亲都要为爷爷买上2斤精致包装的点心和2斤月饼的往事。每到春节前夕，母亲就给爷爷买上2斤点心，让我给爷爷送去。我一进门就对爷爷说："我妈让我给爷爷送点心来了。祝爷爷新年快乐！"当时，爷爷接过点心，心花怒放。20世纪60年代初，国家比较困难，每年春节买点心是要按家庭人口，凭票供应的。爷爷知道点心、月饼来之不易。随后，爷爷便满脸微笑着说："来，孩子，你和爷爷喝一杯。"说着，爷爷便给我倒满了一小盅65度的草原白，端上几样小菜、臭豆腐及咸菜，爷孙两个边吃边喝边聊，享受着天伦之乐。当时，我也只能陪着慈祥的爷爷喝一小盅子白酒，主要是让爷爷高兴，我也高兴。

六

1963年的春节和每个春节都一样，热闹非凡。母亲年三十中午才放假，下午开始打扫屋子、粉刷墙壁后，再贴上年画《花木兰从军》。当时，我看到这幅年画特别入神，看到"同行十二年，不知木兰是女郎"的花木兰，别有一番滋味在心头。家里还贴上了"年年有（鱼）余"的窗花，十分鲜艳夺目。母亲又买回了鞭炮，在过小年的晚上、大年三十晚上和初一、正月十五让我们燃放，图个在新的一年里大吉大利、全家人平安健康！每年过年前，提前两个月，母亲会带我们到宝昌裁缝店量好尺寸，为全家人做新衣服。她白天上班，晚上在灯下为我们加班加点地做新的棉衣、棉裤和新鞋等。她经常在灯光下一针一线地缝制到深夜，才拖着疲惫的身体休息，为的是让我们大家在大年三十晚上，都能够焕然一新。左邻右舍的邻居们都夸母亲勤劳能干。

每年腊月二十三过小年时，母亲都会按照中华民族传统习俗，蒸好供品。晚上，母亲让我在院子里燃放鞭炮后，燃香祈祷，开始送灶神。她希望灶神“上天言好事，下界保平安”！

母亲常说：“做人做事要有志气，不蒸个馒头气，也要蒸个糠窝窝气！”

我们的日子，在母亲艰难地维持中，向前走着。

七

岁月如歌。奋斗了大半生的母亲，迎来了春华秋实的福报。

1983年春天，党和国家为在“文化大革命”中受到冲击的父亲重新落实了干部政策，恢复了原干部的身份待遇，重新恢复工作，并建议太旗政府予以接受，为父亲安排工作，并且一次性发放生活补助金3000元。我们全家也恢复了城镇户口和商品粮待遇，苦尽甘来。随后，家里几个弟妹都上了大学，毕业后都在各自的工作岗位上发光发热，成长为科级、处级领导干部或副高级教师等。

这正是应了那句老话：“是金子总要发光的！”

父亲重新工作后，为人热情，意气风发，精神振奋，真抓实干。按照主任科员待遇，在五面井乡政府工作直至退休。15年来，父亲多次被盟委宣传部评为“全盟优秀通讯员”“旗委宣传部优秀通讯员”等荣誉称号。在文件起草、新闻宣传、下乡包队等工作上，父亲发挥了重要作用，尤其是在宣传工作、写材料、出版报等功不可没！

父亲于1995年清明节后去世。当时，太旗五面井乡政府党委书记张海、乡长吴贵永亲自带领30名乡干部在父亲的灵柩前，举行了隆重的追悼大会。张海致悼词，评价父亲的一生是爱岗敬业、公道正直、光明磊落、勤奋能干的一生，说父亲是一位德高望重的老同志，几十年里做了大量有益于人民的工作，功不可没，等等。

父亲走后，与人为善的母亲为了生活更加充实，开始全心全意地笃信佛教，众善奉行。母亲晚年的生活是幸福的，四世同堂，其乐融融。

我们在母亲日夜操劳中成长起来，并成家立业。现在我们6个子女及所有家庭成员都十分感谢母亲的养育之恩，身体力行地孝敬母亲。2013年9月份，我五弟接母亲去乌海市居住了16年。在五弟叶劲超、弟媳妇胡彩霞以及小妹叶振萍、小妹夫张海平的精心照顾下，母亲过着幸福安宁的日子。大哥、大嫂，大妹、大妹夫，孙子、孙媳妇和外孙、外孙女等人也争相孝顺母亲，令母亲倍感欣慰。

遗憾的是，慈祥的母亲往生西方极乐世界净土时，我没有在母亲身边陪伴她，没有对她说说心里话。

回忆和母亲每次见面时，母亲总是微笑地教导我们要做个好人，用一颗善良的心与人为善！

2000年8月份，我和妻子李国莲从乌拉盖去乌海市海勃湾区，为母亲庆祝80大寿。后来，我连续10年，每年9月份都去看望母亲、陪伴母亲，和母亲聊聊心里话，让母亲开心。期间，二叔、二婶和叔伯弟妹叶振峰、叶振惠、叶振芸等也去乌海看望母亲。晚年的母亲是笑口常开的。

2019年清明节的早晨，阳光明媚。我和六弟叶振宇乘车来到父母亲的墓地前祭拜，虔诚地祈祷，愿父亲、母亲在天堂快乐无忧。

在回家的路上，只见西天边云海滚滚，一望无际的天空中，飘满了美丽洁白的、大片大片的形如荷花的云彩，舒展着花瓣，在迎风摇曳，绚丽绽放。

我和六弟驻足，惊呼：“好美的一朵莲花！”

我们似乎从中看到了慈祥的母亲！好人一生平安！

满园春色关不住

李海波

一轮红日由东方升起，草原显得格外壮美。党的十八大、十九大以来的方针政策如春风化雨滋润着祖国大地，社会主义核心价值观和爱岗敬业，实干圆梦，勇于担当，无私奉献的精神在960多万平方公里的国土上生根、开花、结果，枝繁叶茂，硕果累累。据悉，在内蒙古锡林郭勒乌拉盖草原上，有一对夫妇，叶振亚、李国莲，弘扬中华传统美德、传统文化，弘扬社会主义核心价值观，体现国人正能量而有口皆碑。如今，说说荣获2016年度内蒙古自治区级“草原儿女赞·最美家庭”荣誉称号的草原最美家庭典型示范户叶振亚、李国莲工作生活中爱岗敬业、实干圆梦的先进事迹中的几朵浪花。

在锡林郭勒盟乌拉盖管理区美丽富饶的天边草原上，凡是熟悉叶振亚、李国莲的人，都被他们几十年来弘扬社会主义价值观和爱岗敬业、实干圆梦的默默奉献精神所感动，心悦诚服。他们夫妇二人从兵团知青时期至今，坚持革命理想信念不动摇，一直用实际行动学习和践行社会主义核心价值观；发扬新时代的雷锋精神；用实际行动弘扬家庭美德、职业道德、社会公德等时代精神；大力弘扬尊老爱幼、家庭和睦、邻里团结互助的精神；用社会主义核心价值观引领风尚；他们爱岗敬业、实干圆梦的精神在乌拉盖草原被传为美谈。

他们犹如天边美丽草原上盛开的火红耀眼的山丹花，迎风怒放，飘香万里！

佛祖曾说，一滴水只有放到大海中去，才不会干涸！他们几十年的“爱岗敬业，实干圆梦”，体现着时代精神，充分体现出崇高的社会主义事业的坚定的理想信念，他们正确的人生观、世界观、价值观的树立，离不开党和人民群众的指导帮助和大力支持！

春风吹绿了天边草原，山坡上开满了红山丹，远处的高楼接蓝天，满园春色入画来。

当前，全国上下掀起了学习贯彻落实党的十九大精神的热潮，进一步掀起了凝心聚力为全面建成小康社会的决胜阶段，为实现“两个一百年”的奋斗目标，进一步深入弘扬社会主义核心价值观和爱岗敬业，实干圆梦的时代精神，为更好地实现中国梦谱写时代思想道德和社会主义核心价值观新篇章开好头、迈好步！为中华民族的伟大复兴谱写新时代最新最美的宏伟蓝图而再立新功！

寒暑交替，岁月如梭。古人云：“是金子总要发光的。”

叶振亚、李国莲夫妇从20世纪70年代初的兵团知青时期到现在，默默奉献在乌拉盖草原教育战线等工作岗位，几十年如一日，以社会主义核心价值观为引领，用实际行动践行社会主义核心价值观，践行爱岗敬业，实干圆梦，恪尽职守、兢兢业业、尊老爱幼、家庭和睦、子女教育出色、邻里互助，和谐相处。叶振亚承担了社会兼职文学会工作、社区关工委等，工作出色，是乌拉盖管理区弘扬社会主义核心价值观和爱岗敬业，实干圆梦的典型户，是当地社会公认的幸福家庭之一。

春风又绿大草原，天边草原新人多，新事美，鞭儿甩碎了千层雾，远处的高楼接蓝天。

2016年4月，春寒料峭，叶振亚在妻子李国莲的支持下，热情主动地发挥一技之长，经过乌拉盖管理区全体文学会员一致选举通过并报请当地宣传部、民政局批准，担任了锡林郭勒盟乌拉盖管理区文学会会长、主编职务。夕阳红精神有口皆碑！叶振亚爱好文学创作和新闻写作几十年，先后有50多篇热情讴歌社会主义核心价值观，弘扬正能量的小说、诗歌。他创作的散文、报告文学、文学评论先后在《草原》《华夏纵览》、锡林郭勒盟文联主办的刊物、《锡林郭勒日报》《锡林郭勒广播电视报》上刊登。《乌拉盖管理区文学专刊》出版前，叶振亚一忙就是一整天一整天的。他细心地把文学会员投来的文学稿件认真阅读，反复修改，一丝不苟，推敲稿件的每个细节和语言词句等到深夜，力争做到尽善尽美。叶振亚2017年7月份，被锡林郭勒盟文联、锡林郭勒盟文艺家评论协会聘任为盟评论家协会副主席，并在自治区、盟等刊物上发表《新时代的乌兰牧骑精神》《念奴娇·赤壁怀古》《西游记现实意义和艺术特色》《巴尔扎克的人间喜剧〈高老头〉的现实意义和艺术特色》等文学评论作品。叶振亚是内蒙古作家协会会员、锡林郭勒盟文联会员、锡林郭勒盟诗词协会及作家协会会员，先后在自治区、盟文学报刊上发表大量的文学作品、文学评论等，为弘扬社会主义核心价值观，宣传正能量，歌颂真、善、美锦上添花！

近年来，叶振亚老当益壮，退休后仍然发挥余热，为社会义务奉献。他还担任了管理区司法局人民调解员、管理区巴音胡硕镇努日音化社区关工委常务副主任、政治理论宣讲员等工作，为弘扬社会主义核心价值观和爱岗敬业、实干圆梦找到了便利服务的平台，实现人生价值。他经常是节假日也不休息，取得了骄人的成绩，这些与李国莲这个家庭贤内助是分不开的。李国莲勤劳朴实，做事干净利索，不善言辞。平时李国莲默默无闻地把家庭打理的井井有条，一尘不染。她和左右邻居相处和睦，谁有困难都会互帮互助，传为美谈。叶振亚、李国莲朴实无华，虽然年过六十，已经退休，但发挥着夕阳红的无私奉献的精神。夫妇二人一唱一和，他们的退休生活充实而幸福。他们奉献社会、弘扬中华民族传统美德，互助、包容、互敬、体贴等形成了一道家和万事兴的亮丽的风景线。

窗外花园里的红玫瑰格外火红耀眼，吐着迷人的芳香！

他们夫妇二人爱岗敬业、实干圆梦的先进事迹如红玫瑰一样，也吐着令人心醉的芳香。叶振亚、李国莲的感人故事曾在2017年度和2018年初被乌拉盖电视台、锡林郭勒盟电视台及当地和全盟其他新闻媒体多次播发，在社会各界引起了强烈反响。叶振亚曾被评为管理区基层关工委先进工作者荣誉称号。叶振亚对党的新闻工作情有独钟，年年被《锡林郭勒日报》授予全盟优秀特约记者荣誉称号。在2018年，他再次被盟报社全盟三十年新闻宣传突出贡献奖先进通讯员荣誉称号。

管理区文学会在盟文联和当地党委、管委会及宣传部领导大力支持下，在管理区文学会叶振亚的带动下，2017年1月，面向全盟出版发行了15万多字的《乌拉盖管理区文学专刊》，栏目有小说、诗歌、散文、报告文学，为歌颂真、善、美，弘扬社会主义核心价值观，宣传正能量，弘扬蒙元文化、兵团文化贡献力量。2016年度，乌拉盖文学会被盟文联授予全盟基层先进文学会荣誉称号，获得2017年度、2018年度先进文学会荣誉称号。

2017年夏天，正是天边草原山丹花迎风怒放的季节，微风送来阵阵清香。

叶振亚等3名同志应盟文联邀请，参加了锡林郭勒之夏·太旗文学笔会活动，全盟60多名作家、文学新秀互相交流，听了《人民文学》《民族文学》、内蒙古文联知名作家文学创作讲座并深入基层进行文学采风活动，大家受益匪浅，纷纷为弘扬社会主义核心价值观、热情歌颂真善美一展风采！

2018年7月25—27日，全国民族文艺论坛在美丽富饶的锡林浩特市召开，来自全国各地的民族文艺论坛工作者和领导参加此次文艺论坛盛会。锡林郭勒盟文艺评论家协会副主席、乌拉盖管理区文艺评论家协会主席、乌拉盖管理区文学会会长、主编叶振亚“以文入会”。

叶振亚撰写的文艺评论《新时代乌兰牧骑精神唱响中国大地、唱响草原》在2018年第8期《内蒙古草原文艺论坛》杂志上发表，受到好评。

目前，乌拉盖管理区文学会91名文学会员在管理区党工委、管委会及党工委宣传部大力支持和指导下，在叶振亚的带领下，继续以党的十八大、十九大以来的文化战略大政方针和习近平总书记在全国第十届文联大会和中国作协第九届会议上的讲话精神指导工作。在盟文联、管理区领导和管理区宣传部的大力支持下，今年准备面向全区、全盟出版发行《天边草原文学作品集》此书的书号已经获核准。此文学作品集达100万字，有小说、诗歌、散文、报告文学、文学评论等篇章。该书为弘扬社会主义核心价值观，歌颂真、善、美，大力弘扬社会主义先进文化、蒙元文化、兵团文化，不断提升社会主义先进文化做出应有的新贡献。

叶振亚曾多次被评为自治区级、盟级、管理区级的优秀班主任、优秀教师、先进教育工作者、优秀教师等荣誉称号。李国莲曾被评为管理区优秀服务员。叶振亚、李国莲曾被评为五好文明家庭。他们是首批响应党和国家“一对夫妇只生一个孩子”的号召，领取了独生子女光荣证的模范家庭。他们的朴实、奉献、勤奋好学、乐于助人、邻里和睦等，深受社会各界人士的好评。

岁月如歌，美丽富饶的天边草原格外美丽。这里还是叙述叶振亚、李国莲家庭美德、职业道德、社会公德和夕阳红精神的几个感人片段吧。

近年来，李国莲承担了全部繁重的家务，为叶振亚更好地奉献社会大开绿灯。叶振亚从事公益活动从不要任何报酬。他发扬无私奉献的精神，为弘扬中华民族传统美德做了大量实际工作。叶振亚在管理区宣传部、统战群工部及关工委指导下，先后深入巴镇政府会议厅、社区、中学、地税局、消防大队宣讲党的十八届六中全会精神，弘扬社会主义核心价值观，进行“中华魂”“三爱”等宣讲活动。他以理论联系实际，宣传党的十八大、十九大以来，党治国理政的大政方针和新理念。优秀传统文化是中华民族精神食粮的“根”和“魂”，逐步形成了家庭、学校、社区有机结合的中华传统文化新格局。

近年来，管理区努日音化社区关工委在管理区关工委和社区关工委常务副主任叶振亚的精心组织下，举办了社区、中小学生代表参加的革命理想信念教育、怎样做一名合格的家长、国学四进和孔子讲堂活动，均有声有色。这些活动进一步坚定了学生和社区居民的理想信念，弘扬了中华传统美德、传统文化，为红色种子在学生和居民的心田里生根发芽铺平了道路。叶振亚还为当地基层社区、地税局党员干部、财政局、气象局、公安消防队讲课，使机关党员干部、社区居民和青少年树立起远大理想，使基层党员干部、官兵们以积极的实际行动争当党和国家的忠诚卫士，保护国家和人民生命财产安全和税法金融安全，弘扬社会主义核心价值观他的宣讲深入浅出、形象生动，深受全体官兵的一致好评！叶振亚无私地面向基层认真宣讲党的十八大以来方针政策及习总书记系列讲话精神，使师生、居民、消防官兵等增强了社会主义核心价值观和为人民更好地服务的理念，树立了远大理想，为早日实现全面建设小康社会奋斗目标再立新功!

极目远望，锡林郭勒盟乌拉盖草原天蓝、草绿、水清，空气新鲜，阳光灿烂，像一幅最美的画卷展现在你眼前，令你流连忘返。

目前，在美丽富饶的乌拉盖草原，凡是熟悉叶振亚、李国莲家庭爱岗敬业、实干圆梦的精神理念和具体践行爱岗敬业、尊老爱幼、乐意助人、邻里和睦等最美家庭的感人事迹的人，都会对他们深表赞许。

1971年，叶振亚17周岁，朝气蓬勃，积极响应伟大领袖毛主席发出的“知识青年到农村去，接受贫下中农的再教育，很有必要”和“农村是一个宽阔的天地，到那里可以大有作为的”号召，步入了上山下乡热潮，来到中国人民解放军北京军区序列部队第六师五十一团八连，（原哈拉盖图胡硕庙储备繁殖牧场所在地）成为一名光荣的兵团战士，心情无比激动。当时，全国各行各业及兵团每年每月每天都会掀起轰轰烈烈的学雷锋的热潮，好人好事在兵团六师五十一团展开，争做新时代的雷锋，学习雷锋好榜样建设边疆、保卫边疆，做毛主席的好战士的动人故事层出不穷。

弘扬雷锋精神，奋不顾身拦截惊马大车，解救了3名儿童的生命

记得1971年6月上旬的一天，风和日丽上午10点多，一辆4匹马拉的满载一车石头的大马车突然在六师五十一团团部东北方向石头坑的半山腰，受了惊吓，闪电般地从半山腰直接冲下近1000米，直接冲到五十一团部西南方向最前面的一排居民房前的一个牛粪垛旁边。正巧牛粪垛旁边有一个3岁、一个4岁和一个5岁的3个儿童。眼看受惊吓的马车即将把3名儿童卷入车底，说时迟，那时快，叶振亚飞步上前，抄起牛粪垛旁边的一把铁锨，奋力向受惊吓的打头方向的3匹马用力一挥，3匹马一掉头把叶振亚卷入车底。16个马蹄子和近3吨重的石头腾空而起，从他身上飞驰而过。当时，马车又向西南无人区的草原飞驰而去了。他从车底爬起来，向着不远处过来的几位栏惊马的兵团战士挥了一下手，便昏迷了过去。几位兵团知青把叶振亚背起来，前往五十一团六连（基建连）连部卫生室抢救。五十一团六连连部临时搭建在五十一团团部西南路旁的

一座雪白的蒙古包里，杨连长和军医等急忙上手抢救叶振亚。大约抢救了一刻钟左右，他恢复了神智，一屁股坐了起来。他浑身上下毫发无损，真是个奇迹啊！几位儿童的父母对他感激涕零。一位曹性的满头白发的近70岁的老大娘激动地说："这小伙子命大啊，大难不死，必有后福啊！"

现在回想起这件险象环生的往事，在17岁花样的年华，奋不顾身栏惊马的故事，抢救3名儿童的生命虽然是应该做的善事，可那惊险场面还历历在目，心里还有点后怕呀。真是好人一生平安啊！

平地1米以上大雪封山阻路，叶振亚挖雪7天8夜拉回5大箱玻璃，保证了乌拉盖中学正常开学上课

1977年冬，锡林郭勒盟及乌拉盖地区遇到罕见的平地1米以上大雪，百年不遇的雪灾封山阻路。全盟各族人民开展了抗灾保畜攻坚战。1978年3月1日，乌拉盖管理区中学新迁校址，十几排崭新的砖瓦结构的新教室巍然立在原野上，但由于大雪封山阻路，新校舍没有拉回玻璃，每个新教室只上了塑料薄膜，早已被风雪刮的七零八落、随风飘荡、四外透风，室内温度达到零下30多度，全校500多名师生无法上课。

叶振亚临危受命，去500多里外的原吉林省大石寨（原兵团六师物质转运站）拉玻璃。白毛风呼啸，他挖雪前进！有时，解放牌汽车为上一个5米多的风雪高坡，汽车在膝盖般厚的积雪中抛锚打滑，只得靠挖雪一步一步前进。1米、2米、3米……7天8夜，他与白毛风奋战，挖雪开道前进，往返1000多里，棉衣都湿透了。白毛风呼啸，5步之外，几乎无法辨别人马。他们硬是挖雪前进，走了7天8夜，为学校拉回了5大箱玻璃，用"一不怕苦，二不怕死"的雷锋精神，保证了乌拉盖中学500多名师生的正常上课。

叶振亚当时受到了校领导和教育局领导的大会通报表彰！这件事显示了叶振亚高尚的品德和完美的人格，这是雷锋精神具体体现中的一朵晶莹剔透的浪花。

乌拉盖水草肥美，得天独厚。一轮红日从东方升起，草原格外壮美。这片

神奇美丽的原野上，不断涌现出“先进道德模范家庭”等感人事迹，它们像草原上盛开的火红耀眼的山丹花，随风飘扬，花香万里！

1978年8月，叶振亚和贺场原场兵团战士李国莲相识，组成了家庭。叶振亚的家中弟妹多，家庭负担重。叶振亚和李国莲尊老爱幼，孝顺父母的动人故事层出不穷。1971年，叶振亚在六师五十一团八连时期，每月津贴5元钱，他省吃俭用，扣牙缝仔细过日子。他一年为父母邮寄40元钱，为家中解燃眉之急。当时，城市知青发的津贴不够花，大部分知青家里还给他们寄零花钱。叶振亚走出了学雷锋见行动，敬老爱幼的第一步。

他和李国莲组成家庭后，勤俭持家，每月两人80多元的收入，全家三口人的经济也不宽裕。叶振亚、李国莲夫妇省吃俭用，孝敬父母，尊老爱幼，弘扬中华美德。在他们经济紧张期间，每月还给父母准时寄去20多元，为父母减轻生活经济压力。

叶振亚为了更好地教书育人，十年磨一剑，寒窗十年刻苦自学，每年寒暑假都到盟里充电。在20世纪80年代初，他每月工资只有40多元，外出学习每月平均花销达20多元，维持家庭的基本生活费全靠妻子李国莲的40多元。在经济紧张、手头拮据的情况下，他们夫妇两为了进一步减轻父母负担，在每月给家里寄20多元的前提下，还回老家接了一个弟弟和一个侄儿到乌拉盖家中上学吃住了几年。有时妻子不理解，难免磕磕碰碰，但他们最终咬紧牙关，苦苦支撑了下来，几个弟妹都考入了大学，各自有了为人民服务的工作。

苍天有眼，孝顺父母天降福，好人一生平安！

他两孝顺父母几十年，为父母分忧的感人事迹将左右邻居和知情者深深感动，传为美谈，纷纷说“孝顺父母天降福啊”！他们尊老爱幼的事迹就像春风，吹绿了乌拉盖草原，山坡上开满了耀眼的红色山丹花，飘香万里，其中凝聚着他们尊老爱幼的中华美德的甜美。

1985年，第一个教师节，叶振亚获管理区自学成才大学毕业本科奖励，并获内蒙古师大函授优秀学员奖励证书。1985年5月，叶振亚成为乌拉盖管理区教育系统第一个“自学成才”的典型代表，并作为全盟内蒙古师大函授中文系优秀学员代表，在全盟毕业典礼上发言，在管理区首个教师节大会上发言。叶振亚自学成才精神带动了当地一大批中小学教师“工作学习两不误”走“自学成才”的道路，起到了榜样辐射作用，为有效提高师资水平和本地区的教育教学质量贡献力量。

叶振亚学习期间，妻子李国莲主动承担起了全部的家务和教育孩子的负担。她在管理区服务公司招待所工作，笑迎八方来客。她自幼来到乌拉盖，和蒙古族广大牧民们打成一片，懂得蒙古语。牧民来办事住招待所，李国莲热情接待，用娴熟的蒙古语和牧民旅客交流并热情地帮助他们解决一些力所能及的困难。牧民住店时，经常拉下东西，细心的李国莲打扫房间时发现后，会为牧民放好，此后，会千方百计还给牧民。她的这一举动深受社会各界人士好评。

李国莲孝顺公婆，工作也非常出色。她在管理区服务公司第二招待所细心周到地为过往旅客热心服务。她工作出色，招待所卫生打扫得干干净净，一尘不染。她坚持为旅客热心服务、微笑服务、文明服务等，深受广大旅客、同行和领导的好评。

叶振亚从1991年兼职《锡林郭勒日报》特约记者30年来，年年被评为本报全盟优秀特约记者称号；多次被评为盟委宣传部及外宣办的优秀通讯员。他曾获全盟党校先进教育工作者荣誉称号和内蒙古党校系统优秀教师荣誉称号。他在担任二校、中学校长兼书记、中学专职书记期间起早贪会，以身作则，带领全体教师职工真抓实干，教育教学成效显著，用实际行动巩固了二校盟级文明单位荣誉称号，带领中学全体教职工创建了盟级文明单位荣誉称号。乌拉盖管理区党校在叶振亚任党校常务副校长的8年间，连续6年各项工作名列全盟党校系统前茅。党校工作曾多次受到盟委主要领导和盟党校领导在全盟副处级以上领导大会上的通报表彰。叶振亚连续8年获管理区优秀个人称号。

2019年5月21日，阳光明媚，晴空万里。叶振亚又荣获了乌拉盖管理区关工委“国学四进”暨“孔子学堂”宣讲活动先进个人荣誉称号。

叶振亚、李国莲几十年如一日，尊老爱幼、邻里互助等夕阳红精神和老黄牛、实干家的动人事迹有口皆碑。叶振亚现兼职锡林郭勒盟文艺家评论协会副主席，乌拉盖管理区文艺评论家协会主席，乌拉盖管理区文学会会长、主编职务。他还是内蒙古作家协会会员、锡林郭勒盟文学会会员、锡林郭勒盟诗词协会会员，《内蒙古日报》通讯员，《锡林郭勒日报》特约通讯员，乌拉盖管理区巴镇努日音化社区关工委常务副主任和政治理论宣讲员，管理区司法局人民调解员等项。他工作非常出色，深受社会各界人士的好评，得到了领导和社会各界的一致好评。

叶振亚、李国莲夫妇还多次参加管理区及红十字会举办的为中学教学楼、救助社会贫困学生等捐款活动，做了一些应该做的善事。俗话说："是金子总要发光的！"叶振亚、李国莲夫妇的"草原儿女赞·最美家庭"的先进事迹如满园春色关不住，如天边草原火红耀眼的山丹花迎风怒放，飘向万里！

天边火红的彩霞把叶振亚、李国莲爱岗敬业、实干圆梦的夕阳红精神的笑脸映照得通红，送人玫瑰，手有余香。

旗手孟庆宝

赖岭南

旗手是我的朋友，好朋友。我们的相遇源于2012年首届走近乌拉盖河徒步溯源之旅的活动，相识、相知的升华在其后的第二届、第三届徒步之旅活动。

旗手可亲。他朴实、善良、豁达，我们大家都很喜欢他。尽管他年龄不大，但徒步之旅的朋友们都乐意称他为大爷。旗手姓孟名庆宝，我们就孟大爷前孟大爷后地喊着。每当有人喊孟大爷时，他都乐呵呵地应着。就这样我们一喊就7年了，如今我这个比他大十多岁的老太太也跟着喊孟大爷。

旗手可爱。他是我们徒步之旅的旗手。徒步路上，我们一边跟着旗手徒步，一边听旗手侃大山。我们在旗手的滔滔不绝中忘记了疲惫、忘记了汗水、忘记了脚上的伤痛。我们快乐徒步、快乐赏风景。

2012年至2014年乌拉盖政府成功地举办了三届走近乌拉盖河徒步溯源之旅的活动，总计穿越乌拉盖大草原630公里，历时21天，共有来自全国各地的驴友437人参加该活动。一路上我们要感谢的人太多太多，要铭记的人也太多太多，但有一个很普通却很重要的人物我们大家都不能忘记，他就是我们的旗手孟大爷！孟大爷是连续三届走近乌拉盖河徒步溯源之旅的旗手。徒步路上，有充满魅力的风景，有金色的阳光，有绚丽的彩虹，但也有疾风，有骤雨，有震撼的雷声。我们在孟大爷高举的旗帜下翻过一座座山冈、跨过一个个沟谷、绕过一片片沼泽地、趟过一条条河流，从巴音胡硕镇一步一步顺利地、平安地走向乌拉盖河的源头——离蒙古国仅一公里之遥。徒步路上，孟大爷是我们的旗手，也是我们的向导，还是我们的义务讲解员。他告诉我们草原遍地是黄金，只要你不吝惜弯腰。他滔滔不绝地介绍草原上的各种野菜和中药材。在他的介绍下，我们时不时地采一朵山丹丹放入口中，淡淡的清香，谈谈的甜；摘一枝酸酸草嚼一嚼，清热止渴又消炎；拿一叶韭菜闻一闻，浓浓的香味沁心脾。我们还看见野葱、野黄花、野百合、野蘑菇、金莲花，真是步步有惊喜，处处都震撼，遍地是黄金！连续三届的徒步之旅，我们在旗手的引领下领略了世界上最美丽的风光，成了世界上最幸福的人！在此，我谨代表来自全国各地的437名队员向旗手表示真诚的谢意并深深地鞠躬！同时也借此机会祝旗手及其家人幸福安康，甜甜蜜蜜，一年更比一年好！

旗手最爱说的四个字就是“缘分”和“荣幸”。他说：“我们天南地北的朋友能聚集在天边草原就是缘分，能在鲜花盛开的季节里相识就是荣幸。”

是啊，这缘分和荣幸让我们彼此成了朋友并永远记住了对方。离开乌拉盖已经5年了，日历一页页地撕，日子一天天地过，时间一年年地流逝，我们对旗手的思念却越来越浓。旗手你好吗？我们好想你！好想好想你！

年前我接到一个电话，是孟大爷打过来的！孟大爷告诉我他有微信啦！我真替他高兴！早在2013年时，他特高兴地告诉过我一件事：他有网名了，是我们徒步之旅的副总指挥格格为他取的，网名为旗手。但是，网名只是一个空网名，当时他还不会上网。如今，孟大爷学会用微信了，我们便马上成了“微友”，一切思念都成了微信上的符号。

旗手很有兴趣地向我介绍了他在牧场的生活。他们一家有一个风力发电机，很好用而且是免费的，看电视、照明都靠它，很方便。煮饭的燃料是羊粪砖子。冬季吃的菜都是自家种的绿色食品，有冬储的土豆、大萝卜、胡萝卜，还有芹菜、生菜、香菜，都是上冻以前备好的，上冻前用开水焯完冻着。还有角瓜、倭瓜等，都是绿色食品。这个冬天，他还杀了羊做冬储的肉，自己吃不卖钱。他的这个日子过得让我这生活在都市的人真是羡慕嫉妒恨呀！

旗手是地道的汉族人，但他出生在乌拉盖大草原，是大草原养育了他。他热爱大草原、感恩大草原，视大草原为自己的家乡，一生都在这片广袤无垠的土地上挥汗。在旗手的眼里，这片土地一年四季都是美的：冬季——纯洁，孕育之美；春季——盎然，希望之美；夏季——多彩，浪漫之美；秋季——金色，丰收之美。一年365天，天天都是美，天天都是希望，天天都是好日子。茫茫大草原，一片草场，一个人，一群羊，我们的旗手不寂寞，因为身边有珍珠般的羊群，有靓丽的天地，有魅力的夜晚，在巴音胡硕镇还有幸福、温暖、甜蜜的一家子！

我们的孟大爷、我们的旗手有一个令人羡慕的家。说起旗手的爱人，旗手一脸的高兴。孟夫人我见过，她和蔼可亲、热情好客，是一位可敬的知识女性。其女儿也是旗手乐于言谈的话题。每当我们问及他女儿时，旗手的脸上就洋溢着满满的骄傲与自豪。他告诉我女儿大学毕业后拿着学士学位的文凭找到了一份很好的工作。旗手还有一个很懂事、很棒的儿子，儿子上初中，高高的个子，挺帅气的，学习成绩也不错，考试排名经常是班级的前三名。看看他们这一家子，我们能不羡慕吗？！我衷心的祝福旗手一家子像盛开的吉祥花，红红火火，像丰收的芝麻花节节高！

我们的旗手家有草场，草场上有羊群。旗手勤劳、聪明、能干，牧场上的活样样都自己干，如打草、拉草，给羊做剖宫产、打针什么的，都亲力亲为，没有雇工。冬天他穿着厚厚的棉大衣、戴着厚厚的棉帽子、捂着厚厚的大围脖，只露出两只眼睛，在极冷的牧场上陪伴着他心爱的羊群，守着静静的严冬，望着无边的雪天，听着呼啸的白毛风，年复一年地送走一个个冬季，带着期盼，和羊群一起走进一个又一个希望的春天。

春天到了，天晴了，绿草发芽了，风景如风雨后的彩虹醉倒了牧羊人。孟大爷又开始忙活了，3月份是接羔期，需昼夜不分地忙碌着，有单胎的，有双胎的，估计今年春季又能接一批羊羔。想着想着，孟大爷乐得忘记了即将到来的劳累，忘记了时间与空间，心里满满的都是快乐。孟大爷对我说，每年在3月份接羔的时候，就可以说是预见收获丰收的最好时间，每一家每一家都能接好多羔子，看着小羔子出生，心里只有乐呀乐。小羔子特别好看，特别美，接羔人家都会特别高兴。想着今年又有一批小羔子要接，真是梦里都是笑。孟大爷告诉我，在接羔期间，需要昼夜地忙，大概持续一个多月吧，虽然是挺累，但心情特高兴，接羔子越多越累，可看着越高兴，那是出自内心的高兴，累点儿没事的。这来自心里头的高兴让他觉得一个羔就是一个金蛋蛋，这金蛋蛋都是秋天的真金白银，是全家幸福的源泉！我听着听着，在遥远的南方祝我们的旗手一家人猪年大吉，猪玉满堂！

夏天是草原最美的季节。旗手告诉我，草原白天有白天的美丽，夜晚有夜晚的迷人。白天，金色的阳光洒满无边的草原，蓝蓝的天空上白云飘，白云下面是洁白可爱的羊儿在绿浪翻滚的草丛中撒欢，草原上五彩缤纷的野花随风摇曳，美极了，棒极了，妙极了！听着百鸟鸣叫，自己也会情不自禁地亮一嗓子！闻着花草香会醉倒在茫茫大草原上而忘记了自我。夜晚，躺在草地上仰望苍穹，璀璨的群星就在头顶，仿佛伸手可及。这时，天、地、人好亲切啊：我在你的怀里，你在我的眼中，迷人的夜晚童话一般，让人忘了时空、忘了回家的路。

走过夏天就是丰收的金秋，牧民期盼的丰收的日子到了！收购羊群的大车小车来了！春天接的羊羔在天然牧场上吃了五色草原的天然花草，现在已长成60斤左右的肥羊了：小的50多斤，大的70多斤。商家就在牧场上与牧民议价，价钱合适就成交，牧民的羊群就变成了白花花的银子。旗手希望他的羊群能卖个好价钱，有了这份收入，一年付出的辛劳都将成为幸福的笑脸。每年丰收季我们的旗手都有计划安排：攒着钱供儿子上大学，盼儿子成才呀；攒着钱给家里添置生活用品，改善生活呀；攒着钱养老呀；攒着……幸福道路上的计划可多了。

忙完了丰收，我们的旗手又开始新一轮的活儿，准备羊群过冬和春季接羔的食料。自家留着做储备用的草场上的草全是他自己一人打，这活不雇工需要10来天时间，打完草雇捆草机捆草，捆完草自己又一个人拉回家，拉草也需要拉十来天。旗手是个硬汉子，吃苦耐劳，天天忙着也不觉得累，挺有劲儿，还觉得挺有意思的，因为他心里永远有个美丽的憧憬——明年丰收时的喜悦！

说起业余爱好，我们的旗手如数家珍。我们共同走完三届走近乌拉盖河徒步溯源之旅的活动后，他去年又参加了一次徒步之旅活动。他还参加了三次越野赛并拿了两次第一名、一次第二名。他参加了团体拔河比赛得了团体第一名。我们在微信上聊天时，我能感觉到旗手充实的生活、阳光的心态和满满的幸福感。我问旗手，参加活动时羊怎么安排呢？他告诉我，现在他们牧羊比老一辈的好多了，每家的草场都有国家的项目网围着，羊圈在里面一天没事，羊中午自己会回牧点喝水，喝完水自己出来在草场上继续优哉游哉地吃草，晚上羊群再回到牧点房前找个地方趴着，不会丢，很省心的。场子里头或开发区有徒步活动以及其他什么活动他都可以放心参加，只要不是下雨天、下雪天就都没问题。旗手还高兴地告诉我，现在他的身体还是和以前一样，棒棒的，他希望我能再去一次乌拉盖，他要表演爬电线杆子给我看。好可爱的旗手啊！

旗手在乌拉盖，我在遥远的南方，感恩缘分让我们相距2000多公里还能成为朋友。在微信时代的今天，同在蓝天下，距离不再遥远，感谢微信桥，我在桥这头旗手在桥那头，思念随时都可以成为桥上跳动的符号。我衷心的祝福旗手及家人阖家欢乐，身体健康！生活在新时代的康庄大道上，日子比蜜甜！也期待旗手携家人随时来湘潭做客，我和湘潭的驴友们将以火辣辣的湘菜、火辣辣的湘音、火辣辣的湘情、火辣辣的湘歌夹道欢迎你们——我可敬的朋友！

蒙古族战将的红色追忆

赵 鑫

在黑暗的旧中国，他不为高官厚禄所动，一心为了国家民族的前途和蒙古民族的解放事业奔波与操劳，历尽艰辛与坎坷，终于踏上了革命的道路；他机智勇敢，暗中保护营救进步人士，为大青山革命游击队送医送药和枪支弹药；他曾挥舞着战刀英勇反抗日寇侵略的野蛮行径；他坚定信念，一定要找到共产党，找到八路军，找到革命的军队，找到蒙古民族解放的真正道路……他就是蒙古族战将瑙门达赖。

——题记

2015年8月29日，在纪念抗战胜利暨世界反法西斯战争胜利70周年前夕，笔者与内蒙古日报社蔡冬梅主任，记者潘佳、白江宏一同来到天边草原乌拉盖。这次要采访的对象是锡林郭勒盟乌拉盖管理区公安边防大队副大队长查干，他将带着我们沿着蒙古族战将瑙门达赖生前及在乌拉盖期间的革命足迹，倾听查干讲述爷爷故事。

清晨，我们一起迎着晨曦，踏上一层层阶梯，来到了乌拉盖人民英雄纪念碑。碧蓝的天空中白云飘荡，两旁的松柏郁郁葱葱，高耸入云的纪念碑仿佛伟岸的哨兵，俯瞰、护佑着北疆小镇。排排簇新的楼宇，几条整齐的街巷，安然俯卧在“天边草原”的绿色怀抱中。更远处，绿草如海、毡包如扣、银曲弯弯，畜群悠然地洒满了山坡。纪念碑前，查干轻抚着碑文上第一行瑙门达赖的名字，眼中闪烁着泪珠，心情难以平静。这里就是我们探寻蒙古族战将革命足迹的起点，我们将北望成吉思汗边墙，经苏蒙联军入境道路，登上固腊卜赛汗乌拉，沿着乌拉盖河，最终到达瑙门达赖最后牺牲的地方农乃庙。一路上，查干饱含着热泪给我们讲了许多爷爷过去的故事，把我们带进那段“马蹄踏处坚城破，战刀挥舞鬼神惊”的金戈铁马、硝烟弥漫的战争岁月。

走出迷误：自己走过的路，是一个什么样的路？是充当日寇炮灰还是追求蒙古民族的复兴？

瑙门达赖（汉名高庆春）1906年11月出生在兴安盟科右前旗高家屯一个地主家庭。他从小在农村读私塾，后王爷庙（今乌兰浩特市）小学和东北奉天（沈阳）蒙旗师范学校学习。他受当时进步思想影响，抱着振兴民族的愿望参加了学生队当了兵，先后担任过排长、连长、参谋、团参谋长、军官学校校长、纵队队长、副师长、师长、兵站参谋长等职务。

在早年教育中，瑙门达赖没有完全被家庭当官发财的思想侵蚀。随着年龄的增长，他看到的是旧军阀、旧势力的黑暗统治和对老百姓、少数民族肆无忌惮的欺压与盘剥，决心一定要把精力用在学习上，改变自己的命运，将来不再受军阀欺压。他在奉天蒙旗师范学校学习期间，受到郭道甫等激进的民族民主主义思想影响，产生了复兴蒙古民族的愿望。1931年九一八事变后，他参加了甘珠儿扎布组织的自治军学生队，在日本所谓“扶蒙抑汉”的政策迷惑下，与同学们一起幻想着依靠日本人来复兴蒙古民族。可时间不长，他就在参加日本侵略者攻打通辽的战役中，看到身边的同学们死的死、伤的伤，于是产生了一连串的疑惑。他反复思考自己一路走过的路，我们为什么要听日本人的话？这不是自己人打自己人吗？我们岂不是充当了日本侵略者的炮灰吗？这样下去蒙古民族能复兴吗？

此时的日本人继续打着帮助蒙古民族复兴的招牌到处招摇撞骗。1936年2月，德王（德穆楚克栋鲁）在苏尼特右旗王府召开会议，成立了蒙古军总司令部，宣布“改元易帜”。日本田中隆吉还以“助资助械”“仁慈友爱”的面孔，煽动德王合并蒙古、察南、晋北三个政权，成立蒙疆联合自治政府，帮助实现蒙古独立建国的梦想。当时，查干的爷爷瑙门达赖在德王“自治图强、复兴民族”的宣传鼓动下与包月卿、韩凤林、亢仁、关翼青（关起义）、云继先、于福庚等很多蒙古族进步青年前来投效，因自己能为本民族工作而感到高兴。瑙门达赖被派到第八师做团参谋长，并担任蒙古军官学校校长。其实，这个政府是在日本特务机关和补英达赖（德王姨夫）、汉奸李守信的渗透和教唆下成立的，日本顾问直接操控政务、人事安排和军事行动。瑙门达赖和很多进步青年还细心地发现，日本特务机关由机关长松井指挥。后来又来个叫金井章二和专横跋扈的盘井顾问，一起接受酒井隆中将的领导。所以，大家都讥讽德王和他的王公大臣掉进日本人的陷井里。可是在瑙门达赖心中，刚刚建立起来理想信念，却又要面对风雨的考验。如何从迷茫中走出来，真正认清和面对德王伪蒙政权的本来面目……

勇敢抉择：一定要找到共产党，找到八路军，找到革命的队伍，找到蒙古民族解放的真正道路

登上固拉卜赛罕乌拉国际敖包，俯视山下刚刚走过的苏蒙联军入境道路、红军崖和日军营房等遗址，大家意犹未尽。查干给我们指远方翱翔的雄鹰，仿佛听到爷爷为了寻求革命真理的呐喊声。

瑙门达赖和正义的民族主义者坚决反对德王借助日本侵略者势力来实现蒙古复兴。他多次积极利用自己伪军官学校校长的职务和伪蒙古军中较高地位的有利条件帮助共产党抗击日军，多次冒着生命危险暗中保护和营救进步人士，为大青山抗日游击队送医送药和枪支弹药。

奶奶（田玉英，满族，1998年去世）在世时，曾多次与查干提起一个叫乌力吉敖其尔的人。1928年，乌力吉敖其尔由斯大林东方大学毕业回国后同察

哈尔正镶黄旗的党组织接上关系，潜入伪蒙古军，担任第八师副团长，同时接受第三国际派遣在伪蒙古军中开展进步活动。他看到瑙门达赖是个有正义感、民族感的好同志，就主动接触。乌力吉敖其尔真情地说道："瑙校长，日本人没安好心，他们是在利用蒙古民族实现其全面霸占中国的目的。我们要团结起来……"多少个难忘的夜晚促膝交谈，使瑙门达赖豁然开朗。他为自己遇到知音而感到无比欣慰。乌力古敖其尔又重新唤起了他对民族解放的新希望，对革命的道路充满了信心。

乌力吉敖其尔成为对瑙门达赖走上革命道路给予最大支持和帮助的人，瑙门达赖也曾多次保护乌力吉敖其尔。那时，伪蒙宪兵队受日本分裂蒙汉阴谋的影响，对蒙古族官兵和进步人士进行迫害。一次，伪蒙宪兵队金井和盘井两个特务怀疑乌力吉敖其尔私藏电台与第三国际联系。瑙门达赖获悉后，心如急火地赶到乌力吉敖其尔家告知他这一情况，并和他一起忍痛将电台砸坏烧掉，救了他一命。事后，乌力吉敖其尔说："烧了电台真可惜，我没有办法和苏维埃共产党联系了，但是你挽救了我的生命。"

1937年，日军占领内蒙古部分地区后，驻有一个旅团，成立了四个伪蒙古骑兵师，拥有大量的伪民团、伪警察。在"扫荡"中，日军挖封锁沟、修封锁墙，禁止群众出入，妄图把八路军困死、饿死在大青山里。瑙门达赖面对危险和困难挺身而出，巧妙利用伪蒙军骑兵第八师师长的特殊身份与八路军取得联系，建立地下工作联络站，秘密和大青山八路军签订"互不侵犯"的协定，为八路军提供情报，掩护伤病员，购买急需的医药、粮食、弹药和军马装备等物资，帮助大青山抗日革命根据地度过了抗战最困难的时期。

1945年8月，正当瑙门达赖率部配合伪蒙军骑兵第九师师长乌力吉敖其尔起义迎接八路军时，蒋介石抢夺革命胜利果实，任命傅作义接受热河、察哈尔、绥远三省受降日军。瑙门达赖在抉择的路上又遇到滚滚的乌云，面对残酷的现实，他暗下决心，勇敢地做出抉择：不能和国民党同流合污，一定要找到共产党，找到八路军，找到革命的军队，找到蒙古民族解放的真正道路。

1945年12月，一个漆黑夜晚，他带领二十几名官兵，躲过国民党特务的监视，直奔张家口，投奔共产党和八路军。在那里遇到了云泽（乌兰夫）。瑙门达赖与乌兰夫在一起的日子是他最难忘的日子。乌兰夫不仅在生活上关心照顾他，与他建立了深厚的革命感情，而且为他讲述了许多的革命道理。这为他今后的革命道路指明了方向，起到了关键性、决定性作用，使他更加坚定了自己的共产主义理想信念。

坚定信仰：如果哪一天我牺牲了，就是为了这面党旗，为了草原人民而牺牲的，跟着共产党没错，不后悔

1946年4月3日，内蒙古自治运动联合会成立，瑙门达赖带着上级党组织的任务又回到了草原，被任命为骑兵十一师副师长，与师长乌力吉敖其尔团结战斗，参加各种大小战役260余次，以其勇猛顽强和机智果敢的指挥才能，多次剿灭锡察地区国民党军和叛匪，有力地保卫了锡察革命根据地和人民生命财产，巩固和发展了革命政权。1948年5月，内蒙古人民解放军决定在乌兰浩特设兵站部（内蒙古军区的前身），瑙门达赖被任命为兵站部参谋长。当时，锡察部分地区仍有残余匪徒活动，为了彻底铲除余匪，确保骑兵部队向西挺进，决定在今乌拉盖地区的农乃庙建立兵站，瑙门达赖兼任站长，担负内蒙古支援前线作战运粮马草的任务。这条后勤补给线的建立对骑兵快速行动，消灭敌人，解放长春等战役中做出了应有的贡献。

1948年11月，瑙门达赖到东乌珠穆沁旗农乃庙兵站检查工作。这天，兵站接到一个叫那木斯来的送来的情报，瑙门达赖带领班长那顺布和、战士布仁图古斯、巴特尔、毛一很、色金德力格5名战士从农乃庙向西根图庙方向行进。谁知，这情报是假情报，是叛匪巴特尔沙提前设计好的奸计，他们在途中被巴特尔沙带领的30余名土匪包围，瑙门达赖和5名战士英勇牺牲。

查干说爷爷牺牲后，奶奶和父亲（宝音那斯，铁道学院毕业）一家人又经历了十年浩劫，被造反派打成“乌兰夫的狗崽子”和“内人党”，含冤入狱。当时母亲怀着姐姐，由于受到造反派的排挤，说是“乌兰夫的狗崽子”，不让母亲在当地生产，让母亲滚出科尔沁草原。迫于无奈，奶奶和父母离开科尔沁草原，来到了吉林白城。得知他们是英雄瑙门达赖的亲人时，当地老百姓给予

真诚的帮助，母亲终于安全顺产。后来，为了感谢当地老乡，我和弟弟出生后，父亲给我们起了一个很有意义的名字，一个叫查干，一个叫浩特，合起来就是白城的意思。

1983年，平反落实政策后，支离破碎的家庭才得以团聚，奶奶这才将隐藏在心中最后的一个秘密告诉了我们。那是抗日战争期间，瑙门达赖曾经多次让奶奶偷偷给共产党绣党旗，说这面党旗会让蒙古民族得到解放，会让草原人民过上好日子。还说："如果哪一天我牺牲了，就像我让你绣的这面党旗一样，我是为了这面鲜红的党旗而牺牲的，是为了草原人民而牺牲的，因为我知道，跟着共产党没错，不后悔！"奶奶悄悄保留了一面党旗。爷爷牺牲后，奶奶经常会端详着党旗流泪。"文革"期间，由于随时受到管制、批斗，那面党旗连同家中的物品及所有的照片一起被造反派抢劫、烧毁。

一路驱车奔波，一路思绪飞扬。离开了农乃庙旧址，我们来到乌拉盖河边，欣赏着黄昏与平静湖面中的五彩斑斓，清澈见底的河水静静地流淌着……查干捧起一把把泥土，久久地闻着泥土中散发出的沁香。他注视着水草茂密的乌拉盖河水，就像安静地铺张远古的绿色，芦苇与水鸟相互摇曳，将岁月的泥土撒向湖面，射向水天一色的苍茫，遥寄着天籁之音，仿佛在告慰已逝的爷爷。他将在寻觅蒙古战将英勇顽强的战斗精神和坚定理想信念的红色追忆中，秉承爷爷的遗志，扎根边疆、忠于职守，履行新时期军人的神圣职责和使命。

我与婆婆共“成长”

张天飞

人生是一个不断成长的过程。从呱呱坠地到我们迈开人生的第一步，是身体的成长；从张开嘴巴咿呀学语到能够与他人交流，是我们心灵的成长；从目不识丁到满腹经纶，是我们智慧的成长；在摔跤后能够坚强地爬起来继续前行，是我们意志的成长……每个人在成长中变得自信、自立、自强或是向上、向善、向美，每个人都能说出无数个让自己成长的故事，今天我要说的是两年前发生的一件事，对于我来说，既是生活的一个转折点，也是一次心灵与意志的成长。

2017年3月24日晚，对于大多数人没有太多的记忆，我却记忆犹新。这天晚上10点多，婆婆突发脑溢血，做了大手术。我与家人一同来照顾她。为她擦身体、做按摩，监护她的血压和体温，为她准备流食，希望她尽快清醒，可是一周过去了，婆婆的病情仍然不稳定，而且肺部感染，高烧不退。我一时陷入了焦虑的境地，既有对婆婆的担心，也有一些无助的想法：家里的有序生活都被打乱了，以前是婆婆照顾我们，家务事都由她承担，现在我们要照顾婆婆，很多事情自己都不会做，以后一家人的生活问题怎么办？一想到这些，我就哭了起来。老公了解到我心里的想法，就劝我：“老人现在病了，你哭能解决啥问题呀？首要的是照顾好妈妈。你要坚强一些，想想以前父母是怎样照顾我们的，也该我们照顾他们了。我们不能一味地索取，也该有付出了。不要怕，有问题咱们一起解决。”听了老公的话，我心里有些释然。是呀，我也到了不惑之年，在婆婆的照料下还像孩子一样的生活着。父母都把我们养育长大了，还要照顾我们及下一代，可怜天下父母心。婆婆是一个勤劳节俭的人，把家里打理得井井有条。婆婆就是我的榜样，我也学着婆婆平时的样子，把家里的大小事情都考虑一番，想着每天该怎么做，努力让家里人的生活恢复到以前。

几经康复治疗，婆婆左侧身体还是不听使唤，因病偏瘫，言语不清，医生建议出院在家康复治疗。为了让婆婆尽快好起来，我只要有时间就帮她按摩身体，与她聊天，让她多说话，锻炼她的语言功能，教婆婆用手指数数，说家人的名字。有时她说不好就不说了，我鼓励她。她像刚学说话的孩子，每一次进步她自己都特别高兴，我们也特别高兴。我为她准备了一把拐杖，让她自己锻炼着走路。她也特别努力，有时累得满头大汗，让她休息一下她还是走个不停。我给她做可口的饭菜，喂她吃，保证营养供应，让婆婆恢复体力。有时喂饭，由于咬合肌受损，她一边嚼一边不断地掉饭粒，嘴巴四周都是饭，要不断地帮助她擦，婆婆很不好意思。我说：“没事，你多吃点儿身体就会好了，就能自己吃饭了。”有时婆婆不想吃苦药了，我就劝她：“想不想去隔壁阿姨家溜达？想不想下楼透透气？”她就大口地喝下去了。我会在特殊的日子给她小惊喜。她生日的时候，给她买蛋糕、新衣服，每次去外地回来都给婆婆带点儿东西。她还是那样节俭，说又花钱，但是接过去还是特别的高兴。婆婆也很依赖我，没事就叫我坐在她身边。下班晚了她会给我打电话，虽然有时说的话不是很清楚，但明显是对我很关心的样子，我的心里也很感动。虽然婆婆与我无血缘关系，但是如今我们可以有母女般的感情。在我们的照料下，凭着婆婆顽强的毅力和对健康的渴望，经过两年不间断的锻炼，她身体各方面都有了很大的进步。她可以自己扶着楼梯下楼溜达了，可以自己吃饭了。家人们都关爱着婆婆，婆婆的精神状态也特别好，一家人其乐融融。

这对于婆婆来说是一次“成长”，更是一次重生；对于我来说，既是一次成长，更是一次心灵的洗礼。这件事使我更加懂得感恩，感恩父母，感恩家人间的关爱，让我更加懂得亲情的伟大与生命的无价！是啊，亲情就像雨后的那道彩虹，给你的生活增添五彩斑斓的色彩，更像是谱写和谐之歌那跳跃的音符，为家庭、为社会奏响人们美好生活向往的华美乐章，让人提升幸福感、获得感！

乌拉盖河畔的浪花

原　野

多少年来，乌拉盖河像一条银色的飘带，流水潺潺，日夜不停地奔流着。乌拉盖河水从东北的宝格达山西麓发源，奔腾不息，全长360公里，蜿蜒流向乌拉盖西南东乌旗道特诺尔镇的西南境内。乌拉盖河属于全国第二大内陆河。河的两岸，数千年来，北方的少数民族契丹、女真、蒙古族等游牧于美丽富饶的乌拉盖河畔草原深处。历史悠久的乌拉盖河畔的浪花记录着千百年来北方少数民族的沧桑历史。如今，当你走进乌拉盖河畔，微风吹来，微波荡漾；会引起你对清清的河水、碧绿的草原、雪白的羊群、矫健的马群、肥壮的西门达尔牛、安格斯良种牛和得天独厚的草原美景：布林泉、九曲湾、白桦林、芍药谷、狼图腾、高尧山、乌拉盖湖等的喜爱，仿佛使你进入了迷人的神话世界！你抬头远望，从南向北飞过的成千上万只大雁、白天鹅、灰鹤、野鸭等珍禽益鸟在美丽的乌拉盖水库、贺斯格淖尔的春秋季往返栖息繁殖，还有黄羊、狍子、麋鹿、野猪、梅花鹿、旱獭、狐狸、野兔等飞禽野兽像一道迷人靓丽的风景线。每年旅游季节这里吸引着天南地北的大批游客和原北京、上海、天津、呼市、保定等大批兵团知青回归“第二故乡”观光旅游。大自然的壮观如景如画，使游客们心旷神怡，流连忘返。

红军崖的故事

乌拉盖草原水草肥美。据考证，早在旧石器时代，乌拉盖草原就有了北方游牧民族生产生活的足迹。他们过着狩猎、放牧、逐水草而居的生活。这里也曾发现了旧石器时代的人类生活用过的陶器。它从古到今都是兵家必争之地。据说700多年前，还留有一代天骄成吉思汗统一蒙古族各部时，在乌拉盖草原腹地的古战场（阔亦田之战），那是历史上一个驰骋交战的历史遗迹。

时光荏苒，岁月如歌。

1945年8月9日，苏蒙联军158万大军对日宣战。一支苏蒙联军东路军，贝加尔方面军，自卫坦克第六集团军和二梯队五十三集团军一部突破锡林郭勒东北部边境，途径乌拉盖贺斯格乌拉国际固蜡卜赛罕敖包，道路泥泞难行，一片沼泽。苏联红军机械化部队的坦克、运兵车难以行进，苏军在贺斯格乌拉国际固蜡卜赛罕敖包附近一座山取沙石土修路近800米，至今还留有路的遗迹。后人们为了纪念苏联红军的功绩，把取沙石修路的山称为红军崖。苏军修路通过此地后，到达胡硕庙、农乃庙等地，直插昭乌达盟的天山、林东及哲盟通辽市等地同日本的关东军激战。据当地的老牧民说，当时，日本特务扮成喇嘛，在附近的布林庙、农乃庙、胡硕庙等庙宇杀害了十几名苏蒙联军官兵，联军一怒之下，用飞机、大炮把周边的几座庙宇全部炸为平地。1945年8月15日日本战败，无条件投降，中国及世界反法西斯战争终于取得了彻底胜利!

目前，乌拉盖草原还留有清康熙年间修建的几座庙宇的遗迹。2012年，乌拉盖牧场应当地牧民的要求，投资2000多万元，恢复重建了布林庙，为拉动当地旅游业开了绿灯。

2019年7月中旬的一天，阳光明媚，霞光万道。大批来自北京、天津、上海、保定、呼市、唐山等地原内蒙古生产建设兵团第六师的五十一团、五十二团、五十三团、五十四团等大批男女知青怀着激动的心情，回到锡林郭勒乌拉盖草原第二故乡。

当兵团知青们兴致勃勃地来到哈拉盖图农牧场兵团六师五十一团大礼堂、

五十一团兵团文化长廊、五十一团邮电所等修缮一新的兵团原汁原味的历史遗迹时，心潮澎湃，感慨万千……

40多年前，在这千人礼堂里，她们听过原六师五十七团三连兵团女知青“战斗的年华，壮丽的青春”北京市兵团知青柏永华、内蒙古集宁市兵团知青单美英在1971年春季，为了保护麦种，奋不顾身扑灭草原特大烈火而英勇献身的英雄事迹的报告。

北京军区内蒙古生产建设兵团第六师五十七团三连是一个农业连，1971年春天正值春播大忙季节，当时全连正忙于春耕播种。1971年4月15日那天中午，五十七团草原西北角突然发生草原火灾。忙碌了一上午的兵团三连知青们都回连队去吃饭了，只留下柏永华和单美英两位女战士看护麦种。这两位女战士一直在给麦种拌农药。人们走了之后她俩也没有休息，又默默无闻地干了起来，根本就没有注意到耕地西北边的草原着了大火。那天风很大，不一会工夫，草原大火就有几米高了，吐着火舌，借风势穿过山包，越过草地，很快就烧到了她俩拌麦种的田间地头。大火像一条长长的火龙向田间地头的几十袋小麦种子烧来。

此时此刻，她俩退到耕地里边的黑土地里，就完全不会有任何危险。因为几千亩的耕地里已没有可燃物，大火是烧不过来的。可她们想到的是保护麦种，因此奋不顾身迎着火头去扑火，最终意外献身。

事后不久，兵团六师党委政治处在师部及各团召开了柏永华、单美英英雄事迹巡回演讲报告会。巡回演讲大会由六师政治处首长主持，团首长坐在演讲大会主席台的两边，场面隆重。由英雄永柏华的妹妹永惠柏登台演讲。她说着一口流利的北京普通话，声音洪亮，响彻云霄。

柏永华牺牲后，她的堂妹柏永慧从北京不远千里来到六师五十七团从牺牲的姐姐柏永华手中接过了烈士的钢枪，继续扎根边疆，保卫祖国！柏永慧表示，她要接过姐姐柏永华手中的钢枪，继承柏永华的遗志，在党和部队首长的领导下，克服一切困难，继续扎根边疆、保卫边疆！六师首届庆功大会上，柏永慧表示，她决心用实际行动做党和毛主席的好战士！音犹在耳，催人奋进！当时，柏永慧先后深入六师各团演讲，鼓舞人心。回归第二故乡的兵团战友们大都已经近70岁了，头发花白，红光满面，精神矍铄。兵团知青们看着维修一新的原五十一团兵团大礼堂，只觉50年来，时过境迁，今非昔比，感慨万千。当年，柏永慧慷慨激昂的演讲场景还历历在目，她演讲的清脆声音仿佛还回响在耳边。当时五十一团千人礼堂座无虚席。

牺牲时，北京知青柏永华年仅23岁，内蒙古集宁市知青单美英刚刚19岁。随后，《兵团战友报》《人民日报》分别刊登了以《战斗的年化，壮丽的青春》为题的整个版面的她们二人的英雄事迹，此事传遍祖国的大江南北！柏永华和单美英不愧为党和毛主席的好战士。后来，柏永华和单美英被内蒙古生产建设兵团、内蒙古自治区党委追认为革命烈士，被兵团六师五十七团党委追认为优秀共产党员。

原兵团战士老照片的故事

当回归第二故乡的兵团知青们迈着矫健的步伐走进原兵团五十一团大礼堂时，发现这里基本还保持着原样，只是装修一新，椅子等全部换成新的了，墙壁粉刷一新。看着兵团文化长廊里张贴的六师首长、五十一团首长和五十一团各连的北京、天津、上海、唐山原兵团知青的一张张老照片，件件往事浮现在眼前，历历在目。

1971年，我在五十一团八连粮站和五十一团中心校任教。当我看到五十一团八连的老照片时，感慨万千，大部分是和笔者同在五十一团八连的原兵团知青。袁玉成是天津知青，原八连大车班班长；高本良是天津知青，白皮班副班长；刘大龙、马慧英等是原八连的天津知青；邓乃强、李青山等是北京知青；范国忠是原五十一团八连通讯员。叶振亚本人是原五十一团八连皮革排黑皮班知青。其余还有黑皮排排长刘宝华（老兵，复员军人）、班长王振华（老兵，复员军人）、副班长华金生（天津知青）、赵玉成（与笔者为同班战士，后来当了卫生员）。后来，这一大批城市知青在1975年底至1978年底基本上随着知青返城大潮返回了原城市生活。

如今，在兵团成立50周年，广大兵团知青们已儿孙满堂。他们回到了他们朝思暮想的第二故乡，看到了翻天覆地的喜人变化，又有些思念过去的青春岁月和战斗年华。

忆往昔峥嵘岁月，历历在目。

岁月流逝，时光荏苒。1969年1月24日，中共中央、国务院、中央军委批准建立北京军区内蒙古生产建设兵团，毛泽东主席圈阅同意。据资料显示，当时国防部投资人民币6个亿，共在内蒙古广阔的边界线上从西至东数千公里的毗邻中蒙边界地区摆开一字长蛇阵，共建立了6个师。如同天兵天将，摆成一道“屯垦戍边，寓兵于农，建设边疆，保卫边疆”的攻无不克的坚固屏障，牢牢守住祖国的北大门！

看着老照片，件件往事涌上心头。1971年7月的一天，艳阳高照，五十一团团党委召开全团“屯垦戍边，寓兵于农，建设边疆，保卫边疆，扎根边疆，红在边疆”誓师大会。会上，团首长做了热情洋溢的讲话；北京、天津、上海、唐山、呼市等城市来的兵团男、女知青先进代表也闪亮登场，做了《十二级台风刮不倒，青石板上把根扎》等典型发言。兵团军人及复员军人、五十一团兵团知青们决心用实际行动在祖国辽阔的北部边疆构筑起一道，当时称为“反修防修”的可靠坚固的屏障。

正如毛主席说的：“军民团结如一人，试看天下谁能敌！”当时，军人、复员军人、兵团知青人山人海，掌声雷动。誓师大会开得庄严肃穆。兵团战士们慷慨激昂，发言、写决心书。醒目的大标语也贴满了团部里外的所有墙壁，成为千里草原上一道靓丽的风景线。

当笔者出神地看着当时和我同时一个连、同一个排、同一个班的十几位兵团战友时，心情格外激动。当年“发扬革命传统，争取更大光荣”“屯垦戍边，寓兵于农，扎根边疆，保卫边疆”的豪言壮语还犹在耳边回响，令我难以忘怀。

当年战斗生活在乌拉盖草原，虽然条件比较艰苦，但是广大知青们百炼成钢，其中的甜、酸、苦、辣真是难以用语言来形容。劳动创造了世界，锻炼了体魄，磨炼了钢铁般的意志，让我们懂得了人生的道理，活着就要为祖国的强盛、人民的美好生活发光发热！为祖国边疆的繁荣昌盛和和谐稳定贡献青春和力量，无怨无悔地默默奉献！

如今，勤劳勇敢的蒙古族牧民在夕阳的余晖中，在洁白的雪地中，在弯弯曲曲的乌拉盖河畔两岸，在一望无际的锡林郭勒乌拉盖大草原放牧着漫山遍野的牛羊、马、骆驼，与一望无际的锡林郭勒乌拉盖原生态天堂草原和谐相处，胜似人间仙境！

昔日兵团战士打狼的故事

1970年春季的一天，春寒料峭。六师某团某连某班3名兵团战士背着半自动步枪去边防线上巡逻。中午时分，从六师某团的一个边防连队不远的一个山坡上，发现了7匹狼，排成一字形，从东向西慢跑着。看到狼群，巡逻的副班长刘某随即端起半自动步枪朝着最前面领头的一匹母狼开枪射击，随着“砰”的一声枪响，母狼倒地，其余6匹狼发疯似的闪电般朝开枪的刘某张着血盆大口扑来，其余2名兵团战士大声呼救，并朝天鸣枪示警。不远处大批兵团战士在现役军人王连长的带领下飞跑、呐喊，6匹野狼才掉头往西边山后逃串。虽然，该副班长的棉裤被野狼撕破，但有惊无险。

事后，当地牧民说当时狼正发情，跑在最前面的是匹大母狼，其余6匹是公狼，如果从后面往前打，就不会有危险。

1972年10月初刚进入秋季，乌拉盖地区一场大雪覆盖了原野。白雪皑皑，银装素裹。此时，想起唐朝边塞诗人岑参写的《白雪歌送武判官归京》里的优美诗句，“北风卷地百草折，胡天八月即飞雪。忽如一夜春风来，千树万树梨花开”的美景浮现在眼前。

冬季，白雪皑皑，朔风凛冽，好一派北国风光的壮丽美景。兵团知青披星戴月，战严寒、抗冰雪，战天斗地，其乐无穷！

记得1971年深冬，白毛风呼啸而来，经常出现近零下40度的严寒，寒风刺骨。五十一团牧业连好多牧民、兵团知青及原场职工4个人组成一个牧业小组，在冰天雪地里放牧，成千上万头（只）牛羊在白茫茫的原野中，住蒙古包游牧。当时，当地蒙古族牧民以家庭为单位放牧着成群的牛羊，也有单放马群的牧工，马倌们晚上也跟群放牧，在近零下40度的严寒里，头戴长毛羊皮风帽，身穿一件里外带毛的得勒（大皮袄），脚穿冬季厚实的长马靴或毡靴。晚上累了，牧民和兵团知青们就顺风席地而卧。他们在冰冷的雪地中，跟着马群走动着放牧。尤其，野外突然刮起白毛风，马群一夜能跑几十里甚至上百里。牧民和兵团战士也要骑马或者步行几十里甚至上百里，为的是保护集体和国家的财产不受损失。当时，牧民和兵团知青们在零下三四十度的严寒里放牧，战天斗地，其乐无穷。

那时草高风大，大雪封山，白雪皑皑，经常刮起白毛风，几乎5步之内不辨人马。半夜时分，常有野狼来袭，咬死牛羊的事时有发生。连队的牧民和兵团知青们联合起来，围捕狼群，保护牛羊的动人事迹也在那个年代上演着。一个冰天雪地的早晨，满山遍野的积雪和刺骨的西伯利亚寒流怒吼着。在草原守候了大半夜的牧民和兵团知青十多人，正在围着五十一团西北部的几座山坡附近四处冒着草尖的数十平方公里的草原上。天快放亮时，天津兵团知青蒋连宝等人听到，从对面西北角山坡上传来几声狗叫。这声音打破了这寂静原野沉闷的气氛。赶快上马围堵！在几只猎狗和牧民、兵团知青东西南北来回合围追赶下，3匹野狼气喘吁吁，再也跑不动啦。牧民上前用套马杆把3匹狼的脖颈套住，骑马在雪地上拖了近1000米，几只猎狗也冲过来撕咬。鲜血殷红了洁白的雪地草原，3匹狼命归西天去了。

经过牧民和兵团知青们的几次围捕，狼偷袭羊群的事有效得到了遏制，国家财产得到了有效地保护，知青们兴奋不已。

如今，狼在乌拉盖地区成为稀有动物，成了国家二级保护动物。

广阔天地大有作为，百炼成钢

一轮红日从东方升起，把内蒙古乌拉盖草原照得格外壮美。1969—1972年，成百上千的现役军人，复员战士，从北京、天津、上海、呼市等地奔赴内蒙古生产建设兵团第六师五十一至五十七各团。（当时56团待建）

1971年，我17周岁，正值青春年华。我出生于锡林郭勒盟太仆侍旗宝昌镇

（原察哈尔盟府所在地）。当时，我们数百名城镇知青朝气蓬勃，积极响应伟大领袖毛主席“知识青年到农村去，接受贫下中农的再教育很有必要”和“农村是一个宽阔的天地，到那里可以大有作为的”号召，步入上山下乡的热潮。当时《人民日报》刊登了邢燕子、侯隽等响应党的号召，深入广阔天地接受贫下中农再教育的事迹。

后来，听说敬爱的周总理动员其亲侄女周秉建来到了锡林郭勒盟西乌旗草原的某个嘎查的一个浩特中，与牧民同吃、同住、同劳动。这动人故事，激励着我们向她们那样去生活、战斗，做一个对社会、对人类有所奉献的人。

曾记得那是1969年的冬天，我们刚上宝昌一中，学校组织我们到宝昌镇西十字路口大转盘街区中心，手捧红宝书（毛主席语录），敲锣打鼓，举着红旗和“热烈欢迎北京、上海知青到祖国锡林郭勒盟北疆牧区接受贫下中牧再教育”等鲜红的条幅，在零下30多度的凛冽寒风中欢迎来自北京、上海的大批知青，还为他们每人送上一件白茬大皮袄。当时，我们目送北京、上海知青们穿着大皮袄，坐着解放牌汽车一路向锡林浩特方向驶去，凛冽的寒风卷起了阵阵飞舞的雪花，在他们北去的敞篷卡车中，雪花飞舞。当时我的心情难以用语言来形容。“向他们学习！”“向大哥哥、大姐姐们致敬！”当时欢迎他们的响亮口号又此起彼伏对回响在耳边。

没想到在1971年上半年，我也在大哥哥、大姐姐精神的感召下，步大城市知青的足迹，来到中国人民解放军北京军区序列部队第六师五十一团八连，（原胡硕庙储备繁殖牧场所在地）成为一名光荣的兵团战士，心情无比激动。当时，太仆侍旗宝昌镇200名左右城镇知青都分配到内蒙古生产建设兵团五师四十三团、四十五团及太旗贡嘎宝力格苏木或农业公社嘎查、大队等插队，接受农牧民的再教育，锻炼成长。

当时，我有幸来到了六师五十一团八连，成为一名手挎钢枪的兵团战士。头年等除了按部队编制按时发放伙食、夏冬衣服，每月还有5元钱的津贴费。津贴费第二年6元、第三年7元、第四年8元，第五年时每月发放包干津贴32.5元。从此，伙食实行饭票制，衣物实行购买制。当时，我们连从连长到指导员、副连长、副指导员，有现役军人5名。临近200米左右的牧业连、牧业连、机运连共用一个正式军医，如有大病可转到五十一团卫生院、师部地区军医院治疗。当时五十一团八连设女知青卫生员2名。原胡硕庙原场干部吕江傲，担任八连副连长，主管后勤工作。他先还健在，属离休干部，已90多岁的高龄了。他曾是“三八”式抗日战士。当时虽然条件艰苦，但我们豪情万丈，战天斗地，其乐无穷！

奋不顾身拦截惊马大车，保护儿童生命

记得1971年5月中旬的一天，是个风和日丽的上午10点多，因马受惊吓，一辆4匹马拉的满载一车石头的大马车突然从六师五十一团团部东北方向石头坑的半山腰处闪电般从半山腰直接冲下马路近1000多米，直接冲到五十一团部西南方向最前面的一排居民房前偏东方向的一座牛粪垛旁边。正巧牛粪垛旁边有一个3岁、一个4岁和一个5岁的3个儿童在玩耍。3个儿童顿时吓呆了，不知躲闪，眼看受惊吓的马车即将把3名儿童卷入车底，说时迟，那时快，我飞步上前，抄起牛粪垛旁边的一把铁锨，奋力往高空向受惊吓的打头方向的3匹马用力一挥，3匹头马一掉头把我卷入车底，连驾车的辕马共4匹马16个马蹄子和近3吨重的石头腾空而起，从我身上飞驰而过。当时，马车又向西南无人区的草原飞驰而去了。我从车底爬起来，向着不远处飞奔过来拦惊马的几位兵团战士挥了一下手后，就昏迷了过去。几位兵团知青把我背起来，送往五十一团（基建连）连部卫生室抢救。五十一团基建连连部临时没在五十一团团部西南路旁的一座雪白的蒙古包里，现役军人杨连长和军医等人急忙上手抢救我。大约抢救了一刻钟左右，我恢复了神智，一屁股坐了起来，看看浑身上下毫发无损，真是个奇迹啊！几位儿童的父母感激涕零。其中，那个4岁的孩子是五十一团后勤处财务科会计张凤勤的孩子。五十一团司令部基建科工作的草静安的老伴刘某已满头白发，她当时已68岁了。老大娘眼角流出了泪水，激动地说：“这小伙子命大啊，大难不死必有后福呀！”

现在偶然回想起这件险象环生的往事，那惊险的场面还历历在目，心里还有点儿后怕呀。真是好人一生平安啊！

全盟第八次精神文明现场会成功在乌拉盖落下帷幕

2011年8月15日至16日，全盟第八次精神文明现场会成功地在乌拉盖管理区落下帷幕。这是全盟21世纪以来“以会促创”，是盟委、行署统筹两个文明建设的重大举措。盟委就全面贯彻落实好会议精神提出了5点具体要求。会议期间，锡林郭勒盟乌拉盖管理区党委主要领导受大会委托，做了题为《抢抓机遇快速崛起，建设锡林郭勒面向东北开放的重要支点》总结发言。锡林郭勒草原各族人民欢欣鼓舞。锡林郭勒盟乌拉盖市区大街小巷张灯结彩，气象一新，喜迎盛会的胜利召开。

8月15日夜晚，著名歌手腾格尔、奇峰等深入乌拉盖草原登台亮相。腾格尔演唱了《天堂》《传说》《蓝色故乡》。奇峰演唱了《我和草原有个约定》《锡林郭勒大草原》。来自蒙古国的著名歌手萨仁图雅为大家演唱了《你爱我吗》《鸿雁》。金琳琳表演了《梦幻与旋律》等。精彩的文艺演出博得了广大观众的阵阵掌声。文艺演出在全国总文工团演出的歌舞节目《为内蒙古喝彩》中推向高潮！

盟委、行署、人大、政协、盟委宣传部主要领导及盟文明办、盟直相关部门、各旗县市区领导等参加了盛会，同乌拉盖社会各界、广大农牧民等观众一千人左右观看了精彩的演出。

蒙古族牧户宝音陶格陶勤劳奔小康的故事

1975年底，兵团建制撤销，回归地方，恢复了地方国营农牧场建制。岁月如梭，时光飞逝。这几十年来，党的十一届三中全会以来的方针、政策如阳光雨露滋润着草原。乌拉盖草原先后在历届领导班子，广大干部、职工及农牧民朋友齐心协力的奋战下，发生了翻天覆地的喜人变化。此所谓人心齐，泰山移。

转眼到了2014年，大批原兵团知青再向草原行！这7月的草原，晴空万里，碧野千里，牛羊满坡，百鸟歌唱。又是一个风和日丽的早晨，崭新的轿车再次在碧绿的原野上飞驰。路边的野兔、旱獭偶然一闪而过。远处牛羊遍野，马群悠然自得，几十匹骆驼昂首挺立，一簇簇山丹花火红耀眼，野菊花等飘香万里。

美丽的草原上处处碧绿，鲜花绽放，河水、湖泊、清泉奔流。蒙古族牧户宝音陶格陶热情地接待了我们，一个大型现代化科学黄牛改良示范牧业点展现在我们面前。宽敞明亮的5间砖瓦结构的草原新居和数十间牲畜棚圈，各种机械化牧业生产机具，100多头膘肥体壮的西门塔尔牛休闲地吃着草料。当浓香的奶茶、香喷喷的手抓肉、雪白的奶豆腐、可口的马奶酒上桌后，我们尽情豪饮，引吭高歌。“一杯美酒下了肚，两面桃花腮上来。”主人宝音陶格陶美滋滋地打开了话匣子。改革开放以来的方针、政策，如春风化雨，滋润着草原。乌拉盖草原落实“双权一制”到位，草场牛羊全部承包到户，解放了生产力，广大牧民勤劳致富，草原发生了翻天覆地的喜人变化。宝音陶格陶拉着悠扬动听的马头琴，伴随着蒙古长调飞荡在千里草原，蒙古包周边鸟语花香，来宾和主人们陶醉在浓厚的喜庆欢快的氛围之中，给这寂静的千里草原带来了无限生机和欢乐。

宝音陶格陶这位蒙古族牧民，在这片美丽的草原上生活战斗了50多个春秋了。他们一家人笑容绽放，其乐融融。他们一家在国家生态保护奖补机制政策指引下，全部实行了减羊、增牛，增绿、增收的任务，实行了两转双赢。他们精神饱满地建设着新牧区。目前，他的牧业点儿有二代、三代以上西门塔尔牛100头左右，年收入20多万元，成为远近闻名的科学养畜、勤劳致富的带头人。

当年，在管理区和贺场举办的大型改良牛赛牲畜会上，宝音陶格陶家的改良牛荣获一等奖。近年来，他走出一条科学饲养西门塔尔牛的新路子，改良牛远销北京和东北市场，还有数十头西门塔尔牛被选育为北京中国农科院科学研究所实验的样本牛。

这位结实健壮的蒙古族牧民初步尝到了科技兴牧的甜头，成为乌拉盖贺场草原远近闻名的靠黄牛改良勤劳致富的示范户。

如今，他们一家人高兴地说："党的富民政策，使我们家和周边牧民户户有了砖瓦房，有了风光互补新能源长电，有了手机、牧业机械、暖棚暖圈、青储饲料，还有草场保护奖励政策等，不仅惠及牧户，也为保护草原生态和牧民铺平了道路。牧户足不出户就能收听收看120多套丰富多彩的无线电视节目。录音机、照相机、洗衣机、电冰箱、摩托车、搂草机、打草机、拖拉机、越野车、轿车、草原新居应有尽有。如今，乌拉盖草原的广大牧民也过上了像城市人一样的现代化生活。

宝音陶格陶曾多次被评为盟级、自治区级劳模。他像一朵草原盛开的山丹花，迎风怒放，火红耀眼，飘香万里。

《狼图腾》影片外景在风景如画的乌拉盖草原拍摄

总投资7亿元的电影《狼图腾》于2013年5月20日，在乌拉盖管理区贺斯格乌拉牧场草原开机拍摄，于2015年春节在全国上映，票房火爆，吸引了亿万观众的眼球。

《狼图腾》是姜戎的力作。他曾在兵团六师五十四团（满都）牧场当知青，对辽阔的草原和淳朴的蒙古族牧民生活情有独钟！他怀着对草原生活的热爱和回归大自然的本心，挥笔写下了《狼图腾》。这本小说自出版以来，连续6年高居文学图书榜的前10名。此小说被翻译成30多种文字，在海内外出版发行。如今，以《狼图腾》为蓝本，改编为电影。

《狼图腾》的片方找来了擅长拍摄动物电影的国际著名导演阿诺。该片以人和自然紧密和谐的关系为背景，体现了难以忘怀的草原生活和保护草原生态多样性及人类和动物和谐相处的深远的现实意义。

《狼图腾》是我国目前为止唯一一部描写动物题材的电影。此片以狼为载体，以人和自然紧密和谐的关系为背景，展示了在辽阔、深沉、静谧的乌拉盖天边草原，蒙古游牧民族对大自然的热爱，展现了人与自然和谐相处的生活场景，对展现草原生态文化的延续意义深远。

近年来，乌拉盖河畔又发生了翻天覆地的喜人变化，政治、经济、社会、文化、生态、教育、卫生、城建、交通等旧貌变新颜。市区内“五横八纵”的柏油路四通八达，畅通无阻；办公大楼、居民楼、商业楼、学校、医院、商场超市等高楼林立；兵团公园、文化广场，休闲娱乐比比皆是。天蓝、水清、草绿，牛羊满坡、人欢马叫、绿色发展，到处莺歌燕舞，好一派欣欣向荣的景色！

2017年，锡林郭勒盟乌拉盖管理区公共预算财政收入达到3.24亿元，2018年，乌拉盖管理区公共预算财政收入达到5.07亿元，同比增长56.6%，增速位居全盟第一位，经济总量位居全盟第四位。乌拉盖河畔的浪花，闪烁着银色的迷人的光芒！

远远望去，乌拉盖河水像一条银色的飘带，弯弯曲曲地向西南方向日夜不停地流去。乌拉盖河畔的浪花洁白如雪。天边草原上火红耀眼的美丽的山丹花，飘香万里，美不胜收。

展风采与音符共舞，抒豪情同旋律和声

——记乌拉盖合唱团

王增儒

生活美好用歌声表达，对草原热爱用真情亲吻。共同的爱好把我们聚拢，“勤奋、团结、更高、更强”是我们的团队精神，赞美草原是我们的真情流露，陶冶情操愉悦自己是我们的目的，为乌拉盖发声、为草原争光是我们的荣耀和责任。

乌拉盖合唱团成立后，经全体同仁的共同努力，由业余爱好向半专业和专业化方向转变，参加了多场赛事，取得不菲成绩，在传播引领地区文化和艺术普及发展方面，受到社会各界的好评和肯定。

乌拉盖合唱团的前身是乌拉盖管理区老年合唱团，成立于2009年，当时的基本成员多为退休的唱歌爱好者，由于年龄偏大，文化程度偏低，多数人没有受过专业的声乐训练，不少人抱着玩儿的心态参与。虽然他们坚持了几年活动，付出了努力，取得了一定成绩，但是在本地区举办的文艺赛事中难以取得好成绩，队员的音乐素质难有大的提升。针对以上实际情况，为提升和带动本地区文化艺术事业发展，满足人们对精神生活和音乐艺术的更高追求，丰富本地区文化事业，乌拉盖管理区宣传部、文体局和团领导研究决定对原老年合唱团进行整改。于2012年3月成立乌拉盖管理区业余合唱团（后更名为乌拉盖合唱团），将合唱团的目标确定为打造高水平、半专业化、能代表本地区参加盟内举办的群众文化艺术赛事的混声合唱团队。在保留骨干队员的基础上，广泛吸纳社会各行业具有一定音乐基础的爱好者参加，聘请执教于管理区中学的海秀斌老师利用周六日对团员进行系统的基础训练，经过三个多月的紧张训练，2012年7月在锡林浩特举办的第三届全盟群众文化艺术合唱节暨我的草原我的家歌唱比赛中获得旗县组大合唱一等奖、小合唱二等奖、优秀组织奖、优秀指挥奖、特殊贡献奖等多项奖项的好成绩。

地区发展催生精神追求

随着乌拉盖管理区近几年经济快速发展，基础设施不断配套完善，各行业发展水平都有大幅提升。人们的收入逐年增加，宜居城镇建设项目落实，健身、娱乐、学习，提高自身素质和生活质量成了人们的追求与共识，人们的业余生活越来越丰富多彩，各种业余爱好得以落地实现。体育馆、文化馆、图书馆、休闲广场、社区村镇里，人们依自己所好参加各类活动，唱歌、跳舞、健身、读书学习、摄影、书画、走秀、太极等各类文体活动蓬勃开展，文体活动水平在盟内受到好评，在多项赛事中取得好成绩。随着自治区级卫生城镇成功验收评定，人们正以满腔热情和信心为争创国家级卫生城镇和自治区级文明城镇的目标而努力着。乌拉盖管理区这片天边草原，正以纯美原生态的自然景观和文明和谐、诚挚好客、热情友好的姿态，吸引着越来越多的人士驻足、欣赏。人们生活安逸舒适了，展示我们的自信幸福、丰富多彩和朝气进取，追求健康向上的精神生活，陶冶情操，让身心更健康就成了我们的向往和重要需求。

领导重视，团员勤奋

自2012年7月参加锡林郭勒盟第三届我的草原我的家载誉归来后，合唱团队员学习更加自觉、努力、勤奋，又吸引来多位有一定基础的爱好者参团练习，使这支队伍的整体水平得到不断提升和加强，人员达到45人。成绩的取得与上级领导的重视是密不可分的，现在我团有专门的排练厅和音响、钢琴等相关器材设备，2013年5月，国家一级指挥，韩国第二届奥林匹克国际合唱大赛合唱比赛最佳指挥、金奖获得者乌仁珊娜老师，锡林郭勒盟文体局宝音局长亲临我团指导并对我团给予充分肯定。这对团员是个极大的鼓舞。后来，在不同场合，我们又多次得到他们的亲自指导。几年的合唱活动中，管理区拨专款给队员们做了多套演出服装，每逢参加盟和自治区比赛，主管部门领导都会亲自带队，多次获优秀组织奖。有了领导的鼓励、重视、支持，人们的心气、眼界放得更高了更远了，现在合唱团队员们个个不甘落后，努力学习，蔚然成风。队员们都明白，合唱团整体水平的提高有赖于每个队员素质的提升，谁都不愿意拖团队的后腿，人人都自觉克服困难，坚持进行基础训练，识谱能力和演唱技巧都得到了不断提高。从基础做起，着眼长远目标，用严格科学的训练方式提高演唱水平，用人性化、人情化完善内部管理，训练时间固定化、长期化，现在全团成员都在为这支队伍能走得更高更远而努力着。

爱好是动力，技艺助腾飞

合唱团刚成立的时候，队员们多数是爱好者，对发声和简谱都很陌生，虽然老师费了九牛二虎之力，不厌其烦的一字一句反复教唱，但提高总是很慢。因为年龄和文化程度不同，队员们的接受能力差别很大。队员们来自各行各业，集中训练时人员总是无法到齐，一个混声合唱的《牧歌》就练了6个多月，但还是唱不好，一段时间里，队员们玩乐和享受没有感觉到，反而觉得枯燥乏味，产生了不同程度的畏难情绪，个别队员知难而退了，但大部分人员还是坚持了下来。通过几年登台演出、训练，现在人们都感觉有很大的提高和巨大的收获，在演唱排练中感觉到了音乐给人的美感和享受。多个奖项的获得让我们都有了一种成就感和自豪感。几年来，合唱团每年都会参加管理区、盟和自治区组织举办的文艺演出并在比赛中获得好成绩。合唱团多次配合文体宣传等部门举办专场演出，送文艺下乡，推动了管理区文艺事业的发展和提高，丰富了群众的文化娱乐生活。几年来，乌拉盖合唱团为推介乌拉盖，让更多的人知道、了解草原做出了贡献。由此，引发出队员们更多的自豪感和强烈的责任感，使他们更加热爱合唱、热爱草原，关心爱护这个团队的活动和发展，珍惜以往取得的成绩和荣誉，同时也感受到团队的温暖。合唱团对队员们有极强的吸引力。队员们有了极大的向心力，珍惜每一次的排练。对自己能打造美妙和声的向往和追求及队友们亲如兄弟的友谊，把大家聚集在一起。我们在欢乐愉悦中学习提高，其乐融融，幸福感很强。

团结关爱，理解互助

合唱团刘秉学团长是退休干部，非常热爱音乐，为了地区文化事业的发展，为了合唱团的发展兢兢业业地工作，把合唱团各方关系梳理得井井有条。他的宽容、大度、理解、关爱把喜好音乐的人聚在一起，他成为合唱团的核心。

海秀斌老师当时执教于管理区中学，是本地长大的孩子，合唱团队员许多都是他叔叔、阿姨、大爷辈的人。开始的时候，他和队员都有些不好意思提问和回答。团领导和队员们都很理解和支持他的教学，队员们私底下也有议论，感觉他二十多岁的年纪，能干好本职工作就很不容易了，再用业余时间加班教队员们学习，而且任劳任怨，实在难得，能坚持下来认真教授专业知识，把合唱团的发展作为自己的一个长期事业来做更是难能可贵，尤其当他结婚、生子以后更忙，责任也更重，但他仍抽出时间来指导队员们进行训练，而且带领这支队伍走向了更大、更远、更辉煌的舞台。

我团队员所在行业不同，年龄差异大，作为一支队伍很难用单位行业的模式进行管理，我团靠的是人们的自觉自律，共同爱好，相互理解支持，从而共树的远大目标。队员们充满了为乌拉盖争得荣誉的使命感、责任感和自豪感，同时，在共同的学习进步中，音乐带给队员们的美感和享受把队员们凝聚在一起。2013年元宵文艺晚会由我团在乌拉盖文化馆成功举办，在本地区举办的乌拉盖河畔歌声群众文化艺术节上，我团的优美歌声更是征服了所有的评委和观众，艺拔头筹。2013年的春节晚会，我团为吉祥草原捧出了一道艺术享受的大餐。2014年5月，乌仁珊娜老师再次来我团进行指导，对所排练歌曲进行精雕细琢，队员们把控歌曲的能力得到进一步提升，对音乐艺术有了更深层的理解和感悟。在锡林郭勒之夏专场演出中，我们这支队伍更是超常发挥，在锡林广场刮起了合唱艺术之风。盟文体局宝音局长不无感慨地说："在大草原上欣赏到了来自天边草原的艺术之声，真是难得，更是享受。"2015年7月份与赛音安达合唱团联袂参加了国家一级作曲家宝音音乐作品专场演出活动，受到专家和社会各界人士高度赞誉。8月举办的第四届全盟合唱比赛中，我团又获得大合唱和女生小合唱二等奖的好成绩。2015年我合唱团先后参加管理区兵团文化周、抗战胜利70周年巡回演出和春晚演出，年内被内蒙古自治区音乐家协会合唱联盟吸收为团体会员，也是自治区合唱联盟56个团队中唯一一支旗县级团队。2016年6月，我团参加全区庆祝建党95周年举办的中国梦·草原情合唱活动，获朝格杯。2017年6月，为庆祝自治区成立70周年，合唱团在管理区文化馆上演专场晚会，独唱、戏曲、男女声小合唱、大合唱等歌唱草原和经典传统的歌曲将晚会推向一个个高潮，使观众在欣赏不同艺术作品中得到熏陶，激发起人们爱草原、爱家乡的热情。2018年5月，乌拉盖管理区合唱团参加了以"永远的春天"为主题的第十五届内蒙古草原文化节。为了庆祝改革开放40周年，自治区同全国其它省市一样高度重视，由自治区党委宣传部、文学艺术界联合会主办，自治区音乐家协会、自治区文化馆、自治区音乐家协会合唱联盟承办，于2018年5月26日至28日在呼和浩特市乌兰恰特剧院隆重举行。本次活动全区报名的队伍有70支，经专家评委赴各地预审，乌拉盖合唱团成为40支入围队伍之一。在此次展演中，我们获得优秀合唱奖和优秀组织奖。这个成绩是几年来全体成员努力的结果，我们跟专业团队相比确实还有不小的差距，但是能够代表天边草原与他们同台演出，给我们的是极大的鼓舞、莫大的荣誉和信心。

音乐、唱歌现在成了队员们生活中不可或缺的组成部分，我们生长在这里，草原是我们的家，我们的幸福、我们的快乐、我们的热爱我们在音乐里感染别人，也陶醉自己。我们用歌声讴歌天边草原的美丽富饶与安康。我们的歌声一定会伴随地区经济的发展，飘得更高，传播得更远，演绎得更悠扬。

执着的奉献

——记哈拉盖图农牧场巾帼志愿者服务队

李长花

在我的家乡乌拉盖哈拉盖图农牧场，随处可见一道美丽的风景，那就是巾帼志愿者服务队。

这支队伍组建于2012年，当时安荣芬同志（出生于河北省定县安会同村）突然产生了一个美好的愿望，就是想为她的第二故乡，也就是我的家乡做点儿事情。于是她组织了一支捡垃圾的队伍，目的是保护生态环境、美化家乡。万事开头难，起初，只有4个人支持她的工作。然而她没有放弃，依然坚持和追逐着自己的梦想。在她的影响和带动下，参加的人数与日俱增，巾帼志愿者的队伍逐渐壮大起来，直到2019年，巾帼志愿者已达到81人。安荣芬同志这种热爱家乡的情怀深深地感化了家乡的人民，她的爱虽然微小，却闪烁着光芒。她的好思想、好品德、好作风，为家乡人民起到了带头作用。她被锡林郭勒盟评为助人为乐道德模范。她的行为使我由衷地敬佩。每每看着老年人在街道两边以及树林间捡垃圾，我想我也应该为家乡做点儿贡献。于是，我也加入家乡这支光荣的环保队伍之中。

2014年5月1日这一天，春光明媚，风和日丽，队长安荣芬发号施令，早晨5点，巾帼环卫志愿者统一在商店门前集合。大家接到通知后，纷纷抵达指定地点。队长安荣芬不仅给大家一一发放线手套、一次性口罩、塑料袋和矿泉水，还把这支队伍组织的有条有理，给每人发一张时间活动表。这一幕我看在眼里，暖在心里。一切工作准备就绪，她再一次嘱咐大家，要注意安全。随后，她带领大家兵分两路，朝着水库的方向出发了。

我们身穿崭新的环保服，头戴崭新的环保帽，一手拿着崭新的环保工具，一手拿着自己缝好的垃圾袋。这一刻，我才真正意识到自己在同大家一起为美丽的家乡献上一份爱心。我们一边向前走，一边低着头，聚精会神地捡着公路两边以及树林间的垃圾，阳光照在我们身上暖暖的，一阵微风拂过，小草在微微地摇晃，仿佛在向我们点头问好；树枝在轻轻地摆动，仿佛在为我们加油点赞。不知不觉，我们把自己缝好的垃圾袋以及发放的垃圾袋都装得满满的，里面花样齐全，应有尽有。我们经过的地方甚至连一个瓶盖和烟头都逃不过我们的眼睛。

我们的队伍陆续地拉长了，在捡垃圾的过程中，我们不单单是捡垃圾，还懂得了捡垃圾使环境不会受到污染。虽然这是一件微小的事情，但是我能为美丽的家乡做一些力所能及的事情，我很自豪；虽然拎着满满的两袋垃圾越走越沉，但是我的心情轻松愉悦。走着走着，纱巾蒙住了我的眼睛，帽子挡住了我的视线，一不小心，脚底下的一个土坑把我给崴倒了，顿时，垃圾从袋子里纷纷滚落出来。我毫不犹豫地站起来，把撒落在地上的垃圾又一一地捡进了袋子里。看着用双手换来的收获，我不禁莞尔一笑。

走在返程的草地上，突然一只野鸭子被我的脚步声惊飞了。我迫不及待地向着野鸭子起飞的地方迅速走去，小心翼翼，仔细寻找。哦！果然有意外的发现。一个既结实又美观的草窝里竟然卧着6颗野鸭蛋，惊喜的心，促使好奇的手，想要去触碰它们，却又停住了。既要保护生态环境，更要保护它们，让它们继续生存和繁殖吧！

大家一边谈笑风生，一边引吭高歌，一边欣赏着家乡美丽的风景，真是其乐无穷。大家看看表，才7点多钟，一致认为多捡一会儿再回家。于是，我们又朝着相反的方向出发了。到了目的地，大家还是兵分两路，你追我赶，争先恐后地行动起来。我们走过草地、穿过树林，不一会儿，就捡完了。俗话说得好，人多力量大。我们把捡好的垃圾堆放在一起，等候着垃圾车来运输。回过头极目远眺捡过的地方，既干净又整洁，大家伙感到惬意无比，怀着喜悦的心情，兴高采烈地在微信群里告知我们都安全到家了，队长担负责任的心也就踏实了。

我愿意做一名家乡的义务劳动者，因为美丽的家乡，让我们享受到了美好的生活，我们没有理由不去爱护它；因为美丽的家乡，让我们拥有了一生的财富，我们没有理由不去回报它；因为美丽的家乡，给了我们温暖和幸福，我们没有理由不心怀感恩；因为美丽的家乡，是养育我们的地方，我们固然要去热爱它。

当你望着家乡的蓝天，踏着家乡的绿草地，喝着家乡甘甜的纯净水，呼吸着家乡清新的空气，你的胸中怎么能不去播撒爱的种子呢！

劳动最光荣，劳动最美丽，劳动最快乐。我们时时刻刻都要为美丽的家乡做贡献。我们愿化作一滴雨水，来滋润家乡的每一片土地；我们愿化作一盏灯，为家乡照亮；我们愿化作一缕清风，吹绿家乡的大地；我们愿化作一棵大树，永远守卫着家乡……无论是哪里需要，我们就会出现在哪里。

自从有了这支正能量的队伍，家乡的垃圾越来越少，景色越来越美。它就像一面旗帜，召唤着全体居民的思想和觉悟不断提高，不再随便乱扔垃圾，而且使每个人更加注重环保。

光阴似箭，日月如梭。就这样，日复一日，年复一年，无论是严寒还是酷暑，这支靓丽的队伍都执着并坚守着这片碧绿的草地，把爱的种子播种在了家乡的每一个角落，随处都留下了爱的脚印和闪光的心灵。这支靓丽的队伍用语言去传递快乐，用心灵去感受生命，用行动去守护梦想。这份执着的爱，会永远流淌在家乡这片绿色的草地上。这份执着的奉献，会永远闪耀在家乡这片肥沃的土地上。

无论是家乡的人民，还是路过的行人，请你们用金子般的一颗心，来与我们同心携手、携手共行，一同去营造和享受家乡的美景吧！

文学评论

《西游记》漫谈

——孙悟空有几位师傅

叶劲超

漫谈《西游记》孙悟空神猴形象的塑造至今还有着深远的历史意义和深刻的现实意义，值得我们为实现中华民族“两个一百年”的奋斗目标吸取精神力量，为中华民族的伟大复兴高歌一曲！

《西游记》是一部中外名著，它生动描写了唐僧师徒四人不远万里，跋山涉水，齐心合力，团结奋斗，一路降妖除怪，历经九九八十一难最终取得真经的神魔故事，热情歌颂了真、善、美，鞭挞了假、丑、恶。神猴形象塑造的现实意义深刻，意味深长。《西游记》显示了唐僧师徒四人西天取经路上，师徒如父子的牢不可破的团队精神，正义终将战胜邪恶、冬天已经来临，春天还回远吗？也向后人昭示了唐僧师徒团结奋斗才能一路降妖除怪，终成正果的深刻道理。

本文重点谈一下孙悟空有几位师傅。每个人的成长进步都会有老师的谆谆教导和辛勤培育。韩愈在《师说》中这样诠释：“师者，所以传道授业解惑也。”老师被尊称为“师傅”，中国人讲孝道，弟子视师如父，有“一日为师，终身为父”之说，对传授自己技艺的老师，师傅就变成了“师父”。

《西游记》中，孙悟空保护唐僧到西天取经，历经九九八十一难，终成正果。孙悟空从一只顽猴到成为斗战胜佛，在其心灵成长的历程中，离不开师父的指教。那他有几位师父呢？下面我们一同来解读。

第一位师父是须菩提祖师，在明。孙悟空受通背猿猴指点，为求“躲过轮回，不生不灭，与天地山川齐寿”的大道，从东胜神洲出发，来到南赡部洲，穿长城，游小县，八九年余参仙访道，无缘得遇，后来飘过西洋大海，来到西牛贺洲，苦苦寻觅下，受樵汉指点，找到“灵台方寸山，斜月三星洞”。这山、这洞真是个修心的好去处，洞主是菩提祖师。菩提祖师外现道人，实是佛家大圣，也就是《金刚经》中的须菩提尊者，在佛的十大弟子中解空第一。祖师儒释道三家都讲：“妙演三乘教，精微万法圣”，“说一会道，讲一会禅，三家配合本如然”。“大觉金仙没垢姿，西方妙相祖菩提。不生不灭三三行，全气全神万万慈。空寂自然随变化。真如本性任为之。与天同寿庄严体，历劫明心大法师。”

菩提祖师对石猴做了几件大事。第一是赐石猴姓名为孙悟空，从此悟空才成为有名有姓的大丈夫，也暗示悟空后来将皈依佛门，因悟“空”而成佛。唐僧后来评价此名说：“也正合我们的家派。”第二是悟空砍柴七年后，不教他“术、流、静、动”这些不得长生之道，三更时传他“长生之妙道”，后来禅宗五祖弘忍大师也是三更暗传六祖慧能大师无上大道。这长生妙道，功成可作佛和仙：“显密圆通真妙诀，借修性命无他说。算来总是精气神，谨因守藏休漏泄。休漏泄，体中藏，汝受吾传道自昌。口诀记来多有益，屏除邪欲得清凉。得清凉，光皎洁，好向丹台赏明月。月藏玉兔日藏乌，自有龟蛇相盘结。相盘结，性命坚，却能火里种金莲。攒簇五行颠倒用，功完随作佛和仙。”显然悟空没学到家，未成佛，只成了太乙散仙，所以后来还得经过跟唐僧取经而成佛。第三是传给悟空躲过“天雷、阴火、赑风”这“三灾利害”之法“七十二般变化”。第四是传给悟空“朝游北海暮苍梧”的筋斗云，一筋斗能行十万八千里。第五是临别时对悟空谆谆嘱咐，严词告诫：“戒卖弄，恐人嫉妒加害；速归去，全性命，恐人谋害”。这与后来六祖慧能得法以后就急忙躲离，如出一辙；“勿泄密”，悟空出道以后很少泄露师承，以免惹祸牵连师门，但也有几处露出蛛丝马迹，透露玄机。《西游记》第二回中他向群猴讲述学道经过："又渡西洋大海，到西牛贺洲地界，访问多时，幸遇一老祖，传了我与天同寿的真功果，不死长生的大法门。"《西游记》第十七回孙悟空向黑熊精自报家门："一点诚心曾访道，灵台山上采药苗，那山有个老仙长，寿年十万八千高。老孙拜他为师父，指我长生路一条。"第五十二回告诉青牛精："立志拜投方寸地，虔心参见圣人乡。学成变化无量法，宇宙长空任我狂。"第六十七回向老者讲述："自拜灵台方寸祖，学成武艺甚周全。"

悟空拜菩提祖师为师父给我们的启示：一个人刚走出大学校门，即使是毕业于北大、清华、哈佛、耶鲁，名校出身、高师指点，才高八斗、学富五车，也千万不要骄傲自大、自视甚高、目空一切，须知天外有天、山外有山、人外有人，否则，迟早会吃大亏。悟空本事再大，也逃脱不了如来的手掌心。

第二位师父是太上老君，在暗。太上老君乃道教三清之一，又称太清道德天尊，在人间著《道德经》五千言，西出流沙，不知所踪，原来升天作祖，在三十天上离恨天兜率天宫，炼丹养真，度化有缘。太上老君何以为悟空之师？却有以下几多原因。

第一是悟空之贴身兵器如意金箍棒是太上老君所炼，虽非亲赐，实为转赠。"棒是九转镔铁炼，老君亲手炉中煅。禹王求得号神珍，四海八河为定验。中间星斗暗铺陈，两头箍裹黄金体。花纹密布鬼神惊，上造龙纹与凤篆。名号灵阳棒一条，深藏海藏无人见。成形变化要飞腾，飘摇五色霞光现。老孙得道取归山，无穷变化多经验。"如意金箍棒又名定海神针，从禹王治水到唐僧取经，近三千年，久在东海龙宫隐藏，默默无闻。偏偏悟空既将出现，就现异相，神器应主，璀璨生光，真是与悟空有缘，用龙婆、龙女的话说："观看此圣，决非小可。我们这海藏中，那一块天河定底的神针铁，这几日霞光艳艳，瑞气腾腾，敢莫是该出现，遇此圣也？"神仙收徒，出徒之前，必付法宝。太上老君对过去、现在、未来无所不知，造棒之时早已知道如意金箍棒的真正主人是悟空。悟空大闹天宫，打遍天宫无敌手，全凭金箍棒一根，老君却未收去，将悟空放在八卦炉中锻炼，仍未收去，被压五行山下，还未收去。这金箍棒曾被老君的坐骑青牛用金刚琢收去，而太上老君不收，非不能也，实不为也，可见是老君故意"放水"，除此之外，还有更好的解释吗？为什么不收？因将来自有大用，“全凭此棍保唐僧，天下妖魔都打遍”。

第二是赐给悟空五壶仙丹，帮助悟空炼成金刚不坏之躯。悟空二上天宫，被封齐天大圣，无事牵萦，自由自在，闲时节会友游宫，交朋结义，见三清，称个“老”字，逢四帝，道个“陛下”，与其他神仙俱只以弟兄相待，彼此称呼，可见悟空对老君很尊重。悟空酒醉蟠桃宴后，仗着酒，任情乱撞进兜率天宫，进门顿然醒悟，“一向要来望此老”，还懂得“整衣”撞进去，不见老君，四无人迹，直至丹房，炉火还着着，却无看炉的道人、架火的童子看守。丹炉左右安放着五个葫芦，葫芦里都是炼就的金丹，被悟空吃炒豆似的倾葫芦而尽。悟空自出道以来，识破了内外相同之理，也曾想炼丹济人，今日有缘，自己未曾炼丹，自有有心人送上门来，真是“踏破铁鞋无觅处，得来全不费功夫”。悟空食后功力大增。后来老君评价说：“我那五壶丹，有生有熟，被他吃在肚里。运用三昧火，煅成块；所以浑做金刚之躯，急不能伤。”老君为什么不在？原来老君与燃灯古佛讲道，并且将众仙童、仙将、仙官、仙吏统统带去侍立左右听讲，不留一仙值守兜率宫，岂不怪哉？宫门不锁，岂不怪哉？丹炉还着着火，不安排一仙童看守，岂不怪哉？这金丹非同小可，乃“九转金丹”，专为玉帝“丹元大会”而备，食者非仙即佛。凡人食一粒，可立即飞升仙界成仙，不用度劫；修真人吃一粒，可与天地同寿，成就金仙之躯，况吃五壶？比如猪八戒做凡人时，本是心性愚拙、贪闲爱懒的蠢汉，机缘巧合，服了一粒“九转大还丹”，功圆行满，成为金仙，被玉帝敕封天蓬元帅。如此贵重，已经炼就既不放入保险箱，又不安排武仙保护，岂不怪哉？其实，捅破窗户纸，说怪也不怪，说明这是老君有意安排。悟空自己也曾说漏嘴：“押赴太清兜率院，炉中锻炼尽安排。”妙在“尽安排”三字。悟空还多次向妖怪炫耀自己炉中被锻炼的经历：“生就铜头铁脑盖，天地乾坤世上无。斧砍锤敲不得碎，幼年曾入老君炉。四斗星官监临造，二十八宿用功夫。”“送在老君炉里炼，六丁神火慢煎熬。”“百计千方弄不死，将吾押赴老君堂，六丁神火炉中炼，炼得浑身硬是钢。”

第三是八卦炉中炼悟空，炼成火眼金睛。小圣施威降大圣，悟空与显圣二郎真君争斗紧张之时，不防被老君的金刚琢兜头打中了天灵，又被细犬照腿肚子上狠咬一口，跌了一跤，被显圣赶上，勾刀穿了琵琶骨，再不能变化。悟空被天兵押去斩妖台下，绑在降妖柱上，刀砍斧剁，枪刺剑刳，火烧雷打，不能伤损一毫。玉帝无奈之际，老君及时出现，荐言将悟空放在自己的八卦炉中文武火锻炼，可以化为灰烬。悟空被放入炉之前，被解去绳索，放了穿琵琶骨的钩刀，使他在炉中可以自由活动。那炉是乾、坎、艮、震、巽、离、坤、兑八卦，悟空深通其理，躲在“巽宫”之下，有风无火，不但躲过一劫，反而炼成了火眼金睛，可以认得好歹真伪，能看清千里之外的蜻蜓展翅，善识别妖魔鬼怪，圣贤仙佛。老君是道家之祖，怎能不知个中奥秘。七七四十九日，老君的火候俱全，开鼎取丹，悟空时到功成，跳出丹炉，蹬到八卦炉，老君只是象征性地抓一把，被悟空悴了个倒栽葱，任悟空狂舞金箍棒，肆意逞凶却不收回，放纵悟空扬长而去，再次大闹天宫。

第四是两人相处的态度值得玩味。悟空一般称老君为“老官儿”，他同样称呼过“老官儿”的还有玉帝、太白金星、驼罗庄李老汉等，前三者为神仙，后者为凡夫。对凡夫而言，“老官儿”是对年老者的尊称；对神仙而言，“老官”二字大有讲究。“老”，甲骨文为（像上卿、大夫戴的冠冕）（人）（手拄棍杖），表示头戴冠冕，手拄拐杖的年长上卿或大夫。“天子之老”就是天子手下年高德望重的五官之长——伯。“官”，甲骨文（宀，房屋）（兵符，权印），表示放兵符的房屋，造字本义是藏有朝廷所授权印的军政要地、政府，后来引申为拥有权力的军政要员、领导者。《说文》中讲：“官、吏、事君也。从从。犹众也，此与师同意”，明确说明“官”字与“师”字含义相同。“师”甲骨文是圆形玉石的一块。朝廷将刻有虎、狮等图案的圆形玉石，切割成裂纹不同的两块，一块放在朝廷，一块由出征元帅掌握，两块相合则证明检验兵权、调动军队的真实性，造字本义是古代检验军权的兵符，在《礼记·祭法》中记载“官师一庙”，“师”也是“官”，不过是“官”中的“长者”。“师”后来也被引申为某个领域的高人，和“官”一样，倍受别人的尊重。可见在上古时候，“老官”即“老师”，“老官儿”只是加了个儿化音，便于口头称呼。老君则称呼悟空“偷丹的贼”“你那猴子”“这猴子”“这泼猴”，一副老师对弟子昵称的口吻，悟空也不生气。相反，如黑熊精在观音菩萨处得了正果，奉观音菩萨之命去迎接悟空，叫一声“孙悟空”，悟空马上呵斥：“你这个熊罢！悟空可是你叫的。”悟空一向心高气傲，诚心施礼的对象很少。见了玉帝，他只是唱个大诺；见了福禄寿三星，只是叫一声“老弟们，作揖了”；见了东华大帝，也只叫声“帝君，稽首了”，帝君还得慌忙回礼；倒身下拜过观音菩萨、弥勒菩萨、释迦牟尼佛祖、唐僧。那他见了老君如何施礼呢？老君化作瞽者下界去平顶山莲花洞接回看守金炉、银炉的童子，悟空识破其真身，“慌得近前施礼”，一副迎接来迟、诚惶诚恐的模样，非对师态度而何？观世音菩萨与老君达成默契，派看炉二童子下界作魔，测试唐僧师徒是否真心西去取经，其实还有一重目的，便是检验一下悟空的本领到底如何，为此不惜血本，派出五件宝贝：紫金红葫芦、羊脂玉净瓶、七星剑、芭蕉扇、幌金绳，占老君自己掌握的宝贝的百分之七十以上，真是舍得啊。《西游记》中老君的法宝投入使用的一共出现过十件，除了上边的五件，还有如意金箍棒为悟空所有，上宝沁金钯即九齿钉耙为八戒所有，紫金铃为观世音菩萨所有，金钢琢、八卦炉归老君自己掌握。悟空为救乌鸡国王，去太上老君处求丹，老君送他一丸“九转还魂丹”，老君说：“拿去、拿去！送你一粒，医治那皇帝，只算你的功果罢。”老君自己舍得一粒金丹救一位凡人，难得；救人功果完全归于悟空一人，非对徒弟态度而何？

悟空师从太上老君给我们的启示：一个人从学校走向社会遇到前辈欣赏并且前辈还乐意帮助、指教、提携，要懂得感恩和珍惜，要不断提高自己的综合素质，特别是实践能力，完善自己。机会永远垂青有准备的人。否则，伯乐来了但自己不是千里马，“朽木不可雕也，粪土之墙不可圬也”，岂非白白辜负了前辈的厚爱？！

第三位师父是观世音菩萨，在暗。观世音菩萨久已成佛，实是古佛，号正法明如来，倒驾慈航，乘愿再来，寻声救苦。“若有无量百千亿众生，受诸苦恼，闻是观世音菩萨，一心称名，观世音菩萨，即时观其音声，皆得解脱。”又名观自在菩萨，“照见五蕴皆空，度一切苦厄”。

观音菩萨妙难酬，清净庄严累劫修。

三十二应遍尘刹，百千万劫化阎浮。
瓶中甘露常时洒，手内杨柳不计秋。
千处祈求千处应，苦海常作度人舟。

观世音奉佛法旨，前去东土大唐寻取经人，路过五行山，对悟空现状“叹惜不已”，并作诗一首。诗云：

堪叹妖猴不奉公，当年狂妄逞英雄。
欺心搅乱蟠桃会，大胆私行兜率宫。
十万军中无敌手，九重天上有威风。
自遭我佛如来困，何日舒伸再显功！

对悟空的感叹、赞赏、惋惜、期盼溢于言表。观世音菩萨为什么是悟空的师父呢？有以下原因。

第一是为悟空受了戒行，实为悟空的皈依师。悟空曾亲口讲“幸观音菩萨与我受了戒行”。

第二是通过唐僧的手转授给悟空“紧箍儿”。这本是如来佛祖的五件宝贝之一，驱动它的咒语非同小可，名叫“紧箍儿咒”，又名“定心真言”。戒生定，定生慧，功用非凡，可以使自视甚高、神通广大的妖魔收服安心，摈斥外道、皈依佛门，用佛祖的话讲：“撞见神通广大的妖魔，你须是劝他学好，跟那取经人做个徒弟。他若不伏使唤，可将此箍儿与他戴在头上，自然见肉生根。皈依所用的咒语一念，眼胀头痛，脑门皆裂，管教他入我门教来。”佛主本有“金紧禁”咒语三篇，为佛家至宝，菩萨非收徒不用。另外两篇，菩萨收了黑熊怪和红孩儿成为自己的徒弟。

第三是帮助悟空尽心尽力，全心全意，不辞辛劳，无怨无悔，全天候、全覆盖。菩萨亲口许诺悟空：“假若到了那伤身苦磨之处，我许你叫天天应，叫地地灵。十分再到那难脱之际，我也亲来救你。”悟空每到危难之际无计可施之时，求救最多的是菩萨，而且认为理所应当，菩萨也有求必应。

第四是传给悟空无上法宝三片杨柳叶，化作三根救命毫毛，功能远大于金箍棒。金箍棒只能护身，毫毛可以救命："若到那无济无主的时节，可以随机应变，救得你急苦之灾。"悟空被狮驼山大鹏装进阴阳二气瓶，孤拐都被火烧软了，命悬一线，万般无奈、凄怜吊泪之际，忽然想起菩萨曾赐他三根救命毫毛，变成金刚钻，钻透二气瓶，才脱得身。

第五是菩萨随机说法传授悟空成佛心法。菩萨下山收服熊罴怪，在悟空的建议下化作凌虚子，悟空道："妙啊！妙啊！还是妖精菩萨，还是菩萨妖精？"悟空问得好，所以菩萨笑道："悟空，菩萨、妖精，总是一念；若论本来皆属无有。"行者心下顿悟。《金刚心总持论》云："一切善恶皆出自心。自心修善全身安乐，自心造恶全身受苦，心是身主，身是心用。所以者何？佛由心成，道由心学，德由心积，功由心修，福由心作，祸由心为，心能作天堂，心能作地狱，心能作佛，心能作众生。是故心正成佛，心邪成魔，心慈是天人，心恶是罗刹。心是一切罪福种子。"众生住相，不得大道。《金刚经》云："凡所有相，皆是虚妄。若见诸相非相，则见如来。"

第六是观世音菩萨与悟空相处的态度完全是师徒之间的态度，悟空受菩萨指点，脱困五行山，每见菩萨，必自称"弟子"，执弟子礼，跪拜菩萨。悟空放刁或闯祸时，菩萨称呼"这猴子""你这个猴子"，甚至呵斥"大胆的马流，村愚的赤尻""你这泼猴"；悟空表现好时，菩萨笑着称呼"悟空"，悟空被唐僧驱逐委屈受气时，"欲待回花果山水帘洞，恐本洞小妖见笑，笑我出乎尔反乎尔，不是个大丈夫之器；欲待要投奔天宫，又恐天宫内不容久住；欲待要投海岛，却又羞见那三岛诸仙；欲待要奔龙宫，又不服气求告龙王；真个是无依无倚"。满腹委屈去找菩萨倾诉，像个受气的孩子，"行者望见菩萨，倒身下拜，止不住泪如泉涌，放声大哭"。菩萨则赶忙安慰悟空，教木叉与善财扶起道："悟空，有甚伤感之事，明明说来。莫哭，莫哭，我与你救苦消灾也。"完全是师父在不同情形下对待弟子的反应。

悟空师从观世音菩萨给我们的启示：人生总会遇到这样那样的烦恼，给我们带来无尽的痛苦，当我们迷惘时，要向明师请教，请明师帮助我们指点迷津、拨云见日、转识成智、化苦为乐、豁然开朗。坦然接受烦恼和痛苦。烦恼使我们变得成熟，痛苦使我们变得坚强，烦恼和痛苦反而会变成我们前进的动力。

第四位师父是唐僧，在明。唐僧原型为玄奘，是唐朝著名的三藏法师，法相宗创始人，汉传佛教历史上著名的四大译经师之一，主要著作有《大唐西域记》《会宗论》《制恶见论》等，译经七十五部，共一千三百三十五卷。流传甚久、普及最广、脍炙人口的《般若波罗蜜多心经》就是法师翻译的，在《西游记》中称作《多心经》，多次帮助唐僧解脱魔瘴，“但念此经，自无伤害”，“此乃修真之总经，作佛之会门也”。《西游记》中唐僧是佛祖的二弟子，是金蝉子转世，十世修行的好人，每次转世投胎都作僧，矢志取经，九次不能得渡流沙河，现身河底，骷髅不沉，流沙河鹅毛也不能浮，“唯有九个取经人的骷髅浮在水面，再不能沉”。这九个骷髅后来配合观世音菩萨的红葫芦，化作法船，渡唐僧过弱水，化作九股阴风，寂然不见。第十次历经九九八十一难，以坚强的意志、顽强的品格、坚韧不拔的精神取经成功，成为旃檀功德佛。唐僧对悟空做过什么呢？第一是五行山救脱悟空，使悟空重新获得自由。第二是给悟空摩顶受戒，从此悟空正式成为出家僧人。第三是给悟空起了个诨名“行者”。“行者”在佛教中即头陀，是行脚乞食的苦行僧人，暗示一路上的化缘将由悟空承担，取经将历经苦难才能成功。第四是时时念诵《定心真言》拘束悟空谨守教会，接受正果，用观世音菩萨的话：“若不如此拘系你，你又诳上欺天，知甚好歹；再似从前撞出祸来，有谁收管？须是得这个魔头，你才肯入我瑜伽之门路哩！”第五是教给悟空仁心行善、慈悲悯人之道。悟空降妖除魔无数，但也多次打杀草寇。唐僧则不然，常怀善良之心，慈悲度人，用他自己的话：“出家人时时常要方便，念念不离善心，扫地恐伤蝼蚁命，爱惜飞蛾纱罩灯。你怎么步步行凶！打死这个无故平人，取将经来何用？”每每劝说悟空：“出家人行善，如春园之草，不见其长，日有所增；行恶之人，如磨刀之石，不见其损，日有所亏。平日行善，善犹不足；一日行恶，恶自有余。”悟空对唐僧不察皂白，颇不以为然，师徒常怀二心。他被唐僧赶走以后去找观世音菩萨评理，菩萨自有公论：“唐三藏奉旨投西，一心要秉善为僧，决不轻伤性命。似你有无量神通，何苦打杀许多草寇！草寇虽是不良，到底是个人身，不该打死。比那妖禽怪兽，鬼魅精魔不同，那个打死，是你功绩；这人身打死，还是你的不仁。但祛退散，自然救了你师父，据我公论，还是你的不善。”自六耳猕猴被灭以后，悟空才除灭二心，一心一意，与取经团队同心同德西天取经。第六是组成取经团队，给悟空提供降妖除魔、大出风头的平台。非如此，悟空纵有天大本事，不能“功成归极乐，汝亦坐莲台”。悟空不能自己去取经，用沙僧的话说：“自来没个‘孙行者取经’之说。”又说：“菩萨曾言：取经人乃如来门生，号曰金蝉长老。……遇路上该有这般魔障，解脱我等三人，与他作护法。兄若不得唐僧去，那个佛祖肯传经与你！却不是空劳一场神思也？”

悟空拜唐僧为师父给我们的启示：人要树立远大的理想、正确的目标，不能浑浑噩噩，虚度光阴。选择大于努力，要选择适合自己的团队和职业，把实现社会价值和实现自我价值有机结合起来，沿着既定的目标百折不挠、奋勇前进，最后一定会实现理想、完成目标、取得成功。

悟空为什么有两位师父暗中出现呢？悟空本事大，惹祸生非的频率也高，影响也大，用菩提祖师的话说：“你这去，定生不良。”他常常弄到不可收拾的地步，非两位师父暗中调和，曲意帮忙，不能解脱困局。两位师父以菩萨、道祖的身份出现，也便于维护天庭的尊严和秩序，树立公平、公正、公开的形象，避免给人留下偏袒徒弟的口实。

悟空从每位师父身上学到了不同的东西，全面潜心修炼，综合素质提高，才达到圆满境界。他对待每一位师父的态度侧重点有所不同，可以用一个字来概括。

对待菩提祖师是“怕”。菩提祖师是悟空的启蒙师父，一向对悟空管教甚严，仅仅因为悟空在师兄弟面前卖弄就将他逐出师门，并且严厉警告悟空：“你这去，定生不良。凭你怎么惹祸行凶，却不许说是我的徒弟。你说出半个字来，我就知之，把你这猢狲剥皮锉骨，将神魂贬在九幽之处，教你万劫不得翻身！”悟空应诺：“绝不敢提起师父一字，只说是我自家会的便罢。”此后，悟空虽然有几次在向妖精介绍自己来历时，透露了一星半点师门消息，也只是藏头露尾，点到为止。“怕”的造字本义是因心里没底而发慌。悟空对师父的法力有多高强没底，对自己闯的祸有多大没底，闯祸之后，想起师父临别警告就会发慌。

对待太上老君是“感”。在太上老君的暗中帮助下，悟空的本领更加高强，逢凶化吉，遇难呈祥，而且太上老君对他无私帮助，不图任何回报，对此，悟空心知肚明，多次自豪地讲“炉中锻炼尽安排”。在当齐天大圣的过程中，与老君相处，亦师亦友，二人有平等交流的成分，所以悟空可以和老君戏谑。在悟空为救乌鸡国王向老君求借“九转还魂丹”的过程中表现得淋漓尽致。先开玩笑说借一千丸，老君说没有；再说借“百十丸也罢”，老君说也没有；再说借“十来丸也罢”，老君怒道：“这泼猴却也缠帐！没有、没有！出去、出去！”悟空假装要走，老君怕悟空怂懒返回偷丹，不得已只得送他一粒。悟空却要赖说：“老官儿，既然晓得老孙的手段，快把金丹拿出来，与我四六分分，还是你的造化哩；不然，就送你个‘皮笊篱，——一捞个罄尽’。”老君送他以后，他又假装一口吞到肚里，“慌得那老祖上前扯住，一把揪着顶瓜皮，攥着拳头，骂道：‘这泼猴若要咽下去，就直打杀了！’”行者笑道：“嘴脸！小家子样！哪个吃你的哩！能值几个钱！虚多实少的。在这里不是？”老君发现悟空是在开玩笑之后，松一口气说：“去罢！去罢！再休来此缠绕！”“感”的造字本义是心完全被触动，如感触、感动、感恩、感激、感谢、感化、感人等。《说文》：“感，动人心也。”《易·系辞》：“感而遂通，天下之故。”悟空感激老君对他所做的一切，但并不表现在表面，二人惺惺相惜，心有灵犀，彼此呵护尽在不言中。

对待观世音菩萨是“敬”。悟空每到南海紫竹林就“端肃尊诚”，见了菩萨必倒身下拜，说的最多的是“弟子孙悟空志心朝礼”，而且不敢在菩萨面前行筋斗云。悟空自己讲：“弟子不敢在菩萨面前施展。若驾筋斗云啊，掀露身体，恐菩萨怪我不敬。”悟空被红孩儿的三昧真火烧以后，投入涧水内救火，被冷水一逼，弄得火气攻心，三魂出舍，皮肉酸麻，腰膝疼痛，驾不起筋斗云，不能去南海请菩萨降妖。八戒自告奋勇要去，悟空恐八戒失礼，专门叮嘱八戒：“若见了菩萨，切休仰视，只可低头礼拜。等他问时，你却将地名、妖名说与他，再请救师父之事。”《说文》：“敬，肃也。”“敬”造字本义是恭敬、端肃，恭在外表，敬存内心。悟空对菩萨是百分之百的诚心，无一丝一毫之做作。

对待唐僧是“亲”。唐僧与悟空名为师徒，实如父子，“父子有亲”。悟空本一天产石猴，无父无母，唐僧的出现正好弥补了这一缺陷。唐僧对待悟空像对待自己的儿子一样，唠唠叨叨，总是看不惯悟空的一些做法，动不动还施行“家法”，念念“紧箍儿咒”，骂骂“泼猴”。悟空也嫌唐僧絮叨，多次有离家出走的念头，内心还有嫌唐僧没本事还不省事的看法。所以取经路上，二人一路走来好长时间磕磕绊绊。在一起时，互有意见，不在一起时，互相惦念。悟空初被唐僧写了贬书赶回水帘洞，唐僧赌气表示永不相见，悟空“噙泪叩头辞长老，含悲留意嘱沙僧”：“倘一时有妖精拿住师父，你就说老孙是他大徒弟。西方的毛怪，闻我的手段，不敢伤我师父。”回到水帘洞，坐卧不宁，八戒去求救，悟空透露心声：“老孙身回水帘洞，心逐取经僧。”他的一颗心始终在唐僧身上。悟空和八戒准备离开，群猴阻拦。对于被赶回这件事，悟空为唐僧开脱：“小的们，你说哪里话！我保唐僧的这桩事，天上地下，都晓得孙悟空是唐僧的徒弟。他倒不是赶我回来，倒是教我来家看看，送我来家自在耍子。”“家丑不可外扬”，师徒父子间的不和谐，岂可向外道哉？后来黄袍怪讥笑悟空：“你好不丈夫啊！既受了师父赶逐，却有甚么嘴脸，又来见人！”悟空回答得理直气壮：“你这个泼怪，岂知‘一日为师，终身为父’，‘父子无隔宿之仇’！你伤害我师父，我怎么不来救他？”唐僧化虎被悟空解救以后，“现了原身，定性睁睛，才认得是行者。一把搀住道：‘悟空！你从那里来也？’”再不提不相见的事，听沙僧讲述完被救经过以后，谢之不尽，对悟空道：“贤徒，亏了你也！亏了你也！这一去，早谐西方，径回东土，奏唐王，你的功劳第一。”师徒二人摩擦不断，直到悟空杀灭六耳猕猴之后，师徒二人的磨合再无缝隙，取经团队才团结一致，协力前进。

悟空对唐僧的亲，还体现在对唐僧修行的指点上。唐僧每遇高山，必道“徒弟们仔细”，恐有虎狼阻挡，担心魔障侵身。悟空则宽慰师父：“师父，出家人莫说在家话。你记得那乌巢和尚的《心经》云‘心无挂碍，无挂碍故，无有恐怖，远离颠倒梦想’之言？但只是‘扫除心上垢，洗净身边尘。不受苦中苦，难为人上人’。你莫生忧虑！”唐僧一路上诸多挂念，悟空则排解担忧：“师父不必挂念，少要心焦。且自放心前进，还你个‘功到自然成’也。”唐僧对月怀归，口占一首古风咏月，但不悟究竟大道。悟空加以启发：“我等若能温养二八，九九成功，那时节见佛容易，返故田亦易也。”唐僧听后，“一时解悟，明彻真言。满心欢喜，称谢了悟空”。沙僧此时也福至心灵，咏诗道：“水火相搀各有缘，全凭土母配如然。三家同会无争竞，水在长江月在天。”唐僧“亦开茅塞”。唐僧虽常念诵《心经》，但没悟到个中真昧，悟空则随时开导：“老师父，你忘了‘无眼耳鼻舌身意’。我等出家之人，眼不视色，耳不听声，鼻不嗅香，舌不尝味，身不知寒暑，意不存妄想，如此谓之祛褪六贼。你如今为求经，念念在意；怕妖魔，不肯舍身；要斋吃，动舌；喜香甜，触鼻；闻声音，惊耳；睹事物，凝眸；招来这六贼纷纷，怎生得西天见佛？”唐僧每遇神思不安时，悟空多提醒师父不要忘记《心经》，特别提醒不要忘了四句“偈颂”：“佛在灵山莫远求，灵山只在汝心头。人人有个灵山塔，好向灵山塔下修。”唐僧说：“徒弟，我岂不知？若依此四句，千经万典，也只是修心。”悟空进一步启发师父：“不消说了。心净孤明独照，心存万境皆清。差错些儿成惰懈，千年万载不成功。但要一片至诚，雷音只在眼下。似你这般恐惧惊惶，神思不安，大道远矣，雷音亦远矣。且莫狐疑，随我去。”唐僧听后，心神顿爽，万虑皆休。悟空对师父的开导，就像儿子对多忧多虑、担惊受怕、封闭保守、见识不广的父亲殷殷劝慰一样，出于纯孝，一片志诚。“亲”的造字本义是探视狱中受监的家人，在专制文化深入人心的古代，无论罪名虚实，一个人一旦被投狱入监，就成其终生的莫大耻辱，因此在古人看来，只有被血缘联系着的至亲至密者，才可能探监慰问。《说文》：“亲，至也。”唐僧西天取经，历经九九八十一难，一路上肉体和心灵倍受煎熬，形同坐牢，悟空的开导、安慰、解救如同三伏天的清凉剂，使得师父神清气爽，是师父心灵深处的希望。

悟空成为斗战胜佛，“青出于蓝而胜于蓝”，成就超过有的师父，这也是四位师父最感到欣慰和自豪之处。悟空成佛的过程，启迪我们人生的成长离不开名师的指教。今天，我们一定要形成尊师重教的良好风气，形成一种战无不胜的团队精神，在以习近平同志为核心的党中央的坚强领导下，在实现“中国梦”的伟大征程中，弘扬团结奋斗、勤奋学习、艰苦奋斗、矢志不移、向着伟大的目标前进，奉献自己的青春和才华的精神，把实现自己的个人价值和实现“中国梦”有机结合起来，我们就一定会像孙悟空一样获得成功。如今，在新形势的大潮中，当今世界和平发展还是世界发展的主题，世界多极化，发展多元化，互利共赢为世界各国所共识，让我们以《西游记》中“真猴王”的战斗精神，为建设和实现“两个一百年的”奋斗目标而真抓实干，再立新功！

叶劲超 内蒙古乌海市委党校客座教授，中华传统文化理论研究爱好者。

新时代在全球化新语境环境下顺势而为传承、发展、创新好乌兰牧骑民族文艺

叶振亚

新时代，在全球化新语境背景下，要与时俱进地探索中国民族艺术的发展。本文重点探讨乌兰牧骑民族文艺的发展趋势。2017年11月24日文化部召开了学习贯彻落实习近平总书记给内蒙古苏尼特右旗乌兰牧骑队员们的回信精神的座谈会，会议精神要求："广大文艺工作者要按照习近平总书记给乌兰牧骑队员们的回信要求，重点加强现实题材创作。以'接地气、传得开、留得下'作为创作目标，围绕党和国家的重大课题和重大时间节点，特别是改革开放40周年、中华人民共和国成立70周年、全面建成小康社会和中国共产党成立100周年这4个重大节点，推出一系列现实题材优秀作品，书写中华民族新史诗。要加强组织领导，带动广大文艺工作者到百姓生活中去挖掘现实题材，增强创新能力，提高原创力。要在追求思想精深、艺术精湛、制作精良的同时，想办法切实降低演出成本，拓展服务手段，让更多优秀现实题材作品能够随时随地走进基层，更好地满足人民对美好生活的新期待。"

新时代，大力弘扬、传承、发展、创新好乌兰牧骑精神，繁荣发展社会主义文化，民族文艺发展刻不容缓

2018年7月25至27日，中国文联文艺家协会评论中心、内蒙古文联、内蒙古文艺家评论协会等成功地在美丽富饶的锡林郭勒市举办了全国第二届民族文艺论坛交流大会。该民族文艺论坛紧紧围绕“新时代乌兰牧骑与中国民族艺术的发展”这一主题展开交流互动。与会代表们互相研讨交流。大家围绕新时代乌兰牧骑精神、全球化语境下民族文艺创作的问题与出路、民族艺术文化资源的保护传承与开发利用、民族文艺理论建设与文艺批评等问题展开热烈讨论，为中国民族文艺理论研究与创作建言献策。大家纷纷表示，要理论联系实际，更好地扎根生活沃土，反映出人民群众的心声，写出人民群众喜闻乐见的文学作品、文学精品、文艺评论，为弘扬社会主义核心价值观、乌兰牧骑民族文艺真抓实干。

与会人员还观看了锡林浩特市乌兰牧骑宣传队的精彩表演，参观了2014年1月27日习总书记视察的锡林浩特市宝力根苏木牧户玛吉格老人家、蒙元文化博物馆等地。

民族文化在全球化新语境背景下，如何接地气地更好地传承、完善、发展、创新民族文艺，不断传承、发展、创新乌兰牧骑民族文艺？来自内蒙古、北京、上海、江西、湖南、四川、广东等文联领导、文艺评论协会的领导和全国各地的专家学者、文艺评论工作者等100余人参会讨论上述问题，气氛热烈，盛况空前！来自全国各地的许多民族文艺协会负责人、专家学者等在大会上宣讲不同的民族文艺学术观点，举行民族文艺论题的专题讲座，探索在全球化新的语境环境下，如何结合实际，不断传承、发展、完善、创新中国的民族文艺，进一步弘扬、发展、创新乌兰牧骑民族文艺；探讨交流民族文艺中的民族特色、民族风格、民族气派；探讨如何创作出接地气、传得开、留得下的民族文艺作品，为广大人民群众提供所喜闻乐见的健康的精神食粮做出新贡献。广大民族文艺工作者要用实际行动促进民族文艺、乌兰牧骑文艺健康有序地发

展，不断适应新时代潮流，八仙过海，各显神通。与会代表们受益匪浅！

2017年11月21日，习近平总书记在给内蒙古锡林郭勒盟苏尼特右旗乌兰牧骑队员的一封回信中称赞：“乌兰牧骑是全国文艺战线的一面旗帜，一代代队员“以天为幕布，以地为舞台，为广大农牧民送去了欢乐和文明，传递了党的声音和关怀。”乌兰牧骑——红色的文艺轻骑兵，为人民服务的思想和立足民族文化的宣传，鲜明的个性和扎根基层生活热土的艰苦奋斗实干精神有口皆碑。60多年来，乌兰牧骑精神谱写出接地气、传得开、留得下的民族文化的动人的乐章。

回顾乌兰牧骑所走过的辉煌历程

1964年，乌兰牧骑进京汇报演出，当时曾受到毛泽东、周恩来等党和国家领导人的亲切接见。当时，周总理称赞：“乌兰牧骑是草原上的一面红旗！”乌兰牧骑队员们感到无比自豪！

1965年，乌兰牧骑曾到全国26个省、市、自治区巡回演出，带动了全国16个省市地区相继成立了短小精悍的文艺宣传工作队，深入基层为工农兵演出，深受农牧民们喜爱。随后，乌兰牧骑走向全国各地和世界各国巡回演出，场场演出都凝聚着浓郁的民族文化的独特风格，深受世界各国家的观众的欢迎，也深受国内社会各界人士的好评。

1957年6月17日，第一支乌兰牧骑在内蒙古锡林郭勒盟苏尼特右旗草原组建，当时只有9人。她们一专多能，顶风冒雪走进牧民的蒙古包，绘声绘色地表演，吹、拉、弹、唱、舞等样样精通。乌兰牧骑老一辈的队员巴图朝鲁回忆，有一次下乡，队员们看到牧民们在打井，就一起帮忙。后来，牧民们亲切地将这口井叫乌兰牧骑井。这口井沿用至今。

走进新时代，在全球化新语境背景下，乌兰牧骑要紧跟时代，与时俱进，要始终与农牧民群众心连心，为反映新时代的新声多做贡献！目前，党和政府高度重视乌兰牧骑队伍建设、人才建设，在内蒙古草原部分乡镇设立了业余乌兰牧骑精悍的小分队，让当地农牧民文艺爱好者也积极参与进来。这样，演出的节目就更接地气，更加本土化、大众化，更加贴近生活、贴近实际、贴近群众，更加体现出为人民服务的思想，深受农牧民的欢迎。

第一代乌兰牧骑队员，著名歌唱家拉苏荣说："全心全意为人民服务的乌兰牧骑精神，是永恒不变的。"

随着新时代日新月异的发展变化，中国的政治、经济、文化、社会、生态建设发生了翻天覆地的新变化，美丽乡村建设步伐也不断加快，农牧民们的文化意识和需求不断加强，乌兰牧骑也需要提升民族文艺作品的演出质量。目前，内蒙古草原的75支乌兰牧骑队伍、3000多名演员为了弘扬好乌兰牧骑精神，基本上制定了3年的演出工作计划，就是让演员分批次接受创作方面的培养训练，要培养德艺双馨的演员队伍。

走进新时代，乌兰牧骑民族文艺要自觉融入全球化新的语境环境下，砥砺前行！乌兰牧骑要与时俱进地弘扬、传承、发展、创新好乌兰牧骑精神，这是乌兰牧骑的新使命。要完成好这一使命，就需要培养大批优秀文艺人才，加强民族文艺原创与服务、创新；坚持"二为"方向和"双百"方针；为人民群众提供健康的精神食粮，多出优秀文艺节目，多演出精品，更好地传承、发展、创新乌兰牧骑精神。"乌兰牧骑"是红色嫩芽的意思，她在内蒙古草原上不断发展壮大！

2017中国（广州）国际演艺交易会暨丝绸之路国际剧院联盟年会在广州大剧院隆重举行，共有来自30个国家和地区的73家成员单位的100多名代表出席本次盛会。2017年12月12日，内蒙古鄂托克旗乌兰牧骑在广州参与了本次大会的演出。短短的20分钟，内蒙古鄂托克旗乌兰牧骑完成了精彩的表演，民族文化的展示让世界见证内蒙古草原文化的魅力。中外观众，掌声不断，大饱眼福，引起了轰动效应。

内蒙古鄂尔多斯市鄂托克旗乌兰牧骑创建于1959年，是鄂尔多斯第一支乌兰牧骑，有口皆碑。

2018年6月22日，乌兰牧骑座谈会在呼和浩特召开，为内蒙古乌兰牧骑民族文艺的传承、发展、创新铺平了道路。

内蒙古自治区党委副书记、自治区主席布小林做书面致辞。布小林指出：

“乌兰牧骑的创立是党的民族政策、文艺理论与内蒙古自治区实际相结合的产物，是社会主义文化建设的一个创举。在为人民服务、为社会主义服务的实践中形成的乌兰牧骑精神，也成为全区各族人民的宝贵财富。进入新时代，习近平总书记殷切期望乌兰牧骑永远做草原上的‘红色文艺轻骑兵’。我们要始终保持乌兰牧骑红色基因不变，始终保持乌兰牧骑扎根草原、服务群众的优良传统不变，始终保持乌兰牧骑一专多能、精干灵活的特点不变，继续发扬乌兰牧骑精神，不断推动文艺创新，努力创作更多接地气、传得开、留得下的优秀作品，实现内蒙古文艺创作由‘高原’到‘高峰’的跨越，让乌兰牧骑这面红色旗帜在我国社会主义文艺战线上高高飘扬。”

许多乌兰牧骑队长和队员、专家学者在探讨乌兰牧骑文艺事业的传承、发展与创新时认为：“全心全意为人民服务是乌兰牧骑的精神内核，是永恒不变的追求。”60年峥嵘岁月，正是这些老艺术家们把乌兰牧骑艺术的种子播撒在了延绵的草原上。

如今，乌兰牧骑队伍不断发展壮大，年轻队员们依旧传承着老一辈的优良作风。“我们还在牧民家里帮忙剪羊毛、剪驼毛，剪完后又换上服装表演，这是我们一直传承的乌兰牧骑的优良传统和作风。”

一首《乌兰牧骑之恋》献给内蒙古草原红色文艺轻骑兵

2017年12月中旬的一天，蒙古族青年歌手乌兰图雅的新作《乌兰牧骑之恋》录制完成，她把这首歌唱给草原上诸多的内蒙古乌兰牧骑的队员们，引起了强烈反响。

“迎着烈日走，踏着风雪来，深情的河流也为我澎湃；马头琴声悠扬，牧歌飘天外，一路洒下我们火热的爱。”

进入新时代，在全球化新语境背景下，如何理论联系实际，继续大力弘扬传承发展创新好乌兰牧骑民族文艺，让乌兰牧骑这面红旗继续高高飘扬，是全国人民和内蒙古草原人民的良好心愿，也是习近平总书记在2017年11月21日给锡林郭勒盟苏尼特右旗《我的乌兰牧骑》回信中的情切希望！

2018年7月26日晚上，参加全国第二届民族文艺论坛的代表们在锡林郭勒盟委宣传部安排下，在锡林郭勒广场有幸零距离观看了锡林浩特市乌兰牧骑红色文艺轻骑兵演出的歌舞剧《我们的乌兰牧骑》。此剧生动形象地再现了内蒙古乌兰牧骑60年来成长壮大的历史，反映了草原生活的新变化，反映了乌兰牧骑从小到大取得的辉煌成就，塑造了钢・普日布和小那日苏、萨仁高娃等鲜明的人物形象。小那日苏因一场突如其来的草原大火，主动放弃了调到北京大舞台去表演的千载难逢的机会，决定继续留在草原乌兰牧骑，顶风冒雪为农牧民巡回演出。她的这一举动感动了观众。该剧第三幕，他和心爱的恋人萨仁高娃在月光下告别的道白："一人心里放不下两个人的遗憾。"让喜爱的人去北京发展，展示了那日苏割断情缘的痛苦，为恋人长远发展机会难得着想的高尚情怀。这也使萨仁高娃走向新的幸福文艺演出的新天地，"大鹏展翅九万里"！剧情波澜壮阔，引人入胜。

《我的乌兰牧骑》这一部戏剧作品，是锡林郭勒乌兰牧骑演出艺术逐渐走向成熟的标志。它生动再现了乌兰牧骑所走过的60年来的辉煌历程，展现了草原乌兰牧骑面向农牧民服务的精神风貌。乌兰牧骑"把天空当成明亮的灯，把草原当成移动的舞台，哪里有牧民兄弟姐妹，乌兰牧骑就会来到你身边"。这段唱词生动形象地展示了乌兰牧骑根植于农牧民群众生活的沃土，为农牧民群众服务，有着旺盛的生命力，为广大农牧民群众所喜闻乐见。

目前，内蒙古自治区及各盟市草原上的乌兰牧骑正以党的十九大精神为指导，不断加强文化自信，讲好中国故事、内蒙古草原故事，为发展繁荣社会主义文艺、繁荣发展内蒙古的民族文艺，弘扬乌兰牧骑精神，弘扬"玛奈乌兰牧骑"多出文艺精品真抓实干。乌兰牧骑精神如春风化雨滋润着美丽富饶的内蒙古草原，达到"随风潜入夜，润物细无声"的美妙境界。

目前，内蒙古广大的乌兰牧骑正不断探索在全球化背景新语境下，乌兰牧骑民族文化精神如何自觉地融入世界、融入中国大地、融入内蒙古草原、融入市场经济发展的新的发展方向和新的途径，使乌兰牧骑精神红色文艺轻骑兵的道路越走越宽广！有许多乌兰牧骑演出队采取了"文企联姻"的发展模式，使发展的路子越走越宽广。内蒙古不少乌兰牧骑实现了社会效益和经济效益的双丰收。2003年以来，内蒙古一些优秀的乌兰牧骑先后走出大草原，远赴泰国、德国、比利时等国家演出，还到北京、上海、广东、广西等地闪亮登场，一展风采！所到国家和国内演出现场均引起如潮好评。

新时代的乌兰牧骑民族文化在全球化新语境背景下，弘扬、传承、发展和创新优秀民族文化的同时，在社会主义市场经济大潮中磨炼打拼，不断适应市场环境，逐步取得和不断扩大生存空间，逐步取得一定的经济效益、社会效益，取得了轰动效应，为自身的发展也注入了新时代的生存发展空间，不断完善、传承、发展、创新乌兰牧骑民族文化、民族精神！在全球化新的语境背景下，彰显新的活力和话语权。乌兰牧骑民族文化要始终扎根生活沃土，“不忘初心，方得始终”，坚持紧跟时代走，跟着生活走，与时俱进，不断创新民族文化。正是凭借其“骑着马儿去表演”的独特演出方式和民族韵味浓厚的表演内容，乌兰牧骑在国内其他地区以及海外树立起了较高的知名度和美誉度，为弘扬民族文化，宣传新时代中国声音，推进民族团结一家亲，为实现好“两个一百年”的奋斗目标再立新功！

随着时代的进步，如今，乌兰牧骑外出演出大都坐上了火车、乘上了飞机。随着世界经济全球化、贸易自由化文化新语境背景下，乌兰牧骑也要与时俱进，紧跟时代步伐，融入全球化新语境大环境中摸爬滚打，练出一身硬功夫，使乌兰牧骑民族文艺在市场经济大潮中一展风采，由过去的演出、宣传、继承、服务转化为传承、发展、创新、服务。

目前，一些有志之士提出，乌兰牧骑民族文艺的改革重点和发展方向由经济领域的变革带来的文化艺术形式的更新，给蒙古族人民的心理素质带来了新变化，旧有的审美意识和文化观念不断被来自全球化新语境的环境所挑战，被日益发展的文化潮流和求新意识、价值取向所逐步取代。因此，乌兰牧骑必须适应农牧民变化了的文化心理需求，在继承和发扬民族文化传统的基础上推陈出新，打破门户之见，敞开大门，实行开放性发展民族艺术的原则，大量吸收借鉴其他民族的文化艺术养料，以他人所有补自己所无，丰富自己的艺术表现力，以更全面、更新颖、更灵活的文艺形式表现农牧区生活和农牧民的思想情感和美丽乡村建设，形象生动地表现好农牧区全新的喜人变化来；如“长江大河一泻千里”，寓教于乐。

党和政府各级文化部门及各个乌兰牧骑演出队伍要结合实际，用先进的文化理念加强顶层设计，培养队伍，人尽其才。加大扶持力度，使之不断健康发展。新时期给乌兰牧骑提出了“能否适应新形势，怎样生存，乌兰牧骑如何持续健康发展”的新时代课题，因此我们要高度重视，落实到位。在新的政治、经济、文化、社会、生态和新语境背景下，乌兰牧骑精神如何继续一展风采？尽快适应时代发展，适应市场经济大潮，适应观众文化心理品味的需要，紧跟时代发展大势，认真研究，对号入座！目前，尽管乌兰牧骑已经暴露出许多错综复杂的矛盾，出现了许多与新形势不相适应的东西，但透过现象，我们仍可窥视到它发展的主流方向。乌兰牧骑作为具有高度正能量的公共文化服务的提供者，所具有的公益性质不应随意改变。结合实际，可走“文企联营”的道路，既注重经济效益，又注重社会寓教于乐的效益，注重乌兰牧骑的传承、发展、创新、服务。

各级政府“应该承担起扶持乌兰牧骑事业发展的任务，并在公共文化服务体系和民族文艺发展的整体框架中，科学合理地进行制度设计和安排，重新规划乌兰牧骑的功能，使乌兰牧骑在提供公共文化服务的同时，能够为民族地区文化、经济的发展做出更多的新贡献。”

乌兰牧骑精神也随着时代的进步不断地传承、发展、创新，在60多年的演出实践中，乌兰牧骑创作出了数万个文艺节目，创造出许多像《赞歌》《美丽的锡林郭勒》《我爱呼伦贝尔大草原》等脍炙人口的经典艺术作品，培养出了像拉苏荣、德德玛、牧兰、金花等一大批在内蒙古甚至全国家喻户晓的优秀艺术家，影响了几代中国文艺工作者！

过去，内蒙古草原上通信困难，信息闭塞，文化落后，交通不便，为了让农牧民理解党和政府的方针政策，乌兰牧骑采用老百姓喜闻乐见的艺术手法，运用牧民们容易接受的语言和形式将党和政府的政策方针的准确含义绘声绘色、生动形象地表达出来。他们的节目大多是自编自演，有社会主义教育、集体主义教育、爱国主义教育、民族团结教育、共同进步等内容，富有内蒙古的民族、地区、时代的鲜明特点。他们经常用歌曲做宣传，或用乌力格尔（说唱）“好来宝”的完美形式讲政策。乌兰牧骑所创作的艺术作品既好听好看，又形象生动、寓教于乐，让农牧民有文化生活美的享受，心情舒畅、陶冶情操、丰富思想、愉悦身心。

新时代在全球化新语境环境下，乌兰牧骑在艺术工作中要不断地根植于人民。面向农牧民生活的沃土，继续打造生活和艺术完美结合的“理想境界”，达到尽善尽美还有一段很长的路要走。乌兰牧骑要为更好地服务于广大农牧民而不断砥砺奋进。乌兰牧骑精神要顺应改革开放的大潮，顺应市场经济的大潮，在全球化新的语境中顺势而为，自我发展、自我完善，继续谱写新时代的赞歌。要加强文化自信，为繁荣发展社会主义文艺事业继续努力奋斗；为弘扬正能量，歌颂真、善、美，弘扬社会主义核心价值观贡献力量。乌兰牧骑民族文艺如春风拂面，如皓月当空，为农牧民歌唱新生活、建设好美丽乡村，谱写出新的民族文艺美好蓝图而砥砺前行，再立新功！

浅谈中国古典诗词的家国情怀

原 野

中华文化源远流长，中国古代爱国主义诗人、词作家群星灿烂。从春秋战国时期的伟大爱国主义诗人屈原到唐朝的具有家国情怀的著名爱国主义诗人李白、杜甫、白居易等、再到宋代的苏轼、辛弃疾、陆游、文天祥等，可谓群星云集，异彩纷呈。

诗文与时代同呼吸、共命运，是经国之大业，不朽之盛事！创作史诗性作品，历代爱国主义作家舍生取义，历代诗词作家们除了要有精准地把握现实的能力和精湛的艺术表达能力，还要具有伟大的爱国情怀和人生哲学、历史学、社会学等完美的“先天下而忧而忧，后天下之乐而乐”的精神以及“出则兼济天下，入者洁身自好”冰清玉洁。

历代爱国主义诗人、词作家们目光远大，知识丰富，文化底蕴深厚，思想富有深度，还有用这种特有素质塑造生活、处理素材、提炼深厚意蕴的非凡功力。历代文人墨客的创作素材必须是真实的，但他们又不能心里想什么就写什么、生活是什么就表现什么，他们需要对生活思考后进行再创作，或借物写人，或借物思考，或借景抒情，才能达到反映一个时代发展前进的方向，顺应时代潮流，创作出具有文学艺术魅力，反映现实世界进步，代表人民利益和心声，具有高尚爱国主义情怀的艺术作品。

春秋战国时期著名的爱国主义诗人屈原是中国古代最早的具有家国情怀的爱国主义和浪漫主义创作流派的典型代表人物。他的代表作《离骚》《九歌》《天问》等体现了他爱国爱家，忠心报国的人格魅力。他在《离骚》中写下的光耀千古的名句“路漫漫其修远兮，吾将上下而求索”具有百折不挠的爱国情怀精神，成为中国古代和现代具有家国情怀的典型的爱国主义作品，激励着历朝历代的正直的爱国主义诗词作家的家国情怀，涌现出无数浪漫主义风格、现实主义创作风格诗词流派作家。令人欣喜的是，无论是浪漫主义流派，还是现实主义诗词创作风格的诗词作家们，都与国家命运的兴衰息息相关，从而更好地体现出爱国爱民、忧国忧民、怀才不遇、报国无门的家国情怀精神。

“屈平词赋悬日月，楚王台榭空山丘。”这是大诗人李白对具有家国情怀的中国古代最早的爱国主义诗人屈原用一腔热血甚至是生命谱写人生之歌的高度概括和评价。

唐代诗仙，浪漫主义诗人李白怀着“济苍生，安黎元”的家国情怀，青年时期胸怀着救世济民的远大理想，为实现理想，他“仗剑去国，辞亲远游”，表现出爱国主义情怀和对社会现实权贵们贪图享乐、误国误民的强烈不满。他愤世嫉俗，大胆抨击腐朽的封建社会的黑暗，对祖国大好河山的热爱、对国家命运和人民贫困生活的关切都体现在他的壮丽诗篇中。

歌颂祖国河山的壮美，李白的《望庐山瀑布》写景抒情，惟妙惟肖。

日照香炉生紫烟，
遥看瀑布挂前川。
飞流直下三千尺，
疑是银河落九天。

此诗读来朗朗上口，写出了大好河山的壮美，美不胜收！

“仰天大笑出门去，我辈岂是蓬蒿人”体现了大诗人李白积极入世的精神以及以身许国的家国情怀。李白曾奉命供奉翰林，因豪放不羁、针砭时弊被玄宗以“非庙廊之器”为由“赐金放还”。李白胸怀大志，才华横溢，却报国无门，壮志难酬。

他的《永王东巡歌》是其爱国主义的家国情怀的最完美地展示。安史之乱时，他于玄宗第九子永王军前为平叛效力。永王李璘被刚即位的唐肃宗李亨猜忌围剿，永王兵败被杀，李白受牵连被贬。他在流放途中，遇唐肃宗大赦天下，被放还。他兴高采烈，大笔一挥写出了“朝辞白帝彩云间，千里江陵一日还”的不朽诗句，报效祖国有望的心情溢于言表。

唐代诗圣，伟大的现实主义诗人杜甫“笔落惊风雨，诗成泣鬼神”。安史之乱使他一家人过着饥寒交迫、流离颠沛的生活。他饱含深情，写下了《春望》“三吏”“三别”、《兵车行》《闻官军收河南河北》及《茅屋为秋风所破歌》等不朽的诗篇，无情揭露了封建社会的腐朽和广大劳动人民饥寒交迫的悲惨生活，体现了忧国忧民的家国情怀。

杜甫一生与国家和人民命运息息相关，形成了他沉郁悲慨的诗风，诗人的家国情怀也得到了最为充分的表现，深刻地反映出那个时代的人民的心声，是李唐王朝由盛转衰的一面镜子。

如他的《春望》。

国破山河在，城春草木深。
感时花溅泪，恨别鸟惊心。
烽火连三月，家书抵万金。
白头搔更短，浑欲不胜簪。

再如他的《闻官军收河南河北》。

剑外忽传收蓟北，初闻涕泪满衣裳。
却看妻子愁何在，漫卷诗书喜欲狂。
白日放歌须纵酒，青春做伴好还乡。
即从巴峡穿巫峡，便下襄阳向洛阳。

诗人忽听官军收复河南、河北的消息，长达八年的安史之乱终于结束了，他们一家人欣喜若狂，返家有望的惊喜之情溢于言表。由于八年的安史之乱，国家动乱，百姓流离失所，饥寒交迫。诗人忧国忧民，壮志难酬，面对不满的现实生活的悲凉，触景生情，十分感伤。

从杜甫的诗篇中，我们既能体察到杜甫对亲人的深切挂念和关爱，又能感受到诗人忧国忧民的家国情怀。杜甫怀着对国家和人民的深情大爱，表现出深沉愤懑的情感，寓意深远，发人深省。

这种关怀国家命运、同情人民的不幸遭遇、大义凛然的爱国精神形成了他作品中的凛然正气，家国情怀如滔滔江水，一泻千里。

宋朝有爱国主义诗人陆游、岳飞、苏轼、辛弃疾、文天祥等。他们具有忠诚报国的家国情怀，对中华民族的后人产生了巨大的影响。

南宋著名诗人陆游一生写了近万首诗词。他的《示儿》语言朴实，寓意深刻。从这首《示儿》中，深刻地体现了他对国家民族一往情深、九死不悔的精神，可圈可点。

死去原知万事空，
但悲不见九州同。
王师北定中原日，
家祭毋忘告乃翁。

全诗文字质朴自然，情感沉痛真挚，如行云流水，表现出作者相信恢复中原大好河山的壮志一定能够实现的信心！陆游二十岁就定下“上马击狂胡，下马草军书”的报国壮志。三十岁他参加礼部考试，名列第一，因“喜论恢复”而遭投降派秦桧的打击，被除掉了名字。但他毫不消沉，回乡后仍攻读兵书，刻苦习武，准备抗金卫国。他矢志不渝的家国情怀激励着后世志士仁人。

南宋末年，一代名相，爱国诗人文天祥的《过零丁洋》也是一首不朽之作。

辛苦遭逢起一经，干戈寥落四周星。
山河破碎风飘絮，身世浮沉雨打萍。
惶恐滩头说惶恐，零丁洋里叹零丁。
人生自古谁无死？留取丹心照汗青。

《过零丁洋》概述了诗人自己的身世命运，表现了作者慷慨激昂的爱国热情、视死如归的高风亮节以及舍生取义的人生观，是中华民族传统美德和爱国情怀的最高表现。他多次拒绝元朝最高统治者的威逼利诱，大义凛然，家国情怀表现突出。“人生自古谁无死，留取丹心照汗青”是他爱国情怀的完美写照。

文天祥豪气冲天，大义凛然，视死如归。其精神激励着后人。

晚晴爱国诗人龚自珍的《己亥杂诗》豪情万丈，仗义执言，愤世嫉俗，针砭时弊。

九州生气恃风雷，
万马齐喑究可哀。
我劝天公重抖擞，
不拘一格降人才。

该诗体现了作者对万马齐喑、朝野噤声、死气沉沉的现实社会的强烈不满。作者指出了要改变这种沉闷、腐朽的现状，就必须依靠风雷激荡般的巨大力量，大胆地任人唯贤，唯才是举。人才的选拔必然要经过一场波澜壮阔的社会变革，这样才能使中国变得生机勃勃。而晚晴统治者应该做的就是破格选拔人才，只有这样，中国才有宏图大展的发展希望。此诗寓意深刻，气势磅礴。

综上所述，中国从战国时期的屈原到唐代的李白、杜甫等，到宋代的陆游、岳飞、苏轼、李清照、文天祥等，再到晚晴的龚自珍及后来涌现出的一大批才华横溢、忠诚报国、忧国忧民的具有家国情怀的著名爱国作家，是我们中华民族宝贵的精神财富，是弘扬中华民族优秀传统文化，热情歌颂真、善、美，实现社会主义核心价值观的精神指引，也是中华民族伟大复兴的巨大的精神动力和力量源泉。

今天，从历代不朽的诗词中，我们不仅看到其爱国主义的家国情怀和艺术美的色彩斑斓，还能读出一种清爽、豪放、明快、温润之气，仿佛有一种爱国主义情怀的幽思在脑际暗暗流动。许多作品取材独特、构思新颖、内容丰富多彩、美轮美奂，或精致细腻，或冷峻悲悯，或绵密多情，体现了作者思考和创新的从容性、深邃性，无愧为历史现实的深刻反映。有些诗词作品读来催人泪下，令人肝肠寸断，如杜甫的“三吏”“三别”。通观“三吏”“三别”，其现实意义最关键的是忧国忧民的爱国主义情怀。其思想性和艺术性完美结合，情景交融，浑然一体，无懈可击，无愧于中华民族优秀传统文化的宝贵精神财富。愿中华民族爱国主义精神普照大地，愿历代伟大的诗人的不朽诗篇和现代诗人创作的诗歌的爱国精神和家国情怀代代薪火相传，永远成为中华民族民族精神昂扬向上的精神财富。

郭沫若《孔雀胆》阿盖公主形象的历史解读

朱安女

1942年郭沫若先生创作的历史剧《孔雀胆》堪称历史剧的经典之作。《孔雀胆》搬上舞台后，获得了巨大成功并被改编成秦腔《孔雀胆》、歌仔戏《孔雀胆》、白剧《阿盖公主》以及影视剧、小说等不同形式。一部优秀的戏剧离不开人物形象的塑造，而人物形象的塑造又离不开对艺术的真实与历史的真实这个命题的讨论。《孔雀胆》中塑造得最成功的艺术形象非阿盖公主莫属。学界对阿盖公主艺术形象的文学特性讨论较充分，但对其形象的历史性的讨论有待完善。

本文试图从历史的角度入手，从文本、文献出发，来解读《孔雀胆》阿盖公主形象的历史演进和文化意义。

“孔雀胆”故事的历史演变

在《孔雀胆》问世之前，阿盖公主和段功的故事在民间已早有流传，明清时期出现了不同形式的演绎。

明代嘉靖年间蒋彬撰《南诏源流纪要》对阿盖公主和段功的故事的记录较

早。文言：

至治元年，玉案山产小赤犬吠，占者谓兆大军压境。厥时雨铁，民舍人物触之多毙，谣俗号曰铁雨。时则段功初袭，为蒙化知州，寻为总管。癸卯，明玉珍自楚入蜀，分兵掠劫，号曰红巾，攻云南败，复收合余兵，屯古田寺。段氏火之，红巾军大败，遂收军还。梁王深德段功，以女妻之，为之奏授云南平章。功自是威望丕振，恋恋忘归，其大理夫人高氏寄乐府促之，功乃归，既而复往，其臣杨智、张希娇留之，不听，既至善阐，梁人私语梁王，曰：段平章复来有吞金马，咽碧鸡之心矣，曷图之。梁王始疑，密招（公）主，命之曰：亲莫若父母，宝莫若社稷，功不灭不已脱无彼犹有他平章不失富贵也。今付汝以孔雀胆毒之，主潸然不受命。夜寂私语于平章，平章不听。明日东寺，遂被杀。主闻变，哭失声，欲自尽。梁王遣左右卫之，平章从官员外杨渊海痛悼饮药而卒。梁王爱渊海之才，厚恤之，令随平章榰归葬大理。①

杨慎的《滇载记》中也详细地记述了这个故事。文载：

红巾既退，梁王深德段功，以女阿盖妻之，为之奏授云南平章。功自是威望大著于西南，梁王曲意奉之，功恋恋不肯归国，其大理夫人高氏寄乐府促之归，其词曰："风卷残云，九霄冉冉逐，龙池无偶，水云一片绿，寂寞倚屏帏，春雨纷纷促。蜀锦半床间，鸳鸯独自宿，好语我将军，只恐乐极生悲冤鬼哭。"功得书乃归，既而复往，其臣杨智、张希乔留之，不听，既至善阐，梁人私语梁王曰：段平章复来，有吞金马咽碧鸡之心矣！盍早图之，梁王始启疑于平章，密召阿盖主，命之曰："亲莫若父母，宝莫若社稷。功今志不灭，我不已，脱无彼，犹有他平章，不失富贵也。今付汝以孔雀胆一具，乘可毒殪之。"主潸然不敢受命，夜寂人定，私语平章曰："我父忌阿盖奴，原与阿盖奴西归。"因出毒具示之。平章曰："我有功尔家，我趾自蹶伤，尔父尝为我裹之，尔何造言至此？"三谏之，终不听。明日邀功东寺演梵，至通济桥，马逸，因令番将格杀之。阿盖主闻变，失声哭曰："昨暝烛下才讲与阿盖奴，云南施宗施秀烟花殒身。今日果然。阿盖奴虽死，奴不负信黄泉也。"欲自尽，梁王防卫者乃万方，主愁愤作诗曰："吾家住在雁门深，一片闲云到滇海，心悬明月照青天，青天不语今三载，欲随明月到苍山，误我一生踏里彩。吐鲁吐鲁段阿盖奴，施宗施秀同奴歹。云片波潾不见人，押不芦花颜色改。肉屏独坐细思量，西山铁立霜潇洒。"②

清代的《滇考》载：

二十三年，明玉珍自楚入蜀，以红巾为号，自将三万人攻云南。梁王奔威楚求救于功，功谋于员外杨渊海，卜之吉乃进兵。……功追之至七星关，大胜而还。梁王深德功，以女阿盖妻之，为奏授云南平章，曲意奉之，功遂留善阐。其原妻高氏寄乐府促之，始归大理。既而复东行，其臣杨智、张希乔阻之不听，至善阐。或谗之梁王，曰："段平章复来有吞金马咽碧鸡之心矣！盍蚤图之。"梁王始疑平章，密召阿盖主，命之曰："亲莫若父母，宝莫若社稷。功今志不灭……今付汝以孔雀胆一具，乘便可毒殪之。"主潸然不敢受命。夜寂人定，私语平章曰："我父忌阿盖奴，愿与阿盖奴西归。"因出毒具示之。功不信，曰："我有功尔家，我趾自蹶伤，尔父尚当为我裹之，尔何诳我至此。"三谏之，终不听。明日梁王邀功东寺演梵，至通济桥，马逸，因令蕃将格杀之。③

比较明清时期的这三段记述可见。

第一，故事情节基本相同。这三段均叙述了元顺帝至正二十三年（1363年），红巾军进讨云南，镇守云南的梁王把匝剌瓦尔不敌红巾军，从云南昆明逃到楚雄，向大理总管段功求救。段功不计前嫌，率军击退红巾军。梁王为了表达感激之意并笼络之心，把自己的女儿阿盖许配给段功为妻。后来，梁王听信谗言，惧怕段功有侵吞昆明之意，密命阿盖用孔雀胆毒死段功。阿盖不从，并将梁王阴谋告之段功。但段功不相信梁王有谋害之意，并应邀参加梁王在东寺演梵，途径段功通济桥时被梁王杀害。

第二，在细节的书写上有差异。较之蒋彬《南诏源流纪要》，杨慎的《滇载记》增加了诸多细节。增加了高氏催促段功归家的细节，即“寄乐府促之归”和高氏劝归词的全文。增加了阿盖公主拒受父命，私下向段功道明原委的细节，即“私语平章曰：‘我父忌阿盖奴，原与阿盖奴西归。’因出毒具示之。平章曰：‘我有功尔家，我趾自蹶伤，尔父尝为我裹之，尔何造言至此？’三谏之，终不听。”这里增加了阿盖和段功之间的对话，阿盖所言“我父忌阿盖奴，原与阿盖奴西归”，向段功表明了梁王忌惮段功之意，自己愿与段功回大理之意，意在劝谏段功离开。段功对回答是“我有功尔家，尔何造言至此”，认为自己有功，并举出自己曾经扭伤脚趾，梁王为自己裹脚之事，向阿盖说明梁王没有谋害自己的意思，甚至还觉得阿盖说谎话。阿盖将梁王授命下毒的孔雀胆给段功看，并再三劝谏，但段功仍不信。从段功的话语中可见其刚愎自用的性格。而《南诏源流纪要》中仅以“夜寂私语于平章，平章不听”带过。增加了段功遇害后，阿盖公主失声痛哭的话语“昨暝烛下才讲与阿盖奴奴不负信黄泉也”和所作的“愁愤诗”。从以上比较可见，《滇载记》内容更为丰富，人物的性格特征也更加鲜明。尤其是通过语言和行为的细节描写，更加突出了人物的内心世界和性格特征，人物形象更加生动。将《滇载记》和《滇考》再进行比较可以看到，《滇考》对阿盖公主故事的记述与《滇载记》如出一辙。

清代，不少文人咏叹阿盖公主的故事。杨琼《滇中琐记》载：“阿盖，元梁王女也。梁为红巾所攻，平章段功救之，梁德功，以阿妻之。既颇猜忌，欲鸩之，知其谋以告，且出孔雀胆示之，劝同西归，不听，果遇害。闻变，痛哭欲自尽，梁百计防卫，终悲愤作诗，不食而死。”[④]这里以简练的语言记述了故事梗概，不同的是作者有按语言：“滇中巾帼，若慈善、阿南、阿盖者，皆以节烈见，然人多传慈善、阿南事，而于阿盖鲜有称者。又如陈园园等丽人艳事，人且侈为美谈，则如阿盖之苦节慧心，岂不尤宜表章之哉。”[⑤]作者将阿盖公主与慈善妃、阿南等女性相提并论，对其聪慧和善良的品德以及高尚的节操进行了赞美。

李于阳的《阿姑祠》中，对段功与阿公主的故事进行了生动的描述。诗云：

阿姑祠畔春芜绿，细雨斜风行客独。欲行不行听断肠，花底声声杜鹃哭。杜鹃疑是玉人魂，千秋哀痛向谁论。男儿负义空招怨，女子有心解报恩。报恩事替梁王耻，一夕军书飞洱水。雄师西出破红巾，引凤箫吹奏殿里。春深金屋正言欢，忘却酬功亲里趾。七星关下血淋漓，玉珍未死平章死。毒具密封付阿姑，那识罗敷自有夫。宛转柔肠千百语，灯前无计悟狂奴。通济桥头悲饮刃，施宗施秀何须问。泪洒重泉唤阿郎，今宵可省烟花恨。望夫山即点苍山，明月相随任往还。妾不负君君负妾，魂归寂寞玉龙关。四百年来留庙貌，沧桑满眼供凭吊。残碑剥落卧闲阶，多情剩有斜阳照。孱王坟墓草迷离，输与蛾眉姓字垂。复仇更羡僧奴女，血染冰绡刺绣旗。”⑥

诗人造访阿姑祠，想起了阿盖公主的故事。诗人用精练的语言追述了孔雀胆的故事，又通过细节描摹出阿盖公主痴情重义的形象，抒发了自己对阿盖公主不幸命运的深深叹惋。全诗情景交融，感人至深。

综上所言，明清时期的文人以不同的形式书写了阿盖公主的故事。通过两个时期文本的比较可见，明代杨慎的《滇载记》对阿盖公主的故事记述完整，突出了人物对话和动作细节的描写，使得人物形象突出、鲜明，可视为其中具有代表性的文本，阿盖公主的形象已经成型。人们对阿盖公主悲剧的命运寄予了深切的同情。同时，也对其善良、高洁的品格进行了赞美。这为《孔雀胆》的创作奠定了重要的基础。

阿盖公主形象：崇高与悲美的融合

联系明清时期的文本可以看到，阿盖与段功的结合是一场政治联姻。梁王将阿盖许配给段功，政治目的明显。一则是为了表达对段功剿灭红巾军的感激之情，二则是为了笼络段功，企图通过政治上的同盟关系实现对云南的绝对控制。但当段功威胁到梁王对云南的统治地位时，梁王不惜一切代价要铲除段功，即便以牺牲女儿的幸福为代价亦在所不惜。

然而，令梁王始料未及的是，阿盖公主对段功一往情深。当梁王把阿许配给段功并在宴会上初识时，阿盖公主对段功一见钟情。这位蒙古族公主立即赋诗一首，向段功表达了自己的爱意。诗言："将星挺金枝，宝阙金枝接玉叶。灵辉彻东西南北，中天惟有月。玉文金印大如斗，唐贵妃配结。父王永寿偕碧鸡，愿作擎天杰。"[⑦]诗歌的前四句以星光、宝阙、金枝玉叶等物象起兴，渲染出当时宴会的富丽堂皇和欢快的气氛。其中"宝阙金枝接玉叶"与"玉文金印大如斗"两句诗，将"金枝"与"玉叶"、"玉文"和"金印"对举，一语双关，既生动地比拟出段功与梁王联盟的亲密关系，又暗示出阿盖与段功喜结连理的欢愉心情。诗歌最后，阿盖公主将段功比如"擎天支柱"，对其辅佐梁王，建立功勋寄予了厚望。

正是从这种感情出发，当梁王命令阿盖公主用孔省雀胆毒死段功时，她不忍心，而是毅然决然地背叛了父亲，将梁王的阴谋告之段功，并便劝段功回大理。但段功不信，恃功自傲、不辨是非，最终在通济桥遇害。在段功遇害以后，阿盖公主将段功的遗体运回大理安葬。阿盖公主对段功的深切爱恋，直到段功死后仍念念不忘，有诗为证："吾家住在雁门深，一片闲云到滇海。心悬明月照青天，青天不语今三载。欲随明月到苍山，误我一生踏里彩。吐鲁吐鲁段阿奴，施宗施秀同奴歹。云片波潾不见人，押不芦花颜色改。肉屏独坐细思量，西山铁立霜潇洒。"[⑧]诗中夹杂蒙古语，但从其大意可知，阿盖公主回顾了自己告别蒙古草原来到云南的人生经历，虽然段功已死，但是她仍深深地思念着段功。

阿盖公主的真、善、美，至情至性和高尚的人格与梁王所代表的假、恶、丑形成鲜明的对比，显得高贵感人。阿盖公主的命运揭示了女性的婚姻幸福在王权政治斗争中沦为政治牺牲品的必然性。在封建王权的威压之下，阿盖公主毅然选择坚决的抗争，揭示出现实社会的不合理，赢得后人的赞美。她人格的崇高美与壮烈美，闪现着动人的光芒。

在《孔雀胆》中，阿盖公主形象的塑造与明清时期文本的描写保持着一致性，与此同时，作者也进行了适当的加工创造。剧中的阿盖公主不但有美丽的外表，还有内在的人性美。从情感的角度来论阿盖公主的人性美，体现在诸多方面。父亲梁王昏聩、虚伪、奸猾，阿盖作为女儿却时时关怀，十分孝顺。后母对她百般欺凌、算计，她报之以忍让。对段功与高氏所生的两个孩子，她视如己出，充满了母爱。最难能可贵的是她对待段功的感情。虽然他们的婚姻是梁王的政治安排，但阿盖公主对段功一见倾心，真诚以待，终身相许。可以说，阿盖公主所体现的人性的纯粹与天真超越了功利性，当这些美好最终沦为政治权谋的牺牲品。她最后绝望地吞下孔雀胆，我们对她的命运产生了深深的同情。她的人生生动地演绎了女性生命的崇高美，同时其人生的悲剧色彩又深刻地昭示出封建时代女性的生存悲剧。

阿盖公主与安人车氏的辉映

从民族的角度来看阿盖公主与段功的婚姻。阿盖公主是蒙古族，段功是白族，他们的结合意味着草原文化与白族文化的融合。联系当时的社会背景可知，异族通婚在当时的社会中是一种常态。这与元朝实现了中央政权的大一统，进入多民族融合的新时期，从而对家庭生活层面产生的影响分不开。不同民族通婚无论在上层社会还是寻常百姓家都十分常见。阿盖和段功的婚姻悲剧是上层社会异族通婚中的个案。当我们把眼光投向更为广阔的社会生活时会发现，异族通婚还有其他的情状。

元代像阿盖公主一样嫁到大理安家的蒙古族女性不少。在《故安人车氏墓铭》中，记录了一位蒙古族女性车氏。她嫁给大理当地白族世家，融入白族的家庭生活中，成为阿盖公主的民间版本。从车氏的行传中，可见其婚姻生活的诸多细节。碑文载：

安人车氏，讳观音金，乃昭信校尉百户杨公敬之配也。其先出于梁王之族，善阐车元师之女。姿禀聪慧，端淑静一；勤于织纴，父母钟爱。[⑨]

可知，车氏从小深受家庭教育的影响，品性端淑，深受父母宠爱。她的丈夫杨氏亦是大理白族的宗族世家。碑言：

自蜀汉武侯建铁柱，封张氏为酋长，以杨氏为武将，宰守斯土，迄蒙段继立，杨氏韬略传家。元世祖驾至大理，赐杨氏明珠虎头金牌，掌僰爨军。传至义圆。为布燮。再传至铭，任景东贰守。铭生敬，即安人所适也。[⑩]

杨家先祖在白子国时期就是朝中重要的将领，家门显赫，一直持续到元代。车氏的丈夫杨敬受家传文化的影响，很有文韬武略。碑中对车氏的婚姻生活进行了描述。碑言：

事姑舅尽孝，和睦亲族，处家以俭，御下以慈，岁时相祀惟谨，克勤中馈。[⑪]

虽然车氏是蒙古族，但是在婚姻生活中，她孝敬父母，疼爱子女，勤俭持家，在杨氏大家庭中与他人和睦相处。尤其因为她尽心尽力辅助丈夫，操持家务，十分贤德，为赵州百姓称道。丈夫杨敬在军中“持心操节，抚安军士，不虐无辜，远迩称颂，人皆知安有以相之也”，这在邻里们看来也是车氏的功劳。车氏有“子男七人”“女八人”，一生生育了十五个儿女。又有“孙男十九人”“孙女九人”，杨家可谓人丁兴旺，家族日益壮大。碑言：“不惟子之慎终追远，而女曰凤，则竖碑于父。曰好，则立石于母。”充分体现了车氏之女对其德行的继承。碑文撰者叹言：“若瓜实之小者近本，而大者在末也。岂非安人贞吉之余庆所以致欤。于戏！凌云之木，其根必深。潮宗之水，其源必远。物本乎木，人本乎亲。”[⑫] 车氏的人生已经与杨敬一家水乳交融，杨敬的父母亲族对车氏的夸耀，其子女对车氏的念念不忘。她的一生既平凡又伟大。

如果说《孔雀胆》中，阿盖公主的命运折射出当时社会政治与爱情的矛盾冲突，那么安人车氏则是现实生活中的另一个平凡的阿盖。她的人生没有复杂的政治背景和矛盾交割，她所经历的是一位女性在家庭生活中从女儿到妻子、母亲、祖母身份的转变。她的一生有疼爱自己的双亲和关系和谐的丈夫相伴，膝下儿女成群、子孙满堂，获得了女性在平凡生活中的完满。车氏去世后，子孙为其立碑作传。虽然车氏在婚姻中所经历的与阿盖公主的悲剧命运形成了鲜明的对比，但两种不同的命运都是同一时代的产物。所以，唯有将二者结合，才能形成对元代社会背景下，异族通婚、文化交融多样性、丰富性的完整解读，因为这才是历史的真实状态。

①（明）蒋彬：《南诏源流纪要》，《云南史料丛刊》第四卷，云南大学出版社1998年，第749—750页。

② 杨慎：《滇载记》，方国瑜：《云南史料丛刊》卷四，昆明：云南大学出版社，1998年，第763页。

③ 冯苏纂修：《滇考》，《中国方志丛书》第一四〇号，台北：成文出版社，1976年，第254—256页。

④（清）杨琼：《滇中琐记》，方国瑜：《云南史料丛刊》卷十一，昆明：云南大学出版社，1998年，第291页。

⑤（清）杨琼：《滇中琐记》，方国瑜：《云南史料丛刊》卷十一，昆明：云南大学出版社，1998年，第291页。

⑥ 林玉萍、高天：《云南丛书》第25册，北京：中华书局，2009年，15665页。

⑦（明）倪辂辑，（清）王崧校理，（清）胡蔚增订，木芹会证：《南诏野史会证》，昆明：云南人民出版社，1990年，第361页。

⑧ 方国瑜：《云南史料丛刊》卷四，昆明：云南大学出版社，1998年，第763页。

⑨ 杨世钰：《大理丛书·金石篇》10，北京：中国社会科学出版社，1993

年，第55页。

⑩ 杨世钰：《大理丛书·金石篇》10，北京：中国社会科学出版社，1993年，第55页。

⑪ 杨世钰：《大理丛书·金石篇》10，北京：中国社会科学出版社，1993年，第55页。

⑫ 杨世钰：《大理丛书·金石篇》10，北京：中国社会科学出版社，1993年，第55页。

《西游记》孙悟空神猴形象塑造的现实意义及艺术特色

叶振亚

《西游记》作为中国古代四大名著之一，雅俗共赏，妇孺皆知。《美国大百科全书》认为，《西游记》是“一部具有丰富内容和光辉思想的神话小说”。它得到了中外读者的广泛喜爱和赞誉。《西游记》是明代小说家吴承恩所著。吴承恩志向远大，不同流俗，刚正不阿，气度非凡，出淤泥而不染，风清气正。他小时候勤奋好学，一目十行，过目成诵。他精于绘画，擅长书法，爱好填词作曲，还喜欢收藏名人的书画法贴等。吴承恩屡试不第，约40岁才补得一个岁贡生，到北京等待分配官职，没有被选上。后来，他去做了长兴县丞，八品小官，终因受人诬告，两年后“拂袖而归”，晚年以卖文为生，大约活了81岁。他在民间传说的基础上，呕心沥血创作了中国古代第一部浪漫主义长篇神魔小说《西游记》。此书主要描写了唐朝太宗贞观年间孙悟空、猪八戒、沙僧、白龙马保护唐僧西行取经，沿途历经千难万险，一路降妖伏魔，化险为夷，最后到达西天，取得真经，终成正果的神话故事。最早《大唐西域记》和《大唐慈恩寺法师传》对此事有详细记载。《西游记》取材于《大唐三藏取经诗话》和民间传说。吴承恩也正是在民间传说、戏曲话本的基础上，经过艰苦的艺术再创造，完成了这部具有现实意义的浪漫主义文学巨著。神魔小说《西游记》具有独特的现实意义和浪漫主义色彩，艺术特色生动鲜明，令人拍案叫绝。

《西游记》热情歌颂了真、善、美，鞭挞了假、丑、恶。其现实意义深远，浪漫主义色彩鲜明独到，表现手法独具匠心，引人入胜。

评《西游记》神猴形象的现实意义

作者吴承恩在民间流传的基础上，以神魔故事形式紧密结合当时封建社会的现实生活，刻画了唐三藏师徒西天取经的故事。其向世人活灵活现地展示了孙悟空鲜明的人物形象。他神通广大，上天入地，机智勇敢，疾恶如仇，乐观幽默，敢于斗争，敢于胜利的英雄形象跃然纸上，千百年来，妇孺皆知！《西游记》像一面明亮的镜子，深刻地反映了封建社会没落和腐朽的社会生活，鲜明地塑造了神猴孙悟空等艺术形象。黑格尔在《美学》中表达了他一贯的美学主张：理想的艺术应该以人为中心。他又强调说："性格就是理想艺术表现的真正中心。"《西游记》通过描写齐天大圣孙悟空大闹天宫和保护唐僧西天取经沿途降妖除魔的故事，充分赞颂了孙悟空反抗传统的统治秩序，坚决与一切邪恶势力做斗争的精神，表达了他征服自然、战胜困难、反抗强权的雄心壮志。小说以神魔世界反映现实生活，对当时的封建社会进行了广泛地无情地揭露与讽刺。

《西游记》共100回中，可分三部分：第一部分是第一回至第七回，描写了孙悟空横空出世，大闹天宫，是本书的精华；第二部分是第八回至第十二回，写佛祖如来说法、观音菩萨访僧、魏征梦中斩龙、唐僧的身世等故事，交代了西天取经的缘起；第三部分是第十三回至第一百回，是神魔小说《西游记》故事的主体，描写孙悟空、猪八戒、沙和尚保护唐僧西天取经，历经九九八十一难，取得真经，终成正果的传奇历险故事。

一、作者吴承恩用如椽大笔勾画了孙悟空传奇的出生，由此为他战天斗地，蔑视权贵，反抗强权，疾恶如仇，反抗封建传统势力做了巧妙的伏笔和铺垫。

孙悟空是由天地之精华转化而来，在石头中崩裂出来后，就上天入地，具有天不怕、地不怕，疾恶如仇的大无畏的反抗战斗精神。他初出茅庐深山拜菩提祖师学艺。菩提祖师是悟空的启蒙师父，教会了他七十二般变化。他又龙宫探宝得了定海神针——如意金箍棒，打上灵霄宝殿大闹天宫。他不管什么生死定数、天道轮回，打入地府，强行勾掉生死簿上同类的名字。他曾被天兵天将重重包围，但他义无反顾，大胆应对，斗智斗勇，坚持到底。他保护唐僧西天取经，历经九九八十一难终成正果。山外有山，天外有天，孙悟空曾被如来佛祖一翻手就压在五行山下长达五百年，孙悟空的抗争暂时以失败而告终。但孙悟空百折不挠，从一只顽猴不断成长，最终成为斗战胜佛。

二、《西游记》深刻的现实意义还体现在孙悟空保护唐僧去西天取经时历经千难万险，在屡次降妖伏魔中，都化险为夷。体现出神猴形象的敢于坚持真理，克服千难万险，激流勇进的战天斗地的斗争精神。

跟上一部分不同的是这部分侧重表现了孙悟空为了坚持理想，敢于坚持真理，克服千难万险的大无畏战斗精神，赞美了孙悟空等人历经九九八十一难，克敌制胜，同代表邪恶势力的一切妖魔顽强斗争的精神。孙悟空龙宫夺宝别有深意。他靠这块定海神针变化而成的金箍棒，搅地府、闹天宫，在西天取经路上，战胜了众多的妖魔鬼怪和自然险阻，使一帮邪恶不善之物都倒在这条根能大能小、变化自如的金箍棒下。这根金箍棒是力的标志，勇的象征，是孙悟空形象不可缺少的内容，也是孙悟空机智勇敢性格中有机的组成部分。尽管取经的目的是弘扬佛法，却在小说中被淡化，着重表现了其敢于坚持真理，战天斗地，无往不胜的斗争精神，意义深刻，意味深长。小说还体现了唐僧师徒西天取经路上，师徒如父子的牢不可破的团队精神，正义终将战胜邪恶，也向后人昭示了唐僧师徒志向远大，人心向善，意志坚强，团结奋斗等精神。

三、《西游记》的思想意义还在于作者大胆广泛地揭露了封建社会的黑暗，具有匡世救民和民本思想，展现了官场现实生活的腐朽。作者用辛辣的讽刺把人物刻画得淋漓尽致。

《西游记》不但是一部神魔小说，也是一部官场小说。它在对僧徒四人西天取经以及西天众佛、天宫众仙、各类妖魔鬼怪绘声绘色地描写中，从爱憎中超脱出来，隐约看到了它的另外一个牵着全文的脉络，那就是“官场”二字。它生动形象地反映了封建社会的社会现实及官场文化。它将小说与明朝封建社会愚昧迷信思想及“家天下”的封建官场制度巧妙结合在一起，反映了封建社会的钩心斗角、尔虞我诈、腐朽没落。作者巧妙地把揭露封建官场制度的腐朽转化为神魔之间的斗争。我们读《西游记》，只有通过透视放大，才能看出其中描写出的封建社会官场生活百态的丑陋，那真是“无可奈何花落去”的真实写照。它大胆揭露出了封建官场的虚伪与罪恶、统治阶级对人民的欺压、残暴与冷酷以及人民积极反抗的斗争精神。《西游记》是鼓舞激励后人敢于反抗封建强权，敢于斗争，敢于胜利的一部深刻反映封建社会的百科全书，其现实意义寓意深远。

比如，以富丽堂皇的玉帝尊严无比来比喻明朝人间的昏君，隐喻现实中昏庸暴虐的明朝帝王。《西游记》第八十七回凤仙郡王触犯玉帝，玉帝下旨三年不雨，社会使得人间饿殍遍野。孙大圣飞上天宫，劝说玉帝解除误会及时下雨，解救了一方百姓的危难，有口皆碑。

再如，《西游记》第七十八回师徒四人路过比丘国，发现昏庸的国王听信妖言，要用一千多个孩子的心肝做药引。为此传下圣旨，命百姓选送小儿，装入鹅笼，听候使用。为了搭救孩童，孙悟空深入王宫，识破国丈和国王宠爱的美后是白鹿和白面狐精变化而成，于是施展神威，降伏白鹿，打死狐精。二妖现了原形，国王羞惭难当，低头认错。一千多个小孩的性命得救了，全城百姓对他感恩戴德。

小说中就连号称铁面无私的地狱世界也能够徇私枉法，所有情节的描写都是现实世界官场腐败的真实写照。《西游记》通过对虚幻的神魔世界描写，处处再现封建社会的现实生活。孙悟空上天入地的不屈不挠的斗争精神，代表了一种正义的力量，也代表了人民群众对美好生活的向往和对理想追求，表现出人民战胜一切困难的必胜信念。孙悟空的英雄气概，反映了人民的愿望和要求！又如，取经路上遇到的那些妖魔，或是自然灾难的幻化，或是邪恶势力的象征。他们的贪婪、凶残、阴险和狡诈，也正是封建社会的黑暗势力和官场生活文化的真实反映。

在《西游记》中，也有不少情节反映了封建官场文化中存在的“潜规则”。唐三藏师徒到了灵山佛祖圣地，二尊者阿傩、伽叶开口便把话说得很白，伸手向唐僧要“人事”。然而，唐僧师徒欲取真经，沿途跋涉，历尽艰险，一路化缘而来，亦不受人家的赠送，哪里会有什么“人事”相送？阿傩、伽叶见捞不到好处，便用无字经蒙骗唐三藏师徒。后来事情暴露，他们仍是厚着脸皮讨要“人事”，嘴里还振振有词：“白手传经继世，后人当饿死！”说得多么理直气壮！就连如来也如是说：“经不可轻传，亦不可以空取，向时众比丘圣僧下山，曾将此经在舍卫国赵长者家与他诵了一遍，保他家生者安全，亡者超脱，只讨得他三斗三升米粒黄金回来，我还说他们忒卖贱了，教后代儿孙没钱使用。你如今空手来取，所以传了白本。”

如此看来，在如来佛祖那里取真经，是有规矩的，不过这规矩并不是“潜规则”，而是成了名正言顺的“显规则”。没好处费就想来讨要东西，只能是以白纸相送，还谎称“无字真经，倒也是好的”。由此我们可以看到，一方面，佛经真经确实来之不易，普度众生十分珍贵无比，另一方面折射出封建统治阶级蒙骗百姓的手段多端，道貌岸然的嘴脸跃然纸上！

《西游记》的现实意义还体现在它的民本思想。孙悟空大胆疾呼“皇帝轮流做，明年到我家”，鲜明地表现了人民要当家做主的美好愿望和呼声。孙悟空最终被如来佛祖封为斗战胜佛，金箍棒是作者心中的“斩妖剑”，通过神话英雄孙悟空来斩尽天下不平事，杀光天下不平人，从而表达了作者自己匡世救民的民本思想。神猴形象还体现出人要树立远大的理想、正确的目标，选择大于努力，不能浑浑噩噩，虚度光阴；要选择适合自己的团队和职业，把实现社会价值和实现自我价值有机结合起来，沿着既定的目标百折不挠、奋勇前进，最后一定会实现理想、完成目标、取得成功。

《西游记》这部神魔小说的艺术特色

一、《西游记》在现实社会生活的基础上，成功地运用了浪漫主义的创作方法，鲜明独到地反映社会现实生活。它创造了众多的栩栩如生的人物形象。

它运用了独放异彩的神话故事和大胆的夸张、奇特丰富的想象、鲜明的对比等艺术表现手法，这是其一大艺术特色。

孙悟空的人物形象刻画独到鲜明、入木三分、活灵活现，深受广大读者的喜爱，妇孺皆知。正是这些富有魅力的神奇的浪漫故事，才使孙悟空成为我国文学史上独放异彩的神话中的英雄人物。作者在反映当时封建社会现实生活的基础上，运用了浪漫主义色彩、丰富的想象、大胆的夸张、鲜明的对比、无情的讽刺，描写出封建社会生活的腐朽。

吴承恩把西天取经描绘出一个千姿百态的神话世界，无论是富丽堂皇的天庭，还是神秘的极乐世界西天佛祖圣地，或是四海龙王的水晶宫等，都运用了浪漫主义和现实主义相结合的艺术手法。如描写孙悟空的神通广大，说他一个筋斗云就能达到十万八千里，他的“斩妖剑”如意金箍棒可大可小，他神奇的七十二般变化等，艺术的夸张已淋漓尽致。在这里，作者非常巧妙地运用了丰富的想象、大胆的夸张、鲜明的对比、无情的讽刺等针砭时弊，表现手法独具匠心，达到了浑然天成的艺术效果。

二、《西游记》奇特的幻想和奇趣相结合，曲折地反映现实生活，幽默的讽刺也是其一大鲜明特色。

吴承恩描绘了一个色彩缤纷、神奇瑰丽的幻想世界，创造了一系列妙趣横生、引人入胜的神话故事，成功地塑造了孙悟空这个超凡、传奇、独特的理想化的英雄形象。在奇幻世界中曲折地反映出世态人情和世俗情怀，表现了鲜活的人间智慧，具有接地气的现实生活气息，表达了人民反抗强权，追求理想、公平、正义，敢于斗争的精神风貌。

三、《西游记》把“幻想”和“奇特”巧妙交织在一起，妙趣横生。在中国古典小说中，《西游记》可以说是趣味性和娱乐性最强的一部作品。

《西游记》善于在奇幻现实生活中曲折地反映出封建社会的世态人情和世俗情怀，表现出人间的智慧和力量，歌颂了真、善、美，鞭挞了假、丑、恶。取经路上，他们师徒四人历尽艰辛，妖精魔怪层出不穷，充满刀光剑影。孙悟空的神通广大，疾恶如仇，机智勇敢，战天斗地，降妖除怪的反抗斗争精神呼之欲出，栩栩如生。我们阅读《西游记》的感受总是轻松愉悦的，有一种美的享受。《西游记》的奇趣与人物形象的思想性格交相辉映，熠熠生辉。孙悟空的机智豪爽、战天斗地其乐无穷的乐观精神跃然纸上。猪八戒憨厚朴实、傻吃傻睡、贪色懒惰却滑稽诙谐，甚是有趣。唐三藏志向远大，意志坚强，聪慧却肉眼凡胎，胆小怕事。沙僧外貌丑恶，性格憨厚，忠心耿耿，正直无私，任劳任怨，谨守佛门戒律，为人正直，直爽的形象刻画得栩栩如生，入木三分！

四、《西游记》中人物的性格常常通过妙趣横生的对话得到生动的表现。这也是《西游记》充满奇幻、奇趣的又一大特色。

《西游记》以它独特的思想和艺术魅力，把读者带进了美丽的艺术殿堂，感受其艺术魅力。吴承恩在人物描写上将神性、人性和自然性三者很好地融会贯通起来，这也是《西游记》奇幻、奇趣的重要原因。所谓神性，就是指形象的幻想性；所谓人性，就是指形象的社会性；所谓自然性，就是指所具有的动物属性。《西游记》展现了一个神化了的动物世界，同时又熔铸进社会生活的内容。

总之，《西游记》的现实意义鲜明而深远。它无情地揭露了封建社会生活的腐朽没落及人间百态。它成功的浪漫主义创作方法独具匠心，大胆的夸张，幽默的讽刺，鲜明的对比，以“奇幻”和“奇趣”相结合的方法描绘现实社会生活，不愧为千古绝唱！

小评李清照

陈　丽

漫长悠久光辉灿烂的中国文学史上，诞生了数不清的文学大家。要以唐宋时期举例的话，从“初唐四杰”，到天才不羁的“诗仙”李太白、忧国忧民的“诗圣”杜工部、禅意幽静的“诗佛”摩碣、通俗达意的“诗魔”白乐天、雅俗共赏的“诗神”苏轼，还有“竹林七贤”等等，这些惊世之名有一个共同点，他们都是男子，抑或是政坛才子，文人墨客，谦谦君子。其所创作的作品在中国文学史上都有着重要的地位。其实，这与古代社会制度文化传统有关，自夏朝开始便是父权王朝，男权社会，女性依附于男性，并不是独立的存在。封建社会对女性有许许多多的约束与压迫，女子不能像男子接受普遍的教育，所以不能广泛地接触知识，对女子的教育更多是“德育”，如“三从四德”“女子无才便是德”等。未婚的女子大多大门不出，二门不迈，待字闺中，等待婚配。

就是在这样一个男权时代，漫漫的文学之路中，依然诞生了一些女性创作者，只是她们的作品数量并不多，而且榜上有名的少之又少。可是，有一位女文学家声名鹊起，成了可一颗沧海明珠。这位才女留名于中国文学史上，留下的珠玉般珍贵的作品，集诸多成就不亚于男性文学家之优秀。她就是北宋文学家、诗人、词人李清照，字为易安。她创作的诗、词、文自成一派，开创了婉约派，并且，她是中国历史第一位女评论家。她如流星般降落在我国的文坛上，为我国古代本就稀少的女性文学创作奠定了不可磨灭的功劳，也为中国文学史画上了璀璨的一笔。

李清照出身书香门第，官宦之家，父亲、母亲贤良，且有学识，对待他们女儿的成长教育，并没有封建礼教上的“男尊女卑”的那些想法。他们认为，还是要以人为本，应该发展孩子的天性。所以，少时的李清照并没有受太多所谓的女子的规矩。她从幼时到少女时期，天真烂漫，自由自在，富有一种独特的生机之气。因为父亲爱好文学并且才华横溢，家中藏书甚广，所以李清照从小就接触了很多女子一辈子都读不到的书，本身就聪慧的她，更是如鱼得水，学识变得更为丰富。就这样，小小女孩李清照在父母良好的教育与广博诗文之中熏陶长大，慢慢地开始了自己的文学创作之路。十七岁那年，李清照创作了一首小词《点绛唇·蹴罢秋千》蹴罢秋千，起来慵整纤纤手。露浓花瘦，薄汗轻衣透。见客入来，袜划金钗溜。和羞走，倚门回首，却把青梅嗅。”这首词，李清照的用词遣句充满了一种灵动的少女感，用了大量的动词，风格清新，却不失一种轻快。读罢这首词，跃然而上一位这样的少女。这位少女充满了活泼的自然之美。此后，她再也没有了以往的灵动，我的心间也缓缓开始升起一阵哀伤，仿佛那个天真的少女再也回不来了。听琴声悠悠，呢喃细语；秋风萧瑟，吹落满地的残花；雨落雨声，只留下与池水的缱绻。心心念的那个人，即便望穿秋水，也再不会回来。无奈早已是物是人非。寻寻觅觅，冷冷清清，凄凄惨惨戚戚。这样复杂的感情，真如她所说，怎一个愁字能了？这首词是李清照中后期的作品，她的命运已经发生了天翻地覆的变化。社会动荡，国破家亡，父亲和丈夫都早已去世。孤苦无依的女子不得不离开家乡，即便如此艰难，她还要保存好丈夫生前收集的文物，一路颠沛流离。乱世中一个女子，生存实在不易啊。就这样到了生命的尽头，她依然没有回归故里。

钦佩李清照，不仅仅因为她是文学大家，更多的是她这个女子拥有的强大的人格魅力。她至情至性，活出了真我，还是一个极其钏情的女子。她对国家的命运存亡感同身受，是一个拥有民族气节且热爱国家的女性。从她的作品中就能看出，她有相当多一部分爱国思家的诗词，如：“生当作人杰，死亦为鬼雄。至今思项羽，不肯过江东。”（《夏日绝句》）这首诗也是李清照的经典传世之作。这首诗，借古事讽刺今时。李清照写这首诗时既悲愤又慷慨，从这首绝句中能感觉到这个女子既有男儿保家卫国的热血，又有女儿缜密的判断思考。她热爱着她的国家，热爱着她的故土，虽然是女儿身，但是拥有强大的气节。

翩翩一世惊鸿，唯有文章永存。李清照，这样的一个奇女子，早已永久封存在那个时代。我们跨越不了岁月，却能拜读她留下的作品。在她的文笔中体味她的一生，同时用她的情感感化我们的内心。现在的女性，早已经走出了封建社会，在这个倡导男女平等的年代，女子是不是更应该像易安那样，不仅仅是注意停留在韶华易逝的外在美，而要更多地培养心灵的内在美。不骄不躁，努力且阳光，用传统文化来熏陶自己，用知识、道德来规范自己，多充实自我，多锤炼自我。愿亲爱的女子们，都活出你们自己的样子。你若盛开，清风徐来。

《高老头》人物形象塑造的现实意义和艺术特色

原　野

在19世纪，最具有代表性的现实主义作家就是巴尔扎克。他的文学巨著《人间喜剧》代表着法国文坛乃至世界现实主义文学作品创作的最高峰，是反映当时法国现实社会的百科全书。批判现实主义佳作《高老头》，是巴尔扎克的著名作品，是《人间喜剧》的开山之作。巴尔扎克的《人间喜剧》的90多部作品，大致分为风俗研究、哲理研究、分析研究三大类。在风俗研究里又分为巴黎生活场景、外省生活场景、私人生活场景、政治生活场景、军事生活场景、乡村生活场景6个门类。《人间喜剧》通过一些形象鲜明的人物，把这座“文学大厦”的各部分有机联系起来，构成一个反映法国当时社会的壮丽画卷。巴尔扎克宣称：“拿破仑用宝剑没有完成的事业，我将用笔杆来完成。”恩格斯称《人间喜剧》“提供了一部‘法国’社会，特别是巴黎‘上流社会’卓越的现实主义历史”。

《高老头》以开辟法国小说新天地而闻名于世。19世纪上半叶，由法国大革命激荡起来的情感热流在冷阔的现实面前碰得粉碎。有良知的知识分子惊奇地发现，大革命所许诺的“自由、平等、博爱”的理想社会却展现出一副道德沦丧、情欲横流、赤裸裸的金钱关系横行的幽默的讽刺画。《高老头》是被作者当作一篇完整的历史现实故事来描绘法国社会现实生活的。该故事描写的是1819年末到1820年初法国波旁王朝复辟时期巴黎的社会生活。《高老头》是巴尔扎克的创作达到成熟阶段的标志。这种现实主义创作风格在后来巴尔扎克《人间喜剧》的其他作品中得到了进一步的深化延续。他的长篇小说《高老头》虽然只描写了20多个个性鲜明的人物，但它能显示出《人间喜剧》91部小说中2400多个典型环境中典型人物的现实社会的发展脉络。人物性格、矛盾冲突、典型环境、典型人物互相交织，反映出当时法国金钱主宰一切的丑恶的社会现实，反映了没落贵族的衰败、资产阶级的发迹，资本主义人吃人的金钱关系等法国社会生活中的一幅幅风俗画。《人间喜剧》中几乎每个人物都刻画描写得栩栩如生，是反映当时法国社会的一面镜子。

小说《高老头》的主题思想和现实意义

巴尔扎克以写实的笔法，通过社会环境、典型人物的活动，揭示没落贵族的衰败、资产阶级的发迹、赤裸裸的金钱关系和唯利是图的人性等。青年拉斯蒂涅在巴黎社会的腐蚀下不断发生改变，但仍然保持着正义与道德。同时，还穿插了贵族鲍赛昂夫人和恶魔伏脱冷的故事。通过对豪华的贵族沙龙和寒酸的公寓这两个不断交替的主要舞台场景的对比描写，作家描绘了一幅幅巴黎社会中人欲横流、极端丑恶的典型现实画面，揭露了在金钱势力支配下资产阶级的道德沦丧和人与人之间的冷酷无情，揭示了在资产阶级的进攻下贵族阶级的必然灭亡，真实地反映了波旁王朝复辟时期的现实生活。

《高老头》的现实意义深刻而深远。小说主要是通过两个故事来揭示当时法国丑恶的社会现实。

一个是高老头被两个亲生女儿无情遗弃的悲剧。高老头之死是这幕家庭丑剧的高潮。高老头临死前想见女儿一面，尽管他哭天喊地，可是谁也没有来。临死前的高老头才顿悟出了资本主义金钱社会的残酷真理：“钱可以买到一切，买到女儿。”当拉斯蒂涅为筹款治丧在“纽沁根夫妇与雷斯多夫妇两处奔走”时，他们以“父亲死了，都悲痛得不得了”为由而拒绝会客；在送葬的行列里，出现的是这两家“有爵徽的空车”。巴尔扎克的揭露与批判真可谓入木三分，幽默的讽刺一针见血，力透纸背！

高老头当初是一个面条商，利用法国当时大饥荒的社会现实，靠投机而发迹。他由兴旺到衰败，最终成为金钱关系的牺牲品，最终悲愤无奈地退出巴黎的人生舞台。

另一个是以热血青年拉斯蒂涅为特征的堕落资产阶级野心家的经历。他从法国一个农村到繁华的大城市，千方百计想依附金钱的关系爬到上层社会。靠没落贵族鲍赛昂夫人的引诱指点，他开始登上巴黎社会的舞台。

作者通过两个故事反映了王政复辟时期的时代特征和社会风貌，而反映这一历史进程的正是他小说中对典型环境中的典型人物的描写与刻画，读了令人刻骨铭心，难以忘怀。

在巴尔扎克的小说中，每个人物的描写都有着鲜明的时代特征和生活烙印的。人物的心理变化，也生动预示着社会时代的变迁。这最终也反映出法国整个社会带给人们的影响。

《高老头》中的拉斯蒂涅就是这样一个典型的人物，作者对他的描写贯穿全篇，力透纸背，入木三分。拉斯蒂涅起初是一个热血青年。他出生在破落的贵族家庭，白皮肤、黑头发、蓝眼睛，热情而有才气。他有着千方百计向上爬的欲望，起初他还想靠自己的奋斗打拼，刻苦用功，想做一个清廉正直的法官，做一个孝顺父母和有益于社会的人，是有良心和道德正义感的青年，但现实社会的残酷把他的梦想击打得粉碎！

拉斯蒂涅在没落贵族鲍赛昂夫人的引诱下，经不起巴黎繁华的上层社会的种种诱惑。拉斯蒂涅亲眼看到了高老头的惨死，无情的现实证明了“崇高的父爱”败给了金钱。他深深地知道了“利己拜金”的原则不仅流行与整个法国社会，而且渗透到家庭的至亲骨肉之间。拉斯蒂涅怀着对人间的悲愤和不满埋葬了高老头，也随之埋葬了他的最后一滴眼泪。

残酷的社会现实让他接受了资产阶级利己主义的金钱法则，使他蜕变成资产阶级野心家。没落贵族鲍赛昂夫人“无可奈何花落去”地隐退到法国乡村度日，也有力地证明了“高贵的门第”“真挚的爱情”也输给了金钱的腐蚀。残酷的现实让他了解了即便在情人之间也在奉行“利己拜金”原则的冷酷现实。利己个人野心家伏脱冷的被捕，有力说明了超群的“胆略与智谋”也输给了金钱。资产阶级赤裸裸的金钱关系、金钱万能再次让他验证了普通人之间奉行的也是“金钱利己”的法则。拜金主义盛行的法国丑恶的社会现实已几乎无可救药了！

在拉斯蒂涅野心家性格形成的过程中，贵族鲍赛昂夫人和资产阶级个人野心家伏脱冷做了他的启蒙老师和引路人，他们分别为拉斯蒂涅上了“极端利己”主义哲学和“金钱法则”的生动形象的两课，说明了人生“近朱者赤，近墨者黑”的深刻道理。

巴尔扎克作为一代现实社会文学艺术大师，以锐利的目光观察法国社会现实，从整个社会的高度来研究、表现拉斯蒂涅的内心斗争和思想变化。拉斯蒂涅的转变过程是他阶级属性的改变，而由纯朴的外省青年变成寡廉鲜耻的野心家是他道德品质的坠落。他透过人物心理历程的变化，看到了整个法国社会的本质，并从经济学的角度分析和揭露了资本主义社会人与人之间赤裸裸的金钱关系，批判痛斥了主宰整个社会的金钱社会法则。作者对丑恶的社会现实的描绘力透纸背，一针见血。

作为当时法国上流社会的交际花，鲍赛昂夫人出身高贵，是法国“蒲高涅王室的最后一个女儿”。她用温文尔雅的语言教导了拉斯蒂涅用不见血的合法手段利己拜金，“‘社会又卑鄙又残忍，’子爵夫人终于说……‘唉，拉斯蒂涅先生’，你得‘以牙还牙去对付这个社会……你越没有心肝，就越高升得快，你毫不留情地打击人家，人家就怕你。’……‘不是吗，你要没有一个女人关切，你在这儿便一文不值。这女人还得年轻、有钱、漂亮。’”她可谓是一针见血地揭示出资本主义社会赤裸裸的金钱关系的腐朽、丑恶本质，引诱正直的青年人追求唯利是图而不择手段。这是社会现实的生动写照。

社会恶魔伏脱冷作为下层社会被追捕的苦役犯则是用他赤裸裸的强盗语言开导拉斯蒂涅，用非法的流血手段达到“利已拜金”的目的。他对拉斯蒂涅说：“你知道巴黎的人是怎样打天下的？不是靠天才的光芒，就是靠腐蚀的本领。在这个人堆里，如果不像炮弹一般轰进去，就得像瘟疫一般钻进去，清白老实一无用处。”

两种不同方法的引诱劝说，有着异曲同工之妙。它们腐蚀着社会，腐蚀着拉斯蒂涅这一类人的心灵。拉斯蒂涅猛然想道：“好一个死心眼的家伙！特·鲍赛昂太太温文尔雅地对我说的，他赤裸裸地说了出来。他拿钢铁般的利爪把我的心撕得粉碎。”拉斯蒂涅虽然被伏脱冷赤裸裸的言辞所打动，但是当伏脱冷提出一个谋财害命的计划时，他最终还是没能去做，这说明他尚不成熟，他内心还没有完全准备好去迎接整个资本主义社会残酷无情的巧取豪夺的凶残本性，也许，他还有做人的尊严，还有一丝道德良心的发现。

《高老头》无情地批判了当时法国社会没落贵族“无可奈何花落去”的鲜明时代特征，资产阶级登上历史舞台的发迹历史和资产阶级赤裸裸的拜金主义盛行的社会丑恶本质。其至今还有着深远的现实意义，值得借鉴，警惕历史的悲剧再次重演！

《高老头》的艺术特色

《高老头》的作者完美地运用了批判现实主义创作方法，真实再现了19世纪法国社会中典型环境下的典型人物。

就像恩格斯所说的：“据我看来，现实主义的意思是，除细节的真实，还要真实地再现典型环境中的典型人物。”（《马克思恩格斯选集》第4卷，第462页）小说中人物刻画得如雕塑一样栩栩如生，无情地批判和嘲讽了当时法国社会腐朽、堕落的社会本质。作者成功地塑造了当时法国现实社会中典型环境中的典型人物的完美的艺术形象，真实再现了当时法国社会的现实生活，其艺术特色独到鲜明。

巴尔扎克创作的《高老头》中，20多个人物形象都是生活在巴黎这个“大染缸”特定的环境中的，这里包括人物关系、时代背景、社会环境、日常生活的物质条件、社会生活细节等。而这个特定环境就会对生活在这个时代中形形色色的人物产生深刻影响。社会环境与鲜明的人物性格以及人物的社会关系都是作者极力挖掘现实典型环境和典型人物的生活画面和细节得来的。作者将这些淋漓尽致地表现出来，人物形象跃然纸上。

《高老头》描写了巴黎社会中的伏盖公寓和三个贵族家庭场景。一个奢华贵族的生活画面，一个生活在法国社会下层的穷酸场面，都巧妙地体现了法国王朝复辟时期的历史特征。小说以此作为拉斯蒂涅野心家性格形成的社会典型环境，使典型人物拉斯蒂涅在两个既是相互对比又是相互联系的环境中活动，完成了典型人物拉斯蒂涅人生信念一追求和性格的转变。

巴黎拉丁区的伏盖公寓内外景的描写，使人有身临其境、如闻其声之感。闭塞的伏盖公寓内处处散发着臭味，充斥着发霉、阴冷的气味。贵族沙龙的豪华奢侈，也符合人物的具体身份和鲜明性格。作者精细而富有特征的典型环境中的典型人物刻画描写是该小说成功、独到之处，有着引人入胜的艺术魅力。

贵族鲍赛昂夫人的豪华府邸有着金碧辉煌的气派，院中套着精壮马匹的华丽马车，穿着金镶边大红制服的门丁，两边供满鲜花的大楼梯及只有灰色和粉红色的小巧玲珑的客室，这些精雅绝伦的陈设、别出心裁的布置恰如其分地衬托出上流社会贵族“领袖”的风雅和风度气派超群。高老头的两个女儿家里住着豪华奢侈的大房子，有贵重的器物，但“毫无气派的回廊”，挂满意大利油画的客厅却“装饰得像咖啡馆”，这显示了作为资产阶级新贵的暴发户们的排场和氛围。

在《高老头》中，巴尔扎克不仅塑造了高里奥、拉斯蒂涅、鲍赛昂夫人、伏脱冷等典型形象，而且在其他人物形象的塑造中也做到了共性与个性的统一，鲜明独到。纽沁根男爵夫妇和雷斯多伯爵夫妇虽然有贵族的头衔，但是实际上都是资产者。他们既有追求个人私利的共同特性，又都是独具个性的典型人物。银行家纽沁根是一个非常典型的拜金主义者。他对待妻子寻求外遇的态度很明朗：“我允许你胡搅，你也得让我犯罪，叫那些可怜虫倾家荡产。”雷斯多伯爵对妻子的美着了迷，虽听凭她和玛克勾搭，却有一定限度，这和他的贵族门第观念有关。他知道妻子偷卖祖传钻石后，想方设法地赎回，让她戴着参加舞会，以维护门第的尊严和虚荣。

高老头是一个被金钱毁灭了的充满父爱的典型人物。高老头是当时法国社会由宗法制向资本主义急剧转变时代的产物，他的惨死，正是金钱毁灭人性、败坏良心、破坏家庭的明证。他的命运实际上是封建宗法观念被资产阶级金钱至上的道德原则战胜的现实社会的悲剧。他培养了女儿的利己主义和拜金主义，自己却成了利己主义和金钱关系的牺牲品。他的父爱既有以父爱为轴心的封建宗法意识，又有资产阶级拜金主义的思想。巴尔扎克极力夸张渲染他的父爱。然而，作为一个被遗弃的父亲，高老头的悲剧性遭遇，则是现实的、典型的。生活在这一环境中的人尽管身份不同，各自都有着自己的追求和目标，但最终都没能逃脱被金钱诱惑与摆布的悲惨命运。

作者善于通过对典型代表人物特征的细节描写、鲜明对比、心理描写、艺术夸张、个性化语言、情欲的自然流露来塑造人物鲜明的性格。

《高老头》对故事细节的真实描写是巴尔扎克作品的另一鲜明的特色。巴尔扎克这位文学巨匠对细节的描写、运用鲜明的对比、塑造个性化的人物语言、心理变化的刻画、艺术夸张手法的运用等既真实生动，又准确精妙。他深厚的文学功底和超凡的艺术修养不能不让我们读者叹为观止。

无论是伏脱冷被捕，还是鲍赛昂夫人的告别舞会、高老头之死，巴尔扎克都写得惊心动魄、出神入化，富有戏剧性艺术效果。巴尔扎克非常重视对人物动作细节的描写，通过写动作来写人物内在的思想性格。比如，高老头每吃一块面包都要放在鼻下嗅一嗅，这一不起眼的细节动作，却生动、鲜活地表现了高老头的内心世界——他珍惜自己挣来的每一分钱，同时更加烘托出他对女儿的父爱——“溺爱”在所不惜。巴尔扎克非常擅长且高度重视小说中详细而逼真的社会环境描绘，在典型环境中真实再现典型人物的社会生活。更重要的是，他为了刻画人物的鲜明性格，成功运用了对比手法。作品围绕拉斯蒂涅的活动，描写了巴黎不同等级、不同阶层的人们的生活环境对比。拉丁区的伏盖公寓，形似牢狱的黄色屋子，到处散发着“闭塞的、霉烂的、酸腐的气味”，塞满了肮脏油腻、残破丑陋的器皿和家具，这是下层人物的寄居之地，体现了高老头悲剧命运的典型环境。

可怜的高老头快断气了，还盼望着两个女儿能来见他一面的细节描写出神入化。小说中写到：“‘一个也不来，’拉斯蒂涅嚷到…….‘一个也不来，’老人坐起来接着说：‘……她们不会来的，我早知道了，直要到临死才知道女儿是什么东西！唉，朋友，你别结婚，别生孩子！你给她们生命，她们给你死，你带她们到世界上来，她们把你从世界上赶出去。她们不会来的！’他每只眼中冒出一颗眼泪，滚在鲜红的眼皮边上，不掉下来。”这就是高老头在生命的最后时间中的绝望哭诉。这里面既有高老头一生的不幸与悲哀，也有作者对被金钱腐蚀了的社会的谴责，更有对资产阶级时代到来的无奈。

巴尔扎克通过鲜明的对比、个性化的语言、艺术夸张、心理描写、幽默地讽刺、人物的分类整理和性格刻画，使作品成了一篇完整的历史巨著，这又是其一大鲜明特色。

无论是现实社会中的贵族，还是资产阶级的形象，都是作者用来揭示社会环境和人物的对比描写、展示人生的道具。这是一部真正意义上的伟大的批判现实主义的杰出作品。小说以鲜明的对比和夸张手法描写了的高老头所谓的父爱，最终导致了他悲惨的结局。小说以心理描写、个性化的语言等表现手法，刻画拉斯蒂涅内心良心与野心的矛盾，成功地表现了他性格演变的过程。他用恶魔式的言行，赤裸裸的强盗式个性化的语言刻画了伏脱冷这个下层社会被追捕的苦役犯。小说用人物性格的多面性讲述了鲍赛昂夫人这个上流社会贵族对社会、对人生的不满。但在赤裸裸的金钱社会中，她只好隐退，展示了贵族在资产阶级金钱打击下的失败的必然命运。

作者通过贵族社会生活的这些富有特征的精细环境描写与下层社会生活进行鲜明的对比，生动地再现了上层社会贵族的社会环境，展示其对没落贵族性格形成的影响及下层社会人物的悲惨生活与上流社会有着天壤之别，揭示小说社会生活。当拉斯蒂涅从鲍赛昂夫人和雷斯多夫人两处豪华住所访问归来后，回到栖身的伏盖公寓时，作品写道：“走入气味难闻的饭厅，十八个食客好似马槽前的牲口一般正在吃饭。他觉得这副穷酸相跟饭厅的景象丑恶已极……格外刺激他的野心……”环境转变对比，使他感到差距悬殊，太鲜明、太强烈了。已经享受过上流社会生活的拉斯蒂涅再也不肯自甘贫贱，最后，他决心弄脏双手，抹黑良心，不顾一切地向上爬。拉斯蒂涅典型人物的堕落是这种特定的典型环境鲜明对比中所决定和形成的，为拉斯蒂涅的性格转变及人生堕落的轨迹做了合理传神的描绘，入木三分。

《高老头》的艺术特色还在于独特的艺术结构。小说结构严谨，无懈可击。书中安排了四条情节线索，以拉斯蒂涅的堕落为主线，其他几条起辅助作用，纵横交错又脉络分明。

作品通过运用戏剧结构的手法来组织矛盾冲突，而且集中描写富有戏剧性的细节场面。小说中的两条线索交织在一起，相互补充，相互深化，有机结合在一起，始终如一地贯穿于这场人间悲剧的全部情节中。《高老头》巧妙新颖的艺术结构，正是从一个重要方面表现了巴尔扎克小说的创作特色。小说以高老头和拉斯蒂涅的故事为两条主要线索，又穿插了伏脱冷、鲍赛昂夫人的故事，几条线索错综交织，头绪看似纷繁，但是实际上主次分明、脉络清楚、有条不紊。

关于《高老头》的写作，巴尔扎克曾经谈到，他想在这部作品中塑造一位像“基督教的神圣的殉道者”般的父亲，描写“一个上流人物，一个野心家如何抹杀良心、如何走上邪路”，借此揭露巴黎衰败的世风。《高老头》的艺术结构，是服从这一创作意图的。在作品中，巴尔扎克精心设计了巴黎的伏盖公寓这个场景，以典型人物高老头和典型人物拉斯蒂涅这两条线索作为结构的骨架，以资本主义社会人与人之间赤裸裸的金钱关系作为情节矛盾冲突的基础，对整个情节结构做了严密的、巧妙的安排，形成一个完整的，独具一格的艺术结构，再现了当时巴黎生活现实生活。

小说以叙述高老头被女儿榨干钱财后抛弃为中心情节，以拉斯蒂涅为中心人物，通过他的活动穿针引线，将上层社会与下层社会联系起来，将贵族沙龙与资产者客厅联结起来。随着高老头之谜在拉斯蒂涅眼前展现、解开，情节步步推向高潮。伏脱冷的被捕、鲍赛昂夫人的被弃、高老头的惨死，拉斯蒂涅都是见证人。社会的丑恶证实了他接受的反面教育，高老头埋葬之日，也是拉斯蒂涅青年时代的理想结束之时，是他人物性格变化的转折点。几条线索紧密交织、环环相扣、步步深入，起着互相深化、互为补充的作用，从而深刻地表现并步步深化了作品的主题和现实意义。

整个巴黎在金钱的魔力感召下，极端利己主义淹没了一切道德原则，无论是上流社会还是下层社会，围绕金钱演出的丑剧层出不穷。阿瞿达侯爵为了

20万法郎的陪嫁抛弃了交往多年的情妇。雷斯多伯爵抓住妻子的弱点，侵吞了她的财产。银行家纽沁根则下流到答应妻子“自由”，但要以控制她的财产作为交换。由于觊觎高老头的财产，伏盖太太乔装打扮，故作媚态。为了3000法郎的收入，米旭诺和波阿莱成为官方的密探，对伏脱冷暗下毒手。伏脱冷为了20万法郎，巧设陷阱，杀害了泰伊番的独子。拉斯蒂涅在巴黎这个大染缸中，放弃了靠读书求功名的念头，决心要在这个“地狱”中去“拼一拼”。这些描绘，入木三分，力透纸背。

《高老头》在巴尔扎克的人间喜剧中占有十分重要地位，是人间喜剧中描写的2400个人物的先驱，是典型环境中典型人物描写的开山之作，其主题思想、现实意义深远，深刻地反映了当时没落贵族的衰败，资产阶级的发迹，资本主义社会人与人之间赤裸裸的金钱关系。其艺术特色鲜明独特，是反映当时法国社会的一面镜子，是一部具有划时代意义的反映当时法国社会现实生活的大百科全书，是一座法国乃至世界的批判现实主义创作的艺术高峰。其批判现实主义和艺术特色创作风格驰名世界，作者以无情的讽刺揭露了资本主义社会人吃人的金钱关系下社会的丑恶现实，入木三分，活灵活现。该小说成为千古绝唱！

思想论坛

儒家“仁”的思想对于当代的借鉴意义

叶劲超

2014年9月，习近平在纪念孔子诞辰2565周年的讲话中指出：“孔子创立的儒家学说以及在此基础上发展起来的儒家思想，对中华文明产生了深刻影响，是中国传统文化的重要组成部分。儒家思想同中华民族形成和发展过程中所产生的其他思想文化一道，……是中华民族生生不息发展壮大的重要滋养。”

儒家的核心思想是“仁”。《论语·颜渊》中提到：“樊迟问仁，子曰：‘爱人。’”《荀子》里面记载了一个故事，阐明了“仁”的三重境界：被人爱、爱人、自爱。孔子问他的三位弟子：“智者若何？仁者若何？”子路先答：“智者使人知己，仁者使人爱己。”子曰：“可谓士矣。”子贡的回答是：“智者知人，仁者爱人。”子曰：“可谓士君子矣。”而颜回的回答是：“智者自知，仁者自爱。”子曰：“可谓明君子矣。”士在上古为掌刑狱之官；商、西周、春秋时为贵族阶层，多为卿大夫的家臣；春秋末年以后，逐渐成为统治阶级中知识分子的统称。君子与小人相对，更主要的是从道德层面来讲，君子讲道德，小人不讲道德。明君子则是全面、透彻地对于“仁”充分了解的君子。中国传统文化强调反求诸己，自觉、自律、自省，所以孔子最赞赏的是自爱，认为有了自爱，才能够去爱人，也才能够被人爱。

孔子强调“仁”，是为了挽回春秋时礼崩乐坏的状态。如何恢复呢？回到周礼上去！“克己复礼为仁”，仁为体，礼为用。“非礼勿视，非礼勿听，非礼勿言，非礼勿动。”“礼别异”，礼要维持社会秩序，各尽本分，即“君君、臣臣、父父、子子”。“礼之用，和为贵。”礼体现在尊重社会规律和自然规律上，实现人与人的和谐、人与社会的和谐、人与自然的和谐。

“刚毅木讷近仁”，刚无欲，毅果敢，木质朴，讷迟钝。仁者勇于行动，而不是夸夸其谈。“空谈误国，实干兴邦。”“巧言令色鲜矣仁”，一个对上级阳奉阴违，对群众颐指气使，善于耍两面派的人几乎没有仁心，因而也不是仁者。

加强仁的修养，首先，要做到个体自觉的道德修养。子曰：“为仁由己，而由乎人哉？”其次，要不断反省，循礼而行才能达到仁的境界。子曰：“仁远乎哉？我欲仁，斯仁至矣。”再次，要遵循礼的规范，遵守国家法律。子曰“苟志于仁，无恶也。”

实现仁的方法是忠和恕。忠是“己欲立而立人，己欲达而达人”。恕是“己所不欲，勿施于人”。实现仁有五种途径。子曰：“能行五者于天下，为仁矣。曰：恭宽信敏惠，恭则不侮，宽则得众，信则人任焉，敏则有功，惠则足以使人。”

仁的思想在当代有很强的借鉴意义。

第一，仁是古代民本思想的核心，“民为邦本，本固邦宁”，“民为贵”。仁者爱人，首先是爱人民，今天就是民生观，就是党的根本宗旨“全心全意为人民服务”，就是“全面建成小康社会”“人民对美好生活的向往，就是我们的奋斗目标”，就是内蒙古自治区第十次党代会提出的“民生底线”。

第二，面对新时期党面临的“四大考验”和“四个危险”，共产党员在“两学一做”教育活动中要自觉提高道德修养，一以贯之地坚持发扬党的十八大和十九大以来强调的党的群众路线教育实践活动精神，坚持发扬“三严三实”专题教育活动精神，做全面从严治党的表率。

第三，党领导人民建设社会主义生态文明，要树立尊重自然、顺应自然、保护自然的生态文明理念，实现人与自然的和谐。

第四，中国共产党在国际的交往中坚持和平共处五项原则，发展我国同世界各国的关系，致力建设持久和平、共同繁荣的和谐世界。在与“一带一路”国家交往中，在与世界上所有爱好和平的国家交往中，和的思想贯穿始终。但“和而不同”，在国际事务中，中国共产党维护我国的独立和主权，反对霸权主义和强权政治，维护世界和平，促进人类进步。

第五，中国共产党领导人民构建社会主义和谐社会，解决人民最关心、最直接、最现实的利益问题，发展成果惠及全体人民，努力形成全体人民各尽其能、各得其所而又和谐相处的局面。

第六，子曰：“志士仁人，无求生以害仁，有杀身以成仁。”共产党员作为有共产主义觉悟的先锋战士，在革命和建设中，必须有崇高的理想和奋斗目标，在实现伟大理想和奋斗目标的过程中，要“不惜牺牲个人的一切，为实现共产主义奋斗终生”。

让无形家风吹暖神州大地

刘　亮

家庭的生活方式、文化氛围构成了家风。家风就是一个家庭的风气、风格与风尚。家风是一个家族代代相传沿袭下来的体现家族成员精神风貌、道德品质、审美格调和整体气质的家族文化风格。中国人安身立命之处不是天国，而是家国。家风乃吾国之民风。

家风是传承千年的精神印记。在每一个具体家族中，家风不仅仅是道德教化的口号，还是家族精神的体现，通过一代代家族成员具体的行为践行和传承。有的历史人物，可能和这个家族并无直接的血缘关系，但因为相同姓氏往往也被说成是本族祖先。用祖先的荣耀和事迹，增强自身的荣誉感和尊严感，凝聚家族成员，使他们对于姓氏及家族本身产生认同。

家风家教能促进法治建设。家风和家规还是我国诸多法律理念的重要来源。当下，法治已是国家建设的重要目标和社会共识。家风、家教这种属道德范畴的教化虽然在治理效能上很难与刚性的法治相比，但是，道德教化与法律治理，在本质上殊途同归。优良的家风不仅可以弥补法治功能上的空缺，而且能从精神认知层面提升公民凭借自我道德观念来约束行为的境界，从源头上减弱犯罪的动机。

“小家庭时代”更需要家风。按照一些社会学家的说法，现代社会已经进入“小家庭时代”，社会被分割成一个个小的家庭单位，而越是在这样的“小家庭时代”，越需要家风的熏陶、规范和引导。如果每个家庭的家风都正，那么社会风气自然会得到改善，也会相应地正起来。相反，如果小家庭的家风不正，那么整个社会的风气就很难正得起来。

习近平总书记指出：“家风好，就能家道兴盛、和顺美满；家风差，难免殃及子孙、贻害社会”，“广大家庭都要弘扬优良家风，以千千万万家庭的好家风支撑起全社会的好风气”。

在中国数千年的社会生活中，出现过无数好家风的榜样。它既是支撑一个家庭乃至家族世代前行的精神内核，也影响着整个民族的价值观和道德观。清代宰相张英的一首“一纸书来只为墙，让他三尺又何妨。万里长城今犹在，不见当年秦始皇”可谓广为传诵。父子宰相为官清正，心系百姓，堪称典范，应说是得益于张英的以身作则、言传身教，得益于淡泊致远、克己清廉的家风，得益于“六尺巷”。焦裕禄有“带头艰苦，不搞特殊”“工作上向先进看齐，生活条件跟差的比”的家训。多年以后，焦裕禄留下来的家训早已成为儿女们诚心秉持的人生信条，还得到了习近平总书记“点赞”。谷文昌“清白持家、简朴本分、为民奉献”的家风仍在当地干部群众中传颂，体现了那一代共产党员艰苦朴素、清白为官、为民奉献的优良作风。

良好的家风，能在潜移默化中影响人们的价值观，生发并激荡成时代新风尚，凝聚起强大的正能量，而激活这些文化基因是我们每个人的责任。我们应该用榜样来激励自己，重视家庭文明建设，加强价值观建设。家是最小国，国是千万家。我们要用社会主义核心价值观引领家庭文明建设，锤炼个人品德、书写家庭美德、遵守职业道德、弘扬社会公德。发挥家风在民族的传承、教化中的重要作用。

如此灿烂文化何以如此自卑

田志鹏

当下，由于受西方文化的冲击，国人文化自觉的沉睡与文化自信的缺乏已日趋严重，应该说到了不得不鞭笞砥砺和高呼呐喊的时候了。

中国人喜欢说“只有民族的才是世界的”，但在很多中国人的潜意识里，只有西方的特别是美国的才算是世界的。在各类媒体的渲染之下，我们的文化领地已濒临“被殖民”。最典型的例子莫过于一些娱乐媒体对奥斯卡金像奖的炒作了。本来这只是美国国内的一个专业电影奖，却在中国媒体有意无意地粉饰之下，俨然成为世界电影大奖，而“奥斯卡”三个字也成了各类竞赛世界水平的代名词。各类媒体中随时可见“中国的某某”报道，比如，中国的“时代广场”、中国的“麦当劳”、中国的“绿卡”、中国的“硅谷”……浩如星海的文化长河，居然要依靠外来名词来标榜自己，国粹蒙羞、国人汗颜！

中医、中药也是一个典型的例子。几千年来，中医、中药一直是中国人民物美价廉的“保健体系”，对中华民族的繁衍和发展功不可没。然而，当前的窘境是，西医、西药逐渐成为中国人看病治病的首选，国人对中医、中药的信任降到了冰点。甚至有所谓的学者发出了“告别中医”的呼吁，令人震惊的无知，让人难堪的心痛。中医、中药乃至中华文化正面临着“五千年以来所未有之变局”。

面对此情此景，我们要抵制精神殖民，增强文化自信，坚定理想信念，应先立好自己的“主心骨”，挺起中华文化的“精神脊梁”。习近平总书记指出：要认真汲取中华优秀传统文化的思想精华，深入挖掘和阐发其讲仁爱、重民本、守诚信、崇正义、尚和合、求大同的时代价值。应当说，这六个方面的内容是中华优秀传统文化的核心价值。与这六个方面的核心价值相辅而行的，是道法自然、天人合一、为政以德、和而不同、自强不息、厚德载物、天下为公、义以为上、知行合一、己所不欲勿施于人的中华文化精髓。这些思想是中华民族独特的智慧和力量，在中国传统社会和中华民族发展进程中起到了巨大推动作用，这就是我们的“主心骨”，是我们的“精神脊梁”，也是治国兴邦、安身立命的重要精神导向。

党员热爱党、维护党，要有高度的政治敏锐性和政治洞察力，增强党章意识、党员意识，敢于同一切反对、诋毁的言论做理直气壮的斗争。这是一名深爱我党、熟悉党情的老党员的殷切教诲。

中华文化曾在世界文化史上尽得风流，但近代以来也曾在旧制度中根芽渐萎，在西潮冲击下花果飘零。扭转这一困局，实现中华文化浴火重生的，是中国共产党领导的新民主主义革命和以马克思主义为指导的新文化运动。正如毛泽东同志所指出的：“自从中国人学会了马克思列宁主义以后，中国人在精神上就由被动转入主动。从这时起，近代世界历史上那种看不起中国人，看不起中国文化的时代应当完结了。伟大的胜利的中国人民解放战争和人民大革命，已经复兴了并正在复兴着伟大的中国人民的文化。”这种复兴，是中华文化朝着民族的、科学的、大众的社会主义文化方向前进的历史性变革和新生。

“思想不牢，地动山摇。”我们不能忘记，在中华民族、中华文化到了最危险的时刻，是中国共产党力挽狂澜，重塑民族尊严，重拾文化自信。作为一名党员，我们理应为中国共产党而骄傲，为中华文化而自信。这既是党章的基本要求，也是一名党员自身党性修养的必然结果。我们要时刻保持自身的清醒头脑，为身边人身边事做好表率，坚决抵制不良习气和作风，敢于同一切反对、诋毁的言论做理直气壮的斗争。时刻加强党性修养，发挥共产党员的先进性，凝聚好身边的团结奋进的精神力量。

我们要提高抵御精神殖民的能力，学习中华优秀传统文化，培养高度的文化自觉，增强文化自信。学习中国新民主主义革命和社会主义建设时期形成的中国革命精神，用坚定的共产主义理想和中国特色社会主义信念补精神之钙、铸行动之基，自觉做到在各种社会思潮面前立场坚定、旗帜鲜明，在各种困难和挑战面前不畏艰难，奋勇直前，做一名合格的共产党员。此金石之言，掷地有声。

中华优秀传统文化的一个重要方面，正是奋勇直前、不畏艰难的奋斗精神。《周易》所讲的“天行健，君子以自强不息”，是我们民族的文化基因。“天地之大德曰生”“苟日新，日日新，又日新”，这些古代经典里的基本理念，是对我们民族自强不息精神的提炼。值得特别关注的是，自强不息精神往往通过在艰难困苦中磨炼抗争并最终取得胜利而彰显。司马迁在《报任安书》中阐述：“文王拘而演《周易》；仲尼厄而作《春秋》；屈原放逐，乃赋《离骚》；左丘失明，厥有《国语》；孙子膑脚，《兵法》修列；不韦迁蜀，世传《吕览》；韩非囚秦，《说难》《孤愤》；《诗》三百篇，大底贤圣发愤之所为作也。”这些事例是中华民族志向高远、坚忍不拔的典范。正是在这种自强不息的人文精神的激励下，中华民族在无数的艰难坎坷中始终奋力前行，不断创造新的文化辉煌。

一代人有一代人的使命和担当。实现中华民族伟大复兴的新征程，既要复兴“万国来朝”的鼎盛国力，也要复兴“钟灵毓秀”的中华文化，这是一次承前启后、兼顾软、硬实力的历史进军，犹如车之两轮、鸟之双翼，相辅相成、缺一不可。我们所面临的国际、国内新环境非比寻常，世界剧烈变动、中国深刻变革、思想领域复杂多变，这种变动、变革、变化的广度和深度前所未有。我们肩负着新的、更为艰巨繁重的历史任务，不熟悉、不确定的因素很多，难以预见的风险和考验很多，许多问题的挑战世所罕见。大梦想需要大担当，每一位共产党员都应当在这个伟大的历史进军中，用坚定的共产主义理想和中国特色社会主义信念补精神之钙、铸行动之基，彰显非凡价值。特别是距离全面建成小康社会第一个百年目标只有短短五年了，今年又是实施“十三五”规划的开局之年，任务多、分量重、压力大，广大党员领导干部必须有新的气势、新的精气神，敢破难题、敢为人先，才能推动“十三五”开好局、起好步，推动中国特色社会主义事业步入新高度。

历史长河、浩浩汤汤，跌宕起伏、终归粪土；千秋不陨责，唯文化也，唯薪火相传、灿若星河之中华文化也！历数千年中华文化，文有唐诗宋词元曲，艺有琴棋书画酒茶，学如诸子百家争鸣，德如忠信礼义斐然，此外还有民俗传统、宗教哲学、园林建筑、戏剧武术、天文地理、数学中医等，包罗万象，不胜枚举！这是人类历史上仅存的四大文明成果，灿烂如斯，何以不自信？在社会主义文化强国的路上，只有坚持对中华文化的自信，中华民族才能始终屹立于世界民族之林；只有抵制精神殖民，才能增添中国傲立于国际社会的底气；只有坚定理想信念，才能提升共产党人用中国理论解决中国问题的豪气。

“自信人生二百年，会当水击三千里。”自信的中华文化是实现中国梦的“加速度”，是弘扬中国精神的“原动力”，是凝聚中国力量的“向心力”，是坚持中国道路的“稳定力”。只要在中国共产党的正确领导下，不忘初心，继续前进，始终坚持“四个自信”，中华民族伟大复兴的中国梦就一定能够实现。

曲终人散心向前

刘 亮

《康熙来了》《超级访问》《杨澜访谈录》《鲁豫有约》……这些都是我非常喜爱的访谈节目。可就在今年，这些开播多年的节目陆续停播或者不再更新。它们都已播出十年以上，可以说伴随着许多像我一样的80后的成长。在我们学习、工作或是成家的人生路上，它们带给我们欢笑、泪水、沉思、启迪。它们不仅让我们看到艺人、企业家、政治家等来自不同行业的人们不为人知的一面，也让我们感受到不同人生中相似的真谛。虽然每个节目的主持风格不同，但是这些节目的宽度和深度让我们受益匪浅，成为精神养料的重要来源。忽然，我们的生活中不再有它们的更新，不免怅然若失。

在《康熙来了》节目的最后一期，蔡康永说了一段话，大意是很多节目说关就关了，我们很幸运能如愿看到节目走到最后。我们经历了电视这种形式的发展，也通过它得到了许多意想不到的收获。将来可能在其他节目上见面，但康熙到此结束了。收看我们节目的观众将来看什么，我也不知道。这段话包含着他对观众的不舍、对现实的唏嘘，更包含着对生活的感恩。

近年，这类传统访谈节目好像都遇到了瓶颈。正如某资深制作人说的："新媒体崛起，传统媒体受到的冲击非常大，很多电视节目都面临着不小的生存压力，制作节目的成本和风险也在不断加大。”访谈节目都具有现场人数少、一对一的单调内容与形式。之前，网络信息没有现在发达，访谈节目成为观众了解明星的主要渠道。但在自媒体时代，微博、微信公众号等快速传播的信息渠道让明星们背后的故事尽人皆知，访谈节目无法满足观众对明星的窥探欲。此外，棚内录制，风格单一，该专访的明星都访过几遍了，每次都要想新花样、新话题。但要想玩儿出新鲜感实在是太难了，不仅观众审美疲劳，很多节目主持人自己也会产生倦怠感，期望寻求更大的突破。就像蔡康永，除却主持人身份，还身兼数职。他近年来也像很多台湾艺人一样转战大陆“淘金”，两季《奇葩说》的出色表现让他彻底打开了大陆市场，近期还筹拍了电影，找老搭档小S担任女主角。抛开在大陆收入更高不说，光是新工作的挑战便足以对蔡康永产生更强的吸引力。而李静，除了主持人，也是节目制作人，还早就涉足电商，成为乐蜂网的创始人。所以，当这些标签性特别强的主持人心生退意时，由他们支撑的节目也就该说再见了。除了竞争激烈、创新困难、审美疲劳和倦怠感，我觉得访谈节目的停播也是大势所趋。观众从传统的被动接收到今天的互动参与，更加注重大众的参与，也注定了传统访谈节目的落寞。市场需求决定产品的形式，观众更加强调个性和独立思考，对电视节目的要求也越来越高。他们希望了解更多信息，需要更多的参与感，而这些是传统访谈节目无法满足的。传统访谈节目像其他过去消失的节目一样，注定是历史上的灿烂一页。就像人生，是一个过程，而不只是结果一样，它们应该为自己能在电视史上留下浓重的一笔而自豪，为能曾经照亮过一批人的人生而骄傲。虽然当下，许多抓人眼球的新节目形式如日中天，但不代表访谈节目的彻底失败，也许某一天，它们将以一种新的形式出现在世人面前。

《康熙来了》结束时，有一个细节令我很有感触。当镜头跳出我们常看到的舞台，照到顶棚和四周，我们可以看到舞台并不是非常豪华壮丽，但为什么他们能做出那么受欢迎的节目，而独领一时风骚呢？我想场地、设备、投入等这些硬件是一部分，但作为综艺节目，也就是说精神食粮，更重要的是软件，是能抓住当前人们的需求合理定位选题，是能有足够的创意编排出紧凑、精彩、吸引人的节目。所以说不要低估思考的能力，创意无限。这种精神不仅适用于电视人，也适用于我们每个人的生活中，尤其是从事脑力劳动的人们，多发挥我们大脑的潜力，可以更具有创造性地完成工作，打造品质生活、品质社会。

曲终人散令人伤感，可伤感就是组成人的七情六欲的一部分。这伤感不是悲剧，是发展的规律。这份给观众带来的伤感，不更能证明这些节目曾经打动过我们的心吗，不更能证明它们之前的用心和努力吗？感恩这份用心和努力吧，发扬这份用心和努力吧！

天边草原文学作品集

叶振亚　主编　【中】

远方出版社

散文

远在天边

郜文兵

我曾经以为乌拉盖草原远在天边，遥不可及。

2002年夏天，我第一次踏上乌拉盖草原。一路的颠簸、长长的车程再加上急迫的心情，我感到实在太遥远了，真有到了天尽头的感觉。直到那一望无际的绿色在眼前恣意铺陈，清新的空气汪洋左右，一瞬间，我放下了疲惫，忘却了遥远。驻足在乌拉盖高尧乌拉山顶，我分明地在风中听到了草的呼啸，在草上看到了风的舞蹈。脚下就是原点，一波一波的涟漪从脚下向四周荡漾，山脚下的乌拉盖河欢快地流淌，像有不少人在那里大声喧哗，百灵鸟在云中歌唱，婉转空灵。美丽的乌拉盖草原令人目眩神迷，久久难忘。

那一次短暂的会晤啊，像两颗年轻的心脏的相遇，急促地想要合拍，又慌乱地无法自已。一瞥惊鸿之后，我更多的时候是对这片草原的想象和思念。

十年之后再次踏上这片草原，我才有机会对她仔细地端详，小心地接近，甚至有些谄媚和讨好，以便更多地了解她，讨她的欢心。我显然有着足够的时间和精力，创造亲近她的每一次机会。乌拉盖草原的美丽在我心里一次次充盈而结实起来。

乌拉盖草原有多么美丽？不知道。但人们喜欢把这里叫作天边草原。对此，我也曾经讨教过许多人，但大家的解读显然不一而足，莫衷一是。然而，我觉得天边草原，不唯言其僻远，盖言其远避城嚣抱朴归元也；言其养在深闺守身如玉也；言其万物峥嵘井然有序也。

行走在茫茫的乌拉盖草原，你可以感受到辽远和博大，也能够真切地领略妩媚与多情。高天流云，蓝白相衬，像大海一样宽广的草原绿浪翻滚，珍珠一样洁白的羊群游弋其间，天地相接，远山含黛，逶迤起伏，连绵不断。乌拉盖河源起宝格达山，一路奔腾而来，地域渐行渐开阔平坦，于是因着地势，盘桓曲折，委婉如练，极尽缠绵。在进入湖区之前，最终形成这“只应天上有”的云河九曲。这是河流对草原的迷恋，更是草原与水的相拥。河流两岸盛开着数不清的鲜花，红黄蓝紫，色彩缤纷，好一派绚烂蒸腾。朝阳里，弥漫的山岚雾气与这些镶上了金边的花花草草恰似一出盛大舞剧的序幕，关于生命和生长的故事在草原上恢宏上演。

关于这条河流，我坚定地认为他是有性别的。在乌拉盖河的右岸，葳蕤着一种河柳，密密地生长，傲岸而挺拔。站在高处看，像男人修葺一新的鬓角的胡须。在我的眼里，这条河阳刚之气十足，河水奔放，涛声轰然，就连九曲逶迤也让人觉得那么荡气回肠、大气磅礴。而在数十公里外的满都草原上，乃林郭勒就是乌拉盖河的相好。他们青梅竹马，两小无猜，如舒婷诗中的橡树和木棉。乃林河以一条河的形象静静地与乌拉盖河遥遥相望，深情厚意感动天地。

同样令人感动的还有草原上的秩序和伦理。草原上的秩序是天然的，是自然而然，不期然而然的。几百上千种植物在这里生长，它们在植物学上分属不同的属、科、目、纲，我们大多数普通人很难分辨它们。但即使是看上去极其相似的两种植物，在专家的眼里它们也可能有着极大的差异。也有相反的情况，看着差异很大的一对也许还真是近亲，甚至连名字都是一样的呢。不管怎样，它们都按照各自的习性规律在这里生长、繁衍。

北方的草原由于气候的原因，春天总是来得很晚。已经是四月了，湖面上还结着大块的冰，湖边消开的湖水在阳光下显得格外耀眼。迁徙的天鹅、灰鹤、大雁从遥远的南方飞抵这里，一大群一大群的候鸟远远望去像草原上的羊群，一排排一列列地在湖水里悠闲地觅食。远远地看到有人走过来，它们会集体“轰”地一下飞到对岸。候鸟的飞翔姿式舒展大方，伴着悠长的鸣唱，从空中掠过，撩人心魄。这预示着乌拉盖草原已经从沉睡中苏醒了，乌拉盖湖湖面上的冰一块块瓦解，一簇簇漂移，乌拉盖河开始发出淙淙的流水声。几乎是一夜之间，布林泉的四周开满了一种粉红色的小花，像一块硕大的地毯，铺满了草原。有人说这种粉红色的花叫点地梅，但我更愿意它是报春的信使。草原的春天真正到来了。

时间进入六月，天气渐渐热了起来，知名的、不知名的花朵开满草原，生机勃勃，郁郁葱葱，姹紫嫣红。开放是它们的生命状态，按照自身基因赋予的性状、颜色、花型，只要有充足的土壤、水分和阳光，就义无反顾地开放。而且各种各样、千姿百态的植物种群相互之间保持着一种天然的和谐，彼此不会因为生长要素紧缺或配置不均而争吵，恰恰相反，它们之间相互揖让，彼此关心，共享共荣。它们或在空间上呈现出错落有致，或在时间上表现为次第开放。于是，在草原上生活的人们就会发现，不同季节的草原上的花朵往往不同。黄的是金莲、红的是山丹、蓝的是大蓟和兰鹊，白的是芍药，你方唱罢我登台，各领风骚，异彩纷呈。当然，也有同台献艺的时候，草原上百花盛开，五颜六色，争奇斗艳。这时的草原就真的成了花的海洋。风从草原上吹过，芬芳弥漫开来，引得蜂飞蝶舞，好不壮观。这也许就是草原的秩序和伦理吧。它们各自恪守着自己的层级，遵从着自然的法则，不卑不亢，共生共荣，不以物喜，不以己悲。即便是最平常的根本不会被人欣赏的一株小草，它的茎脉、叶片、颜色都生长得完完全全合乎规矩，那细小的纹路精致而严谨。这实在是令人感动。

或许，我更热爱这里的纯净。这里有几十处泉眼。乌拉盖河的源头就是九个涌流充沛的泉眼。而用阿尔善泉生产的原之源矿泉水则是乌拉盖一张小小的名片。前面提到的布林泉因为距离镇子近的缘故，常常会有人来这里汲水，用以泡茶。“水是生命之源”，“水利万物而不争”，“上善若水”……我们的祖先对水的品行上升到道德层面做的这些评价那是再恰当不过。当然，纯净的不仅仅是水，还有这里的空气、这里的民风。在乌拉盖，白天你可以看到最蓝的天空、最白的云；夜晚你可以欣赏到最晴朗的夜空，遥望一天银河，繁星闪烁，那属于你自己的星座是否正在向你发出真挚的邀请和问候？即使是盛夏季节，清晨外出，你也需要穿上长袖，因为这里的温度只有二十六七度。我常常想，生活在高温三十七八度不退的地方的人们如果知道在这个他们赖以生存的星球有这样一片草原，是该感谢造物主的仁慈，还是该诅咒上帝的偏心？会不会试图亲自来一趟草原，感受一下这里的纯净和魅力呢？乌拉盖草原的的确确养在深闺太久太久了，以至于在现行的电子地图上都找不到这个神秘的地方所在。她神秘的如同一个传说，古老的不知名的墓葬，金人用来防御蒙古人的界壕，贺兰真沙陀之战的古战场，成吉思汗大败宿敌的阔亦田遗址，苏联红军进剿日寇的红军崖，见证了军垦的七棵树，等等。如此真实的存在让传说具有了史诗的价值，不是吗？

纯净之地哺育了善良的人们。

这里延伸着北纬四十度的东方传奇，小镇巴音胡硕在二十一世纪得以快速成长起来，各种建筑被红蓝颜色装扮得别具风情。小镇上居住着不超过两万的人口。人们彼此在通往上班的途中热情寒暄，向家中的老人问候，打听子女婚恋的情况。这里的人们熟悉到几乎可以上溯三代人，谁的酒量最大，谁前一段时间刚刚评了高级职称。在交错而过的最后当口，还会约下班后是否聚在一起小酌一杯。宽阔的大马路经历半个小时的喧嚣后很快归于平静。在这样没有一丁点儿遮拦的大草原上，小镇的建筑普遍在五层以下，阳光懒懒的从云层里钻出来，向马路两侧绿化带里的小草轻轻打着招呼，就像城市里上班的人们签到一样，签了名又和云朵自顾嬉戏去了。一天中除了方向的差异，上午和下午的情形如出一辙。是这样的一种节奏啊，一如我们欣赏的古典音乐，它舒缓的节拍与我们心脏的跳动完全合拍，以至于我会以为我们的心跳是受了这里生活节律的诱惑。而现在，我躺在南湖广场五帆雕塑的基座之上，眯着眼看穿过树丛的斑斓的阳光，一条小狗径自走过来，在我的身边嗅了嗅，大咧咧地躺到我的身边。可能是因为姿势不太舒服，它懒懒地翻了个身，两只前爪交替向前伸了伸，平铺了四肢，头努力地向一侧歪了歪，两只耳朵经过一番尝试，终于调整到一个合适的姿势，安然睡去。

这里的人们实实在在，毫不做作。他们来自四面八方，原来互不相干。

从二十世纪六七十年代到现在，这里经历了很难说清楚的复杂的体制变迁。但不论怎样变迁，这片草原接纳四海的包容和艰苦奋斗的精神没有变。有时我会莫名地想到描写美国黑人的三部作品，《根》《飘》《汤姆叔叔的小屋》。是的，来自不同地方的人们经历了多年漂泊，终于在这里扎下了根。如今，三万多乌拉盖各族儿女正在为建设共有的家园而不懈奋斗。

心远地自偏。当你真的融入这片草原，你就会明白，乌拉盖草原，远在天边，近在眼前。

洗 心

叶振亚

河北省张家口市赤城县温泉度假村也称汤泉，史称“关外第一泉”。赤城县温泉远近闻名。该泉位于河北省张家口所辖的赤城县西麓近郊7.5公里的青山绿水处，风景宜人，是旅游观光、文学采风、沐浴疗养的风水宝地，游客、采风、疗养人流如织如画。

赤城温泉周围碑刻、庙宇等古迹众多。康熙皇帝曾亲陪皇祖母孝庄文皇后在这里驻跸洗浴50多天，在四季如春的温泉旁边立碑题字，御笔题词“洗心”二字，昭示后人堂堂正正做人，清清白白做事的道理，寓意深刻！

该泉距张家口140公里、距离北京150公里。赤城县环境清幽，四周峰峦青翠，绿树成荫，泉水淙淙，庙宇隐然。北魏郦道元在《水经注》中曾记载：“渔阳（今北京密云县西南）之北，实有汤泉，去燕京（北京）三百里。”可见赤城温泉历史悠久，文化底蕴深厚。

民国年间，抗日名将吉鸿昌将军也曾在此“洗耻”。他曾组织抗日队伍与日本侵略者血战到底的英勇事迹流传于后人！

赤城温泉是出水充足的自然温泉，分为总泉、眼泉、胃泉、平泉、气管炎泉、冷泉6个泉，由于出水地区水温高低和所含化学物质各不相同，所以分为治疗皮肤病、胃病、眼病、呼吸道及风寒性疾病的不同的疗养区域，为游客、采风团、沐浴者带来了福音。

我们文学采风组和旅游团队的旅游大巴刚进河北赤城县西边温泉的山口，一座陡峭的岩石平面上，鲜红的大字映入游客的眼帘："雪耻"！这是抗日名将吉鸿昌在抗战期间亲笔所书，如今，成为爱国主义教育基地历史遗迹。

游客和我们采风团成员来到一座秀丽险峻的山峦下面，景色秀美，春风扑面，鸟语花香。在苍翠的树木花草的掩映下，一座古朴典雅的八角亭的西北角矗立着，一块高大的石碑非常壮观，石碑上面刻画着行云流水般的苍劲有力的大字"洗心"。这"洗心"二字是清康熙帝来此泉沐浴时御笔所题，360多年来一直激励后人，洗心革面，堂堂正正做人，清清白白做事。

新颖别致的八角亭下有口又圆又大的深井，深井下面泉水日夜冒着热气，此泉水含有多种矿物质，千百年来为世人治疗好了多种风湿病、眼病、胃病、皮肤病等，远近闻名。此神泉泉水千百年来从地下涌出至今，造物主鬼斧神工，不愧为"关外第一泉"的美称。

改革开放以来，赤城县温泉在社会主义核心价值观和"洗心"精神的感召下，热情歌颂真、善、美，因地制宜兴起了旅游热，促民增收。一批农家乐兴起，建设美丽乡村，扶贫攻坚工程引导村民脱贫致富，取得了显著效果。靠山吃山，靠水吃水，赤城县温泉不但为前来沐浴的患者根除各种疾病，也为当地旅游业的发展起到了辐射带动作用，为当地百姓增收奔小康。

正值今年阴历三月三桃花盛开的季节，前来赤城县温泉洗浴治病、旅游观光、文学采风的人接踵而至，川流不息。据当地人讲，三月三是桃花盛开的季节，放眼望去一片片桃花林姹紫嫣红，洋溢着春的气息，风景如画。农历三月三，公历4月初，正是人们前来沐浴治疗风湿、皮肤病的绝佳日期，往往人数爆棚。

近年来，国内外前来洗桃花泉水的人大幅度增多，来自美国、英国、日本等外国游客及中国北京、天津、上海、齐齐哈尔等地的游客和患者慕名而来，给这幽静的，绿草如茵的山谷温泉周边带来了别样的欢声笑语。他们静静地躺在温泉水中享受着、沐浴着、快乐着。温泉四周的自然风景如画美，大自然的神工鬼斧令人叹为观止。南来北往的患者和游客乐醉于温泉山水之间。流连忘返。

春光明媚，鲜花盛开。我们内蒙古锡林郭勒盟乌拉盖管理区文学采风组一行乘坐的豪华大巴车开进了赤城县神泉泉水涌出的地方，放眼望去，温泉夹在三面环山的峡谷之中，四周树木花草茂盛，景色迷人。

在幽深的峡谷下，我们零距离观看了温泉四周的美景。我们久久凝视着“洗心”二字，沐浴不但要洗掉皮肤表面的污垢，关键是要洗掉心灵深处的污垢。

我们要用实际行动弘扬中华民族传统文化，谱写真、善、美的时代新篇章，大力弘扬社会主义核心价值观，落实好新时代的“洗心”精神，与时俱进，努力奋斗，为中华民族伟大复兴做出新贡献！

秀丽古朴的八角亭下还罩盖着一口圆形深井，该井直径足有3米，泉水就在深井的半山腰的地方涌出，有不间断的泉水流淌的声响，像优美动听的天籁。温泉半面冒着热气，半面不冒热气，我们顿时感到十分惊奇。正在好奇地议论其中的奥妙时，突然，旁边传过来一阵爽朗的笑声，回头一看是一位身材高大，满头白发，脸色红润，胡须随微风飘荡着的老人，他两只有神的大眼睛放光，看上去有80多岁。

他和蔼可亲地微笑着说道：“传说远古时代，天上有72个太阳，轮番24小时照耀着大地，72个太阳像一座座通红的火炉子炙烤着大地，连年干旱，植物枯萎，民不聊生。玉帝闻讯后，立即派出二郎神担山追赶太阳，当追到河北赤城县西郊时，把一个太阳就压在了此山滚滚而来的泉水下面。此后泉水就日夜沸腾着，向外流淌着。一次偶然机会，附近的村民发现了腰腿疼、皮肤病患者来此泉里沐浴半个月二十天后病情大为好转，病情严重者甚至沐浴1～3个月，有的患者还连着沐浴3年之久。神奇的“桃花水”达到了妙手回春的效果，此消息一传十、十传百，就这样流传至今。”

一位游客在八角亭扶着温泉深井的围栏神秘地说：“深井里的温泉为何半面开，半面不开呀？”还是那位红光满面的长者笑答，“千百年前，深井里的泉水都是开着的。当时，温泉周围古树参天，草木茂盛，鸟语花香，温泉附近有一片天然碧绿的芳草地，附近村子的耕牛常来吃草。温泉远处的大山里森林茂密，时常有狼群虎豹出没。

清朝初期，温泉附近有一头农夫的耕牛，每天傍晚吃草回到农夫家的牛圈时，总是大汗淋漓，像刚从河水里洗过澡一样。这位壮实的农夫感到十分奇怪。一天农夫把牛放出去吃草后，悄悄地跟在牛的后面，想探个究竟。当牛来到风景优美，草木茂盛的温泉旁边的一片芳草地吃草近半个时辰后，忽然听到密林深处飘来一阵呼呼的风响，风响过后，一只斑斓大虎突然向正在吃草的这头犍牛袭来。犍牛怒目圆睁，和老虎拼命争斗起来。牛和老虎奋力拼搏了近一个时辰，都筋疲力尽后，老虎黯然离去，牛也大汗淋漓地摇着尾巴回家去了。

这下农夫知道了牛每天吃草回来大汗淋漓的秘密。农夫突发奇想，当晚就在牛的两个犄角上用细绳子紧紧地绑了两把锋利无比的尖刀。第二天他早早将放牛去吃草。当牛大摇大摆地来到温泉旁边的芳草地吃草近一个时辰后，一阵风吹响林木，那只斑斓大虎又从密林深处跳了出来，牛也毫不示弱，又上前应战。打了几十回合，只见那条犍牛突然怒吼一声，用力把猛虎挑起到半空中。老虎被尖刀刺穿，一声惨叫，当下毙命。此时，农夫便手脚麻利地剥下了虎皮晾晒在深井温泉旁边的绿草上，自言自语说，等虎皮晾干了再来收。

不曾想，第二天太阳刚出山时，这头犍牛又义无反顾地来温泉旁边吃草。正当牛碧绿可口的嫩草时，突然抬头一看草丛深处有一只老虎好像静静地匍匐在绿草深处。这头犍牛怒不可遏，一下子就挑起了虎皮，由于用力过猛，连自己带虎皮一头掉入深井温泉的水面里，从此，此温泉便半面水开，半面水不开了。

说完故事，长者会心一笑。听众说：“果真有此事吗？”长者仰天大笑说：“民间流传，有没有天知道。”

长者笑着笑着便从背包里摸出一个带尼龙绳的红口袋，红口袋里放着两颗生鸡蛋。他将袋子放入半面开的温泉中，不一会儿工夫，长者把红布袋用拴好的尼龙绳吊捞上来，剥开鸡蛋皮笑盈盈地吃起来。煮熟了的鸡蛋的清香味道，在这秀美的山谷里随风飘荡着，还吸引来几只花蝴蝶和绿色的蜻蜓上下飞舞歌唱着，为这寂静幽深的山谷带来了无限生机。

在场游客啧啧称奇："真是神泉呀，怪不得千百年来前来沐浴、观光后的人们，个个兴高采烈、满载而归呢！"

几路游客、采风团、沐浴者说笑着，欣赏了魔力无比的温泉八角亭温泉"洗心"两个醒目大字后，茅塞顿开，似乎重新在心灵深处得到了一种升华：中华民族5000年来不断演绎着、传承着真、善、美的传统美德！

这种独特的真、善、美精神文化的传承，弘扬着中华民族传统美德，打造了人文精神家园。

花草茂盛，微风徐来。微风中有几只美丽的花蝴蝶飞舞着、歌唱着。蝴蝶们舞动着透明的美丽双翼，似乎就在游客、采风团和沐浴者们的头顶上翩翩起舞，把我们自然引到八角亭上面10米左右古代遗留下来的一排几间古朴的庙宇旁边。游客们、采风团和沐浴者也有口念阿弥陀佛的。一缕缕清香飘然而至，令人感到要好好"洗心"，扶危济困，尊老爱幼，多做善事，放下屠刀，立地成佛！

游客们说笑着恋恋不舍地离开了八角亭温泉和神奇的庙宇，兴致勃勃地来到了一处较为平阔的绿草地。有一处杂草丛生，堆着一些鼓包似的石头堆，好像有一种异味扑鼻而来。这时，还是那位长者开口讲道。当年清康熙帝来此温泉沐浴时，一天晴空万里，鲜花盛开，微风送来阵阵清香，令人心旷神怡。说也凑巧，一天早晨，康熙帝在温泉沐浴后，兴致勃勃地浏览温泉附近的美景时，偶遇一位农家上山砍柴采药的淳朴美丽的姑娘，风姿绰约，貌如天仙，大有"清水出芙蓉，天然去雕饰"之美感。康熙帝自然回转龙头，含情脉脉地注视那女子良久，回到温泉行宫后一连几日茶饭不香。随从官员们看出了康熙帝的心思，费劲了好一番周折后，在地方官的撮合下，终于说服了那位美丽纯情的姑娘和康熙帝在此温泉留住了几日，成就了一番天子与民女的一段难忘的风流韵事。

据说，康熙帝当时答应回京后派人来接她，还安排让当地官员为她建妃子行宫暂住并安排专人好好服侍她。可是，康熙帝回京后，再无消息，石沉大海。

此民女誓死不再嫁人，直等到头发白了，也没再见帝王颜面，于抑郁中离世。当地官员闻讯后，便在康熙行宫临幸她的地方建了一座小白塔，把她葬在此处。由于年代久远，风雨侵蚀，小白塔倒塌后不复存在。如今，此处显现一堆乱石头遗迹，杂草丛生，失去了往日的风采。风华总被风吹雨打去，只余一片凄凉之景观。

大家听了这段帝王和民女的风流韵事无不感叹人生苦短，世事难料，也许，这也是一种巧合吧。

西天边的彩霞映红了半边天，前来温泉观光旅游的人和沐浴治疗的患者像一条长龙前呼后拥地沿着陡峭的山路，登上了温泉附近的一座高山。青山绿水之间，古树参天，花草茂盛，微风送来花草树木的芬芳，沁人心脾，令人心旷神怡。游客们纷纷登高望远，拿出照相机、手机，留下了难忘的美好瞬间，传输到网上供家人和亲朋好友们欣赏，留下未来的回忆。“洗心”啊！再“洗心”！用自己的言行做多善事，为弘扬中华民族传统美德发光发热！

有不少游客还拿出了精致无比的望远镜，四处瞭望温泉大自然的美景，据温泉东北方向6公里的孙家庄在党和政府精准扶贫、定向扶贫阳光普照下，旧貌变新颜，盖起了一排排新居，铺沿了一条条油路。夜晚，这里华灯齐放，淳朴的乡村风景引人驻足，农家乐旅游悄然兴起。村民们勤劳致富的新鲜故事在大山深处如美丽的鲜花尽情绽放着。

旅游团、采风团的男女老少们因天色已晚，下榻赤城县温泉疗养院宾馆，十分惬意地洗了含有多种矿物质及微量元素的温泉水，顿时去除了一天爬山的疲劳，个个神清气爽，细细品味着“洗心”的深刻底蕴。

一轮明月当空，月光如流水般从宽大的窗户照射进我休息的房间。翻开白天照相机拍摄的清康熙帝在温泉八角亭写的“洗心”这苍劲有力的两个大字，思绪万千。此刻，我想起了诗人臧克家的一首诗：“有人活着他已经死了；有人死了他还永远活着。”“洗心”二字，做人的道理寓意深刻，像一面明亮的镜子照着我们的人生之路，警示我们要堂堂正正做人，明明白白做事！

又是一个阳光明媚的早晨，晴空万里，万里无云。碑文“洗心”虽然经历了清康熙至今300多年风云变换的洗刷，但是在一轮红日的普照下，还是风采依旧！

弘扬中华民族传统美德，大力弘扬真、善、美和社会主义核心价值观，用自己的言行守望好真、善、美的精神家园。这“洗心”二字，蕴含着改革开放新时代的内涵风采。

再向草原行

原 野 张海霞

一轮红日东方升起，乌拉盖草原格外壮美。乌拉盖水草肥美，天蓝、云白、草绿、水清，牛羊遍野好似珍珠撒。清澈见底的乌拉盖河水碧波荡漾。漫山遍野的火红山丹花迎风怒放。微风送来阵阵清香，令人陶醉，大自然的美景尽收眼底，令人心旷神怡。

在天边草原山丹花、野菊花、芍药花、萨日朗花等争相斗艳的季节里，我们原兵团知青怀着对第二故乡的眷恋，再次走进天边草原乌拉盖兵团小镇，睹物思人，感慨万千。

这片神奇的原野一望无际，水草肥美，历史悠久。据境内发掘的贺斯格乌拉细石器文化遗址、乌兰察布嘎查挖掘发现的生活用陶器表明，旧石器时代这里就有了人类生存繁衍的足迹。

乌拉盖这个小地方是当年我们来自北京、天津、唐山、保定、呼市等地大批城市男女兵团知青成长战斗过的地方，也是电影《狼图腾》取景拍摄地之一。回想40多年前，在这片水草肥美的草原上，留下了许多兵团知青火热的战斗生活印记。

我们想说的是，再次来到第二故乡，最主要的就是想看看第二故乡发生的翻天覆地般的喜人变化。我们前往美丽的锡林郭勒乌拉盖草原旅行的第一个停留地是我们当年的第二故乡，原中国人民解放军北京军区内蒙古生产建设兵团第六师五十一团兵团小镇。我们走过兵团大礼堂、兵团文化长廊、兵团邮局等故地，发现已时过境迁，感慨万千。当年的兵团知青们如今已经年逾花甲，但是当年的我们个个精神抖擞，红光满面，谈笑风生。我们静静地品味着乌拉盖河畔那我们当年“广阔天地大有作为”和战斗成长的地方。这里的一草一木、一山一水格外亲切。

当我们在兵团小镇的停车场停好车之后，我做的第一件事，就是拉着媳妇和孩子们去找我的原兵团连队旧址。我们沿着昔日的草原自然土路行走，转眼间来到一排牌50年前的原兵团知青驻地的石头房前面。这里虽然有些破旧，但是很整洁。当年连队的房舍已修复如初，兵团食堂、邮电所、军人小卖部、电影放映室等也都按原样修复如初，成了当地和外来游客及回归第二故乡的人们进行爱国主义教育的红色旅游胜地。一排退了颜色的陈旧的石头房是当年陪伴我们时间最多的地方。房间里的墙上还挂着收集来的原兵团战士的老照片，还有原解放战争时期华中战斗英雄郑东明在兵团初建立时任六师师长1969年5月视察我们边防连队的老照片。还有我们连队的十多名兵团知青手握钢枪骑马巡逻在千里边防线上的照片，照片上他们显得格外威武。

回想当年“青石板上把根扎，十二级台风刮不倒”的兵团战士扎根边疆、建设边疆的豪言壮语，那时的沧桑岁月，甜咸苦辣别有一番滋味在心头，至今难以用语言来形容。

第二天，红日高照，鲜花盛开。我们兵团知青们兴致勃勃地来到了闻名遐迩的乌拉盖牧场布林泉休闲旅游度假区观光旅游。每年前来布林泉沐浴、观光旅游的国内外游客络绎不绝。清清的泉水日夜从地下涌出，据科学家考证，此泉水为圣泉，有几十种对人体有益的微量元素。“布林泉”是蒙古语“温泉”的意思，该泉距乌拉盖管理区管委会所在地巴音胡硕镇北部有11公里。泉水涓涓流淌，清澈见底，经地矿部门鉴定为天然优质矿泉水。现在已经开发为3A级景区，今年管理区和乌拉盖牧场准备将布林泉打造为4A级旅游区。这里风景优美，亭台楼阁，石林假山，布林泉水日夜流淌。该泉水清澈见底，有很多有益于人体的微量元素，人们来此地旅游观光都要喝上几口清澈甘甜的泉水，临走时候，还要争先恐后地灌装几瓶带回去给亲朋好友大饱口福。这里还有一代天骄成吉思汗骑马弯弓射大雕的塑像，栩栩如生，威武雄壮。游客们都要在泉边的雕像前拍照留念。

布林庙始建于清康熙年间，毁于二战时期。1945年8月9日苏联对日宣战途径布林泉，当时日本特务扮成喇嘛杀害了几名苏联红军，苏军一怒之下，把附近的几座庙宇夷为平地。

抹去历史的沧桑，2010年，乌拉盖牧场在当地牧民的呼吁下，为弘扬蒙古族藏传佛教文化，投资2100多万元，恢复修缮了布林庙遗址和其他配套旅游景点，为弘扬佛教文化、拓展民族特色旅游业带来了福音。该场重新修缮了布林庙遗址，修缮了大雄宝殿、钟鼓楼、白塔及院落，重现了蒙元文化。重新修缮工程占地20000平方米，建筑面积3000平方米，同时购置和收集庙内用品。如今，布林庙早已修葺一新，有喇嘛主持礼佛之事，晨钟暮鼓，香客络绎不绝，虔诚祷告：希望天边草原年年风调雨顺，社会风调雨顺，国泰民安！近年来，当地掀起了布林泉草原文化特色游，大批游客接踵而至，为促进农牧民子女就业带来了福音。

四季如春的布林泉纯天然矿泉水日夜涌出，成为当地观光旅游的圣地。每年来旅游的国内外游客达几十万人次以上，来自北京、天津、上海、东北及回归“第二故乡”的游客们流连忘返。近3年来，布林泉旅游收入达150万元左右，安排了30多人就业。在布林泉眼八角亭，您不仅可以品尝到“圣泉”的甘甜，还可以观赏到江南的亭台楼阁、石林假山与泉水的完美结合，听一听布林泉动人的故事，与一代天骄成吉思汗骑马雕像合影，感受蒙元文化的豪放、粗犷。

今年是内蒙古生产建设兵团成立50周年，大批兵团知青回归第二故乡，故地重游，感慨万千。兵团知青们和游客们手捧着清泉水喝个够。夜晚篝火明亮通红，映红了天边草原的半边天空，各族人民载歌载舞，欢快的舞蹈和美妙的歌声飘向远方，一曲《敖包相会》吸引了无数游客。天边草原布林泉的美景美如画，形成天边草原特色游的一道多彩靓丽的风景线。

岁月流逝，时过境迁。布林泉水还是日夜不停地流淌着，仍是那么恬静，那么欢畅，似一根银色的飘带，似一双明亮的眸子看着美丽富饶的草原喜人的变化。每年的端午节，当地牧民成群结队，迎着鲜红的太阳，来到清澈见底的布林泉水旁洗脸、洗眼，泉水好像也会为牧民带来风调雨顺，美满幸福。布林泉成为祖国各地南来北往的游客浏览观赏和洗脸、洗眼，美容明眸的幸福泉！

近年来，国内外大批游客千里迢迢的慕名而来，在明亮清澈的布林泉旁洗脸、洗眼，浏览大自然的风光，在泉边按下快门留下倩影，留下美好的回忆。

布林泉的灵性，巧夺天工。走在泉水边，那种恬淡悠闲的感觉便走进我的心里了。我不想说话，只想静静地坐在清澈明净的泉水边，尽情地设想近千年前，发生在这泉边的美丽的传说故事，倍感亲切和熟悉，也似乎得到了真善美的心灵的洗礼。再向草原行！再一次走进兵团小镇，当年一排排石头的房舍，无一不带着异样的和谐气息。

原天边草原上的兵团小镇虽小，但基本上恢复修缮了原样，没有一丝一毫的喧嚣和浮躁。在第二故乡的故居前，我和媳妇、孩子和随行的原兵团知青们又拍了一张张风采迷人的照片，以此来纪念我们再次光临天边草原。在兵团小镇内，随处可以见到原兵团简朴的建筑，宿舍、食堂、邮电所、小卖部、大车班、黑皮班、白酒车间、面粉车间、连部等，应有尽有，仿佛走在兵团小镇的任何角落，都可以感受到浓厚的兵团文化的气息。这里成为后人红色旅游胜地和感受民族文化、兵团文化彼此和谐交融的胜地。

昔日，房屋一间，地无一垄的辽阔、荒凉、贫穷的草原上，发生了翻天覆地的喜人变化。高楼林立，灯火辉煌，黑色柏油路伸向远方，手机电信、教育、医疗、交通、社保等发生了翻天覆地的喜人变化。乌拉盖经济腾飞、生机无限，繁花似锦，令人向往。

这里蓝天白云，青山绿水，牛羊遍野，不愧为原生态的黄金牧场，以西门达尔牛、安格斯牛、乌珠穆沁肥尾羊养殖为主的现代畜牧业日新月异，健康发展，自然资源得天独厚、水草肥美的原生态天然草原和《狼图腾》取景拍摄地更令国内外大批游客神往。

火红的山丹花和粉红色的芍药花、金黄色的野菊花争相斗艳，随风摇曳，婀娜多姿。在一望无际的碧绿的原野上吐着花草的芬芳，在这美好时刻，我们一行人意气风发，再向草原行!

岁月流逝，时过境迁，今非昔比。如今的乌拉盖草原也步入了城市化、现代化的快车道。乌拉盖兵团小镇风采依旧，更加绚丽多彩，文化旅游业异常火爆。前来锡林郭勒乌拉盖草原旅游的人们，似乎没有不到这里看看的。如今，兵团小镇、布林泉、九曲湾、白桦林、《狼图腾》拍摄地、牧人之家、乌拉盖湖、景峰山庄等旅游景点吸引着国内外大批游客前来观光旅游。尤其在乌拉盖兵团小镇的小街里转转，内心的感觉尤为甜美。

东方的红日又在乌拉盖兵团小镇的地平线上冉冉升起，火红的山丹花、粉红色的芍药花、金黄色的野菊花等在美丽富饶的乌拉盖碧绿的草原上迎风怒放，飘香万里。天边草原格外壮美！兵团知青们再向草原行，不虚此行，美不胜收！

野性芍药谷

李慧兰

心，就这样被虏了去。

被这无所顾忌的怒放劫持而去。满满一个山谷汹涌着白色的花海，缓缓一个山坡摇曳在白色的娇艳中。她就这样赤裸裸地开了，每一片花瓣都怒放着妩媚，骄傲又任性。仿佛拼尽全部的洁白只为怒放这一回，好让人心疼。

不管谁是不是如约而来，不为谁赏她或者不赏，她就这样在每年的6月20日如期开放。不为你、不为我，只为天地，只为风雨，只为这一片宿根的山谷。

我看到的是位于乌拉盖贺斯格乌拉牧场东北12千米处的芍药谷，有人叫她芍药沟，我喜欢芍药谷，妩媚而充满野性，让人满怀温情，又充满幻想。

远远望去山谷里像洒了一地的碎银子，令人想入非非。被白色拥挤的山坡、被白色淹没的山谷，我们明明知道那就是芍药花，也还是被这横空出世的浩瀚之美震撼得惊叫不已。那就是芍药花，漫山遍野。他们说，她是横空出世，虽然这不是一个形容花的成语，却极其精准。她卓尔不群的花魁之美，霸尽这个季节草原上的所有风光。

那花海，热烈，奔放；

那花朵，寂静，温顺；

那花瓣，娇柔，乖巧。

就这样看过来、望过去，目不暇接。捧过这朵，吻过那朵，爱不释手。

我怎么跟你描述呢，繁花似锦、争奇斗艳，都太过俗化，太委屈她了。把她比喻成什么呢？如果说芍药花芳香四溢，那是附庸风雅。芍药不是很香，她并非以香得誉，并非以香取长。人们通常把芍药与牡丹比肩。木本为牡丹，草本为芍药，牡丹是花王，芍药是花相。但是，在我看来，牡丹之美在于雍容华贵，而这里的芍药美在狂野不羁。如果牡丹是后宫里的皇后，统领六宫粉黛，那么这里的芍药就是任尔东南西北风的侠女，远离世俗，不染红尘，尽显江湖的霸气。她让我想起吉人赛女郎，娇媚而野性。

我看过牡丹园、菊花节，确实很美。但是当你见识过乌拉盖的芍药谷，苍天之下、大野之上的芍药花，那时，你才能感受到，什么是天然的大手笔，你才能感受到心被劫持、情被征服，并且不愿意挣脱出来，之前所有的美感皆被颠覆。

草原上的风说来就来，雨说下就下。风顺着山那边刮过来，头发被吹乱了，围巾也飞扬起来，雨跟着也来了。再看手边一朵一朵的花瓣仿佛要被撕裂，眼前一株一株的花朵仿佛要被揉碎，远处那山坡、那山谷都动荡起来。真的好担心，这一场骤风的蹂躏，这一场冷雨的摧残，这些花能挺得过来吗，还能娇媚如初吗？我渺小到无力护花，只能眼睁睁地看着，刚才还说芍药花如侠女霸气一方，现在只觉得她好柔弱。

风雨过后，天宇湛蓝，空气如洗。那些花瓣更加饱满，那一谷的花潮更加风情万种。经过了风雨，她长满了天地之气，更加淋漓尽致地怒放。

怒放的，是芍药花还是心花。

李慧兰　女，汉族，50多岁，锡林郭勒盟诗词协会主席，内蒙古自治区著名诗人、作家。2016年带领盟诗词协会深入乌拉盖天边草原采风，多次在《内蒙古日报》《锡林郭勒日报》、锡林郭勒盟诗词协会等文学刊物发表文学作品。

风情万种九曲湾

鄂尔虎

九曲湾是内蒙古第一大内陆河——乌拉盖河最为蜿蜒曲折的河段，汤汤九曲，弯弯相偎，迂回婉转，绘就了一幅莽原绕碧弯，弯挟莽原转的独特而神奇的草原胜景。2015年在全球公映，由法国著名导演让·雅克·阿诺拍摄的电影《狼图腾》曾在此取景。

——题记

有谁会想到，壮美辽阔的天边草原乌拉盖居然有这么一弯柔情的秀水。她极尽曲折曼妙之姿，宛若一条洁白的哈达，随风飘荡在碧绿的乌珠穆沁草原上，虽然“养在深闺”，但终于因她掩饰不住的万种风情和无言大美，被外界所认识，被游人所赞叹！

登上九曲湾的最佳观景点——位于乌拉盖河东侧的高尧乌拉山向下俯瞰，这条神奇的河流，盈盈一水，清澈晶莹，明亮而舒展地婉转于一马平川的草原上，水乡风情尽收眼底。不禁让人想起南宋文学家朱熹赞美武夷九曲的《九曲棹歌》所咏：“九曲欲穷眼豁然，桑麻雨雾见平川，渔郎更觅桃源路，除是人间别有天。”乌拉盖九曲虽与武夷九曲南北相隔，容貌不同，却有异曲同工之妙，自然天成，巧夺天工。

人们都说“到乌拉盖，不到九曲湾就等于白来”，让我们踏上游艇，领略这片草原水乡的世界吧。九曲湾的水忽蓝忽绿，清澈得让人总想捧起一捧，美美地畅饮一口；绿得像一块无瑕的翡翠，又像初春油绿的野韭菜，沿河床北岸生长的红柳丛随着弯曲的沟弯在水边依次列阵，浓密的树冠从春到秋，一夏苍翠。岸边的牛羊犹如珍珠般洒落在绿草如茵的草原上，有的悠闲地低着头，采食着水嫩嫩的牧草；有的懒洋洋地盘卧着，似乎在打着瞌睡；有的静立不动，好像在回味着草原的无限乐趣。有名的无名的野花，挤挤攘攘，接天遍野，争相怒放，七彩如虹，就像绣在绿毯上的彩色图案一样绚丽夺目。游艇在水面随波飘摇，荡起层层涟漪，向岸边悠然地散开，徐徐凉风夹杂着浓浓的水汽，裹着岸上清新的青草味道，扑在面颊上，夏日的暑气被沁人心脾的凉爽霎时溶解，顿时全消，让一颗浮躁的心灵在静谧的草原上归于宁静，徜徉在如梦似幻的湖水间，陶醉在翠色欲流的草海里，氤氲在如诗如画的美景中，不知不觉使每一位游客心中对这湾秀水的沉醉又添了几分，感觉好不惬意。

如今，无数游客多次流连于九曲湾的水墨丹青之间，不解的情怀系在朦胧的晨雾中，难以让人忘怀那深沉而又让人心旌摇曳的那条河曲。乌拉盖河的曲折前行形成了壮观的水乡风光，默默无语地把静静的乌拉盖大草原冲刷出举世瞩目的自然景观和人迹罕至的秘境，留下了一个奇特无比，景色秀美的旅游胜地，慰藉了来自四面八方的游子的心。

真不知道怎样赞美眼前的这湾媚水，陡令盛产蓝天、白云、绿草、花海和马奶酒、手扒肉的天边草原更显俏丽多姿，仪态万方。这就是九曲湾，绝世独立、落落大方、风情万种的九曲弯。九曲湾已成为乌拉盖的一张温馨名片，成为乌拉盖人心目中一道无可替代的靓丽风景。

40岁后的生活

姚　迪

人生很长，亦很短。20岁时，急匆匆往前赶，前途渺渺，看不到边际，便觉很长。人到40，已站在人生的中点坐标，前一半是蓬勃的生长，后一半却是凋零。这时会觉人生很短。有句话说“40知不惑”，一点儿不假。如今整容术发达，整容之所、“背兜子的医生”比比皆是，随时随地就可以拉个皮、祛个眼袋。身边的人全都“逆生长”，电视上的明星，五六十岁还是风华正茂，但徒具表象而已，当镜头不再聚焦、闪光灯不再闪烁时，在寂静无人的深夜，看着时装包裹下干枯下垂的皮肤，想必也是一声长叹。

站在40岁，已过人生大半，怎样过好不可数的40岁以后，显得尤为重要。成功的人给我们成功的答案，失败者给我们失败的答案。有时不禁要问，为什么成功的人事事成功呢？你必艳羡。因为，成功的背后，是不为人知的泪水、汗水、苦水。就拿健身来说，有的人身材苗条、臀胯分明，尽显肌肉男、苗条女的情状。试想，即使有钱、有地位，能让别人替他健身吗？无非，他们比你多了一份坚持。所以，你选择安逸，就选择了平凡，你忍受不了苦痛，就只能平凡。好在白岩松说过一句话，让我们平衡。他说，有的人一生站在巅峰，有的人一生碌碌，可到老，加减乘除一算，都差不多。到了60岁、70岁，没有人比名利、比地位、比金钱。你躺在病床上，而他在公园悠闲地散着步，他就比你成功的多。所以，40岁，我们第一要选择的是健康。

第二要选择爱好。坐标的前半部分，我们求学、结婚、生子、创业，大多汹涌澎湃、热闹非凡，而我们后半生充满不可预料的风险，我们不知能活多久，死亡随时随地觊觎着你。所以40岁之后，我们要懂得世上除了生死，什么都不是事。40岁后要过得从容大度，娴静优雅。经历了风风雨雨，朋友圈刷新了几遍，剩下的是“真金白银”，无谓的应酬就会变少。更多的是热闹之后的寂静与孤独，谁也逃不掉，因为，寂静与孤独，是岁月的积淀与赐予。有一句话说，乞丐身上也要有几件多余的东西。40岁的我们也得有几个，譬如读书、运动、旅游、花草。物质财富并不会让你感到幸福，但文化可以。

选择一种爱好，会让时光渐渐慢下来，让我们的灵魂静下来，听见和自己的对话，才知道，什么是想要的，什么是不必要的。慢慢地，不再追求名利，不再对喝彩声付诸太多热情，回归宁静。杨绛说：“我不争，和谁都不屑争。”只有不争，才会找到宁静，只有静下来，才知道我们想要的是什么。也许就是午后的一杯茶，是很久未相见的朋友的一声问候，是亲人的健康平安。不想要的，大多是名利、金钱这些物化的东西。不以物喜、不以己悲。此时，我们比任何时候都更接近自己，因为40岁的我们，需要轻装前行。

亲情，是亘古不变的话题，选择亲情，才能让我们获得温暖。40岁，父母走向古稀之年，孩子渐行渐远。两种陪伴相同又不相同。父母的陪伴是琐碎的，像夏日的午后，慵懒的提不起精神，却又双眼惺忪、惬意地享受。心中珍惜，过得却迷迷糊糊。孩子的陪伴大多是急迫的，仿佛刚刚相聚，就要离开，永远都是匆匆的那天、那年。两种陪伴又是相同的，温暖、纯粹，像阳光、空气一样无处不在、无时不有。它们需要漫长的日子里，一点点研磨，愈久便愈有味道。

也许，你的40岁，比这多彩得很，但我想，至少要带上这三样。

包头召，一座城市的记忆

胡　明

6月24日，我参加了包头最美书友会组织的读书分享会，获赠以写草原历史小说闻名的著名作家胡刃的百万字新作《包头召》，连夜拜读，爱不释手。

让我们走进包头召，重温先人们的足迹，在静享佛光照耀、佛音萦绕的同时，聆听包头召作为民族团结先锋的珍贵记忆，感受这里进步思想的光辉、信念坚定的革命气息。

早听说过“先有福徵寺，后有包头城”的说法，这几年工作闲暇之余，我查找了很多关于福徵寺的资料。福徵寺，又名包头召，始建于清朝初年。康熙年间，清政府倡导在蒙古部落广泛建立召庙，从思想上控制蒙疆人民。作为蒙古族土默特部落的巴氏家族，早在明朝中期，就在今日包头东河地区驻牧，清朝廷将其编为土默特右翼六甲，核发地契。巴姓家族有十五个大户得到了“户口地”，后来人们称这十五户为巴氏家族。福徵寺是巴氏家族的家庙，重大节日、每年的春季和秋季，巴氏家族的人们都要在此举办祭拜仪式。

三百多年前，巴氏家族在这里以佛教徒的慈悲胸怀广结善缘，接纳了一代又一代“走西口”的人们，让他们在巴氏的土地上落脚谋生，繁衍生息，其中就有缔造过商业传奇的乔家大院里的乔致庸。福徵寺一度是宗教活动和蒙汉代表聚会协商的地方。在国内革命战争时期，这里又是中国共产党在大青山地区传播革命思想、传递消息、隐蔽转移、进行秘密革命斗争的重要场所，许许多多为革命做出杰出贡献、流芳百世的英雄人物曾在这里留下过战斗的足迹，如王若飞、乌兰夫、多松年、李裕智等人，仅巴氏家族就有巴文峻、巴维钊、巴增华、巴增秀等。

巴文峻在天津第一中学上学期间，与周恩来、马骏共同领导了天津的五四爱国运动，并一同赴北京请愿，发动千余名同学围堵新华门。巴文骏等被反动军警强行扣押一个月零八天，后经周恩来营救出狱并与其结下了深厚的革命情谊，于1920年一同赴法国勤工俭学。一次，法国警察到他们的居住地抓捕周恩来，问：“你们之中谁是周恩来？”巴文峻灵机一动，挺身而出，声言：“我是周恩来。”结果被带到警察局。未等审问，巴文峻率先开口，问警察：“我犯了什么法，为什么抓我巴文峻？”警察顿感不妙，意识到抓错人了，“你不是说你就是周恩来吗？”巴文峻矢口否认，“你们听错了”。警察查看了巴文峻所有的证件，确认不是周恩来，立马释放了他。巴文峻在关键时刻用他的机制巧妙地救了周恩来，此事被传为佳话。此外，巴文峻还省吃俭用，资助周恩来等同志的革命经费。在一次参加全国政协会议期间，邓颖超在看望巴文峻时，满怀深情地把周总理与巴文峻的同学情谊向委员们做了详尽介绍。周恩来逝世后，巴文峻送的花圈上写着：“翔宇，安息吧！”当时，周恩来“翔宇”的名字还少有人知。巴文峻在“文革”期间受到迫害，身体每况愈下。1987年，巴文峻去世后，邓颖超亲送花圈，派侄女周秉建参加了巴文峻的遗体告别仪式和追悼会。

巴增秀，抗战时期化名李彤，在土默特高等小学就读期间，亲见日本特务在其学校绑架教职员工，放火焚烧学校珍贵的资料。亡国之屈辱，加之受哥哥巴增华的影响，她毅然决然奔赴延安陕北公学学习，投身革命。1941年春，她奉党组织派遣在大青山抗日前线发动群众，宣传抗日。作为领导中唯一的女同志，她克服常人难以想象的困难，跋山涉水，吃糠咽菜，风餐露宿，组织群众挖土窑、搭窝棚、组建合作社，运回盐、碱、火柴等必需品，为大青山根据地解决了不少困难。一天晚上，由于出现敌情，巴增秀在向山上转移的过程中，跌落山崖，造成早产，产后流血不止，不幸丧生。临死前，将自己的派克笔交给战友说："我没给党做多少工作，把它交给组织吧。"她死时年仅二十六岁。巴增秀去世的噩耗传出后，她所住的井儿沟村杨大娘和其儿媳崔玉兰在她的遗体旁哭着守了三天三夜，战友们把她安葬在大青山，坟墓旁边老百姓栽满了当地的山丹丹花。这真是国有勇者根基深，家有英雄世代荣。

包头召，一座城市的"西口文化"记忆。

包头召，一座城市的红色记忆。

包头召，一座城市的"民族团结先锋"记忆。

胡　明　内蒙古包头市人，现供职于包商银行，包头市作家协会会员，出版有散文集《农缘》《秦直道随想》。

北国初夏

刘少龙

夏始春余，叶嫩花初，江南的夏天似乎从不爽约，在汩汩流淌的泉水里，在柔和温暖的日光中，在绿浪滚滚的麦田里，到处寻得见夏天的踪影，闻得到夏天的气息，江南的夏天仿佛一幅色彩斑斓的画卷，总是让人赏玩不够。

远隔万水千山，身子却无端地被北国的土地囚禁了，烟雨蒙蒙的江南，也只能和它在梦里幽会了。

正思索着，轻轻地推开院门，带着一种莫名其妙地怀想便走进了北国的夏天。与其说是夏天，倒不如说是春天的尾巴，这个季节的北方多数还是一片荒凉，能入眼的无非是几处浅绿而已。

北方的夏天总是不紧不慢的，从来都不是个急性子，人们在期盼它现身的时候，它却变得扭捏起来，与大摇大摆走来的春天相比，显得格外拘谨。

北方的天气怪得很，清晨出门前还是一片宁静，没过两个钟头就变了个样，起初是树上的枝叶开始轻轻摆动，再后来衣角、裤管也随着舞动起来，掀起的片片尘埃实在扰人心绪。

五六月的北方，天气和色彩全然不对，飞沙和飘雪时不时还会过来凑个热闹，一天或者几日之内“四季更替”也是常见的情景。这种季节错乱的状态持续了足足半个月，这夏天才算真正站稳脚跟。

当人们已经倦怠了，不再对夏天有过多期待的时候，北风终于不再发威，气温也渐渐稳定了下来，若不是睡得太沉，在午夜或者黎明前隐约听得见窗外簌簌的下雨声。

北方的夏天偶尔还是粗犷的，一如北方醉了酒的汉子，还未来得及躲闪，便已扑面而来。

仅仅隔了一夜，临街灌木丛里便露出了几片粉嫩的花瓣，格外惹人眼，庭院前果树的枝干上长满了嫩叶，甚至还能看到零星几个花骨朵，那淡雅的粉和静谧的绿各占一隅，互不干涉，完全不顾北风的肆意搅扰，更来不及与春天作别，就这么固执地登场了，实在是让人欣喜不已。

走出城区百余米，漫山遍野染上了新绿，牧草一棵挨着一棵静静地向上生长，赶得巧还能见到几朵不知名的野花，尤以黄色居多，绿意葱茏间，煞是好看。

再走远一些，视野越来越开阔，心情越来越舒朗，这时不由得心生感慨：大自然绝对是最了不起的调色高手，衬着翠绿的底色和蔚蓝色的背景，每一处风景都可以随时入画。离翡翠般的草地再近一点儿，耳朵就有福了，草原“侦察兵”百灵鸟异常活跃，时而在草丛里低飞觅食，时而在几片闲适的云朵下面尽情歌唱，这一望无际的草原仿佛成了它们的天下。

夏日里午后的阳光总是格外刺眼，还好现在只是初夏而已，光线照在身上始终是暖暖的、柔柔的，宛如久违的情人的拥抱。原来，北方的夏天偶尔也有水一般的柔情，只是不够热烈罢了。

待到傍晚，人们纷纷走出家门，广场上、公园里、人工湖边满是人影，下棋、跳舞、散步，三五成群，有说有笑，好不热闹。这个时候最引人注目的当属人工湖边上的垂钓者，不清楚从什么时候起，垂钓的人突然多了起来，就像提前商量好了一样。落日的余晖染红了大半个湖面，凉风习习中能清楚地听到湖水冲击堤岸的声响，水鸟和青蛙这时也开始展示各自的音乐天赋，那叫声顷刻间使得这个“小世界”充满了梦幻般的色彩，而端坐在岸边的垂钓者依旧不为所动，他们紧握着鱼竿，完全是一副与世无争的样子。

北国的夏天是个多彩的季节，初夏更是如此。耀眼的红、优雅的蓝、无瑕的白、明朗的黄、醉人的绿一同装点着夏天，令人目不暇接。置身于五颜六色之中，难免会心生错觉：这夏天能否再绵长一些？留住了夏天的色调，或许生命才会四季芬芳。

北国初夏，翩翩而来，又姗姗而去，再想去亲近、去抚摸，也只能静静地守望了。

故乡情思（三章）

李学东

乡　情

每忆及故乡时，心情无比感伤，莫名沉重，望月的双眼模糊不清。温习旧梦，留恋旧日时光，用心去追溯历史，用情去回忆往昔，情感也随着悲怆而生动起来。故乡的容颜记忆犹新，使我念念不忘。每次酣梦中喃喃呓语，我呼喊的都是故乡的童年伙伴和亲朋。

每当孤寂与无聊笼罩我的时候，心中会默然升腾起的忧伤。游子在异地他乡四处漂泊，体味那离别亲人的苦楚、辛酸，与老乡相见，有种“同是天涯沦落人”的意境，更有种“相逢何必曾相识”的慨叹。

参天之树，必有其根；怀山之水，必有其源。同一方水土养育了老乡，同为老乡，要让心贴得更近，彼此之间互相信任、互相依靠、互相帮助。人世间最美好的情感莫过于亲情、友情和乡情，老乡这种关系不是建立在世俗基础上，更不是建立在金钱和权利之上，而是建立在亲情、友情、乡情之上，纯洁高尚，弥足珍贵。一定要经得起时间的检验，岁月越久，越牢固绵长，可以说历久弥深，与以血缘关系为纽带形成的亲属关系一样，以地缘为纽带形成的老乡关系，是人世间至善、至美和至纯的结晶。

“黑土地”与“塞外边城”似乎毫不相干，但兴安黑土、绰尔河水是我们的生命之基、生命之源，深恋的那方热土，是我们成长的摇篮。二连浩特——塞外边城是我们的第二故乡，是我们理想和信念升华的地方，是我们事业闪光的基石。五千里的缘分，让我们相遇、相识、相聚，让我们起步、腾飞。故乡的黑土地把我们连接，乡土乡情把我们召唤。一句乡音拉近了我们的距离，一声问候缩短了心灵的差距。乡情，是故土的、家乡的、念旧而感恩的情怀，是心与心沟通架起的友谊彩虹桥，令人感到幸福，令人留恋，令人心怡。

乡情，在我的心际涤荡，充满我的整个灵魂，一路征尘化作一部激情的乐曲，其间百味俱全。我颠沛流离，披星戴月，历尽艰难险阻，投入故乡的怀抱。乡土，滋养游子的生命之根。我的心头永远徜徉故乡的亲情。

乡 思

乡思，是附着邮戳的信笺，盛满亲人的叮咛与呼唤，不论浪迹天涯海角，都有无尽暖流在心中流淌。

乡思，是异乡游子对故乡的思恋，乘七彩虹，穿云钻雾，翻山越岭，越过八千里路云和月，奔向故乡怀抱。李太白《静夜思》中“举头望明月，低头思故乡”的佳句似乎成为历史记忆，但古老的韵律却别有一番情调。“每逢佳节倍思亲”的情感更是源远流长，不可遏止。

乡思，是中秋圆月的缺憾，是无言以对的心酸，梦境中飘回故乡，心情无比欢畅，梦醒时分，却是泪眼婆娑，湿却一块方巾。

乡思，是阳春三月的柳笛，是叶落归根的期盼，是白发双亲的期冀，如放飞信念的风筝，自由自在地去寻找自己的归宿。

乡思，是无法言表的情感，是家书抵万金的慨叹，是不尽情怀撩起思乡情感后的凄凉，黯然泪落，化作一串长长的寄托，把人间冷暖、生命辛酸，都融汇在浓浓的乡思之中。

乡思，是说不完的谜，是道不完的情，是写不完的诗，聚回家园，饮尽乡愁，醉倒在家门口，更是一种莫大的慰藉。

乡 音

乡音，是游子心声的呼唤，乡情的挥发，心灵的共鸣，生命键盘上流淌着的古老韵律，余音绕梁，永久不绝。

乡音，是一枚未熟的酸酸青杏，随着时光的推移，甜美的果实记忆着成功的欣慰。

乡音，是滔滔江水，远遁而去，却清澈见底，是浓浓的清茶和着缕缕清香，飘向远方；是没有贴标签的商品，不论在何方，都心有灵犀，都会心心相通。

乡音，是游子的标记，在生命之中镌刻生我养我的家乡。异地他乡，一句乡音可以冲淡所有的冷漠，缩短心灵的差距。

乡音，在我的记忆深处日渐清晰明朗起来，“乡音未改鬓毛衰”的经历，在忧郁心伤之际，依旧离不开久远的家乡。

北疆情花

关荣荣

乌拉盖管理区有多处野生芍药花集中生长的区域，因为一般是在山坳之中，所以得名芍药谷。

从管理区出发，途经胡稍庙大桥，左转贺斯格淖尔向北行驶25千米便可到达，交通便利，自然环境十分优美。空气中弥散着负氧离子，十分清新，令人怡然陶醉，宛若世外桃源。每年农历四月下旬至五月上旬，是芍药盛开的时节，洋洋洒洒，蔚为大观，装点着这片神奇而多情的土地，宛如一幅典雅脱俗、富丽堂皇的水墨画卷，被誉为“芍药谷，情人源”。漫山遍野的芍药花是人间四月芳菲尽后的奇葩，一枝独秀，烂漫于五月，把乌拉盖打扮得五彩缤纷，让人流连忘返，每天成千上万的游客纷至沓来，使这个原本名不见经传的小镇声名远播。

芍药自古以来就是别离、多情的象征，是当之无愧的“中国情花”，故又称“将离草”。著名中江籍词作家龙清江有感于芍药花的多情，创作了深情浓郁的《芍药花开》百花凋谢后，漫山芍药红。顾盼一瞬间，怦然已心动。都夸牡丹富贵，怎知芍药情浓。从来花中姊妹，唯独芍药情重。谁能解读花语，心有灵犀相通。芍药花开啊！芍药花开，嫣然一笑，风情万种。相谑戏花影，把酒喜相逢，年年岁岁春风。此情与共，佳期如梦。”

芍药可分为草芍药、美丽芍药、多花芍药等多个品种，芍药花瓣呈倒卵形，花盘为浅杯状，其根制成中药具有镇痉、镇痛的药用价值，位列草本之首。芍药被人们益为“花仙”和“花相”，且被列为六大名花之一，又被称为“五月花神”。因自古就作为“爱情之花”，所以芍药现已被尊为“七夕节的代表花卉”。另外，芍药在《红楼梦》中是一种重要的花，史湘云醉眠芍药茵是《红楼梦》中最美丽的倩影……

走进花丛，亲密接触，芍药花向我们点头致礼，翩翩起舞的蝴蝶在花丛之间嬉笑、打闹，飞来飞去……和煦的清风中，芍药花随风摇曳，顾盼生情，送来芍药缕缕的馨香，沁人心脾，令人心醉！这里到处洋溢着初夏欢愉的气息。

整个芍药谷扑面而来的馨香，将整个山谷浸泡在花香酿造的美酒里，游人们打着阳伞，像鱼儿一样游弋在花的世界里，脚下是落英铺就的地毯，眼里是无尽的画意诗情，心里是美不言传，乐不思蜀，他们纷纷拿出相机，手机拍个不停，摆着各种姿势，想把这五月的美好藏在永久的记忆里。

走近发出淡雅香气的芍药花，蹲下来细看，芍药花的花瓣不是很多，上面有星星点点的紫色斑点，也有粉色、白色的。她们的形态各不相同，有的含苞待放，犹如害羞的少女，有的已绽开笑脸，像婷婷舞女的裙，她们正向路人微微的笑。如果用几个词汇形容芍药花，那就可以比作亭亭玉立，不蔓不枝，香远益清！

芍药花开，缤纷世界，五颜六色，花大色艳。妩媚多姿的芍药花迎来了北京、天津、石家庄、保定、沈阳、江苏等地的大批游客前来赏花拍照。更为奇特的是一朵花能拍8个姿势，让人意犹未尽，游客不禁讶然，感叹。微风袭来，娇柔多姿的花仙子，碧波荡漾，吸引了世人的目光。再回首，人们在心中暗暗许下承诺，明年的今天再会……

芍药花是爱情之花，浪漫含蓄，而这片芍药谷的形成也因为一段美丽的爱情故事。

相传，在乌珠穆沁左翼时期，额尔德尼贝勒达格坦有一个青梅竹马的姑娘，叫乌仁其木格，他们一起骑马、射箭，一起在草原上奔跑。一次他们无意中发现了一个非常美丽的地方，满山遍野的芍药花，甚是奇特的是这里的芍药都是纯白色的。洁白的花瓣映在乌仁的脸上，衬得她愈发纯洁动人，额尔德尼贝勒达格坦在这美丽的芍药谷向乌仁许下了承诺，等乌仁满18岁就娶她为妻。两年后，乌仁的父亲发动了叛乱，被郡王抓住打入大牢，不久后被处死。事情发生后额尔德尼贝勒达格坦的母亲不同意儿子迎娶罪臣之女，他们不顾家人的反对，依旧私下偷偷地来往。额尔德尼贝勒达格坦被封为郡王后，他的母亲更加严密地看管他。他们一次偷偷的约会，被他的母亲发现。他的母亲把他关起来，不让他见乌仁。乌仁特别伤心，此时正值六月中下旬（农历四月下旬至五月初）芍药花盛开的季节，一脸愁容的乌仁独自来到了他们曾经私订终身的地方。盛开的芍药花依然美丽，站在芍药花里的她显得格外渺小，她的脑海里浮现的是他们在一起的快乐时光，如今，她不能和心爱的人在一起，觉得活着没有任何意义了，在绝望中自杀了。躺在花丛中的她和芍药花一样的美丽。郡王得知消息后痛不欲生，当他来到开满芍药花的山谷时，乌仁已经不见了，而满山的芍药都变成了深深浅浅的粉色，娇艳欲滴。从那天起，郡王下令，禁止任何人去芍药花谷，并在每年的六月中下旬至七月初来到这片草场驻扎，来纪念这个见证他和乌仁其木格爱情的圣地。

这个故事淡化了内心里关于刀光剑影、爱恨情仇的种种想象，却让我自此记住了这梦幻的名字，美丽的山谷，乌拉盖的北疆情花……

别样新年

王 戎

新年临近，原本打算让父母来我家过年，一来是我的工作比较忙，过年假期较短，时间比较仓促；二来是想让父母在温暖的楼房里多住一段时间，享受一下城里的生活。可是老人却说农村年味浓，不愿意来，执意让我们回去过年。老人说的不无道理，过年是辛勤劳作一年的农民们欢庆丰收的日子，是人们走亲访友、叙旧话新的时刻，是农村最热闹的事情，也是我孩童时期最快乐的事情。

北方气温低，无霜期短，农作物只有一季。每年清明节前后天气回暖，农民们换下过年的新衣，修理一下耕犁，牵上耕牛，开始春播。由于小麦生长期相对较长，所以最先播种的是小麦，最晚播种的是莜麦。播完莜麦不几天小麦已长到三寸多高，紧接着便又开始锄草了。小麦和莜麦这些高秆作物是用大锄来锄草的。所谓大锄就是锄把儿比较长的那种锄头，人们可以站立着锄草。锄把儿很短的那种叫作小锄，是用来给土豆、胡萝卜这些根茎作物锄草的，只能蹲着或跪着锄。用大锄给高秆作物锄草的动作极富节奏感，一般一个人一次能锄两垄，左手抓得稍靠前，右手抓得稍靠后，迈左腿，用力往回拉锄头，锄掉右侧垄里的草；相反，右手抓得稍靠前，左手抓得稍靠后，迈右腿，用力往回拉锄头，则锄掉左侧垄里的草。就这样，不紧不慢，一步一换手，眨眼工夫就到了地头，一天下来一个成年人大概能锄三亩地吧。这个季节，放眼望去，整个大地就像一架钢琴，农民们则似一个个灵活的手指，正在弹奏着一曲“在希望的田野上”。很快，秋天到来，麦穗熟透，金灿灿的大地就像一片金色的海洋，微风过处泛起一波波金色的浪花。田野中一派繁忙景象，到处是忙碌的身影，收割的、打捆的、码垛的，麦田里时不时传出人们的欢笑声，到处洋溢着丰收的喜悦。中秋节前后，庄稼基本收割完毕拉运到打麦场。这时，晾晒、打麦等场院的农活与秋耕间或进行。直到霜降来临，粮食全部收入粮仓，人们才擦干脸上的汗水，收起农具。经历了春播、夏锄、秋收，辛苦了大半年的人们迎来了冬闲的季节。说是冬闲，其实人们又开始忙碌着磨面、榨油等事务，为过冬做好准备。直到小雪到来，家家户户杀了猪之后，人们才真正闲了下来。这个时候最忙的事情莫过于吃了，家家饭桌上都少不了肉，最常见的菜要数猪肉、白菜炖粉条了。酒，自然是少不了的。早饭过后，几个面色红润的老人叼着烟袋靠在磨坊的墙角，晒着暖暖的太阳，有一搭没一搭地闲聊。而中年妇女们则三三两两凑到一起，边织毛衣边唠着家长里短，时而压低声音，似燕子呢喃；时而又哈哈大笑，像炸开了锅。这时，最忙的要数中老年男人们了，总有那么一些人酒足饭饱之后便凑到一起，或打麻将或掷色子，全神贯注，夜以继日，乐此不疲。当然，时常也会由于多摸了一张牌、多说了一句话等一些小误会搞得面红耳赤，引发一些不愉快。就这样，一天天地过了小年，过了大年初一，过了正月十五，过了二月二，一直到了清明节又开始春播……如此年复一年……

既然父母不愿意来，我们只好回去过年了，年后把老人一块儿接来也好。今年农历是平年，没有三十，腊月二十九后一日就是正月初一。因此，腊月二十七处理了一下手头的工作，匆匆忙忙买了些年货，二十八一大早我们就开车出发了。中午时分到达锡林浩特，找了一家快餐店吃完午饭，女儿嚷嚷着一年没来这里了，要去书店，妻子想去维多利、民盛……我一听就急了，翻来覆去地给她们讲还有三百多公里路程，而且从县城到村里是土路，坑坑洼洼，车子跑不起来，天黑了更不好走……好说歹说，买了几本书便匆匆出发了。

一路顺利，太阳还没落山我们便到县城了。车子刚驶出县城，就让我大吃一惊——一条笔直平坦的柏油路赫然展现在我的眼前，那条曲曲折折、坑坑洼洼的土路不见了踪影。车子跑起来特别稳当，再也不像东北大秧歌那样——扭来扭去、颠来颠去了。以往近一个小时的路程，今天二十几分钟就到了，让人感觉村庄与县城的距离似乎近了许多。在我的童年记忆里，县城是那么的遥远，这条路是那么的漫长。小的时候，每年六一儿童节那天，为了看上城里小学生的表演，父亲总是在天刚蒙蒙亮时就骑上自行车载着我出发了。上初中时我在县城住校，那时感觉这条路更长。记得那时每周上六天课，只有周日休息一天。每到周日离家近的同学都回家了，只有我们几个离家远的同学在寂静的校园里徘徊着，一会儿从宿舍跑到教室，一会儿又从教室回到宿舍。每个人都心事重重，往日的欢声笑语早已无影无踪。同学们说话都小心翼翼的，都在心照不宣地避免说到“家”字，这个字就像石油工人手中的钻头遇到一个极其富集的油田，似乎一钻下去就会有一股清泉奔涌而出。尽管如此，我有时也会偷偷地跑到操场上默默地掉下几滴眼泪……那种感觉，没有住校经历的同学是无法体会到的。

进了家门，母亲早已准备好了一桌饭菜。我忙招呼女儿洗手，可我拿着脸盆转了一大圈也没有找到水缸，母亲笑着告诉我他们已经用上自来水了，那口水缸已经“下岗”了。看到“哗哗”流出的自来水，眼前又浮现出我第一次看到自来水时的情景。我大概十一二岁的时候，一次随父亲去城里一个亲戚家，当看到水从水龙头里流出来的时候，着实让我大吃一惊，想不到屋子里的墙根儿竟然会流出水来，我百思不得其解。回到村里，我迫不及待地把这件事情告诉了小伙伴们，他们一个个瞪大了眼睛，仿佛在听一个白胡子老爷爷讲述阿拉丁神灯的故事一样，惊奇万分。那时，村里只有一口辘轳井，全村三百多口人，一百多头耕牛，两千多只羊的饮用水全都是用辘轳“嘎吱嘎吱”地摇上来的。每到春天水位下降，吃水就困难起来。尽管人们盖房、抹房、垒墙等泥水活儿用的水全都是用牛车从七八里外的邻村拉来的，但人畜饮水还是供不过来。每天清晨水井边总是排起长长的队伍。每只桶打上来的只有少半桶渗着泥沙的深黄色的水，装满一担水往往需要打七八次，甚至十多次。年轻人性子急，索性往一个人身上拴根绳子，另外两三个人用辘轳把他送到井下，用水舀把水桶舀满了再摇上来。那时，从凌晨到半夜井边总是不断人影。当你看到有人挑着一担水行走时，手中必定额外拎着一只空桶，大概这些都算是我们村独有的一道风景吧。

第二天我一大早就起床了，因为今天就相当于腊月三十，要早早地把窗花和春联贴上。妻子早早地从包里拿出我们买来的春联，母亲看到后“呀”的一声，开始唠叨着埋怨自己没有提前告诉我们。老人一边说着一边拿出一沓春联来，仔细一问才知道原来是旗里来的第一书记组织村里几个中学生早就编写了春联，免费发给大家，家家都有份。接过母亲递过来的春联，一股久违的墨香味扑面而来。贴完春联，我和父亲打扫院子，妻子帮母亲干些家务，女儿则一直在用手机上网，一会儿宣布TFBOYS春晚演出的节目是儿童歌舞，一会儿又说冯巩要演小品，激动得跑来跑去。春晚刚一结束，我就催促女儿睡觉了，因为大年初一村里人都是要早早起床拜年的。

不知是女儿长大懂事了，还是心情激动的原因，大年初一，她果然起得特别早。简单吃过早饭，母亲便催促我们出去拜年。按照惯例，我们首先要到刘奶奶家拜年。刘奶奶是我小时候的邻居，个子不高，身材瘦小，待人和善。老两口特别勤劳，日子过得不错，但膝下无儿无女，所以我小时候没少吃刘奶奶家的糖果。有时，刘奶奶几天看不到我还把方糖、瓜子送到我家。过年时，刘奶奶家好吃的东西就更多了，我当然要最先到刘奶奶家拜年了，后来就养成了习惯。说话间来到刘奶奶家大门口，却发现大门紧锁，我正在纳闷时，赵三叔走过来告诉我今年村里建成了幸福互助院，刘奶奶老两口已搬到那里住了。一排整齐的砖瓦房坐落在院子里，在太阳的照耀下一砖一瓦都显得格外的红。一进刘奶奶家门，一股暖流扑面而来，屋子里宽敞明亮，崭新的家具，崭新的电器，崭新的摆设。更特别的是除了一盘热炕，还有暖气片。刘奶奶红光满面，神采奕奕。我边向刘奶奶问好，边伸手摸了一下暖气片。“这暖气是统一烧的，热得很！我们再也不用点炉子了。自从住进这里你刘爷爷多年的腿疼病就好了。”刘奶奶微笑着说。看到我带来的礼物，刘奶奶急忙说道：“不用你买东西，刘奶奶有钱，虽说不种地了，但每年有土地分红，按月还有养老金……”说着说着笑容堆满了两位老人布满皱纹的脸颊。我从刘奶奶的口中得知全村孤寡老人、五保户、残疾人都住进了这个大院。

从幸福互助院出来，太阳升得更高了，阳光照在脸上暖暖的，让人们隐约感觉到了春天的气息。顺着平坦的街道刚走不远，我们迎面碰到了李老四，打过招呼后，李老四硬是让我进家坐坐。大院收拾得干干净净，农具摆放得整整齐齐，柴垛四周还用砖墙围了起来。屋子里虽然家具旧了点儿，但也收拾得干净利落。这是李老四家吗？这变化也太大了吧！在我的印象中李老四家是全村最有名的懒人家，两口子年纪轻轻不爱干活，天天打麻将，柴草满院乱堆，屋子里没法下脚，所以他家几乎没人去串门。李老四好像看出了我的疑惑，一边端起酒杯，一边解释道：“今年村里进行了环境卫生大整治，镇里还开展了卫生村评比活动，咱说啥也不能拖后腿啊！”“最近手气怎么样？”我随口问道。“哪有时间打麻将呀，不玩了，大家都忙着学种菜呢！”李老四有点儿不好意思地笑了笑说。“除了学技术之外，大家还搞了些文化娱乐活动，排练了一些节目，准备正月初三演出呢！”三杯酒下肚李老四的话匣子打开了。原来，在第一书记和村干部的组织下，村里成立了蔬菜种植专业合作社，还从旗里请来了技术员，在文化活动室里专门给大家培训蔬菜种植技术。李老四一仰脖儿喝尽杯中的酒，抹了抹嘴，一本正经地说道：“今年我打算好好平整一下土地，种上几亩芹菜……”李老四好像变了个人似的，讲得滔滔不绝，眉飞色舞，那神情，仿佛面对的不是我，而是一片绿油油的蔬菜地一样。变了，李老四真的变了。

接下来的几天里，我感受到了更多的变化。我走过平坦干净的街道，目睹了一排排整洁美丽的院落；走进热闹非凡的文化活动室，分享了老人们拉响二胡的喜悦、年轻人舞动青春的旋律；走进红砖红瓦改造过的新居，体会了乡亲们的温暖……

时间过得飞快，转眼已是正月初六了。父母还是不愿和我们一起走，一直唠叨着现在农村条件好了，和城里一样了，不用挑水了……是啊，就连我也留恋起这美丽的乡村，这幸福的家园了，老人怎么舍得离开呢？

无奈，告别了父母，告别了村庄，我们踏上归程。

村庄渐渐远去，思绪涌上心头。一路上，一排排漂亮的新居，文化活动室里的欢声笑语，幸福互助院里老人们的笑脸……一幕一幕，久久地萦绕在我的脑海之中。

兵团印记

刘凤岐

一、乌拉盖河

啊，朋友！你到过内蒙古锡林郭勒大草原的乌拉盖吗？你知道那条日夜流淌的乌拉盖河吗？四十多年前，在那里绽放了我们兵团知青们青春的花季。

在大兴安岭之余脉，宝格达山西麓的乌勒辉，一汪清泉自此而出，催生了乌拉盖河，缓缓地向远方流去。

乌拉盖河是我国第二大河，是内蒙古自治区最大的内陆河，自东北流向西南，全长三百六十千米，流域面积两万平方千米。她无私地滋润着这片土地。

乌拉盖河贯穿乌拉盖全境，像一条银色的飘带，蜿蜒曲折地镶嵌在乌拉盖草原上，彰显着这片草原的美丽。

四十五年前，内蒙古兵团的第六师就在这里。数十个连队分布在乌拉盖河两岸。在那激情燃烧的岁月里，曾经发生过很多故事，给我们留下了很多回忆。

自源头往下二十千米，我们的伐木队曾在这里宿营。这是一片处女地，我们打破了这里的宁静，惊扰了河里的鱼儿和林中的飞鸟，留下了我们的足迹。

乌拉盖河千回百转流到高尧乌拉山下，五十一团一连和高尧乌拉山隔河相对。登上山顶，乌拉盖河的九曲十八弯尽收眼底，乌拉盖草原显得更加辽阔无际。当年我们曾在这里放牧，蒙古包的记忆让我们挥之不去。

过了高尧山就是偏坡梁了。两座小山把守在乌拉盖河两翼。偏坡梁地势险要，龙盘虎踞。现在两座小山之间修筑了一条拦河大坝，建成了著名的乌拉盖水库。乌拉盖的那达慕大会在这里举行，草原上的人们每年都在这里欢聚。

乌拉盖河出了水库继续辗转向前，在这里形成的九曲十八弯也毫不逊色，站在五十一团九连的采石山上，便可一览无余。我们曾在这里打过石头，也曾在河边追逐嬉戏。

乌拉盖河穿过哈拉盖图大桥，经过五十一团三连和五连，缓缓地流到曾经的佛教圣地。胡稍庙是座藏传庙宇，抗日战争时毁于战火，现在还留有很多遗迹。胡稍庙曾经是五十一团的团部。团部东迁后，这里则有些凋敝。

乌拉盖河流过胡稍庙与色尔勒吉河汇合。这里是金戈铁马的古战场，据历史文学长卷《蒙古秘史》记载，当年成吉思汗在这里全歼了宿敌塔塔尔部，为大蒙古国和元朝的统一大业建立了不朽的功绩。

乌拉盖河继续向前，流经五十二团一连小孤山，这里有我们种的一片麦地。当年拖拉机带着轰鸣在这里来来去去。

乌拉盖河离开五十一团，静静地向西南而去，经六师师部、五十二团流入乌拉盖戈壁，最终消失在索林淖尔湿地。

乌拉盖河是乌拉盖的母亲河。乌拉盖河见证着乌拉盖的发展，乌拉盖河记载着乌拉盖的过去。

乌拉盖河安详依旧，但乌拉盖的神话还在继续。

二、四季乌拉盖

天边草原乌拉盖是我们魂牵梦绕的地方。我们曾经历这里的春、夏、秋、冬，我们喜欢这里的春、夏、秋、冬。

春

“白毛风”不再肆虐，寒冬渐渐退去。冰雪覆盖已久的大地开始消融。阳面山坡露出草原本色，虽然映入眼帘的是满目灰黄，但已充满生机。阴面的山坡还跟不上春天的脚步，那里的积雪还要晚一些才能融化。春天来了。

春天乍暖还寒，但春风毕竟来了。春风轻拂着草原，吹开了冰封，融化了积雪，亲吻着人们的脸颊。乌拉盖的春风不只是温柔，沙尘暴也会偶尔光顾，风卷沙粒打在脸上会隐隐作痛。春风会一直刮到草原泛出绿色。

乌拉盖的春天生机盎然，万物在冬眠中苏醒。候鸟们陆续地回到这片草原，人们又听到了久违的燕语莺声。

春天是播种的季节，拖拉机带着轰鸣开进小麦地、油菜地。拖拉机手们一身油污，满脸灰尘。

春天是接羔保育的季节，牧人们满怀期望，迎接那些新的生命，保证大小牲畜的平安。

春天是基建的季节，被冷落了一个冬季的建筑工地，又重新活跃起来，运料车辆来来往往，铁锹声伴随着瓦刀声，叮叮当当不绝于耳。

操劳的人们是春天的使者，他们无暇顾及春天的美丽，他们是春天里的一道风景。

乌拉盖的春天虽然很短，但随之而来的是夏天，让我们充满期待。

夏

草原由灰黄渐渐泛出朦胧的绿色。只需半个月，乌拉盖就是妩媚柔嫩、纯净美丽的绿洲了。夏天到了。

夏天是草原最美的季节。湛蓝的天空，洁白的云朵，碧绿的草原，清澈的河水，相得益彰。白色的蒙古包点缀在绿色的草原上，风吹草低见牛羊，一幅天堂般的如画美景。

乌拉盖河醒了，来自源头的清泉和途中融化的积雪汇集而来，流速大增。远远的就能感受到激流的涌动，听到悦耳的流水声。候鸟回到乌拉盖，它们在乌拉盖河两岸翱翔、嬉戏、觅食、繁殖。啼鸣之声此起彼伏。

夏天的乌拉盖是花的海洋。草原上百花齐放，姹紫嫣红。花是大自然的馈赠，是夏天带给我们的礼物。黄花滩和芍药沟美不胜收。小麦和油菜早已是郁郁葱葱，等到油菜花开时，呈现出一片金黄。

夏天也是牲畜们的最美季节。它们脱掉长而浓密的御寒鬃绒，长出短而稀疏的靓丽新毛，平滑光润，好似缎子一般。夏天水草丰沛，是牲畜抓膘的季节。

一年一度的草原盛会那达慕就在夏天举行。牧人们穿着节日的盛装，从四面八方涌来。赛马、摔跤、射箭等比赛激烈精彩，会让你大饱眼福。

乌拉盖的夏天也有美中不足。蚊子、小咬、大瞎虻给我们带来很多困扰，但这也是夏天的一部分。

秋

草原经历了深绿后，不经意中呈现出微黄。牧草结子后开始枯萎。绿色渐渐退去，草原一片金黄。秋天来了。

秋高气爽，大草原更显得天高地阔。迎着秋风，登高远望，广袤的金黄直铺天际。乌拉盖树木极少，秋风扫落叶难得一见。秋风抚弄着秋草，翩翩起舞，则是另一番意境。

秋风涌动中不时地惊起草丛中的飞鸟和野兔，它们略做迟疑后，又回到刚刚惊起的地方，那里应该有它们出生不久的孩子们。牛羊的咩叫、骏马的嘶鸣、鸟儿的吟唱、牧人的吆喝，随着秋风送进耳中，不知是对秋天的迎接，还是对夏天的挽留，听起来多少有些苍凉。

秋季雨水少了，也没有了融化的积雪，乌拉盖河变浅了，河水变得温柔了，流水声也小了许多。

候鸟开始向南迁徙。没有了鸟儿的喧闹，草原归于空寂。乌拉盖河有些失落，乌拉盖草原有些失落，人们也有些失落。

秋天是收获的季节。麦子熟了，油菜也熟了。康拜因游走在田间地头，运粮车往返奔跑，打破了草原的宁静。

牲畜陆续回到附近的草场。秋天的牲畜膘肥体壮，春天出生的牛犊、马驹和羊羔已经长大。牧人们开始忙着打草，整修冬圈，准备过冬了。

夏天让我们恋恋不舍。秋天也并不让我们失望。夏有夏的诱惑，秋有秋的魅力，只是乌拉盖的秋天也很短暂。

冬

西北风越刮越频繁，把草原由金黄吹成灰黄，好像要急于遮盖大草原的灰暗。乌拉盖下雪很早。从第一场雪开始，白雪就会留在草原上，随着温度不断下降，白雪不断积累，乌拉盖银装素裹，好一派北国风光。冬天到了。

草原和远山白雪皑皑，天地一片。在白雪的映衬下，自然景物都改变了颜色。那些夏天曾经是白色的蒙古包，变成了灰色，炊烟也是灰色的。这不是我们的视觉发生了障碍，而是大自然导演的魔术。

乌拉盖河安静了，河水不再流动，冰层越来越厚，被白雪覆盖后和草原连成一片，好像这里不曾有过一条河。

乌拉盖的冬季非常寒冷。凛冽的“白毛风”使气温骤然下降。大自然的桀骜不驯，给我们的生活和工作带来很多麻烦和灾难。

冬季雪下少了是黑灾，雪下多了是白灾。抗灾保畜是牧业上的一个永久性话题，是各项工作中的重中之重。牧人们没有了夏天的悠然。

初到乌拉盖，我们很惧怕这里漫长的寒冬。我们不能征服大自然，就改变我们自己。历练让我们适应了乌拉盖的冬天，我们喜欢这塞北的雪。

乌拉盖的冬季尽管漫长和冷酷，但它孕育着春天，让我们充满希望。正像雪莱说的，“冬天到了，春天还会远吗”？

我们迎接乌拉盖的春天，享受乌拉盖的夏天，收获乌拉盖的秋天，适应乌拉盖的冬天。四季是大自然的规律，乌拉盖的春、夏、秋、冬魅力无穷。

三、哈拉盖图大礼堂

朋友，你知道哈拉盖图吗？知道哈拉盖图大礼堂吗？

四十多年前，内蒙古生产建设兵团的六师五十一团就在哈拉盖图。这里曾经聚集了成千上万的现役军人、复员军人和知识青年。兵团在这片草原上留下了抹不去的印迹。哈拉盖图大礼堂就是兵团留给我们的一座历史建筑。

哈拉盖图大礼堂始建于1972年，现在看上去既不高大也不豪华，但在当时绝对是一座鹤立鸡群的雄伟建筑。

这座大礼堂凝结着我们的汗水，我们曾为大礼堂打过石头、挖过沙子、运过材料。

大礼堂造型独特，功能齐全，当时是五十一团的标志性建筑，在政治上、经济上、文化上发挥过很大的作用。

五十一团很多重大活动曾在这里举行，很多重要会议曾在这里召开。宣传队曾在这里演出，电影《地道战》《地雷战》《南征北战》等都曾在这里放映。

大礼堂曾经带给我们很多欢乐，留给我们很多美好的回忆。

1975年兵团撤销后，大礼堂走进了寂寞的深渊，逐渐被人们淡忘了。几年前旧地重游时，大礼堂已经破败不堪，耳房里住着人，主礼堂成了仓库和牛羊的天下。看到这些，我们心里阵阵酸楚。

改革的春风吹进草原，乌拉盖走上了经济发展的快车道，哈拉盖图发生了翻天覆地的变化。

走进哈拉盖图农牧场场部，宽敞的水泥路，笔直平整，两侧便道镶嵌着大理石，尽显高雅。崭新的居民楼错落有致。夜幕降临后，街灯、路灯、霓虹灯相映成趣，哈拉盖图又是另一番景色。

群楼环抱中的大礼堂旧貌变新颜。哈拉盖图农牧场把大礼堂建成了兵团博物馆，用来纪念兵团、纪念知青、纪念牧场，纪念那些曾为这片草原做出过贡献的人们。这也是我们多年的夙愿。哈拉盖图农牧场做了一件彪炳千秋的好事。作为曾经的兵团战士，当年的老知青，我们感到无比的欣慰。

光阴似箭，日月如梭。大礼堂承载的兵团的那段历史，已经渐渐地离我们远去。

我们见证了大礼堂的建设，见证了大礼堂的辉煌，见证了大礼堂的凋敝，见证了大礼堂的重生。

大礼堂同时也见证了我们。它见证了兵团的成立，见证了兵团的撤销，见证了兵团战士的峥嵘岁月，见证了知识青年成了沧桑老人。

大礼堂还见证了哈拉盖图的发展，见证了哈拉盖图人的幸福和吉祥，还将见证哈拉盖图今后的飞跃。

我们祝福这片草原，祝福还在这片土地上耕耘的人们，祝福乌拉盖，祝福哈拉盖图，祝福我们心中的大礼堂更美。

刘凤岐，原兵团知青，天津市人，男，汉族，1952年生，1969年5月参加内蒙古生产建设兵团第六师五十一团八连任卫生员，后调入五十一团、六师毛泽东思想文艺宣传队工作。1975年底，兵团回归地方后，曾任哈场卫生院副院长。后也随大批知识青年返回天津市工作。历任天津市房地产管理局班长、车间主任、厂长、支部书记等职务，高级工程师。2012年在天津市某单位退休。曾创作《沧海一粟》等多部兵团纪实文学。

布日都淖尔之恋

李海波

布日都淖尔位于锡林郭勒盟乌拉盖管理区贺斯格乌拉牧场东南3千米处，水域面积约2000亩，傍山而居且长年积水，芦苇丛生。每年有大量珍惜候鸟经此盘桓栖息，尤以天鹅居多，成千上万，清水长天，或双双对对，或戏水，或觅食，或起飞，或划落，啼鸣声此起彼伏，构成了一幅和谐、安逸、祥和、自然的画面。遂被当地人称之为“天鹅湖”。

——题记

阳春三月，冰雪消融，万物复苏。虽然北国迟来的春天尚未将这片天边草原染绿，但是美丽的白天鹅已翩然而至，使沉寂了一冬的布日都淖尔，开始欢腾起来，热闹起来，丰美的水域和良好的生态让这些天上来客久久流连，在和煦的阳光下，湖水、天光、云影、天鹅，成为春天里的一道美妙和谐的自然景观。

布日都淖尔清澈见底，湖水湛蓝醉人，湖面幽深缥缈，倒映着朵朵白云、悠悠蓝天，周围的草原的草色仍是一片枯黄，辽阔而平坦，残存的积雪在春风的吹拂下渐渐消融，滴滴答答地渗入地下，为即将破土而出的新绿积蓄着力量。缥缈的水雾中，一场别开生面、引人入胜的天鹅交响乐奏响了春天的序曲。数以千计高雅圣洁的白天鹅像一个个降落人间的天使，正在嬉戏、游耍。它们一会儿向上直插云霄，一会儿俯冲掠向湖面，一会儿悠闲地静卧湖面，真是动如脱兔，静若处子，晶莹如雪的羽毛，轻盈华美的身姿，超然洒脱的气度，越发丰神俊秀，卓尔不群了。远远望去，湖面上摇曳着鲜亮的纯白，宛如万千绽开的雪莲。那超凡脱俗的白，至纯至美的白，与草原上洁白的羊群、天上的白云遥相呼应，把布日都淖尔装扮得如同一位冰清玉洁、纤尘不染的仙子。情深处，美丽的白天鹅用宽阔的双翼拍打起晶莹的浪花，跳着曼妙的舞姿，啁啾着听不懂的祝福，仿佛迎接着远道而来的朋友。

突然，远方的湖面上响起几声清脆高昂的鸣叫，划破长空，扭头望去，只见十几只天鹅一跃而起，铿锵有力地扑棱着洁白的翅膀，掠过水面腾空而起，“搏风玉爪凌霄汉”，身姿是那么的矫健。它们排成“一”字形的长队，转眼已翱翔在高远的天空中。不一会儿，又变成“人”字形，宛若战斗机编队，穿云破雾，越飞越高，顷刻便消失在湖对面隐隐的山霭之中，真可谓“翻身入云高帖天，下陋蓬蒿去无迹”，令人仰首惊叹。

细看近处，成双结对的天鹅正缓缓地向岸边的芦苇荡游过来，它们不疾不徐地游弋着，凌波妙舞，素影翩翩，犹如热恋中的情侣，此刻布日都淖尔又成了它们潇洒风姿、倾诉缱绻情愫的舞池。终于，它们停下来了，时而追逐嬉戏，时而交颈相亲，时而含情对望，在吻颈缠绵的瞬间，组成了一颗“心”的形状，那种似水柔情顿时化为经典的永恒，浪漫而真挚的爱情神话得到了完美的诠释。

当地蒙古族牧民把天鹅视为贞洁之鸟、美丽的天使、吉祥的象征。白天鹅优雅高洁，忠诚浪漫，还是忠贞不渝的爱情楷模。它们白天展翅同飞，夜晚合翼而眠，形影不离，相伴终身。如果一只天鹅生病或受伤，它的伴侣会日夜守候，不离不弃。如果伴侣不幸去世，另一只则为之悲痛欲绝，孤独终老。这种厮守一生、永不背叛、忠贞不渝的爱，不正是我们每个人梦寐以求、渴望得到的吗？

古往今来，天鹅已经成为一种精神而被人们膜拜，被文人墨客赋予了黄鹄、鸿鹄等高雅的称谓。因其美丽，早在两千多年前的《诗经》中就有了“白鸟洁白肥泽”的歌咏；因其高翔，屈原的《楚辞·惜辞》即以“黄鹄之一举兮，知山川之纡曲；再举兮，睹天地之圜方”来讴歌。更如“双翮凌长风，须臾万里逝”“拨弦惊火凤，交扇拂天鹅”的赞美，不胜枚举。天鹅的凌空远飞，又令多少有识之士望之胸怀激荡。“燕雀安知鸿鹄之志”“举头向苍天，安得骑鸿鹄”“壮志吞鸿鹄”，无不寄托了诗人的高尚情操和远大志向。汉高祖刘邦也曾吟唱：“鸿鹄高飞，一举千里。羽翮已就，横绝四海……”气势不凡，豪情万丈。

像保护眼睛一样保护生态环境，像对待生命一样对待生态环境。这座坐落在锡林郭勒大草原深处的边疆小镇，不断加强生态环境建设，努力创造适合白天鹅生存的自然条件，经过多年不懈努力，布日都淖尔成了乌拉盖湿地远近闻名的天鹅栖息地。每年春秋季节，成千上万的白天鹅飞临此地盘桓栖息，吸引了无数扛着长枪短炮的拍客来此采风，春天到乌拉盖看白天鹅已成为当地旅游业的一张亮丽名片。

宽广澄澈的天鹅湖上，圣洁优雅的云外仙客们，或上演着水中芭蕾，跳跃翻转，盘旋低绕；或翱翔碧空，一展风采；或优游嬉戏，引吭高歌。它们婀娜多姿，倩影婆娑，犹如飞落人间的精灵，勾勒出一幅美轮美奂、人与自然和谐共生的丹青画卷，给厚重的乌拉盖大草原增添了瑰丽壮观的独特风景。

静静伫立在临近湖岸上的观鸟台上，聆听着仙客们清丽亲切的歌声，欣赏着天鹅优雅传神的倩影，感受着原生态的独特的纯美，舒坦浪漫。不知不觉，暮色降临。晚霞一抹，湖面上荡漾起金黄色的波纹，天鹅，白草滩，湖光山色，全都披上了丝丝缕缕的五彩霞光，安详、静谧，回眸处一脉脉的和谐神韵顷刻间开始升腾，醉意漾开，终不忍归去。

神奇的布日都淖尔，天鹅的家园，鸟儿的天堂。

苍狼秘境乌拉盖

赵瑞生

随着电影《狼图腾》的热播，来乌拉盖草原上寻找狼的踪迹，一下成为游客们心中的一道梦寐以求的大餐。其实，《狼图腾》的小说早已问世，但其影响有限，随着电影的热播，《狼图腾》火了，狼一下子成为网红，乌拉盖这片苍狼秘境也横空出世。电影《狼图腾》挑动着一颗颗急于进入乌拉盖草原近距离接触苍狼的心脏，来草原寻找传说中的苍狼，与苍狼亲密接触，在喝着喷香的奶茶、吃着肥美的手把肉时，听着令人心驰神往的狼的故事……

在民国二十六年（1937年）由天津大公报馆出版的、近代画家沈逸千著的《察绥西蒙写生集》中有一幅名为《横行察北的狼群》的素描，画面正中是一匹大狼的特写，左上是一座蒙古包和一个羊栅栏，右上是离得较远的两匹狼，显然是狼正欲偷袭羊群。其解说的文字是这样写的："内蒙古的野兽以锡林郭勒一带的狼群最为厉害，尤其是一到黑夜，便成群四出，为人畜的大害。"可见在当时狼是很多的，乌拉盖作为锡林郭勒草原的腹地、一片少有人迹的处女草原，无疑是苍狼秘境。

野生苍狼一般游客自然是寻不到的，但是追寻一下苍狼记忆，在神奇的传说中过一把寻狼瘾也是不虚此行的。

狼作为内蒙古草原上野生动物食物链上的最高端，依据自然法则，自由而又艰辛地竞争着、生存着。在一般情况下狼对于人类是敬而远之的，很少主动攻击人和家畜，人类也不会主动去招惹野狼。这似乎是一种默契。但是，每当天时不顺、灾害降临的时候，草原了无生机、食物匮乏。为了生存，苍狼闪着阴森森幽光的眼睛就会盯向羊群，甚至牛群、马群。还有一个原因是，人类越来越多地占据草原、山川，狼的生存空间被挤压得越来越小，狼的天食少了，食不果腹的狼为了生存下去，不得不噬咬家畜。

羊儿胆量小，体型也不大，自然成了狼最易掠食的对象。太阳西坠、羊群归牧，几只苍狼也蹑踪而来。它们并不急于进攻，它们要等到夜深人静、万籁无声的夤夜方才从下风口慭慭潜行到羊圈。

夜色弥漫、夜空低垂，牛嘶马鸣声不时传来，猫头鹰的怪叫声东一阵西一阵，令初到草原的人毛骨悚然。蒙古包里的人们都在酣睡，或许他们还在梦中策马奔驰。草原上的生产生活习惯是男人只管放牧，其余的事儿全由女人负责，自然下夜防狼的事儿也由妇女承担。女主人几番巡视羊群的间隙也在酣睡，夜之声似乎并没有进入她们的耳鼓。这时，羊群忽然有了骚动，牧羊犬发出紧张急促的吠叫声，这时女主人立即从梦中惊醒，随即一声既高亢又有穿透力的喊声破喉而出，声音冲出蒙古包，回荡在草原上，这声波并不向空中扩散，而是沿着地面传播，传得很远很远。那眼睛闪着幽幽绿光的野狼先是一惊，然后急忙逃之夭夭。狗儿向着野狼逃跑的方向努力地吠叫，像是警告野狼不要再来，也像是给羊群壮胆，更像是向女主人邀功。惊恐骚动的羊群看到女主人的身影也就渐渐地安静下来。

若要进攻牛群，那非得大群的狼倾巢出动。曾经有这样一件发生在乌拉盖草原深处的事。一天早上，牛倌儿听到一声狼嚎，牧犬一跃而起奔向牛群。牛倌儿起初并不太担心，一两匹狼是奈何不了牛群的。转瞬间，那只牧犬便落荒逃回，低头耷耳，瑟瑟发抖地爬在牛倌儿脚下，刚才那骄横气概早就给吓没影了。从远处传来了牛群发出的愤怒咆哮，听到牛群这异于平时的吼声，牛倌儿的脸瞬间变了色。凭着多年放牧的经验，他感觉到事态的严重。他叫上几个帮手急匆匆向山坡那边的牛群策马奔去。等翻过山梁大家傻了眼，那包围牛群的苍狼多达几十匹，有的蹲坐于地兀自不动，有的来回跑动气焰嚣张。那牛群紧紧缩成一团，牛犊和母牛居中，犍牛、牛头一律头朝外护在外圈，最外边是两头大牤牛。牛瞪着红眼、喘着粗气、盯着狼群。牛儿们凭借着自己的本能自卫，牛群壁垒森严，狼群也不能轻易破阵，毕竟牛头上的尖角与坚硬有力的蹄子也不是吃素的。

就这样狼与牛对峙，狼不敢轻易发起进攻，牛也不敢掉以轻心。这是生死瞬间易位的战场，虽然没有人类的剑拔弩张，却有誓将对手击败的同仇敌忾；虽然没有火药的硝烟弥漫，却有牛蹄踏起的尘土飞扬。人在这里是多余的了。时间在令人窒息的紧张对阵中流逝，危险的脚步越来越近，面对群狼，牛群最终还是要付出鲜血与生命的代价的。

狼的进攻开始了。先是一匹打头阵的狼试探进攻。这家伙低头弓背，缓慢地向前走了几步，突然一挫身向前一蹿，飞速扑向牛群。大牤牛一声怒吼，一马当先挡在了恶狼的面前，几头犍牛也吼叫着簇成一堵“牛墙”，数支牛角就是数把尖刀，直指恶狼。这只先锋狼焉能不知牛角尖刀的厉害，一步三回头的悻悻撤退。牤牛瞪着红眼，犍牛喘着粗气，母牛紧紧地护着牛犊。第二波进攻开始了，从狼群中窜出四五匹狼，分别从不同的方向向牛群扑去。这几匹恶狼又被群牛挡住，狼群的第二波进攻被同仇敌忾的牛群瓦解了。第三波进攻开始了，狼牛大战真正开始了。除了狼王和簇拥在它身边的几匹仆从狼之外，所有的狼都向牛群扑咬过去。两头大牤牛越战越勇，头顶脚踢，有的狼被它们用角挑在半空，又重重摔在地上；有的狼被它们踏翻地上，疼得“吱吱”怪叫。面对死亡的威胁，犍牛们也不甘示弱，低头挺角，勇战群狼。一时间牛吼狼嚎，尘土飞扬，那场面令人胆战心惊，真可谓惊天地泣鬼神。随着牛狼大战的白热化，有的牛受伤了，伤轻的滴滴渗血，伤重的鲜血淋漓。浓烈的血腥气味刺激得狼血脉贲张，欲望倍增，攻击更加猛烈。牛群渐落下风，顾此失彼，防线随时都有被突破的危险。突然，一匹狼抓住破绽窜进牛群，一跃跳到一头牛犊项下，一口咬住牛犊的脖子。其他牛犊瞪着恐惧而又无助的大眼纷纷逃避。母牛护犊心切，一头撞飞了恶狼。滚落在地的恶狼被另一头母牛用角一挑，甩出了牛群。危险接踵而来，牛倌儿几乎要绝望了……

转机忽然出现了，一辆军车从遥远的天边经过，仅仅是一个移动的小黑点儿。牧人的视力好，据说看到个小黑点儿就知道是不是自家的牛，还能准确地说出是一头黑白花的还是一头一码红的。这个小黑点儿，一下子被牛倌儿捕捉到了。他相信狼一向蹑踪潜行，对于大汽车一定会感到害怕，而牛群毕竟是家畜，对于汽车、拖拉机不会感到害怕。他马上派人去拦截军车。军民本是一家亲，驾车的战士二话不说，调转车头向狼牛对阵的战场冲去。这个庞大的机器轰着油门，鸣着喇叭，一路狂奔而来。牛群当然不怕汽车，可那狼群就不同了，远离人烟索居洪荒的野狼，好不容易大着胆子下一回山，却碰到了这又会跑又会叫屁股后边还尘土飞扬的怪物，一时间全都惊呆了，之后由惊而惧，随着头狼一声嚎叫便落荒而逃了。

马群抵御狼的套路与牛群相似，也是马驹在中心，母马和骟马依次在外边，最外圈是儿马。马虽无利角，但那后蹄飞起一弹，攻击力惊人。一旦被弹中，别说是野狼，就算是狮子、老虎恐怕也会一命呜呼。

曾经听过一个乌拉盖马倌儿讲的一则狼与马的悲情故事。一匹雪白牝马生下一匹漂亮的小马驹，不幸的是这匹小马驹天生残疾，两条前腿不能伸直，就像字母L。它的蹄子不能着地，只能用足腕支撑身体，站立不稳、行走趔趄。母子俩没法跟上马群，只得在下小马驹的原地孑孓。过了没几天，突然几条狗向着这母子俩的方向狂吠起来。隐约听到母马的嘶鸣，马倌儿迅速向那对母子奔去。

只见雪白母马已被狼咬伤，身上流着鲜血，那殷红的鲜血在雪白的底色上十分明显。要在母马眼前打小马驹的主意，绝对不是明智的举动，看来，这匹野狼为了觅食是不要命了。母马转着圈和野狼对峙着，身后是它用生命守护的孩子。野狼很狡猾，不断调动着母马的身位，想从母马的转动中寻找机会。突然，机会来了，它趁母马体型高大转动稍稍慢了一瞬间的时机，纵身一窜从母马的肚子底下钻过，一口便咬住了小红马驹的喉咙。说时迟那时快，母马飞速旋身飞起后蹄，野狼便惨叫一声滚落在地。几个翻滚之后，它挣扎着站起来逃走了，看样子这匹野狼也受伤不轻。马倌儿策马追赶，哪里还有狼的影子，地上唯有点点血斑而已。

小马驹被狼咬死了。雪白母马不时拱一拱孩子，它多么希望小马驹还能站起来再吸吮自己的乳汁，然而，这已经不可能了。雪白母马引颈哀鸣，让人闻之心情惨然。马倌儿想要把母马赶回马群，可是任凭马倌儿怎么驱赶，它都不肯离开小马驹。马倌儿只得给它套上笼头，让好几个人前拉后赶才使它开始挪步，在离开的时候，母马几步一回头，此情此景让豪爽的马倌儿们也黯然无语。

大自然导演的剧情不以人的意志为转移，它又加了一个令人更加欷歔的尾声。几只牧羊犬向着远处狂吠着扑去，随后赶去的马倌儿看到两匹奄奄一息的小狼崽和一匹死去的母狼。母狼的一条后腿已断，骨碴隐约可见，显然是被雪白母马弹的。这就是咬死小马驹的野狼，它也是一个母亲啊，为了自己的孩子敢于舍身挑战另一个母亲，母性的力量真是可以惊天地泣鬼神啊。

故事的结局是悲惨的。不过仔细想想，这大约就是自然的法则，为了种群的繁衍与生命的延续，自然界一直都是这么你死我活地竞争着。

虽然苍狼知道和人类作对只有死路一条，但是它们还是冒着被剿杀的危险来与人类争锋，也只是为了活下去的无奈选择。

打狼的方法是围猎，几百人围成一个大大的包围圈，然后不断缩小包围圈，包围圈里的狼自然无路可逃。打狼的时间一般选在盛夏，天热狼跑不快容易捕杀。打狼的武器是套马杆和打狼棒，因为怕误伤了人和马，所以是不用枪的。

围打野狼的区域有几十平方千米，猎手们依次排开，相邻两人的距离以相互能够看得见、喊话能够听得清为标准，最终合拢成一个包围圈。打狼的总指挥俨然一位久经沙场的战将。他端坐马上，器宇轩昂。他胯下战马昂首踏蹄，咴咴嘶鸣，渴望着冲锋陷阵。排兵布阵甫定，包围圈合拢的消息传来，他一声令下率先纵马冲锋，他两侧的猎手迅速跟进，进攻就像多米诺骨牌一样向两边蔓延而去。冲锋速度不是很快，猎手们边行进边呼喊边搜寻。在雷鸣般的人喊、马嘶、狗吠声中，老鼠早已遁形，鸟儿逃向天空，野兔在马前惊慌逃窜，狐狸、黄羊伺机逃出重围。猎手们呼喊着、搜寻着，却始终不见狼的身影，初次参加围猎野狼的年轻人不免急躁。可是老猎手们，特别是总指挥知道，狼是大大的狡猾，非到万不得已的时候是不会现身的。果然，在包围圈缩小到一定程度的时候，发现狼了，猎手们策马追赶，一匹马跑累了，另一个骑手马上去接替，这样几番接力下来，狼再也跑不动了，匍匐在地、口喘粗气，猎手手起棒落，狼就离开了这个它曾经为了生存而搏斗的世界。狼王往往是隐藏最深的，但倾巢之下安有完卵，最终它还是被发现了。

打狼已是多年前的事了，大自然上演了几千年的人与狼之间斗智斗勇的话剧，在二十世纪七八十年代戛然而止。随着人类的“新陈代谢”，关于狼的记忆也会渐渐淡去。

乌拉盖草原——昔日的苍狼秘境，今天苍狼早已少现踪影，有关苍狼的传说也日渐稀少，这神奇迷人的传说会随风而散吗？

草原我的家

王海如

内蒙古大草原，我出生在这里，生长在这里，一望无际的原野上，驻载着我成长的足迹。

随着时光的流逝，原野绿了又黄，黄了又绿，我也在慢慢长大。

冬去春来，儿时的伙伴早已遍及祖国各地，我的守候如小草的根深深地扎在草原上。

童年朗朗的读书声，少年追逐的欢笑声……都随着草原上的景色在我的生命里萦绕着，每时每刻我都能回忆起草原四季的容貌装扮。

燕儿不叫春不来，春风不吹花不开……

春季里，燕归来，春风唤醒深睡的大地，新鲜的泥土气息沁人心脾，我如同原野上的一棵小草，在新鲜空气的熏陶中茁壮成长。就是这醉人的气息，掀起我心底久违了的微笑。

在那个遥远的春天，我大约十三四岁，每赶上星期天，我总是抽时间帮助家里做些力所能及的事情。

我家离牧点有两三里路，家和牧点之间隔着一个小山坡，我多数是徒步往返的，只有从牧点那边往家这边送干牛粪时，才能坐牛车。那是一个星期天的上午，我右手握着一根一米多长的柳条棍，左手牵着一头大黄牛拉着一车牛粪，连在牛车后面的还有一匹老白马拉着一车牛粪，早早地向家的方向浩浩荡荡出发了。盛牛粪的车帷子是用粗细均匀的柳条，分别根据牛车、马车的车底盘的长短、宽窄编织而成的，车帷子高一米左右。

牵着牛车和车后连着的马车踏上回家的路，我就迫不及待地跨坐在牛车辕上，上身靠着车帷子，两条腿耷拉在车辕下，随牛的颠走晃动着。走了一会儿，感觉车慢了下来，我便挥起右手的柳棍在牛屁股上抽了两下，虽然我不是很使劲，但牛很敏感，立刻提起精神，加快速度，连在车后的马也跟着加快了速度。我想小柳棍能令大黄牛提神加速，大黄牛在学拉车时，一定没少挨主人揍吧。别看一头牛拉的车连着一匹马拉的车，它们的配合是非常默契的。

说到默契时，我就会想起刚学坐车的时候，大黄牛在被我抽打屁股时，它的加速总是冷不防地把我闪个“大马趴”，上身全爬在牛屁股上，硌得我贼拉不舒服。后来我揣摸出大黄牛的加速规律，也减少了闪我的机会。其实刚开始坐车的时候让我真正害怕的是掉下车去，那可就惨了，我这弱小的身体非被车轱辘压成肉饼不可。这话可不是说得夸张，前面是牛车的轱辘，后面跟着马车的轱辘，等于是双重碾压，不壮烈牺牲，也得落个终身残疾了。仔细想想，有时候也真是挺惊险的，我得倍加小心。渐渐的我也掌握了一些赶车和坐车的经验。这大概就是当年的年少轻狂吧。

我坐在车辕上悠闲地想着，路上的任务就交给大黄牛和老白马了，我只等到达目的地准备卸车了，卸完车大概要到中午，接下来我要做饭、送车，还得做作业……我一边想着，一边盘算着，这活可真是没完没了。右手的小柳棍时不时地抽打牛屁股两下，给大黄牛提提精神，让它快点儿走，后面的马也随着牛车时快时慢。

想着想着，不觉抬头一看，哟，看见家了，快到目的地了。心里正有点儿高兴的时候，忽然牛车“咯噔”一下，猛地停下来，顿时我上身带脸都贴在牛屁股上了。我两手一推牛屁股，迅速坐直了身子，大黄牛还有向前走的意思，车却没有动，牛也随不动的车站在了那里。嗯？这是什么情况？我牵牛缰绳的手也没动啊，一般情况下，拽牛缰绳牛才会站住不走的，这车和这牛怎么都不动了呢？我顿了顿，双手一撑车辕跳下车，把牛缰绳搭在牛背上，柳棍扔到地上，开始检查。我在车右边看了看，没啥问题啊，又绕到牛车的左边看看，噢，原来是牛车的左轱辘掉在了一个坑里卡住了。坑不大，我想，把轱辘推出来就行了，我双手抱住车轱辘后面向前用力一推，车轱辘纹丝不动，我又加大力气，还是没动。哎呀，这么重？我又从轱辘前面向后用力推，来来回回地推，轱辘卡在坑里就是一动不动。我有些慌了，一手拉着牛缰绳一手扬起柳棍，使劲向前拽着大黄牛，嘴里不停地大声喊着："嗨、嗨、嗨……"大黄牛也很卖力地向前拉，但轱辘卡在那里愣是一动不动，我无奈地抬头环视了一下周围，希望能出现个"救星"帮忙。四周连个人影也没看到，希望破灭后，我像泄了气的皮球，没辙了。

当时我觉得自己也算是个赶车的老手了，但这种轱辘被卡住不能动的情况还是第一次碰到，我皱着眉头，很不满地对大黄牛说："以前每次不都是好好通过了吗？这次你是怎么拉车的？车轱辘居然被你拉到坑里了，你不会走神了吧？早知道你拉车三心二意的，真该把你连在马车的后面，让你跟着马车走。"大黄牛站在原地一副事不关己的神态，令我更加郁闷了。哼，你神气个什么劲啊，我不过是对牛弹琴，宣泄一下我的不爽而已。

正当我寻思该怎么办的时候，"怎么车轱辘掉坑里卡住啦？"一个声音从我头上方传来，我本能地抬头一看，心里顿时一亮，我认识，一个连队住的。骑着骏马的大哥哥冲我笑着问道。我立即也送上一笑，回答说："嗯，卡住了，出不来了。"说话的同时，大哥哥已翻身下马，双手握住车轱辘向前用力一推，只几秒钟，我几乎来不及眨眼，车轱辘已经被推上了坑外，大哥哥一气呵成，又帮我把车后面连着的马车绕开那个坑后才翻身上马，回头冲我开玩笑地说："你的赶车技术也不行啊，一路上就这么一个小坑，你就把车轱辘掉进去了。"听了这句话，我一下子觉得脸上发热，笑的也不自然了，真想找个地缝进去躲躲再出来。还好大哥哥抛下这句玩笑话，回手一拍马屁股转眼进了连队，连人带马不见了踪影。

我重新坐上了牛车，心里想，我和大哥哥虽然住在一个连队，但是平时也没什么交往，这会儿自己只顾得害羞了，连句道谢的话也没来得及说出口。大哥哥点评我的话真叫我无地自容，多亏身边是不会讲话的牛和马，要是被人听到了，我可得被笑话惨了。

没想到一个小意外，耽误了我计划中一半的时间，而大哥哥的出手相助叫我没齿难忘。原来别人的帮助也能让自己非常高兴，带着愉快的心情我度过了一个难忘的春天。

夏季里，阳光明媚，绿荫芳香，大大小小的花蝴蝶在草丛里流连忘返。

漫步在草原上，映入眼帘的是遍地的野花，像繁星点点衬托着原野的绿色。如果赶上雨过天晴，草原的景色更加迷人，那镶在蓝天上的七色彩虹连接着草原的尽头，环拥着争奇斗艳的野花。被冲洗过的原野焕然一新，到处是鸟语花香、生机勃勃的景象，赋予我无限的遐想，让我憧憬着美好的未来。

秋季里天高气爽，辽阔的草原衔接着蓝蓝的天，令人心旷神怡。

如果装上一双雄鹰的翅膀，我会翱翔蓝天，随白云飘荡。放眼望去，一群群马、牛、羊是草原最美的点缀，收获蕴藏在人们丰收的喜乐之中，每个人脸上仿佛写着“富足”两个字。美丽富饶的大草原，养育着一代代勤劳的人们。

冬季里，寒风凛冽，枯萎的花草没了生机，光秃秃的山丘，更显出草原的空旷。

北风狂吹，大雪纷飞，整个草原仿佛银装素裹一般。这时候，会让我联想起许多关于狼的故事。一首《狼爱上羊》扣人心弦，飘扬回旋在茫茫的原野上。我骄傲地告诉你，这是草原内在的美，这是动人的爱的故事在草原上的传承。

内蒙古大草原，有多少人赞美你，可我喜欢《小草》的歌声缭绕着我，因为是小草充填草原绿的生机，小草是草原美的根基。草原，我是你四季轮回历练长大的一棵草，你就是我的家。

我爱草原，更爱我的家。

邂逅初秋

刘少龙

还没等八月走远，北方的秋天便悄然来临了，它的光顾往往是在一场雨接着一场雨之后，似乎每年都是如此。

初秋，是秋天的序曲，每一个音符都是那么让人着迷！

初秋的天空一片淡蓝，风如丝一般轻柔，阳光也变得格外温和。每次与它邂逅，内心总是欣喜无比，它就如同一坛琼浆，未等靠近，香气便开始弥散开来，一瞬间的工夫，整颗心都被熏醉了。

这个时节，每一个清晨，去广场锻炼身体便成了我的必修课，我十分享受这惬意的时光，短短的十几分钟过后，整个人从里到外都精神了不少。

置身于广场一隅，那沾满露珠醉人的绿，那阳光投射到树木上形成的斑驳树影，那看上去排列有序的鹅卵石，那呆立在小径旁略有潮湿的仿木长椅，都给初秋的清晨增添了无限趣味。

清晨的广场是幽静的，静的仿佛能听见锻炼身体时裤管与风摩擦的声音，灌木丛里还不时传出几声鸟叫，可是我一直没有挪动步子，生怕惊扰了它们觅食。不晓得是人们还在睡梦之中，还是对初秋的景色不屑一顾，广场上始终人影稀疏，只能看见偶尔出现在健身器材旁的几个身影，明显少了傍晚时分的热闹劲儿。

秋天已至，但是夏天的景致还在，只不过味道有所不同罢了。初秋的味道是淡淡的，轻轻碰触一下，便如锦缎般柔滑，它没了盛夏的奔放，更少了晚秋的深沉，有的却是一种静谧的姿态，让人不知不觉就想要去亲近它。

与初秋邂逅，情节各有不同，可是讲述的始终都是与美丽有关的故事。

草原瑰宝

——贺斯格淖尔

扎木苏

在美丽富饶的内蒙古锡林郭勒大草原东北部，有一处世外桃源般的绿色宝地。她历史悠久，底蕴厚重，草原枭雄道尔吉王曾在此安营避暑、运筹帷幄。她景色宜人、资源富集，500多种野生植物在这里竞相生长，20多种野生动物在这里繁衍生息。她就是拥有“地球之肾”“天然物种基因库”美称的草原瑰宝——贺斯格淖尔。

“淖尔”系蒙古语，汉语意为“湖泊”。贺斯格淖尔位于内蒙古锡林郭勒盟乌拉盖管理区贺斯格乌拉牧场北36千米处，水域面积400公顷，是内蒙古自治区最长的内陆河——乌拉盖河的支流两岸自然形成的湖泡型湿地，于2001年被认定为自治区级湿地自然保护区。保护区内植被茂密，物种丰富，碧波荡漾，这得天独厚的湿地资源，为野生动物的生存提供了很好的保障。

贺斯格淖尔泉眼密布，有宽阔的沼泽性湿地，形成了典型的草甸草原，是锡林郭勒湿地资源最丰富的地区，主要以兼顾防洪、下游牲畜饮水、涵养草原为主。1983年开渠引水，筑堤坝，修节制闸，形成了库容为700万立方米，水域面积为6000亩的小型水库。目前，保护区已成为管理区的生态屏障，重要的水源涵养区，是鸟类南北迁徙的重要通道和歇脚点，也是众多珍稀鸟类的繁殖区，更是环境演化的敏感区域。

草甸草原是保护区的主要地带性植被，贝加尔针茅草、线叶菊草是这里的代表性植被类型，沼泽植被、草甸植被广泛发育。据有关部门采集，鉴定已知现有野生植物62科256属501种。另外，在保护区内还分布着丰富的具有不同用途和较高经济价值的植物种类，尤其用于中蒙医药的植物较多，有治疗气虚的黄芪，有可解风寒气喘的麻黄，有缓中补虚、泻火解毒的甘草，也有凉血蔽淤的百合。这里草木茂盛、水资源富集，素有“天鹅湖”的美称。野生动物也常来光顾，主要有黄羊、狍子、旱獭、狐狸、狼等。鸟类主要有天鹅、白骨顶、斑翅山、大雁、百灵鸟、画眉鸟、野鸭、海鸥、乌鸡、丹顶鹤等20余种。得天独厚的自然条件，使这里风光秀丽，景色、气候宜人。在这里游客可以品尝亲手钓上的天然鲫鱼，在宽广的湖面上划船在芦苇荡中穿行，也可在野花丛中野营，品尝当地特有的蒙古族手把肉及奶食品……

2013年6月28日，电影《狼图腾》的开机仪式在保护区举办，搜狐网、新浪网、中央电视台电影频道、光线传媒、北京卫视等30多家媒体对开机仪式全程进行了追踪报道，大大提升了保护区的知名度和美誉度，不仅集中展示了乌拉盖草原生态和物种的多样性，同时，对于倡导广大干部群众树立绿色生态发展理念、提高生态保护意识、共建美好家园，具有重要的现实教育意义。

目前，该湿地自然保护区建设以保护湿地生态环境和珍稀、濒危动、植物物种及区域自然景观的完整性为首要目标。通过保护区建设，湿地的生物多样性得以保护，良性循环的湿地生态系统得以建立，使湿地生态系统的多种功能得以发挥，有效促进本地区及周边地区生态环境的改善。通过保护区建设，为湿地珍禽物种种类的监测和研究及草甸草原稀有物种的监测和研究提供较完美的天然实验室，使之成为科研、教学及科普宣传基地。通过保护区建设，实现自然资源保护与资源开发利用的有机结合，将保护区建设成基础设施完善、管理规范，集保护、科研、教学、宣传及生产示范、生态旅游等多种功能于一体，生态效益显著，生态、社会、经济效益相统一的示范性自然保护区，最终实现生态环境与社会经济的协调发展。

红军崖的情思

叶荣颖

美丽富饶的乌拉盖草原水草丰美，得天独厚。游客、文学创作和采风的男女老少们络绎不绝。

来到神奇的天边草原，人们会情不自禁地驻足。远远望去，碧绿的草原一望无际，跃入你眼帘的是蓝天白云，草绿花艳，牛羊满坡好似珍珠撒，斯勒尔吉河水波光粼粼，河水两岸绿草如茵，鲜花盛开，姹紫嫣红，吐着芬芳。在这美好的季节里，天蓝、水清、草绿、牛羊满坡，景色宜人，处处洋溢着春光无限，美景如画，美不胜收的迷人景象。大批天南地北的游客纷至沓来，望着当年的红军崖，心情澎湃，浮想联翩。不忘初心，牢记使命。今天的幸福生活来之不易，要倍加珍惜，为中华民族的伟大复兴谱写新时代的美妙赞歌。

一轮红日东方升起，乌拉盖天边草原格外壮美。据考证：天边草原乌拉盖地区在旧石器时代就有了游牧民族生存繁衍的足迹，她们过着狩猎、放牧、逐水草而居的生活。这片美丽富饶的草原也曾经发现了旧石器时代远古北方游牧民族使用过的陶器等。它从古至今都是兵家必争之地，据说700多年前，一代天骄成吉思汗，为统一蒙古族各部曾在乌拉盖草原腹地征战，这里是古战场之一，著名的阔亦田之战就发生在这片美丽富饶的草原上。

近年来，北京、上海等地的游客和文学采风人员兴致勃勃地乘车先后来到了红军崖的山脚下，在蓝天白云的映衬下凭吊先烈。1945年8月9日，苏联红军对日宣战。当时苏联157万大军兵分3路进入中国北部和东北部边境地区，其中一路苏联红军曾经由此地进入锡林郭勒乌拉盖地区后，火速直插昭乌达盟（现赤峰市地区）的林东、天山、通辽市，以迅雷不及掩耳之势消灭东北的日本关东军，所向披靡，如秋风扫落叶的风卷残云之势，大获全胜！此战可歌可泣，气壮山河！据资料显示，当时东部苏联第五十二集团军一部路过此地贺斯格乌拉的固蜡卜赛敖包附近时，正直漂泊大雨，道路泥泞，一片汪洋沼泽。苏军东部第六坦克集团军一部的坦克车、装甲车、运兵车深陷在一片沼泽里，车轮打滑通不过。苏军只好咬牙坚持数日，在固蜡卜赛敖包附近的一座山峰中日夜取砂石铺路800米长，路宽3.5米左右，苏军机械化部队才顺利通过此地，继续火速向东南部进军。70多个春秋过去了，弹指一挥间，红军崖仍然巍然屹立着，好像还在述说着昨天的故事。当年苏军所修的红军路在这片深草草丛里依然可见些许痕迹，成为乌拉盖天边草原贺斯格乌拉牧场北部边境一处爱国主义教育基地和旅游胜地。

红军崖附近碧绿的原野上，远远望去一片一片的火红耀眼的山丹花、金黄色的黄花，还有芍药花、野菊花等五颜六色，在微风中摇曳着，吐着芳香。清澈见底的斯勒尔吉河流弯弯曲曲地伸向远方，向南汇入乌拉盖河。斯勒尔吉河畔风光秀美无限。世世代代生活在斯勒尔吉河畔的勤劳勇敢的蒙古族牧民们创造了平凡但动人的故事。据说，当年成吉思汗大军曾路过此地，安营扎寨，乘胜北上，横扫欧亚大陆，一路势如破竹，金戈铁马，气吞万里如虎。

大批游客和文学采风人员，深情地望着红军崖出神，沉浸在当年苏军路过此地取砂石修路的回忆中……游人如织，蔚蓝的天空中雄鹰展翅，俯瞰大地，牛羊肥壮满山坡，令人心旷神怡，流连忘返。

采风人员和游客们兴致勃勃地登上红军崖拍摄天边草原日出，沿着斯勒尔吉河沿途拍摄红军崖、固蜡卜赛敖包、马鬃山，大自然的美景一览无余，美不胜收。

又是一个风和日丽的早晨，风光秀丽。斯勒尔吉河畔草原更加壮美。英俊的蒙古族小伙子们放声歌唱，俊美的姑娘们迎着火红的朝阳开始挤奶，洁白的鲜牛奶一桶桶倒进了奶缸。老额吉们开始烧茶，做黄油、奶皮子、奶豆腐、马奶酒等。当你们走进蒙古包时，漂亮的姑娘会给你递上香喷喷的奶茶、可口的奶食品等，好客的蒙古族牧民会手捧洁白的哈达为你放声歌唱。一曲动人的《美丽的天边草原》飞向天边，蒙古包里欢声笑语，犹如春风荡漾。

大自然的美景神奇无比。天边草原上姹紫嫣红的芍药花、山丹花、野菊花迎风怒放，飘香万里。碧绿的天边草原一眼望不到边际，乌拉盖河、斯勒尔吉河两岸的草地上牛羊遍野，大有“天苍苍，野茫茫，风吹草低见牛羊”的辽阔壮丽，美景无限，十分迷人，令人陶醉。

红日东升，霞光万道，红军崖的故事历历在目，引起人们的无尽遐想和情思！天边草原上火红的山丹花火红耀眼。

不忘初心，牢记使命！天边草原美丽天真、无邪纯朴的蒙古族姑娘们，身骑骏马，手执牧羊鞭，马蹄哒哒地飞驰在碧绿的草原上，一展风采。生活就像一面镜子，照耀着人间的真、善、美代代传承着。美丽富饶的天边草原山美、水美、草美、人更美！

这片原生态草原广阔无垠，百鸟歌唱！蓝天、白云、草绿、水清，乌拉盖河、斯勒尔吉河像飞舞的银色飘带飘荡在一望无际的碧绿原野上，云蒸霞蔚，蔚为壮观。远处的丘陵此起彼伏、牛羊遍野。天边草原深处飘来阵阵美妙的马头琴的悠扬旋律。蒙古族长调也此起彼伏随风飘荡，好像述说着天边草原的昨天、今天，也展望着明天的光明前景，五彩缤纷，花好月圆。

红军崖虽然历经沧桑，但如今它依旧巍峨壮丽，在一轮红日的映照下，风采依旧！

禅意之美

杨 东

近几年经常会看到佛系、禅意这样的词语，本来就喜欢传统文化，随着佛系一词的渐热，我也随热度逐渐走近禅意的唯美意境。

佛系是一种追求内心平和，看淡一切的生活方式。佛家信奉做人的标准是诸恶莫做、慈爱众生。近几年佛系似乎很流行，佛系青年、佛系少女、佛系饮食、佛系服饰等与之相关的名词悄然流行起来。提到佛大多想到释迦牟尼，受《西游记》影响，我想到的佛是如来。善男信女终生追求的佛是智慧、德行、慈悲的最高成就者。也许佛教主张诸法因缘而生，因此命运也是因缘生法，命运多舛可以借着种植善因善缘而加以改变，所以从这一点上看，佛教是否定宿命论的。

佛家信奉的做人标准是诸恶莫做、慈爱众生，相由心生，世界就在自己的心中，一念之差就可创造地狱、极乐。佛家的世界观，以出世的思想做入世的事业。

也有人这样来形容，说儒家文化是主食，不吃会饿，道家文化是副食，不吃没滋味，而佛家文化是水果，不吃不甜蜜。之于我们这些凡夫俗子，这样诠释儒、道、佛文化倒是一个既形象又易懂的比喻。

既然佛家推崇出世，那么信奉者一般都持有看淡一切的生活态度。其实世人何尝不也想这样呢？

有一个与佛相关的字眼——禅，是佛教用语中“禅那”的简称，其意译为思维修或静虑。静即定，虑即慧。把外在的事物屏弃掉，使精神反观自身，即“禅”，是佛教的一种修持方式，也就是佛家常讲的参禅悟道。

一位禅僧向赵州禅师从谂请教：“怎样参禅才能开悟？”百岁高龄的老禅师像是有什么急事，匆匆忙忙站立起来，边向外边走去边说：“对不起，我现在不能告诉你，因为我内急。”刚走到门口，赵州忽然停止了脚步，扭头对禅僧说：“你看，老僧一把年纪了，又被人称为古佛，可是，撒尿这么一点儿小事，还必须亲自去，无法找到任何人代替。”禅僧恍然大悟：禅是一种境界，一种体验，如人饮水，冷暖自知。禅的感悟，是别人无法替代的——想要知道梨子的滋味，你必须自己亲口尝一尝。

我觉得较之佛，禅有一层柔和、温润的面纱，虽看不清，却有朦胧之美，不信看下面几位禅师关于禅的对答。

有人问大龙智洪禅师：“什么是微妙的禅？”智洪禅师回答：“风送水声来枕畔，月移山影到窗前。”空中，梧桐落叶飘零；眼前，萧瑟秋花凝霜。

一位秀才问赵州从谂禅师：“此情此景，如何感悟人生？”赵州禅师淡淡地说：“不雨花犹落，无风絮自飞。”信了吧，禅的境界也是唯美的，充满了诗意的。

“春有百花秋有月，夏有凉风冬有雪。若无闲事挂心头，便是人间好时节。”这是宋代的慧开禅师告诉我们如何摒弃烦恼，在任何环境里都能找到风花雪月的境界。

至于参禅之人何时能修到心如止水、物我两忘的境界，可能如上面故事中说的那样，个中滋味只有亲自尝试了才能知道了。传统文化讲究谦逊克制，凡事留有余地，疏而不空，满而不溢，禅意人生亦是如此。

还有一个禅与洞见的小典故很有寓意。一位茶道大师在海边的危崖上建了一座茶道庭院，本来临海风光赏心悦目，这位茶师却用很高的树篱把庭院团团围住，因此也隔离了海景。他在树篱的内侧立了一个石台，供人在茶道前净手，在净手台上方的树篱上修剪出一个小方洞，来访的客人净手时，在双手与冷泉接触的一刹那，惊鸿一瞥地就望见了树篱外的那片海。

所以禅是不能拿来讲的，禅的境界言语道断、心行处灭。或者说，禅是不能被定义的，如果去定义禅，这件事本身就很不禅意。中国的禅宗祖师对于什么是禅从来没有给过标准答案，这样禅就更加神秘了。不过我觉得倒这是更合乎禅静思的修行方式，能用直白的语言来表达清楚的事物何须去悟呢，比如吃饭、喝茶，一目了然。

禅，是安静的，禅意的唯美的，无法用语言来形容。它是一个人淡去浮华后，在阡陌红尘中心灵的回归。读一段禅意的文字，可以让心沐浴一场不染风尘的雨露，品一幅禅意的画卷，仿佛在旧时光里享受一场岁月的清欢。禅意的居所简素无华，身居其中让人心生安静。文人雅士闻香品茗、吟诗作赋、轻抚古琴，庭院内外琴音悠悠，这本身就是一幅禅意幽深的画卷。禅意，一种无以复制的东方美！

自然，禅意服饰以不可抗拒的吸引力走近了我的视线。这类服饰不同于潮系服饰那样华丽、热烈、张扬，它自然、简单、质朴、随性、含蓄内敛的风格仿若花花世界中的一股清流。禅意服饰多以棉麻、粗布等面料制作，体现了人与自然的融合，色系素静、款式典雅。身着禅服内心也随之升华，更是一种气质的体现。身着这样服饰的女子，行走于凡尘俗世，一襟一袢自带超然凡尘的绝世之美。

和我一起练太极拳的伙伴们对禅意服饰尤为青睐，因为太极拳是古老易文化的精髓，是有着深沉内涵的传统文化。行拳时，没有哪种服饰能比着一身浓郁中国风味的禅服与太极拳更搭配。一曲优雅的古琴曲，沉静、悠远的意境中与一套拳的时光相伴，在太极的境界里相遇那个不一样的自己，在如丝如缕的太极步里云淡风轻，此刻的灵魂也伴随你步步生莲的轻盈安之若素。穿中式服装，做中国文化，美哉！

在这样一个浮华的尘世，有太多的变幻莫测，如果能爱上和穿着彰显中国传统文化的服饰，用心灵去感受岁月的深度和光阴的静好，是不是也算是一种禅意的修行？近年来，各种名目的禅修课、禅修班应运而生，人们穿着禅意的服饰，结伴禅修，舒缓压力、净化心灵、提升境界。

佛也好，禅也罢，能让我们清心寡欲，凡事追求至简的一种心态，抑或生活状态，在这样一种物欲横流的世界里去觅得内心的一方净土，也算是健康生活的一种追求吧。

车过燕山

岳凤玉

这一天正好是丁酉年（2017年）正月十五的元宵佳节。

我因事去了一趟北京，来去匆匆。为了节省时间，返程时搭乘一辆夕发朝至的直达长途客运班车，回家乡内蒙古锡林郭勒盟乌拉盖管理区的巴音胡硕镇。班车内部是双层三行前后直通的卧铺，大概有五十多个铺位。过道狭窄，行动不便。乘客们蜷缩在铺位上，像蚕房里的一枚枚作茧自缚的蚕宝宝。还好，我的卧铺位置是靠左边的下铺，侧过身可以欣赏窗外的景色。

下午3时30分，这辆长途客运班车准时从北京市区始发。沿着百转千回的城市立交桥，穿过一排排钢筋水泥的摩天大厦，走出京郊的一片片林木繁茂、阡陌纵横的田园景区，之后进入北京—承德高速公路，一路向北，马不停蹄。凭窗远眺，看见平原深处，一簇深颜色的群山突兀其间，景色蔚为壮观。直觉告诉我，这就是横亘京冀北部的燕山山脉。

资料中记载，燕山东西走向，西起北京市延庆县的白河谷，东至河北省的山海关，北接坝上高原，南侧为辽阔的河北平原。其东西长约420千米，南北长约200千米，平均海拔600～1500米，主峰东猴顶海拔2292.6米，是京北第一高峰。这里自古就是游牧文明与农耕文明的分界屏障。古代中原许许多多的朝代，都曾在这里与来犯的北方少数民族有过金戈铁马、鼓角争鸣的交集。明朝的万里长城在河北省、北京市的部分就是沿其山脊的走向修筑而成。发源于河北省丰宁县的滦河切断此山，形成峡口，是为喜峰口。发源于河北省丰宁县，汇入北京市密云水库的潮河，切割形成古北口。这些峡口就是连接南北的天然交通孔道，战略位置十分重要，曾是历代兵家必争之地，是重兵防守的险关。历史上，中原与北方草原也有“城门晏闭……无犬吠之警”的和平友好时期，通过这些关隘实现商贸进出，互通有无。

天气晴好，阳光照进车厢内，晒得人们有些燥热不安。一开始，这条高速公路似乎与这座雄伟的燕山保持一定的距离。后来，时远时近、若即若离。燕山的峰峦叠嶂、峡谷沟壑以及山上生长的各种树木一一展现在我眼前。

亿万年的造山运动，不仅把燕山山脉从地面上抬升、隆起，而且大自然的鬼斧神工，把它凿刻成千变万化、妖娆壮美的立体雕塑。此时，嵯峨嶙峋的岩崖峭壁，虽然少了林木葱郁的绿色植被点缀以及烟雨溟濛的婉约秀美，但在逆光中氤氲一层薄薄的烟霭，把春寒料峭中的萧瑟单调皴染成一幅淡雅的水墨画长卷，有一种“大抵选她风骨好，不搽红粉自风流”的造化之美，不禁让人慨叹：祖国的江山如此多娇！

山的背阴处，依旧留存着一些斑驳的残雪。使我不禁联想起唐代大诗人李白在《北风行》中描写的“燕山雪花大如席”的夸张诗句。可见唐朝时燕山地区就以天气苦寒，边塞防务吃紧而叫人熟知。车到山前，班车终于横穿大山了。一座座隧道，让我们从燕山的心脏中进进出出，零距离感受它的壮美、神奇！抬眼望去，看到夕照的山脊上，隐隐约约露出建筑遗迹的一角。啊，那是长城，雄伟的长城！路边的指示牌上写着：金山岭长城。

金山岭长城位于河北省滦平县境内，与北京市的密云县相邻，系明朝爱国将领戚继光担任蓟镇总兵时期主持修筑的，是万里长城的精华地段。据说，这里因其视野开阔、敌楼密集、景观奇特、建筑精美、军事防御体系健全和保存完好著称于世，素有“万里长城，金山独秀”之美誉。我还没有来得及仔细端详长城的雄姿，班车就带着我们钻进了长长的金山岭隧道，从长城的底下穿过。

车离开长城，驶出很远的路途，我的脑海里依旧萦怀着“统汉烽西降户营，黄沙白骨拥长城。”（唐·李益《统汉烽下》），还有“长城高际天，三十万来守”（宋·陆游《高筑城曲》）等古代诗人咏怀长城的悲壮诗赋。然而，我又想起明代诗人杨慎的《临江仙》：“滚滚长江东逝水，浪花淘尽英雄，是非成败转头空。青山依旧在，几度夕阳红。”

天色渐暗，一轮黄彪彪的圆月从东边的山坳处升起。随着班车的疾驰，它像与我们玩捉迷藏一样，一会儿躲到山后，一会儿伴着车跑一段路程。公路两边，山里人家的灯火陆陆续续地点亮了。住户少的地方，灯火星星点点；有些人口密集的乡镇，灯火亮成一大片、一大片的。因为正好赶上元宵节，灯火中除了醒目的灯笼的中国红，还有火树银花的斑斓以及霓虹的流光溢彩。此起彼伏的一束束礼花、焰火，在居民区的夜空中粲然开放，叫人赏心悦目。美丽的燕山，温馨的夜景，让我忘掉了旅途的疲倦……

月亮渐渐升高，燕山山脉不再挺拔张扬，轮廓变得柔缓、疏朗了一些，公路两边的灯火也不再那么稠密，我猜想车快要进入地广人稀、平坦辽阔的内蒙古境内了。

夜深了，我不知不觉地睡着了。燕山化作一曲苍凉的胡笳旋律，融进了我的梦中。等我一觉醒来，已是次日深夜三四点钟。窗外皓月当空，寒风凛冽。我朦朦胧胧地看见，远处低矮的丘陵和近处平坦的原野，都覆盖着一层白茫茫的积雪。此次行程，快要到目的地了。

燕山山脉，如果把你与中国的其他名山大川相比，可能排在后面，但你却与中国五千年的文明历史休戚与共、息息相关。你是半部中国历史，是一部气势恢宏的史诗！此行虽然是走马观花，但你给我留下了一段深刻而又美好的印象！

春之草原

刘　洁

草原的初春，冰雪未融，枯黄的草和干枯的枝丫，被风使劲地摇着。天蓝得容不下一丝云。

3月末，冰消雪化，天地间尽是风积卷的昏暗颜色。天空虽积了浓重的云，一场春雨却没有在巴望中落下，而是被风生生吹走了。人们终于脱去了厚重的冬装，换上轻便挡风的衣衫来迎接春。尽职的风婆婆，总用不受欢迎的姿态不时地赠予草原灰蒙蒙的颜色。风不劲时，小草尽力守着，风只扬起了些细尘，没有剧烈的沙尘。只希望人人都存了小草的心思才好。

到接春羔的时节，牧人们需早晚值守，唯恐一觉睡去，就折损了一条小生命。只要看到小羊们追着羊妈妈“咩咩”叫，欢快地喝奶，他们疲惫的双眼和高原红的脸上就会皱起笑纹，觉得一切都是值得的。

4月起，风沙痴缠，天地昏黄，屋子里弥漫着风吼声和呛人的土腥味，人们感叹：“这天气千万别出门儿！”若不得已出门，帽子、口罩、风衣齐上阵。记得儿时，我总盼着去放风筝，可风太大，只能躲在屋子里，欣赏彩色的塑料袋在风中飞舞。30年前的草原小镇只有一条大街，砂石铺就，路两旁矗立着老白杨，还守着一些土坯房和青砖平房，因没有大山和高楼依傍，沙仗风势，比现在更凶猛，肆虐的风沙使行人睁不开眼，女人和孩子虽用漂亮的纱巾罩头，但风沙还是不依不饶地呛进口鼻里，将脸打得生疼。那时，总能看见各色的纱巾被高高地吊在枝头舞蹈。

期盼中的第一场春雨延续了一整天，低洼处竟积了水。傍晚，化作点点雪花，悄悄入夜。翌日清晨，雾气氤氲的小镇清朗了许多。风不在时，水蓝的天上描着几笔不经意的白云。小草的萌芽就看今朝了，“春雨贵如油”正有此意，让草儿真真地露了头才好。

每年清明节的泪雨纷纷，都要化作一场扑扑簌簌的雪，染白大地，让两个世界都变得纯洁美丽。

4月下旬，小草从昨日的梦中醒来，杨树、榆树、柳树竞相抽出新芽儿，鸟儿们一边在林间舞蹈，一边唱出清脆的歌声，想必鸟儿与人类一样，告别了黄沙漫天的日子，心情就像天空一样湛蓝、晴朗。

谷雨及后的一个月是草场的休牧期，阵阵春雨催促着草儿冒了头，牧民们把牛、羊、马、驼都侍弄到圈里，让那荣荣的春意好好滋长吧！再过一个月，草原的生灵们就能尽情地咀嚼春光的滋味了。

5月初的草原像一位含羞的女儿家，一席草裙织就，悉心点缀的花色隐隐闪动。春水潺潺衬着桃色，舍不下指尖的温柔，立在树影的嫩绿下娉婷，盎然春意流淌画卷。孩子欢快地边跑边喊：“妈妈，快看！花开了！”

草原的春，虽被冬拖得太久，还被春风吹得有些狼狈，但终于还是醒了。草原的春，晚则晚矣，但轻寒与萧瑟过后，嫩绿、娇粉、鹅黄的明亮，还是从孩子们放飞风筝的笑声中赶来了。

打 草

温茹雅

九月的草原，尽管有了秋意，还是令人心旷神怡，草不再单单只有绿色，还多了一抹金黄，多了几点暗红（高比草），远远望去，一种惬意油然而生。今年干旱少雨，草的长势并不好，但是有草的地方，就有生命力，秋天的神采，秋草的神韵，此时还是展现得一览无余。牧民们并没有闲暇欣赏自家附近的秋色，打草的季节已经开始。时下，草原上的牧民正在加班加点的打草，为牛羊过冬存储草料。一年到头，牧民就指着打这点儿草度日，草对他们的意义，他们对草的感情是任何人不能比拟的。现在正是忙碌的时候，无论年景怎样，他们都得过活。

年景不好草会少很多，今年锡林浩特市阿尔善镇那仁宝力格嘎查的呼和九月初才开始打草，这比往年晚了半个月。往年的这个时候，呼和已经忙得不可开交，而今年才刚刚开始，提起这些，他的脸上多了一些无奈。他说，一到八月下旬，他都有些坐不住了。他一点儿也不习惯，心里没着没落的，总感到缺了点儿什么。打草的活儿虽然很累，但祖祖辈辈也都是这样过来的，到了时间没活儿可干，那种感觉实在很难受。想想往年此时的那种充实，心情就更加低落了。今年的日子不好过了，这是呼和必须面对的现实，想到这些他的心情特别沮丧。

好不容易挨到了九月，九月八日，呼和终于盼到了打草的日子。打草的草场，平常是不让牛羊进来吃的，打完了再放它们进来吃。他从十几里外的夏牧场，骑着摩托车专门赶回来打草。他的草场离哥哥额·毕力格家近，每年打草的时候他便在哥哥家吃住。他还没有成亲，一个人无法操作打草机，每年会再雇一个人，今年雇了邻居家叫哈斯的小伙子，每天给他五十块钱做报酬，这样也能加快打草的进度。呼和有一千五百亩专门用来打草的草场，在草场旁边他扎起了一个蒙古包，里面锅碗瓢盆一应俱全。打草期间，他让哈斯住在这个蒙古包里。刚刚打了四天，竟然下起了雨，下雨天是不能打草的。去年他打了七万多斤草，今年也就能打三万斤。现在草还没打了一半，又下起了“秋傻子”雨，这让呼和很着急，他害怕雨下个没完。牧民最害怕这个时候下雨，草湿了，打草机就割不下来了，还得等天好了才能打，太耽误时间。

雨下了一天多，九月十五日清晨，天终于放晴了。呼和抑制不住心中的喜悦，怀着满心的期待，一大早就开始忙乎起来。喝着嫂子熬的茶，泡了几块肉，他便迫不及待地开着拖拉机上草场了。草原上的露珠还没有褪尽，空气清新的让人只想大口地吮吸，风时不时往袖筒里钻，让人感受到些许凉意。此时，他已经顾不了那么多了，他只想快点儿到达自己的草场。

看着蒙古包上的缕缕炊烟，他知道哈斯已经起床了。他从拖拉机上下来，和哈斯打完招呼，就把打草机连接到拖拉机上，开始检查打草机的零件，检查完确信没有出现问题的可能，便开始打草了。他开着拖拉机，哈斯操作着打草机，他们默契地配合着。打草机经过的地方，草一茬茬散落着，形成一道道完美的弧线。忙着忙着就到了吃午饭的时间，他们简单吃了一口饭，就又投入繁忙的工作中了。秋意正浓的草原，正午的日头还很毒辣。在烈烈的日头下，他们黝黑的皮肤闪着光，汗珠顺着脸颊滴落下来。他们全然不顾，在草场上一圈一圈来回忙碌着，草原的秋色中多了一份苍凉的坚定。雨后打草让呼和干劲十足，打草时，他们不仅忽略了时间，似乎也忘记了疲倦。转眼到了傍晚，打草机似乎筋疲力尽了，罢起工来。打草机的木梁杆断了，哈斯回到蒙古包里去取好的木梁杆。这给了呼和一个休息的机会，也给了我们一个和他交谈的机会。他还不到三十岁，看起来比实际年龄大一些，显得有些苍老。此时他才感到疲倦，席地而坐，顺手抓起一把草，笑着说："今年不太好，你看这草才寸把长，去年没过膝盖呢。去年一亩地能打两三捆草（一捆三十斤），今年有的一亩地能打一捆，有的三亩地也打不到两捆。去年除了喂自家的羊，我还卖出了一些草料。今年估计自己都不够用，还得再买一些。打完草再说吧，今年草料、饲料都涨了。"说到这些，呼和的脸上掠过一丝惆怅。

不一会儿哈斯拿着木头和一些工具回来了，呼和的朋友也来了，大家一起动手很快就把木梁杆安上了。太阳慢慢落山了，呼和准备收工了。他把打草机卸了下来，卸下来时，还把打草机的一侧用锤子支了起来。看到我们疑惑的眼神，他解释说晚上会下露水，这样不容易生锈，如果露水下的大一些，还能把上面的泥土冲刷干净。草原看上去平静而美丽，有着让无数人倾倒的魅力，可是真的在草原上生活下来，可以算得上是一种极其厉害的挑战，处处都是生存的智慧。

呼和家的草再有半月就能打完了，现在借不到捆草机，还要过些日子才能借到。呼和便想先用耙子搂草，现在够装一车的了。朋友们也来帮忙一起搂。搂草时，呼和说："不能浪费，要搂得干净些。"他一耙子一耙子细细地搂着，弄到自己认为干净为止，朋友搂得不干净他还上去补一耙子。老牧民有话，在草原上，草和草原是大命，剩下的都是小命，小命要靠大命才能活命。

晨晖中，夕阳下，牧民开着拖拉机打草的剪影，装成小山一样的拉草车，草垛上若隐若现的人影，在草原上形成一道着上美丽色彩的风景画。此时草原上攒起来的草码子，还有那些没来得及拉走的散草，一溜溜的，相互映衬着，让人感到一种别样的美丽。风携着丝丝凉意掠过草原，刹那间仿佛就透彻了你的心灵。没有雨水过多滋润的离离原上之草同样渲染出无边秋色，秋让草原的一切生灵在这一刻都打上了秋阳绚烂的光影，草原生灵对秋有了新的解语。此时，草原上的秋草不再有惨淡的意味。

平　凡

李学东

“平凡最真”这句话是已故著名作家三毛的一句至理名言，其中似乎有禅家的境界，更给世人一个警醒和告诫。

“没有花香，没有树高，我是一棵无人知道的小草。从不寂寞，从不烦恼……”这是歌曲《小草》中的真情道白。甘于平凡，甘于寂寞，默默无闻，漫漫求索，弱不禁风，胸怀天下，这就是小草的情怀。不露锋芒，不出人头地，本身就是中华民族中庸之道的拷贝。摇摆的稗草和沉甸的谷穗，哪个更能昭显货真价实呢？经历坚韧，忍耐天下不平之事，让自己的青春无尽挥洒，磨砺自己人生之剑，抒写无尽豪放情怀。

有的人，埋怨自己生活平淡无奇，殊不知，宦海沉浮、争名夺利是何等凶残、冷酷，生意场上顾此失彼、尔虞我诈，酿造出多少惊险瞬间，不要嫌自己生活平淡，平淡本身就是一种美，就是一种超人的意境，等到寿终正寝之际，有几个人能坦然说平安度过了一生。

生活，原本不是某个人构筑的理想化格式，百味俱全，也别有一番情调。人生岁月之悠悠，尝遍生活百味，其中经历的过程，就是人生财富的积累。殊不知，生活是一个多味的世界，苦辣酸甜、雪雨冷暖都应尽心领略，否则就有单一枯燥之景，空活一世之嫌。一味的甜蜜幸福，难经历风雨，如温室中的小草，怎能与参天大树媲美，迷蒙前进的双眼，惰性猛增，无所追求，滞足不行，在漫漫人生中被社会所抛弃。一味的咀嚼苦涩，苦行僧般的孤寂，卧薪尝胆般的煎熬，一生清苦，一生罹难，岂不令人心惊。唯有树好人生之雄心，放飞信念之羽翼，部署好自己的人生计划，莫消沉，克服艰难、坎坷、险阻，乌云过后，天空会更晴朗，扬起理想的风帆，风雨兼程，毅然前行。

不同境界之人对平凡有不同的看法，平凡于庸人来说，则是一种精神寄托，自我安慰，意境的升华；平凡于鲜花的童年，是一种不知所云的神奇，是无数美梦编织的锦簇花团；平凡于精力旺盛的黄金时光，是一种自以为是的叹息。殊不知，螺丝钉也有自己的价值与位置。

平凡是生活的真谛，信念在平凡中升华，不足在平凡中洗濯，韧性在平凡中锻造，进取在平凡中求得。平凡于沉稳练达的中年，是一份精美的页章，融肤浅深沉于一体，汇万物自然于一身。平凡于花甲长者，是一声深深的长叹，抑或是人生完美总结和满腹牢怨，莫去追逐那昙花一现的浮华与虚荣，江郎才尽的故事好像又有新的版本，也许，一辈子都默默无闻，但应牢记不应碌碌无为，不应总想着自己得到了什么，而应想自己留下了什么。真金不怕火炼，是金子总是要发光的。小草虽很稚嫩，却能染绿大地，铺上绿色的绒装，能够带来浓郁的青草气息，装扮多彩的草原，令人心旷神怡，小草是伟大的，是令人敬佩的。

平凡洞察人生，体味人生真意，却有种“此中有真意，欲辩已忘言”的境遇，随遇而安，顺其自然吧，平凡最真，平安即福，终生如此，足矣。

冬，雪的盛宴（组章）

王晓天

在北方，在北方的这片草原，四季棱角分明，斑斓变幻，我钟情于这里的春夏秋冬。于冬，一片知寒，我品味雪的盛宴！

心灵的沐浴

倚窗而望，期望一场心灵的沐浴，那来自天堂圣殿的纯洁。

雪一片一片无声地飘来，这辽阔的草原，便有清香扑鼻，便有晶莹满眼。

每一片精灵定时凝着古典的自白，哪一片载着唐诗？哪一片负着宋词？哪一片含着元曲？万颂竞相，关于它的辞藻开始复活，于山川，于河流，密密麻麻、层层叠叠，写满这片草原。

这个季节，只有这一本书，厚厚的。

读它，平平仄仄的唐诗三行，长长短短的宋词两句，急急缓缓的元曲的一调，零零碎碎的满地。

清风舞动，与唐诗争奇，与宋词争辉，与元曲争艳……凛冽挡不住其芬芳。

心遗失在这片草原，融化成一种温度。

这个季节，只读这一本书，暖暖的。

脚印前行，大地吱吱嘎嘎地作响，回头望，我的心境，已诗意两行。

大写意

铺开这片草原，依风而作。不调大红，不调大绿，不饰斑斓，不饰雕琢，只要笔势粗阔，简练豪放，以中国画的丹青，挥毫泼墨，创意一幅气势磅礴的大写意。梨花凌空曼舞，山川银装玉砌，日月皎洁共辉，用这纯白，灵性的色彩，不浸一尘，覆了山，覆了水，覆了枯黄，覆了沧桑……时空尽染，草原多娇。

这幅大写意，无价可拍，藏于心里。

温情与浪漫

这六角的精灵，朵朵含着温情，于空中盛开，满地晶莹。寒风起，波浪涌动，一波追逐一波，似松涛，在地面上流动；凌空而舞，似晨雾，袅袅升腾；像一位娇羞初恋的少女，一束月光，让它脉脉传情，一缕阳光，让它满脸绯红；更像一位仁爱的长者，将大地轻揽入怀，亲吻着这一山一水，一草一木，抚摸，叮咛。

注定，这寂静而单调的草原，温情与浪漫正盛。

晶莹的沸腾

以一种珍珠的光泽，羽翼般的风姿，轻轻地，沿着风的方向，在时空中思寻一种情结。一片追逐一片，绵绵地涌入这片草原。

总有一片或是两片，无意或有意地落于掌心、眉间，冰冰的，晶晶的。来不及看清容颜，便瞬间融化，用它焚身的力量，兑现情结，在经脉间流动，直达心房，沸腾心海！

白毛风

它的风姿与品性，月亮读出了纯洁，太阳读出了晶莹，草原读出了温情。而风，却毁了它的名声，它的柔弱，挡不住风的肆虐，被绑架，遍体鳞伤，却背负着“白毛风”的恶名。

白毛风以白色的狰狞制造黑色的恐怖。这片草原被残忍地蒙住双眼，锁住喉咙，打碎方向，颠覆时空，跌入黑色的陷阱。

白毛风是一只逃离羁押的饥饿困兽，眼里布满罪恶的企图，挥舞寒刀，肆意屠杀，血口贪婪，吞噬着山，吞噬着水，吞噬着一草一木，也吞噬着雪的坚韧。

白毛风是远海奔来的一场飓风，打乱平衡，制造混沌，遮了月，闭了日，撕裂了草原的皮肉，也撕碎了雪的柔情。

终将被季节困禁。白毛风过后，草原一片狼藉，而雪，已伤痕累累，轻轻地安抚着大地，心里涌动着春雨。

童话世界

是谁偷了马良的神笔，在北国，在北国的草原上变幻出这美丽的童话世界？妙笔落萱，这山、这草、这溪、这树、这村，这辽阔的草原，还有蒙古包和这悠闲的牛、马、羊群，便银装素裹，处处如画。轻轻的一笔，这雪便华丽转身，造化出飞翔的、奔走的、驻足的、盛开的、流动的景象，千姿百态，个个逼真。走进去，你便拥有一颗童心。

这美丽的童话世界，没有岁月的年轮，没有性别的划分，没有清规戒律，你的童心肆意生长，你的童真任意流浪，你的童趣任意发挥，堆雪人、打雪仗、坐雪爬，追逐嬉戏……走进来，你便收获一生快乐。

这美丽的童话世界，看一眼，便收获一份纯洁、一份晶莹，纯洁会洗涤所有污秽，晶莹会照亮一切灰暗；踩一脚，便发出自然的清脆，亲切而温存；听一声，风告诉你坚韧的方向，没有迷途、没有柔弱；吸一口，凛冽会芬芳沁心，让你心旷，让你神怡。

这美丽的童话世界，装满自然、纯洁、晶莹和芬芳。而我，学会用心守候一生净化的灵魂。

雪国之恋

你从热带雨林而来，乘坐雪国列车，穿越喧嚣与繁华，向着这静谧雪国奔来，你说，为拾寻一场对雪的痴爱，那愈长愈烈的失落。我在雪国之地，敞开这片草原欢迎你。

你来不及抖落一路风尘，还有身上残留的南国特有的水的、花的、雨的、空气的味道，甚至来不及仔细看我一眼，刚一踏进门槛，便急迫地扑向这雪国之地。

我和你共饮季节，你不胜酒力，喝得太猛，醉卧在这雪国。

你说，这草原辽阔而恬静，天空湛蓝而透明，白云悠闲而高远，群山挺拔而明朗，连那凝固的溪流也分外晶莹、透彻。

你说，你喜欢蒙古包的散落，骏马的驰奔，马头琴琴声的悠扬，奶茶的香醇，喜欢听脚步吱吱嘎嘎作响，那是超音乐的韵律。

你说，你喜欢这里纯洁的无尘，晶莹的无染，凛冽的芬芳，呼吸的自由，眼睛的明亮，喜欢这里的寂静、单纯。你说，雾霾在这里只是一个遥远的传说。

你说，你喜欢大声呼喊，空阔的回音，在山野里任性飘荡，你喜欢堆雪人、打雪仗，你兴奋地找回了童真。

你说，你喜欢宁静时雪国的守候，也喜欢暴怒时雪国的坚韧。

你说，这里的声音让耳朵与此相恋，景物让眼睛与此相恋，时空让脚步与此相恋，芬芳让鼻子与此相恋，凛冽让执着与此相恋，纯洁让心灵与此相恋。

你说，你已找回失落，心里装满了雪国之恋，并深深地爱上了这里。

我笑而不答，已习惯了这无数远方的朋友重复的絮语，我知道，你真的爱上了这里。像我，走多远，心都不离不弃。

你说你要回南方去，那里是你的故土。望着你远去的背影，我知道你兴奋的血液还在持续升温，你的半颗心已遗落在这里。

读书继世长

——腹有诗书气自华

郭欣格

从长安花到汴梁月，从洛阳风到金陵雪，华夏自江山错落间，承载着五千年壮阔，养育了一脉炎黄子孙。《哀江南赋》中有言："潘岳之文采，始述家风；陆机之辞赋，先陈世德。"自古以来，人们崇尚美德，并以此教育后人，在漫长的岁月里，那些良好的风习一代又一代地传承下来，便形成了家风。

家风于我而言，便是无论何时何地、何种处境，都不忘读书。儿时，父母总教导我"书中自有颜如玉，书中自有黄金屋"的道理。年幼的我并不解其中真意，后来逐渐年长，才明白读书的内涵所在。

泱泱大国，礼仪之邦。拨开茫茫的历史烟尘，有多少文人墨客，各领风骚。他们将自己的智慧、思想以及用一生去领悟的人生真谛，都融汇于笔尖，洒墨间，便成了长笺短信万卷书，成了一篇篇诗词歌赋，皆可供后人阅览。倘若产生共鸣，便仿佛能穿越千年，与作者在时光洪流中论古今千万事，说上几许情怀。更有幸者，虽相隔朝代变迁，亦能成为知己，从中获得无限感悟。

我常以为文人一支笔，可写风月，可修经史，可描太平，可写尽千载荣枯、离合悲欢，亦可惊艳天下。于是，我怀着对文人的感慕，翻开一页页书。读"桃花潭水深千尺，不及汪伦送我情"，可知友情天长地久；读"十年生死两茫茫，不思量、自难忘”，可叹爱情深入骨髓；读“谁言寸草心，报得三春晖”，可感亲情温暖美好。读《本草纲目》便能明白李时珍“不能为良相，亦当为良医”的理想与情操；读《将进酒》便能懂得李白的乐观与气魄；读《呐喊》便能感悟鲁迅先生的品性和意志。读诗使人心静，读文使人感怀，读禅可洗去浮华、掸去一身尘灰。文字的力量，想来总是无穷的。

还记得母亲常说，女子无才便是德的时代已经过去，现在的女子，一定要读书。女子读了书，便有了不一样的思想和气质。她可凭一纸小笺书岁月，半篇长信记晨昏；可提笔写风月，红袖入梦少年郎；也可纵观家国天下，荡气回肠。

正如林徽因所言，阅读是一件美好的事情，只有读书才是我们一生应该追求的事情。正因从小养成了阅读的习惯，无论在逃难期间，还是生病期间，她都坚持读书，这也使得她成为人间四月天，成为中国一代才女。美人在骨不在皮，唯有骨子里蕴含着足以配得上容貌的才华，才能称得上是惊才绝世的美人。

“纵使文章惊海内，纸上苍生而已。”最好的诗赋，是笔下人生，最好的文章，是纸上苍生。染纸挥毫吟故事，写尽经年回忆，点点行行多少字，文人的浮世悲欢、万千情怀，都在书里了。

读书的人，眼里总有少年般光阴，她们永远年轻，永远热泪盈眶。腹有诗书气自华，是世上最深刻的优雅。而读书，也正是终身浪漫的开始。

多彩的锡林郭勒

徐 勇

8月的锡林郭勒，是多彩的锡林郭勒。此时，锡林郭勒辽阔的大草原上万紫千红，百花怒放，茫茫绿海无边无际。在这鸟语花香、天高云淡的季节里，我们乌拉盖合唱团又一次来到锡林浩特市，与上次相距正好整整一年。这一次来，我们是参加第二届吉祥草原锡林郭勒文化周宝音声乐作品音乐会的。同时，内蒙古赛音安达合唱团也在乌仁老师的带领下，应邀前来参加演出。该场音乐会非常隆重，于8月2日晚在锡林郭勒歌舞剧院举行。音乐会分上、下两场，有大合唱、男女声独唱、小合唱、童声合唱等20多个节目，全部都是宝音先生的声乐作品。在这台音乐会上，我们乌拉盖合唱团30名团员和赛音安达合唱团的36名团员共同承担大合唱的演唱任务。拉苏荣、阿拉泰、阿·其木格、额尔德木图、巴图苏和等国内著名的歌唱家也应邀前来参加演出，先后登台演唱了宝音先生的音乐作品。包头歌舞剧院交响乐团担任现场伴奏，原内蒙古电力文工团团长、著名作曲家张景彬先生担任指挥。音乐会由内蒙古电视台主持人崔健、斯琴图雅等人主持，内蒙古电视台、锡林郭勒电视台全程录制并播出。来自区内外的许多作曲家、舞蹈家、音乐理论家，锡林郭勒盟四大班子的有关领导，锡林浩特市近千名观众现场聆听了宝音先生的音乐作品。在音乐会的第二天，内蒙古音乐家协会、中共锡林郭勒盟盟委宣传部在锡林浩特市召开了蒙古族长调歌曲保护传承与发展暨宝音声乐作品研讨会，来自国内、区内的文化、艺术界的诸多人士参加了会议。

我们乌拉盖合唱团是来自于锡林郭勒盟本土的混声合唱团。站在这样的舞台上，与内蒙古赛音安达合唱团以及许多文化艺术界的名家一起用音符来演绎宝音先生的音乐作品，这对于一只基层的业余团队来说实在是太弥足珍贵了。因此，我们要感谢宝音先生对我们团队的厚爱。

宝音先生是蒙古族，1959年出生于锡林郭勒盟东乌珠穆沁旗，12岁入东乌珠穆沁旗乌兰牧骑工作，曾任副队长、队长、指导员等职，在内蒙古高等艺术学校研修过作曲专业，得到过国家、自治区音乐名师的指导和真传，曾任锡林郭勒盟群众艺术馆馆长、书记，盟民族歌舞团团长等职务。现任锡林郭勒盟文化体育新闻出版广电局副局长。他是中国音乐家协会会员、内蒙古音乐家协会理事、锡林郭勒盟音乐家协会副主席，国家一级作曲家。在他从事文化艺术工作的40多年的时间里，凭着对草原的无限眷恋和对音乐孜孜不倦的追求，在繁忙的文化艺术管理工作之余，潜心创作了各类题材的音乐作品近千部（首），代表作品《摇篮曲》《圣洁的心愿》《神马颂》连续获得第七、八、九届内蒙古自治区“五个一”工程奖，《神马颂》还获得了2004年内蒙古自治区建设民族文化大区征歌一等奖。在宝音先生的作品多次获奖的同时，他自己也多次被评为文化系统先进工作者。几十年来，宝音先生在坚持音乐创作的同时，还致力于蒙古族民歌和民间音乐的研究，尤其是在蒙古族长调音乐及民族音乐地域特色方面进行有益的探索，在各级学术刊物上发表理论文章多篇。

我与宝音先生相识于2012年，那时我们合唱团在锡林浩特市参加全盟第三届合唱节暨我的草原我的家群众歌咏比赛，宝音先生是评委之一。这次比赛，我们合唱团是成立以来初次在盟级比赛中亮相，使宝音先生知道了我们团的情况。从此，我们团与宝音先生有了不解之缘。宝音先生是锡林郭勒盟文化体育新闻出版广电局副局长，是一位现职领导，大家习惯称呼他为“宝局”。因为我们团是一支业余团队，在全盟旗县里还算新鲜事物，团队发展经验不足，所以宝音先生对这支队伍格外关注和支持。几年来，宝音先生多次来到我们合唱团指导工作，介绍国内名家指挥和合唱团来我团进行培训和交流，为我团编写合唱歌曲，尽可能地为我团创造演出的机会。宝音先生虽然是一位领导和艺术家，但他的性格极为朴实，带着几分蒙古族的豪爽，谈吐之间充满了幽默，蒙古语、汉语的笑话、典故信手拈来，与他交谈，总是令人忍俊不禁。宝音先生的朋友很多，艺术圈子、政界、同事、平民百姓里都有他的朋友。歌唱家拉苏荣老师在宝音声乐作品音乐会上发表了一段感言："宝音先生人品好、作品好，大家的口碑好，是一位德艺双馨的艺术家。"这确实也是大家的心里话。正因为如此，才有众多的来自国内、区内和部队的艺术界的朋友们来无偿地进行演出，才使音乐会获得圆满的成功，而且让观众感觉到像是在国家大剧院里享受了一场顶级的精神盛宴。

8月2日晚，在宝音声乐作品音乐会上，我们合唱团30名队员，站在舞台上与内蒙古赛音安达合唱团一起，演唱着宝音先生的作品，我们每个队员内心都充满了激动。一曲曲优美的旋律，把我们带进了宝音先生的人生世界里。一首首不同风格的作品，一串串跳动的音符，就是宝音先生艺术人生的旋律。我们仿佛看到，在碧绿的草原上，乌兰牧骑里一位英俊的小号手在为牧民演奏乌兰牧骑之歌，把党的关怀送进牧人的心田；在首府神圣的艺术课堂里，一位朝气蓬勃的青年在书海里畅游，艺术的天空为梦想放飞了翅膀；在万家灯火的夜晚里，一位公务众多的领导在伏案急笔，那是草原改革开放的步伐催人奋进，激昂的旋律为祖国歌唱；在蜿蜒九曲的锡林河边，一个壮年的汉子在向远方凝视，那是草原远古的呼唤。你听，成吉思汗的战鼓在河边擂响，千军万马的呐喊响彻云霄；你看，可汗的金莲川上，朵朵金莲在向人们述说着可汗无尽的传说。晨雾中，茫茫无际的乌珠穆沁草原飘逸着迷人的乳香；夕阳下，金碧辉煌的苏尼特戈壁迤逦千里。这就是辽阔的锡林郭勒草原，春天莺歌燕舞，夏天绿海茫茫，秋天金色一片，冬天银装素裹。啊，蓝色的高原锡林郭勒，母亲一样暖人心窝，你是我生长的摇篮，你是我力量的源泉，你是我智慧的风帆，你是我爱恋的永远，我为你放声高歌，歌唱你的恩情，歌唱你的勤劳，你给我们幸福的生活，你的胸怀如大海般辽阔。

是的，这辽阔的锡林郭勒，多彩的锡林郭勒，给了宝音先生创作的源泉，而宝音先生更是始终深深地眷恋着这片草原，他像洪善达克的红柳一样，把根植入草原，在他几十年的艺术生涯中，始终是勤勤恳恳，扎扎实实，他始终是走进草原、亲近草原、歌唱草原，他是为时代讴歌，为人民讴歌，为草原讴歌，他的近千首作品为多彩的锡林郭勒增添了炫丽的光芒。

今后，愿宝音先生继续为我们创作出更多的脍炙人口的歌曲，也祝愿我们乌拉盖合唱团在宝音先生的关心和支持下，更好地向前发展，为我们多彩的锡林郭勒放声高歌！

发小的故地重游

游　子

我的家乡哈场原建于兵团时期，历经了四十多年，这里的老人们还是习惯叫它五十一团。几年前这里大部分人还住在兵团时期建造的石头房里。虽然是陈旧的危房，但是这些石头房屋，对老人们来说，有一份特别的感情。他们积极响应党的号召，到祖国的北疆去，到最艰苦的地方去，用青春和汗水，艰苦创业。他们的这种精神永远激励着我们。

因为当时边境备战的需要，团部重新做了选址。1970年我跟随父母从胡硕庙（老团部）搬迁到了现在的哈场（新团部）。这里的山山水水、一砖一瓦、一草一木，我都感到是那么的亲切，我见证了家乡的建设、发展与变化，看到现在的家乡就像一幅美丽的图画，我激动不已，浮想联翩。

特别是兵团时期建造大礼堂那会儿，我们几个小伙伴，每天放学后都要看看那里挑灯夜战的建设场面。当大礼堂建成后，在我们幼小的心里，它就像是一个让我们爱不释手的宝物，我们几个小同学，经常去捡礼堂周围的垃圾，王团长看到后说："你们要好好爱护礼堂，学生看电影可以不要票的。"从那以后学校每个星期天都组织学生来礼堂搞一次卫生。

2016年阔别30多年，我的发小海芳回来了。故地重游，她和我说最想看到的就是大礼堂，当时礼堂在我们的记忆中是那么高大宏伟，于是我们一起参观了礼堂。她说记得这里还有一个带楼梯的房间，工作人员告诉她那是一间放映室，她执意要进去看看。参观后，我们在礼堂留影纪念。她说原来她们家住过的房子现在找不到了。我说："是的，这里从2011年开始就发生了翻天覆地的变化，场领导积极响应党的号召，把政策落实到了实处。你看这一幢幢拔地而起的楼房，那些危旧房的住户都拆迁搬进了新楼房，道路、照明、绿化、排污都进行了彻底的治理。"

我们又参观了体育健身娱乐活动中心，当走进兵团展馆后，映入眼帘的是兵团时期的老照片和当时用过的物品，让我们想起了那时的情景。记得那是1971年6月的一个星期天，我们几个小伙伴正在玩跳方格，突然传来了一阵锣鼓声，于是我们顺着锣鼓声跑了过去，看到了两辆绿色的大卡车，上面站满了身穿绿色军装、头戴军帽的年轻人。我们非常好奇，为什么他们的军帽上没有红星，衣领上没有领章呢？我们这里穿军装的人都有领章和帽徽的呀！他们的胸前都带有一枚闪闪发光的主席章，背后有一个正方形的背包，手里拎着一个网兜，里面有脸盆、饭盒、茶缸。他们正有序地下着车。这时走来几个穿军装、带领章帽徽的人，他们走上前握住下车人的手说："欢迎欢迎，同志们辛苦了。"当车上的人都下来后，集合号响了，他们排起了队，前面有人领队，来到了马架房前面。队伍站住后，有一个人讲话了，他说："这里是我们连的住处了，我们来这里是，建设边疆、扎跟边疆、保卫边疆的，虽然现在是艰苦了点儿，但以后我们要用自己的双手把这里建设好，盖起我们的住房。大家有没有决心？"这时队伍里发出了非常洪亮的声音："有！"从那以后，炮声、起床号、开饭号、熄灯号更多了，汇成了一首交响曲。

她说："我是带着儿时的记忆回来的，这里的变化实在是令我没有想到，那口当时全场吃水的辘轳井也没找到。"我说："那口井早已没有水了，前几年就不能用了。现在场里都打深水井了，吃水也不用愁了，储蓄所幼儿园、医疗所、都建起来了，交通也非常方便了。"

场里现在已经把兵团时期的主要建筑进行了保护与维修，当时的办公室、邮局，特别是大礼堂都恢复了原样，内装修比之前更好了。"

全面建成小康社会，一个不能少，共同富裕的路上一个不能掉队。这在我场体现得更加突出。就拿危旧房改造来说，不管是外来户，还是当地职工，只要是在场里居住的人员，危旧房改造后全部搬进了楼房，尤其是那些特困户、孤寡老人，场领导都一一做了安排。他们说："做梦也想不到还能住上楼房。"在外地打工的年轻人，看到了家乡发展前景，也陆续回来了，要为家乡的建设出一分力量。

再看看整洁的小区鲜花盛开，干净的街道绿树成荫，人们的精神面貌焕然一新，就连六七十岁的老人也走上了广场跳起了广场舞、健身操。人们的思想意识提高了，义务组织起了巾帼志愿者服务队，表示保护环境，爱护家乡从我做起。

哈场，文明而美丽的乡村，成了天边草原上一道靓丽的风景线。近年来，全国各地的游客慕名而来，当年的兵团战士每年夏天都要回来看看，知青们说，这里留下过他们的青春记忆和汗水，是他们一生中最牵挂的第二故乡。

临别时，我的发小说："这里也是我的第二故乡。父辈们在这里留下了建设的足迹，我的童年记忆也在这里，等我退休后还要回来。"

放牛之感

齐少云

在草原生活的人们，他们精心呵护着牛羊，因为牛和羊便是他们的财富。

二十世纪九十年代，我举家来到乌拉盖，在车队大院买下房子安顿下来，看着每家院门口垒着整整齐齐的牛粪垛。远望像是粮食的囤矗立在那里，是一种炫耀，也是一种攀比，在告诉人们牛是财富，暗示着牛的数量。生活在草原的牛是幸福的，它们吃饱了卧在那里眯起眼睛，反刍，然后繁衍后代，没有繁重的体力劳动，让农村的牛很是羡慕，它们虽很憨厚，但也有顽皮的展示。每到冬季，牛无人看管，便会肆无忌惮地走街串巷，跑到路边菜摊上乘人不备偷吃冻梨、冻柿子，这样的事情经常发生，把摆摊的人气的团团转，你撵我就走，你走了我就来，让你又气又累，哭笑不得。有的牛双蹄站在土墙上偷吃人家的草，更可笑的是有的牛嘴里含块拳头大小的砖头，仰起脖子站在路的中央反复咀嚼着，任凭司机怎么按喇叭它就是无动于衷。没办法，司机只能下车将它轰走，真是“牛满为患”。

开春，几个养牛大户找到我，让我放车队这一片人家的牛。我有些犹豫，担心丢了牛赔不起。他们反复做我的思想工作：只要你跟着牛群，大草原是丢不了牛的。我经过一番思量，既然人家把财富交给你，就是对你的信任。我毅然拿起放牛鞭，这一放就是三年。三年来，我没有丢掉一头牛，反而意外收获了不知从哪里跑来的“野牛”，经过多方询问，不是周边牧户人家的。我还经过了派出所，最后依然无人认领，就把它卖了。看来无论干什么，只要你付出，就会有回报，也可称为“天道酬勤”。

开始放牛的时候，我每天就像人们所说的那样，紧跟在牛屁股后面，生怕丢了似的，吃草的时候也让牛围成个圈。最头疼的事就像念书背课文那样反复记：李家的牛有几头、王家的牛有几头，张家的大牛几头、小牛几头，它们都是什么颜色的，黑色的有几头、红色的有几头、黑白相间的有几头，牛的体形胖瘦等。最让人头疼的是经过一冬的“自由活动”，每家的牛都是各自为战，在牛的眼里，我是新来的，根本不听我的调遣，还在心里嘀咕：“你是谁呀？让我们听你的话，你有什么本事统领我们？”如果按部队编制三百头牛，我也是个营长啊！这些牛不合群，我骑着马来来回回地跑，把马也跑累了，我就下马。那时三十多岁还算年轻，跑步是我的强项，在学校操场赛跑3000米、5000米我是亚军，但在草地上跑，还用鞭子赶牛、打牛，可想而知，不一会儿我就气喘吁吁。牛依然是我行我素。我坐在草地上，真有弃鞭不放的念头。我突然想起“对牛弹琴”这个成语，既然“弹琴”不起作用，那我就对牛唱歌，于是乎，我放开喉咙，对着牛群唱起歌来，反正牛也听不懂我在唱什么，只要它们低头吃草不乱跑，那么我的歌声就起到了作用。在这空旷的草原上，我的歌声粗放、豪壮、浑厚，没人欣赏，自娱自乐，观众就是牛群。它们吃着草，听我歌唱也是一种美的享受。有歌声的陪伴我不觉得寂寞。特别是在无风晴空的早晨，我的歌声回荡在草原的上空，我发现牛的耳朵竖立起来，站在原地不动，听完我唱的歌才悠闲地边吃草边向指定的地方移动。

经过两个月的努力，牛群真是心随我愿，只要我骑在马背上，一唱歌或是一声吆喝，牛群就像一群战士，在我的指挥下，整装待发，奔向目的地。在这无垠的草原，它们就像天上的星星一样，洒落在草原深处。此时，我骑马到高处，看到草原是多么的辽阔、视野是多么的高远，牛羊在草地上漫步，骏马在草原上奔驰，我把马绊好，取下马鞍子，任由它随意走动。我躺在马垫子上，跷着二郎腿，随手拽一根草含在嘴里看着蓝天，看着白云在游动，微风轻拂，阵阵花香、草香弥漫开来。牛在绿茵草地上，甩着尾巴吃着青嫩的草，好不惬意，真是无修饰的天然画卷。

看着起伏的山峦，我心里想着两个月来的放牛经历，从理性认识到感性认识，事物的发展有它的规律性，再具有良好的心态，做起事情也就相当顺畅。如今的牛也听惯了我的声音，认定了我就是它们的领导，听从我的一切安排。我也掌握了牛的规律，只要它们走到一定的地方就不走了，在那里静静地品味、咀嚼。此时，我可以肆意地纵马驰骋在草原上。在这段时间里，从走路的姿态、体形、相貌、颜色，老远我就能看出这是谁家的牛，为以后两年游刃有余地放牛打下了基础。

看着牛群稳稳地吃着草，我就这里走走，那里看看，不经意间还能碰到鸟窝，很是惊喜。有的有两三颗蛋，有的窝里有三四只毛茸茸的雏鸟，齐齐张开嫩黄的小嘴，等待食物。它们的妈妈就在我的头顶上“叽叽喳喳”叫个不停，让我走开，不要碰它们的孩子。蝴蝶在各色的花草间翩翩起舞，我追逐着它们，仿佛自己也成了一只蝴蝶飞在花丛间。心境回到了童年的时光里。有的时候我吃完了带着的干粮，还能美美地睡上一觉。清风吹拂，百灵鸟歌唱，煦暖的阳光照在身上，睡得那个香啊！但有几次我受到了干扰，当睡得进入梦乡的时候，有三五个结伴的“小家伙”商量一下：“走，看看去，那是个啥东西躺在那里不动弹。”出于好奇，它们相互壮着胆子，慢慢地，一步一步向我靠近，在离我咫尺的地方停下来脚步，观察我一会儿。如果我不动，就轻轻地再向我靠近一些。脖子伸得老长，用舌头舔我的手和脸。你被惊醒，猛地坐起来，可爱的小家伙们撒欢地跑开了，还不时地回头瞭望我，看我是否给它们带来危险。真是初生的牛犊不畏虎呀！看着它们天真的样子，我不禁感慨万千！还是小时候好，无忧无虑，吃饱了睡，还有妈妈的呵护，实在是太幸福了！

无论做什么事情，要掌握事物发展的规律，只要掌握了规律就很轻松。放牛也一样。春天的牛一般体弱，大部分牛处于分娩期，放的时候得看得紧点儿，特别在水泡子喝水的时候，有的牛会陷进泥里，如不及时发现很容易板死。夏天放牛的时候都要往高处走，或有水的地方，天气炎热牛容易跑风，这时候你怎么追赶都是徒劳，任由它去就是了，它肯定在山顶上，要么在水里站着。秋天的牛最好放，秋阳高照，凉爽的风吹着，我只需要把牛赶到要去的地方，然后骑着马和邻边的放牧人聊天或看打草机打草都可以。当太阳快落山的时候，我一声吆喝，牛都往回家的方向走来。晚霞映红天边，撒在脸上十分舒适，我骑在马上看着膘肥体壮的牛，一种自豪感、成就感油然而生，不由得唱出“暮归的牛群是我同伴……”

冬天的牛更不用管它，大部分牛都在向阳的山洼寻草。到下午四点多钟都自觉地回来了。你就在它们必经的路上“点兵”就行了，这就是我放牛三年的总结：万事皆规律。

放牛也得有毅力，要耐得住寂寞，经得起风吹、日晒，这也是一种职业精神。我不知不觉已经爱上了这种职业，对牛，特别是对这片草原产生了感情。它改变着我，让我这个爱叫真的人胸襟变得博大、宽广，以美的姿态面对人生。凭借着我的挚爱，乌拉盖成为我的第二故乡，在这里我和妻子供孩子们完成学业，都已成家，都有各自的事业。我感恩这块绿宝地，感谢上苍福佑这片天边草原，感谢这块土地的无私滋养。愿这里的人们生活得更加幸福，愿天边草原乌拉盖变得更加旖旎，发扬牛勤劳、不服输的精神，像南湖公园标志性建筑一样，在新时代的征途上扬帆远航！

飞　翔

霍存武

而今，天边草原的狼只为人们留下了故事和传说，但是，美丽的草原还在。我美好的青春已经逝去，但是，永不褪色的是青春绚丽的梦想。

走在盛夏的天边草原上，草原狼般爆出一声长啸。让灵魂以碧野穹苍为囚笼，为藩篱，为穹庐。

草原狼从明澈而蕴藉的碧蓝中幻化而来，你是长生天的使者；草原狼从单纯而神奇的绿色中孕育而出，你曾是草原的主人。

人生的盛夏总是太短暂。在人生的盛夏里，天堂将极致的和美降临人间，真实、热烈地与我美丽地约会，缠绵地厮守。

或许是草原的壮阔美丽，为你传递了灵感和智慧；或许是出于对草原的热爱和感激，那一声长啸如歌如诗，如泣如诉。

命运的冬天总是那么漫长。在命运的雪冬里，我是坚忍的草原，枯萎不是死亡，覆盖不是埋葬。

或许是曾被冰雪埋没、被风雪撕扯的草原，为你移植了孤独和忍耐；或许是死亡之血，为你浸染、凝聚了雄健和顽强。

时代文明的城堡里，人们似乎已经失落了辽远的天际线；高楼大厦的森林里，人们有时甚至会迷失方向。

或许是猎猎雄风，为你嫁接了原始的野性和剽悍；或许是遍野阳光，为你倾注了刚毅和豪迈。

我像骏马一样奔跑，然而天涯始终在远方；我像花草一样伫立凝望，然而心儿早已飞抵天涯，将天涯抚摩、拥抱。

你以四足，去演绎飞翔。你的四足之下，没有四季和节令；你的四足之下，只有盛夏。走向碧野深处，任遐想像雄鹰、清风一样飞翔。

就像日月星辰运行的铁律，就像草木荣枯的时序之不可更易，我执着的行动之箭已经被坚定的信念射出。

我的足步或许留不下太多闪光的印记，但是广阔生活的草原风始终蓬蓬勃勃，从不曾停歇。

我的足步或许是轻微的，但是它属于这个伟大的时代。时代铿锵的步伐勇往直前，义无反顾，不可阻挡。

生命旅程中不懈地追求，追求中的欣喜和收获，迷惘和彷徨，很荣幸能与故事和传说中的你，温情地邂逅，眷恋地欢聚。

孱弱的体质，多舛的命运，让我总难以走出生命的严冬。我心中那“永恒”的海洋哪里去了？或许瞬息间海洋会变幻成荒漠，阳光会转化为箭镞；对草原和生活燃烧的爱恋有时会冷凝为灰烬，意欲搏击风浪之舟，只能一次次在海滩上敛翅，在近海里搁浅。

走在盛夏的草原上。抖落岁月的风尘，还是纯洁、晶莹的初心。

不必总向往远方的大海，盛夏的草原就是从远方漫过来的大海！碧蓝的穹苍就是大海！无边的灿烂阳光、从天涯来到天涯去的草原风就是大海！不必总回顾和重温过往的大海，这才是真实的大海！

走在盛夏的草原上。让漫长的枯萎，开始萌发，生出绿叶，绽放花朵。让心中的荒漠，转变成巉岩，让小溪、流泉还原为大海。

暂且把这盛夏当作春华，当作秋实。岁月蹉跎，华发早生，但是毕竟还有这草原盛夏！这草原盛夏就是人生盛夏！

面对广阔的生活，即使只能作为一个旁观者，生命也会因其精彩而感到精彩！欣逢波澜壮阔的盛世，即使只能为呼啸前行的历史巨轮扮演铁轨、路基和大地的角色，我也会在被碾压之中感到自豪和骄傲！

冰雪下漫长的枯萎不是死亡，而是暂未舒展的生长，暂无色泽和芬芳的绽放。生长和绽放也是一种飞翔。

我融入天边草原是一抹翠绿，一抹翠绿蔓延开来是一片海洋。草原飞翔起来就是穹苍。

让思绪和心境永远保持碧野穹苍的澄明、清风的自由欢畅和花草的清香；天涯的青翠，其实就是脚下的青翠，同样昭示着金玉年华；遥远的风，其实就是身边的风，伸手可触。

让足迹，如太阳般热烈地拥吻大地；让奋斗、拼搏，永远澎湃着青翠的激情。

让心灵，始终充盈着青春的碧海；让向往和追求，始终如阳光和青草、野花般繁茂灿烂。

有时候，躯壳的城堡也会容不下灵魂。

走在盛夏的草原上，这辽阔无边的绿色，是“彼岸”对我生命的又一次召唤和礼赞，探访和慰藉。在命运的雪冬里，穹苍依旧碧蓝深邃，阳光依旧明媚和煦，是飞翔起来的草原。

故事和传说的你，是我的翅翼，飞翔在生命四季和节令的轮回、变幻中。

遥远的希望和梦想并不遥远。

走在盛夏的草原上，我无形，我是绿色的精魂，我有形，我是一尊草原狼雕像。

我的翅翼下，只有盛夏。

风从草原走过，吹散多少传说

——一个上海孤儿的草原情结

温茹雅

留下的只有你的故事
把酒和奶茶酿成了歌
马背上的家园因为你而辽阔
到处传扬你的恩德
在牧人心头铭刻
深深的铭刻……

草原上的人们不仅用歌声赞美自己的英雄，更是用行动捍卫着英雄的尊严和盛名。在遥远的鄂尔多斯高原，达尔扈特部族世世代代守护着成吉思汗的英灵，蒙古包里的圣灯700多年来从未熄灭。圣灯的火焰穿越历史，燃烧着超越时空的忠诚和执着。都说成吉思汗与马有天降之缘，阿巴嘎草原上的成吉思汗拴马桩是留给历史的精神象征，在这里，一个上海孤儿默默地守望着它，他说这是祖先赐给他的福分，保佑他这个漂泊的孩子找到了回家的路。

蒙古高原的风吹过阿巴嘎，一岁一枯荣的草原留下了岁月的沧桑。半个世纪过去了，乃日木德勒的生命里印上了草原的底色。

乃日木德勒，一个上海孤儿，一个草原母亲哺育大的孩子，草原给了他一切。他们言谈举止间，已经读不出孤儿的含义，也找不到上海的影子。如今的他，俨然一个蒙古族汉子。

缺少古树的地方，就会缺乏历史的厚重；没有古树的景区，就缺乏生机和活力；没有古树的村镇，就显得缺少古老的标识。阿巴嘎草原因成吉思汗拴马桩而变得厚重绵长，成吉思汗拴马桩因乃日木德勒的守望而变得意味深长。

乃日木德勒的家在阿巴嘎旗查干淖尔镇乌兰图雅嘎查。当地人都说他的家特别好找，因为嘎查里他家种树最多，每一棵都是乃日木德勒亲手栽种，20多年了，当年的小树都已经成材。在快到他家的时候，远远地，我们就看到了一片树林，有杨树、红柳、沙棘……摇曳的一片新绿，飘来夏天的气息，更多了一种幽幽的情绪。

见到乃日木德勒是在一个神清气爽的早晨，他正在自家草场里种红柳。风很大，刚刚种好的红柳显得弱不禁风，光秃秃的枝干有些摇晃。乃日木德勒不以为意，蹲在地上，看着一排排红柳，眉宇间有一种满足，仿佛已经看到了扎根的希望。乃日木德勒对树有着千丝万缕的情愫。

乃日木德勒的脸是红褐色的，那是草原特有的颜色。蒙古语已经成了他的母语。面对我们，他更愿意用母语来诉说，在翻译的帮助下我们听到了草原之子心底的声音。从父母一直说到儿女，从草原一直说到上海，言语中满是对草原的深爱，对父母的感恩。大概十几岁的时候他知道自己不是蒙古族人，还有另外的身份——上海孤儿。“知道了就知道了，我更要感恩，更要回报。现在父母亲都去世了，我想做点儿什么慰藉他们的灵魂。”在他的心里，没有什么远近亲疏，桑朗希日和格日勒朝就是他的父母，草原就是他的家园，接纳了他的悲伤、他的欢乐。草原的清香，湖水的浩荡，拴马桩的神奇，在天涯海角也从不相忘。喝奶茶、吃羊肉长大，乃日木德勒有了牧人的轮廓，每当骑马走过毡房，都涌动着牧人的血性。自从5岁来到草原，他没觉得自己和其他人有什么不同。

2008年他在上海待了十多天，体会着、寻找着。国际大都市一派繁华，车水马龙，霓虹闪烁，可是游走于城市间，乃日木德勒找不到家的感觉，觉得自己不过是个匆匆过客。蓦然间，他发现他已经不再属于这座城市，迥异于草原的点点滴滴，一切都是那么陌生，那里的一草一木、一砖一瓦显得那样遥远。回来后，他摇着头摆着手对嘎查里的牧民们说："哪儿也不如草原好，在那里看不到草原，看不到蓝天，视野都不开阔。"是啊，他走不出草原的绿色，更走不出对圣主成吉思汗的崇拜。

柔和的阳光里，乃日木德勒的心事就像回流的清风，吹漾着草原的平静，化成温柔的涟漪。聊着聊着，他讲起了关于成吉思汗拴马桩和哈登胡硕阿尔善的美好传说，这个传说一代一代在草原上流传着。

在阿巴嘎旗查干淖尔镇西南的沙地边缘，有一处神奇的地下矿泉——哈登胡硕阿尔善。据蒙古族历史学家阿拉坦敖日格勒教授所记述，当年成吉思汗来到呼尔查干淖尔南岸时，适逢成吉思汗两次大胜金军，金国献公主及少女求和。成吉思汗认为，这个地方是一个幸福、吉祥、子孙后代繁衍生息的地方，便将神驹拴在岸边的一棵榆树上，然后举行大典与金国公主完婚并接收了送来的少女。当时，金国的公主由内地初到此地，水土不服，患了肠胃病。成吉思汗从拴神驹的榆树西边取来泉水给公主喝。公主喝了泉水之后，疾病不治而愈。后来，成吉思汗下令，将这个湖泊叫作呼很查干淖尔，把拴神驹的榆树叫作成吉思汗拴马桩，把治好金国公主疾病的圣泉叫作公主泉。

乃日木德勒在讲述时，眼神中分明多了一种光彩。我们胸臆间油然升起一种崇高的敬意。他要带我们拜一拜成吉思汗拴马桩，喝一口哈登胡硕阿尔善的泉水。

"树老根弥壮，阳骄叶更荫。"我们见到了成吉思汗拴马桩。那是一棵神奇的老榆树。当地牧民视之为神树，据说沙榆长得很慢，有的牧民尝试种植过，可是过了三十几年也没有长粗；有的牧民还在老榆树旁捡到过金条，大家都认为那是成吉思汗给予的福祉。老榆树粗大的躯干需三人合抱，龙鳞似的树皮斑驳着历史的沧桑，树枝旁逸斜出，那柔嫩的、透着黄绿色的叶子，显示着它顽强不息的生命力。此时他抚摸树身，喃喃自语，然后虔诚地在树枝上系着哈达，嘴里念念有词。对外人而言，也许那只是一棵老树，没有什么与众不同，对乃日木德勒而言，这是他心灵中最美好的情愫。在这一刻，他仿佛感受到了来自天籁的声音，美妙动听，无与伦比。

自从记事起，乃日木德勒总会学着大人的样子到成吉思汗拴马桩附近转转。那时，没有特别深刻的感受，只是孩子的天性使然。随着年龄的增长，每每走到树旁，总是能感受到一种力量，仿佛听得见马的嘶鸣。对于成吉思汗拴马桩，乃日木德勒多了一份难以言喻的情感，起初，他并不知道原因何在，没有想过自己和一棵老树之间会发生什么。直到2006年的一个下午，像往常一样，乃日木德勒来到成吉思汗拴马桩前，发现树根裸露在外，那庞大的根系仿佛在诉说连年的干旱少雨，拴马桩似乎已经承受不住了。顿时，他的心头漫过无尽的悲伤，站在一旁，泪落如雨。他不敢相信自己看到的一切。“一定是大汗生气了，怨我没有把拴马桩照顾好，可是我该做些什么呢？”他抚摸着树根，一遍一遍地问着自己。

几天后，乃日木德勒拉着一车砖、一车土、几大桶水和几十棵树苗，来到成吉思汗拴马桩前。大家觉得奇怪，不知道他要做什么。他一个人，默默地，把砖卸了下来，一块一块砌着，原来他要给庞大的根系围上一层“保护栏”。砌好后，又把拉来的土添上，拴马桩外露的树根被深深掩埋，浇完水后，乃日木德勒稍稍安了心。随后，他在老榆树后面种上了两排红柳，红柳像卫士一样，每一株都有乃日木德勒的一份祈愿。当风儿从草原吹过的时候，那红柳摇曳的声音，就像圣主的铁骑在驰骋，就像圣主的八骏马在嘶鸣。从此以后，乃日木德勒每天都要来看看成吉思汗拴马桩，这已经成为他生活中不可缺少的一部分。乃日木德勒就像个虔诚的信徒，每天都要用最古老的祈祷方式，献上自己对成吉思汗拴马桩最美好的祝愿。这种祝愿在他从上海回来之后，变得愈发强烈。他甚至有些感激二十世纪六十年代那场灾难，如果不是那场灾难，那么他就不会来到这个神奇的地方，就不会融入这个伟大的民族之中。

拴马桩上的哈达飘动着，树顶上的鸟巢里传出阵阵清脆的鸣叫声。“拴马桩是神圣的，有了红柳的陪伴它不再显得孤单，它的一侧又新长出一棵小榆树，你看长得多好！一个新生命到来了！”他轻轻地抚弄着新绿的叶子，脸上的皱纹似乎一下展开了。“一定是大汗感受到了，是的，大汗感受到了。”乃日木德勒反复地念叨着，语调中平添了几分神秘。成吉思汗拴马桩千年不朽，生机盎然，也许冥冥之中真有成吉思汗在庇佑着。

哈登胡硕阿尔善，成吉思汗口中的公主泉，当地牧民在中间加了一个圣字，更多的人愿意称之为公主圣泉。乃日木德勒在哈登胡硕阿尔善泉旁建起了一个敖包，敖包并非没有来由，也不是乃日木德勒心血来潮。“这与大汗有关系，所以一定要建起来。”

据说，在十九世纪三十年代，察哈尔、苏尼特、四子王旗这些地方的人常常坐着勒勒车来到哈登胡硕阿尔善并长期居住在此地，以泉水治病。二十世纪初，一个叫桑布国图的老喇嘛住在哈登胡硕阿尔善，祭敖包、祭圣泉，召集喇嘛念经，给当地牧民们治疗疾病。此后，昌都庙的老喇嘛苏德南曲格、蒙医大夫阿格旺尼玛、当地蒙医大夫达巴海及他的大徒弟淖尔布道尔吉相继住在哈登胡硕阿尔善为牧民治病。二十世纪四十年代，阿巴嘎右旗王爷雄努敦德布来到哈登胡硕阿尔善休养期间，举办过摔跤、赛马、唱民歌等那达慕活动。当年参加过那达慕的人至今仍有人健在并能生动讲述当时的情景。

站在哈登胡硕阿尔善旁边，远远望去，是乃日木德勒做的一千多亩沙障，一片片，一层层，像是一条带子，镶嵌在沙地之中。“一直以来，每年初伏的头一天，四面八方的牧民都会赶到此地，在敖包前祭拜，祈愿草原常绿，圣泉喷涌……这也是一眼响泉，你冲着里面喊一声，它就会咕嘟咕嘟的冒泡，仿佛也在回应你，和你交流。泉水浓烈、甜美，这是独一无二的。附近还有三十多眼这样的泉，都把它们保护起来了……敖包不知道什么时候没有了，我想着应该把它建起来，之后终于如愿了。”乃日木德勒一边说着，一边把敖包上被风吹歪的柳条扶起来。乃日木德勒说话时断时续，然而每一句话都仿佛穿透时间凝固的墙壁，显得古老而斑驳，沉重凝滞，却具有一种穿透力，让人感到震撼。

人与自然有着一种默契和感应，乃日木德勒用一种文化和审美的眼光审视着，倾注于感情，进行着精神的交流。一个不改初衷的人，一个意志坚定的人，他的内心一定是平和、宁静的。毋庸置疑，乃日木德勒就是这样的人。他甘之如饴，守望着阿巴嘎草原，守望着成吉思汗拴马桩，守望着哈登胡硕阿尔善。他以自己的不变去对付每时每刻的变化，内心并不凌乱。草原让他成了一个幸福的人。

都说树之根、人之魂，树无根不长、人无魂不立。乃日木德勒已魂有所依。风从草原走过，吹散多少传说，留下的只有成吉思汗的故事，在牧人心头深深铭刻。

风华永驻

叶振亚

1969年3月25日，乌拉盖草原地区进入了火热的兵团建设的新时期，中国人民解放军北京军区内蒙古生产建设兵团第六师辖六个团，位居锡林郭勒盟乌拉盖草原东北部，大批来自北京、天津、上海、唐山、保定、呼和浩特、乌兰浩特、秦皇岛等地的男女知青们，来到边疆牧区。

斗转星移，时光飞逝。兵团建设时期，这片神奇的草原发生了翻天覆地的变化，这是乌拉盖草原发展历程中的一个黄金期。

当年，大批兵团知青手捧毛主席语录，跨上了征程。他们红心似火，高举着毛泽东思想伟大旗帜“发扬革命传统，争取更大的光荣”，似乎有红军时代盖蓝天、铺青草、穿军装，战天斗地其乐无穷的英雄气概！他们用辛勤的双手建设边疆、保卫边疆、扎根边疆！他们积极响应党和毛主席的号召，“虚心接受工农兵的再教育”“广阔天地大有作为”。

他们“蓝天白云寄红心，碧血青史写新篇”。他们冒严寒酷暑，住地窨子，脱坯、打石头、盖房、割芦苇、种地、放牧。他们建设边疆、保卫边疆的精神永驻！

这里白毛风呼啸，气温低至近零下40度。当时兵团六师五十一团九连曾出现了一个以北京、天津、唐山5位女知青组成的放牧小组，被称为乌拉盖草原上的“五朵金花”。她们5个人不畏严寒酷暑，条件艰苦，战天斗地，其乐无穷！她们5个人的先进事迹曾刊登在《兵团战友报》和《人民日报》上，内蒙古自治区人民广播电台也进行了播发，红色电波传遍祖国的大江南北。她们5个人中有的入了党，有的光荣地出席了兵团六师活学活用毛主席著作积极分子讲座大会，在大会上介绍先进经验，台下座无虚席，时不时爆发出阵阵雷鸣般的掌声。

当时，在美丽富饶的乌拉盖草原，“五朵金花”的故事像内蒙古草原上“草原英雄小姐妹”中的英雄人物龙梅、玉荣一样在乌拉盖草原引起轰动。难忘的兵团生活，条件艰苦，生产、建设、放牧、种地、军训等百炼成钢，其中的甜、酸、苦、辣等，如今都难以用语言来描述。

古人云：度过严冬的人，最知道春天的温暖。

1970年初，内蒙古生产建设兵团第六师和各团基本上都成立了兵团毛泽东思想文艺宣传演出队。五十一团也成立了由北京、天津、呼市、保定等近30人组成的专职的毛泽东思想宣传队。该宣传队归属五十一团政治处管理，由政治处一名宣传干事负责。

内蒙古兵团六师五十一团宣传队概况如下。

五十一团宣传队成立于1970年，隶属于团政治处，宣传干事温树常，现役军人。宣传队队长王鸿基，保定人，是老三届的高中生。

兵团六师和六师五十一团宣传队全体演职员们走在了一起，各展文艺才华！

演出队成员要求根红苗壮，出身好，思想好，具体表现好，有一定的文艺爱好和专长。当时，《红灯记》《沙家浜》《智取威虎山》《白毛女》《海港》和《兵团戍边战斗生活》等富有生活气息的京剧、话剧等大展风采。

记得1971年八一建军节之际，五十一团兵团文艺演出队深入五十一团八连进行慰问演出，当时，五十一团文艺演出队主演了《红灯记》主要剧情片断。天津知青任金贵演李玉和，曹佩演李铁梅，刘凤岐演鸠山，杨天吉演王连举，刘金钟演李奶奶。呼市知青丁莉演李奶奶。保定知青张建昌演买木梳的人，王鸿基和关渡生演磨刀人，史广亮演小五长。由于当时革命样板戏深受欢迎，兵团文艺宣传演出队精心排练，演出时异彩纷呈，场面火爆。该演出受到了五十一团全体指战员们的热烈欢迎。演出结束后，演员们手捧鲜花，在热烈的掌声中，把火红耀眼的鲜花献给了团首长。

毛泽东思想宣传队队员们各有各的文艺特长。

保定知青、队长王鸿基擅长编导创作、歌舞表演。北京知青李杏云擅长弹中阮。呼市知青赵津沪撤回长打扬琴、吹小号、写歌作曲，还能担任乐队指挥。史广亮擅长吹笛子。天津知青班国利擅长拉京二胡、弹月琴。秦皇岛知青翟宏昇擅长拉大琴。唐山知青韩敏擅长吹黑管。杨顺利擅长拉手风琴。

当初，内蒙古生产建设兵团六师五十一团毛泽东思想文艺宣传队的文艺演出场面十分火爆，形成天边草原一道独特、亮丽的风景线。红日高照，阳光灿烂。兵团六师毛泽东思想宣传队在20世纪70年代初，曾到北京军区、沈阳军区汇报演出，演出结束后，曾经和军级、师级、团级部队首长合影留念，风光无限。

1972年9月的一天夜晚，夜色宁静优美。五十一团文艺演出队深入五十一团八连进行慰问演出。在宽阔的操场上，精彩的演出节目，使五十一团八连的全体兵团战士眼界大开，欢声雷动，掌声不断。

过了几天，正是八一建军节，这天五十一团八连也举办了一场别开生面的业余文艺演出，有独唱、合唱、小话剧、快板、相声、笛子独奏、口琴吹奏等。新老兵团战士欢聚一堂。八连的梁仁章副指导员还带头领唱了革命歌曲《我是一个兵》，全场爆发出热烈的掌声。为了活跃气氛，天津知青袁玉成等人还为全连120多人唱了《英雄儿女》的主题曲等歌曲，雄浑壮丽的歌声响彻草原胡稍庙八连驻地的夜空，震撼着兵团战士的心灵。演出会上，连首长还为全连兵团战士宣读了毛主席在《延安文艺座谈会上的讲话》精神，“我们的文学艺术都是为人民大众的，首先是为工农兵的，为工农兵而创作，为工农兵所服务的”。

从文艺演出会后，大家的工作干劲更足了，新来的城市知青大都也不想家了。1971年6月初，乌拉盖草原一望无际，天蓝、水清、草绿，牛羊满山坡，大自然的美景尽收眼底！一大批唐山知青步北京、天津、呼市等地知青的足迹，来到乌拉盖草原五十一团。他们刚一下车，有的年龄偏小的唐山知青看到一望无际的千里边塞草原比较荒凉，人烟稀少，就像刚离开娘胎的婴儿，哭出了声音。

时间刚过了一个多月，有一个年龄偏小，也就不到16周岁的五十一团一连的唐山知青董庆国请了病假休息后，悄悄从五十一团一连跑到了团部，乘人不备时，上了班车到了兴安盟大石寨六师转运站。随后，他偷偷地爬上了从大石寨开往唐山及天津运货的火车车厢，从唐山站悄悄溜回到了家中。其父是个医生，也曾参过军，半个月后，又把儿子亲自送到了五十一团继续接受工农兵再教育。团首长考虑到家长亲自将他送回来而且他年纪偏小，原谅了他，让他写了一份检查后，把他从偏僻的五十一团一连，调入五十一团团部后勤处粮站，做粮食保管班战士。团部位于现哈拉盖图农牧场场部，相对人多，军人服务社、兵团邮局、照相馆、理发店、洗浴及文体活动等都有，相对热闹些，以减轻他因年纪小，想家溜号的毛病。

兵团成立的6年中，为了活跃气氛、丰富文化生活、陶冶兵团知青的心灵、稳定知青的人心等，兵团文艺宣传演出队经常深入基层连队慰问演出，功不可没。文艺演出宣传队真正起到了宣传思想、组织群众、团结人民、打击敌人的强大作用。文艺宣传演出队像草原上五颜六色的鲜花一样迎风怒放，随着微风送来阵阵清香。

青山依旧在，几度夕阳红。回想当年火红的兵团岁月，如美丽富饶的草原上的山丹花，火红耀眼，飘香万里，风华永驻！

父亲的座右铭

张天飞

从我记事起，父亲就爱把“勤劳为本、孝心永存”这句话念叨着给我们兄妹听。小的时候，我不觉得这句话有多么受用，甚至觉得有些啰唆。如今自己也过了不惑之年，静静回想起父亲说的这句话，无时不影响着我们兄妹。这可能就是所谓的家风吧。

父亲兄妹8个，他是家中的长子，在他17岁那年，奶奶生了最小的叔叔。父亲家里很穷，他就主动辍学到一家养鸡场做工。他身体单薄，刚开始有些体力活都干不动。为了让雇主留住他，他每天天不亮就起床，打扫圈舍，给鸡喂食，拿不动的东西就分几次拿，腿脚特别勤快。爸爸虽然体力差些，但勤劳肯干的精神打动了雇主，被留了下来。父亲更加珍惜这份活计了，处处为养鸡场着想。雇主很是高兴，每天允许爸爸吃两颗鸡蛋，在那个物质资料匮乏的年代，这是很奢侈的。爸爸想到家中的奶奶和嗷嗷待哺的叔叔，就和雇主商量，让他可以将每天吃的鸡蛋攒起来拿回家去。雇主被他的孝心打动了，让他提前拿了200颗鸡蛋送回家里。雇主的行动让涉世未深的父亲内心坚信“勤劳为本、孝心永存”。他就是这样勤勤恳恳的努力生活着，照顾着爷爷、奶奶和叔叔、姑姑，抚养我们兄妹长大成人。

父亲忙碌的身影永远在我脑海。我们兄妹四人都在上学，为了供我们上学，父亲种的地多。那时种地都要靠人工，为了不耽误庄稼生长，有时父亲甚至顾不上坐下来吃饭，到水缸边用葫芦瓢舀上半瓢水一饮而尽，拿上妈妈做好的玉米饼，扛着锄头边走边吃着去锄地了。冬天农闲了，他却闲不下来。那时化肥用的也很多，父亲为了庄稼长得更好，每天在天蒙蒙亮时就起床到村里巷道旁捡拾牲畜粪了。他常说："庄稼一枝花，全靠粪当家。化肥用多了地就板结了，不打粮食了。"一个冬天下来，我家门外的粪堆就像小山一样。秋天时，我家的粮食堆也像小山。

小时候我就盼着下雨天了，那样父母就可以安稳地坐到炕上，我们兄妹围坐在他们身旁，父亲便给我们讲起很多很多有趣的事情，比如到深山里打柴、采蕨菜，在生产队做粉条，在瓜地看瓜，为村民解决矛盾……每每父亲为我们讲起这些事时，就会用他那双明亮的眼睛扫视着我们，一会儿用手比画着，一会儿学着人物的说话腔调，一会儿开怀大笑，绘声绘色。我们就像是听故事，盯着他讲，但无论讲什么事，最后他都要转到他的那句"勤劳为本、孝心永存"上。我们当时默默地听着。

在父亲的影响和鼓励下，我们很小就帮父母做些力所能及的活，例如把妈妈做的特殊的饭菜端给爷爷、奶奶吃。渐渐的我们长大了，都成家了，哥哥在种地之余还养了十几头牛，日子过得红红火火。打我结婚起，每次与父亲通电话他都不忘把那句"勤劳为本、孝心永存"念叨一遍，告诉我过日子不能懒，干啥事都得勤快，勤能生金，日子就能过好；要孝敬公婆，家庭才能和睦。父亲的话就像守则一样规范着我的言行，结婚20余年，我一直努力工作，关心公婆，照顾孩子，生活过得平淡而幸福，这一切都源于父亲的教育和影响。

父亲一直用他的实际行动诠释着这句话。如今他虽已75岁高龄，可还在老家种着他的25亩地，母亲身体不好，很多家务也都由他承担下来。菜园里种着各样的菜，还养了两头猪，院子里鸡鸭成群，每年他都给我们捎来自家腌的咸鸭蛋。我们都希望他们二老与儿女共同生活，享享清福，或者不种地了，儿女们给他们赡养费。可他坚决不同意，说自己还能干动活呢，干活身体才好，不给儿女们添麻烦。我们也只好遵从他的想法，能做的就是多回家看看，把日子过好，少让父母操心。

父亲没给我们过多的物质财富，他的言行却是我们的无价之宝，让我们受用终身。我们也会把父亲的“勤劳为本、孝心永存”这句话传给我们的下一代，做到生生不息，代代相承。

感受天边那片绿

郭海鹏

盛夏时节，我有幸参加了锡林郭勒盟诗词家协会组织的2016草原行诗词创作采风活动。六天的时间大家行程上千公里，游西乌旗佛教旅游胜地乌兰五台景区、看白音华工业园区、赏风姿娇艳的芍药花、观草原民俗风情节、拍东乌旗骏马、走嘎查牧户、行珠恩达布其国际口岸……一路追赶着蓝天白云，诗友们拓宽了视野，激发了创作热情，用一首首发自内心的赞叹的诗句，展现出内蒙古自治区成立七十周年来的丰硕成果，抒发了经济发展给农村、牧区带来的翻天覆地的变化，拨动了草原自然风光，传播了厚重的蒙元历史文化。

一路走来，给我印象最深的还是天边草原乌拉盖，用李慧兰老师创作的一首诗的标题来形容，那就是一个字——绿。湛蓝的天空，滴翠的草原，扑向天边的无穷绿色，让你情不自禁地融入其中，任思绪随着淡淡草香，静静地飘向远方，心甘情愿地用心守望着这片苍绿。

绿色是孕育生命的颜色，能给人带来希望和灵动。布林泉、芍药谷、九曲湾等一个赛一个的风光美景，赋予诗人们创作的激情和灵感，一篇篇闪耀着灵动文字和飞扬激情的诗作在天边草原揉进子夜墨香。在乌拉盖短短的两天里，诗友白秀萍有了“兴酣吟笔处，何必是桃园”的惊喜；王学英老师抒发出“连绵起伏翠云端，九曲银河涌向天”的情怀；诗友平凡醉在“六月长烟暮色低，芳华碧野客心迷”的意韵之中；赵立武老师留下了“头上天蓝云俏，脚下芳草花笑”的赞誉……乌拉盖草原的绿，放眼望去都是诗家大作。

在绿的底色上，乌拉盖草原还渲了蓝、染了白、点了红，在这个荒漠化和工业化极重的世界里，这里的草原让那些不甘于城市水泥丛林的心感到久违的欣喜。人们在这里恣意舒畅地撒欢，幽绿的颜色根植心里，只有身临其境亲近过这片绿的人才会有那种倾心的喜悦。

除了绿，乌拉盖草原上的鲜花姹紫嫣红。号称“草原牡丹”的芍药花开满山坡，笑傲群芳；淡蓝色的马兰花柔弱中尽现坚强；如霞似火的山丹花亭亭玉立；刺玫花儿也不甘寂寞，纷纷从枝头窜出；就连七瓣环绕其心的金莲花也开得可与元上都遗址前的金莲川相媲美。不多情的人到了此地也会心醉，浅笑低吟未可知。

真没想到，早在旧石器时代便有人类繁衍生息的乌拉盖，至今仍保留着那醉人的绿，鲜润得如草原上轻盈的舞女，令人目眩神迷。风从草原吹过，芬芳弥漫开来，蜂飞蝶舞，让人真正感受到了什么是“天苍苍，野茫茫，风吹草低见牛羊”。这是人们记忆中的心灵草原，是长生天赐予乌拉盖人的福祉。

乌拉盖以草甸草原为主，生长着野生植物五百多种，珍贵野生动物有狼、鹿、狍子、黄羊、天鹅、百灵鸟、丹顶鹤等，昆虫种类达几十种，被联合国教科文组织接纳为国际生物圈保护区网络成员。乌拉盖境内有发源于大兴安岭西侧宝格达山，自东北而西南流经乌拉盖境内，全长约三百六十千米，总流域面积两万多平方千米的我国第二大、内蒙古最大的内陆河乌拉盖河。它如同长长的哈达飘落在草原上。乌拉盖草原的绿之所以令人惊诧，忍不住想张开双臂抱住她、亲吻她，与乌拉盖丰富的湿地和水系密不可分。

位于乌拉盖河中下游的九曲湾，如被仙家随意画就，九九八十一湾如笔走龙蛇。两岸低山舒缓，碧草如茵，自然别致，令人拍手叫绝，被列为中国美丽田园和全国十大草原景观。隐藏在碧草深处的阿尔善泉水圣洁清澈，掬一捧畅饮，沁透腹脏，恍然琼瑶，身心疲惫之感顿时烟消云散。十分有趣的是，九曲湾的一侧长满了随风摇曳的河柳，另一侧则平坦辽阔，令人浮想联翩，百思不得其解。诗友们静静地躺在绿草丛中，感受泉水的波动和温柔，耳边和脸庞弥漫着鸟语花香，让人感到安稳，有一种沁人心脾的舒爽。

喜欢乌拉盖就是因为她的绿，走进乌拉盖就是走进了存放心灵的地方。感谢乌拉盖人保护了这片能够带给人一生愉悦和回味的绿色净土。愿神奇秀丽的乌拉盖永远充满灵性，碧草如诗。

根系草原

包　敬

我们从广袤无垠的草原来。

我们从水青草美的草原来。

我们从繁花似锦的草原来。

我们从生机勃勃的草原来。

我们是热情豪迈的草原人。

我愿变成风，轻抚你软绵绵的绿衣，依偎在你博大温暖的怀抱。跑过每一座丘陵，跃过那一块块湿地。那飘落于绿波之上金灿灿的哈达原来是乌拉盖河，蜿蜒曲折的九曲湾在绿野之间绘成了一个“寿”字，因长寿之意，被牧人们誉为长寿之河。乌拉盖河，滋润着家乡的一草一木，哺育了这片热土上的儿女！

草丛间隐约看到一条小溪墓，清澈见底，“叮叮咚咚”奏响了一支清脆的钢琴曲。沿着溪流，我们来到了布林泉，泉水甘甜、沁人心脾。每逢端午，这里便成了人的海洋。全国各地的人们来圣泉洗脸、祈福。

身旁，那一个个身披白纱的芍药仙子，在风中翩翩起舞，衣着红裙的山丹丹舞动着柔美的身姿，陶醉在这片无垠的绿海中。

我还喜欢去那美丽而神秘的白桦林，许多野生动物在林中生息繁衍，珍贵的植物花草数不胜数。那棵棵白桦如一个个卫士，扎根在天边草原这片热土。

每到候鸟迁徙的日子，我们都会去贺斯格乌拉的天鹅湖去欣赏美丽的白天鹅。它们优雅的身姿、美丽的长颈、在湖面上的舞姿带给人美的享受。

远望，牛群宛如绣在绿衣上的朵朵大花；羊儿仿佛点缀在绿衣上的颗颗璀璨耀眼的珍珠；骏马疾驰，似彩绸迎风飞舞。

那袅袅的炊烟，那洁白的毡包，母亲那忙碌的身影，勒勒车边那追逐嬉戏的孩童。啊！迎面飘来奶茶的芬芳，可口的手扒肉、香甜的奶豆腐、醇香的马奶酒令人垂涎欲滴。

听，是谁拉响了马头琴？悠扬的歌声令人心旷神怡，那阵阵蒙古长调深远、悠长，是草原母亲对草原儿女的殷切呼唤、声声叮咛。

乌黑的秀发、可爱的脸庞、圣洁的目光、浅浅的酒窝、头饰上那金灿灿的流苏……是姑娘们跳起了蒙古舞，那抖动的双肩、那柔软的手臂、那红红的手镯、那旋转绽放的舞裙……令人眷恋。

蒙古族汉子自古以来善于骑射，一年一度的草原那达慕，蒙古族汉子们相聚在草原比试骑马、射箭、摔跤。赛马场上一声号响，一匹匹骏马风驰电掣般奔向终点。射箭的蒙古族汉子目不转睛地注视前方。结实的蒙古族小伙在搏克场上展示着自己强健的体魄。小伙们身穿昭达格、头缠三色巾、脚蹬蒙古靴、腰扎花皮带、颈挂五彩飘带，十分威武。双方相持，难分胜负，围观者欢呼喝彩，声势震天。

落日的余晖笼罩着草原，那熊熊燃烧的篝火和那欣喜跳跃的火焰，使人充满激情。男女老少手拉着手，围着篝火载歌载舞。一曲未了，一曲又响，一歌未罢，一歌又起。笑声、歌声汇成了一片欢快的海洋。

我们是这天边草原上的雄鹰，翱翔在你广阔的天宇。

我们是这天边草原上的朵朵繁花，用生命为你增添色彩。

我们是这天边草原上的儿女，根系草原，依恋草原。

过　年

胡　明

父亲随我来城里生活已有十五个年头了。他的腿有残疾，前些年自己还能勉强行走，这几年随着年龄增长，腿脚越来越不方便，整日在家就睡觉，还对我诉苦说睡不着，提出要回老家居住。故土难离，我知道父亲一是想念老家的亲人，二是怕在城里终老。其实我也特别怀念在老家居住的日子。虽在城里居住了二十年，但我还是不习惯城里的生活，拥挤不堪的交通、噪音污染，邻里不相往来，感觉城里的一切都是乱哄哄的，没有一点儿值得留恋的，自己内心总是觉得与城里人格格不入。年少时干不完的农活，生活的艰辛从没有忘记，当初发誓一定要努力。离开终日“面朝黄土背朝天”的生活理想实现后，经过城里生活的压力、环境的多年困扰，竟再找不到参加工作之初的欣喜。如今我最想念的是老家的空气，清早起来走出屋外，扑鼻而来的就是清新的空气，那空气似乎是带着香味，让你不由得想把空气大口吸进肚里。还有收秋割小麦时，累了，就和儿时的伙伴躺在麦堆上，看着蓝天、白云，惬意至极，常能在不知不觉中酣然入睡。因此，我内心深处，总渴望回归田园生活：一小桥、一流水、一村姑；或晨炊，或耕牛，或牧歌；一盘土炕、一碟咸菜、一壶老酒。这种生在骨子里、流淌在血液中的亲切就在生我养我的那片土地里。

我都如此，更何况将要叶落归根的父亲。但我考虑父亲的身体状况，在城里毕竟就医方便，一直没有答应父亲回老家的要求。自2011年起，我看到父亲整天睡觉，担心睡出毛病，加上父亲和我内心的想法不谋而合，犹豫再三，还是决定付诸行动，把老家的屋子做了翻修。翻修完毕已近2012年春节，父亲迫不及待地要回老家过年。

在城里过年，除了年三十这天满是各种烟花爆竹震耳欲聋的声音，方知是过年外，怎么也再找不到过年的感觉。父亲的心思正合我意，于是派小弟和小妹提前回老家做准备，而我自己也早已归心似箭，小时候过年的情景也犹如电影镜头逐个呈现在脑海。

小时候，没等过腊月二十三，我们就缠着大人买过年食品，糖块、花生、瓜子、水果等。在那个物资短缺，几乎家家贫穷的年代，这些东西在很多家庭中，过年也是买不起的。当孩子们扳着手指头做着美梦从嘴里说出年货时，不知大人们做何感想？几家欢喜几家愁，现在想来，那时候过年，大多数父母亲也许并不开心。“年关”这词真不知是从哪个年代造出来的，反正我的父母亲经历过，只是我们当年“少年不识愁滋味”。

在老家，农历十一月起，就是农民最消闲的时节了。大雪、小雪节气开始，家家户户就开始宰猪、杀羊、宰公鸡。母鸡是不能杀的，因为需要母鸡下蛋换钱的，除非母鸡老了不能下蛋。这些肉多数人家是自己留一半过年，一半卖钱以备来年生活之需。

“腊月二十三，家家都拾翻。”这天起，家家户户开始大扫除，拆洗被褥，清扫垃圾，节日的气氛越来越浓。庄户人不用问，一家干啥都干啥。二十三，灶王爷上天；二十四，扫屋子；二十五，糊窗户；二十六，红烧肉；二十七，蒸馒头；二十八，炸丸子；二十九，贴春联。

一直到年三十，这些民间“谚语”被每户人家不约而同地实践着。我记忆中最深的是腊月二十三这天，到了傍晚，父母亲就再三嘱咐，一定不能高声言语，怕打扰灶王爷上天述职说自己家不好。此时，父母亲把贡品摆上桌子，敬香完毕后，如贡品中有水果，就可以让小孩吃。

记忆中一过腊月二十三，父亲就开始给人写春联。村子里多数人家的春联都出自父亲之手。牛羊满圈，抬头见喜，这些是常看到的对联，父亲同时也苦恼起来，总不能每家每户都写的一样，这时父亲就让我找对联，买对联的书。

终于盼到了大年三十这一天。小伙伴们穿上新衣服，东家进西家出，读春联、看年画。每每听到伙伴们评价某某家的对联内容好时，我的心中不免沾沾自喜，因为很多是我帮父亲根据每家情况的不同，有针对性而写的。

最让孩子们激动的是“接神”的时刻，不管哪户人家都希望早接神，认为早接的神是喜神、贵神、财神，晚接的神是穷神、恶神。接神前，大人们早已笼好旺火，旺火堆上贴满五颜六色的纸条，象征来年五谷丰登。当然，让孩子们高兴的是此时可以看到天空中色彩斑斓的烟花爆竹。

整个正月这家请那家叫，走亲串友，扭秧歌、打座腔，唱二人台，地地道道的乡村文化节，小伙子弹琴，姑娘歌唱，一派热闹景象。远村近落，到处都是在希望的田野上。

陪父亲回老家过年，父亲像换了个人似的，亲人叫，邻里请，也不多睡觉了，拄着拐杖，走来走去，就怕没去哪一家，留下遗憾。就这样，父亲在老家住了近三个月，可也累了我三个月。父亲爱看报，我又担心父亲的身体，每到周末就开车回老家给父亲送报纸。父亲回老家的心愿总算小小的满足了一回。可三个月后父亲又吵吵要回城里，说是想孙子，又说是老折腾我，怕影响我工作。

又近过年，我问父亲是否回老家过年。父亲不语，只是他眼里含着的泪花中，让我多少个夜里难以入眠，伤感生命的几多无奈。

乡情！乡思！乡愁！

父亲想回老家！

回忆的殇

于景超

我曾如此激励自己，大丈夫应多些慷慨激昂，少些儿女情长。可在我决定写下这个题目后，却迟迟不知从何处动笔，思绪也如乱麻一样，剪不断，理还乱。那天接到大舅的电话，是在去锡林浩特的路上，大舅叮嘱我一定要将姥爷辞世三周年的安排，通知到家族每个成员。殷切与悲凄之情，溢于言表。

时光如水，倏忽即逝。记忆中第一次回西印是在我五岁时。那时姥爷在学校打更。我大概是一个很调皮的孩子，在家里很让人头疼，姥姥又忙着做家务，照顾不了我，我就跟着姥爷去学校上学。在上学、放学的路上，姥爷给我讲了许许多多的历史故事。幼小的我时常觉得奇怪，姥爷文化水平不高，可是他的肚子里总有我喜欢的历史故事。后来听母亲讲，姥爷重视学习知识在他们那儿是出了名的。姥爷常常和我讲唯有学习才能改变人的命运。那时，家里十分困难，也许那个时代的家庭都十分困难，但像我们家那么困难的没有几个。几个舅舅都在上学，家里就姥爷、姥姥、母亲三个人挣工分，生产队分下来的粮食不够吃，每到青黄不接的时候，家里就将榆树叶、马蛇菜掺杂着玉米面吃，就这样，还要面临无粮果腹的困境。姥爷为了给舅舅们省学费，直到四十多岁才穿上新衣服。可就是这样，姥爷依然坚持着让舅舅们上学，并告诫大家，越是在困难的时候，做人越应该正派。母亲曾给我讲过，有一次，家里没粮食吃，外面下着雨，一家人躺在炕上，谁也不喊饿。大舅要去公家田地弄粮食，姥爷堵着门口，不让他出去，说大舅若前脚迈出这个门，他随后就去生产队告状。就是在这样困苦的条件下，姥爷和姥姥没有想着自己如何享清福，依然坚持让舅舅们上学。

上学后，每次寒暑假，我都会回西印住上一段时间。那时的家境逐渐好了起来，大舅在村上当会计，二舅在公安系统上班。在那个小村子里，我们仿佛一下子比别人高贵了许多，走在大街上人们投来的大多是羡慕、尊敬的目光，那时的村民再也不会因为曾经的贫穷而轻视、欺负我们了。都说穷居闹市无人问，富住深山有远亲。因为贫穷，再加上供舅舅们上学，姥爷和姥姥承受了太多太多的不幸。因为贫穷，姥姥和她本家姐姐一起去参加家族人的聚会，一大群人出来迎接，却只和她姐姐说话，仿佛姥姥不存在一样。因为贫穷，姥爷去向别人借学费，那人不借不说，还讥讽地说道："借你钱？借你钱，你什么时候能还上？"母亲每提及此，都会痛苦不已。

生活好了之后，姥爷好像忘记了过去人们对待他的种种行径，待人接物宽宏大量、友善平和。姥爷常讲，尊敬别人就等于尊敬自己，为人处世，吃一点儿亏好，不要想着所有的利益都要自己霸占。姥爷常教育我们不要怨天尤人，别人看不起咱们，咱们要从自身找原因。常挂在姥爷嘴边的话是君子无能怨自修。姥爷宽厚的为人、自强的品格是我们后人宝贵的精神财富，正因为这样的谆谆教诲，我们这些人才能走得更踏实，才能走得更长远。姥爷总是说对这个家他没做过什么，是姥姥从西印挑着柿子到通辽卖钱攒学费供几个舅舅上学。姥爷虽然这样说，但是他用实际行动为后人建立了一座宝贵的精神富矿。

参加工作后，我每次返回通辽时，第一站一定会去看看姥爷、姥姥。不管出去干什么，到吃饭的时候，姥爷总是会给我打电话。吃着姥爷包的驴肉馅包子，听着他讲那些为人处世的道理，总是让我身心轻松、倍感温暖。如今，我再返回通辽，虽然姥姥那儿有保姆做的可口的饭菜，可是再也吃不出以前的味道了。2008年家族召开春节联欢晚会，姥爷说："人做一件好事容易，难的是做一辈子好事。咱们家走到今天不容易，要珍惜。人无论做什么都要踏实，我希望你们大家要团结，只有团结才能克服困难。”恳切之情仿佛犹在眼前，人却已经阴阳两界。

姥爷去世前几天，得知他病重，我回去陪他。我刚一踏进病房，见他被病魔折磨得已不成人形，泪水夺眶而出。之后的几天里，我每天都在医院陪着他，和他说些宽心的话。前两天还好，姥爷时不时还和我说说话，每次问他：“姥爷疼不，用不用打打止痛针？”姥爷总是咬紧牙关，摇摇头。农历八月十二日，姥爷好像知道时日不多，总是让我喂他吃冰，打止痛针的次数也多了起来。农历八月十三日，我和同学出去吃饭，吃完后，回去陪他，和他说着饭局上的事情，讲到两个同学斗气喝酒。姥爷有气无力地说：“吃饭喝酒，千万不要和人斗气。”写到此处，悲伤难止，万语千言，竟不知何处落笔。若世间真有天堂所在，愿姥爷在那里不用再受病痛折磨，生活开心。

窗外华灯初上，落日的余晖遍撒大地，更显得这个季节的夜晚寒凉侵骨。远处的群山在云雾里若隐若现，泛黄的树木在冷风的侵袭下，左右摇摆，越显得这个季节伤心不已。时间依旧如往常一样静静流淌，它带走的和带不走的，让人多少有些无奈。日暮苍山远，天寒百草枯。世事波上舟，沿洄安得住。

洁白的雪花

马连玉

我曾经是乌拉盖草原六师师直农牧连的一名兵团知青，回忆起兵团生活往事，历历在目。

那一年的雪真大，漫山遍野，白了村庄，白了山冈，白了树林，白了千里草原，冰天雪地，寒冷异常。

在大石寨兵团六师转运站招待所里，住了许多等候坐班车回各团各连的兵团战士。因为下了大雪，班车已经好几天没有来了。人们焦急地等待着。我也翘首企足，盼望着班车早日到来。

那天晚上，同志们欢呼着："班车来了，班车来了！"我赶紧跑到招待所院里去看，一辆班车静静地停在那里，许多人围在那里观看，欢笑着、谈论着，相互询问着，"你有票吗？""你买到票了吗？""哪儿有票，票早就卖完了，只卖了一趟班车的车票，下一趟班车还不知道什么时候能来。"我高兴了半截，因为我还没有买到车票。

站在招待所的院子里，脚下踩着"咯吱咯吱"响的积雪。我在焦急地思考，怎样才能买上票坐上车，好早点儿回到连队。突然，脑中闪过一个想法，何不找找跟车的女售票员（正确的称呼是乘务员）问问她还有车票吗。到了乘务员休息的寓所房前，在房子周围，我转了一圈又一圈……犹豫着敲门还是不敲，毕竟不认识人家，怎好冒昧上门。突然间，预备熄灯的号响了，顾不了许多，我急忙上前“当、当、当”，敲响了房门。“谁呀，有什么事吗？”房中传出问话的声音。“我有急事，明天要回连队，还有车票吗？”我说。“没有了。”她说。“给想想办法，帮帮忙吧。”没有回音，稍顿，屋里传出，“你明天早起，早点儿过来看看吧。”

我心中升起一丝喜悦。

那晚，觉睡得极不踏实，一会儿就醒。那时没有手表，在连队活动作息，一切听司号员的号声。

寒冷的冬夜啊，那样漫长……朦朦胧胧中，听到窗外响起嘈杂的声响。我赶紧爬起来，匆匆忙忙洗漱一下，提起提包，冲向门外。

停车场上一派繁忙，司机和乘务人员正在忙着。有的车需要用喷灯烤加热，喷灯冒着蓝色的火焰，呼呼地响着；有的车需打热水加温、放水，再加热水循环加热。

来到班车前，司机和她正在忙碌。我和她打招呼说：“我是昨晚敲你房门的人”。她说：“知道了，你先等着吧。”就又忙去了。

乘车的人们带着大包小包，陆陆续续地到来，在班车前围了一片。

汽车的马达声此起彼伏。班车的发动机“轰隆隆”的响起。车门开了，她站在车门口说：“对号入座，叫号上车，请大家把车票准备好，验一下车票。”1号、2号……7号、8号……27号、28号……一位也没有落下。雪地上，孤零零地剩下我一个人。这时，她拉动了车门的把手，就在车门关闭的一刹那，我着急地喊：“等一等。”她停住了，车门又开了少半个，她问我什么事，我说：“我是昨晚敲你房门的那个人，你让我早起早点儿来看看。我早早起来了，你让我等着，一直等到现在。天气这么冷，我冻了半天，就要关门开车了，你怎么说呢。”我机关枪似的一口气说了许多，她站在车门口，好像想着什么……“那你上车吧。”她把车门开大了许多。我一步就蹦上去了，高兴的连句感谢的话也忘记说了。

碰巧，一班长刘秋顺也在车上。他和许多素不相识的战友用提包在过道给我搭了一个“软座”。车外，零下三十几度的严寒冰雪，而此时，我心中好似春风吹过，暖融融的。

车开了一会儿，她在前面说，那位同志过来一下。我们都不知道她在叫谁。“最后上车的那位。”我明白啦，她是喊我，我还没有买车票呢。我赶紧上前，掏出钱买票，告诉她到农牧连。她给我补完票，我刚要离开，她指着她工作的座椅说：“你坐这儿吧。”我说：“那哪行，还是你坐。”我推让着。“叫你坐，你就坐。”她提高了嗓音，用不容置疑的口吻说。我尴尬地站在了那里……车中响起附和的声音，“坐吧，坐吧”。我不知该说些什么好了，我服从了，慢慢地坐在她工作的座椅上。

这时，她拿起了一片硬纸壳。侧身斜着靠在大鼻头的发动机罩上，帮助司机去刮凝结在挡风玻璃上的冰霜。她不停地刮着、刮着，车窗的玻璃上全结满了厚厚的霜花。

司机双手使劲地把握着方向盘，班车在大“解放”碾压的冰雪路上，一路向前。

不知什么原因，可能是昨夜没休息好，或是晕车，我迷迷糊糊地不知不觉睡了一路。

夜色笼罩了大地，星星眨着眼睛，皑皑的雪原泛着银色的光。几百千米的雪路走了十几个小时，班车停在了连队的后山。本想在下车时说句感谢的话，结果下车后也没顾上说。

回到连队后，我老想抽空专程去车队表示谢意，因种种原因，也未成行。

当时天寒地冻，大家都穿着军大衣，戴着大皮帽子，女同志还戴着大口罩。我没有看到她的脸，只记住了一双黑黑的大眼睛，眉毛上面挂满了白色的霜花。

后来，连队的集宁战友安胜利调到了师部车队跟班车，我托他给打听打听，可是，我既不知道她叫什么名字，又没有看见她的芳容。他们的工作繁忙，早出晚归，你来我住，互相之间碰面的机会较少，慢慢的，这件事就放下了。

但是，我却知道了班车是有客运规定的，是不允许超员的，我终于明白了最后她那命令似的做法和用心。

她的善良，富有的同情心以及美丽的心灵，一直深深地植根于我的心中。1975年，我招工返回家乡，在多年的工作中，一直被她的精神所感染，她是我生活、工作的楷模。

多少年过去了，她就像那洁白的雪花，晶莹剔透、美丽、纯真。我爱那朵洁白的雪花，她一直绽放在我的心中。

在内蒙古生产建设兵团第六师这片广袤的土地上，盛开着千朵万朵洁白的雪花，他们永远开在战友们的心中。

奉 献

李学东

人生，多么庞大的字眼，有人说它像高次方程那样难解，像神秘魔窟那样扑朔迷离，像海市蜃楼那样虚无缥缈。不同的人在书写着不同的人生，绘就不同的人生画卷。其实，每个人在社会这个坐标系中都有自己的坐标点，只有善待人生，与人为善，爱岗敬业，无私奉献，才会有一个灿烂且充实的人生。

我们年轻，要更好地实现自己的人生价值，让青春闪光。不要一味地沉湎于花前月下、湖心荡舟、卿卿我我的浪漫情怀；不要恃才放旷、目中无人、唯我独尊；不要把青春作为资本，认为明天还在，希望就在；不要站在先辈们四大发明上沾沾自喜，最终徒劳无事，虚幻一生；不要在牢骚撞钟中度日，让青春黯然失色，无所作为。请牢记，没有艰辛的创造，哪里会有伟大的事业和崇高的人生！要脚踏实地，学有所长、学有所成、学以致用，卸下根植于内心深处的虚荣，洗去虚妄和浮华，展现生命的从容和本真。切莫潇洒走一回，然后潇洒一回走。要磨亮岁月的犁铧，沿着生命的脉络，去耕耘那永远开发不尽的未知世界。

我们年轻，不能忘记战火纷飞的年代，革命先烈抛头颅、洒热血，用自己的生命和鲜血创建了中华人民共和国。他们默默奉献，勤恳工作，一颗红心跟党走，吃苦在前，享受在后，立足本职，行动为先，时刻从身边的点滴小事做起，从自我做起，用大手笔在人生宏伟蓝图上挥毫涂抹，谱写出地道的大写人生，绘就美丽的人生画卷。

奉献切莫空谈，事实胜于雄辩。要坚决摒弃那种平庸懒散的闲人生活，醉生梦死的奢侈生活，歌舞升平、推杯换盏的腐朽生活。不要在光怪陆离的生活中毁志、丧志，使少年绯色的梦风卷残云，化为乌有，留下的只是随遇而安的自嘲和随波逐流的空叹。我们是未来社会的创造者，要做国家的脊梁，要做时代的弄潮儿，接受新生活的洗礼，使自己锻造成百炼钢。清代八大山人郑板桥说过：“流自己的汗，吃自己的饭，自己的事自己干，靠人靠天靠祖先，都不是好汉。”“百舸争流，奋楫者为先。”这是人类不懈追求、奋进拼搏的誓言。

忆古思今，在民族存亡的生死关头，有多少炎黄子孙为拯救祖国、拯救民族而逐鹿中原。精忠报国的岳飞，宁死不屈的文天祥，“先天下之忧而忧，后天下之乐而乐”的范仲淹，“天下为公”的中华民国缔造者孙中山，“横眉冷对千夫指，俯首甘为孺子牛”的文学斗士鲁迅，等等。他们在血雨腥风中实现自己的人生价值，以天下为己任，不唯私利。毛泽东在湖南长沙第一师范学校读书时就曾指点江山，激扬文字，粪土当年万户侯，为我们人生定格提供了一个参照系。

社会上有多少风华少年，在酒色财气编织的迷网中浪费自己的宝贵人生，拜金主义、享乐主义至上，把自己沉醉在金钱筑起的象牙塔上，一无所成。人固有一死，或重于泰山，或轻于鸿毛。到底孰重孰轻，是“尔曹身后名俱灭，骨朽人间骂未消”，还是功业与天地长存，皆取决于有生之年的奉献品行与建树。以七尺之躯顶天立地，走端行正，敬业勤政，兴利除弊，抑恶扬善，为人处事公正、高明、大度，不与民争名争利，势必会得到民众的广泛拥护和信赖，拥有广泛而深厚的社会基础和政治信誉，就会像倚身于地神母亲盖娅的英雄安泰，力大无比，敌人无法战胜，也就会应验奥斯特洛夫斯基的那句金箴“利己的人最先灭亡”。

奉献，是全心全意为人民服务的代名词，是亘古不变的真理，是对人们最有力、最真切的回报。《钢铁是怎样炼成的》主人公保尔·柯察金有这样一段至理名言："一个人的一生应当这样度过——当他回首往事的时候，不因虚度年华而懊悔，也不因碌碌无为而羞愧，这样，在临死的时候，他就能够说，我的整个生命和全部精力都已献给世界上最伟大的事业——为人类的解放而奋斗。"

井冈翠竹别样亲

徐 勇

2016年6月13日至18日，在即将迎来中国共产党建党九十五周年之际，内蒙古自治区住房公积金系统管理干部党性教育培训班在井冈山红色文化教育学院举办，我非常有幸作为培训班的一员，从祖国的北部边疆来到了心中向往已久的红色故土——井冈山。六月的井冈山，杜鹃花已经开过，映入人们眼帘的是满山的苍松翠柏和青青的竹子，放眼远眺，云山雾绕，绿海茫茫。我是首次踏上这片红色的土地。井冈山，我们大家都知道她是革命的山、战斗的山，也是英雄的山、光荣的山；是中国革命的摇篮，是中华人民共和国的奠基石。当年，在波澜壮阔的革命岁月里，以毛泽东为代表的一代中国共产党人，在这里开辟了第一块农村革命根据地。从此，中国革命的星星之火在这里点燃，最终燃遍了祖国大地。

如今，我终于来到这里，身临其境，通过几天的课堂学习、实地现场教学以及各位老师独到的讲解，我对这片红色的土地，对这里的红色文化及老一辈无产阶级革命家开创的井冈山精神有了更加深刻的了解，思想上受到了一次极其深刻的革命传统教育，心灵深处受到了一次深刻的洗礼和净化。我们在革命的摇篮现场上了一次意义深刻，令我们终生难忘的党课。

在井冈山学习期间，我们处处都能感受到老区人民对毛泽东、朱德等老一辈无产阶级革命家的无限爱戴和对中国共产党的无限拥护，同时更加深刻地懂得了一个道理：为什么当年老区人民和无数革命先辈坚定地跟着共产党干革命，抛头颅、洒热血，前赴后继，英勇奋斗，经历了千辛万苦，走遍了千山万水，经过了千锤百炼，千军万马最终推翻了“三座大山”，建立了中华人民共和国，开创了千秋万代的伟业，那就是以毛泽东、朱德为代表的老一辈无产阶级革命家从井冈山开始，探索建立共产党领导下的红色政权的正确道路，红军为穷人说话、办事，为穷人撑腰，为穷人打天下。他们在井冈山实行土地革命，打土豪、分田地，穷了几代的农民有了自己的土地，这是穷苦人做梦都不敢想的事。当他们在有了自己的田地后，心中在祈盼着“要是共产党万岁就好了”，所以他们拥护共产党，认定了共产党，认定了红军，把红军看成了大救星，矢志不移地跟着共产党干革命。

通过在井冈山的实地学习，我们更加详细具体地了解了老一辈革命家的革命情怀和崇高的品格，我们更加感受到毛泽东——这位中国革命历史的巨人，中国共产党的缔造者之一，在中国革命的洪流中成为伟大的舵手并使千百万人坚定不移地跟着他去寻求民族解放的道路，最终取得了革命胜利的原因。这是因为人们是从艰辛的革命斗争实践中经过多次挫折，才认识到毛泽东的正确主张，在革命遇到困难或挫折的时候，总是毛泽东想办法带领大家找到出路。回想当年，中国大革命处于低潮时期，秋收起义后，起义部队受到重大挫折。当时，中央的领导人领导中国革命的方针、路线是照搬俄国人采用攻打大城市来夺取政权的办法，湖南省委也明确要求起义部队去攻打和占领长沙。而当时，仅凭秋收起义后的武装力量去攻打长沙驻守的强大的敌人，无异于以卵击石，部队必遭惨败。因此，毛泽东实事求是，在敌强我弱、敌众我寡的现实面前，重新思考，寻找新的目标。他力排众议，果断地放弃攻打长沙的冒险计划，决定向敌人统治薄弱的农村地区进军，到井冈山建立革命根据地，到那里去给部队找一个立足之地，保存革命的火种，建立红色革命工农政权。后来经过革命胜利的事实证明，毛泽东在井冈山建立革命根据地是符合中国国情的实事求是精神的典范，是以毛泽东为代表的中国共产党人独立自主探索中国革命的初始，也是中国特色农村包围城市最终取得革命胜利的道路起点。毛泽东在井冈山还探索和确立了一条党的建军之路。经过三湾改编和古田会议，建立了把支部建在连上的办法，这是前所未有的一个创举，从制度上保证了党对军队的绝对领导，确立了党指挥枪的建军原则，并在后来逐步把一支旧军队改造成了无产阶级的新型军队。从此，这支军队在今后的革命斗争中不断发展壮大并建立了伟大的功勋。这支军队创造了人类历史上伟大的艰苦卓绝的长征壮举；这支军队，在抗日战争中成为中华民族抵御外寇侵略的中流砥柱；这支军队在人民解放战争中所向披靡，以摧枯拉朽之势打败了号称八百万的国民党军队，推翻了国民党在中国的统治。在中华人民共和国成立后，这支军队成为保卫国家的钢铁长城和维护世界和平的正义力量。因此，党指挥枪的原则是我们人民军队的建军灵魂，也是我们军队从胜利走向胜利的重要法宝。

回想当年，在茅坪八角楼那彻夜的灯光，毛泽东伏案疾书，他向在黑暗中摸索前进的人们预言：但我所说的中国革命高潮快要到来，绝不是如有些人所谓“有到来之可能”那样完全没有行动意义的、可望而不可即的一种空的东西。它是站在海岸遥望海中已经看得见桅杆尖头的一只航船，它是立于高山之巅遥看东方已见光芒四射喷薄欲出的一轮朝阳，它是躁动于母腹中快要成熟了的一个婴儿。毛泽东在当年的预言，今天我们听起来，仍然可以感受到这位伟人的目光是那样的深远，信念是那样的坚定。正是他用革命家的雄韬伟略和非凡的气魄以及实事求是的精神，把马克思主义普遍原理同中国革命具体实践结合起来，经过二十多年的奋斗，经历了土地革命、抗日战争和人民解放战争，先后在党内纠正了李德、博古的错误军事路线，战胜了王明“左倾”教条主义和冒险主义路线以及张国焘的分裂主义，最终带领全党打败了国民党，取得了具有中国特色的农村包围城市、武装夺取政权的全国革命胜利。把马克思主义普遍原理与中国革命具体实践相结合，是毛泽东思想的精髓，我们要永远牢记毛泽东思想，这是中国人民宝贵的精神财富。

我们也永远不能忘记，朱德和陈毅同志带着八一南昌起义保留下来的部队在井冈山与毛泽东带领的秋收起义保留下来的部队胜利会师，壮大了革命根据地的武装力量，开创了中国革命的新纪元。朱毛会师的伟大意义永载革命史册。在朱毛挑粮小道，我们感受到了毛泽东、朱德老一辈革命家的崇高风范。当年，敌军对根据地进行严密的经济封锁，为了解决红军吃饭和粮食储备问题，部队决定开展从山下挑粮的运动。敬爱的朱军长身先士卒，经常和战士们一起，披星戴月，翻山越岭，跋涉几十千米，把粮食挑到山上。因此，朱德的扁担的故事在后来家喻户晓，几十年来都被人们传颂着，朱德同志的光辉事绩令我们永远难忘，其身先士卒、艰苦奋斗的作风激励着一代又一代人。

我们难忘袁文才、王佐这两位革命前辈，他们是井冈山革命根据地的重要创建者。当年为反抗土豪劣绅的压迫而成立了两支农民武装，他们占山为王，劫富济贫，在井冈山形成了一只武装力量，并且，袁文才在毛泽东到井冈山之前经贺子珍的哥哥贺敏学的介绍加入了中国共产党。正是这两位农民武装的首领，将毛泽东和秋收起义保留下来的部队迎进井冈山，还接受工农革命军的改编，使起义的革命战士有了落脚之地并壮大了革命武装力量。他们衷心拥护毛委员，跟着毛委员发动群众搞土地改革，积极建立红色政权，为巩固和发展革命根据地做出卓越的贡献。然而不幸，他们后来却遭到错杀，成了“左倾”路线的牺牲品，成为我党历史上的第一个冤案。今天，生活在和平的岁月里，我们要告诫我们的后人永远都不能忘记当年袁文才、王佐两位革命先辈对中国革命所做的重要贡献，也永远不能忘记“左倾”带给革命事业的危害。

在小井红军医院，我们看到，当年红军师长张子清在战斗中脚踝骨负伤，在治疗时没有麻药，医生给他做了两个多小时的手术，他几次昏死过去。由于当时医药和生活物资匮乏，后来他的伤口腐烂，但他一直舍不得用组织上分配给他的一点儿消毒用的盐，在生命的最后时刻，把珍贵的盐献给了其他伤员，他自己献出了宝贵的生命。那时，红军的医疗条件非常恶劣，为了建医院，广大红军战士捐献零用钱和“伙食尾子”，没有西医、西药，他们就地取材，寻找草药配制药品。没有粮食吃，毛泽东带头喝野菜汤。冬天没有被子，战士们盖干稻草取暖。红米饭，南瓜汤，“金丝”被盖身上，穿草鞋，扛土枪，条件异常艰苦，但那时官兵一心，同甘共苦，斗志昂扬。他们不畏困难，不畏强敌，不怕牺牲，英勇斗争。

我们在井冈山学习，核心就是学习井冈山精神，而井冈山精神的内涵就是坚定信念、艰苦奋斗，实事求是、敢创新路，依靠群众、勇于胜利。我们在井冈山学习期间，处处都能感受到这种精神的存在。当年红军医院有一百五十多名红军重伤病员被敌人包围，敌人的机枪对准他们并向他们许诺，只要他们声明脱离红军就放了他们，但是他们凭着对革命的坚定信念，没有一个人向敌人乞求活命。他们视死如归，绝不投降，最后全部被敌人杀害，最小的红军战士年龄只有十四岁。莲花县委书记刘仁堪不幸被敌人逮捕，在刑台上，他仍然向群众宣传革命主张，揭露敌人的罪恶，被敌人残忍地割下舌头，鲜血流到地面，他用脚趾头蘸着自己的鲜血在刑台上写下了“革命成功万岁”六个熠熠生辉的大字。敌人的刺刀刺入他的胸膛，他仍然屹立着，双目怒视着敌人。这种大义凛然的共产党人的浩然正气和坚如磐石的革命信念气吞山河。

在井冈山烈士陵园，我们全体学员在内蒙古自治区住房公积金协会杨运平会长的带领下，怀着无比崇敬的心情向死难的烈士敬献了花圈，来表达我们对烈士们的深切哀思。当年在井冈山两年多的革命斗争中，牺牲的烈士就有五万多名，其中留有姓名的只有一万五千多名，其中有红军高级将领王尔琢，朱德的爱人伍若兰。还有更多的人没有留下姓名。巍巍五百里井冈，处处留有烈士的忠魂。

在云雾缭绕的黄洋界哨口，历史的硝烟早已散去。我们站在这里，遥望满山遍野的苍柏翠竹，仿佛看到旌旗猎猎，硝烟滚滚。那层层叠叠远近高低的苍柏翠竹，在向人们诉说着当年黄洋界保卫战中红军战士和赤卫队员，高举土枪、梭镖、大刀与敌人奋力搏杀的故事。我们也仿佛看到，最终白军敌不过根据地的军民而狼狈溃逃。这满山的苍柏翠竹，见证了红军依靠群众、勇于胜利的奇迹，也经历了敌人“石头要过刀，茅草要过火，人要换种”的烧杀罪行的摧残，井冈的苍柏翠竹是历史的见证着。如今，它们昂然屹立，郁郁葱葱，生机勃勃。每当我看到这满山的翠绿，又会感觉到这是红军烈士们的英魂，他们在守护着这片沃土。他们的精神就犹如这满山的苍松翠柏，生生不息，万古长青。

通过这次学习，我们更感觉到革命胜利是多么的来之不易，更感觉到我们今天的生活是多么的幸福，也更感觉到今后我们的责任是多么的重大。今天，历史把接力棒交到我们手中，我们一定要不辜负无数革命先辈的希望，继承革命先辈遗志，在实现中华民族伟大复兴的“中国梦”中做出自己的努力。今天，我们的国家正处于实现中华民族伟大复兴的重要历史时期，在这历史过程中，我们会不可避免地遇到国际、国内各种复杂思潮和形势，因此，我们一定要有一种精神，具有一种定力，任凭国际风云如何变化，都不能迷失前进的方向。我们一定要提高政治鉴别力，时刻同以习近平同志为核心的党中央保持一致，时刻牢记共产党人的理想信念，用革命理想和信念武装头脑，用“理想信念”补足我们人生的“钙”，用“理想信念”作为我们前进的动力。

井冈山的感人故事还有许许多多，他们就像翠竹苍柏一样世代相传，而我对井冈山的情怀也一言难尽，我想用一句话来表达我对井冈山革命老区的情怀，那就是——井冈翠竹别样亲。

最后，让我们永远牢记井冈山精神，永远牢记革命前辈的丰功伟绩，大力弘扬艰苦奋斗的革命作风，不忘初心，继续前进，在工作岗位上努力为人民群众服务，在全国各族人民实现伟大的“中国梦”中做出应有的贡献。

蓝色草原乌拉盖

赵瑞生

一曲优美动听、风靡全国的《蓝色的蒙古高原》一定会诱使你前来寻找蓝色的蒙古高原。要寻找蓝色的蒙古高原就来乌拉盖吧，人们都知道乌拉盖有著名的芍药谷，芍药谷中有大若碗口、娇翠艳丽的芍药花。其实，那蓝色的蒙古高原才是乌拉盖的神韵，你看，迷人的芍药谷似乎笼罩着一袭薄薄的蓝纱，盛开的芍药花分明绽放着一股蓝色的活力。

草原人喜欢蓝色，崇尚蓝色，敬仰蓝色，蓝色是生活中的主色调，更是心灵的基色。喜爱蓝色是草原人世代相承的寓意吉祥的习俗，穿蓝色的袍子，围蓝色的缠头，献蓝色的哈达。来到草原，如果您能得到一条蓝色的哈达，那就是得到了草原人最高的礼遇。

草原上醉人的不仅仅是闻名遐迩的马奶酒，不仅仅是芳香四溢的鲜牛奶，也不仅仅是芊芊莽莽的绿草与绚丽缤纷的鲜花，更有那神奇而又迷人的蓝宝石般的蓝天。

那就先仰望苍天吧，薄薄的云霓平铺在蓝天上，像一袭半透明的纱笼，微微露出淡淡的蓝意。倏而，薄云散尽，澄澈的蓝让人冥想联翩，那湛蓝的后面是什么呢，莫非真是神仙的居所，或许“天地玄黄，宇宙洪荒”……你的心也会随之澄澈起来，无论是难以排解的忧愁，还是一些杂七杂八念头都会消失得干干净净，就像那一碧万顷的蓝天。再做几次深呼吸，那感觉简直美妙极了。这时从天外传来几声雁鸣，更显出蓝天的静美。草原尽头天地相接的地方空气也是蓝色的，那空气上接天下连地，就像一袭巨大的帷幕。天边那一层一层的远山也是蓝色的。那远山连绵逶迤，就像是大海的波浪。就连稍远一点儿的牧草也泛着淡淡的蓝意。当你不再怀疑自己的眼睛，当你诧异而又激动的心跳稍稍平静之后，你会为你有一双能够捕捉到草原蓝色神韵的眼睛而欣慰。

在冬日仰望苍天，更是一种对于蓝色的绝美感受。草原银装素裹、冰清玉洁，有如处子。蓝天映雪原，雪原衬蓝天，天空显得格外蓝、格外高，你说不出它有多么深邃、多么圣洁，蓝色的大海没它柔润，璀璨的蓝宝石没它亮丽。仰视蓝天你如醉如痴，时而飘过一朵云彩，它流动着、变幻着，一会儿像朵朵白莲，花朵摇曳着；一会儿像成片的羊群，羊儿欢跳着；一会儿又像圣洁的哈达，哈达飘飘，那是崇拜光明的蒙古族给太阳的献礼。那雪白的羊、土黄的牛、枣红的马在雪原上沐浴着阳光、采食着牧草，时而驻足，时而游荡，率性而惬意。牧人一袭大“德勒”雕像一般凝视着远方，“天边有一对双星，那是我梦中的眼睛……天边有一棵大树，那是我心中的绿茵……我愿与你策马同行，奔驰在草原的深处，我愿与你展翅飞翔，遨游在蓝天的穹谷”。

我们居住的地球从太空看是蓝色的，而她是目前所知唯一有生命的星球，可以说蓝色孕育了生命。生机勃勃的草原上，百草千花、万头牲畜以及辛勤劳作的牧人，都是蓝色的孩子，蓝色是万物的母亲。孩子们初生时是绿色的，生长时是五颜六色的，成熟时是金色的，永远依赖的却是蓝色。有了蔚蓝的天，就有了生机勃勃、生生不息的幸福生活。天，赋予了草原上的一切，因而被敬称为长生天。蒙古族对长生天的顶礼膜拜，也使他们对天的颜色充满敬意，蓝色便成了神圣的色彩。敬献给圣主的哈达是蓝色的，只有神圣的蓝色才能映衬出一代天骄的伟大；只有吉祥的蓝色，才能表达出子民的虔诚。把蓝色映入眼帘，让蓝色常留心间，是草原人亘古至今的精神依托，从大鲜卑山麓到斡难河畔，从北海之滨到阴山腹地，就这样一路跋山涉水，一路披荆斩棘，一路蓝色相伴。

有美术常识的人都知道，蓝、红、黄是三原色，万紫千红、五彩缤纷都是由这三种颜色按不同配伍比例美妙生成。碧绿的草原就是由蓝色的天空与金黄的太阳幻化而成。在蓝天深邃辽远的背景之下，太阳普照草原，为生灵万物辐射出无穷无尽的能量，这浩浩能量让草原生机勃勃，“风吹草低见牛羊”“地椒生处乳羊肥”。在春天的暖阳与夏天的烈日下，为了吸收能量叶绿素拼命工作，草原也就绿得一望无际、天涯弥望尽芳草了。待到秋风乍起籽粒饱满的那天，弥望的绿野便幻化为太阳一般的金黄，仿佛向蓝天和太阳述说，我源于你们，我回归太阳的本色，我保留蓝天的胸怀。是的，这金黄的牧草还要用蓝天一样宽广的胸怀延续太阳的使命，把能量源源不断地供给草原上的生灵们。绿和黄是草原的容颜，蓝是草原的神韵；绿和黄是草原的音符，蓝是草原的旋律；绿和黄蓬勃着草原的生命，蓝积淀着草原的灵魂。草原青春的绿色有一天会变为成熟的金黄，而乌拉盖草原蓝色的底蕴会四季长在。

看到这神奇的草原蓝，那首《蓝色的蒙古高原》会在耳边轻轻回响……

马鬃山

苗德雨

在探访七棵松的路上，于色也勒吉河畔，我们见到一座颇为引人注目的山峰。山体在草原上兀然拔起，山势奇伟险峻，山脊岩石耸立，便如奔跑中的野马长鬃，如旗如帜，随风猎猎。

问及向导，他告诉我们说，这山叫作马鬃山，在当地的传说中，那是一匹被四方围堵、无法脱困的神马所化。随后，娓娓讲出一段动人的故事来。

故事的主角是一个孤儿，名叫额布苏，汉语就是小草的意思，其实，他的名字叫作小草、小树、小山都没有什么区别，重要的是他是一个孤儿。而与他相依为命的是一匹马头中央有着新月形的白色毛发的母马，名字叫萨仁，译成汉语就是月亮的意思。额布苏六岁那年失去了父母，在成为孤儿的岁月里，他依靠挤马奶渡过最饥饿的时光，依靠马的胸腹获得寒冬里的温暖，所以，他称呼萨仁为萨仁妈妈。

这是一个孩子和一匹马的故事，他们一起在草原上散步，一起玩耍，一起成长。夏日里，萨仁小跑着带起一路清风，为额布苏驱散了难熬的酷暑；冬日里，萨仁用自己的体温，为额布苏依偎出一方温暖，让他在破旧的帐幕里能够安眠。这一切，本来也平淡无奇，如果没有那些意外发生，那么，孩子会慢慢长大，马会悄悄老去，在某一个清晨或者黄昏，已经长大的孩子会流着眼泪把逝去的老马安葬，然后继续他的人生旅途。

听着向导讲故事，我忍不住问："在传说的开始，总是充满着温情，但传说的结局却往往会出人意料，或是悲剧的开端则必然是喜剧的结尾，或是喜剧的开头就陡然跳跃到悲剧的结局，那么，这个故事的发展必然充满悲情。"

向导点头，他的目光越过山顶，有些深邃，有些多情。而一刹那，阵雨后陡然跃出云层的阳光照耀山巅，为山脊铺下了一层光幕，仿若万千神佛降临，璀璨而辉煌。

大家忙着摄影、摄像，记录这一刻苍生天降下的神祇。而向导则拜伏下去，如藏族磕长头的礼仪，五体投地匍匐，双手向前直伸，口中呢喃着什么，神圣而虔诚。

待这一阵的忙碌过去，大家才继续催促向导讲述孤儿与马的故事。

那是康熙二十九年。那一年，清朝将军也勒努追剿喀尔喀部阿拉腾宝苏格图汗与噶尔丹叛乱集团时，因慕名色也勒吉河畔的马匹，就在此安营驻扎。临走时，要在色也勒吉河畔挑选上乘的马匹带回京城，充实到皇家御马群中。

官与民的斗争就此展开了，这符合一般民间故事的情节要素，官府往往要扮演恶的一方，百姓则是弱势的受害者。当地的牧民为了保住色也勒吉河一带马匹的优良种群，冒着杀头的风险，把上千匹最好的马匹分散赶进色也勒吉河的芦苇塘里。不幸的是，母马萨仁丢不下孤儿额布苏，孤儿额布苏离不开他的马妈妈萨仁。

那天，天空阴沉沉的，仿若是暴雨将来，而天地间则静寂的有些吓人。额布苏哭着，一次次抱住马的脖颈，又一次次放开，终于在驱赶牧人的呵斥声中开始驱逐萨仁。孩子大哭着，用力挥舞手中的木棒，而母马萨仁则踟蹰在他的周围，迟迟不肯离去。驱赶马群的牧人几次回奔过来，费了很大的力气，才把萨仁驱赶进渐行渐远的马群。

风渐起，天地越发昏暗，雨终于倾盆而下。

天渐渐晚了，没有母马萨仁做依偎，额布苏感觉有些冷，有些害怕，又忘了给自己弄些吃食，又冷又饿的孩子蜷缩在毡房的一角渐渐睡着了。毡房外大雨瓢泼，毡房里面小雨汇成溪流，哭倦的孩子缩成一个小团儿睡在破烂的皮张上，鼻息间还时不时地抽泣着，但是慢慢的，他的嘴角有了一抹幸福和满足，他的身体渐渐暖和起来。孩子做了一个梦，梦见萨仁离开他去了远方，但那凄楚的画面并没有维持多久，萨仁就回来了，他们像以往一样，相互依靠着一起面对寒冷、饥饿、寂寞和孤独。

这个夜晚，神秘而安详。

天亮了，额布苏在一片嘈杂声中醒来。他揉着眼睛，望向四周，一切都和以往一样。雨停了，暗淡的天光从破旧毡房的缝隙里漏下来，萨仁正一边打着响鼻，一边尝试着用大大的脑袋从某一个角度开启房门。

“萨仁？”额布苏猛地跳了起来。他豁然醒悟到，原来这一夜所谓美好的梦境，都是他的萨仁妈妈偷跑回来的结果。

额布苏把脸贴在马脸上，“萨仁！萨仁！”他喃喃地念着马的名字，竟已是泪流满面。

“哐”的一声，本就摇摇欲坠的毡房门被踢散开了，几个清兵闯了进来。看到毡房中的马，清兵的眼中充满了贪婪。

“哈哈，原来把马藏在了屋里，带走！”

清兵一拥而上，要给萨仁带上缰绳。萨仁却连踢带咬，竟然突出了清兵的围堵，闯出了毡房。

额布苏也连滚带爬地跑出了毡房，他大声喊：“快跑！萨仁，快跑！”

向导絮絮地讲述着，他说：“本来，萨仁已经跑出去了。可是它抛不下被清兵踢打着的额布苏，竟然又跑了回来。它像一头猛兽，突进了人群，又踢又咬，直到额布苏爬到了它的背上，它才又冲出了重围。”向导的语气渐渐有些激动，“那一刻，萨仁已经不再是一匹马，它变成了虎豹，它是一匹长生天赐予乌拉盖草原的无敌神兽。”

无敌神兽，我点了点头，肯定了向导的这个比喻。其实，我觉得还有另一个比喻更加贴切，在我的心中，那马更像极了一位护着自己孩子的母亲，一头护犊子的母豹。我看着向导的眼睛，没有说出来，因为我觉得他和我有着同样的认知。

在广阔的草原上，一匹马驮着一个孩子向前疾驰，在它的周围，是无数的骑兵，高声大嗓地喊着："抓住它，抓住它！套马杆、绊马索……"

我仔细审视着眼前的这座山。与草原上的土山相同，是略有些缓的土坡，慢慢向上去，在中上部，岩石突兀地穿刺出来，如利剑，如枪林，如飞扬的马鬃。是的，这就是一匹马，一匹奔腾不息的马，一头扑向了长生天。岁月的沧桑铺洒下来，已经渐渐埋住了它的身躯，但是它傲然扬起的马鬃，仍然是一句不屈的壮语，是它对长生天昂扬的嘶鸣。

草原上，萨仁奔跑着。马背上，额布苏紧紧搂着马的脖颈，他的胸膛紧贴着马的脊背，他的手能感觉得到马强有力的心跳。奔跑，奔跑，不知道过了多长时间，风又刮起来了，雨又下起来了，已经分不清是千军万马追击着萨仁，还是萨仁引领着万马千军，电闪雷鸣，狂风骤雨，奔跑！奔跑！

不屈服的马和狂风暴雨磨去了清兵首领最后的一点儿耐性，他下达了射杀的命令，一时间，万箭齐发。

萨仁中箭了。它的步履开始踉跄，身体开始摇摆，鲜血迸射出来染红了它的脊背和脊背上的孩子，然后被雨水冲刷着飞溅开去，在身后汇成一道血色的溪流。它咆哮着，用力把额布苏甩在河畔一片高草丛中。它还在狂奔，尽管速度越来越慢，直到那一声惊雷响起。

一声惊雷，天地突然静默了，风停雨歇，时间有着些微的停顿，然后是"轰隆隆"的响声，人们看到了那匹马最后的一跃。这一跃，天地豁然后退，前冲的马势腾起为一座山峰。与此同时，久违的阳光如利箭般刺破黑暗的云层直射到山峰上，迸发出千万道慑人的光芒，似漫天梵唱，却大音希声；似长生天降世，却大象无形，唯有万物生灵赤裸于天地之间，战栗而苍白。

我在乌拉盖草原长大，类似于马鬃山这样形状的山峰也看到过几座，但唯独对马鬃山情有独钟。好多次，我沿着马鬃山上下徘徊，一遍遍梳理着情感，一次次对着山巅傻想，长生天创造了山的形状，先民们赋予了山的内涵，莫非这就是人与自然的相互依存？孤儿与马，不是一个很复杂的故事。但是，它在草原上千年流传，是历史和民族的厚重，在你的长镜头里，在不同的景深里。

有了故事做铺垫，再回首去看那座山，虽然当时是怎样的围追堵截现在已经很难想象，但恍惚间，依然感觉到无数马蹄敲击大地的声音——“踏踏”“嗒嗒”，密集沉重，如锤击鼓面，如原野上的狂风骤雨，“轰隆隆”响过，而间或有马的嘶鸣声，穿透了时空，扑面而来。

向导是当地的牧民，他告诉我，他也是一个孤儿。那一刻，我突然感触到了他在故事中的自我代入。也正是这种代入，让他讲述的故事更加迷人。我握住他的手，相约了未来的友谊。

以后的很多次，我都或远或近地瞻仰过马鬃山。我喜欢躺在山坡上细细把玩一棵小草、一块碎石，在微风里，静静地，融入历史的深远里去，融入天地的寥廓中去。

更多的时候，我愿意把孤儿与马的故事讲给朋友或者客人们听，和他们一起感受，在这片土地上，在长生天笼罩下，在浩瀚的历史长河里不屈生命的一次次游行。

我们，是草原的后裔。

神奇的布林泉

关荣荣

一条生命河
一曲岁月歌
融合
交错
饮着生命河
唱着岁月歌
耕耘
拼搏

一条生命河
一曲岁月歌
辉映
洒脱
饮着生命河
唱着岁月歌

神迹
传说

水，看似简单，却不简单，水乃万物之始，生命之泉。

泉水清清，远山蒙蒙，听着泉水轻灵的声音，看着泉水所滋养的土地，心中所有的柔情，恰在此时奔涌！

我们知道，泉水不同于井水和江河之水，井水是清冽甘甜的，却少了泉水的秀美与灵性。山涧的泉水叮咚作响，如姑娘银铃般的笑声，但乌拉盖的泉水之丰、之清、之美、之甜，更像是诗人抒发不尽的激情……

先说说它的丰富吧！此泉水因富含多种矿物质而远近闻名。2005年内蒙古自治区地质环境监测院认定其属纯天然无污染的优质矿泉水。

再说说它的清冽吧！站在泉边，水中黛色的绿藻犹如镶嵌在水晶中的灵物，脉络清晰，看见蓝天白云的倒影，一点都不走样，在流动泉水的抚慰下，湿漉漉的，显得更为静美，就像把蓝天擦拭了一样。

还有它的秀美，八个泉眼喷水时，有时像天女散花，有的如玉线摇摆，喷水龙口，昼夜翻涌不息，闹中有静，静中有趣，趣中有灵。泉水一年四季温度在五摄氏度。盛夏，它带给人们清凉。严冬，水面上水气袅袅，像是把天上的云朵扯下来给它做了床透明的被子呢！

再说说它的甘甜吧！这里是举世无双的天然泉水博物馆，那水根本不用加工，捧一掬入口，甘甜醇美，沁人心脾，周身舒畅。每天走在泉边，都会看到当地的牧民、周边的百姓、旅游季节的游客，不远千里打接泉水，瓶、壶、桶，排成了长龙似的队伍，打满泉水的人唱着小曲，一路欢笑而过！（据说，常年饮用此泉水，无一人得肠胃、风湿等疾病，因此又被称为布林圣泉。）

甘甜的泉水可用以做饭、泡茶或直接引用，又可做酒。乌拉盖酒的制作也是由此泉水与小麦、高粱，精制酝酿而成，其味道进口甜、入口绵，获得了很多称赞。

布林泉的盛名也跟我们的祖先成吉思汗有着密切关系。1170年，成吉思汗的父亲也速该带着九岁的铁木真前往母亲弘吉剌部定亲，经哈拉哈河至乌拉盖河，正值八月酷暑，父子俩饥渴难耐，席地歇息之时，铁木真忽然听到有叮咚泉水流淌之声，便循声觅去，见绿茵间汩汩清泉从草地间流出，便扑过去捧起清泉喝了个饱。其父也速该说:“此泉水圣洁、清澈，甘爽怡人，有陈年佳酿之香。铁木真你一定会遇到一位温柔、善良、美丽的姑娘。”正如父亲所说，在路上铁木真父子遇到了弘吉剌部贵族特薛禅，商定将女儿孛儿帖许配给铁木真。

这清洌甘甜的泉水，造就了乌拉盖人善良厚道的性格，孕育了乌拉盖淳朴狭义的民风，形成了乌拉盖独有的泉水文化!

这水，这情……生命的律动在心中澎湃，所有这些，深藏于心，凝聚成心泉。

心灵的泉水告诫我，要谦虚，要朴素，要舍弃清高和偏执。

心灵的泉水教导我，只有舍弃自我，才能看见真实。

心中有了泉水，就有了寄托，在顺境中是一种前进和拼搏，在逆境中是一种思考和奋发。

我心欣慰，珍惜布林泉之水，因为它滋养了我的心脉，浸润着我的情怀，流淌着我的声音，书写着我的生命!

愿神奇的布林泉源远流长。

美丽的家乡

李长花

我的家乡在乌拉盖哈拉盖图农牧场，这里景色宜人，别有风味，欢迎全国各族人民欢聚在这个美丽的地方。

当你来到这个地方，这里的山山水水、一草一木以及优美的环境，还有那令人心驰神往的旅游景区——迷人的九曲湾、充满宗教风情的布林泉、原生态的白桦林、万里飘香的芍药谷、《狼图腾》影视基地等，都会深深的吸引你，让你回味无穷、恋恋不舍、难以忘怀。

每天清晨，当你呼吸着新鲜的空气，享受着阳光的照耀，聆听着美妙的音乐时，你都能感受到家乡有一种宁静的美。虽然我的家乡人口不多、车辆稀少，但是能够给你一颗宁静的心。

一栋栋崭新的楼房拔地而起，让家乡的人民享受到了美好的生活。

一排排用青砖盖起的平房，用木头雕刻图案的门窗，是老年人娱乐的地点。里面整齐地摆放着几张崭新的桌椅，他们打着扑克，享受着幸福。

宽大明亮的活动室里充满了美妙的音乐，秧歌队翩翩起舞，再现了优美的舞姿。还有那悠扬的歌声，听起来也十分悦耳，不仅使人陶醉，还为家乡增添了光彩。

宽敞舒适的体育馆，提供了展示和锻炼的场所，还告诫人们生命在于运动，健康源于锻炼。不但增强了家乡人民的体质，而且使人们生活得更加充实。

古朴的建筑展览馆中，不仅陈列着兵团知青的照片，还有那数不胜数的各种物品，真是美不胜收。这些展品既珍贵又真实，既引人怀念又招人热爱，来自全国各地的参观者络绎不绝。

重新装修的大礼堂奇迹般地恢复了原貌，震撼着每个人的心灵。每一块石头，每一锹泥土，都镌刻着不可磨灭的兵团精神。从外观看，它造型独特，结构新颖，别具一格。古朴风情的大门上面不仅写着一条醒目的标语“为人民服务”，还插着几面崭新的红旗，迎着风，高高飘扬着，像是在向我们讲述着有关岁月不老的往事，又像是想重新唤回兵团青春的岁月。还有那结实的木头门窗，雕刻着复杂的图案，真是耐人寻味！走进大礼堂，宽大而又敞亮，面积很大，除了工作室、晓·书屋以外，还有更衣室以及漂亮的舞台，还可以放映电影。一排排崭新而又整齐的红色椅子，能让你感受到久久的温暖，竟然会使你流连忘返。

还有一所崭新的教学楼——哈拉盖图人民幼儿园。踏入新校园你会发现，这里处处充满着阳光，充满着希望，充满着爱心。因为这里播撒了无数颗爱的种子，将要去栽培希望的花朵、明天的太阳、祖国的未来；因为这里有孩子们的欢声笑语，是他们灿烂的笑脸，把新校园点缀得更加美丽。这里是一道爱的风景，到处洋溢着春天般的温暖。

远处，随处可见一只靓丽的队伍，那就是家乡的巾帼环卫志愿者。她们把街道两边以及树林间的垃圾捡得干干净净，家乡周围深深地留下了她们爱的脚印。她们不怕脏、不怕累，勇于付出的精神，感染着身边的人；她们不求回报、默默无闻的实际行动，把家乡装扮得更加美丽；她们闪光的心灵，永远铭记在家乡人民的心中。

你看着天空的颜色，天有多蓝，家乡的空气就有多新鲜；你看着大地的颜色，草地有多绿，家乡的风景就有多美；你看着太阳的颜色，太阳有多红，家乡人民的心就有多真诚。

每当，从家乡的每一个角落走过，一尘不染的街道，使家乡变得更加整洁，街道两旁的花草树木为家乡增添了绚丽的色彩。

每当，从家乡的每一个角落走过，都会使你眼前一亮，家乡呈现出一种焕然一新的面貌，不仅使你开阔眼界，而且使你心旷神怡，仿佛陶醉在一个美的境界。

每当，从家乡的每一个角落走过，那里不仅记载着悠久的历史，还保留着当年的文化遗产，这些都会让你有一种怀旧感，仿佛又回到了曾经的岁月。

每当，从家乡的每一个角落走过，你都能体会到有一种浓浓的气息——树木的松香味、小草的清香味、鲜花的芳香味、都能带给你无限的喜悦。

每当，从家乡的每一个角落走过，都会有一股暖流迎面扑来。因为那里留下了深深的足迹，因为那里留下了雪中送炭般的温暖，因为那里有爱的奉献。

每当，夕阳西下，夜幕降临的时候，街上的路灯就会为我的家乡照明。它照亮了每个人前进的步伐，照亮了每个人闪光的思想，照亮了家乡的每一个角落。在柔和的灯光下，我的家乡显得更加光彩熠熠，每一个角落都像是一道美丽的风景线，别有一番安静的美。

我的家乡山美、水美，人更美，要说最美的还是家乡那条美丽的街，平坦而又光滑。漫步在这条美丽的街道上，就会与阳光为伴，与风雨同行，与喜鹊同喜，与风景同在。一路走来，带给大家更多的是健康、快乐、方便和享受。

我的家乡乌拉盖哈场到处繁花似锦、生机勃勃，风景自然、美丽，就像是一幅美丽的图画。每一个角落都能让你感受到美、享受到美。假如你来到这里，一定会让你念念不忘。

芍药谷

刘少龙

在水草丰美的天边草原，有一处远近闻名的自然景观叫芍药谷。那里生长着成千上万株野生芍药，每年的六月中下旬是芍药竞相争艳的季节，清香幽幽、粉白相间的芍药把辽阔的天边草原装扮得分外迷人。

芍药被喻为“花相”，在百花之中的地位仅次于牡丹。对生长环境要求极其苛刻的芍药，为什么会在天边草原落地生根？在牧区一直流传着这样一个传说。

很久以前，有一对年轻的牧民夫妇游牧到此，看到这片广袤无垠的草原，顷刻间就喜欢上了这里，于是便选择了在这里定居。大概有一年的光景，牧民夫妇就喜得了一对龙凤胎，两个孩子的出世让这个幸福的家庭到处洋溢着欢乐。

风光秀丽的草原四季更替，三年转瞬即逝，牧民夫妇在这片广阔的草原上一直继续着他们的幸福生活。

每日清晨，牧民都要外出放牧，临行前妻子都会拥抱他，并再三叮嘱他要早些回来，那次也不例外。牧民也像往常一样，轻轻摸了摸正在熟睡中的两个孩子的额头，披上皮袄，拿上皮鞭，背上水囊，唤上那只跟了他十余年的猎犬，吆喝着一群羊，径直往东南方向那块最好的草场走去。牧民在离开家前，天空中就已经飘起了雪花，西北风也在呼呼地刮着。日落时分，牧民的妻子特意为牧民准备好了一桌可口的饭菜，并且备好了一壶马奶酒，困倦了的两个孩子依偎在母亲的身旁，听母亲哼唱着蒙古歌谣，静静地等待着他们的父亲回来吃晚饭。

那天雪下得很大，一整天的时间，草原上已经覆盖了厚厚一层，肆虐的西北风掀起落在草地上的雪花，把整个草原都变成了白色的世界。牧民们把这种天气称为白毛风，草原上一旦刮起白毛风，一时半会儿是停不下来的。

天色渐晚，牧民家毡房里的油灯还亮着，两个孩子早已经进入了梦乡，但是牧民的妻子毫无睡意。她一直在毡房里来回走动，等不到丈夫归来，她根本无法入眠。然而，整个夜晚，牧民都没有回来。天刚放亮，外面的风也不怎么大了，牧民的妻子决定出去寻找丈夫。刚走出毡房，她就看到了牧民最心爱的那只猎犬趴在地上有气无力地用前爪蹭着雪地，当时牧民的妻子心里就有了一种不祥的预感，她隐约觉得丈夫可能出事了。就像她所担心的那样，一连几天都没有等到牧民回来。让人奇怪的是，那只猎犬自从回到牧民家，就什么东西都不吃，在牧民失踪的第七天，猎犬就死了。后来，牧民的妻子每天都领着两个孩子去牧民经常放牧的那块草场找他，只可惜过了不知道多少个日夜，一直未能找到牧民的踪影。

牧民不见的第二年夏天，天边草原连续下了好几场大雨，无论雨下得有多大，都未能阻挡牧民的妻儿去寻找他的脚步，可是自从那几场大雨过后，牧民的妻子和那两个可爱的孩子就再也没有出现过。后来，有人说他们在雨夜里搬到别的地方去了，也有人说他们在雨夜里遇到了危险。就在人们把这一户人家逐渐忘记的时候，令人不可思议的事情发生了，在牧民经常放牧的那块草场先是无端地长出了几株芍药，接着越长越多，最后漫山遍野都是。人们都说这是牧民的妻儿思念牧民心切，伤心过度后化作了芍药。这种说法的真实性无从考证，不过令人诧异的是，在这块地势相对低洼的草场，花期一到几乎每一朵粉色的芍药旁边都有两朵白色的芍药，而且它们总是一致朝着东南方向，仿佛在守望着什么。

如今，走进美丽的天边草原依然能看到风姿绰约的野生芍药。它们一株挨着一株，一朵接着一朵，在蓝天白云的映衬下更像是坠入凡尘的仙子。每年的端午节前后，天边草原都会阴雨连绵，似乎从很久以前就是如此，恰巧在这个时节，成千上万朵芍药便开始悄然绽放，好像是跟腾格里提前约定好了似的。

美丽家乡正蓝旗

张海霞

我可爱的家乡正蓝旗，像一位仁厚慈祥的阿妈，孕育了富饶的文化、秀美的风景和蓝旗人的善良、豪放。这片厚土滋养的人们眷恋自己的家乡，热爱自己的家乡，期望为建设家乡出一份力，尽一份心，抛洒汗水，贡献热忱。走进上都音高勒，整洁宽敞的街道让心情豁然开朗，风景怡人的水上公园，有人漫步小桥，闲散惬意，有人在河边垂钓，安静放松。这里更像是不收费的氧吧，清新自然。元上都非物质文化遗产产品一条街，各种商品琳琅满目，应接不暇。察干伊德、蒙古族服饰、蒙古族皮艺、蒙古族纯银、蒙古族雕刻、蒙古族沙画、蒙古族柳编制品等，现场制作技艺展示、产品展销和个性定制的业务，惊诧着外来游人，感动着本土人民，大家享受着最淳朴、天然的视听盛宴。上都电厂高耸入云的烟筒飘逸出已净化的缕缕白烟与蓝天相接，云烟肆意伸展体态，变幻出各种形态，给人无穷的遐想空间，也形成了蓝旗一道亮丽的风景线。春姑娘在我的家乡总是有些羞涩，迟迟不肯摘下面纱。不过季节时令的变化丝毫无法阻挡人们“一年之计在于春”的热情，人们开始规划一年的工作、学习和生活。

年轻的小姑娘、小伙子们脱下厚重的棉衣，换上艳丽的春装，率先装扮这片土地，随着春的序曲，美丽的正蓝旗，奏响了新的乐章。

五月，绵绵的细雨酥油般滋润着这片刚刚泛青的草原，洗去了初春弥漫的沙尘。大地渐渐吐露清新和嫩绿，天地开始上色，花鸟开始争鸣，生机无限的草原给淳朴勤劳的农牧民带来喜悦和生机。

每年的七八月是旅游的旺季，草原上支起一座座蒙古包，迎接外地游客体验蒙古族民族风情，炒米、奶茶、手把肉、马奶酒让你吃个够、喝个够。品尝了地道的风干肉、沙葱包后，大胆的游客一定会感受一下马背上的休闲，马蹄声清脆悦耳，像跳着踢踏舞一路奔驰，草原美景尽收眼底。

美丽的金莲川盛开着清新灵动的金莲花。金莲花不媚不妖，却完美地结合了不争与脱俗，将草原编织的绿毯点缀得更加高端和大气。置身于花海中，往往会陶醉的忘记了世俗的一切烦恼和纷杂。金莲花美丽怡人，制茶败火，优雅地盛放在这片草原。

为了草原民族的可持续发展，政府实施禁牧政策和长久的沙化治理，逐渐改变了一度荒瘠的草原，我们又看到了草木葱郁、微风吹拂似波涛翻滚的壮观景象。“天苍苍，野茫茫，风吹草低见牛羊。”蓝天白云绿草地，远处的马群、牛群和云朵般的羊群悠闲地吃着草，个个膘肥体壮，自在地畅游在绿色的海洋之中。

秋天是收获的季节、成熟的季节，草原换上金黄色的外套，显得更加妩媚和丰饶，湛蓝的天空映衬橙黄的大地，一望无垠的草原连接着广袤悠远的天空。打草机、捆草机、收割机隆隆作响，带来一片繁荣昌盛的景象。每个打草的牧民都忘却了劳作的辛苦，因水丰草美的自然赠予洋溢着满足的笑容。秋天的草原充实并幸福着。

冬天的草原，带着北方特有的冷冽迎接一场初雪，虽已见惯，但人们依旧满心惊喜。银装素裹的正蓝旗更加庄重美丽，皑皑白雪落在树上、屋顶，精灵般飘落行人的头上、睫毛上。冬日别样的美驱走行人的严寒，也让操劳了一年的农牧民心情变得宁静、平和，为来年努力创造美好生活养精蓄锐。

我爱正蓝旗，不禁想起艾青的诗句“为什么我的眼里常含泪水？因为我对这土地爱得深沉”。作为土生土长的蓝旗人，我爱这里的一山一水、一草一木，我爱这里蒙元文化精髓的传承、现代化工业的发展，我爱这里质朴的人民、纯美的乡风，愿我们可爱得正蓝旗建设得更加美丽繁荣。

梦回草原

张叶萍

我和妈妈在烈日下走着，脚下是松软而潮湿的草地，空气中弥漫着青草的香气和湿地蒸腾的雾气。大片大片的沼泽横在脚下。青草似乎已经高过了我的头顶，我不得不费劲儿地从草尖的间隙中看着妈妈的后背，磕磕绊绊地向前。无垠的荒野上，只有我和妈妈两个人走着，没有路，没有房屋，没有行人，只有一大片的青草地连着另一大片的青草地，无穷无尽，无边无际。那时妈妈只有三十岁，很年轻，她带我来到乌拉盖草原。因为没有路，我们不得不徒步走到属于我们的那片牧场。

二十多年前，为了生计我们全家移居到乌拉盖草原。我们居住的牧场离城很远，即使去邻居家也要走很远的路。房子是石头和泥胚砌起来的，矮到妈妈进屋都需要低下头，院子里长着高大茂盛的酸柳柳草，妈妈洗了衣服经常晾在上面。那时的草儿似乎有着无尽的生命力，有些甚至长到屋顶上，草根交错，竟然起到了保护屋顶的作用。

因为有了牧场，放牧成了我们每天最重要的事。羊是我们全家的财产，最初赶着羊群到草地上去，我总是担心会有不听话的羊儿跑丢，于是紧紧地跟在羊群后面跑来跑去，一旦发现有一两只不听话的，就赶紧跑过去把它们赶回羊群。羊儿得不到自由，可能觉得烦闷，干脆卧到草地上睡觉。每当羊群卧下的时候，我又会不厌其烦，来回点数，数来数去，一会儿多，一会儿少，一会儿紧张，一会儿开心，虽然只是放羊，却也五味杂陈，个中滋味在心头。当然，这只是最初的那段时间，后来，放羊对于我来说已经游刃有余了，我只管躺在山坡上悠闲地看看天、看看云，远远地看着羊群。

清晨，我把羊群赶到草地上时，露珠还挂在草尖上，晶莹剔透，却沾湿了鞋子和裤子。妈妈很担心，总让我穿雨鞋。可到了中午，雨鞋又会捂脚。因为年纪小，我宁可穿着轻便的布鞋在湿漉漉的草丛里跑。傍晚归来时，最难以承受的是成群结队的蚊子。蚊群追在羊群后面，争先恐后地想要去叮咬一口肥肥的羊肉。我一直认为，蚊子应该更爱叮咬那些胖胖的乌珠穆沁羊，因为羊儿们吃的是各种野生的青草、药材、花朵，喝的是甘甜的泉水。但蚊子似乎不在乎这些，还愿意追着我。有时一摸脸就是好几只大蚊子，一张嘴就有东西慌不择路地扑进来。我的体质好，蚊子咬的包很快就会散掉。可能是我之前被咬的多了形成了抗体，如今走到哪里都不会招蚊子。

牧羊人的一天看似漫长，却也很好度过。走在草地上，揪上两根草晃呀晃，或放在嘴里一直含着，有些青草竟然能品出甜丝丝的味道。看到一朵花儿可以尽情地观察很久，娇嫩的花瓣和毛茸茸的花蕊里仿佛藏着无穷的世界。我家那片牧场上开得最多的是芍药、山丹、野罂粟和黄花，色彩缤纷。每一种花都爱凑在一起大片大片地盛开，仿佛约好了似的。我有时捡起块漂亮的石头，盯着它研究，光滑圆润，通透细腻，爱不释手，时常会捡一兜子回家。直到后来我才知道，那些漂亮的石头是地表的玛瑙石，而之前捡到的那些，都留在了牧场的房子里，我并没有把它们带走。

捡到宝石或者宝物这种想法曾经有一段时间一直在我的脑海里盘旋。我所居住的牧场过去是荒无人烟的野草地，但在很久很久以前，可能会有人类居住，也有可能脚下踩着某个城邦的废墟。当然，这机会不大，但不是没有。找到宝物的想法让我放牧的日子变得轻松。我低头寻找，探索，像个考古专家那样去观察每一座山丘、每一块草地。我把石头拿在手里反复摩挲，仔细甄别每一条纹路。那几年我也似乎捡到了自认为宝贵的东西，有时是石头，有时是木头，有时还可能是一只风干了的虫子。

虽然寻找宝物的梦想支撑着我度过了很多个放牧的日子，但因为一直找不到可以拿出手的东西，后来我也就觉得索然无味了。我只能用更多的其他的事情来打发时间，偶尔去找草丛里的鸟窝，会发现两三颗鸟蛋或者两三只雏鸟。雏鸟们对世界充满懵懂而无知的好感，它们并不知道危险会靠近，总是齐齐地张开黄色的小嘴巴等待食物。开心的时候我也会捉几只小虫子塞到它们的嘴里。偶尔我会去追一只蚂蚱或者蝴蝶，捉到蚂蚱后常要装进袋子里带回家喂鸡。当然，很多时候我还是会躺在山坡上，跷着二郎腿，口中含一根草，像个老牧民那样眯着眼睛望向天空。草原很大，云朵显得有些小了，投下的阴影在山丘上来回转，并不能单独给我阴凉。我会试图用手掌挡住强烈的日光，就这样躺着，任风吹拂，耳边是青草的飒飒声、蚂蚱的啧啧声、百灵的啾啾声，混在一起，是大自然的声音。后来每当读到苏轼的“惟江上之清风，与山间之明月。耳得之而为声，目遇之而成色”，我常会想起那时的情景。山风掠过草尖，轻拂大地，大片红色的山丹和黄色的野罂粟轻轻摇曳，一只百灵“扑棱棱”地飞向天空，远处有一只老鹰已经骄傲地略过云层，一只还在吃奶的羊羔只管闷头睡觉，发现羊群走远了才会忽然惊醒，惊慌地追赶羊群。这就是我记忆中的草原。

牧羊人的一天并没有那么难熬，也许仅是转了几圈，日头已经西斜。通过太阳看时间的能力我很早就学得了。我一直相信人的身体里有一个无形的钟表存在，不仅是自身的生物钟，还有一个可以真实感知外界的钟表。而物质的充盈总会让我们的一些能力消退。

傍晚牧群回圈是我一天最兴奋的时刻。此时，晚霞会染红天空、染红原野、染红绵羊厚厚的脊背、染红我随风飞舞的发丝，是那种铺天盖地的热烈而明亮的红。走在火红的晚霞中，我很喜欢哼一些并不成调的曲子，慢慢地跟在羊群的后面。羔羊们围在母羊身边撒着欢儿，跑来跑去，偶尔会狠狠地摔一跤，偶尔会两两打一架，但这些并不会影响它们欢愉的心情。有时羊群在溪水边喝水耽误了回家的时间，天色微暗时，我们才能翻过最后一座山丘。而此时总能看到妈妈站在屋前眺望。屋顶的青烟在夜色中影影绰绰，天边的晚霞散去，黛青色的云层在天空与大地之前划开一条长长的豁口，仿佛是进入另一个时空的隧道。妈妈形单影只地站在夜色中，盼着她的孩子和羊群，显得格外苍凉和孤独。

看到妈妈后，我站在山坡上大声地呼喊，拼命地挥手。虽然晚风吹散了我发出的所有的声音，但妈妈还是急匆匆地爬上山丘，帮我一起将羊群赶进了圈。羊妈妈“咩咩”地呼唤着自己的孩子，而羔羊们只管开心地玩耍，于是母羊的呼唤声更加洪亮而持久，待到它们各自找到了自己顽皮的孩子，夜已归于寂静。

一天放牧归来，睡梦会格外香甜。月光穿过玻璃窗，落在我们的枕边，透明而静谧。夜里，偶尔从羊圈传出羊的叫声，有时还能听到田鼠在墙壁的石缝里遛过，那只大花猫轻轻依偎在被子的边缘，一切都这样安静地睡了。

因为生活，2006年我不得不离开草原。十年过去，我梦想再回到那片草原。再回草原，我愿养羊十几只，养马一匹，种菜一席，耕田数亩，等燕子归来，看芍药花开，喂马劈柴，牧羊种菜。那时，我一定要做一个幸福的人。

母 亲

薛翠珍

正抱着手机欣赏群里的诗评，屏幕上跃然出现了老妈的手机号，我的脸不由得热了。

“喂！老妈你好啊……”呵呵先给老妈撒个娇。“好几天都没有你的电话，妈看看你干啥呢。还忙呢？”妈妈依然是宠辱不惊的样子。

陡生燥热的我开始搜索一大堆的理由：“妈，这几天挺忙的，每天出料、开票。看大门的表哥、表嫂不在就我俩，嘿嘿，抽空还写点儿东西、练练字……”

“妈知道你忙，没事。就想问问你，好几天没说话了，不知道你好不好，有事没事。挺好就行，我和你爸没事，你也不用惦念。你记得吃好，别太累。妈知道你睡觉不好，那也不能总熬夜不是？听隔壁王老太太说喝养血安神片能睡着，妈昨天给你买了一瓶，等你回来拿去吃吧。你忙就先忙吧，记得别太累，别担心我们！把厂子看好……”“好的妈妈……”

挂断电话的瞬间，眼角眉梢忽然雨雾涩涩，一阵酸楚陡然涌上心头。我为什么总是把老爸、老妈忽略呢？真的忙到连给老爸、老妈问候的电话都没有吗？世上最疼我、最爱我、最呵护我的就数老爸、老妈了，可是我回报他们的有多少呢？除了让老爸、老妈担心就是让老爸、老妈担心，仅仅是一个问候电话都记不住打……

记得那是一个特别寒冷的冬天，母亲去学校看我和三妹。母亲告诉我家里杀猪了，卖掉一大半猪肉给姐姐买了登山服，姐姐上高中了得穿的体面一些。给我和三妹买了棉鞋、棉袜、棉手套，怕我们住校冻着。给小妹买了红头巾、花棉鞋，还给爸爸买了一瓶白酒、一包带“金纸”的香烟，说爸爸辛苦一年了也犒劳一下。我问妈妈：“你自己买了什么？”妈妈仿佛不屑一顾：“你们好好学习妈妈就啥都有了。”

当妈妈转身走的一刹那，我的眼泪夺眶而出。妈妈大冬天穿的竟然是自己做的单布鞋，步行往返四公里的山路，漫山的雪，凛冽的西北风，我不敢想象妈妈是怎么深一脚浅一脚地走完那一段山路的。我拎着棉鞋的手在颤抖，看着妈妈的背影，我心如刀割……

凝望着失眠的夜，回味着过往的岁月，作为儿女的我是不是真的太自私了啊！

树欲静而风不止，子欲养而亲不待。

去年十一国庆节，我们一家回去看老爸、老妈。老妈早早出去锻炼身体，回来时买回一大堆的肉食和瓜果蔬菜，有姐姐爱吃的凉菜，（姐姐忌嘴，老妈总是做两样）有我们一家爱吃的土豆炖鸡块，有三妹一家爱吃的红烧肉，有小妹一家爱吃的糖醋鲤鱼，还要包两笼屉的饺子，说姐夫最爱吃麻油拌的肉馅。老爸准备了老公爱喝的汾酒、妹夫爱抽的烟、外孙们爱喝的饮料……

快到开饭的时候，小妹来电话了：“同学叫吃饭呢，不过来了。”三妹也来电话：“几家朋友聚餐呢，不过来了。”一会儿姐姐也来电话：“加班呢，过不来了。”不巧的是，老公也被朋友留着吃饭了。看着一桌子的菜，老爸、老妈只有默默地长吁短叹……

我也接了同学的电话：“知道你来赛罕了，怎么不通知我？我约几个同学中午一起吃饭吧。”我看着老爸、老妈一上午的辛苦，看着一桌子的菜，怎么忍心再和老妈、老爸说我也要出去呢，只能婉言谢绝同学，说等晚上和老同学再聚。妈妈却说：“叫你去就去吧，同学聚一次也不容易。”妈妈可是为我们精心的准备了饭菜，一大早，辞去了和好友约好的去健身房、做按摩。老妈能为我们拒绝朋友邀请可是我们有谁为了妈妈拒接邀请呢？我们就这样一次又一次地忽略着老爸、老妈，老爸、老妈却只有期盼，从无怨言。

这使我想起了孟郊的诗：“慈母手中线，游子身上衣。临行密密缝，意恐迟迟归。谁言寸草心，报得三春晖！”是的，母爱是世界上最无私的爱。她们为儿女奉献了一生。如今她们老了，她们也需要儿女的照顾和关爱了，而我们却常常因为这样那样的理由，忽略着她们的存在。我不由得扪心自问，作为女儿我做的合格吗？

曾有个并不好笑的笑话。母亲给儿子钱，儿子笑了，儿子给母亲钱，母亲哭了。为什么？其实大家一想都会明白。如今我们做子女的有几个能像关心儿女一样，时常想到过老爸、老妈，大多是为了我们自己的种种借口忽略着老爸、老妈。其实，我们再忙也能给老爸、老妈打个电话，报个平安，回家看看。同城的你我，应该多抽点儿时间常回家看看，去安抚、温暖一下他们那颗孤独寂寥了半生的心。

想想这些，我的内心充满了懊悔、惭愧还有深深的自责。

老年人啦，一抹夕阳的故事。我们怎么能让这个故事完美呢？

孤 独

李学东

孤独，是一杯清澈的水，心灵空白的人饮之如甘饴，如清泉，点点滴滴，涵含深情。

孤独，是一种独特的闲适，是一种无言沉默的拷贝，是一种与众不同的人生轨迹。

孤独，是一种心灵上的无所依托和四处飘零，是“天下没有不散的筵席”之后的空寂与孑然，是“百无一用是书生”的淡淡苦闷与虚妄。

孤独者有独树一帜的风采，使自己变得清静、坦然。淡泊以明志，宁静以致远。唯心中信念不摧，前进目标不变，不甘落后，实现人生的价值。“越优秀的女人越孤独，越孤独的男人越优秀。”这个断言也不无道理吧。

人内心孤独与包装孤独迥然不同，内心孤独，无所追求，苦海无边，一事难成。包装孤独，孤傲清高，与世格格不入，终究也是虚度人生。在喧闹市井，孤独者依旧孤独，如果不甘孤独，心净如水，抛去浮躁，有所进取，有所作为，否则，只能是装腔作势，掩人耳目罢了，只有那些忍耐住漆黑的夜，抛却孤独，漠然走自己心中路的人，才会有所进取。

孤独，是成功者的优良品质，是庸俗者的死敌，却不是那种一味与世隔绝，而是一种默默无闻的努力奉献和辛勤耕耘的风采展现。孤芳自赏，这方净土中别有一番意境，抛去众人的烦嚣，读书为乐，吟诗作赋，乐哉优哉。

孤独，是一种自豪，但不是一种退缩、落魄，应该是自强不息，积攒力量的爆发，荒寂的沙漠，依旧有孤独的驼队执着跋涉的脚印，一望无际的森林，仍旧有孤独的探险者的足迹。

孤独，是老年人的一声慨叹，是中年人的一首赞歌，是青年人的一分成熟，是“两耳不闻窗外事，一心只读圣贤书”的写照。人生的孤独与轰烈，甘甜与苦楚全都取决于自己，自己是生活的主角，一定要有自己的世界观、人生观、价值观。“性格就是生命，决定其命运。”看自己如何去调味自己的生活罢了，只要真诚地对待生活，生活必会回报你真诚的笑靥。

“天才，无非是长期的忍耐。”爱因斯坦曾深感自己是一个孤独的旅者，他向世人做出了杰出贡献，显示他并不孤独，而是一种忘我的超越，在孤独中不颓废，不甘做命运的奴隶。“达则兼济天下，穷则独善其身。”去创造人生，使自己的人生价值升华。

让我们每个人做生活的强者，守得住孤独，耐得住寂寞。岁月蹉跎，春秋难留，让我们携手共同创造灿烂的明天。孤独无极，知识无极，人生无极，宇宙无极。

那样的虔诚女子

杨 东

漫步在光阴的小路，任记忆如秋日的落叶翩然散落在那过往的思绪里，些许的感叹，些许的回味，回眸间竟然找寻不到四季变换时的心境，春有百花秋有月，夏有凉风冬有雪，怎么就不曾留意这一路的婆娑，是脚步太快还是少了一份阳春白雪的情怀？

在时光的年轮和风月里穿梭，我总会选择快步向前，而光阴似一把利剑，走得越快在你身上的割痕就越深。每每低头掩藏疼痛的同时，也把深植于灵魂里呼之欲出的另一个我一次次埋葬。那个女子是我潜心修炼的梦中佳人，她温婉而优雅，于风花雪月中傲然尘俗。

于是，我追逐了又放弃，放弃了又追逐，精疲力竭间，丢失了当初的执念。我是谁？为何总叩不开萦绕在梦中的那扇古色古香的木门？那扇厚重的大门为何总在我的梦境里出现，而我却从未将它打开。

疾风骤雨的日子里，多少次找寻不到回家的路，凌厉的风雪抽打在身上，却不由自主地哄骗自己：没关系，我的心是有归宿的。可怕的不是迷路，是明知迷路了却不想回头，在那条最难走的路上越走越远……灵魂里那位女子的样貌也愈加模糊了，后来渐渐明白了为什么她会一直在我的脑海中闪现，原来前世我便是那样的女子，而那扇浸润了古韵的大门背后是她真正的归宿。而现世的我，已不配拥有。

恍惚间有一人在脑海中浮现，那是《浮生六记》里的芸娘。芸娘在至贫中尚与寒士沈复烹茶论诗评花品月，一句“秋侵人影瘦，霜染菊花肥”将她与沈复布衣素食的日子过得如风花雪月般美好。

同是这凡尘俗世匆匆的过客，或大漠狼烟，或小桥流水，也期望把岁月浸润成一副水墨丹青。千帆过尽，那人还在等，也想亲历一次最长情的等待。这些前世今生的梦和灵魂里住的那位女子一道与我渐行渐远。如今修得这样一副皮囊：她穿梭于凡尘俗世，或奋进，或萎靡，或强颜欢笑，或言不由衷……她有时，恰恰是我憎恨的样子。浮华三千，我自安然，梦，而已。

倘若能在时光的隧道里任意穿行，我最想遇见的人便是纳兰容若，任一句“人生若只如初见”，看尽人世间悲苦离愁。拥有富贵奢华却渴慕布衣清欢，身处红墙绿瓦却思竹篱茅舍。“半世浮萍随逝水，一宵冷雨葬名花。”多少爱恨情仇随风烟消逝，唯留下一场清朝遗梦。

阡陌红尘里，那一袭青衫素影于篱篱疏窗前，相顾残阳独自感叹“我是人间惆怅客，知君何事泪纵横”，爱情的美好和凄婉随一声叹息，终成千古绝唱。

芸娘、纳兰容若他们活成自己的模样，几世轮回仍傲然尘俗。我的芸娘，我的纳兰，我梦境里那扇久叩不开的红色木门，门前那个心有执念的女子……

奶茶情思

温茹雅

清晨，滴滴春雨声闯入我的梦境，溅落在凌乱的思绪里，拨动着脆弱的心弦。这声音像……像极……

伴着滴滴春雨织成的情愫，我的心飞回了那远在锡林郭勒草原上的家。往事如一弘秋水，涟漪着生活的浪花来回翻腾。醇香的奶茶，夹着浓浓的情思，浸在我别有一番滋味的心头。齐鲁大地虽然不乏美味名吃，但是没有奶茶的日子对于我而言总像缺少些什么。

内蒙古地区素来有饮用奶茶的习俗。一年四季，不管正餐如何变换，永不调换的却是这滚烫滚烫、香味四溢的奶茶。

每天早晨，当我们还沉浸在睡梦中，母亲早已携着第一缕晨光，忙碌在厨房。其实，市场上的奶茶粉买来一冲即可饮用，既省时又方便。母亲却固执地认为，那样的奶茶失去了草原特有的味道。

于是，我总会被熬奶茶的旋律叫醒，那声音滴滴答答，轻轻的，柔柔的，欢快悦耳。这种耳熟铭心的声音已奏响在耳旁十几载了。浓浓的奶茶充满着我五彩的梦。

如今，我远离家乡，在外工作。母亲熬奶茶时的言行举止时常清晰地出现在面前，久久挥之不去。

母亲把厚厚的砖茶劈成片状，放在碗里捣成碎末儿。添上水后，放在铜壶里熬。一会儿工夫，茶水卷着茶末儿，翻着紫红色的浪花，哗哗地跳了起来。

母亲迅速倒入牛奶。壶里的茶平静了片刻，忽然奶黄色的泡沫荡漾起来，发出“咝咝”的声响，是那样的优美与和谐。一股香淳绵厚的芳香瞬时溢满整个屋子……

母亲额头上深深的皱纹，似乎也在刹那间舒展开来。在奶茶谱出的美妙旋律中，和着母亲的气息，我久久伫立，深味沉思。

蓦然间我才发现，对奶茶的思念更是对母亲、对锡林郭勒的思念，这种思念与日俱增。胸中涌动的那份执着与感激，顷刻间让我泪如泉涌，与春雨声交织在一起，奏响我的心曲。那久违的奶茶香味也溢满了我所有的空间，渐渐消失在蒙蒙春雨中……

七棵松之外

苗德雨

在修编《乌拉盖管理区地方发展史简明读本》（以下简称《读本》）的时候，“七棵松”这个名字首次出现在我的视线中。我把它编辑到《读本》附录的“历史文化遗址”这一部分，并对贺斯格乌拉牧场报送的原稿进行了简单修改。

“贺斯格乌拉牧场向北约九十里的固腊卜赛汗西北山脚下，曾有七棵高大的樟子松簇拥着生长。牧民们对这七棵樟子松崇尚有加，赋予了动人的神话传说。说天庭里的七个仙女看到固腊卜赛汗一带景色秀丽，犹如阆苑仙境、世外桃源。她们下凡人间流连忘返，化作七棵松树永驻此地。生产建设兵团时期，五十三团六连连长彭高全命令部下砍伐这七棵松树用于建造学校及连部的桌椅。事后，彭高全受到团部处分，破撤销了连长职务。现如今，固腊卜赛汗西北山脚下仍然可以寻到当年砍伐七棵松留下的遗桩，只是湮没在蒿草柳丛和苍烟落照之中，成为人们记忆中渐次斑驳的往事。”

我之所以把七棵松遗桩列为历史文化遗址，主要从两个方面考虑。一是它体现了草原人民世世代代几乎是融于生命之中的生态保护理念。在这段关于七仙女的传说中，我们可以清晰地感受到，当地牧民对这七棵松树是怀着怎样的几乎是敬仰般的珍爱。二是它承载着兵团时期创业者的艰辛与拼搏。不起眼的几棵树桩，却烙印着一个时代的辛酸血泪和发展中那些沉重的无奈。

修编《读本》期间，我陪几位远方来的老知青看草原，实地考察或者说是瞻仰了七棵松遗桩，情感上始终无法摆脱一些纠结。

七月初，正是草原上最美的季节。蓝天白云，绿野繁花，在催人慵懒的暖阳里，辽阔的草原上满是静谧，没有一丝风，只有不知名的蚊虫在草尖上“嗡嗡营营”地跳跃。在向导和老知青的引导下，我们几经周折，终于在太阳落山前找到了那几棵树桩。树桩很矮，在草丛的掩映中，如黑灰的石头般不起眼。忽然，夕阳西下，风渐起，那遗桩霍然带给人一种萧瑟悲壮之意。

之所以产生这样的感觉，是因为那几位老知青，竟然在遗桩前肃然而立，颤抖着敬了一个军礼，他们的口中分明反复着一句话：“老连长，我们回来了！”

老连长？此时此地，唯一能当得起这个称呼的，只有一个人——彭高全。

根据有限的文字记载和当地居民的口口相传，彭高全应该是一个犯了错误的，因为破坏草原生态环境而受到处分的一个人。可是，从几位老知青庄严肃穆的容颜和身姿上，我找不到这种感觉。他们的表现中只有敬意，是的，是对一个人甚至是一个时代的崇高敬意。

一时间，我竟有些恍惚。长期以来形成的思维和情感的惯性，突然间发生了逆转，让我的心中充满了疑惑。

在过去的想象里，彭高全应该是一个长相普通的青年人。因为是老兵，所以年龄要大于新参军的知青；因为不尊重当地牧民的美好传说，不懂得保护生态环境，应该很愚昧，没有什么文化；因为敢于下令砍树，脸上应该有一些桀骜或者是顽固。归结起来，彭高全这个人，应该是穿着一身洗得发白的皱皱巴巴的绿军装，目光空洞，表情粗俗，在人群中粗声大嗓地下达着一些乱七八糟的命令。这是那个年代里基层干部的某个类型中的典型形象。我想，在大多数后来者的心中，他就是这么一个形象，卑微、愚昧、渺小，却因其恶行恶名，而受到无数生态保护者的无情诅咒。

在我的眼里，这七棵遗桩便仿若是七根耻辱柱，把彭高全瘦弱的身躯牢牢捆绑在上面，受风吹日晒，受世代鞭笞，以微小之躯去遮掩一个民族、一个时代难以愈合的疮口。

我们一行几人，就地坐在草丛中，听几位老知青讲起往事，过去的种种，琐碎、凌乱，却真实。

随着絮絮的话语，时空在我的脑海中快速回溯，回到1969年，那是乌拉盖草原上一个大时代的开端。1969年3月25日，经国务院、中央军委批准，在乌拉盖草原组建中国人民解放军北京军区内蒙古生产建设兵团第六师，来自祖国各地的现役军人、复员军人、知识青年潮水般涌入这片荒原。到1975年，六师辖五十一团、五十二团、五十三团、五十四团、五十五团、五十七团六个团和乌拉盖、呼热图两个公社，全境总面积15271平方千米，总人口达到20182人。

正是在1969年兵团组建初期，现役老兵彭高全和战友们一起来到这片草原，从挖地窨子开荒开始，"屯垦戍边，亦兵亦农"，把拉犁的绳套挽在肩膀上，艰难地起步。

彭高全是一个普通且憨厚的人。受苦吗？咱不怕，受惯了的。蚊叮虫咬、风霜雨雪，都是牛鬼蛇神嘛，有什么可怕的？只是在听到自己被任命为连长时，他为难地摸了摸后脑勺，这个，他真的不懂。这是一个平凡的、很不起眼的人，仿若场院上高高堆积的小麦山上一颗普普通通的麦粒，如果没有之后的出事儿撤职，恐怕没有几个人会记住他的名字。

刚来的时候没有井，大家就去河里取水做饭，浑浊的河水喝到嘴里都是沙子。草原上的蚊子铺天盖地，吃饭时必须点起一堆烟火，才能熏跑蚊子端稳饭碗。大家都临时住在地窨子里。碰到大雨瓢泼，地窨子里面就积满了水。每当这时候，彭高全都会顶着雨，挨个去检查，把草捆苫在棚顶上，减少雨水的渗透。在一个地窨子里，他把一名小战士在水中漂起的鞋捡起来放到高处，伸手摸了摸小战士因高烧而涨红的脸庞，眉头拧成了一个疙瘩……

关于这些艰苦生活的记忆，彭高全常常会想不起来。他是一个幸福感很强的人，这样的人总是不容易记住或者不愿意提起曾经的苦难。

现在好了，他用手拍了拍用土坯垒起来的营房，还是有房子好呀！随着工作的不断开展，彭高全养成了一个习惯，他每天都会早早起来，在连队里转转，这是他的领地，他的荣光。他就像一名骄傲的家长巡视着自己欣欣向荣的家园。

从东走到西，从南走到北，看连队那些逐渐立起来的土坯房、帐篷、器具和嘈杂鸣叫的各种家禽牲畜，看那些逐渐学会了做农牧活的知青们打着哈欠向自己问好。他一直固执地认为，所谓知青，就是一群来自城里的孩子，什么也不会干，需要自己手把手去教。他很骄傲地看着这些孩子在自己面前快速地成长。这种心态慢慢固化，以至于几次在开大会的时候，他一张嘴就把“同志们”叫成了“孩子们”，惹来了满场哄笑。

在连队营房的东面，彭高全带领战士们开垦了一块儿菜地，用石头砌墙圈起来，种了一些瓜果蔬菜。看着绿油油的菜苗拔节般的长高，他的心里就美滋滋的。有了这些蔬菜，今年熬冬时节，孩子们的碗里就会多出一些花样，干活也更有力气些。

挨着菜地边儿，是一溜猪圈。几头半大的肥猪见到有人来就“嗷嗷”的叫，沿着土墙向上窜。彭高全捡起一个小土块，吓唬着打在一头猪的屁股上，自己却笑出声来。有了这些猪，逢年过节就能宰一口，平时的碗里也要有些荤腥才好。看看那些小家伙，平日里见到连队放牧的牲畜，眼睛里都要冒出绿光来，恨不能在羊屁股上咬一口。

彭高全在连队里巡视着。在晨光的照耀下，他心里盘算着生产和生活，越想越觉得前景十分美好，脸上都要笑出花来。开进垦区以来，从挖地窨子住到建起崭新的营房，当年就安全过了冬，还开荒种地，解决了吃的问题。看看今年的庄稼长势，又会是一个好收成。嗯，牧业也不错，牛羊的数量不断增加，接羔保育率达到了百分之九十以上。彭高全一边走，一边在心里不断做着筹划。在他的脑海中，一派幸福生活的景象正在呼啦啦地展开。

转过知青宿舍，是复员军人和农牧场职工的住房。彭高全皱了皱眉，不知是谁家的婆娘大早晨就把孩子弄得又哭又闹。这些个家伙，生活刚刚稳定下来，就从老家接来了婆姨孩娃，把连队搞得乱七八糟，却也平添了无限生机。想起那些在连队里无所事事乱跑的孩子，彭高全笑了笑，又再次皱起了眉头，该把这些娃娃管起来，学些文化。“现在生活好了，可不能像我们一样，一代代都去做大老粗。”他想。

彭高全没有意识到，在他生起这个念头的时候，他的人生就已经接近了一个临界点，仿若平坦大路上突然埋伏下一道悬崖，一个让他悔恨终生的决定，就在此时有了发生的诱因。

山坡上，夕阳晚照，微风习习，几位老知青始终念叨着“那是一个想做事的人呢”“那是一个能做事的人呢”。随着他们的叙述，一起被载入了史册的恶劣事件正在从预谋转向实施。

没有去考察具体的时间，总之，那是一个风和日丽的早晨。在出工的前一刻，连队的几名干部蹲在院子里，在暖暖的阳光下，密谋着一个大事件。当然，他们谁也没有把这认为是一个大事件。因为事件的起因，只是王家的孩子头天晚上用石头打破了李家的窗玻璃。

“我琢磨着，该从知青里挑个人，把孩子们管起来认个字儿算个数儿什么的。”说话的是彭高全，对这事儿，他已经谋划了很久。

“是咧，孩子们总这样惹祸可不好。”接话的副连长显然还没有达到彭连长的思想境界。

“后面建的库房，整理一下，可以腾出一间来。老师是现成的，那个刘某某身体不算好，文化还不错，高中生，正好做这个。只是，缺少些桌椅板凳。”指导员一下子就跳到了落实环节，显然在思想上和连长早就达成了一致。

几人齐齐点头。指导员说的都是实在话，别的都能解决，就缺些桌椅板凳，可这桌椅板凳上哪里去找？大家的目光齐刷刷地盯在连长脸上。

彭高全挠挠头，在那个物资匮乏的时代，这还真是一个难题。

大眼瞪小眼，瞅了半晌，彭高全终于下了决定：“自己动手，丰衣足食，就用那几棵松树。”

大家忽然都默了声。草原上树少，珍贵，那几棵树，大家都当成宝呢。

指导员说：“这行吗？牧民老乡们可是把那树当仙女呢。”

“嗯，先应了眼前的急，让孩子们有了桌凳能上学。牧民老乡的孩子也得上课不是？等咱的学校办起来，让附近的孩子都来。”彭高全挥了挥手，“那树粗大，有富余的，还可以给连部添张桌子不是？另外，等过些时，咱从团里申请些树苗，把这坡前屋后都种上树，算咱有借有还，还是多还，行不？”

会议结束，彭高全并没有意识到自己犯了什么错误。在砍伐那几棵树时，他也是心疼地抚着树干，心里有着很多的不舍，可人生，本就需要有很多个选择，谁都不知道，选择的后面到底隐藏着怎样的命运。

之后的事情，于彭高全而言，是出现了一系列完全失去掌控的意外，幸福的故事往往在高潮阶段会突然转向悲剧的结局。当彭高全从幸福的顶端跌落到悲剧的底端，面对种种阴谋论和破坏论的指控时，不知道有没有悔悟，有没有痛恨那个阳光明媚的早晨？不知道他能否听得到，在若干年后，某个或某些学者在审视了七颗松遗桩后，哂然一笑，越过几十年的时空给他送去一个评价——愚昧。

在夕阳笼罩着的山坡上，几位老知青还在说着那些陈年旧事，间或提到谁谁家的娃儿在政界或者商界打拼得不错，现在可有出息了，做成好大的事业，可不是小时候砸别人家窗玻璃、满街乱跑的鼻涕虫了。几个人絮叨着，偶尔也会争论起来，然后再逐渐放弃分歧或者重新达成共识。

我静静地听着，极少发言，却被深深地感染着，仿佛一个时代正随着他们的讲述，把我笼罩进去，浸透到我的血肉和灵魂深处。

我仿佛看到，一个须发有些杂乱的男子，在凛冽的西风中走来。他手中的斧头很大，很沉重，却锈迹斑斑。他握斧的手臂高高地举起，姿势有些僵硬，表情严肃，神态庄严。斧头一下一下地砍在树干上，发出的声音空洞而辽远，“咜、咜、咜”，汗落如雨，木屑飞溅。七棵高大的松树倒下了，乌云低垂着，狂风猎猎，呜呜咽咽，苍天寥廓，落日如血，荒原漠漠。

而在另一个方向，另一种树却茁壮成长起来，挨着片儿成林，恍惚间，有儿童的嬉闹和读书声渐响渐落。那汉子扔掉斧子，似在侧耳倾听，良久，他满是愁苦的沧桑面容上露出了一丝笑容。

送走了几位老知青，我也终于可以定下心来完成了《读本》的审定稿。文稿中关于七棵松这一段文字的修改，我尊重了原作者简单客观的叙述方式，没有任何褒贬，甚至没有隐去当事人彭高全的名字，世事沧桑，是非功过，留给后人去评说吧。

掩卷沉思，我只是觉得，回首一个渐行渐远的时代，目光极处，在天高云淡之间，始终有一座丰碑高高耸立着。那碑，并不仅仅属于那一个时代。

在make老先生的博客上，看到他改编的《天上有没有北大荒》这首悲壮的知青之歌，原词中的“北大荒”一词被老先生替换成了“大草原”，读来别有一种震撼和眷恋之美，记录下来与大家共赏。

问天问地问夕阳，天上有没有我的故乡？
喊儿喊孙喊月亮，草原是不是咱的故乡？
咋不见麦田里翻波浪，咋不见平坦坦盘腿的炕？
咋不见风雪里酒飘香，咋不见万马奔腾追太阳？
别让我回头望，让我走一趟，
莽莽的大草原，有我的青春在流浪！
别让我回头望，让我走一趟，
莽莽的大草原，有我的青春在流浪……

固腊卜赛汗山与七棵松遗桩的故事

扎木苏

固腊卜赛汗乌拉系蒙语，汉语“三座好看、美的山”之意，简称固腊卜赛汗。固腊卜赛汗靠西侧的山峰，该山峰略高于其他两座山，高度在海拔一千二百米左右，其山顶裸露的岩石上有敖包石堆。敖包系蒙古语，汉语“堆”的意思。敖包是蒙古族的本教——萨满教的产物。萨满教是众多草原游牧民族的原始宗教。该教认为宇宙万物，包括天地、山河、草木都有灵性，都应该敬畏和膜拜。

蒙古历史中记载，蒙古族祖先是从大兴安岭走出来的。为了纪念这一历史，蒙古族牧民在游牧的范围内，要用石头垒成一个堆，上边插上柳枝，以此追思先祖，祭奠上苍和万物。祭祀时摆上宰杀的整羊和乳制品等祭品。另外，敖包堆上插很多柳枝，资料上说这是一种原始的生殖崇拜的一种形式。祭敖包是蒙古族人特有的祭祀形式，渗透了浓郁的萨满教文化。敖包在牧民心里是神圣不可侵犯的。据说，一座敖包开始堆砌时，需要五座山上的石头作为基础垒砌。当然，只是象征性地搬来几块石头而已。石堆里边还要放上五谷和其他珍贵的物品，作为核心内容。祭祀敖包时插的经幡叫禄马风旗。其大意是，神马从太虚境中把一切美好带到人间。禄马风旗的颜色从上到下分别是蓝色、白色、红色、绿色和黄色。蓝色代表上苍；白色代表蓝天下的白云；红色代表一切血肉生灵，包括人类；绿色、黄色代表土地。

据史料记载，清代乌拉盖大草原被划分为乌珠穆沁左旗辖地，曾有九个佐的旗民生活在这里，其中有一部分是来自卫拉特与喀尔喀部人。他们在这片热土上生活了三百多年。中华人民共和国成立前夕，乌珠穆沁左旗六个佐的旗民迁到蒙古国境内，余下的三个佐的牧民移居到今东乌旗道特苏木。从那时起，固腊卜赛汗周边广阔的草原便人烟稀少，成了野草繁茂和各种野生动物出没的地方。然而，其山上的敖包却始终未断香火。每年，曾生活在这里的蒙古族牧民的后裔，从各地云集在这座祖先留下的敖包周围和西北山脚下的七棵松附近举行隆重的祭祀活动。元朝时期，当地牧民信奉长生天按北斗星星状排列，斗柄与敖包形成磁北线，种下七棵松树，数百年后，与敖包共同祭祀。他们有的来自锡林郭勒盟和兴安盟，最远的来自蒙古国。人们通过祭祀活动，弘扬民族文化，增进民间的友好往来。所以，该敖包又被誉为国际敖包。遗憾的是二十世纪七十年代初期，这七棵松树被人擅自伐掉。我们在山下能看到当年被人砍伐的松树的枯根，其树根的横截面最大直径可达一点七米，最小直径可达一米。当地流传着动人的传说：天庭里的七个仙女看到固腊卜赛汗一带景色秀丽，犹如阆苑仙境、世外桃源。她们下凡人间，流连忘返，遂化作七棵松树永驻此地。如今，职工在七棵松原址已种下七棵小松树。

青稞田边的漫步

元旦达吉

烈日炎炎，没有一片云遮住太阳。强烈的阳光照射着山沟里的人们。人们被晒的蠢蠢欲动，热的有些急躁。艳阳下的汗水，晶莹闪烁，像一颗颗珍珠发出细小的光。

真想拧团云，挤出一点儿雨水润在山沟里。

山沟里的人们在空旷的草地间搭着帐篷。同时，炙热的阳光也洒在山沟里。人们眯着眼，脸庞都显得通红，汗水在前额，只要低下头就会顺着鼻梁流到鼻尖。

在这种烈日的天气中，阳光直射眼睛，他们依然整理着藏袍。

女人们不断地相互顾及着头饰的矫正，提醒着用粉底及时补妆。

男人们不断地提拉着身上厚重的藏袍，相互梳理着卓舞帽上的红色细须，亮一亮腰间的藏刀。阳光照在藏刀刀鞘上，折射出一道道白炽的光。

他们是民间自发组织的舞者，农活间隙腾出时间排练舞蹈，为的是在当地赛马节之际，给人们表演传统藏族舞蹈。

当地的观众们早已围坐在跳舞场地的周边，有老有少，身着盛装，佩戴首饰，有金，有银，有珊瑚，有玛瑙。大家都聚在山谷之中，像在聚宝盆中。

随着当地仁波切的祈愿颂福后，表演在烈日下开幕。

准备好的舞蹈一个接着一个在人们的欢呼吼叫中舞动起来，原生态歌手一首接着一首将山歌悠扬传到山的另一边。短暂忘记酷热的观众们，现已有些坐立不安。

民间舞者们，挥汗如雨，但丝毫没有擦拭的动作。此时，山谷酷似热锅，但舞者与观众脸上洋溢的喜悦，是一种根深蒂固与严酷环境抗衡的高原生存态度，我们都具有，雪域高原人都该具有。

在这种烈日当空的天气中，阳光直晒头顶。

舞者舞动，挥起长袖，翩翩起舞。

如果说，长袖挥起的是豪放，倒不如说长袖挥起的是疆土辽阔。

如果说，山歌唱出的是感情，倒不如说山歌传唱的是祖辈心声。

如果说，哈达献上的是赐福，倒不如说哈达传承的是民族气节。

如若有一天我看不到这一切，看不到穿着藏袍，挥起长袖。发髻上不再妆饰珊瑚、玛瑙，身上不再穿着藏袍佩带腰刀。若这一切都被看作是臃肿的妆饰，烦琐的活动，习俗变成了陋习，这才是让我们啜泣的悲怜之痛。

表演散了，各自散去。太阳依旧很毒，热！热！热！

我望见远处的青稞麦田，在艳阳下晃悠着饱满的脑袋。

我的步伐没有加快，漫步过去，漫步在青稞田边，心里若有所思。青稞田在我心边，近在几步，远在心边。

一步，一步，走近。我走失在了青稞田边，像一个不想回到房子里的儿童。

触摸青稞麦穗，我触摸到了灵魂的主食。

青青草原，悠悠我心

魏楚楚

1969年1月24日，中共中央、国务院、中央军委批准建立北京军区内蒙古生产建设兵团，毛泽东主席圈阅同意。故事就从这一刻开始了……

在激情燃烧的岁月，广大知青热血昂扬，奔赴祖国北疆，为祖国奉献出自己的一份青春，用青春搭建一道亮丽的防线。

当时的兵团六师驻扎在锡林郭勒盟乌拉盖大草原，青青草原，悠悠我心。这片草原承载了多少知青的青春年华，多少激情燃烧的岁月，让我们来听听知青们的故事。

记得我17周岁，朝气蓬勃，积极响应伟大领袖毛主席的号召，步入上山下乡热潮，随着各路城市知青大军的足迹，来到中国人民解放军北京军区序列部队第六师五十一团八连，成为一名光荣的兵团战士，心情无比激动。

记得1972年7月的一天，团党委召开全团“屯垦戍边、寓兵于农、建设边疆、保卫边疆、扎根边疆、红在边疆”誓师大会。会上，团首长做了热情洋溢的重要讲话，北京、天津、上海、唐山、呼市等城市来的兵团男、女知青先进代表也闪亮登场，做了《十二级台风刮不倒，青石板上把根扎》等典型发言。正如毛主席说的：“军民团结如一人，试看天下谁能敌！”

记得1971年的冬天，五十一团牧业连好多牧民和兵团知青及原场职工4个人组成一个牧业小组在冰天雪地里放牧。他们在零下30多摄氏度的严寒里，头戴长毛羊皮风帽，身穿一件里外带毛的长身皮袍，脚穿冬季厚实的长马靴放牧。晚上累了，牧民和兵团知青们就顺风席地而卧。他们在冰冷的雪地上，跟着马群走动着放牧。

记得那年的寒冬，暴风雪铺天盖地而来，白毛风怒吼着，几乎几米之内看不见人影。兵团六师五十三团牧业连的100多匹蒙古马，被暴风雪卷向东南方向，消失在夜色中。马群数小时奔驰了100多里。牧民马倌查干那和几位兵团战士飞身上马在后面紧追不舍，快到霍林河地境，才追上走失的马群，在冰天雪地中救护了马群，保护了国家财产。事后在庆功会上，团首长给牧民查干那和几位兵团战士戴上了大红花！

记得……

太多太多的故事，谱写了知青的岁月，这片草原承载了他们的往事，或苦或累，或笑或悲……

路依然远，你的故事讲到了哪儿？下面听听我的小学的故事。

我的小学始建于1966年，1969年生产建设兵团成立，第二小学更名为六师五十二团红边镇小学，1978—1980年，生产建设兵团撤出，1981年学校改为锡林郭勒盟农管局直属学校，更名为乌拉盖农管局第二小学，2003年学校得到内蒙古青少年发展基金会、摩托罗拉电子有限公司援助的20万元，又更名为摩托罗拉希望小学。

匆匆那年，我们一起走过，岁月记录了我们的人生。记得六一时运动会的比赛，我只能说，我的运动细胞不发达；记得六一时的文艺会演，那时的记忆是白衬衣、蓝裤子。还记得全班14位同学和老师一起堆雪人，还记得我们学校唯一的一座滑梯……

2008年随着管理区经济的迅速发展，在党委、管委会的关心支持下，校园迁建工程正式启动。

故事还在继续……

飞机从天空中划过，你看见仿佛一道白光为这湛蓝的天际增添了一丝神秘，野鸭在湖中散漫的梳洗，激起一丝丝波纹与阳光汇成了一道耀眼的霞光。听，是风，柔和的从你脸庞吹过，站在辽阔草原中间，看着遥远的天际线，仿佛它们想尽力融合，却又永远无法交织。我只想张开双臂，感受大自然的恩赐。

2015年一部《狼图腾》，令乌拉盖草原名声大噪，你是否也想来一场与草原的完美邂逅，来一场说走就走的旅行？

九曲湾九曲十八湾，蜿蜒曲折，自由流动，像一条蓝色的哈达镶嵌在乌拉盖草原上。7月份是油菜花开的季节，金花滩观赏油菜花海，视觉可及的地方都是油菜花开的金灿灿的景象。前往后九曲，在这里近距离接触九曲湾，碰触九曲湾清凉的河水，看看清澈的河水，沿着木栈道行走，伴随着九曲湾的弧度细数母亲河的温柔。“布林泉”蒙古语意为“温泉”。布林泉眼八角亭，走一走泉边的仿古木栈道，走在木栈道上，感受一下那些金戈铁马的岁月。前往《狼图腾》拍摄基地之一的兵团小镇，当年取景场地真实展现，跟着电影去回忆。哈拉盖图兵团小镇是建设兵团时期的知青招待所，还有文化展览馆、知青大礼堂、毛主席语录文化墙等红色文化景点。《狼图腾》电影中，当天鹅湖夏季营盘遭到毁灭性的破坏后，牧民不得不重新寻找牧场搭建营盘，历尽千辛万苦终于找到了一块水草丰美的新牧场，带着新的希望建设新的家园，这块新的牧场就是贺斯格淖木湿地。

它悄然绽放，横空出世，成为草原独特的风景线——芍药谷。

广袤无垠的草原上三座巍峨峭立的山逐渐清晰了身影，那便是固腊卜赛罕敖包山。天苍苍、野茫茫的景象中陡然矗立的险峰神秘的气息总是令人心驰神往，只想加快脚步投入其宽广、厚实的怀抱。

蒙古族是一个能歌善舞的民族，草原人的歌声浑厚沧桑，蒙古长调和拖音在苍茫的天地间显得如此动人心弦。蒙古族朋友真挚的欢迎之情，端起马奶酒，弹酒向上敬天，向下敬地，抹在前额敬父母，然后一饮而尽。马奶酒清香醇厚，回味悠长。奶茶是用砖茶煮好兑入鲜奶再煮沸而成，于茶香之中见奶的浓重。集草原之精华，养天地之美味，手把肉是蒙古族人的传统食物，只是以盐为调料煮出来的，以略带血丝煮得恰到好处的最为嫩美。蒙古族人的割肉刀很特别，弯月状，刃开在里面，以示蒙古族人的刀永远只对着自己。

嘿，朋友，我的故事要告一段落了，但路依旧远，故事没有结局，正如你的旅行也没有尽头。我会在这里等你，期待与你的完美邂逅。

情愫在天边

赖岭南

春末夏初，暖暖的时光，暖暖的心境。阳台上花盆里的花竞相在暖暖的枝头上暖暖地开放，一盆、两盆、三盆……白色的茉莉花、粉红的月季花、淡绿的绣球花、紫红的玫瑰花……每每朋友至此都赞叹不已：“真漂亮！好美啊！”而每每此时，我都会欣然地说：“最美的花在我心里，在遥远的天边草原乌拉盖。”

我曾无数次对朋友、对自己说：“3次走进乌拉盖是我有生之年做出的最正确、最值得点赞的事情。之前我知道在遥远的南美洲大西洋沿岸有个叫乌拉圭的地方，而不知道在自己的国家有乌拉盖这美丽、迷人、吉祥胜天堂之地。”这里令我震撼、神往，以致我走了又来，一次又一次，每次都有更深的感动和收获。

3次走进乌拉盖，累计历时21天，总计穿越630千米。我把脚印撒在从巴音胡硕镇至布林泉的美丽的路上，撒在哈拉盖图广袤的芳草地里，撒在贺斯格淖尔迷人的伊甸园中，撒在白桦林下原始的芳香中，撒在连绵的山脉、静谧的山谷、多情的九曲湾，撒在了神秘的天堂。

草原沃野，鲜花艳艳纵情怒放，芳草萋萋连着天边，云霞灿灿游憩水中，繁星点点铺靓长空。我行走在天地间，随着风儿、踏着绿浪、闻着百花香，醉倒在草原的怀抱里，细听花语声，嗅其馨香、吻其生命，陶醉之际带来瞬息感动——“你最美！我爱你！”

浩瀚无边的花海充满了神奇，千姿百态的形状，五彩斑斓的色彩，蓬蓬勃勃、芳香四溢，而且，在我的眼里，它们都有灵性。我喜欢贴地的粉红色小花，有人说这花叫点地梅，有人说这花叫迎春花。名字不重要，我看重它的品质：用自己绿色的生命和小小的生命之花装点脚下养育自己的泥土，始终依偎，从不好高骛远。我喜欢在绿草丛中随风舞动的五色花，它们的名字各异但情怀一致，始终伴随着身边的绿草，形影不离，风雨同舟。我喜欢高高翘起绽放着赤橙黄绿青蓝紫的鲜花，高高翘起不是为了高高在上，而是为了感恩这片天、这方地给予了它们幸福绽放的空间。我喜欢盛开在河边醇美芬芳的鲜花，年复一年，不离不弃地陪伴这承载着故事的河流，倾听为故事谱写的潺潺歌谣。我喜欢延绵山脉上瑰丽的朵朵鲜花，灿若云霞，充满了神奇之感，甘愿与千年的山梁一起任凭风吹雨打，相守在天边，听风中飘来远古先辈们在马背上创造的辉煌史诗。我喜欢山谷里华贵的芍药花，层层叠叠，与世无争，独秀一方，只为温暖在沧海桑田变迁中宁静的山谷。我喜欢……

富饶的天边草原、神秘的中华福地，姹紫嫣红、繁花似锦。这里的一切和谐有序，无须设计；这里的一切自然原始，从未修饰；这里的一切华美似天衣，美得让人心惊、让人着迷，没有模仿的痕迹。我第一次踏入这片土地就无法忘怀——似美酒令我醉心，似情人令我魂牵梦绕。

我深爱这片美丽迷人的原野，虽然我与你相距千山万水，但初衷永不改，因你烂漫的鲜花早已入住我的心间，因你纯美的品质早已洗涤了我的灵魂。感谢缘分让我认识了你，你让我知足，让我富有，让我成了世界上最幸福的人！想想其实我离你很近——在脑海、在眼前、在梦中。

离开乌拉盖两年了，但我的视线从未走远，我一直在关注着你。这两年你有变化，这变化是进步的，是开历史先河的。看到你的进步我由衷的高兴。《乌拉盖全景图》让我看见了你繁荣的步伐；《镜头里的乌拉盖》《远在天边》让我看见了乌拉盖管理区的政府官员们为记录与打造本土文化的务实精神；文物修复、草原观赏栈道、全民导游让我看见了乌拉盖人民为保护生态环境而转型过程中做出的努力；《乌拉盖·印象》《乌拉盖管理区旅游宣传片》让我再一次看见了辽阔而壮丽的草原，它必将吸引八方人们的目光与脚步，富庶这里的人民；《十个全覆盖工程》让我看见了这工程似祥瑞的甘霖淋遍草原，惠及村村户户每个牧民，让我看见了更精彩的乌拉盖的明天！

今天，乌拉盖的每一个变化都是一朵进步的鲜花，蕴满了吉祥幸福，与茫茫草原上盛开的鲜花一样光彩夺目！

山高路远，我无法亲自在乌拉盖的土地上添一砖加一瓦，只有在千里之外默默地祝福：祝福前进中的乌拉盖今天美丽、吉祥、安康，明天更加精彩、灿烂、辉煌！

美丽的乌拉盖，你永远像天上的星星在我的心里闪烁，像原野上灿烂的鲜花在我的心里盛开。

今生，我的情愫在天边。

秋

王晓天

一

当原野渐渐渡上金色时，秋便来了。

当树叶微微浸染泛黄时，秋真的来了。

空气里成熟的味道愈来愈浓，清香、醇厚、深幽，肆意弥散着。清香的是草的体香，醇厚的是果的浆香，深幽的是花的瓣香。

一辆轿车寻着诱惑，在广阔的草原上急速奔来，起伏成爬行的甲壳虫。

这时候，枫叶正红，麦浪正黄。

二

在略略透黄的草原上，一簇簇的色彩吸引着涌来的视线。白的、红的、蓝的、绿的、黄的……阳光映照下透着金属的光泽。情不自禁奔过去、跑过去，贪婪地掠夺这些斑斓，举起相机拍个照，把这些美景复制定格。带着满足惬意，一抬头，便又看见不远处山峦上更绚烂的色彩，一簇簇的起伏，伸向远方……

这时候蝉鸣最浓，蝶舞最欢。

三

春天放逐的希望已经成熟，那摇曳的草浪，那滚圆的牛羊。

收获，是这个季节的主题。

牧人们挂着笑脸，放下奶茶，驾着越野车，奔向草场，悠闲地点燃一支香烟，用目光散漫地度量着收成。他们是这片草原的主宰者，俨然像个将军，挥一下手，现代化的机器粉墨登场——收割、打困、装车，一气呵成。那把老扇刀功成名就，完美谢幕；勒勒车正在博物馆安度晚年，解脱的马儿在山脊上撒欢。

四面八方的方言闯入草原，比往年茂盛，像淘金似的，伸着拇指，发着“啧啧”声，谈着价格，数着钞票，把一只只肥壮装上车，把一只只信任装上车，把一只只纯正装上车，把一只只原生态装上车。握一下手，拥一下抱，朗朗的笑声伴着马头琴的悠扬在草原上回荡。

这时候，笑脸最灿烂，歌声最嘹亮。

四

几朵雪花，在空中盛开，又瞬间枯萎。最后一批大雁已经启程，带上秋意，温情地告别。

你说，秋的大剧已近尾声。

夕阳下，洁白的蒙古包，沽饮的牛羊，火乡的晚霞，还有那袅袅的炊烟，竖起的套马杆，依然守候，站成草原多娇的风情。

而落叶不在其中，落叶负着太多的情绪，一半是喜悦，一半是忧愁。

落叶如雨，约会一场春风。

喧嚣开始平静，秋悄然别离，一阵凉风吹来，我触摸到冬的肌肤。

这时候心事最重，奢求最轻。

过　客

你无论是好奇者还是探寻者，无论是捡诗情还是拾画意；你无论是摄影家还是舞蹈家，无论是找灵感还是寻创意；你无论是贫民还是政商，无论是逗留还是久居……

你都是外来者，只是草原的匆匆过客。

因为你听不懂她的话语，揣摩不透她的行踪，你的血脉与她不能相融。

她可与天地对话、日月传情；她可以坚守成山，可以流动成溪，可以驯服风雨，可以使雷电臣服；她不忧伤你如流星般的离别，也不在意你彩虹似的逗留；她用血脉供养生灵，如山如水，如狼如虎，如花如草，如虫如鸟，如树如枝……

只有这草原的守护者能读懂她的语言，跟得上她的行踪，因为他们的血脉相容。

你是外来者，是草原的匆匆过客，挥霍着时光。

只有夕阳拉长的身影，剪落在草原。

守护者

牧人，这片草原坚定的守护者。

草原的一切呀，他都读得懂。

他能读懂山的胸怀、花的笑容、草的纯真、溪的欢歌；能读懂风的敏捷、雨的缠绵、云到飘忽、雷的暴躁；能读懂狗的忠诚、羊的温顺、马的淳朴、牛的倔强；也能读懂驼的坚韧、鹰的搏击、狼的凶残、狐的阴险；更能读懂鸟的婉转、蝉的鸣歌、蛙的跳跃、鱼的舞蹈……

他读懂的一切呀，都得守护。

守护是生灵回报草原的虔诚。

生灵，千万年，吮吸着这片草原累累的乳汁，繁衍生息，无限轮回。

守护，是牧人们坚定的信念。守护一种信念，坚定生根。

牧人们用血脉守护，用灵魂守护。

因为呀，他们流着祖先的誓言，那融入这片草原绿色的沸腾的誓言！

因为，他们的灵魂已深深埋在这里，融尘为根！

如梦的天边草原

韩晓红

2000年的冬季，我第一次踏上乌拉盖这片土地，看到那里建筑规模很小、人车稀少，叹息同为乡镇，差别怎么如此巨大。行走在大街上，那种荒凉的感觉若干年都挥之不去。乌拉盖管理区所在地为巴音胡硕镇，周边是一望无垠的雪原，雪的上面探出头来的枯草随风摇动的样子，越发地给荒凉添了许多的音符。

在那次深入牧区的途中，一个傍晚，我看到一个幼小的身影，在雪地上行走，那是一个放学回家的蒙古族女孩儿。她独自行走在家与学校的路上是从6岁开始，已走了3年，每次往返十几公里。我为她写了一篇散文《草原上的山丹花》。岁月过去了若干年，她一直存在我的记忆里，在每一次去乌拉盖时，我都会不由自主地想到她，希望与她有个不期而遇。我相信那块土地，会在来日变得繁荣。一个不屈的民族，一个顽强求学的女孩儿，给了我足够的信心。

时隔多年后的夏季，我再次到达风景如画的天边草原，天边草原发生了翻天覆地的喜人的变化——女大十八变的感觉!

宽阔、笔直的马路旁是郁郁葱葱的树木，不同街区的树木品种虽不同，但都是参天的感觉；路灯的美观绝对不亚于大都市；各种花坛栽着不同的花草，错落有序地把各自的美延伸到远方；各类健身器械在适合的地方供游人使用；各种供人休息的椅子忠于职守地置身于树木、花坛间；宽敞的广场蕴含了设计者的智慧……这还是乌拉盖吗？那个给我很多荒凉记忆的乌拉盖，在几年的时间里，摇身一变，成了一个亭亭玉立的少女。我甚至希望，行走在繁华大街上的少女中，就有那个在雪夜中独自行走的女孩儿。

现代风格的建筑是这个开发区的主体建筑风格。更加令人心潮澎湃的是幼儿园和学校以及教师住宅，在各类美观的建筑中，更加的美观。开发区对教育的投资从外貌上就给了我极大的冲击。行走在大街上的人们，穿着时尚，各种蒙古袍点缀其间，愈加将别样的美展示出来。地区经济的发展，将那个荒凉的地方改变了模样。众多的人，以拥有乌拉盖人的身份而自豪，还有更多的外乡人落户乌拉盖。如果没有早期的记忆，真不敢相信这座美丽的城镇是从那么荒凉的土地上崛起的。

这个也是以畜牧业经济为主体经济的县级区，在畜牧业经济得到飞速发展的同时，煤矿业的开采更加促进了畜牧业经济的发展。这种互动，给这个距离锡林浩特市400多公里的开发区加足了马力，展示给我们的就是如此令人惊讶的变化了。

如果说，其他旗县给我的感觉立体感稍有欠缺，那么，如今乌拉盖开发区给我的感觉是立体感很强的，高耸的楼宇掩映在参天的树木中，重视教育的投入将管理者的形象拔高了很多……边塞小镇能够建设得如此迷人，我感觉，如做梦一般。而这些，都真实地呈现在我的眼前。

有机会，我希望再次去探访，要实地去看一看被当地人描述得传神的芍药花，她们静静地生长在一个沟壑里，那个沟壑也因之被称为芍药沟。

一个如梦的地方。

一个天蓝蓝、云白白，面积达5013平方公里，居住着近3万人口的宁静草原，辽阔而美好！

山丹花又红了

叶振亚

7月的天边草原一眼望不到边，正是火红的山丹花又红了的美好季节。山丹花红得似火，吐着迷人的芬芳，令人陶醉。在这美好的时刻，当年的兵团知青们大都是满头银发，红光满面，精神焕发，再向第二故乡天边草原乌拉盖行！

红色的山丹花、粉红色的芍药花、金黄色的野菊花等随风摇曳，婀娜多姿，引来无数蝴蝶。蜜蜂封在美丽的花海里翩翩起舞，尽情地歌唱。各种鲜花含苞欲放，在一望无际碧绿的原野上姹紫嫣红，争相斗艳。

乌拉盖草原水草肥美。蓝天、白云，草绿、水清，牛羊遍野好似珍珠撒。清澈见底的乌拉盖河水碧波荡漾，漫山遍野的火红的山丹花迎风怒放。微风送来阵阵清香，令人神往，大自然的美景尽收眼底，美不胜收。

这片神奇的原野一望无际，水草肥美，历史悠久。据境内发掘的贺斯格乌拉细石器文化遗址、乌兰察布嘎查挖掘发现的生活用陶器表明，旧石器时代这里就有了人类生存繁衍的足迹。

这个小地方是当年我们来自北京、天津、上海、唐山、保定、呼市等地大批城市男女兵团知青成长和战斗过的地方，也是电影《狼图腾》《周恩来与乌兰牧骑》影片取景拍摄地。回想40多年前，在这片水草肥美的草原上留下了许多兵团知青火热的战斗生活印记。

“青石板上把根扎，十二级台风刮不到。”当年兵团知青扎根边疆、建设边疆的豪言壮语犹在耳边回响。天边草原上火红的山丹花依旧迎风怒放，飘香万里！

再次在花的海洋里荡漾，在碧绿的原野中放声歌唱，在第二故乡驻足观光，流连忘返。最主要的就是想看看第二故乡发生的翻天覆地般的喜人变化。我们兴致勃勃地踏上了这片神奇美丽的草原，来到令我们终生难忘的第二故乡——原中国人民解放军北京军区内蒙古生产建设兵团第六师五十二团兵团小镇观光旅游。静静地品味一下乌拉盖河畔——我们当年战斗、成长的地方。这一草一木、一山一水格外亲切。当我们在兵团小镇的停车场停好车之后，我做的第一件事，就是拉着媳妇和孩子们去找我们原兵团连队遗址。我们沿着昔日的草原自然土路转眼间来到一排排40多年前的原兵团知青驻地石头房面前，虽然有些破旧，整洁。当年连队的房舍修复如初，兵团食堂、邮电所、军人小卖部、电影放映室等也都按原样修复，成了当地人、外来游客、回归第二故乡人们进行爱国主义教育的红色旅游胜地。一排退了颜色的陈旧石头房是陪伴我们时间最多的地方。房间里墙上还挂着收集来的原兵团战士的老照片，其中有原解放战争时期华中战斗英雄，兵团初建立时六师师长郑东明1969年5月视察我们边防连队的老照片，还有我们连队的十几名兵团知青手握钢枪骑马巡逻在千里边防线上的照片等。

回想当年“青石板上把根扎，十二级台风刮不倒”的兵团战士扎根边疆、建设边疆的豪言壮语，其中的岁月沧桑，甜咸苦辣别有一番滋味在心头，至今难以用语言来形容。

距离我们兵团小镇不远处是闻名遐迩的乌拉盖牧场布林泉休闲旅游度假区，每年前来这里沐浴、观光旅游的国内外游客络绎不绝。清清的泉水日夜从地下涌出。据科学考证，此泉水为圣泉，有几十种对人体有益的微量元素。“布林泉”是蒙古语“温泉”的意思。该泉在乌拉盖管理区管委会所在地巴音胡硕镇北部11公里处，泉水涓涓流淌，清澈见底，经地矿部门鉴定为天然优质矿泉水，现在已经开发为AAA级景区，里面有亭台楼阁、石林假山，还有蒙古大帝铁木真骑马弯弓的雕像，显得威武雄壮。今年，当地政府和乌拉盖牧场等要更上一层楼，继续打造AAAA级旅游景区，届时，布林泉旅游景区将更加美丽多彩。

布林庙始建于清康熙年间，1945年8月9日苏联对日宣战途径布林泉，当时日本特务扮成喇嘛杀害了几名苏联红军，苏军一怒之下，把附近的几座庙宇夷为平地。

抹去历史的沧桑，2010年，乌拉盖牧场在当地牧民的呼吁下，为弘扬蒙古族藏传佛教文化，投资2100多万元，恢复修缮了布林庙遗址，建设了旅游景点基础设施，为弘扬佛教文化，拓展民族特色旅游业带来了福音。该场重新修缮了布林庙遗址大雄宝殿、钟鼓楼、白塔及院落，重现了蒙元文化。重新修缮工程占地20000平方米，建筑面积3000平方米。该场同时购置和收集庙内用品。近年来，当地掀起了布林泉草原文化特色游，大批游客接踵而至，为促进农牧民子女就业带来了福音。

四季如春的布林泉纯天然矿泉水日夜涌出，成为当地观光旅游的圣地。每年来旅游的国内外游客达几十万人次。近3年来，布林泉旅游收入达100万元左右，安排60多人就业。

来自四面八方的大批游客们手捧着清泉水喝个够，在清澈见底的泉水边洗洗脸、洗洗眼睛，顿时头脑清醒，眼睛格外明亮，心旷神怡，仿佛进入了一个神话世界。夜晚篝火明亮通红，各族人民载歌载舞，放声歌唱，形成草原特色游中一道多彩靓丽的风景线。

岁月如歌，时过境迁。古老的布林泉水还是日夜不停地流淌着，仍是那么恬静、那么欢畅那么清澈，好似一根银色的飘带，好似一双明亮的眸子看着美丽富饶的草原喜人的巨大变化。每年的端午节，当地牧民成群结队，迎着鲜红的太阳，来到清澈见底的布林泉水旁洗脸、洗眼，泉水好像也为牧民带来了风调雨顺、美满幸福的美丽祝愿。

布林泉充满了灵性。走在泉水边，那种恬淡悠闲的感觉便走进我的心里。我不想说话，只想静静地坐在清澈明净的泉水边，尽情地设想近几百年前，发生在这泉边美丽的传说故事，倍感亲切和熟悉，也似乎得到了真善美的心灵的洗礼。

昔日，房屋一间，地无一垄的辽阔、荒凉、贫穷的草原，发生了巨大的喜人变化。如今这里高楼林立、灯火辉煌，黑色的油路伸向远方。乌拉盖经济腾飞、生机无限，繁花似锦，令人向往。

红日由东方升起，无数匹草原骏马飞驰而来，火红的山丹花、粉红色的芍药花、金黄色的野菊花等在美丽富饶的乌拉盖碧绿的草原上迎风怒放，飘香万里，天边草原格外壮美！

天边草原上火红耀眼的山丹花又开了，迎风怒放着，微风送来阵阵清香，沁人心脾。

山丁的盛典

殷继红

秋天来了，大地一片金黄，到处层林尽染，叠翠流金。漫野的山丁，挂满枝头，开得那样热烈、那样明艳，一颗颗殷红如血，晶莹剔透，色泽莹润，竞相绽放出最美的容颜。

那满山满树的山丁远远望去如同相思红豆，楚楚动人，顾盼流转。我来到你身边，轻轻地抚摸你，摘下一颗放进嘴里，清新甘甜的汁水瞬间就融化在我的心里。

我久久地，痴痴地望着你。我已不想离去，我要永远留在这里，感受你的浪漫典雅、风流妩媚。那一颗颗山丁密密集集的在枝头闪耀，如同一颗颗红色的玛瑙，饱满圆润，晶莹澄澈，在阳光的照耀下，和枝叶，和蓝天交相辉映，仿若奏响一场盛世的欢歌。

我静静地守望着你，天地之间只有微风拂过，那一颗颗红果已压低树枝，那一片片绿叶已被秋风染红。你是如此超凡脱俗，冰肌玉骨！我要把心留在这里，和你一起遨游长空、俯视山川。那满山满树的山丁啊，你那神奇的魅力诱惑着我再也不想离去。

善　忘

陈荣梅

红尘长路，有太多的牵绊和不舍，可经过种种磨砺之后，身上的棱角便会慢慢褪去，放下和看淡便成了必然。日月沉浮，时间不能算主角，只有那一道道沿途的风景才可以担当，而每一个人都是导演和编剧，在那生命赐予的场地上，安排着主线，编辑着故事。更重要的是，我们要在这个过程中成长造就出意义。

就像太阳每天必升必落，它毫不吝啬，更不会偏心于谁。我们也应该用新的心情、新的心态，去迎接新的一天，无须为昨天已成为过去的忧伤而忧伤，亦无须为昨天而得意忘形。

人这一生，如果事事都要记住的话，那实在是太多太多了！所以，我们应该学会忘却，譬如，生活中遇见到的种种不快以及他人对你的各种伤害、诋毁。忘记这些不仅仅是一种大度、一种超脱，更是一种为人的美德。懂得忘却之人也是最明智之人，她们的心中只装着大局，她们追求的是未来，而不是过去。因为有了忘却，她们便不会斤斤计较在情绪的漩涡里，也不会迷茫与徘徊在情感的边缘，精神便得到了一份放松，心便有了一份愉快，从而使自己轻松地迎接新的每一天。

善忘是人生的一种佳境，学会忘却吧！就像春天去了，秋天来了，花开了，又谢了，世间万物皆如此。

神奇的浩雅尔宝格达

王 戎

初夏的乌拉盖草原风和日丽，气温适中，正是外出郊游的好时候。几位好友一拍即合，决定周日早上驱车前往浩雅尔宝格达山游玩。

汽车刚驶出镇区便是满目绿色。公路两旁全是嫩绿的草地，放眼望去，无论平地还是丘陵，都是绿色遍布，如同一块翠绿的地毯覆盖着大地，一碧千里，赏心悦目。这绿，饱含生机，孕育希望，悦人眼目，沁人心脾。这绿，让人感觉仿佛一下子进入另一个世界，使人忘却一切；又好像从头到脚接受了一次洗礼，顿感无比轻松。我们一路欢呼一路歌，徜徉在绿色的海洋里，尽情享受大自然的恩赐。

“看，浩雅尔宝格达山！”顺着朋友手指的方向望去，只见远处连绵的丘陵之间耸立着两座底部相连的山峰，明显高出其他丘陵许多，好似一座驼峰，又像一对孪生兄弟手挽手、肩并肩凝视着大地，守护着草原。“浩雅尔宝格达”是蒙古语，意为两座神山。浩雅尔宝格达山的确是当地牧民心中的两座神山。据说曾经在两座山顶上各端坐着一尊石佛，两尊石佛大小、形态完全一样，左手下垂抚膝，右手举于胸前，面带微笑，目视远方。每到夏秋季节，清晨时分半山腰上往往云雾缭绕，紫气升腾，两尊石佛或露大腹，或露善面；忽坐云端，忽现山顶；若隐若现，来去自如，甚是神秘。当太阳升起之后云雾渐渐退去，两尊石佛又安详地凝视大地，普度众生。

当地牧民都说，是这两座神山、这两尊石佛保佑了这片草原风调雨顺，牛羊肥壮、百姓安康。因此，每到农历六月二十五，就有大批牧民不约而同地从四面八方前来祭祀朝拜，祈求保佑。他们身着盛装，表情严肃，排成长长的一队，绕着山前小丘上的敖包转上三圈，把带来的奶食、哈达依次摆放在上面。祭祀活动结束后，人人喜笑颜开，小伙儿们有的拉开架式摔起跤，有的跨上马背赛起马，老人们则拉起马头琴、哼起长调……可是后来，两尊石佛一夜之间都不见了，山顶上只留下两个大坑和散落在周围的一些与山体岩石明显不同质地的石块。这一切都是当地牧民听祖上所说，但谁也说不清石佛是什么年代出现的，又是什么年代消失的。尽管石佛已不在，但浩雅尔宝格达山在牧民心中的神圣地位没有变，他们祖祖辈辈将它奉为神山。农历六月二十五的祭祀习俗也一直延续至今，从来没有间断过。他们深信浩雅尔宝格达草原上每一寸肥沃的土地、每一棵丰美的水草都离不开这两座神山的庇佑。

距离渐近，浩雅尔宝格达山渐渐清晰了起来，高大了起来。汽车似乎也知晓我们急切的心情，欢快地飞驰，转眼间便来到了山前。山脚下早已绿草如茵，其间更是点缀着一些不知名的小花，白色的、黄色的、粉色的。细看这些低矮的小花，花瓣那么细小、那么单薄，却又是那么清纯、那么鲜艳，十分可爱。显然它们生怕落在小草的后面，紧跟着季节的脚步竞相绽放，把草原装扮得更加美丽。轻抚嫩绿的小草，那么柔、那么顺；闻闻初放的花朵，那么鲜、那么香。好客的百灵鸟似乎也在欢迎我们的到来，高高地盘旋在我们的头顶之上，不停地唱着婉转的歌谣。我们每个人都悄无声息，完全沉浸在这鸟语花香的草原上，陶醉在这美丽如画的大自然中。

浩雅尔宝格达山就坐落在这绿草如茵、花团锦簇的草原上。仰望山峰，亦是满山青翠，虽无三山五岳那般雄伟壮观，但有坚毅挺拔之势，又有奇丽俊秀之气。接近山顶处，一条条直立的石崖聚拢在一起凸出山体之外，感觉随时都会掉落下来，令人望而生畏。我们选择了山势相对较缓的一座，绕过山崖从侧面向山顶进发。刚登上山顶便感到微风拂面，为我们拭去满脸汗水。山顶不算开阔，除了几处突兀裸露的石崖外，果然有一个近似圆形的坑，直径有五米左右，深约一米，坑里长满了青草。这应该就是石佛曾经盘坐的地方吧。站在山顶极目四望，浩雅尔宝格达草原尽收眼底。连绵起伏的丘陵一直向西北方向延伸着，在白云生处与天空连接在一起，犹如一条巨龙盘亘在无边无际的草原上。东面是开阔而平坦的草地，一条蜿蜒曲折的小河镶嵌其中，宛若一条洁白的哈达飘落在无垠的绿地上。近处新建的别墅式牧民新居白墙蓝瓦，十分醒目，给草原增添了一道亮丽的风景。远处洁白的羊群就像一朵朵白云，飘荡在蓝天绿地之间，简直让人分不清哪片是白云，哪片是羊群。大家一改山下时的文静，顿时欢腾起来，或振臂高呼，或放声歌唱，或奋力跳跃……大家忘情地欢呼着，尽情地释放着。歌声、喊声此起彼伏，伴随着朵朵白云徐徐地飘向远方。

我们完全陶醉在这如诗如画的美景之中。头顶上不知何时飘来一片乌云，还没等我们向另一座山峰进发，便迫不及待地下起了小雨。无奈，我们只好带着遗憾急匆匆往山下走。

“这雨下得也太突然了，下雨前也不打个雷提醒一下。”朋友边擦拭着头发边抱怨起来。朋友的抱怨也是事实，到现在为止耳边只有从小到大的“簌簌”声，果真没有听到一个雷声。

的确，这雨下得没有什么声势，雨量却并不少，只一会儿工夫，我们的外衣几乎全湿透了。但我并不责怪这没有雷声的雨，因为对于草原来说，重要的是雨水，而不是雷声。我倒觉得这雨下得很专注，下得很实在。

回程中，我不时透过车窗回望雨雾笼罩之中的浩雅尔宝格达山，朦朦胧胧，宛若仙境……

我想，在这雨水的滋润之下，浩雅尔宝格达草原一定会更加美丽！

思念

李学东

思念，是美丽的回忆，幸福的剖白，甜甜的总结，是生命中一道独特而亮丽的风景。

思念，是对昔日美好时光的温习，历史的记忆在此时再一次拷贝。

思念的对象不同，就有不同的意境、不同的结局，有时使人失眠、使人忘我，有时催人奋进、促人更新，有时黯然神伤、泪落如雨。

思念与被思念是矛盾统一体，共造美丽的心境，共建千种风情，齐享万种祥和。

思念，是一道色香味俱全的菜肴，每个人就是那特级名厨、调味师，其中人生百味，快乐无穷，失去它，人生就会呈现出莫名的空白。

思念，是对旧时光的积累和凝聚，记忆的闸门无法关闭，如潮倾泻，孩提时代的浪漫时光，深刻于脑际，在我静静的思念中，淡去了过去的无邪和幼稚，增加了一些果敢和成熟。

思念，是孤寂时的寄托，是喧闹时的期待，是冷落时的温暖，是对旧生活的呼唤，是对新生活的展望，似在品鉴一幅名画，品读一本好书。

塔娜的草原

刘 洁

搭一乘云梯，登上云做的飞船。

别急着去哪儿，先舒展地躺在上面。白云为伴，头顶即一片湛蓝。终于可以在这里释放一天的倦懒，哈哈，真棒！云朵的绵软居然胜过了厚厚的绒毯。随手摘下一朵棉花糖，让香甜在嘴边恣意纠缠；鸟儿携来甘泉，让丝丝清冽流入心田。耳边，脆脆莺啼开启动听和弦，汩汩清泉奏响《灵动草原》。

烂漫花海尽收眼底，各色花儿无法想见，靛紫、鹅黄、嫩粉、微蓝……在一片翠碧中耀眼。怎舍得将她摘下，戴在发间。罢了，深吸一口花草香，足已使人神清气爽、飘飘欲仙。

远处，羊儿或躺或卧，像白绒团滚落碧草间，难道是在比赛悠闲？眼前，一只小羊用嘴撵着嫩草前行，屁股一扭一扭弹出跳跃的弧线。“小傻瓜！吃着了吗？给我看看！”她笑着喊。一小群羊儿本想用奔跑来展示矫健，奈何肥肥的臀儿赘住了脚步，笨笨的尾儿颤出了花瓣。牛儿正不紧不慢地咀嚼着夏日美妙的盛宴，长长的睫毛仿佛遮住了欲睡的双眼。一头小牛撒着欢儿蹦蹿到妈妈面前，美美地吮吸着甘甜的母乳。最爱的马儿，鲜亮的毛皮在阳光下一闪一闪。疾风拂过草地，他的鬃鬣飞扬，他的长尾飘旋，似天马下凡人间。我的茉莉（蒙古语马的意思）啊，好想和你一起翱翔每一片蓝天，驰骋每一寸草原。

唤来小伙伴来一场过瘾的云中大战。躲在云团筑成的战壕中，发射一枚枚云朵炮弹，一会儿被砸到头，一会儿被糊住脸……是谁扔得这么准，直接窜入塔娜的衣衫？哈哈，也好，竟然体验了一下“清凉的”夏天。瞄准，发射！发射，瞄准！直打得云絮满身，云朵满天。“撤退吧！明日再战。”塔娜挥手告别亲爱的伙伴，欠身掏出手勾住一根白桦的树干，顺着那光滑直接溜向天然的秋千，高高地飞来荡去，飘起的裙纱撩拨着她梦的心弦。这是她最爱的游戏，因为自由飞翔是她一直的夙愿。

阿爸、阿妈被夕阳映红的笑脸出现在地平线。“玩儿疯了吧？还不快回家吃饭！”阿妈远远地唤。不及他们来到面前，塔娜已跑得老远。“咱们比赛吧，看谁先到毡包！”阿爸故意提高嗓门喊。于是，三个人一起奔向他们洁白的家园。“到家喽！我第一！我第一！”她边跳边嚷。“我的塔娜最棒！”阿爸得意地夸赞，随即轻松地将塔娜托起，托上他如山的双肩。

辽阔的草原接纳着夕照的恩赐，花丛、草间、湖面，家园沐浴着彩霞无尽地绚烂。远处，牧归人赶着羊群，唱起了动情的长调，洁白的毡包冒出袅袅炊烟。霞光映红了阿妈忙碌的笑脸，照亮了阿爸结实的双肩。哦！在塔娜心中，那就是她永远的草原。

探索金界壕遗址

扎木苏

固腊卜赛汗乌拉，蒙古语，即“三座好看、美的山”之意，简称固腊卜赛汗。固腊卜赛汗山靠西的山峰，略高于其他两座山，高度在1200米左右。该山峰上有敖包石堆。这座敖包就是清代乌珠穆沁左翼旗牧民遗留下来的，中华人民共和国成立前夕，当地6个佐（相当于今天的苏木、乡、镇）百姓因故迁走后，这一地区便人烟稀少，成了野草蔓生和各种野生动物出没的地方。然而，固腊卜赛汗山巅上的敖包却始终未断香火，每隔3年，曾生活在这里的乌珠穆沁左翼旗牧民的后裔，会从各地云集到这里，祭祀祖先遗留下来的敖包。他们中有的来自蒙古国，他们通过祭祀敖包活动，弘扬民族传统精神与文化，增进友好往来。他们唱起古老的歌谣，赞美固腊卜赛汗山的美景，抒发思念故土的心情。

固腊卜赛汗山西侧是一片沼泽滩，这里也是色也勒吉河的发源地。良好的生态环境孕育了色也勒吉河源源不断的流淌，成就了自治区级贺斯格湿地自然保护区。固腊卜赛汗山偏西北隔着色也勒吉河沼泽滩的对面山上，有一处崖壁，人称红军崖。据当地文献记载，1945年苏联红军和一部分蒙古军队，穿过中蒙边界后，经过乌拉盖管理区所辖的固腊卜赛汗、农乃庙，直至赤峰的天山、林东等地对日宣战。为了使坦克车、炮车和运兵车顺利经过乌拉盖地区的沼泽滩，在固腊卜赛汗的沼泽滩用山石沙土修筑了长约8.5千米长的通道，被称为苏蒙联军入境道。红军崖据说就是当时筑路取沙石留下来的遗迹。看到这些遗迹，让我们不禁回想起硝烟弥漫的战争岁月。

固腊卜赛汗山的西北山脚下，曾有七棵高大的樟子松簇拥着生长。早期生活在这里的牧民，对这七棵松树崇尚有加，赋予了动人的神话传说。遗憾的是，这七棵松树在20世纪70年代，被驻扎在五十三团的兵团战士砍伐，用其木料改善了当地的连队、学校的办公和教学设备。

过了固腊卜赛汗山再向北，沿着砂石路穿过一个草滩，又翻过一道山梁，我们就见到我们要探寻的略有几分神秘色彩的金代防御工事——金界壕。金灭辽之后，为了抵御日益崛起的北方蒙古部落，在我国北方先后修筑了三条金界壕，史称北长城，又称金界壕、成吉思汗边墙、金源边堡和兀术城墙等。其中，最北边的一道界壕在今呼伦贝尔市辖区，进入蒙古国境内。

此后，金朝废掉最北的一道界壕，退回到今通过东乌珠穆沁旗与乌拉盖管理区边境并一直延伸至蒙古国境内的第二道界壕。没过几年，金朝不惜代价修筑了从呼伦贝尔市莫里达瓦旗，经兴安盟的索伦、突泉，向西进入通辽市扎鲁特旗，再进入锡林郭勒盟，继续向西一直到大青山北麓的武川境内，绵亘1500千米的金界壕，由蔑尔乞惕部人看守，以防蒙古大军南下。至此，乌拉盖管理区境内的金界壕再一次废除。金朝的三道界壕没有封锁住蒙古铁骑，却使金朝劳民伤财，最终被蒙古游牧民族所颠覆。

元朝建立后，乌拉盖大草原已是成吉思汗胞弟岭北省洛南王哈赤温的封地，因哈赤温早年死去，其封地由他的儿子阿勒赤歹承袭。《元史译文补遗》卷一记载："分地在东方，近长城（金界壕），近主儿只地（金朝疆界），又近亦之列思部地，哈兰真额朝特及兀儿古以河。"这里记载的"兀儿古以河"就是现在的乌拉盖河。

天边草原纪行

刘占胜

初次来到乌拉盖草原，风光绮美，苍郁广瀚，雄鹰翱翔，牧人策马，牛羊游动，九曲十八弯的河流流淌着，一座座工矿企业拔地而起。这里民风古朴，热情好客的牧民世世代代在这里繁衍生息，老额吉手捧洁白的哈达热诚欢迎远道而来的客人，一幅美好景色徐徐入画来。

一路上景点很多，《狼图腾》拍摄地、九曲湾、乌拉盖水库、知青小镇等。

“乌拉盖”是古部落名称，春秋战国时期为东胡、澹褴地，明代为乌珠穆沁部落占据，“文化大革命”时期为解放军内蒙古生产建设兵团第六师，2005年更名为乌拉盖管理区。这里有原始草原、湖泊、湿地、野生白桦林、芍药谷等自然景观和布林庙、农乃庙、胡硕庙、成吉思汗边墙、固腊卜赛汗国际敖包、兵团小镇等历史文化遗产，草原中部的布林泉国家AAA级核心景区是电影《狼图腾》的拍摄基地。

乌拉盖因《狼图腾》而扬名。《狼图腾》就是以知青陈阵为主要线索展开的故事情节。人们都知道过去有一群年轻人到此地建设乌拉盖、保卫乌拉盖，却不知道他们的姓名，于是给他们起了一个共同的名字——知青。

当晚我们住在巴彦呼舒镇，第二天驱车前往电影《狼图腾》的拍摄基地布林泉景区，参观布林泉和布林庙遗址。在布林泉八角亭品尝“圣泉”的甘甜。在搭建的兵团小镇里徘徊，那知青生活的场景虽然是粗制滥造，倒也多少营造出当年的些许况味。

下午去大青沟，体验原始森林的况味。这里生长着长白山、燕山、蒙古高原三个区系的植物，在谷底徘徊，周围绿荫如盖，闻到的是植物的各种气息，听到的是各种虫声与鸟鸣，也有涓涓细泉、濛濛薄雾。半山腰还有一处寺庙，禅声依依。我们还游览了素有“内蒙九寨”之称的小青湖，感受内蒙古的湖光山色。

知青敖包是为纪念11158名知青和兵团战士在建设兵团六师做出的贡献。极目远眺，它静静地伫立在贺斯格乌拉牧场北部，如当年知青一样不管风霜雨雪，痴痴等待着归人与过客。在乌拉盖草原上，至今流传着许多感人肺腑的知青故事。

九曲湾位于乌拉盖湖东10千米处，与湖入口相连，属乌拉盖河最为蜿蜒曲折的河段。它没有黄河的波澜壮阔，没有庐山瀑布的一泻千里，也没有趵突泉水的活泼灵动，然而延伸在无边的草原上，没有一点儿多余，却别有一番风韵。碧水蓝天，青草丰美，草原透出九曲湾的自由与飘逸，九曲湾彰显草原的包容与生生不息。

布日都淖尔依山而居，长年积水，芦苇丛生，是天鹅、大雁等候鸟迁徙的必经之地。水面上数以千计的天鹅、大雁，或成群结队，或双双两两，或戏水，或觅食，或起飞，或划落，啼鸣声声，此起彼伏，构成了一幅和谐、安逸、祥和、自然的画面，因此这里也被称为天鹅湖。

清晨时的乌拉盖河，升腾起阵阵水雾，把远处连绵的草坡渲染得如梦似幻。傍晚时分，乌拉盖草原都会被暖色的夕阳染成金色，找一处地势略高的小坡，看乌拉盖河在草原上蜿蜒向前，心中总会涌动起一些小小的感慨。落日余晖中，归牧的羊群在草原上缓缓滚动归家，牧民骑着马或驾着摩托在草原上疾驰，蒙古包和小房子升起缕缕炊烟……

乌拉盖草原，美不胜收！

天花乱坠

王晓萍

回家的时候，车窗外面飘着团团簇簇的雪花，没有声音。透过玻璃看，一片白色，雾蒙蒙的看不到往日的繁闹与动荡。城市没了棱角，一派敦厚。冬天，难得有这么柔顺沉着的时候，我被这柔顺打动了，仿佛一直飘在尘事之上的心沉了底，在时间的礁石上磕碰了一下，清冽的触感，让人在昏沉沉中蓦地清醒了。于是，我提前下了车，钻进大雪里。

天和地像两只稍稍合拢的巨大的手掌，看起来不再那么空旷、那么高远了，微微有了暖意。抬眼望去，天空一改冬晴时刻的硬朗，宽厚淡然地衬托着闪闪摇摇的雪花。云彩灰沉沉的，像是用淡墨泼出来的，深浅也似在宣纸上晕染开了的，没有锐利的边线，随意自然。

脑子里闪过一个词语：天花乱坠。

《心地观经·序品》中有“六欲诸天来供养，天华（花）乱坠遍虚空”的句子，这大约就是这个词的出处了。传说中天光和尚讲经，忽而五色花雨由天而降。想来天女们慢舒广袖，轻扬玉手，散花的场景是异常美妙的。但我总觉得，那个画面的色彩，未免太过鲜艳。而且太多地带了神异的色彩。倘若当时真的“天花乱坠”了，倒应该是今天这样的雪花。天女们的花篮子没了用处，让出了浅墨色的天空做背景，灰衣素朴的僧人，清雅脱俗的白花，像一张水墨的写意，黑白两色，空净澄明。不用诠释，画面就透着禅机。

雪花渗透在空气里，无处不在，抓到手中又转瞬即逝。看似真实，实则虚空的花朵，像是个纯洁无瑕的梦，静悄悄、无言无语的梦，纵然细细密密全是华丽的装点，但最终也是空的样子。粉妆玉砌的新世界，就是海市蜃楼，转眼即逝。无可奈何花落去，有了点儿古意，可供吟哦，却不能期待，这些都是无根的不能结果的花朵。这大约更能让人彻悟吧。如果没有自己的心沉在冰凉的飘飞中，这“天花乱坠”便是片刻的过眼的繁华。

我无意曲解佛法，只是在这样一个雪天，站在传说的边上，不由得恍惚了一下。

跟着我恍惚的，是街上的灯。它们一点儿一点儿亮起来，淡红的光被雪花柔曼的舞蹈擦开，光的边缘就有了烟、有了雾；有了突然的惊喜、莫名的惆怅；有了晦涩的等待、飘忽的悲伤……灯光领着这些没来由的情绪，瞬间就占领了冬天的空寂。

世界有点儿迷离。单纯的白色和黑色，被光漂染了一下，带着异样的明达通透，遮掩了柴米油盐、烦琐操劳。喧嚣都隐藏到了后面。树木像是用铅笔画出来的，叶子都掉光了，枝条却细密整齐，树影静悄悄地铺在灯光下。雪花簌簌地落着。人的行走，在这一刻，空幻了起来。在飞舞的花朵中穿行，是颇有浪漫色彩的画面。俗世的浪漫和顿悟就没了关系，纵使有了点儿空明的味道，也是在红尘的底子上，把种种无法言说的情绪，寄放在“天花乱坠”中。

最喜欢陶潜的诗句：“凄凄发暮风，翳翳经日雪。倾耳无希声，在目皓已白。”诗歌勾勒的整个画面纯洁宁静，纤尘不染。诗人滤去杂声，心无挂碍。在尘雾腾腾，琐事密密匝匝的凡俗生活里，喧嚣和尘埃是常态，阳光是浑浊的，空气里有纠缠不清的东西天天在生长。只有在雪中，沉淀了沧桑，才发觉，原来，对宁静和纯洁有着如此的向往。

雪天，对那些沉浮闹市、心怀创伤的人来说，无疑是最好的疗养场所。倘使能够在混沌中生出觉悟，把悲喜忧愁化解成安宁的点点滴滴的岁月，不嗔怨、不贪求，倒也不枉“天花乱坠”一回了。

天堂草原的青春岁月

刘秀英

草原是什么?

在牧民眼中，草原是天堂，是物产与富饶；在诗人眼里和笔下，草原是绿色海洋般的浪漫与柔情；在草原第二故乡游子的心底，草原是故乡与思念，是青春，是热爱，是眷恋。

在草原生活了十年之久的兵团人，对于草原的情感不仅仅是眷恋草原的平静与美丽，更多的是领略草原的暴怒与狂躁。面对凛冽的冬季暴风雪、白毛风，他们放马牧羊、耕田种菜，打靶训练、持枪站岗、野营拉练……他们怀揣一颗热爱草原、保卫边疆的勇敢的赤子之心，热爱天边草原、建设草原，为保边疆的一方安宁抛洒青春和热血，用美丽的青春书写了一篇篇动人的故事。

当初，六师的兵团知青来自天南海北，大的十八九岁，最小的才十四五岁。他们为了共同的信念和理想，来到草原遥远偏僻的农牧业连队，几间旧营房，一个食堂连着连部。衣服就让穿草原绿色的兵团服，绿球鞋，为了适应战备需要，提倡不梳长发编长长的发辫儿，一律的短发或者小刷子发型。他们就这样与天斗，与地斗。在艰苦的年代，每到六月，长着小圆叶子的杨树环绕着古老的土屋，像一群穿绿色衣裙的女孩在围着棕熊跳舞，很是好看。到了冬天，这里会更好看，四五个月不化的白雪簇拥着笨拙的房子过冬。天空分外蓝，蓝的那么纯净、美好，让人看上一眼就会永生难忘。

在兵团知青的眼睛里，草原的美好景色是那样短暂，劳动的艰苦与辛劳让这些刚刚走出校门的少男少女们有点儿难以忍受。早晨天刚蒙蒙亮，起床号就吹响了，出早操、军训，还得脱坯盖房、积肥春耕、托大坯、盖房子、军训、打靶、种菜、种小麦、种土豆、养牛羊……活多得数也数不清。

屯垦戍边，吃多少苦，遭多少罪，都不是目的，目的在于加强训练，增强体质，提高军事素养，增强战斗力，保卫边疆，时刻准备打击来犯的敌人，做一个合格的兵团人，为祖国贡献青春和力量。也就是这样的生活，锤炼了兵团知青们的意志，强健了体魄。他们拥有了一个个纯净、坚韧的心灵。正是这些，真正成就了兵团知青这一代人，让他们积累了一笔笔丰厚的精神财富。回城大潮涌来，大部分知青纷纷返城。回城时，大部分知青已时近中年，兵团岁月与城市快节奏的生活难以接洽，工作和人生道路上遭遇的艰难险阻可想而知。怎么办？正是这份坚韧陪伴着他们走过每一个人生坎坷，这是后话。

每逢节假日，他们想家，就聚在一起唱唱歌、侃侃大山，连队生活艰苦，伙食单调，肚里油水少，晚上躺在被窝里，各自想着自己家乡的各种特色小吃，来一个“精神大会餐”解解馋。住的是土坯房、地窨子，训练艰苦，环境更是艰苦的，可人心是向上的，精神是饱满的。

若说是训练艰苦，那么巡逻站岗便是苦上加苦。一年三百六十五天，不管是刮风下雨，风吹日晒，蚊虫叮咬，还是滴水成冰，大雪封门，他们每天必须坚持出操跑步。站岗放哨，在冰天雪地里一站就是两个小时，必须有人来换岗了，才能回营房去睡觉。野营拉练，在冰天雪地里一走就是几个小时，几百里路，渴了抓把雪吃，饿了，连队炊事班就借老乡的锅煮冻饺子吃。脸冻得起了水泡，泡消后，整个脸都肿了，即使这样，谁都没有喊过苦和累。大冬天，没有暖气设备，只是用砖头盘了一个土火炉子，烧牛粪、羊粪，也有烧煤的时候，不过很少。一个班，八九个人，围着一个小火炉，火烤胸前暖，风吹背后寒。漫长冬夜，大家围着被子，聚在一起讲故事，用以驱逐寂寞和寒冷。可是没几天就得轮着自己班里站岗。一人俩小时，那时大家都年纪小，觉多。何况冰天雪地要钻出热气腾腾的被窝，真难啊！可是没办法，谁也逃不脱，都得乖乖地起来站岗。

冬天，天边草原上的白毛风尖利地号叫着，营房的墙都结满了冰霜。很冷又很寂寞的时候，大家最爱的，莫过于听知青讲故事了，大家围着一条棉被，烤着泥火炉，除了站岗，听听故事，也是很惬意的事情。

那时的生活很清苦，别说点心、水果，连糖块都很难见到。最难忘是同班战友韩素英的妈妈在北京一个商场上班时寄来一包美味的糕点渣儿，小姐妹们你一点儿我一点儿分吃，那美好的味道真是终生难忘，回味悠长。

那时由于年龄小，干活累，饿的非常快，白天起土豆，晚上回到班里，肚子饿得咕咕叫，几个小姐妹一商量，傍晚趁太阳还没有落山，跑到土豆地里，拿一把铁锹翻啊翻，不大一会儿，就挖了不少土豆，也没有带什么东西，一人怀里抱几颗，一边走，一边掉，一边捡，一边笑，嘻嘻哈哈回到班里，大家围着炉子，用擦干净的铁锹头在火炉上烤土豆片，等到烤的两面金黄时，就香味四溢了。几个姐妹连香带烫抢着吃，别提有多香了。收大萝卜、红萝卜，晚上散步到白天埋萝卜的地方，扒开表层的泥土，用小刀削削皮，那叫一个甜又脆。

在四连，最让人难忘的是一个黑色星期六。那一天，不知什么原因，打靶时，三排长王福进因枪管爆炸，炸掉两根手指头，急急忙忙被送往师部医院。劳动中，坐满知青的大马车惊了，三排女知青穆香兰摔下车，叉子扎了大腿，流了好多血，大家七手八脚把她送到连队卫生室。站岗时，八班一个女知青看见信号弹，不分青红皂白追了半夜，跑丢了大头鞋，脚丫冻得起了泡，疼得直流泪。排长从连队职工家找来一些黄豆治冻伤，而班长肖培华则把冻伤的双脚捂在自己怀里，用体温缓缓地温暖，过了很长时间，慢慢地，这双脚才恢复了知觉。

最让人忍俊不禁的是那天后半夜突然而来的紧急集合。因为白天军训过水渠，冬天的渠水上面结着冰，又没有另一条路可走，只能跟着前面打头的兵团战士走，从水渠蹚水过去，这么一来，大家的棉裤裤腿脚全都湿了，夜晚只能围着火炉烤棉裤。还没等烤干呢，赶上紧急集合。那时兵团战士八九个人一个班，八班共有九个人，挨着王秀清的乌兰一着急，摸过来王秀清的棉裤，三下五除二就穿上了，背好枪，就跑出去集合排队了。没有棉裤穿的王秀清自然无法出去，只能在被窝里窝着。操场集合好队伍，报数完毕，怎么差一个人？指导员查铺查到八班时，才发现真有一个兵团战士没有集合。指导员很严肃地质问她："你为什么不参加紧急集合？"王秀清只好说明原因。那天也巧了，紧急集合只训了一会儿话便解散回到班里，乌兰懵然看到自己的棉裤还静静地躺在火炉旁边，十分奇怪，一看王秀清委委屈屈泪流满面的样子，同班战士才发现，乌兰身上的棉裤高高低低吊在半腿上，露着白白的小腿肚，逗得大家捧腹大笑。乌兰害羞得搂着王秀清，一口一个姐姐地叫着。王秀清忍不住笑了，这才结束了一场闹剧。后怕的是，那天亏了没有跑步，因为乌兰连大头鞋都是穿错了的，不是自己的而是王秀清的，半个脚后跟露在大头鞋外面。乌兰穿四十号的鞋，而王秀清穿三十六号的，要是跑步几十里，那乌兰可就惨了。

八班班长是孙学荣，中专生王秀清是副班长，她眼睛不好，一天半夜紧急集合把牙具袋错当子弹带背在后背，大棉袄里面的单衣只套进一只袖子，那只袖子长长地拖在背后，真像一条大尾巴，惹得队伍里一片笑声。副连长罗祖银闻声赶过来训斥，结果一看，也忍不住笑出声。只见他捂着嘴强忍笑声，压低嗓子说道："王秀清出列！你的衣服怎么回事？"王秀清急忙出列，这才发现种种异常，她把那只衣服袖子整理好归队，队伍才恢复了正常行军。

连长常厚荣的女儿常妙珍在机务排上班，那天天气炎热，清洗零件时不知什么原因突然起火。妙珍怕引起爆炸，毅然抱起失火燃烧的火盆跑向安全地带，她自己却被火烧伤毁容。诸如此类事情层出不穷，不胜枚举。

有一次，连队的大铁锅上的笼屉坏了，蒸馒头漏气儿，天天吃黏馒头，大部分知青都嚷嚷胃疼，但也无可奈何。直到团部的侯副政委来视察，把侯副政委的假牙粘掉了，连队才有机会换了新笼屉。这可把知青们乐坏了，因为再也不用吃半生不熟的黏馒头了。

一次深夜紧急集合，九班一个女知青石凤云把大棉袄套在了小棉袄里面，集合回来天已经见亮，看见她稀奇古怪的模样，大家不由得笑得肚子疼。三四个人费了九牛二虎之力才帮她脱下来，天知道她是怎么穿上的。

岁月荏苒，时光如流水，转眼半个世纪过去了，当年的知青从青葱年华的少男少女成为白发苍苍的老人。时光真是很奇妙，风雨沧桑，几十年的春夏秋冬、风霜雨雪并没有消磨掉这一代人的风骨和坚韧，他们依旧在中华大地上发挥余热，在美丽的夕阳下活出生命的精彩。

徒步旅行者的天堂

赖玲南

我喜欢徒步旅行，去过很多地方，唯有天边草原乌拉盖吸引我连续3年成功、完美地进行了3次大穿越——徒步旅行者的天堂。

天边草原乌拉盖面积5013平方千米，有广袤无垠的草原，延绵美力的山坡，雅致唯美的沟谷，迷人浪漫的湖泊，神秘诱人的湿地、沼泽、白桦林，还有夜晚浩瀚璀璨的星空。

每年6月至7月是徒步天边草原乌拉盖的最佳时段，这时气温在25摄氏度左右，遍地盛开着奇异的鲜花。风吹草浪涌，浪涌鲜花摇，极致的景色让人流连忘返。7月份进入雨季，但最美的景色就在雨季。乌拉盖草原的雨季常下阵雨，阵雨之后是阳光，阳光下必定有美丽的彩虹，看见双彩虹也是常事。这里彩虹色彩的丰富度、亮度、宽度、长度堪称天下一绝。

天边草原乌拉盖的徒步路线有很多条，现介绍我所走过的两条。第一条从巴音胡硕镇的东面出发，向北至宝格达山处的乌拉盖河源头，全程210千米。每天30千米，7天走完。难度中等。扎营地分别为牧民王丽霞家、胡稍庙、水库、九曲湾、斯仍音昭村、仝德喜、宝格达林场。第二条从巴音胡硕镇的西面出发向北再向东至宝格达林场，全程也是210千米，每天30千米，7天走完。难度中等。扎营地分别为布林泉、芍药沟、阿尔善泉、贺斯格淖尔湿地、斯仍音昭村、仝德喜牧业点、宝格达林场。

不论走哪条路线，你都能感受浓郁的蒙古族风情，醉人的下马酒、洁白的哈达、豪放的歌声、激情的那达慕。出发吧，美丽的天边草原乌拉盖有值得你去追寻的敬意、去叩问的文明、去铭记的辉煌、去牵挂的民族情谊。天边草原乌拉盖的天地可敬、人民可亲、万物精灵可爱、风中花香可心、一河倒影可歌。这将是一次充满魅力的神奇之旅，绝对值得每一个人去走一走，去了以后你一定会说不到长城非好汉，不去天边草原乌拉盖人生太遗憾！

万马蹄如骤雨来

——乌拉盖马事活动剪影

赵瑞生

马驹子长到三四岁体型就与成年马差不多大小了，它们无忧无虑的少年时代结束了，该给它们举行一个成年的仪式了，这仪式就是给它们剪鬃、烙印，给小公马去势。这个活动在每年四五月份进行。在乌拉盖草原上，这是堪比那达慕的盛会，被称作打马鬃节。牧民们一大早从四面八方赶来，阿爸来了，阿妈来了，牛倌儿来了，羊倌儿来了，想当驯马高手的半大小子来了，倾慕套马汉子的大姑娘来了，帮忙的来了，看热闹的来了……这是一场不亚于那达慕的人口大聚会，也是一个比拼骑术高低、手艺好赖的大赛场，优秀的套马汉子会受到人们的敬仰，出色的套马小伙能得到姑娘的垂青。

人欢马叫狗撒欢儿，牛粪火升起来了，奶茶飘香了，几只两岁的肥羯羊已准备下锅了……

“套马的汉子你威武雄壮”——套马

首先是套马。乌拉盖草原上的蒙古马属于半野生放养，要把那些跟人几乎没有接触的三四岁的马驹子套住绝不是一件容易的事，不过在怀有一身出色的骑术与套马技艺的套马人眼里，越是难套的烈马越有挑战性、越能展现自己的风采。从套马这一环节能够真切感受到牧马人作为成吉思汗子孙的威武雄壮、豪情勃发、自信满满，也能尽情欣赏蒙古骏马快鹿样的矫健和雄狮般的勇猛。所以说能够一观套马，那是难得的视觉盛宴。那场面气势恢宏，那阵势雷霆万钧，那气氛扣人心弦，那过程高潮迭起。

马群被从草原深处赶来。天边扬起了一股沙尘，随即人们感到脚下的大地在微微颤动，渐渐地，踏踏蹄声、萧萧嘶鸣伴着牧马人“嗬——嗬——”的吆喝声传入耳鼓，一群骏马扬尘而来。速度产生的惯性让马儿们一下子停不下铁蹄，在头马停来下之后，马群围绕着头马旋转起来，像一个巨大的漩涡，翻江倒海，很有“天门中断楚江开，碧水东流至此回”的气势。慢慢地，马群停下来了，马儿们有的昂首嘶鸣，有的低头觅食，有的伫立不动，有的“噗噗”打着响鼻。刚才马群像一股巨浪，现在静得像一泓清泉。

忽然，一人一马一杆突出，直奔一匹雪白的三岁小公马而去。马儿感觉不妙，撒蹄狂奔，追击者红衣红马似一团火焰在熊熊燃烧，被追者白驹过隙一闪而过，两匹马所过之处引起马群阵阵骚乱。小白马发现逃不掉了，开始左突右闯，枣红杆子马如影随形。几个回合下来，小白公马少了三分桀骜，牧马人瞅准机会迅速出杆，一杆中的。小白公马猝不及防拼命挣扎，牧马人就势坐在鞍后、身体后仰，双手紧紧握牢套马杆。枣红杆子马四蹄蹬地、臀部下坐，在摩擦出四道蹄痕后稳稳停下。一个小伙子手提笼头快步上前想给小白公马戴上，这家伙怎肯乖乖就范，脑袋左摇右摆、四蹄胡乱蹬踏。这小伙子也不含糊，搂住马脖子双臂一紧，伸出右腿单脚一拌，腰上一使劲——这可是摔跤的手段，可见蒙古人的生产和娱乐是密切相关的——这匹三岁的儿马蛋子就跌倒在草地上。几个小伙子一拥而上压住了这个桀骜不驯的家伙。再看套马人的神情，自得、自负、自傲，立马横杆，俨然一个战胜敌人、睥睨对手的大将军。清人方观承在其《从军杂记》一书中对套马汉子的套马神功的描写颇为精彩：“马之未鞍者曰额尔宾，踶啮腾踔，不受衔勒。蒙古健儿以竿索约系其脑项，捉而骑之。有伍巴什者，捉马，马怒立，什于马上磬身擒其双耳，股全离鞍，马前后怒突，项益下，终不得脱去。”日本人江上波夫在其《蒙古高原行纪》一书中对套马的汉子也大加褒赞："骑马的蒙古士兵手持套马杆冲入马群中，被套的马匹非常敏感，好像知道自己将要被捉，迅速离群在草原上狂奔。但士兵以难以想象的敏捷，很快就巧妙地套住了马脖子。这种套马的绝活是我们在蒙古地区经常看到的，极为壮观的景象。"

马倌儿们不甘示弱，纷纷上场一显身手，马儿飞奔、套马杆上下翻飞，更有矫健有力的壮汉不骑杆子马、不用套马杆，看准机会疾步上前，搂住马脖子，一个绊子把马匹放倒——这仍然是摔跤的绝招。壮年汉子想在儿子心里有个高大的形象，年轻小伙子想吸引姑娘的目光，这套马场上可是好机会，你套住匹烈马，我就套那匹更桀骜的马。一时间，套马场翻江倒海、烟尘滚滚，俨然一个千军万马激烈战斗的战场。

妙手剪出神骏来——剪鬃

套住了马就该给它剪鬃了。马群里所有的马匹都要剪鬃，经过一年马鬃又长长了，长长了就要剪，就像人理发一样。

剪马鬃很有讲究，不是几剪子剪短了就了事。马的头顶上的鬃毛要留得长一点儿，就像人的刘海儿。如果没有这绺鬃毛，前额就显得光秃秃的，马儿就少了俊逸。马儿奔跑起来"刘海儿"随风而飘，显得马儿格外潇洒。马脖子上最后一绺鬃毛也要留下。如果说额头的长鬃是装饰性的，那么这缕鬃毛则不仅仅是为了好看，也是为了实用——骑手们上马时要揪住这绺鬃毛。马倌儿上马的习惯动作是左手揪住马鬃，右手用套马杆撑地，左脚纫蹬，右腿一跨就稳稳地坐在马鞍之上。

马鬃剪得好能让一匹驽马精精神神、漂漂亮亮，马鬃剪得不好能让一匹骏马呆头呆脑、憨憨傻傻。所以，骑手们对自己坐骑的鬃毛格外在意，剪不好马鬃的人会请高手替自己给坐骑修剪。剪鬃高手就是马儿的"美鬃师"。"美鬃师"会根据每一匹马的毛色、体态和气质剪出最适合它的"鬃型"。他先是大致一剪，然后左看右瞅，用手比画着，用心品鉴着，一剪剪修整，一点点修饰，最终一个帅气时髦的"小伙子"便跑回了马群。

剪鬃场地上还活跃着一些曾经的套马汉子，他们已过了与烈马争锋较劲一显身手的年龄，可是这盛大的场面也离不开他们，或者说他们离不开这从事了几十年的马事活动。他们兜着蒙古袍的大襟，把剪下的马鬃收集起来，这可是搓绳子的好材料，用它搓出的绳子比麻绳耐磨、耐沤，比塑料绳耐日晒、耐风化。

给骏马颁发“身份证”——烙印

草原上的马匹成千上万。马儿在暴风雪中会逆风而跑，有时也会“炸群”四下奔跑。马群跑个几十里、上百里玩儿似的，很容易和其他群的马相混。为了分辨清楚是哪个群的马，每个马群都会在马匹的左后胯上烙上火印，每一个马群的火印都有自己独特的图案，以与其他的马群区别开来。

烙马印一般是在小马长到三四岁时进行。燃起一堆牛粪火，把铁马印烧红，几个人簇拥着马匹，有的搂住马脖，有的揪住马鬃，有的抚摸着马身。马儿渐渐安静下来，烙马印的人迅速把马印摁压在其左后胯上，眼见青烟一缕，耳听“刺——”一声，鼻闻燎毛烧肉的焦煳味儿一股。就在同时，烧灼的剧烈疼痛感让马尥起了蹶子，人们放开手任由它一路跳高地跑回马群。这烙印已深深烙上，标志着它是这个马群的一员，并且终生不会磨灭，就像人的身份证一样。

一刀割出“壮劳力”——骟马

在剪马鬃、烙马印的同时还要给除了留作种公马的三四岁小公马去势，俗称骟马或骟马蛋。骟马是一项技术性很强的活计，只有经验丰富的好马倌儿才能胜任。

骟过的马称作骟马，对它们进行驯化是牧民们一项重要的牧业生产活动。经过驯化的骟马长大后便成为役畜，有的骟马供骑乘，有的骟马供拖挽。骟马是重要的生产资料和军事力量，是名副其实的“壮劳力”。南宋人彭大雅在

《黑鞑事略》一书中说：“牡者四齿则扇（骟），故阔壮而有力，柔顺而无性，能风寒而久岁月。”

太阳偏西的时候完工了。馨香浓郁的手把肉适时煮好，醇厚浓烈的美酒杯杯斟满，忙碌了大半天的牧人们畅饮草原白、大嚼手把肉。打马鬃节的乌拉盖草原歌唱着、欢笑着……

寻找自己的天地

李学东

“不要问我从哪里来，我的故乡在远方。不要问我到哪里去，流浪远方……”

外面的世界很精彩，但是外面有多远，又有多大，它的外延和内涵又有何差距，井底之蛙的外面的世界和胸怀苍穹的雄鹰的外面的世界又怎能相提并论。

漂泊的游子，灰白的心，凄凉难耐，太阳逝去最后的一丝光亮，难以掩饰失落的情感，身如浮萍，动摇不定，漂泊远方。

流浪的心，似在羊皮筏上生存，似在独木舟上游荡，似在救生艇中度日。一生流浪，流浪一生，一无所获，这就是无言的结局吗？在天马行空的时代，就这样无声无息地埋没、沦落，对于流浪的心灵是何种安抚与慰藉。蓦然回首，已从故乡泊到异地，从少年泊到青年，从清纯如水的孩提泊到沉稳凝重的壮年。

起锚的人生，体味出辉煌，但艰难在所难免，拼搏中才会有希望，安于现状又怎能成就伟业？生命的历程，从风平浪静的避风港湾，到惊涛浪尖的壮阔，构成人生的多元画面，绝不是一帆风顺，准备好迎接每次的狂风骤雨，每次的生活磨砺，每次的累累收获。

路就在自己的脚下，每行进一步，就是人生的收获，只要不停下来或原地踏步，一往无前，新的天地就在前方，迎接新的挑战，经受新的洗礼，创造新的生活。

往后余生，太极相伴

杨 东

又一期太极拳培训即将开班，今天突然想说点儿什么。这是自2015年举办第一期培训班以来的第三期培训，我看了那期的学员合影，十六名学员，至今仍在坚持的仅剩三人。那些中途退却的队员有的是工作过于繁忙，有的是做生意顾不上，有的是因工作和生计原因离开本地，有的可能练过一段时间觉得太极拳并不是他们喜欢的健身方式，转而去跳广场舞了，有的可能直接就是不喜欢（讨厌）这个教太极拳的人……

我跟内蒙古武术协会的赵老师说起这一困惑，赵老师说，武术行当里有一句话，“千亩地一棵苗”，这其实是一个普遍的现象。这大概说明了太极拳不同于其他运动，能坚持下来且学有所成的少之又少。

可又有谁能体会出一个教练员面对队员的离开时内心的全部感受。如果你说少了一个人而已，你们练得又不是竞技体育，多一个人少一个人大家还不照常锻炼，那你就错了。你不知道学练太极拳需要教学双方相互建立的信任以及在长期磨合沟通中因志趣相投而产生的惺惺相惜之感，在这个过程中，你付出的不仅仅是辛苦。

说到这儿，我又想起我的入门老师。老师明知道我学一个阶段会很快离开，仍然尽心尽力地教我，甚至得知我一星期之后要动身的情况下，抓紧时间又传授我一套剑，每天先把所有队员放一边，过来单独教我几个动作，然后再匆匆过去指导大家。

想起老师，我止不住泪目了……

以前是单纯的想念他，现在我是懂他了。我离开老师时是那样的翩然而轻松，当时不能体会他的心境，如今全部明了。所以，我不会辜负在学拳路上指导过我的每一位前辈，我要像他们一样，尽师之责，尽心授拳。

第一期留下来的薛老师、智敏和李姐，她们时常会提起刚学拳的那年，整个冬天雪都特别大，每天晚上六点半之后他们顶着白毛风刮起的漫天大雪，相互搀扶在大雪里，一步一个窟窿的去学拳，整个严冬从未耽误一天。而薛老师是离家最远的一个队员，学拳三年多坚持不辍。学校放学之后，有时还要给较差的学生补补课，怕耽误练拳她时常在学校胡乱垫补点儿吃的，然后直接赶往文化馆赶，怕来不及她常常打车去。

智敏在物业公司工作，是单位的办公室主任，单位所有大小事物都需要她去安排落实，工作量巨大。由于物业工作的特殊性，她需要和业主打交道，有时真的使得她身心俱疲。来自工作当中的压力让她常常感慨：一天当中最期待的就是晚上练拳的这段时光。

如今面临孩子中考，需要她全心看护，即便如此，她也时常是单位下班后不回家，直接来文化馆一个人练上半个小时到一个小时，然后在孩子放学后赶回去。这个在我眼中属于比较“笨”的队员，用坚持和毅力，向所有学员诠释了那句“你怎样对待太极，太极就会怎样对你”这一学拳法则。她每一阶段的蜕变和成长都让我体会到一个授拳者发自内心的成就感和欣慰。

永红学拳不到两年，属于那种钟灵毓秀的队员。当智敏把她带到我面前说“教练，这是永红姐，她想学太极拳”时，我只淡淡一句，“行，跟着学吧。”因为身边太多的来来往往，我真的不想再做有心插柳的事了。就这样吧，来去随你们。我没有刻意地去教一个动作，没有刻意地关注，当我给其他队员纠正动作时，她总是抓住机会，赶紧走到身旁学习。时间一个月一个月地过去了，永红就像一个小跟屁虫，一心一意紧跟队伍，愣是凭着不放弃的韧劲让我从内心接受了这个“编外生”。她做生意，经常跑外学习、开订货会，每次外出真是可以用“满腹惆怅”来形容，生怕走后我教新套路把她落下。有时从外地回来正赶上练拳时间，不顾一路风尘直接到文化馆练拳。站桩、压腿、控腿、下叉，她扎扎实实地练基本功，虚心好学的品性也赢得了老队员韩姐的喜爱，经常给她指点动作，使得永红进步很快。

韩姐和白姨是一路和我走过来的老队员，多年的相知相伴使我们在太极的路上共同成长，收获了珍贵的友谊。

我和队员们说过这样一句话：“在太极拳这块阵地，在来来去去的人当中，你最终能留下来，不是因为你选择了太极拳，而是太极拳选择了你，这里只等与太极拳‘有缘’的人。”

因为对太极拳的敬畏，我会一如既往的严谨，不会因为你的喜欢或讨厌做任何的改变，能够改变我的只有太极拳。

选择了太极拳的伙伴们，你们同时也选择了坚忍和寂寞。这里没有浮华与喧闹，没有富丽堂皇，但没有哪一刻你与博大精深的中华文化如此的接近。

在喧嚣的尘世里，在优雅沉静、深邃而悠远的意境中与一套拳的时光相伴，在太极的境界里相遇那个不一样的自己。我们所有的困惑和烦恼，都在如丝如缕的太极步里风轻云淡，此刻的灵魂也伴随你步步生莲的轻盈安之若素。

往后余生，我们太极相伴。

我的纽扣情怀

陈　丽

纽扣在现在这个时代已经是很古老的东西了，单独拿出来说，更是觉得没有什么意义。我相信在你们小的时候可能也如我一样，在自己的姥姥家或者奶奶家总能看到那一盒各式各样的纽扣和一些制作原料，因为那时的老人都要亲手制作些东西。但是现在，在我们衣服上的扣子倒是屡见不鲜。现在社会发展和进步，衣服也是大规模的机械化生产，即使扣子存在于我们的衣服上，我想很多人也对此并无多大的注意，更何谈情怀。今天我要讲一件由于纽扣而温暖我的一段回忆，讲讲我的纽扣情怀，讲讲那些不起眼的纽扣带给小时候的我那样伟大的爱。

某天，在我和家人逛街的时候，弟弟上劳动课需要编制中国结，需要那种特殊的绳子。在批发商场逛了几圈也没有找到，路过一个老奶奶的货摊，那里摆放的货物确实有点儿太旧，都是现在不容易看到的生活小物件，粉笔、花线、松紧带、各式的针等旧时的物品。抱着试一试的心态，我的家人进去询问了摊主，竟然还真有这种特殊的绳子，不过因为这种绳子鲜有人买，不知被弄到那里去了。我的家人们让摊主细心地找找。这个时候，我由于无聊而转到摊面的正前方。当看到挂在正前方的物品时，我的眼睛一下子就被吸引了，那里竟然摆着各式的纽扣，不同的颜色，不同的形状。我顿时惊讶了，现在这个时代竟然还卖这样的物件！随着生活水平的逐步提高，人们大多不需要再动手制作衣服，现在可以很方便地购买现成的衣服，不同款式的衣服在服装店应有尽有，甚至还可以网购衣服。并且那门做衣服的手艺会的人也越来越少，这位摊主家竟然还卖纽扣，而且是摆在店面最显眼的地方！惊讶了一阵后，看着这些不同的纽扣，我内心的熟悉感油然而生，它们也貌似在召唤着我回到纽扣曾经带给我的温暖的记忆。

小时候，家乡的冬天格外的严寒，内蒙古冰冷的天气，呼啸的大风，零下30多摄氏度是很正常的温度，那样的冬天竟然还特别的漫长。每当快到冬天的时候，我的姥姥就格外忙碌，因为我们这几个小孩子的棉衣和棉裤都是她亲手缝制的。她觉得买来的棉衣棉裤并不暖和，也习惯了自己做，因为都是真材实料。为了不让我们受冻，她早早就去商店扯好了花布，买好了棉花，还要准备好那一盒纽扣。每次看到她时，她几乎都在炕上为我们制作棉衣和棉裤。把颜色鲜亮的花布剪成需要制作的样子，准备针线，铺好棉花，还要不停地添减棉花的分量。我问她：“为什么不一次性添好？”她说：“不能马虎地铺完，不同的位置需要的分量不一样，而且也要铺得均匀。到时候姥姥缝好了，你们穿上也舒服啊！”“哦哦。”我搪塞地回应道。小时候的我听了这一大堆解释，还是觉得很麻烦。那时的我盼望着能赶快穿上我的花棉衣和花棉裤，暖和地度过冬季。看她还在认真添减棉花，我便无聊地打开那个装满了纽扣的盒子。看着小巧而玲珑的各式纽扣，我开始想象我新棉衣和棉裤的纽扣该是它们当中的哪一些。这些扣子都是姥姥从家人们不穿的旧衣服上拆下来的。纽扣的样式太多，不知道姥姥会为我的棉衣、棉裤选择那种呢？小时候的我特别好奇，希望挑中自己喜欢的。过了段日子，还不到冷的时候，姥姥就亲自将我的新棉衣和棉裤送到了我家里。我激动地打开了袋子，看到我红红绿绿的新棉衣和棉裤，还有棉衣上一排整齐漂亮的扣子，就迫不及待地开始试穿。童年的我们每年都会有身体上的变化，虽然姥姥也不怎么为我们量身高、体重，但是她做的棉衣和棉裤，穿上总是很合身、舒适。看到我试衣服高兴天真的模样，她的眼睛也笑得弯弯的。只因那时我太小，只顾自娱自乐，没有对她说声“辛苦了”和

“谢谢”。不仅仅要为我制作衣服，还有其他的孙子辈和外甥辈的小孩子，她都是亲力亲为，虽然时间仓促，但她还是要缝制得尽善尽美。现在想想大多数时间姥姥就是低着头在制作，甚至为了赶进度，晚上都要熬夜做。她那样辛苦地、不分昼夜地劳作不就是为了我们能穿上这暖和的棉衣、棉裤来抵御这冬日的严寒吗。那时只觉得应该的，从来没有考虑过她有没有很辛苦，直到我们这些小孩都长大了，变得爱美，开始注重外表，不再穿姥姥缝制的厚重又肥大的土气的棉衣、棉裤，她才停止了每年的制作。想到这儿，我心底不由得狠不是滋味，甜甜酸酸的味道喷涌而出，望着那些纽扣，眼泪在眼眶打转。“姐姐，我买好绳子了。我们走吧。”弟弟的一句话把我拉回了现实。我点点头，临走前不舍地摸了摸那些纽扣，它们在我手心的温度，就像那时摸着姥姥给我的棉衣上的那些纽扣那样的温暖。

如今，我的姥姥已迈入古稀之年，依旧勤劳、乐观，始终为我们做些她力所能及的事情，只是我看着年老的她那样忙碌，就觉得心里难受，想帮她，她却总让我歇歇，说她自己可以。是啊，我的姥姥，或者是她们这一辈的人，一生都勤勤恳恳，为一家人操劳，无怨无悔。她们那豁达又简单的内心，是我一生都望尘莫及的；她们那勤劳又任劳任怨的品格，是我们年轻这一辈学习的榜样。就像我的姥姥，虽然由于时代的原因，没有接受过很好的文化教育，但是心灵手巧，一直无私奉献自己的爱，不仅仅把自己的孩子养大成人，还帮着她孩子的孩子健康成长。真的是辛苦了，我的姥姥，谢谢您，姥姥！您为我做了太多太多，而我能回报您的却不及您那一点一滴。您带给了我太多的爱，您的言传身教、以身作则，使我的骨血里也有了您那种奉献的品格，我相信我会把这些爱传递给我身边更多的人。我希望我爱的姥姥，爱我的姥姥，健康长寿，幸福平安。

不知不觉，我们已经回到家中，那些纽扣带给我的感动，却久久萦绕心间……

我们相聚在乌拉盖草原

董长民

草原是海，身体里的花草都是波飞浪卷，无边无涯，绵延到天边。

意境开始壮阔，草叶上的露珠吻合着阳光的心跳，落下来，是深情的呢喃。花的色彩是交响曲，红的、紫的、粉的、蓝的，节奏飞溅。乌拉盖草原在虫鸣、鸟啼中醒来，为我们的脚印点赞。

九曲湾像月牙一样香甜，那缠绵的姿态铺叙着文字，多么美妙的曲线，让爱情璀璨。我们来了，幸福在此岸与彼岸之间。流水像幸福一样清澈，我们洗净尘世的容颜。干净、明净、纯净，这些词语在眼前跳跃，把灵魂装点。

牧人赶着白云，浩荡着四胡的韵律，向阳之花，开在草原的封面。那样剽悍的骏马，一如既往地敲击着奔腾的鼓点，我们来了，是马头琴上的音符，是命运的铿锵，是时光的淬炼。

我们相聚在乌拉盖草原，树立起帐篷，支撑着爱恋。这份年华值得追忆，我们的野炊，宴请了蓝天与大地，宴请了百灵鸟的婉转，宴请了雄鹰的翅膀，宴请了敖包山上的叠石与流泉。炊烟袅袅升起，游荡的星子不愿入睡，陪着我们在篝火旁歌唱，歌唱发自心底的渴盼。

我们相聚在乌拉盖草原，蜂蝶的舞蹈让我们心颤，梦已千年，向上的力量一直都在。迎着浩荡的风，我们懂得时光的飞翔或者栖息，懂得来自宋词元曲的感慨，把沸腾的酒浆一饮而干。

我们相聚在乌拉盖草原，如此热闹，三十年的相思汇聚在一起，是如此的悱恻与灿烂。月色荡桨，摇动乡愁，我们的双臂因情感而长出翅膀，闪亮了这个久违的夏天。跫音，让青春渐行渐远，我们的故事抚平辽阔的草原，相聚在最美的季节，相聚在最好的年华。

乌拉盖兵团生活的点滴回忆

毛彩霞

前 言

我们这些当年的知青都已满头白发，步履蹒跚，但只要一提到当年的兵团生活，心就会不由得激动起来！我们怀念锡林郭勒盟大草原，怀念乌拉盖河，怀念胡稍庙。虽然我们在那儿生活了不足十年，但我们把一生中最青春亮丽的年华挥洒在了那块土地上。而那块深情广袤的大地也无私地养育了我们多年。去年应当地有关部门邀请，我们又回到了魂牵梦绕的第二故乡。发出的五六十人的邀请函竟然回去了七八百人。六天的活动时间，我们足足逗留了十多天。舍不得离开乌拉盖草原，舍不得离开草原上的牛羊，更舍不得离开热情淳朴的乌拉盖人。我们眼含热泪，口中呢喃：再见吧，我们还要回来的！

兵团战友叶振亚一直在乌拉盖工作、生活。最近他恳请呼和浩特的几位知青写点儿当年的兵团生活。对于我来讲，初中都没正式毕业，几十年都不曾认真动过笔了，真不敢应承，但心底里却涌出一种欲望：真想写点儿啥！面前摆好纸笔，思绪慢慢回到二十世纪七十年代，珍藏在心底的记忆如同珍珠般一颗颗地慢慢地呈现出来。

炊事班的除夕夜

刚到兵团不久，我被分配到炊事班任班长。记得有一年已是腊月底了，绝大部分兵团战士留在连队过年。炊事班的采购员千辛万苦地搞到了丰富的原材料。除夕夜的晚餐太重要了：领导重视，战士们企盼，炊事人员尽心尽力做准备。全是女将的炊事班已经忙活了好几天了。天刚擦黑，大喇叭放出了欢乐喜庆的乐曲，厨房已经飘出了诱人的香味。性急的小伙子像往常一样端着饭盆排在窗口，当得知今天必须准备十五个餐具才能打全饭菜后，又乐颠颠地跑回班凑盛具去了。等到开饭时，炊事班的姑娘全乐了！只见十八般武器全被搬来了：大盆、小碗、饭盒、带把儿的茶缸子，还有一位把洗脸盆烫了烫也拿来了。咱乌拉盖有的是牛羊肉，做出的花样最多，鸡配猪肉当然是肉勾鸡，炊事员大声报着菜名，一样一样给战士们分配饭菜。实在是记不全那些饭菜的花样，只记得在灯光下那一张张红扑扑的脸，笑得那么开心。

安顿好全连的年夜饭，我们炊事班也该开饭了。不知谁喊了一嗓子："班长，肉勾鸡没了！"另一位姑娘说："报告班长，就剩四样了。"我用征询的目光看着大伙："重做？""绝对用不着，保证吃得香。"下面的情景可就热闹啦。天津姑娘馒头蘸着炖鸡的汤汁吃得正香，还非得拉着我跟她一起享受，别说味道还真不错！那边一个北京姑娘端着饭盆津津有味地品尝着副班长最拿手的那道菜。两个呼和浩特的姑娘围着那口大锅，正全力以赴地对付拔丝土豆的糖嘎巴。这时不知哪个调皮鬼拉着长腔："演出正式开始了，刘海荣啃糖嘎巴，石雅媛舔勺子……"

姑娘们又唱又跳，用铲子、勺子、擀面杖敲打着锅、碗、瓢、盆、水缸，发出的声音绝对超过了任何乐器，吸引了来厨房打水的战士们，也加入这个欢乐的队伍中，我想这可以称得上最原始的二十世纪七十年代的春节晚会了。

炊事班的紧急集合

拉练、演习、紧急集合、急行军对于当年的兵团战士们来说都是家常便饭。炊事班虽然忙，有时会耽误点儿训练，但实战要求毫不例外。八连的梁副指导员就说过：敌人才不会因为你是炊事班就不扔炮弹。本来在元旦前夕就进行过一次正式拉练，背包、大衣、干粮袋，全副武装；跑步、卧倒、爬行，各项考核都过关。大家准备轻松过元旦。炊事班的姑娘们爱干净，吃过晚饭回到宿舍，打了热水舒舒服服洗了澡就钻进了被窝，洗脸水也留着明天倒哇！大约四点半，响亮、急促的紧急集合号吹响了，大家从睡梦中爬起来，手忙脚乱地穿戴，找不着袜子的，裤子穿反的，最搞笑的是墙上整齐地挂着一排棉帽子，因为着急，好几个掉到了墙角下的水盆里，没办法，抓起来扣到头上冲到操场集合去了。那年八连的驻地在胡稍庙，连长一声令下，围着胡稍庙跑一圈。等全连的人马都站定后，天已大亮。大家你看看我，我看看你，想笑又不敢笑。只见有背包散落开的，有干粮袋甩丢的，有帽子戴歪的，有鞋穿反的……这可能是八连紧急集合最狼狈的一次。连长绕到一位炊事员的身后，盯着她的帽子看，疑惑地问："你怎么搞出来的这个冰瀑布啊？"紧张的姑娘小声嘀咕："我哪知道啊！"连长终于憋不住笑出了声，这下全连人都哈哈大笑起来。过了一会儿连长的脸色晴转阴，大声吼道："各班开会讨论，今天是咋回事，熄灯前把讨论结果报上来！"从那以后，有志气的姑娘、小伙子们再也没让这种糗事发生。说实在的，如果当时真有敌人打来，兵团战士虽不敢和正规军比，但绝对是最棒的后备军。

养猪班的姑娘们

连队接来了唐山知青，我就到新兵班当班长了。唐山兵年龄偏小，大部分都是十六七岁。想家的时候几个人一起哭，但干起活儿来一点儿也不含糊。1974年我们班随着酒房车间一起调到了加工厂，听说酒糟是养猪最好的饲料，于是连队成立了养猪班，我们走马上任全成了猪倌。我对这段经历记忆犹新。明明是些没有经验的傻姑娘，偏偏把一百五十多口猪养得那么好，个个身子滚圆、毛皮干净，从来不生病。后来我慢慢懂得，这与草原得天独厚的环境优势有关。话虽这么说，但养猪班的姑娘对这群宝贝猪丝毫不敢怠慢。猪喜欢吃一种叫灰菜的野菜。这种野菜的叶子长得密密实实的，不能连根带枝一起采，只能用手一把一把捋那些肥嫩的叶子。等到好几个大口袋装满了，腰也直不起来了，手上的泡也磨破了。没办法，为了宝贝猪，再苦再累也得忍着。

饲养车间有七口大缸，要姑娘们每人每天挑十来趟水才能供得上给猪喝水和煮食。我们每人一根磨得光滑的扁担，要从酒房车间门口的压水井挑到加工厂最南边的饲养车间。两个姑娘轮换着压水，挑水的姑娘身子稍微蹲下，铁钩挂上两桶水慢慢挺直身子，熟练了不会洒出一滴水。刚开始，我们两手扶住扁担腿直打战，身子直摇晃，等挑回来水也洒得差不多了。不服输的姑娘们憋着一股劲儿，没用多久你再看：一只手扶着前边的扁担链，一只手随着身体轻松的摆动，扭着好看的腰，稳稳当当的一趟又一趟的往返着。太阳照着那一张张青春美丽的脸，脸上的汗珠在阳光的照射下亮晶晶的。那是一幅很美的画面，只可惜当时没有手机，无法用相片记录下来。

我们把麸皮加灰菜加酒糟煮在一起，每天早晚各喂一次。一到白天就把猪放到南边的草地上，姑娘们兴致来了就放声歌唱，猪也跟着瞎哼哼。最壮观的是夕阳西下的时候，守家的饲养员身穿大围裙，朝着放猪的方向使劲吹响了哨子，不管多远，猪们都能听到，撒开四只蹄子往回狂奔。真不知道它们心里怎么想，是逛荡了一天想家了，还是家里的晚饭好吃？一百多口猪争先恐后朝着一个方向奔，有几个胆大的猪不想绕那条小河，干脆浮水过来。有几个男知青正好路过，看见这阵势都呆了。

毛彩霞 女，原呼市知青，1952年出生，1970年参加内蒙古建设兵团，分配原锡林郭勒盟兵团五十一团八连，曾任五十一团八连新兵班班长。

乌拉盖风雪之行

李金祥

2010年冬，乌拉盖遭遇了雪灾。锡林郭勒盟工商银行行长作为抗灾工作组成员，随盟委领导奔赴灾区开展救灾工作。工作结束之后，带回来的第一个消息就是要在乌拉盖设立工行分支机构，即乌拉盖支行，责成我协调相关筹建事宜。一般情况下，新建机构要等到总行批复之后，才会有实质性的工作。而这次却要求同步进行。这时，已是2011年1月上旬，乌拉盖已经通车。盟行在向区分行申报的同时，我也带领相关人马向乌拉盖开拔。这是我第一次的乌拉盖之行。

上午先到东乌旗，野外积雪并不是很多，一路畅行，没有雪阻的担心。吃完午饭我们不敢休息，车上给乌拉盖管委会的领导通了电话，领导说路上问题不大，如有情况及时联系，可以让附近的分场救援。

走出东乌旗不久，路边的积雪有一尺多厚，而且有越走越深的趋势。大约行至多半路程的时候，路经一座小山的垭口，两边壁立的雪墙有三米多高，还有钩机的挠痕，仿佛冰雪世界的城门。过了垭口，刚刚的感觉便已成真，白雪与阴沉的天浑然一体，白毛风也来添乱，狭窄的黑色路面或车辙忽隐忽现，能见度很低。路旁的积雪达半米以上，一旦车滑出路面，只能等待救援。大家都不敢说话，生怕分散司机的注意力。连我这个历经冰雪之行、曾经在西乌旗雪灾之年随抗灾车队运送饲料的人，都十分担心。能见度低的时候，我会时不时地提醒司机慢一点儿、慢一点儿。其他安慰的话都显得苍白。好在一路上没出什么岔子，我们眼睛一直盯着路面，朦朦胧胧地沿着两条黑色的车辙行进，不敢旁顾。等到看见建筑物的时候，才知道目的地到了。没有心情，也看不清小镇的面容，我们径直去了管委会的办公楼。与分管领导交换完意见，先去宾馆认路、登记。宾馆门前是一米多深的积雪，只清开了一条车道。在管委会招待吃晚饭，为了解乏，喝了点儿酒，一晚睡得很香。

第二天一早吃了早点，看了还没有腾出来的网点地址，把未来的支行长、副行长留下，我带着工作人员返回。半路低洼处，一辆出租车冲不过昨晚形成的积雪，车上是一位老阿妈和一个小姑娘。我们帮忙把车推过去，出租车司机把车停在路边，等我们冲过去之后，相互挥手告别。

2013年8月，乌拉盖支行开业大吉。这是锡林郭勒盟工行新建分支机构开业最快的一个支行。之所以快，是为了尽早地给予重点项目的信贷支持。同时，也得益于管委会和有关部门的重视。因为地方领导认清了金融对推动经济发展的重要作用。有了更多的金融支持，相信乌拉盖这片丰美的天边草原会再创辉煌。

工商银行作为大行，勇挑社会担当。自2012年以来的三年时间里，工商银行相继在镶黄旗、乌拉盖和白音华设立了分支机构，2019年在压缩机构的形势下，宁可压缩城市网点，仍计划填补正镶白旗的机构空白。

刚刚过去的2018年，为响应国务院的号召，工商银行自上而下成立了专门的普惠金融事业部门，大力扶持地方实体经济和民营小微企业的发展，让金融服务惠及更多的地方和人民大众。

2019年1月4日，李克强总理视察工商银行总行时说："在这几个大银行里面，到一个部门来两次的，他任职期间，这是唯一的……做好小微，工商银行就有大未来！"这些话也为小微企业带来春天的希望。

八年前那次乌拉盖之行的茫茫冰雪，已经深深地融化在我的记忆里，化作人生的风采和力量。我坚信，历经风霜雪雨洗礼的锡林郭勒草原，定会绽放无限生机。

乌拉盖视觉心灵的盛宴

王晓天

一

一个叫让·雅克·阿诺的法国人，用狼的敏锐和智慧，注视着这里，用七年的思索和执着，为图腾立碑，也为自己。

《狼图腾》火了，比《狼图腾》更火的是乌拉盖，天边草原的神秘之地。

浸满喧闹和繁华的心，萌动着释怀与放飞。

从版图里，从电话里，从百度里，搜寻着这辽阔的原生态。

沿着《狼图腾》所指的方向，穿越泥泞和遥远，向这里一波赶着一波聚集。

二

季节的闸门打开，目光蜂拥而入。

追逐色彩，追逐灵动，追逐高远，追逐神秘。

还有，狼的图腾与踪迹。

五月至八月，草原的黄金季，人们的黄金欲。

抒情还是浪漫，温馨还是惬意，吸引你的莫不过是原生与纯粹，还有一点点的好奇、探秘。

精美的辞藻开始复活，流浪的想象不断丰富。

三

原生态，还是原生态。纯粹，还是纯粹。

草原，辽阔宽广，碧绿如海，茫茫无际。你如骏马放蹄驰骋，亦如百灵婉转歌唱，或似泉水游走欢快，又可仰望蓝天，静卧闭目，全身放松，尽享牧歌，回声嘹亮。

风，天然氧吧给你的呼吸，清新舒怡。氧分子如清道夫，清除你血脉经络、五脏六腑的陈年垃圾。清风徐来，草浪波涌，秀发飘动，吹落你的疲惫，舒展皱纹，一颗忐忑的心渐渐趋于平静。

花，错落有致，井然有序，渐次开放。山丹花燃烧成片，黄花菜金光满坡，芍药花纯洁覆谷，不知名的花斑斓遍野，争奇斗艳，芬芳四溢。山花烂漫，你徜徉在花的海洋。

乌拉盖河、九曲湾、布林泉、五十一水库，河流、湖泊、溪水、湿地，触目可见，星棋罗布。那是草原生息的血脉，从草原深处到草原深处，它们心系草原，不离不弃，太阳可以做证，星星可以做证，草原的主人做证。

蓝天、白云、群山，白桦林，大块大块的色彩由远及近，高远低沉，层次分明，浑然一体。一只雄鹰俯瞰大地，撕一片祥云，布雨降霖，掠过山峰，剪影摇坠。

朝霞托起轻雾，恰似天仙下凡，沉迷草原，醉舞翩翩，如梦如幻。余晖暖暖，柔情万千，金辉如瀑，滑落湖面。

安身、定力、修身、养性，一处清静之地。

夜空浩荡，长调悠扬，品奶茶、喝烈酒，舞翩翩、唱绵绵，听风咀雨，醉卧蒙古包。

若心向佛，敬拜布林古庙，坐念佛词，便有那鼓钟入耳，梵语萦绕。

抚问历史，沧桑几何，成吉思汗的边墙连连，若隐若现，固腊卜赛汗敖包，风姿绰约，楚楚动人。

草原人，纯纯扑扑，生生息息。

四

乌拉盖，

视觉的大餐，心灵的盛宴。

五朵金花的故事

甘瑞珍　刘凤岐

小时候曾看过一部电影叫《五朵金花》，是描写少数民族女青年励志的影片，至今印象深刻。我要说的不是这个五朵金花，而是发生在内蒙古乌拉盖草原上另一个五朵金花的故事。

1971年7月，我初中毕业后，响应毛主席上山下乡的号召，离开了唐山市，来到内蒙古生产建设兵团，被分配到六师五十一团九连，成了一名光荣的兵团战士。

那年我17岁，从此远离了学校，远离了父母，远离了城市，来到塞北边疆这个陌生的地方。激情燃烧后，我心里一片茫然。

九连是个农牧业综合性连队，除了春种秋收，还有很多牲畜，连队的女生大都从事后勤工作，也有从事农业生产的，但放牧的一个也没有，可能是放牧比较辛苦，不太适合我们。那是人们的思想比较激进，追求标新立异。在当时的历史背景下，兵团女知青放牧应时而生。

不知是上级的安排，还是连队的决定，九连要成立一个女子放牧班，挑选出思想进步、身体健康、工作积极的女知青到蒙古包放羊。

1973年春天，女子放牧班正式成立，班长徐玉文，成员有陈凤芹、陈永霞、甘瑞珍、孙春英、包建军。除了包建军是呼和浩特的知青，其余都是唐山知青。后来，徐文玉工作调整回了连队，陈凤芹接任班长，我随后被充实到放牧班。

连里给我们配备了一个蒙古包和两匹马以及一些简单的生活用品，同时拨给我们500只羊。我们的蒙古包扎在副连长额尔敦图西家的蒙古包附近，既方便管理，也方便照顾我们，搬家走场我们就一直跟着他们。

我们对草原上的马、牛、羊等牲畜并不陌生，但对于如何放牧则是一窍不通。我们面对着那500只羊发愣。这群羊怎么放，哪里的草好，水源在哪里，夜间怎么办，我们吃饭怎么办？面对这些问题，我们面面相觑，不知所措。

尽管困难多多，我们还是很快进入了角色。白天放羊分为上午、下午两班，晚上下夜分为前半夜、后半夜。不当班的人就负责做饭，不求美味可口，做熟就行，吃饱即可。我们对此毫无怨言。

草原上水很重要。我们吃水用水和羊群饮水都是大问题。为了让羊群喝到好水，我们尽量寻找比较干净的水源。我们自己吃水，夏天从乌拉盖河里拉，冬天就吃雪。如果不下雪，就只能到河床里去刨冰。那时洗澡对我们来说是一件非常奢侈的事。尽管我们比较爱干净，但由于条件有限，根本无法讲究。只有偶尔回连队时，顺便烧点儿水洗个澡。至今这些记忆仍有些苦涩。

放羊看似简单，其实学问很大，牧民的羊群至少上千只，远远看去，羊群在草原上呈扇形散开，整个羊群边缘整齐，移动时很有规律。牧民放羊丰富经验，收放自如，自然悠然，甚是潇洒。我们的羊群则是另一番景象，500只羊都挤在一起不肯散开，也不能好好吃草。后来在副连长额尔敦图西的帮助和指导下有了很大的改善，但还是放不出人家牧民的那种状态。看来把羊放好，并不是一件简单的事。

那时草原上狼很多，经常祸害牲畜，因此牧民家里都养着很多狗，但我们蒙古包没有狗，有一次孙春英当班下夜时，狼咬死了好几只羊。当时羊群骚动，远远近近的猎狗狂吠不止，我们吓得毛骨悚然，声音颤抖着高声驱赶，但也无济于事，于是我们又敲桶又砸盆，尽可能制造出一些刺耳的响动，后来副连长额尔敦图西拿着套马杆，带着一群狗跑过来，才把狼赶走。那天我们没敢再睡觉，大眼瞪小眼地坐了一夜。现在回想起那恐惧中颤抖的花腔女高音，还心有余悸。

乌拉盖草原夏天很美，但这美不属于我们，我们只是草原上的一道风景而已，我们感受到的只是太阳的暴晒和蚊虫的叮咬。

冬天就怕遇到白毛风，有一次我当班放羊，那天下午飘起了雪花，随后大风骤起，气温急剧下降，风刮在脸上就像刀割一样。我知道白毛风来了，立刻把羊群往回赶，可羊就是不听话一个劲地顺着风跑，越跑离我们的蒙古包越远。天渐渐地黑了下来，我又冷又饿又害怕，既孤独又无助，我知道哭也没有用，但眼泪还是止不住地往下流。正当我面临绝境时，看到远处手电筒的光柱扫来扫去，隐隐约约听到有人呼喊我的名字。光亮和声音越来越近，原来是连里组织干部战士和很多牧民来找我了。见到亲人后我忍不住放声大哭。假如那天大家找不到我，后果是难以想象的。

九连女子放牧班的故事引起了各级领导的极大关注，很快传遍了乌拉盖草原。当时被树为先进典型，大力渲染。我们五个女知青被誉为草原上的“五朵金花”，荣获集体三等功。五朵金花的事迹登上了《兵团战友报》《锡林郭勒日报》《内蒙古日报》。班长徐玉文经常代表我们参加各种表彰会。1974年，我代表五朵金花出席了六师的表彰大会并在大会上发言。当时我们获得了很多荣誉。

1975年上半年兵团机构调整，各农业连队的牧业全部归到了牧业连，女子放牧班随之解散。我们5个女生虽然也被调到了牧业连，但是没有再让我们放羊。

随着时间的推移，五朵金花的故事在人们心中渐渐淡化了。我们也在平静中圆满谢幕。

五朵金花的故事出现在那个特殊年代。现在看来那有些匪夷所思，但它真实地存在过，曾激励过无数的热血少年。

几十年过去了，当年的五朵金花都已白发苍苍，步履蹒跚。兵团战友相聚时，还会经常提起这个故事，激动之情溢于言表。

甘瑞珍 女，汉族，1955年出生于唐山市，1971年7月积极响应党的号召来到兵团六师五十一团九连当兵团知青，思想进步，能吃苦，成为乌拉盖草原上的吃住蒙古包的放牧能手，随后入党，任副班长。曾到六师出席先进知青表彰大会她扎根边疆、建设边疆的故事传为美谈。

1975年底兵团六师移交地方管理，她随后也随着知青返城大潮回到了唐山市。

西河沿儿

刘少龙

“住在水边的人，聪明。”小的时候，老人们的这句话一直刻在我的心里。于是，那会儿总是很自豪，毕竟在我出生的科尔沁草原不是什么地方都可以随时见到河水的。现在想来，成长的很多记忆都有它的影子。

我家的西面有条河，它确切的名字叫什么我不清楚，它从哪里流过来，最后又流到了哪里，这些都是我童年最好奇的，可惜始终没能找到答案。不过，从我记事儿时起，人们就管它叫西河沿儿，我后来也就这么称呼它。至于它的长度，老人们讲，以前有人循着河道走了不知道多远也没能找见它的源头。事情是否如老人们说的那样，我不得而知。但是，老人们说的另外一件事情绝对是真实的，在我父亲小的时候，西河沿儿经常会有野鸡、野鸭、天鹅，甚至还有一些不知名的水鸟飞禽光顾，河岸上草木茂盛的地方偶尔还能看到狐狸、刺猬和狼。

每年除了冬天，西河沿儿就成了人们大显身手的地方。经常会有人到河里打鱼，收获最大的时候就属夏季了。父亲是个打鱼的好手，哥哥可能是受到父亲的影响，也酷爱打鱼，在我看来，哥哥打鱼的本领不亚于父亲。那时候，家里三五天就能吃到味道鲜美的河水鱼，鲫鱼、鲤鱼、鲶鱼、泥鳅、虾就成了我们的美味佳肴，母亲也尝试着各种做法将这些做给我们吃。不过让我最难忘记的就是鱼酱的味道。

上了小学以后，哥哥和我在星期六或者星期天也经常去西河沿儿捞鱼，几乎每次都不会空手而归，即便走了很远的路，太阳都没了山顶，我们还是乐此不疲，如果能捞到个头大一点儿的，那心里才叫个高兴。有一次，哥哥和我抬着渔网拎着盛鱼的小桶去捞鱼，那天天气极其闷热，沿着河道走了一百多米也没有下网，后来突然看见有不少鱼在河水中顶线儿，我俩就在河水两岸逆着水流的方向立住渔网，略微倾斜渔网两侧的长木杆，站在刚过膝盖的河里等着鱼撞网，差不多每隔十几分钟抬一次网，就能看到数十条鱼儿在网面上来回翻跳，那一次捞到的清一色全是白鲢，装鱼的小桶第一次那么沉，我因此高兴地好几天都忘不了当时的场景。此后，我跟哥哥也经常去西河沿儿捞鱼，捞到的多数都是鲫鱼和泥鳅，像那次不费太大体力就能有意外收获的情形几乎再也没有遇见。

没有学会捞鱼之前，西河沿儿可是我们这些孩子的天然游泳场。父亲生怕我们去河里洗澡时出事儿，每次都特别严厉地叮嘱我们，可哥哥和我还是趁父亲睡午觉时溜出去。我们俩不敢到深水处，更不敢出去的时间太长，回家前胳膊上也需要提前伪装，用半湿不干的沙土蹭几下，以免回去被父亲发现，因为在河里洗过澡的，胳膊用指甲盖一划就能看出来。每次我们从河里出来拧干短裤和背心就得连跑带颠儿地往家走，差不多每走到一半，就能听见父亲的喊声，那时就别提有多害怕了。到了家看见父亲一脸的怒气，我们心里想这下肯定得挨揍了。母亲每次都做和事佬，气急的父亲火气直接就撒到母亲身上，大吼着："你就惯着吧！"母亲见状也只是笑笑。即使每次母亲都出来解围，父亲还是让我们自己出去撅树条，但是每次我撅回来的树条都是最细的。当时我只是想我是父亲的小儿子，父亲应该会手下留情吧。其实，父亲每次只想用这种方式警告我们，从小到大不管我们有多不听话，父亲都不曾动过我们半根手指。打那次以后，父亲的策略变了，不是绝对禁止我们去西河沿儿玩，而是规定好了时间，并且每次都少不了一遍又一遍地嘱咐。

立秋之后，西河沿儿的河水就变凉了，要是赶上下几场秋雨，河西岸的学生和上班的大人就不能蹚水过河了，那种刺骨的凉大家都受不了。不过对于一些学生来讲，他们还是有办法的。他们选择好河道相对较窄、河水相对较浅的地方，在距离河水十多米处的高坡上快速蹬自行车，车轱辘马上要接触河水的时候，他们利落地抬起事先绾起裤管的双腿径直就上岸了，车轱辘冲力溅起的水花加上他们完美的一套动作都非常好看，不过偶尔也会有骑到半截人和自行车都栽到河里的情形。那时候一些过河好手始终是我们羡慕的对象。我的印象中，父亲经常把用于打鱼的胶皮水裤借给在河东岸信用社上班的一个人，在西河沿儿的大桥没修好之前，这胶皮水裤可帮了那个人的大忙，那个人因此也特别感激父亲。

1998年发大水的时候，西河沿儿也没有幸免，当时的情景很恐怖，河水漫过了河道，新建的桥梁全部被淹没，河道足足有三四十米宽，湍急的河水中出现了一个又一个大漩涡，岸边的水面上布满了草籽、水草，河面上时不时会漂过来折断的有碗口粗的树枝。这是我看到的西河沿儿第一次发大水，也是最后一次。从那次河水退去以后，西河沿儿还真热闹了一段时间，可是往后的几年，不知道是什么原因，河水越来越少，最后直至干涸，再也找不到人们打鱼和洗澡的影子了。

读高中以后，每次回家我几乎都要去西河沿儿看看，可是眼前的风景已经大不如前了，河道的痕迹已经看不清楚了，个别地方甚至杂草丛生。那时飘着草籽略带腥味的河水也无处可寻，那个偶尔还能找得见又矮又细小水柳、大小不一贝壳，听得到水鸟清脆叫声的西河沿儿或许只能留在儿时的记忆当中了。

上了大学直至参加工作，我亲近西河沿儿的次数就更少了，每次也只是放长假的时候去看看它，站在大桥上静静地和西河沿儿对视着，脑海里总是会浮现很多画面，似乎还能听见河水流淌的声音或是岸边草丛中青蛙跳水的声音。这条在我的睡梦中时常出现的西河沿儿如今不见一滴水，但是它始终让我挂念不已，因为它沉淀了我儿时无数快乐的时光，它在我心中从不曾断流过。

相会，乌合尔沁敖包

牛　明

敖包，每到草原就会看到。至于锡林浩特的敖包山，更早些年月我就知道，因为山上的十三个敖包。不过，见过最初的那十三座敖包的人，我想并不多，因为它早已被拆毁，而现在的是新修建，不是垒，也不是堆，完全是建造的模样，运用了新式的材质，起码那石头就不是原始的从野外捡拾回来的，而是人为加工过的。

旧式的也能见到，照片中，应该是二十世纪三四十年代时的十三敖包。那是一个当年的日本兵的后代前些年拿出来示人的。

对比敖包山的十三敖包，我更喜欢乌合尔沁敖包。

一是它高，海拔1794米，私自觉得这是锡林郭勒草原数一数二的高峰了。

二是它早，元朝时庶民百姓称此山为万寿山，是皇家狩猎场所。忽必烈皇帝经常在此狩猎。到了清朝，才被划为察哈尔正白牛群苏鲁克祭祀敖包。

还有就是它传统，没有过多的新式设计，完全由石头、石片垒就，顶端插着一根长杆，杆头上系着经文布条，四面挂着五颜六色的布条，放着烧柏香的垫石，供着的马奶酒、黄油和奶酪。

也常有外地人问我，关于敖包的种种。

为什么叫敖包？它是做什么的，有什么用意？特别要提及的就是那首歌——《敖包相会》。在蒙古包或饭店里喝酒兴起之时，总会有被怂恿的男士扯着座中的某个女士，一起来唱这首歌。

照实说，以我的观感，那样唱，往往不怎么好听。

试想，如果连敖包都不知是什么，又怎能演绎如此深情而清婉的歌谣？

我以为，任何一个民族的传统首先需要一种庄重和神圣的姿态，何况它本来就无不具备一种仪式。

就说敖包，其实一般情况下说到它的时候是一个短语——祭敖包。

一个嘎查、一个苏木，或一个旗、几个部落，在阴历五月十三，几乎是所有的人，骑马、乘坐着勒勒车，从四下里或远或近的毡包里出来，朝着一处高地的石堆走去，手捧哈达也可，端着祭祀用的奶食也可，还不会缺少面食和烈酒，对天地不能有半点的差池和怠慢。

仰目看去，显然已经是迤逦而行的队伍，从山脚到山顶，都是盛装，蓝、白、紫、绿、红，间有在风中舞动的哈达。你可以想象，那一刻，对天地的尊崇之感会油然而生。

所以，我一直觉得，任何一样传统，必须有一些固化的形式；如果没有，便失去了依托。谁知道是怎样的呢。

当然，这种形式，也绝非只限于庄重、神圣一端，像敖包，本来是蒙古族沿袭祖先的原始宗教信仰，因山的高大雄伟，便以祭敖包的形式来表达对高山的崇拜、对神灵的祈祷、对天地的敬畏、对风调雨顺的企盼，但也有了像《敖包相会》这样男女爱情的吟唱。

十五的月亮升上了天空哟
为什么旁边没有云彩
我等待着美丽的姑娘呀
你为什么还不到来哟嗬
如果没有天上的雨水呀
海棠花儿不会自己开

只要哥哥我耐心地等待哟

我心上的人儿就会跑过来哟嗬

这自然是在祭敖包之后的事情了。本来草原上一户户人家相距甚远，况且一年四季逐水草而居，不会有固定的居所，男女青年能不借着祭敖包整个营盘的人们都聚集在一起的机缘而暗递心意，彼此瞩目吗？

也许人们都已散去，但白天约定好了的人却笃定守望，也不再顾及家人的等待，相会在敖包。

庄严的祭天仪式的背后总会有如此动人而浪漫的故事。

也许，正是因为有这些温馨和美好，才更使得古老的仪式绵延不息，传到现在。

看来，真正的文化是让人在承担使命之余让人愉悦。

不过，在唱起《敖包相会》的时候，有两个人的经历和遭遇却让人痛心而幽怨。

他们就是这首歌的词作者和曲作者。

先说作词的海默。在“文化大革命”期间，他不幸去世。

曲作者通福比起海默，幸运了很多。他的创作一直延续到生命的最后时刻。

1987年，通福夫妇到北戴河旅游，面对大海的磅礴气势，红日升腾的壮丽景色，通福创作出歌曲《日出》。这是他的最后一个作品，里面有对自然的热爱，有对理想的追求。

我想，那一刻他一定会想到年轻时创作的《敖包相会》，想到海默，想到草原上蒙古族每年都要祭祀的那高耸可见的敖包。

因为，敖包所包蕴的就是一种热爱，热爱之外的敬畏，对天地的敬畏，对生命的敬畏。

那一天，我登上了乌合尔沁山。

立于敖包之侧，遥望天地四野，草原绵延，沙地翻腾，“像珍珠一样地滚过来哟，那是我们的羊群。像箭一样地飞过来哟，那是我们的马群……”

一时，我还是想起了《敖包相会》这首歌。

瞬间，将至爱的言语喊出，心中默默地表达对天地的虔诚和敬重。

希望这片天地永存，希望锡林郭勒草原不变。

小青马

常文林　刘秀英

小青马是我记忆中一个美好的梦境。我时常将它深藏心底。它是一页尘封的记忆，一种深沉的人性通灵的美善。小青马的记忆与兵团知青岁月和草原淳朴的乡情永远在我生命之河中静静流淌，梦中那清脆的马蹄声和飘抚在耳畔、面颊的柔柔的长马鬃让我魂牵梦绕，常常牵马饮水的那条小河的清清流水永远在我血管中奔涌，给我以书法与绘画的灵感。

我是五十三团老三连的兵团知青。因为是在牧业连队，少不了会和马打交道。在那个年代，小青马简直就是我最亲密的伙伴，它和我的知青生活密切相关，就像是我生命的一部分。

说句心里话，第一次和小青马见面，我并不怎么喜欢它。那是秋天的一个下午，牧民老大哥舍乌力吉给我们知青送来两匹马，高大俊美，一匹雪白，一匹枣红，可真漂亮。可惜我并没有分到手，我默默地坐在蒙古包前，看嫩绿的草叶上洒着金色的阳光。乌力吉大哥悄悄走到我的身边，说："你懂谦让，我会找一匹好马给你，是匹战备马呢。"我问："比那两匹如何？"大哥神秘一笑说："保密。"从此，我天天想，夜夜盼。终于有一天，舍乌力吉大哥把马带来了，我一看，心里凉了半截。什么好马呀？小小的个子，青色，前胸很宽，身段比一般马长出约半尺，鼻孔很大，满脸的黑点，真丑。马鬃那么长，好像两三年都没有打理过，还打着绺儿。我心里一急，不争气的眼泪流了出来，不由分说"啪"地给了乌力吉大哥轻轻的一拳。大哥并不生气，反而笑着搂住我的双肩打趣，"哭什么，傻兄弟，慢慢你会品出来的。"我仔细想了想，不管怎么样，先给它洗个澡看看。我牵马来到小河边，就着清清的河水，仔仔细细地给马儿洗了个澡。它显出漂亮的青色，就叫小青马好了。嘿，别说，仔细端详，小青马两只大大的眼睛透着温柔的光芒，越看越好看。长长的鬃毛清洗梳理后很柔顺、光亮，随风飘洒。它很有灵性，给它洗澡，刷洗身上的污垢时，它不时用鼻子嗅嗅我，偶尔还打两个响鼻，好像在和我对话。在以后和小青马耳鬓厮磨的日子里，我深深地爱上了我的小青马。

从细细打量小青马的第一眼，就能感觉到它眼神中的和善与亲近，也是对马的痴迷，阴差阳错当了马倌，在牧马的日子里，我寻到心中的梦，发现了生活的美，领悟到草原和马的通灵是心中的画、生命的寄托、情感的归依与创作的源泉。

在每个鸟声如洗的清晨，我都会满心喜悦地赶着小青马和马群放牧，因为用心，马儿没有辜负这片厚土。马儿没有旧传统的负累，连队只要有任务，一声令下，马儿就会跟随马车班拉粮运水，拉回知青捡来的牛粪、羊粪。夏天，兵团知青不顾蚊虫叮咬到深山采集蘑菇、韭菜花、中草药、黄花，等等。战利品会被马儿们不差分毫地运回连队。到了冬天，马儿们顶风冒雪拉煤运草解决取暖问题。由于改制，连队在短短时间接连搬了三次家，负重往返几千里，可真累坏了我的小青马和连队的马儿们。唉，没有办法，我只能节省自己的津贴给马加强点儿营养。当然小青马得特别优惠。

最让我难忘的是我和吴振刚俩人连夜骑马赶往贺斯格乌拉厂部。那儿我俩都没有去过，只知道大致方位，不知道具体怎么走，从我们布日都的夏季营盘到厂部有二百多里地，出发时已是下午五点，没走多远，眼前一条大河挡住了去路，我勒住马，远远望去，天边的几缕云彩映照着河水，风轻轻吹着，对岸舒缓起伏的山峦在逆光中有一种别样的幽深、静谧与美丽，真像一幅水墨画。再往前走，草越来越高，最高处有一人多高，走在其中只露出两匹马的耳朵。

下水过河时，我怕河水太深，会淹没小青马，真没想到，我的担心是多余的，小青马稳稳地走向河水，毫不惧怕。它在流动在河水中沉稳自如，慢慢的河水变得深起来，我这才发现小青马会浮水！它的本领超乎我的想象。走到河中间时，我感觉浮力挺大。这时小青马看了我一眼，向后挺了挺脖子，轻轻地嘶鸣了两声。我明白它说河水有点儿深，让我抱紧它的脖子。我感激地和它贴了贴脸儿。再往前走，河水渐渐浅了，终于安全过了河，我俩高兴地击掌庆贺。月光下我两遇山翻山，逢河过河，一路追星赶月。到达总部时已是夜半时分，这时才发现两个人全身都湿透了，连头发都让汗渗透了。我顺手一模小青马，它身上怎么黏糊糊的？凑到灯光下一看，吓了我一跳，怎么尽是血？再一看吴振刚骑的那匹白马变成了红马，唉哟喂，敢情全是蚊子叮的！草原上蚊子太多了。厂部领导见了我俩不由得笑着说："这俩愣头青，好样儿的！"

每个人对美丽的看法都不同，小青马用它独特的立体语言读出草原隆冬暴风雪人马相偎相依的温暖，在凶恶的流浪犬扑向我的危急时刻，小青马旋风似得护在我前面，拼死相救，在小青马的勇猛攻击下，恶犬最终狼狈逃窜。小青马就是美丽神勇的精灵，是上苍赋予我的最宝贵的无形财富。小青马和我度过青春岁月的天边草原是我心中最美妙的诗画。在回城后的几十年里，任凭风浪起，我自得安闲。每当想起小青马，我就会想起连队马倌岁月带给我的勇气和历练，最终成长为一种深入骨髓的品质和精神，从而影响我的一生。多少个夜里魂牵梦萦中，小青马的影子在脑海中叠印成一道最美丽的风景。这是我生命中最美好的一段记忆。"人马亲复亲，潸然两行泪。不由湿衣襟，泪滚过苍坤。遥望苍天远，明月知我心。"我知道，无论我走到哪儿，人在何方，我神骏的小青马永远会在太阳刚刚升起的朝霞映染的小河边静静地等我。

心灵中的草原

——乌拉盖

冯玉楼

“天苍苍，野茫茫，风吹草低见牛羊。”这是千百年来人们对草原植被茂盛的真实写照，是人们记忆中草原的景象。

我虽未出生在草原，但人生的第一个记忆却是从草原开始的。草原在我心灵中一直占据重要的位置，是草原养育了我。我曾与草原上的鲜花绿草一般高，而后一天天长大。是一望无际如绿浪翻滚的草原给我愉悦，帮我扫除一切笼罩在心头的乌云；是满山遍野的鲜花给我欢乐，是草原的美丽驱除了我心中的郁闷；是赶不上来又等不来的勒勒车慢慢地游荡在草原上的情景，启赋我的耐力，告诉我只要脚步别停下，总会到达目的地——心灵中的草原。

然而随着时光流逝，我记忆中的草原景象越来越少，但心灵中的草原美景却挥之不去，依然令我魂牵梦绕。尤其是近几年随着草原旅游业的发展以及我从事草原旅游市场开发和文化挖掘工龄的增长，我对草原的情结也越来越重。不管在什么场合，还是与内地朋友或游客接触，不管人家乐不乐意听，我都会充满激情地向朋友、向游客推介锡林郭勒草原旅游。诸如“美丽辽阔的草原风光，蒙古族民俗风情保留完整，蒙元历史文化底蕴深厚……天堂草原锡林郭勒”。每当我看到人们被我的激情感染，向往草原旅游的那种神情，我心中的幸福指数就陡然上升，自豪之情也油然而生。我知道，是我心灵中的草原美景陶醉了人们，是我有幸生长生活在天堂草原锡林郭勒。

为贯彻落实全盟旅游业发展大会精神，今年7月10日我赴乌拉盖管理区调研。在调研过程中，我心中时不时地被乌拉盖草原的美景所打动，目光也被乌拉盖草原上姹紫嫣红的鲜花所冲击，直至震撼到内心深处。如开满山坡号称草原牡丹的芍药花笑傲群芳，用它高贵的身姿装点着草原；草原山参之一金针也不甘示弱，来个遍地黄花分外香；还有一些叫不上名的鲜花在碧绿的草原上，与火红的山丹花争奇斗艳；就连金莲花也开得与元上都遗址前的金莲川相媲美；还有迷人的野罂粟花似乎散发着毒粉，让人着迷，看了还想看。我被这草原美景迷住了，老想找理由停车欣赏草原美景，而这时天空中传来草原歌手百灵鸟悦耳的叫声。这是真正的天籁之音。不管你懂不懂音乐，都会被它美妙动听的歌喉迷住。再加上碧绿如画的草原令人如醉如痴，我似乎一下子回到自己心灵中的草原，猛然间看到儿时草原的美景，不由得想在草原上撒欢儿以过把瘾。

乌拉盖管理区位于天堂草原锡林郭勒深处，东与兴安盟毗邻，南与通辽市接壤，总面积5013平方千米。乌拉盖草原属草甸草原向典型草原过渡带，是典型的温带草原，气候属半湿润半干旱大陆性气候，它不仅是草原旅游的好去处，也是炎热夏季避暑的绝佳之地。乌拉盖管理区境内水资源丰富，全国第二大内陆河——乌拉盖河及其支流色也勒吉河纵贯全境。我站在高尧乌拉山顶上向山下看去，乌拉盖河自东北方向弯弯曲曲地向西南方向潇洒地走来。我惊叹其美，美如草原姑娘舞动长长的哈达飘落在草原上，自然到极致；我惊叹其潇洒，潇洒如神来之笔，被仙家随意画就，其流畅的笔法，弯曲的随意如笔走龙蛇，九九八十一弯令人拍手叫绝，美不胜收。乌拉盖草原不仅仅以美丽著称，其草原历史文化资源也非常丰富，诸如农乃庙、布林泉、胡硕庙遗址、金长城遗址（成吉思汗边墙）。历史上成吉思汗曾在这里跃马扬鞭，留下的故事和传说令人激奋。这片美丽的草原上有国际敖包固腊卜赛汗敖包，吸引着这片草原曾经的牧人每三年来此大祭固腊卜敖包，以此来圆梦乌拉盖草原。

沧海人生随风去，心灵草原伴雨来。感谢上苍赐予乌拉盖丰厚的资源，感谢乌拉盖人保护了这片绿色净土。我爱我心灵中的草原——乌拉盖。

教师颂

李学东

九月田园庄稼黄，枝头累累硕果香。在这收获的季节里，看着满园的桃李，使我想起了那些耕耘在知识田野上的教师。他们朴实无华，无私奉献，任劳任怨，寒来暑往，风雨无阻，用粉笔写下了一个个春夏秋冬的风华，直至白发飞霜。他们尽职而不求索取，尽责而不求官职，平凡中显现高大，默默中展示崇高。

教师，科学的骄子，人类灵魂的工程师，时刻在为祖国的明天构筑着宏伟蓝图，为中国屹立于世界巅峰而竭力打造着中国的脊梁。他们是祖国的骄傲。

教师，知识的引路者、领航员，用人类最真挚的情感播种春天、播种知识、播种思想、播种力量，把学生从狭隘的溪流引向知识的海洋，用桃李满天下的辉煌业绩书写着生命华章。

教师，有天下最伟大、最无私、最圣洁的爱，如太阳一般和煦普照，如春风一般温柔和善，如清泉一般甘甜爽口。

教师，爱系学生，倾情讲坛。黑板催人老，粉笔润白发，他们无怨无悔，矢志不移，耕耘不辍。这种甘为人梯的精神如同红烛一般，燃烧自己，照亮别人，用自己的付出换来一批批学生的成长、成材，使我理解了人们把教师比作红烛的深刻内涵。

教师，兢兢业业几十年，默默耕耘在平凡的教学岗位上。著名教育家叶圣陶老先生说过，教师就是捧着一颗心来，不带半根草去的人。古人云："师者，所以传道授业解惑也。"教师博古通今得以明志，胸怀宽广志向高雅。春夏秋冬，三尺讲台数载人生；斗转星移，八方学子传名华夏。他们遵照自己的准则，谆谆教导，呕心沥血，把知识无私传授，像雨露一样滋润学生们的心田。

教师曾被讥为"教书匠""臭老九"，的确，他们是匠，是巧夺天工的匠，是传播精神文明的普罗米修斯，点燃智慧之火，用汗水和生命培育鲜花朵朵。他们是人类灵魂的工程师，洗去心灵的污秽，使花朵茁壮成长，争奇斗艳。"吃进草去，挤出奶来""春蚕到死丝方尽，蜡炬成灰泪始干"是他们最真切的写照。

教师，用坚定的信念，满腔的热情，默默奉献，他们早已把名利置之度外，殚精竭虑，满天下的桃李成为国家栋梁是他们最大的欣慰，也是对他们最真诚的回报，可是，功劳簿上没有他们的名字，因为，人们早已将他们金色的名字镌刻在时代凯旋门上。

教师，太阳底下最神圣的职业。我讴歌你，光荣的人民教师！我赞美你，敬爱的人民教师！送上我无上的敬仰和深深的祝福，祝所有教师们幸福安康，工作顺利，万事如意。

幸福的陪伴

李长花

小时候，母亲陪伴在我身边，陪着我慢慢长大。如今，我要陪伴在母亲身边，陪着母亲慢慢变老。

年迈的母亲，一到冬季就不愿出屋，她除了做一日三餐，还要缝纳鞋垫儿。一做起活来，往往就会忽略户外活动。看着冬日的暖阳，我心里有些纳闷儿，这么好的天气，既能锻炼身体，又能增强体质，为什么不去强身健体呢！于是，我去找母亲，让她和我一同去散步。母亲不肯放下手中的活儿，在我耐心地劝说下，母亲终于答应了我的请求。我和母亲一同向北街的方向缓慢走去，北街很肃静，行驶的车辆寥寥无几，过往的行人也极少。漫步在这条人烟稀少的街道上，既清静又安全，因此，我选择了这条北街作为锻炼的路线。

我和母亲一边散步，一边说话，一边呼吸着清新的空气，一边享受着冬日暖阳的照耀，一边聆听着悦耳的喜鹊声，一边观赏着古朴的建筑，一边远眺着连绵起伏的群山，一边欣赏着美丽的雪景，一种愉悦之情油然而生。

我和母亲在北街上愉快地徜徉，母亲不时还哼唱几句，微颤的歌声在风中荡漾。一瞬间，母亲的脸上露出了灿烂的笑容，嘴角漾起喜悦的波纹。一时间，我看到母亲脸上的皱纹舒展了，一脸的轻松，放下了疲惫。看到母亲不再孤独，不再寂寞，我深深地感受到母亲并不需要物质上的满足，更多的是需要我们给予她精神上的安慰和体贴。

行走在路上，我和母亲总有说不完的话题，总有讲不完的故事，总有忘不掉的回忆，总有抹不掉的笑容，亲情的温暖在我心底里缓缓流淌。走着走着，偶尔也会遇见不同的行人，便打着招呼，重复着同样的话语：陪着母亲走走。虽然我并没有为母亲做什么，可是能够陪在母亲身边，是多么幸福的一段时光啊！

一棵棵挺拔的树木为北街挡风遮沙。光秃秃的树枝上，几乎不留一片叶子，上面停落着几只黑白相间的喜鹊。它们欢快地，叽叽喳喳地叫个不停，好像在唱着美妙的歌曲。它们不时从这棵树又飞到了那棵树上，十分有趣，像是来为光秃秃的树枝锦上添花，又像是在为每一位行人报着喜讯，为北街增添了许多生气。一路上的喜悦，让母亲的心情格外舒畅。她的眼睛就像摄影机，把每一处的景物都录制下来，然后储存在大脑之中，以便随时播放她谱写的一曲人生音符。

每每走在这条熟悉的北街上，远处的山，近处的房子，依旧令人感到十分亲切。冬日的美景，独特美丽。不知不觉，母亲便喜欢上了这条北街。在北街上，我和母亲相互陪伴，相互诉说，相互取暖，紧紧相伴的身影以及紧紧相随的脚印，仿佛又回到了我小时候母亲陪伴在我身边那一幅温馨的画面。

每当，母亲把一针一线用心缝好的鞋垫儿递到我手里时，握在手里的鞋垫儿不仅仅传递的是温暖，更多的是母亲那份沉甸甸的爱。看着别样的鞋垫，看着密密麻麻的线条，让我由衷的感佩。条条相间的鞋垫上不仅缝着母亲的仁爱，还缝着母亲的执着和从容。

我能为母亲做些什么？就是陪着母亲看日出日落，陪着母亲看花开花谢，陪着母亲看一山一水，陪着母亲慢慢变老。

雪花恋

月

年初十雪系情人节，风声沙沙，雪花飞舞。大概是春节的缘故，雪愉快地飘着，风吹着口哨，拨弄着清莹，抚摸着光秃秃的树梢。我觉得今天的雪势越下越大了，雪恋上2019年的初春。

我不曾在年初一、初二和初七甚至初八看到过这么薄的雪花，飘飘荡荡，该来就来该走就走。春节这几场雪都是在人们熟睡的时候悄悄降落初春的。

太阳悄悄从东头爬上树干、树梢，爬上楼顶，爬上一朵云，欣喜地浴照这洁净的大地，笼罩着张灯结彩的大街小巷，爬上年味实足的餐桌。雪花，一场彬彬有礼的雪轻的像羽毛，柔的像絮片，可爱的像精灵。太阳用温柔的目光一瞧，羞涩的雪花立刻就潮湿一团。春雪片片不空白，撒向大地、撒向原野。雪围着冻僵的草根、树根，等着它们来年复苏做它们最好的养分，任凭风怎样拉扯都不肯离去。

西苏的初春寒气入体，衣服把身体依然包裹得严严实实的。一不小心风湿骨病会恋上你。

一场雪不管来得迟与早，生活便有了更多诗意，也给干巴巴的冬天增添纱衣。雪花罩在树的玉体上，远远望去，树林显出北方特有的天地苍茫成一色的成就感，时而青青的，时而白白的，时而又茫茫的，近观又像童话里的故事。

这一个春节似乎过得年味正浓时雪故意在戏春，那几天还不好意思呢，来一次薄薄的下一层。今天可闹大了。早起就飘着雪花，大摇大摆地在苏尼特右旗进进出出，在大街小巷登场作秀、作美。雪在情人节做了主角，一波未平一波又起，街道很少有车辆行驶，我也被挡在楼里，望着纷纷扰扰的雪却不能静下心来。

雪花们忽视着出行人们的感受，它们说:“我们是来这里过什么情人节的。”

风继续努力地吹着，像交响乐队。雪花在阳光下晶莹倜傥，舞向集二线，舞向呼锡方向。自由自在逍遥弥漫在街头巷尾，伴着风的格调一路奔向原野……

白秀珍 笔名:月。现工作于内蒙古自治区广播电视局731台。喜欢诗歌、散文，发表的诗及散文散见于网络平台。

一颗闪闪发光的心

安荣芬

2015年，兵团周过去以后，去老年活动中心锻炼的人少了。我身体也不太好，于是为自己买了一个小音响，在自家楼下跳着玩儿，由于我的带头，和我一起跳的人一天比一天多，逐渐就形成了习惯。我负责为小音响充满电，与大家约定每天早晨五点、下午六点在楼下集合一起跳舞。由一开始只跳舞，到后来教她们打第一套太极扇，她们都很感兴趣。这些人年龄都在六十岁以上，有些人说："她们能学会太极扇？根本不可能。"但是不管别人怎么说，我毅然决然的和好朋友曹炳英、王如艳带领着大家坚持每天打十次，动作不到位的地方由热心的李玉莲同志去细心指导，慢慢地，她们都学会了。这主要是热心人李玉莲同志努力付出换来的结果。

冬天到了，寒风凛冽，在外面冷的伸不出手，于是我与大家商量，利用社区活动室每天下午两点到四点的空闲时间去活动室跳。

看到大家第一套太极扇打得很熟练了，我的脑海中萌生出学习第二套太极扇的想法，但是难度比第一套还要难很多，大家能够坚持学好吗？当李玉莲同志把第二套打给我们看时，我们都被深深地吸引了，好漂亮的动作，它的流畅，它的刚柔并济，简直是美如河流，醉了草原。曹炳英同志对我说："这么优美的动作，咱们学吧。”我想了想说：“这么难，学不会吧？”她接着说出一句：“世上无难事。”我不由自主地说：“只要肯登攀。”我为什么不带领大家尝试一下呢？于是我与大家商量决定一起向李玉莲同志学习第二套太极扇，让她当我们的老师。

每天好心的李玉莲同志都来活动室教大家，周六周日他的孙子放假，为了使我们尽快地学会第二套太极扇，她坚持带着孩子来指导大家。小孩子不老实，蹦蹦跳跳的，有时候摔倒磕了碰了我们都很心痛，李玉莲同志的心里就更不用说了，但是她从没有流露出来。

李玉莲不但舞跳得好，而且也是巾帼志愿者的四名队员中的一员。她支持公益事业，工作积极，认真肯干，是一位真正的正能量传递者。她为了填补第二套太极扇、太极拳的空白，不顾一切，手把手仔细教大家每一个动作。人老了学的慢，她就十次几十次地教我们。她耐心的反反复复的一次次示范动作，如此，我们还有什么理由不去认真学呢？时间一天天过去了，学会它实在是难上加难。再难的动作李玉莲同志从来没有对我们发过一次脾气，只是说不要急、不要着急，慢慢来。我万万没有想到，她的耐性超出常人的几倍，她说：“只要你们好好学，我就有决心教会你们。”李玉莲同志这样勇往直前的精神，给了我们愚公移山的动力，我们暗暗发誓，一定要学会它，学不会都对不起她长期以来对我们耐心的指导与付出。我们虽然很笨，但是老师你放心，我们一定能学会它，不辜负你的一片真心。

功夫不负有心人，我们终于学会了，她笑了。这普普通通的一位姐妹，拥有一颗闪闪发光的心，无时无刻地，默默地照耀着大家，却从来不求回报。她无私奉献的精神与人格让我敬佩，让我终生难忘。

一碗凉粉

贾文峰

接到老家的电话，说一个远房亲戚家的姑娘结婚，通知我参加。我向几位领导请假，没有半点儿犹豫决定回去。

我工作的城市离这个亲戚家有400多千米，回去一趟大概6个小时的车程，那避震弹性迟钝的客车，让我回去一趟甚是难受。每次接到类似的电话，我宁愿把礼钱附加盘缠一并送上，也不愿请假回去。这次我毅然决然，是因为20年前的一碗凉粉。

20多年前，小平同志刚刚在南海边画了一个圈，全国的富裕程度远远不及现在。我家有3个孩子上学，光为了凑足学费就让父母愁眉不展。那年我读初二，成绩出奇得好，就像耕地里上了大粪，过耳不忘、过手就会，不是年级第一，就是班级第一。生活有时候就是这么说不清道不明，家越穷，孩子的学习越好，这给了含辛茹苦的父母极大的回报和奋斗的希望。

那些年农村人到城里打工还不流行，就靠二亩三分地养家糊口。我家比别人家更拮据，一是孩子多，二是孩子们都上学，村里同龄的小伙伴象征性地念到小学毕业，就帮着家里干活或寻找各种门路去所谓的大城市端盘子、学修理，而我和我妹妹一直念到研究生毕业，这当然是后话。穷则思变，我父母除了村里分的那点儿耕地，又在上面提到的那个亲戚那儿租了10亩地，在清明前后一半种了土豆，一半种了胡麻。

过了处暑节令，我母亲带着我用镰刀一把一把地收拾这些额外的收入。那时这个村子里还有几家亲的，我清晰地记得母亲进村儿的时候嘀咕能去谁家住呢……

可能是活儿太累，也可能是出门在外，反正没几天母亲就上了火，嘴上起满了泡。我不知道为啥当时没有药，这个亲戚的媳妇就做了一锅凉粉，说是下火的。我母亲吃了以后，不知是真的管用还是心情的缘故，总之嘴上的泡很快就好了。

也许是“人小离心近”，也许是天生有点儿良心，我清清楚楚地记得当时的场景，我告诫自己，日后若一无是处，这点儿事也就如过眼烟云，如果有点儿出息，一定不忘这碗凉粉。

今天，我不能算出息，但当年的理想早已实现，成为村里第一个本科生，第一个研究生，第一个能到党政机关上班的人。我妹妹是第二个本科生，第二个研究生，第一个在法检系统上班的人。我母亲健在，在她的概念里，我们的工作远远超出了“出息”的意义。我在一点儿一点儿弥补过去欠下的人情，一点儿一点儿兑现我当年的承诺，这也许就是立志的意义。

印象母亲

徐颖兰

母亲是一个地地道道的牧民，身材瘦弱矮小，常年的牧业劳动让她的背略显佝偻，步履却依旧矫健。岁月的风霜染白了她的青丝，又把大大小小的皱纹刻在了她的脸上，可她那目光依然柔和慈爱，笑容依旧亲切和蔼。这就是我的母亲，确切地说是我爱人海的母亲，我的婆婆。

印象一：远山上的一抹绿，那是人生的重彩

大学二年级那年，我和海相识相恋。他安静内敛、不善言辞，可每当他用略带蒙古语口音的汉语给我讲他在草原上的童年生活时，整个人就会变得神采奕奕。

他说他出生在美丽富饶的乌拉盖草原上，那里的蓝天清澈如洗，绿草铺天盖地，牛羊三五成群，土坯房掩映着红砖蓝瓦的牛羊棚舍，一条条放养牲畜踏出的土路便是通向外界的康庄大道，勤劳的牧人们日出而作，日落而息，日子过得虽然清苦，却也怡然自得。

又是一年开学时，清早，海吃过母亲热在锅里的馒头，将行李收拾妥当，

便准备出发。每次离家都是海的哥哥用摩托车载他，这次也不例外。上了车，他发现早早出去放羊的母亲，围着绿色的围巾站在不远的矮山上看向自己。海想起了头天夜里母亲走进他的房间，从怀里掏出一沓皱皱巴巴的零钱。他知道，母亲不掌家，那钱是母亲从父亲给的生活费里一点儿一点儿抠出来的，平时一分也不舍得花，这会儿母亲竟然全拿给了他。他再三推辞，可还是拗不过母亲，含着泪收下了。海说那带着母亲体温的零钱，让他觉得沉甸甸的，像是母亲那颗期盼的心。

车子启动了，海看见母亲轻轻地挥了挥手，他知道，母亲不仅是在作别，还在期待着儿的归来。早秋的凉风恣意的从海的脖子缝儿里钻了进去，瞬间传遍四肢。他的心头不禁一悸，远山上的母亲啊，年复一年的守望，这绿了又黄，黄了又绿的草儿像极了她对生活的执着和期盼，如影随形，日夜陪伴。随着摩托车的远去，母亲的身影变得越来越小，越来越小，最后成了一个绿点点，模糊地融进了无边的草原。他几度回首搜寻母亲的身影，可除了遍野的草儿，他一无所获。轰鸣的摩托车声掩盖了他的哽咽，他暗暗下定决心要努力学习，不让母亲失望。

我常在心里勾勒着戴着绿色围巾的母亲，佝偻着背，站在远山上眺望的情景。我想当时，母亲的眼睛一定是湿润的，母亲的心里对生活和未来一定是满怀期待的。那是我第一次认识母亲，从海的描述中，那抹重彩的绿色深深地镌刻在了我的心底。

印象二：穿过冬日的阴霾，翻开崭新的一页

母亲没读过书，大字不识一个，讲不出大道理，说不出富含哲理的话，却用实际行动告诉了我一个最简单的道理：生活不必太过计较得失，一切顺其自然。

冬日的乌拉盖草原白雪绵延，意蕴横生，时而白毛风肆虐，雪花狂舞；时而静谧肃杀，落寞便蔓延开来。这一年，我面临着毕业和择业，与海的恋情终是要有结局的。

海是我的师哥，比我早一年毕业，在朋友们看来，蒙古语授课的海和汉语授课且听不懂一句蒙古语的我是南辕和北辙，我们的恋情是应该在海毕业的那年就闭幕的。可我们就像磁铁的正负极，分也分不开，我们约好不管未来的路有多艰辛，都要一起走。可丰满的理想在骨感的现实面前显得苍白无力。海一毕业便回家乡发展，工作虽有了着落，但当时只是临时工的他收入甚微，仅能解决自己的温饱，根本撑不起我们想要的生活。刚毕业的我想留在有海的小镇，留在海的身边，唯一的办法是找到工作，自食其力。

那年，小镇蓬勃发展，屡有事业单位招人考试，可户口不在当地成了我不能参加考试的唯一理由，想要参加当地的考试，就要落户在小镇。想落户只有两个选择，一者我和海领了结婚证，夫妻投靠；再者就是我买套房子。当海把这两个条件告诉母亲时，母亲二话没说，拿出了大半辈子的积蓄后，又东挪西借，用我的名义在小镇买了一套楼房。这样一来，我的户便顺利地落下了。当然，我也没有辜负母亲的期望，没过多久便考上了工作。事后，我曾问过母亲怕不怕我骗感情又骗了房子，母亲爽朗地一笑说："是你的就是你的，不是你的抢也抢不来。"那时，我深深地被母亲的大度和决断所折服。

工作有了着落，与海结婚也就顺理成章了。结婚那天，摄影师的镜头对准了海的家人和我的家人，"咔"的一声，我和海的母亲成了一家人，要正式的称呼母亲为"妈妈"。我们的幸福生活翻开了崭新的一页。

印象三：你我嘴角上扬，迎接生命的春天

草原上的春天，不只是料峭微风那么简单，依然会有纷飞的白雪、肆虐的寒风和阵阵来袭的强冷空气，可再糟糕的天气也不能阻挡春天的脚步，与海结婚的第三个年头，我们迎来了新的生命——女儿小熙。

孩子是生命的延续，女儿的出生让一家人万分欣喜，可海的工作单位距小镇百余里，婚后便开始了"两栖"生活，平日在单位，只有休息日才能回家。我的娘家远在千里之外，照顾女儿的重任自然落在了母亲的肩上。仍记得女儿两个多月得肺炎住院期间，母亲一直陪着我们，每天买饭、打水、换洗尿布，

女儿醒着时抱着、哄着，女儿睡了又忙前忙后，把我和女儿照顾得无微不至，她自己却吃不香、睡不稳。每次看到女儿被输液、抽血的针头刺痛而哇哇大哭时，母亲的眼里便会溢满泪水，可也只是在眼里打几个转，又被硬生生地憋回去，不是因为母亲狠心，不心疼我女儿，是因为她知道她是我们的主心骨，坚强的她尤其不能乱了阵脚。终于熬过了漫长的十天，女儿病好出院，母亲却因体力透支病倒了，输了一周的营养液才慢慢恢复过来。

能遇见母亲，我想我是极其幸运和幸福的。母亲虽然没有文化，但她乐观豁达、胸襟开阔，从没跟常耍小脾气的我计较过，也从没对小毛病很多的我挑剔过，让我这吃了近二十年“文化粮食”的读书人自愧不如。善良的母亲心思细腻，总是记得我的喜好，每次包饺子、炒菜都给吃不惯羊肉的我开小灶，包我爱吃的馅，炒我爱吃的菜。勤劳的母亲就像陀螺，总也不闲着，每天除了照顾家人，得空便给女儿洗衣做饭，为我分担家务。朴实的母亲一视同仁，但凡与海发生口角，母亲说话定是向着我的，让远嫁的我倍感宽慰。贴心的母亲尽管说惯了蒙古语，可每次都尽量用不流利的汉语与我聊天，还把我听不懂的蒙古语译成汉语，让温暖溢满我的心头。

你看，这就是我的母亲，我至亲至敬的母亲，抱着我刚满一周岁的女儿，端坐在我们中间，灯光、微笑、摄影师一切就绪，画面瞬间定格。我要做的就是珍惜现在所拥有的一切，让我们的幸福生活一直延续下去。

拥抱草原

白 梅

热爱草原，珍惜生命，与自然和谐相处，这既是草原文化的重要内涵，也是游牧民族牢不可破的生活理念。

据说一代天骄成吉思汗建立大蒙古国之后，大臣们屡屡要为他建造大型宫殿和大罕花园。成吉思汗坚持不允。他说：“何必要人工建造呢？我不需要，若不戳破金色大地的神圣皮肤，若不改变广袤草原的天然，那么，她便是一所天然的大花园！”

岁月悠悠，八百年之后，一辈又一辈的草原人仍然牢记并遵守着圣祖之训。

于是，人间便有了锡林郭勒这片目前世界上温带草原原生态植被保存最完整、草原类型最多、饲用植物最丰富、药用植物最齐全、草原人文景观最美的大草原。

于是，在这片面积达20多万平方千米的古老草原大地上，也便有了佛光普照的北疆名刹贝子庙，有了祥云缭绕的十三敖包；有了九曲十八弯的锡林河……

中国正北方，环绕北京北大门约有180千米处，上苍赐予了一道神奇壮美的绿色屏障，俗称“京北后花园”。它就是闻名世界的四大优良牧场之一，是磅礴大气的锡林郭勒大草原。

世上的草原，黄金季节都留给了夏季。夏天也是一切生命最活跃、最狂热、最具张力和霸气的时候。长生天仿佛格外恩宠它，送一缕缕凉爽的风，又送一阵甜美的雨，随手画道七彩虹霓，一刹那，便置身于如梦如幻的意境中。抬眼望去，苍茫如黛的山丘是绿的，草原是绿的，连空气都是绿的，鲜美的有些噎人，弥漫着丝丝缕缕的花香。仰面躺在软软的草地上，进入天人合一、物我两忘的神仙境界。沿着勒勒车远去的辙印，一缕炊烟袅袅升起，额吉遥望远去的羊群，似一幅美丽的山水画。

扎根沙丘的老榆树，挺枝盘根，抗击着浑善达克的千古风霜。溪水潺潺流淌在白杨树旁，白杨玉树临风，注视着百年苍茫。一坡又一坡的萨日娜，好似一群红衣少女，分苞绽蕊，含羞涩涩；一川连一川的野黄花犹如一队黄裙女郎，金色灿然，送目传情；伴风起舞的紫菊，丝毫没有献媚之心；华贵的芍药花粉面含春，更无一点儿争宠之意。草原是一片没有尘俗污染的净土，一切生物都是原始的本质，天然的纯朴，她是上天赐予我们的最任性的绿色家园！

草原神奇的魅力，来自长生天的造物之功，它把草原的四季变成了四幅特色各异的画卷。

春天一片嫩青，是一幅精描巧染的工笔画。春意萌动，万物复苏，黑褐的底色上渐渐露出嫩黄浅绿，间或闪射出几许残雪粼光，金灿灿的牛犊，银灿灿的羊羔，“哞哞”“咩咩”之声温暖入怀，伴随小河冰雪消化的“叮咚”声，把耳朵贴近大地，胎儿在母体中的躁动会使人深深感到生命初始的快乐和神圣。

夏天一片碧绿，是一幅浓墨重彩的油画，一望无垠的山丘上、草滩里、小河旁，到处都是姹紫嫣红，遍地鎏金异彩。丰收后的牧人纷纷骑马、乘驼，一齐涌向那达慕会场。这是草原上最欢乐的节日，蒙古族男儿三艺令人惊叹，让人为之倾倒。一条条高擎的哈达，一碗碗深情的奶酒，足以让所有人留下宿营的脚步。

秋天一片金黄，是一幅刀法严谨的木刻。高空万里，云卷云舒，微风拂来，起伏的金色波浪徐徐铺向远方，天地之间荡漾着成熟丰满的美感，洋溢着喜悦和自信的气息。一片欢声笑语中，一群群膘肥体壮的牛羊装车进列，登船出港，驶向四面八方，让国内外友人分享草原佳品。

冬天一片银白，是一幅随手泼洒的大写意。千里冰封，万里雪飘，天地无声，万籁俱寂。雪原上忽传出哨声，迎亲马队你追我赶，赞歌起伏，扬风挟雪呼啸而去，把牧人的爱情洒满草原。

锡林郭勒不但是中国第一个国家级自然保护区，也是被联合国教科文组织接纳的国际生物圈保护网络成员。或许是历史老人的格外垂青，还赋予它无与伦比的丰厚的草原文化。走进锡林郭勒草原，就像打开了一部包罗万象的大百科全书，美学家看到的是大气磅礴、绿野飞涛，悲壮苍凉的瀚海雄风，扬波卷浪的白云堆雪，傲示苍穹的鹰击长空，一幅幅令人心醉神怡的旷世之美。风俗学家见到的是蒙古民族祭天的崇敬、祭火的虔诚，图腾崇拜，天地情结，“以西为大，以长为尊”的风俗礼仪和古老礼节，难以胜数的传统文明之光。史学家见到的则是，游牧部落的荣辱兴衰，剑影刀光；大蒙古国的崛起，铁骑驰骋，横扫欧亚的战旗猎猎，一页页鲜活的历史记忆，令人惊叹不已，荡气回肠！而诗人们呢？面对草原洋溢的大真、大爱、大善、大美，面对豪情澎湃的大仁、大义、大情，面对“天苍苍，野茫茫，风吹草低见牛羊”的千古绝唱，虽诗情如潮，却失去了平日的灵气和悟性。因为畅游在这个深不可测的大海之中，他们便显得苍白，一切情感会都变得微小无力，而当他们回复冷静，即使摘得一枚绿叶，捡到一根小草，也会变成上乘的精品佳作。

锡林郭勒为何能牵引天下专家学者的目光和世界旅游大军的心弦？就出自它傲示苍穹的皇家气度和王者风范。

威名赫赫的搏克——草原力量和智慧的结晶。草原人最喜爱的民族体育竞技运动是蒙古式摔跤。“像飓风席卷大地，气势凶猛；如猛虎腾云驾雾，威武霸气。这是激情的碰撞，灵魂的升腾；智慧在这里闪光，力量在这里爆发。”这就是搏克。搏克曾为称雄世界的大蒙古国的崛起，发挥了极为重要的练兵的作用。据史料记载，成吉思汗曾自豪地说：“朕凭借哈撒儿的弓箭和别勒古台的搏克赢得了天下。”别勒古台作为大汗的幼弟——这个神勇无敌的大力士搏克手的封地，就坐落在锡林郭勒草原。千百年来，一直受到人们的传颂。锡林郭勒草原之所以能成为著名的搏克摇篮，别勒古台的巨大影响功不可没。且不提一个个威震大清国的搏克高手，仅从中华人民共和国成立后算起，就有上百位锡林郭勒搏克名手先后成为中国式摔跤、古典式摔跤、自由式摔跤和柔道等项目的国家级健将。从2004年，西乌珠穆沁举办了多届有影响力的那达慕盛会，尤以2048名搏克手参赛的搏克盛会而名震国内外，20多家电视台同时进行现场直播。博大精深的搏克文化在世界上引起强烈反响。于是乎，我们的锡林郭勒草原被公认为“天下的搏克之乡”。

神威凛凛的骏马——草原强盛和速度的象征。自古以来，白云是蓝天上的神话，草原是大地上的神话，骏马是风雨中的神话，蒙古族是马背上的神话。无论是谈论蒙古族，评价蒙古族历史，还是解谈蒙古族文化，都离不开马。霹雳闪电般驰骋万里的蒙古马，战场上是英雄生死的战友，生活中是骑手亲密无间的伙伴，是游牧民族创造奇迹最重要的工具。一个庞大而辉煌的大蒙古国的诞生，使草原人的恋马情结达到巅峰。自古以来，锡林郭勒便以盛产蒙古骏马而闻名于世。史书记载，早在唐代，创建了“贞观盛世”的太宗李世民最心爱的“昭陵六骏”之一就选自乌珠穆沁；成吉思汗亲率大军纵横天下，一生所乘神马铁骑无数，其大多出自这里；直至清朝，也把皇家的御马场圈在了太仆寺。至今，锡林郭勒草原上丰富的马文化仍在熠熠闪光。锡林郭勒被国家命名为“中国马都”，其中在马都中心排演了大型舞剧《千古马颂》。守着战友负伤的身躯，马儿泪流满面不忍离去，观众沉浸在人与马的深深情意中。

天籁之音的长调——草原高尚和圣洁的灵魂。牧人的情怀和感情是用歌声表达的。已被列入世界非物质文化遗产的蒙古长调，诞生地就在锡林郭勒草原。哈扎布堪称世界长调大师。在这片博大的草原，因其绿色植被最完美，自然生态最茂盛，游牧民族传统礼节最丰富，民情民风最纯朴而闻名于世，被誉为“天堂草原”。可以说，这里的男人个个爱摔跤，女人个个爱唱歌，尤以长调演唱得最纯正、最嘹亮。每逢婉转的长调响起，白云会停止飘动，大雁会张开翅膀，世间万物都会屏住呼吸，就因为它是人类追随的天籁之音！

千古流芳的元上都——草原的骄傲和自豪。走进这个“拥抱着巨大历史文明的废墟”，既为它集全国建筑艺术精华建成的都城毁于愚昧而感痛惜，也为它蕴藏的深厚渊博的蒙元文化内涵而欣慰。这片笼照着皇家贵气的祥瑞之地，处于美丽的正蓝旗。成吉思汗和窝阔台都曾先后前来避暑。忽必烈在此即位登极，正式揭开了元朝的大幕。元上都是当时元朝政治、军事、经济和文化的中心，有四通八达的驿站、丝绸古路，中西文化交流密切，冲破了欧亚大陆的封闭，汇聚了世界的精英人才。元朝成为中国历史上最开放的朝代。西方学者称之为“拉近了世界，缩小了地球”。拜谒元上都，还有太多的历史谜团等待探究。为什么一个自幼丧父的孤儿能成为统一天下的大汗？为什么经济文化落后的小国，能战胜军事、经济先进的大国？为什么成吉思汗以13翼铁骑能横扫半个世界？为什么一个迅速崛起的庞大国家又迅速地分崩衰落？锡林郭勒草原作为蒙元文化最重要的发祥地，深埋着这样一把金钥匙等待着人们去考察、去开拓、去挖掘，去打开一扇扇神秘的大门。

草原的胸怀是博大的，大到能包容天地灵气。草原造就了一代代勤劳的牧人、勇敢的骑士、豪放的歌手和盖世的英雄。

草原的气魄是雄伟的，它蕴聚了日月精华，推出了一批批惊世的军法、神妙的体育、绚丽的歌舞、丰富的礼仪和五彩的服饰。

草原就像一位伟大而朴实的母亲，那么慈祥，那么温暖。50年前，草原毫不犹豫地收留了来自上海的千名孤儿，让孩子们吸吮着蒙古族额吉的乳汁，牵着蒙古族阿爸的大手，长大成人。30多年前，她再次敞开母亲般的胸怀，接纳了3000多名知青，又是蒙古族阿爸、阿妈待之亲如儿女，吃着同一锅手把肉，喝着同一壶奶茶，一粒粒蒙汉亲情的种子，扎根大地，香飘万里。今天，草原母亲膝下已生活着来自24个民族的好儿女，和谐相处，共建草原！

锡林郭勒草原因自然生态的美而尊贵，因连天接地的胸怀而大气，因蒙元文化的丰厚而辉煌。作为中华民族的儿女，我们有什么理由不珍惜、不守卫这吉祥的草原呢？

尊重她等于尊重大自然，珍爱她等于珍爱地球最美的容颜，保护她等于保护人类自己的生命。为了这块绿茸茸的土地，为了这片蓝莹莹的天空，也为了再过一千年，仍然无愧于后代子孙，我们将在自己的心中拥抱她，永远地拥抱这片巨大的绿宝石般的草原！

油料花海乌拉盖

赵瑞生

天边草原乌拉盖美名天下扬。可是你是否知道她不仅仅有“风吹草低见牛羊”“紫菊花开香满衣，地椒生处乳羊肥”“牛羊欣就牧，驼马自成群”的草原风光，她还是一方盛产绿色农产品的肥腴宝地！乌拉盖农作物播种面积达3万公顷，粮食产量10万吨，油料产量1.2万吨，是一个名副其实的大粮仓。在草原最美的六七月份，你在饱览草原美景之余，还可以去那万顷农田走走，去享受那广阔如海的油料花的视觉盛宴。这片花海比起乌拉盖名闻遐迩的芍药花海来毫不逊色，并且别有一番景致和情调。

每年一进入6月，乌拉盖草原最美好的季节就来临了，牧草绿满天涯，鲜花竞相吐蕊。

油菜花如约开放。它们先是三朵两朵零星地开放，像是打前站的尖兵来人间通报开花的信息，紧接着那黄色的小花便铺天盖地尽情绽放开来。就像仙女在乌拉盖大地这匹绿鎓的锦缎上绣上了亮丽的黄色。油菜花的花朵虽小，可是一串串、一簇簇，从植株的半腰一直开到梢头，一朵挨一朵，一株连一株，由株成片，由片成海。那是一片黄色的花海，这花海如此壮观，如此气势磅礴。

油菜花海吸引了无数蜜蜂采蜜。一些蜂儿振翅作声，“嗡嗡嗡”的声音恰似一曲甜蜜的歌谣，另一些蜂儿落在花瓣上精心吮吸花蕊上的甜粉。花海岸边，养蜂人和他的妻子正在小心翼翼地割蜜。乌拉盖的油菜无污染、无公害，是尽人皆知的绿色农作物，想必那酿出的菜花蜂蜜是既香甜又健康。

蜜蜂的伙伴蝴蝶也成双成对翩然而至。蝶儿们在花海上起舞，在花朵里采蜜。油菜田边一对上下翻飞、翩翩起舞的黄色蝴蝶吸引到养蜂人一双正在嬉戏的小儿女的注意，兄妹俩起身捕蝶。这对蝴蝶忽高忽低、忽左忽右，引得两个孩子来回奔跑。眼看就要捉住了，蝴蝶却一个振翅高高地飞过头顶。刚刚跳跃起来，那蝴蝶又掠着地面起舞。赶紧追逐，这对黄色的蝴蝶却飞入花海，和菜花泯然一色，再也寻它不着了。这真是“儿童急走追黄蝶，飞入菜花无处寻”诗意的现场直播版。

铺天盖地的黄色花海吸引了寻花问景的游人，一波波游客乘兴而来兴高采烈而返，自花初秀至花结荚止，络绎不绝。你看，徜徉在花海中的游客不管男女老少，一样的兴奋，一样的惬意，一样的一副叹为观止的神情。几个妙龄女郎在花海中恣意地舒展各种曼妙的身姿，一群儿童在花海里尽情挥洒各种喜人的笑脸，三五位摄影师在花海边用心地捕捉着各种美好的镜头。一张张如花的笑脸，一串串如歌的笑语，让这花海有了灵动的韵律，菜花映笑靥，笑靥增花色，脑海中不禁闪现出唐人温庭筠《菩萨蛮》词中“花面交相映”的句子。

以前，人们仅仅把油菜当作一种油料作物来种植。在人们生活水平日渐提高、旅游观光之风盛行的今天，油菜除了巨大的经济价值，还蕴含着丰富的审美元素，前来乌拉盖旅游观光成为京津冀甚至更远地方的游人的选择。乌拉盖的油菜花海目前虽然尚未有江西婺源的江岭花海、篁岭花海出名，但是这里的油菜花海别有一番情趣。这里的花海有着北方草原的粗犷与浑厚，不似南方小桥流水的婉约；这里的花海拥有内蒙古草原的豪爽与大气，不同于南方秀山媚水的温润。如果把花海比作女子，乌拉盖的花海是一种巾帼不让须眉的英姿飒爽，不像南方的含情脉脉、儿女情长。看，阳光是那样的明媚，蓝天是那样的高远，空气是那样的爽朗。视线开阔，心胸开阔，游目骋怀，黄色花海的边界是白色的云海，快乐的心情则无边无际。

油菜籽是我国第一大食用植物油原料，籽粒含油量达到33%～50%，是优质、高产的食用油原料。油菜籽榨取食用油后剩下的籽粕是优质的动物饲料。油菜籽在食品工业中还是制造人造奶油、人造蛋白的原料。同时，油菜籽在冶金、机械、橡胶、化工、油漆、纺织、制皂、造纸、皮革和医药等方面也有广泛的用途。可见油菜具有重要的经济价值。清朝乾隆皇帝的《菜花》一诗对于其经济价值予以高度褒奖："黄萼裳裳绿叶稠，千村欣卜榨新油。爱他生计资民用，不是闲花野草流。"

感受了那一望无际的明黄，驱车前行又有满地的湛蓝映入眼帘。那是胡麻花，也是一望无际、浩瀚成海，微风过处，吹出一轮一轮的波浪，就真的是大海了。这里当然没有水鸟，没有海鸥，花海上飞舞的依然是蜜蜂和蝴蝶。与作为十字花科的油菜花的四片花瓣不同，作为亚麻科的胡麻花是五片蓝色的花瓣，五出浑圆，中间一点黄黄的花蕊，花朵虽小，却别有一番风韵。

胡麻之"胡"字，意同胡人之"胡"，因最初广泛种植在西北少数民族地区而得名，后来渐渐移种到北方广大地区。胡麻也是乌拉盖主要的油料作物，撑起"油料花海乌拉盖"的半壁江山。在古代，种植胡麻还有一个美丽的传说，那就是必须由夫妻共同来播种，否则就不会结籽，这表现了人民群众的美好生活理想。唐朝女诗人葛鸦儿的诗《怀良人》中有这样的诗句"胡麻好种无人种，正是归时底不归"，正是这个意思。丈夫被征发戍边，家中只剩下妻子一个人，好种的胡麻也无法播种。

麻油口感淳厚、芳香浓郁、色泽金黄，是一种高级食用油，一直深受北方百姓喜爱。用胡麻油煎炒烹炸的食品，闻起来浓香扑鼻、嚼嘴中满口生香、咽下去回味悠长。胡麻油不独是一种美食，还具有医疗保健功能，经常食用可以美容、健体、抗衰老。胡麻油中的主要成分是不饱和脂肪酸，还富含亚麻酸。亚麻酸是一种经济实惠的"深海鱼油"。

这里是一座百草园，更是一座百花园，那油菜的黄花花、胡麻的蓝花花不仅装点了乌拉盖的美丽，更彰显了乌拉盖的富饶。

玉龙九曲自妖娆

周晓纲

谨以此文献给那些曾经在草原生活过、战斗过的先辈和建设者们！

——题记

提起乌拉盖草原，人们自然联想到古老传说天宫中雄奇、明媚、娇艳、自由、灵动、盘曲的玉龙，脸上都会漾出满满的醉意。

乌拉盖草原是上苍馈赠华夏的瑰宝，若天堂降落人间的玉龙，又似神州飘过的一片翠羽。它也是一部厚重悠久的历史自然画卷，读来荡人心魄！

曾在草原生活过的游子，更是对它魂牵梦绕。那坦荡无垠的草原，奔腾咆哮的骏马，悠然觅食的牛羊，遥远深邃的湛蓝，耀眼夺目的阳光，都令人朝思暮想。它的富足美丽、古朴神奇、砥砺坚韧，早已印刻在游子的心间。

谈到乌拉盖草原，人们首先想到的是它的辽阔壮美，那可真是驰骋千里无踪影，极目天涯落日圆。无边翠绿凭羊牧，一马飞歌醉碧霄。

乌拉盖草原就像一颗璀璨的明珠，镶嵌在祖国雄鸡版图的脊端，是名副其实的天边草原。目睹过她芳容的人们无不为她锦绣如画的美景所深深吸引，有种圣境难觅、不虚此行的感觉。

俯瞰草原全貌，乌拉盖母亲河，蜿蜒曲折，横亘在广袤的草原上。闻名遐迩的九曲湾，如一条熠熠发光的玉带，盘桓在草原母亲的身上，唤起无数游人对它的向往。

走近她，就像打开一幅神秘的自然画卷。每当积雪消融，春暖花开时，布谷鸟报春，百灵鸟鸣翠，山雀起舞，雄鹰盘旋，燕鹤回归，玉兔纳新，构成一幅百鸟争鸣、万物争春的春景图。

草原如一张舒展无边的绿茸茸的巨毯，铺在你身下，你会不由自主扑向她的怀抱，尽情享受她的柔软、舒适、妙曼，任意吸吮着长空清新扑鼻的空气，纵情沐浴明媚的春光，放眼清澈如洗的蓝天，聆听百灵鸟婉转动听的歌声。有时，你还能欣赏到牧人那高亢嘹亮、绵绵悠扬的长调，让你仿佛置身于翠色欲流、和乐迎春的仙境，乐不思归！

夏季来临，草原野花烂漫，大地色彩斑斓。呈现在你眼前的，有湖蓝娇鲜的马兰花、粉红喇叭状的天剑草、艳红如火的山丹花、淡黄色的金针花、伞状金黄色的连翘、聚星状白色的银紫湖、唇形淡紫的马先蒿、羊角形紫红色的透骨草、鹅黄色的梅花草、钟形蓝紫色的扁蕾，还有淡雅清洁的赤芍。这满山遍野的野花，把整个草原装点得万紫千红，散发着各种幽香浓馨。游人徜徉于这花的海洋，往往是来不及消除旅途的劳顿，就迫不及待地打开上苍赐予人类这瑰丽的自然画卷。

更让人惊喜的莫过于那飞焰欲横天的绚烂景色。满目婀娜多姿，鲜艳欲滴的野百合，绽芳吐蕊，翻身劲舞，像无数升腾的火焰燃遍山坡草地，红透天边。这就是堪称草原奇观的山丹坡。就在你拍手称绝之时，你又会突然发现，眼前已是一望无际、连绵不绝，淡黄妩媚的金针花，无数漏斗形的倩影随风摇曳。金灿灿的花浪波涌起伏，又让你陶醉于神圣瑞气、光鲜亮丽、强烈的色彩美之中，感叹这大自然赋予草原的奇幻美景。原来你已来到草原独有的黄花滩。寻香而去，起初如渺茫歌声似的淡香变得愈加浓、愈袭人。此时让你意想不到的是在天边草原的深处，竟隐藏着高贵典雅、芳香圣洁的芍药谷。只见周边远近高低，到处盛开着纺锤形、菊花状，莹润娇媚的芍药花。那乳白、淡粉、鹅黄、嫣红的芍药花千姿百态，有含苞待放、羞涩打朵的，有娇姿欲展、初露芬芳的，有饱满绽放、争奇斗艳的。整个山谷花团锦簇，姹紫嫣红，色彩缤纷，馨香四溢，蜂蝶漫舞，美不胜收。真可谓胜似天堂月殿，不逊仙府瑶宫。

草原的秋天来得特别急，在你还没有欣赏够绚烂多彩的夏景时，凉爽的秋天就已向你阔步走来。你会发现天空不知何时变得高远深邃，湛蓝如碧。金黄色的麦浪翻卷起伏，金灿灿的油菜花一望无际，沉甸甸的向日葵铺满山野，向你颔首致意。尽览茫茫的草原，完全被辉煌灿烂的太阳渲染，绘出季节的丰歌。令观者从心底涌现出温暖的幸福感。

探过草原腹地的人，会有幸观赏到天鹅湖的胜景。远观天鹅湖，犹如绿带环绕的一块明镜，闪亮放光。在草海绿涛的掩映下，又似遨游在太空中的一颗明星，熠熠生辉。走过草滩，穿过湿地，趟过溪流，靠近她的身旁。天鹅湖被茂密的芦苇、杂草、从柳、荆棘，层层包裹，湖光潋滟，凌波涌动。最引人注目的是成群结队、洁白高傲的天鹅，伸着长长的玉颈，时而列队踏浪争游、潜泳竞技；时而嬉戏追逐、展翅高歌；时而振翅滑翔、腾空飞跃。天鹅的周围有数不清的丹顶鹤、大白鹭、灰鹤、黑颈鹤、蓑衣鹤、大雁、野鸭、银鸥及叫不出名称的各种水禽在长空中奋翅翱翔、低空盘旋，竟显水中芭蕾，舞姿翩然，群逐争霸，亮啼赛歌，和弦动天。这里组成一幅百仙竟姿，千鸟比舞，万类齐鸣的动态自然交响乐章。其和谐、自由、壮观的视觉冲击力，令观者震撼。

乌拉盖草原的美远不止于此，冬天的草原更是别具特色。那漫天飞舞的鹅毛大雪，瞬间就会让广袤的草原变得银装素裹。随意噬几片雪花，清新润鼻，舒爽惬意。在这千里冰封，万里雪飘，玉树银花，冰清玉砌的童话世界里，我曾和小伙伴们一起堆雪人、滑雪板、赛冰车。从数十丈的雪峰飞驰而下，发出惊险刺激的欢呼；几十里的冰川，你追我赶，将他人瞬间置于身后的快感，让大家争得大汗淋漓，玩儿得忘乎疲劳与寒冷。我们时常披星戴月，乘兴而归，“咯吱咯吱”的踏雪声，清晰入耳。环顾四野，空无一人，唯有身后的一串串雪印，清晰可见，静谧的让人有些心悸。仰望浩瀚星空，群星晶莹闪烁，低垂悬顶，似乎伸手可撷。我们恍如坠入遥远、寂寥、神秘、梦幻的天国。

丰饶富足是乌拉盖草原得天独厚的优势。它是世界上为数不多的温带季风天然草原，动植物种类繁多，有天边草原的美誉。每当春暖花开时，映入眼帘的就是翠绿无边的草地。含有乳汁的酥油草，好像每根草尖都冒着油星。这里水草肥美，拥有全国最优良的天然牧场，生长着受世人欢迎的肉质鲜美、肥而不腻、香而不膻的乌珠穆沁肥尾羊。人们不仅惊诧于肥尾羊浑圆的体态、亮泽的毛皮、欲坠的硕尾，更沉迷于肥尾羊的鲜美可口、醇香诱人。从不开荤的外地游客，品尝一口这里的手把肉，也会赞不绝口，大呼鲜美。那些香甜酥软的奶食品，浓香味美的牛肉干，引人垂涎的羊肉串也都是游人们争相品尝、抢购打包的特色食品。

据相关人士介绍，经北京中科院专家实地调查研究发现，这里牛羊肉肉质鲜美，营养价值高，有其独特的原因。原来这片草原生长着几百种价值不菲的野生中草药。清热解毒的药有防风、白芷、黄芩、知母、龙胆、紫草、当药。止咳化痰的有南沙参、百合、百里香、花葱、牧马豆。理气的有薤白、地锦、赤芍、泽兰、红旱莲。祛风湿的有小秦艽、斩龙剑、鹿蹄草、马先蒿。利尿的有画眉草、铃兰。还有补气补肾的黄氏、甘草、红门兰。止痛清肝的天仙子、羽叶、千里光等。这些草药恰好成了肥尾羊的天然美食，吸引着大量中外游客慕名而来，一饱口福。

草原上的野生菌也是令人叫绝的天然营养品。肥沃的黑土，充足的水源，滋养了营养价值很高的天然菌类，最珍稀的莫过于马蹄形的白蘑。它多生长在草势繁茂的丘陵阴坡，对生长环境要求极高，多为土质松软，腐草覆盖，积肥丰厚，人迹罕至之地。在湖畔湿地深草丛中，还有伞状油亮的鸡爪蘑，润泽玉白的水银盘。草滩坡脊则藏匿着清香诱人的黄盖子，伞大腿粗的天花板等多种野生菌类。这些菌类大多都是嗅一下就迷人，尝一口就醉人，让人回味无穷的奇珍异菌。

富饶的土地养育了草原各族儿女。早在二十世纪六七十年代，这里就实现了农业播种、收割机械化，沃野千里，良田美景，麦浪滚滚，油菜飘香随处可见。二十世纪八十年代这里又涌现出许多种植能手、养殖大户。丰沛的水源还酝酿出星罗棋布的湿地湖泊。除了大家熟悉的大大小小的自然天鹅湖，还修建了蓄水量丰富的乌拉盖湖、贺斯乌拉湖，成了天鹅、白鹤、丹顶鹤、大雁、鸿雁、银鸥等众多珍禽候鸟的理想栖息地。它们在此自由觅食，任意翱翔，快乐地生长繁衍。这些沼泽、湖泊还有为数可观的野生红锦鲤、鲫鱼、瓦氏雅罗鱼（华子鱼）、花鲢鱼、泥鳅，个个长得滚瓜溜圆，吃起来顺滑爽口，劲道味醇，是人们迎接贵客、礼送嘉宾的上佳食品。

乌拉盖草原还蕴藏着丰富的煤、铁、铜、钨、铬等多种矿产资源。为保持生态平衡，防止草原植被破坏，当地政府只进行了部分矿产有限、有序开采，保证了周边居民电力、热力的供给，促进了当地经济的发展，提高了人民的幸福指数。亮丽如画的新城，满脸绽放笑容的居民，开车巡视的牧羊人，肥硕洁白的羊群，都能让我们感受到草原人民生活的巨变。

草原的魅力还在于它的神奇，它不仅富饶美丽，还有神妙奇特的地方，只有在那儿生活过的人们才有深刻的体验。说到草原的神奇，人们或许会联想到前段时间热播的电影《狼图腾》，人与狼那惊心动魄的大战场面，将狼的狡黠和人的睿智，演绎到了极致。虽说人更胜一筹，利用现代技术几乎把草原狼赶尽杀绝，但从狼那绵长的嘶吼和忧伤的悲鸣中，还是可以听出不屈、顽强与尊严。千百年来，狼是草原游牧民族尊崇的战神。他们从狼的围猎作战中学会了各种战术、强悍勇猛的作风、团结协作的牺牲精神。古老寥廓的乌拉盖草原，见证了狼的神奇魔力。从愤然高亢的狼嗥中，传出了狼对草原生态的担忧之情和其孤傲不驯的性格。然而后来的人们却极少领悟腾格里的旨意，让狼饮恨草原，有家难归，有志难施，这是对自然法则的践踏。其实，上苍是公平的，它赋予了草原万物平等的生存权利，对人类更是格外青睐，给予了草原儿女更多的福祉。

这又让我不免回忆起童年的趣事，那时我们与大自然完全是亲近融合的。课余时间，我多在山坡草地尽情戏耍，迷醉于花海丛中，被五颜六色的花蕾吸引，争相踊跃地采集红山丹、瘦黄花、野菊花、干枝梅花等，自制成花束，装点屋舍。饿了就寻找地梢瓜、小根蒜、野韭菜、甘草根、酸不溜叶、百合根瓣充饥补肚。虽说是五味杂陈，但还是吃得津津有味。让人奇怪的是，我们那时很少感冒发烧，有时上点儿火，没等吃药就自愈了。后来方知，我们当时经常充饥的各种野草，竟是有清热解毒、止咳化痰、理气祛湿、止痛消炎等各种疗效的中草药。我们在与大自然的交往中，不知不觉就得到了它的恩赐。

儿时的我们并不知采回来的那些漂亮的花蕾中，竟隐藏着杀虫灭鼠的狼毒。当我们看到绿莹莹的草丛中，盛开着一簇簇粉红色，像红火柴头的野花时，煞是喜欢，纷纷采集，只是觉得气味有些刺鼻。后在老师和家长的提醒下，我们才发现它是一种能治恶疮，毒性很强的草药，难怪蜂蝶都不敢与它亲近。

博大的草原，凝聚了天地钟灵毓秀，身怀绝技，救济苍生的高人隐士屡见不鲜。有些我亲历的奇闻轶事，至今难以忘怀。年幼时家中兄弟姐妹众多，经济条件差，操劳过度的母亲不幸患了严重的肝腹水，跑遍周边的几家大医院，西医都说，就算是做手术，恐怕也无回天之力了。在我们全家万念俱灰之时，经人介绍，结识了一名姓白的蒙医大夫。只用了他开的三服蒙药，母亲就腹水全消，药到病除。

还有一件事让我刻骨铭心。我童年时不知何故突发急性肾炎，小腹肿胀如鼓，便痛似刀割，求助多家医院，毫无办法。在父母几乎绝望之时，腾格里再次向我伸出橄榄枝。在漫漫的求医路上，我们偶遇一位长髯飘逸、神态安详的长者。他问罢情况，只为我做了个把小时的手脚穴位按摩，我便通畅痊愈，真是信手拈来，妙手回春。

乌拉盖草原曾有一位被牧民百姓称为活菩萨的神医，此人慈眉善目。他创下过三千多例大小外科手术无事故的惊人业绩。更令人难以置信的是，他做过十几例情况非常复杂的开颅手术，竟然全部成功。其中有两例脑浆已溢出，医学案例无救治先例。一例是名六岁的女孩，玩耍时被马掌踢中头顶。另一例是一名野外作业的地质工作者，遭遇龙卷风袭击，颅骨被帐篷木杆贯穿。经过他的精心救治，不仅全部成活，而且多年后均无后遗症，堪称医学奇迹。当他在广州某次医学研讨会上，把这一成果向众人介绍时，许多专家惊讶不已，连称不可能。也许是乌拉盖草原这片神奇的土地，赋予了这位神医起死回生的本领吧。

万千气象也为乌拉盖草原增添了神奇与魅力。每当酷暑降临，高温如灼之季，无边的草原就像一部调控有序的自然空调，是凉爽舒适的世外桃源。刚才还艳阳高照，一阵风过，就清凉拂面了。于是，各地游客们纷至沓来，竞相寻求凉爽。经常可以看到这样的场景，在高温下难耐已久的游客，刚一下车就大呼“真凉快”“舒服极了”。来者常常是兴奋得手舞足蹈，四处拍照。岂不知，这已是我国为数不多的天然草原、避暑胜地。

蒙古包星星般点缀在草原之上。人们可以从骤雨未停，彩虹映空，霞光万道，灿烂辉煌的奇观中，领略到草原的神奇与梦幻。

人们喜欢乌拉盖草原，还有一个重要的原因，就是她有着特殊的况味，这里的人民格外淳朴善良、宽厚真诚。浩瀚的草原，造就了草原儿女海一样的胸怀。无论是原著居民，还是后来建设者，都继承了宽容、豪放、豁达的性格。即便是他乡异客，旅游观光间歇之时，随意推开路途中遇到的一扇蒙古包门，主人都会笑容满面，端上热气腾腾、满碗飘香的奶茶，让你有种宾至如归的感觉。有幸遇到少数民族婚礼，即使你不是宴请宾客，也可以享受到盛情的礼遇。身着艳丽民族服装的少女，伴随着悠扬动听的牧歌，为你献上洁白圣洁的哈达。在手捧银杯、热情好客的主人的引导下，你会情不自禁，虔诚地掬几滴美酒，敬奉天地；痛饮几杯甘醇、清香可口的马奶酒，大口吞嚼那醇美诱人的手把肉；忘情地欣赏刚劲有力、雄浑跌宕的蒙古舞；沉迷于马蹄踏得夕阳醉，卧唱敖包待月明。

乌拉盖草原以慈母般的胸襟，包容抚养了一代又一代来自全国各地的建设者。早在二十世纪五十年代末，鉴于国家政治经济建设的需要，内蒙古自治区成立了乌拉盖国有农牧场。乌拉盖草原敞开宽厚的怀抱，容接来自祖国四面八方的拓荒者。时值国家经济困难时期，不少衣衫褴褛、生活无靠、儿女众多的劳动者在此落脚生根，繁衍生息，过上衣食无忧的生活。

在国家最困难的时期，这里还收容了许多南方的孤儿。草原母亲像对待亲生儿女一样，无微不至地照顾、抚慰这些失去亲人的孩子们。有不少蒙古族阿爸、额吉救助孤儿的感人故事，早已家喻户晓，搬上了银幕。它再次向世人展现了草原母亲宽厚仁慈、包容善良的胸怀，同时也印证了中华民族具有民族融合相亲、血浓于水的优良传统。

随着国内外形势的变化，到二十世纪六十年代末，北京军区内蒙古生产建设兵团六师在此组建。乌拉盖草原再次张开温暖的手臂，欢迎来自全国各地风尘仆仆的戍边者。当年那些身形单薄的十六七岁的孩子，从此有了充足的粮食、丰美的肉食，个个长得身强力壮。淳朴的民风感化了他们的心灵，陶冶了他们的情操，铸就了他们的坚韧。这一段血色浪漫、激情燃烧的草原生活，让他们淬火新生。长长的乌拉盖银河像母亲甘甜的乳汁，哺育着它们茁壮成长。这些知青每每谈起那段难忘的兵团岁月，仍是满含热泪，对第二故乡乌拉盖草原充满感恩与祝福。

来过乌拉盖草原的人们，对天边小镇的飞速发展，独特风情，草原人民勤恳务实，艰苦创业的精神，都会留下深刻的记忆。小镇给人最深的印象是整洁、通达、优雅、静谧、文明，整个小镇看不到一张纸屑。纵观小镇全景图会发现，这是经过精心设计、雕琢布局的。它以管理区行政中心办公大楼为中心，前面是翠绿逼人、平铺如巨鼎造型的南湖公园。贯通东西，可与长安街相比，通直宽阔的南湖景观大道，将南湖公园绿篱与繁华的商贸区、办公区隔离。小镇东西南北，街道笔直，纵横通衢，绿树环绕，草地如茵。远观如绿海碧波中的一叶美轮美奂的风帆。近看花草隔离，一望无边的南湖景观大道，十车道并行，气派通畅。景观大道南面尤为醒目突出的是富有民族特色的、开放式的南湖公园。公园讲究中轴对称，造型新奇，旷达与幽僻相济，楼台亭榭呼应，花草树木相间，色彩搭配相宜。它的巧妙布局、独具匠心的设计，让来访者为之叹服。南湖公园的重要功能是为全镇居民活动健身提供多功能平台。

凌空俯视小镇全貌，小镇主轴南端为一巨轮型广场。巨轮之首恰好驶进湖里，好似劈波斩浪，奋力前行，动感十足，有极强的视觉冲击力。最引人注目的是矗立在广场中央的标志性的建筑——不锈钢雕塑帆船，璨烂炫目。寓意新时代下，草原儿女砥砺前行，扬帆远航。

每当夜幕降临，南湖公园霓虹灯闪烁，游人、散步者、健身者摩肩接踵。身着艳丽民族服饰的歌手、舞者，载歌载舞，引得观者驻足喝彩，一同翩翩起舞，放声高歌。展现在眼前的是一派欣欣向荣、祥和欢乐的幸福图景。

有谁想过先辈们几十年前来到这里奠基创业时，此地曾是一片荒芜草滩，满眼都是无尽的野草。据开垦拓荒的父亲讲，他当年和几名农牧场负责人选择适宜生活的定居点时，骑马在草海中穿行，荒草丛高的能扫到马蹬，下马查看时，草浪过腰。看到眼前草势如此繁茂，父亲与他的几名同事被这天然优良的牧场，肥硕的土壤，蜿蜒的河流，依山傍水、平坦开阔的绝佳地势所深深吸引，当即拍板，就在这里定居拓荒。

从省府和全国各地支边到这里的建设者们，起初搭的是地窨子，住的是马架子窝棚。寒冬来临，冰霜遮壁，起床时常常是睫毛、胡须挂满霜雪，冷透骨髓。这里没有磨面机，甚至连一台人工磨盘也难寻，妇孺皆是吃整粒麦子，大多腹胀难忍，痛苦呻吟者随处可见。尽管生存环境如此恶劣，但那些拓荒者们仍不惧艰苦，不懈努力，硬是在荒滩上建起一排排新舍、一所所学校，一个个拖修厂、面粉厂、发电厂……让草原人民的生活和生产有了前所未有的改善与提高。

这些变化都是父亲那一辈开拓者，艰苦创业、辛勤劳作的结果。在我的记忆中，父亲向来是早出晚归，几乎没有在家休过什么周末。父亲负责全农牧场的办公事务、生产建设工作。他几乎走遍了乌拉盖草原一万多平方千米的山山水水。那时他的唯一交通工具是一匹快走如飞的黄骠马，在整个草原差不多是老少皆知。我时常看到父亲人困马乏，疲惫不堪，很晚才回家，却从不见他言累或抱怨什么。相反他每每谈起自己查看或了解到的生产情况，就兴奋不已。他对整个草原的地形地貌、地质土壤、水温、矿产了如指掌。哪些地该压青休整，哪些地该育苗种植，哪些草场适合游牧，哪些土地不宜深耕等，他都如数家珍

在那备战备荒的年代，国家在这里组建了北京军区内蒙古生产建设兵团第六师。万余名来自五湖四海的现役军人、退役老兵、大中专生、知识青年汇聚于此。乌拉盖草原又成为语言融合、多种文化荟萃之地。六师医院也一时成为远近闻名的救死扶伤的中心，那里拥有全国一流的脑外科专家。新建的初中、高中让当地子女有了学习升学的机会。二层楼的电影院吸引着四面八方的观众。完全自动化的磨面厂、发电厂填补了过去的空白。各连队农业生产全部采用机械化播种、收割，飞机航空灭草，极大地提高了生产效率。牧业生产引进外国优良畜牧品种，提升了出栏质量。这里已成了祖国边陲一颗耀眼的明

星——红边镇。

这时的父亲比过去更忙碌了。播种、秋收时节，他都会深入连队一线，与职工和兵团战士同吃同住，一起工作，及时处理各种突发事故，抓住气候适宜的机会，播种、抢收。飞机灭草时，几十万亩地，他都要亲自领航指挥，我们十天半个月都见不到他的身影。

在我童年的记忆中，父亲那身兵团绿制服已经洗得发白了。父亲原本魁梧英气的方脸膛，饱经风霜洗礼后，布满深深的褶皱，脸色晒得黝黑发亮，颧骨突出，唯有深陷的眼窝中，那双明亮的大眼依旧炯炯有神，迸发出睿智的光芒。他忘我工作的背影，粮食丰收后爽朗的笑声，早已深深地镌刻在我的脑海。直至现在，我们家中还保留着父亲几十年来整理积累的，乌拉盖草原水文地质资料数十卷。这都是第一手珍贵的原始资料，它凝聚着父亲那辈拓荒者对乌拉盖草原深沉的爱。

在父亲这些拼命三郎般的领导者的带动和感召下，众多的兵团建设者也焕发出极大的工作热情，麦收场面热火朝天，你争我抢，许多从未参加过体力劳动的城市知识分子、青年学生，纷纷投入繁重紧张的劳动行列。曾经稚嫩的双肩，多次红肿磨破后，竟能担起百斤重担。白皙的双手布满老茧，圆润的脸庞变得粗糙，单薄的身躯开始变得强壮厚实。经过草原生活的洗礼锤炼，兵团战士大多成为建设草原的生力军，一些佼佼者脱颖而出，在当地各级生产部门担起顶梁柱的重任，有些甚至成为各级领导。经过新老建设者们的齐心协力、努力奋斗，乌拉盖草原的经济迅猛发展，红边镇已初具城镇规模。

时隔多年，这些老知青回顾起兵团那段战天斗地的火热生活时，无不感慨万千，一致认为是草原母亲河甘甜的乳汁滋养了他们的生命。是浩瀚无边的草原，造就了他们宽广的胸怀，是艰苦卓绝的草原建设经历，铸就了他们不屈的精神，是奔放粗犷的牧羊生活，重塑了他们的人格，他们为自己曾经在草原生活战斗过而自豪，乌拉盖草原永远是他们魂牵梦绕的第二故乡。

古人说得好，江山代有人才出，后来者居上。乌拉盖草原的儿女们秉承了前辈们艰苦奋斗的精神，在改革开放的四十年中，锐意进取，抢抓机遇，充分利用当地的优势资源，尝试各种发展途径。他们先后创办皮革厂、皮帽厂、骨粉厂、肉食加工基地、砖瓦场等，还兴建了乌拉盖水库、贺斯乌拉水库来发展渔业生产。后又与时俱进引进外资，合作开发了矿产资源，极大地促进了当地经济的发展。如今，借《狼图腾》影视广告效应，转型投资扩大旅游产业，开发了野狼谷、布林泉、兵团小镇、九曲湾、芍药谷、乌拉盖湖休闲区、白桦林等景区，吸引着全国各地的游客来此观光旅游。乌拉盖草原又焕发出勃勃的生机，正发生着日新月异的变化。

君不见，融民族特色与现代风格的建筑拔地而起，布满大街小巷。位居南湖景观大街中心政府办公大楼，恢宏气派。与之相隔不远的文化活动中心，高大宏伟，新颖时尚。特别值得一提的是同街西侧的管理区幼儿园，造型别致，呈尖顶城堡设计，有欧式风格，外观明快亮丽，充满童话色彩。更让当地居民高兴满足的是小镇东北角新建的管理区第一小学——春晖小学，外观设计独特，主楼门厅是扇形长廊，连通教学区与办公区，门柱高擎，疏通便捷。教学楼全为红砖贴壁，绿树环绕，塑胶跑道，花草相隔，整个小学方正宏阔，合理舒畅，是理想的治学环境。让当地教师引以为豪的是管理区中小学教师，十几年前就每人都配备了手提电脑，工资比同级别公务员还高出许多。这些无不彰显出管理区领导者的为政理念，心系教育，服务百姓，开拓创新。

去过乌拉盖的人们对此都深有感触，区区几万人的小镇道路通畅，路面整洁，高规设置，出行便捷。所有的主干道相隔不远，都有干净卫生的公厕。当地社区还设有功能多样、风格浓郁的工人俱乐部，藏书丰富的图书馆，宽大漂亮的羽球体育馆，世博会中国红式的博物馆，服务周全的敬老院等。这些都体现出领导者情系于民，弘扬中华传统文化精神，关心百姓健康的工作作风，让人坚信乌拉盖草原的明天会更好，玉盘九曲自妖娆！

在天边行走，在草原思考

——乌拉盖草原素描

卢国强

可汗山的传说

旅游大巴在高速公路上疾驰，一朵朵饱含深情的积雨云从车窗外从容闪过。车窗玻璃具有滤镜的功能，阳光直射的部分，清亮、透彻，像新疆大地越堆越高的闪闪发光的棉花垛，暗淡之处则丝丝缕缕、层层叠叠，神秘莫测。蓝天愈发深邃和高远，深邃高远得有些不真实，偶然出现一缕弥撒光，那扇形的具有金属质感的光芒让人想起许多与宗教有关的美好传说。如果不看草地上成百上千的牛羊，这情景与乘飞机经过三亚上空所见的景象十分相似，看来，天边草原的美誉还真不是忽悠人的。

白云生处，可汗山从遥远的梦境一步步走近真实。成吉思汗，蒙古民族无限敬仰的英雄，以雕塑的形式屹立在可汗山之巅，高50米，宽100米的半身坐像成就了又一个世界之最。陪伴在他身边的是他的孙子，元朝的缔造者忽必烈。玻璃钢粗糙的质地更适合表现蒙古人风雕雪琢的面颊和雄浑刚毅的内在气质。湛蓝色的背景下，祖孙二人一高一低，一前一后，一左一右，线条雄浑而不失内敛，神态安详而又饱含热烈。忽必烈下边，沿陡峭的山体坐落着蒙元时期在位的16位帝王，护卫这些帝王的800名蒙古勇士威风凛凛地矗立在可汗山前碧绿色的草地上。从蒙元兵阵到达山门整整800米，这800米是蒙古民族从苍狼白鹿的传说里诞生、成长到孕育出举世瞩目的成吉思汗的时间之轴。在这个时间之轴上，黄金家族26位先祖分别站在自己的坐标点上，用凛然、深邃、慈祥而又友善的目光迎接游人的膜拜。突厥、匈奴、契丹、鲜卑、鞑靼、女真在这条线性的发展轨迹上，马背民族经历无数次的吞并与消融，今天，很荣幸，我们可以很容易便从这些花岗岩雕塑里检索到遗失在历史深处的那些彪悍的身影。

“当年，成吉思汗与札木合、塔塔尔、泰赤兀等13部蒙古勇士在温都尔汗地区狭路相逢，他们之间爆发了著名的十三翼之战。因寡不敌众，成吉思汗战败逃亡，这是成吉思汗一生中唯一的一次败仗。战后他率领残余部队南撤到现在可汗山的位置。此时正值盛夏，战士们又饥又渴，疲惫不堪，后来成吉思汗发现一眼山泉，只是泉水太细，若有若无，不够部队饮用，于是，成吉思汗挥起马鞭连砍三下，口中吼道：‘天若灭我，泉水断流，天不灭我，共饮三军！’话音未落，那泉眼处山石崩裂，汩汩泉水喷涌而出。成吉思汗的队伍在此休整三天，三军将士体力恢复，精神旺盛，斗志昂扬，他们一鼓作气杀回温都尔汗，经过浴血奋战，终于统一了散落在漠北草原上的蒙古族各部。”

白泉旅行社的导游如是说。故事明显带有杜撰的成分，不过，用在可汗山景区倒挺合适。你们看，蒙元时期在位的16位帝王，他们代代相传，最后用一个个悲壮的故事注解了蒙古民族曾经的显赫与辉煌。那叱咤风云的民族英雄成吉思汗，正以祥和睿智的目光关注着眼前的芸芸众生，硝烟散尽，马蹄声远，仇敌已逝，一声呼哨唤醒的不再是冲锋的铁骑，而是碧绿的青草、绵绵的羊群以及各族儿女深情的凝望。历史需要发掘，风景需要沉淀，可汗山正从绚丽多彩的自然风光向丰富厚重的人文景观转变。

布林泉与布林庙

离开霍林郭勒市，旅游大巴正式进入乌拉盖草原，连绵起伏的丘陵不见了，眼前出现了一片醉人的无边无际的海——绿色的海。我突然理解了波澜壮阔这个成语的真正含义，它就是任由司机加油，却无论如何也抵达不了彼岸的意思。是的，经过波浪般起伏的草海时，汽车被浓烈的花香迟滞了。这花香来自至少10种的植物，我一眼认出的是扫帚梅，它有一个响亮的名字——格桑花。这种花在西藏被赋予爱情、忠贞等多种含义，在内蒙古，它普通得如同水草，随随便便在公路边盛开。还有一种单片的芍药花，洁白的、纯净的萼片随风摇曳，像一位位圣洁的少女在翩翩起舞。有一种火柴花，鲜艳的红色花蕊跟千万根火柴头聚集在一起似的，煞是好看，导游说，这就是狼毒花。如果狼毒花大面积集中开放，是草场退化的标志。狼毒花有毒，牛羊不吃，但是，狼毒花的根能造纸，西藏的喇嘛用这种纸抄写经书，几百年都不会腐烂，更不会被虫蛀。

导游说，藏传佛教进入草原，要感谢成吉思汗的英明，在此之前，蒙古族一直信仰萨满教。在内蒙古从西到东广袤的草原上，散落着数不清的庙宇，在乌拉盖草原深处，就坐落着一座幽静的寺庙——布林庙。

布林庙很小，只有一个门房、两个耳房和一个正殿，因此它更像一个四合院。从建筑形式上看，布林庙具有藏传佛教与汉传佛教的双重特征。庙宇正殿与偏殿均采用歇山尖顶，斗拱飞檐，大雄宝殿房脊两端立有金色转经筒，中间供奉法论。大门两侧墙壁上彩绘六字真言图谶，门口放两只花岗岩雕刻的石狮子。门房两侧供奉四大金刚，耳房一个堆放杂物，一个住僧人。佛祖释迦牟尼端坐在正殿中央，佛前摆放两排听经受业用的棉蒲团。有个穿红色袈裟的喇嘛一边敲木鱼一边领唱，几个年纪轻轻的小喇嘛随声附和，有虔诚的游客也跟着一起诵经。

布林庙虽然狭窄，却不曾失礼，其他诸佛以龛的形式供奉在大殿北侧，每尊佛龛均有人上香、燃灯。靠东侧置一排转轮，游客从左至右拜完大殿，最后在转经筒上理顺自己的命运。整个布林庙梵音袅袅，转轮铮铮，气氛十分庄严。在这天高地远、浩渺无边的草原深处，一座孤独的寺庙足以震撼人的心灵。走出寺庙大门，诵经的声音萦绕耳际，久久不能散去。这几年，我名山古刹跑遍，隐藏在繁华背后的是汹涌而来的物欲与铜臭，相比之下，草原深处的布林庙尤其显得圣洁和伟大。因此，游客离开的脚步，也是小心翼翼的，唯恐惊扰了这份宁静，亵渎了这份虔诚。

布林庙东一千米处有一圣泉，即布林泉。布林，蒙古语为温暖的意思。布林泉的意思就是温泉。据说此泉冬夏保持零上4摄氏度左右的恒温，即便是三九天，泉水也不封冻，泉眼四周被白茫茫的雾气包裹，周遭的景物上挂满洁白的晶莹剔透的雾凇。那情景想起来就美，没来由的就对温泉陡生了几分感情。我跟游客们学，也在龙口处接了一瓶水，那份寒凉从手指接触的刹那便冰彻透骨，等泉水入喉，心底的火气连同脊背的汗水便瞬间蒸发了。

布林泉景区完全模仿江南园林的建筑模式。主景区是覆盖泉眼的八角凉亭，凉亭里置一巨大的金黄色转经筒，泉水从转经筒下的泉眼里汩汩溢出，然后顺石槽流入浅潭。潭里有鱼，颜色鲜艳，它们一边追逐，一边以恬静的目光观察回廊上的游人。回廊四通八达，周遭是更长一圈覆顶式的彩绘抄手游廊（让人一下子想起颐和园内连接昆明湖与万寿山的彩绘长廊）。游廊两侧各置一排供人小憩的红漆靠背木椅，游廊尽头，是成吉思汗跃马弯弓射大雕的巨大青铜雕像。

久居城市，喧嚣的城市的声音和紧张的工作环境让人身心俱疲，而天边草原浩瀚无垠的绿色和大朵大朵的白云正好舒我胸中块垒。这少数民族独特的地域文化让我既感到陌生又十分好奇，只是，这些具有江南园林建筑特色的人造景观因随处可见而显得特别乏味。如果我来设计，我会把游廊设计成勒勒车，八角凉亭设计成蒙古包，供游客休息的长椅，设计成马鞍子的形状，这样更能彰显本民族的文化气质。承继传统，拒绝同化，保持蒙古民族独特的文化属性，让壮美靓丽的草原风光在优秀的民族文化里永生，这是景区建设（包括旅游文化活动）应该遵循的原则。

历史不会忘记

旅游作为一种新兴产业，具有拯救与调和的双重作用，它能抚平千年的创伤，使游牧文化与农耕文化得以完美结合，结出甜美的果实。

布林泉紧邻兵团小镇，小镇仅有的一条街挤满了慕名而来的游客，喇叭循环播放20世纪70年代流行的语录歌，小商贩在泥巴房子里兜售蜂蜜、牛肉干和串成串的草原白蘑，有很多游客穿上草绿色的军装到处照相，所有线索都表示，我们到了《狼图腾》电影拍摄基地。

实际上，景区大部分建筑都是拍电影时临时搭建的。糊上泥巴的房屋、毛主席语录、大喇叭、电影院、自行车，还有一辆老式公共汽车。穿行其间，时光仿佛倒流回20世纪70年代，我也成为他们中的一员，告别父母，坐上火车，再换乘汽车，颠簸好几天，来到这荒芜的、连个百货大楼都没有的大草原。现在，以旁观者的角度审视这段历史，我可以赞美，也可以感叹，但是设身处地地想，我能住下来吗，长久地，几年十几年地住下来，过没有电视、没有电脑、没有手机的原始生活？

电影《狼图腾》先后获得第52届台北电影金马奖、第35届香港电影金像奖和中国电影第30届金鸡奖等多项提名，布林泉和拍摄基地逐渐被外人知晓，这为乌拉盖旅游掀起一股狂潮。碧绿的草原，洁白的羊群，湛蓝的天幕和闪闪发光的白云具有消除疲惫、熨帖心灵的奇效。但狂飙之后，我们应该思考，《狼图腾》留给我们的不只是几间泥草棚子，还有对生态保护这一主题的深刻反思。

我不知道，拍摄基地为啥叫作兵团小镇，是什么人最初给它起的名字。事实上，《狼图腾》讲述的就是一群知青的故事，而《狼图腾》作者本人，也是当年下乡到此的一名知青。相反，与此相据100千米有个知青小镇，所有的房屋外墙都涂满了20世纪70年代流行的宣传画。这是北京军区内蒙古生产建设兵团守备六师五十一团一连连部所在地，典型的兵团建制。

屯垦是特定历史时期安置退伍军人和知识青年的一种方式，既巩固了国防，又保障了粮食供给，为铭记这段历史，乌拉盖管理区在哈拉盖图镇修建了一座兵团文化纪念馆。战士们穿过的衣服、种地用的农具、读过的书、使用过的武器（虽然这些武器顶多对付过狼），一一陈列在展馆里。它们不说话，但是它们又什么都说了，它们身上散发的庄严和悲壮的气氛吓得大家都不敢说话。他们和她们，被浓缩成一张张发黄发脆的老照片后，显得更加单薄，更加憔悴，更加楚楚可怜，让人心疼。那个叫于凤霞的女知青，顶多十五六岁的样子，她的脸蛋稚嫩得吹弹可破。她身后的女孩子叫甘瑞珍，那笑容多么天真，仿佛可以融化全世界的忧伤。那女孩完全忘了昨天还在麦地里挥汗如雨，忘了临行前还因为没有新衣服照相而哭红了鼻子。

导游说，这两个人还都健在，一个回河北老家了，一个一直在小镇定居。不知道她俩看见这么多人站在自己的照片前轻声喟叹是一种什么样的感受?

历史不可以倒流，但是历史被做成切片装帧成册却可以保鲜。我想，即便从头再来，那些为这片土地奉献青春甚至是生命的人们也许还会勇敢地站出来。不信？你来小镇看看，小镇的每一块砖、每一片瓦，小镇每一棵牧草和每一棵大树，小镇的每一片蓝天和白云，都镌刻着几个醒目的大字——青春无悔。

狼性的回归

野狼谷是个令人毛骨悚然的地方。这是电影《狼图腾》的外景地之一，当年的小狼已经长大，因与游客接触次数太多，那目光灼灼似贼，却不是凶恶得要吃人的意思。其他笼子里的野狼则来回奔走，凶相毕露。特别是一匹个头巨大者，站起来比人还高，它对每一个游客都露出轻蔑的、冷酷的、不屑一顾的眼神。我觉得，如果在野外，我绝对不敢与它对视，那种钢锥一样的目光足矣摧毁任何有力的进攻。我没有力气抵抗，只能像一摊泥一样瘫软在草地上，任狼宰割。

更恐怖的还在后边，有人买了一只公鸡，观光车司机一只手钳住公鸡翅膀，一只手抓住方向盘，他要送我们去喂铁丝网围栏里的野狼。

那只公鸡一直在剧烈挣扎，它惨烈的叫声早被群狼听到，一匹，两匹，三匹，转眼间面包车后边已经跟上七八匹狼。它们毛发直立，目光凶残而又犀利。游客们大气也不敢出，眼睛紧紧盯住前边跑得最快的那匹狼。那匹狼的眼睛与其他狼又有所不同，它放射的是一道寒光，是冰冷的浸入骨髓的极寒之光。它突然停下来，伸长脖子，张开嘴，发出一声凄厉的令人毛骨悚然的长啸。我猛然感觉到一根冰锥从后脖颈一直贯穿到尾骨，心脏已经停止跳动，我的耳朵里只有悠长的狼啸和血流冲刷血管的有节奏的蜂鸣。“那匹狼就是狼王。”司机说着，抖了抖手里的公鸡。公鸡平时雄赳赳气昂昂，一副天下唯我独尊的样子，现在浑身发抖，发出绝望的带着颤音的嘶哑的鸣叫。不一会儿，它的腿竟然抽搐起来，似乎马上就要昏厥过去。其实它应该知道，那些小母鸡为啥有去无回，今天，它将面临与它们一样的命运。

狼是草原食物链的一环，也是草原生态重要的组成部分。草原人民懂得狼、爱护狼、学习狼，狼也轻易不会招惹牧民。狼和人之间，狼和羊之间，狼和獾子、土拨鼠、黄羊、草原腹鼠之间，还有这些野生动物与草场之间，维系着巧妙而又复杂的生存关系。是的，它们有时候是敌人，有时候又是合作伙伴，有时候是你中有我我中有你，有时候是你死我活不共戴天。好在，大自然能够调解到最佳的临界尺度，这就是生态平衡，就是草原动物的生存哲学。

人类始终处于生物链的顶端，拥有对大自然生杀掠夺的特权，甚至人类本身，因为无尽地贪婪，也要去掠夺别人的生命和土地。特别是清朝末期，外族的坚船利炮屡次扣开我泱泱大国之门，回头想一想，除了经济落后、科学落后、武器装备落后，似乎我们自己的思想和精气神也跟着落后了。

来草原旅游之前，我仔细翻阅过姜戎的长篇小说《狼图腾》，我对他所持观点十分赞同，几千年的儒家文化，灌输给国人的是软弱、中庸的生存之道，现在，中国人太缺少狼的血性了，中华民族太需要狼的血性了。今天，我们的生活的确有所改观，但是我们身边仍有太多的狼在环伺，我们该时刻警惕，我们不是食物，我们要做猎取食物的狼！

九曲遐思

无论从哪个方面说，九曲湾都是这次旅行的重点。因为它太有名了，它的盛名已经超越了孕育自己的河流。

九，在这里不是数字，而是形容词，因为九曲湾不止九道弯，而是九十道、九百道弯！九曲，不是一条河流的全部，而只是乌拉盖河漫长流域中的一个节点。乌拉盖河诞生于宝格达山，宝格达山坐落于中蒙交界的茫茫草原，不知道最初是哪一片雪花融汇成一股山泉，淙淙溶溶，涓涓袅袅，最后凝聚成一股恢宏的气势，在一个恰当的时机，突破重围，顺流而下。进入乌拉盖草原，它反而不急了，既然上天赋予它特殊的使命，它乐意从容不迫、款款而行。400千米，在这有限的既定的空间里，何不优哉游哉流淌个亿万年！

在那缓慢的流程中，乌拉盖河注定会与几次重大的历史事件迎头相撞。你看，那第一道转弯，是不是萧太后驻足西望准备誓师伐宋的滩涂阵地？那第二道弯，坡陡流急，波光四溅，一定是完颜阿骨打战败逃亡，马踏淤泥，激起了朵朵浪花；那第三道弯气势恢宏，一泻千里，注定是成吉思汗战罢了群雄，在此歇鞍饮马养精蓄锐；那第五道弯神龙摆尾，轻轻一转，右侧的群山之间便盛开了上万朵洁白的芍药；第六道弯仿佛消失不见，仔细寻找，原来静水深流正悄悄滋润千顷麦田……最后的一道弯已经接近乌拉盖湖了，水势逐渐平缓，水面清澈见底，你看，游弋的群鱼之上，镌刻着兵团战士俊美的容颜。

电瓶车冲上高尧乌拉制高点，由整棵原木雕琢的木刻楞观景台颜色鲜红，大气而又厚重，极目远眺，九曲湾已经掉头向西，抛弃一群低头觅食的牛和一群在草丛里疾走的羊，在一只盘旋的老鹰的护送下，消失在淡红的幕色里。

此刻，时间静止，万籁俱寂，乌拉盖河的所有秘密，都被匆匆流走的时间隐去。

一条大河，抚平了多少民族沟壑？

一条大河，诞生了多少乱世枭雄？

一条大河，又淹没了多少历史传奇？

俱往矣，当九曲湾婀娜的身姿从乌拉盖草原从容闪过，所有恩怨、情仇、荣辱、纷争、兴废、得失，均成粉末。

入夜，大自然表现的欲望再在强烈，九曲湾因模糊了某些细节而显得格外神秘。大巴车拐下公路驶进乞颜部落。这是九曲湾附近诸多餐饮服务中心的一个，与众不同之处是，它有一个正规比赛用的跑马场，游客花少量的钱可以观看赛马表演。蒙古马个头不高，体型不大，但是耐力持久，是蒙古大军长途奔袭突击制胜的法宝。当然，您也可以亲自跃上马背，体验一下蒙古骑兵纵马狂奔的乐趣与风骚。你还可以拉开现代工艺制成的弓和箭，让白钢箭镞穿透历史迷雾，直抵民族文化的靶心。

服务区分布着大大小小一百多个蒙古包，为了最大限度地减少游客对草原的破坏，蒙古包与蒙古包之间全用木栈道相连，通往厕所、停车场和跑马场的路也全部铺上了木板。如果要给服务区挑毛病，那就是它太前卫了。比如最前边的蒙古包，面对草原的一面镶了一整片钢化玻璃，游客足不出户就可以欣赏大草原。室内电视、洗浴设施一应俱全，完全就是一个四星级酒店的配置。

婀娜婉转的九曲湾是长生天赐予草原人民最珍贵的礼物，优美翩跹的蒙古舞是马背民族迎接远方客人最隆重的仪式，品尝完代表蒙古族饮食文化巅峰之作的烤全羊，草原上燃起熊熊篝火，歌声穿透天籁，灯光照澈碧野，游客们手拉手跳起舞来。优美的线条和光怪陆离的色彩被熊熊火光投射到悠远静谧的夜空。

我独自坐在蒙古包里，透过钢化玻璃观察狂欢的人群。骤然闪动的光影在音乐的烘托下幻化出瑰丽无比的图形，我看见无数身穿铠甲的蒙古族勇士从篝火中走出来，他们放下手里的刀和枪，拉起心爱的姑娘，在优美欢快的旋律中尽情舞蹈；我看见一个头发花白的蒙古族老奶奶从音乐里走出来，抱起游客的孩子，深情地亲吻；我看见衣着华丽的蒙古搏（萨满）扭动腰肢，敲响神鼓，声声呼唤亲爱的腾格里；我看见空蒙深邃的天宇之上，一双双智慧的眼睛在眨呀眨，它们是狍子，是麋鹿，是土拨鼠，是黄羊，是野猪，是狼……

磨难·坚韧

李学东

哲人言：空白的人生才没有磨难。多么睿智的语言，没有浮华的修饰，也没有深奥的哲理，细细体味，寓意深刻。

磨难，是人生的财富，是智慧的结晶，是人生的一盏启明星，是对强者的考验和较量，是对弱者的彻底击败。历经的磨难多了，也就收获多了，倘一味苦难，难免心中失衡，就会抛去或淡化自信，滋生出自卑。百舸争流勇者胜，冲向礁石就会溅出美丽的浪花。

磨难，失败者的挚友，成功者的天敌，使英雄变得更加坚强，使懦夫变得更加绝望。人生不可能没有磨难，但是结果要由自己的心态而定，由自己的信念、意志、胸怀而定。

磨难，是一壶清新的茶，需好好珍惜、好好品酌。生活道路崎岖不平，曲折、坎坷是生活中必不可少的因素，这样才能磨炼锻造自己坚定的信念和顽强的意志，如何从“山穷水尽”的峡湾走入“柳暗花明”的坦途，靠的是不怕磨难的拼搏进取。自弃自馁者，往往是对自己希望太高，甚至有种蒙太奇或是罗曼蒂克的想法，如空中楼阁一样，脱离实际，徒有虚幻，变成空想。要从实实在在处做起，从现实做起，从点滴小事做起。火车机车发明者史蒂芬逊开始制造的蒸汽机车还不如马车跑得快，但他不气馁，最后经过无数次的试验、改进，终于推动了火车的发展。爱迪生不也是经过无数次失败才最终成为发明大王的吗！倘若他们失败后，不去努力，畏缩后退，又怎能会有最终的成功。

“跌倒，是为了爬起；但爬起，是为了不再跌倒。”诚然，屡败屡战的那位将军留给后人的是锲而不舍的奋斗精神，而不是胆小如鼠的逃兵骂称。一个人，对自己追求的事业应该有种“不到长城非好汉”的信念，不能“一日曝，十日寒”，半途而废，对自己缺乏信心，沉沦颓废。一位哲学家告诫人们说，自暴自弃是一条啃啮心灵的毒蛇，它吸取心灵的新鲜血液，并在其中注入厌世和绝望的毒液。

沙滩上的勇夫在跋涉，奔向大海，去体验海洋的胸怀；森林中的猎手在跋涉，奔向林中去狩猎自己的目标；山巅上的登山者在跋涉，奔向山顶去体验探险者的风采；草原上的骑手在跋涉，驰骋草原去欣赏多姿多彩的草原风韵。这就是坚韧的真切体现。

人生是一次永不回头的跋涉，可能途经大海、森林、高山、草原，但绝无折回的可能，因为“人不可能两次踏进同一条河里”，事物是运动、变化的。“山重水复疑无路，柳暗花明又一村”“大难不死，必有后福”的哲理，似乎有种意外的情形、宿命的结果，但上天不会对任何人时时设障、处处为碍，那样就是让人难有生存之空间。成就大业者，非有超凡之力，而有坚韧不拔之志，其中过程坎坷，磨难重重。做事要坚持，持之以恒，无能者一旦陷入绝境，就会屡战屡败，难有东山再起的良机；勇敢者面对绝境，愈战愈勇，就会呈现出一幅柳暗花明的圣境。

坚韧，是一种不懈的追求，期间，不论过程如何、结果如何，都是生命的构成因素。坚韧，是努力向上、开拓进取的历程。坚韧者，意志坚强，百折不挠，顽强拼搏，终有所获。世界上有许许多多的景致，看自己是否具有坚韧者的耐力与信心，打破沉寂的生活就是一种创新，就会描绘人生的瑰丽色彩。

朋友，努力吧！牢记“天才是长期的忍耐”，正视磨难，坚韧前行，东方欲晓，曙光在望，鼓足生活信念的风帆，去迎接那多彩的未来。

这方辽阔，锡林郭勒

郭晓枫

浩如烟海的词汇中，总有那么几个已超越了语法学上的意义，升华为有感情的生命存在，比如故乡的地名，一声呼唤，便把心底沉睡的柔情蜜意轻轻勾起，你会本能地感到亲切，就像被母亲呼喊回家吃饭。于我而言，这个词就是“锡林郭勒”，它的蒙古语意思是“高原上的河流”，但我，一个生于斯长于斯近四十载的汉族人，却更愿意将“锡林郭勒”解释为“母亲”。它是我永远的热爱，是一生的陪伴，是无尽的辽阔。

“大”字常被人们随意安插，因而总是弄巧成拙，但将它放在“锡盟”之前，是再合适不过的，我真想不出还有哪一个字能配得起这雄踞在中国正北方的二十一万平方千米。“天苍苍，野茫茫”，锡林郭勒的高贵首先在于它的辽阔，它所有的优秀，追本溯源，都因这辽阔而起。这万年草原自古以来就是牛羊和马的天堂，骨子里的狂野不羁和任性洒脱不仅是马的精神，更是人的气质。锡林郭勒的辽阔，在于疆域，也在于人的内心。

这广袤的疆域搁在古代，马蹄一扬，就是天涯。蒙古马的卓尔不群正是因为有这无尽的原野任它驰骋才养成。一马平川，马蹄就是方向，何必非要春风得意才马蹄疾？那是属于中原地区的农耕文化，锡林郭勒大草原，从不需要那份矫情出的诗意，千年恒久不变的，就是这迅疾的马蹄声。《千古马颂》颂的是马，更是马蹄下的辽阔原野。

即使现在，这二十一万平方千米之上，城镇也没有达到星罗棋布的程度。十三个旗县市之间，动辄几百千米远，连接它们的，不是公路，而是草原。儿时一出家门便是草原，现在一出家门再走一段还是草原，对人烟的小幅度稠密，草原安之若素。一直以来都认为自己离远方很近，近在眼前，只因为这一出门就是草原，没错，在我的内心深处，草原关联着远方。这么多年将草原视为远方的参照物，内心生长出的一簇簇，是知足常乐。

我喜欢在夏日拣出阳光不辣、风力不猛的一天，骑着车子在草原纵横。不出一小时，就感觉自己置身无人区，远离尘世，远离文明，如果不看车轮下的沥青路面，会误以为闯入了古代的匈奴。在这里，绿是一种滋味，青草香扑鼻；绿也是一种姿态，蓬勃向上。绿，可以独立为一个王国、一个世界，阔大无边。在此种境界中，人的精神也跟着疯长，绿，又成了一场洒在心田的甘霖。以自己为核心向外看，会觉得是汪洋中的一只小船，“纵一苇之所如，凌万顷之茫然”，羽化登仙的亢奋怎么摁也摁不住。

我从不质疑一方水土养一方人的正确性。这二十一万平方千米上的一百万人，属于草原，属于辽阔，没有高山阻挡视野，没有河流限制脚步，眼前是开阔的，脚下是平坦的，因而心中是大气的。一百万人自然有一百万种个性，但一百万种个性必有几大同类项是可以合并出的，豪爽热情、大方耿直简直就是锡林郭勒盟人的一张名片，如一面旗帜，在辽阔的锡林郭勒草原上迎风招展。北京知青、上海孤儿，来的、去的，走的、留下的，过去的、现在的，草原人民的古朴厚道，从未改变！上天一定是感喟这方辽阔的美丽，才点化出这般性情的民众来守护它。

锡林郭勒是什么？什么是锡林郭勒？“蒙H”或“0479”，二十一万或是一百万？以前我从未想过，认为一切就该如此。现在我懂了，我作为它的一百万分之一，知晓了它的秘密：锡林郭勒，是辽阔，是辽阔的疆域，是辽阔的心灵。这两种辽阔汇集起来，便是一种精神，是昂扬于中国正北方的大气！

致敬芍药谷

刘海林

乌拉盖草原因地域的原因，有着天边草原的美称。芍药花，就是长生天恩赐给这片草原最精美的礼物。

历经一个寒冬的蛰伏，在厚厚的冰雪下，孕育着满山谷灿烂的精灵。它们早已在泥土里蠢蠢欲动，伺机而出。这时，似乎每一株芍药都憋足了劲儿，在第一场细雨刚刚过后，那些嫩芽们便争先恐后地破土而出。一阵春风吹过，它们抖落身上的泥土，舒枝展叶，开始生长，再生长……高一些，再高一些……壮一些，再壮一些……

北方的夏来得要晚一些。在这里，没有喧哗，没有预约，也没有盛大的仪式。山坡上、山坡下，一簇簇健壮的花株儿，静静地等待着。刚近六月中旬，只要雷雨一声招呼，这些花儿便如同商量好了似的，漫山遍野，轰轰烈烈地一齐盛开了！

芍药，根在泥土，从一枝上，可以分娩出几个花蕾。从深粉到浅粉，再到白色，那个灵动啊，都让人不忍伸手去触碰。走进它们，所有人甚至都不敢大声喧哗，每往前迈一步都要左右打量，生怕不小心踩疼了它们，惊扰了这些美丽的精灵。

这时，一向肆无忌惮的风儿也变得柔和了许多。一大早，它便蘸着草尖儿上的露珠来给这个山谷梳妆。在这里，芍药花正在接受最高级别的礼遇。雨水给它们沐浴，阳光给他们温暖，土地给它们营养。长生天则把它们打扮得如同仙子般娇柔妩媚。芍药也是个懂得感恩的精灵，它们使出浑身本领，用自己斑斓的色彩来装点这片土地，使这片草原更富魅力。因为花儿们知道，是草原的无私奉献，才有了自己生命的灿烂。

远远望去，这儿不仅是一片花海，而且还有微风、笑靥、阳光！走近花海，眼前每一朵花儿都如贵妃般高贵娇柔而又不失典雅。它们鲜艳、如诗、如画！

看，这儿本身就是一幅天然画卷！蓝天、白云、雄鹰、奔马、羊群，还有眼前的鲜花朵朵、脚下的绿草茵茵。这儿的一切，不都是图画中最灵动的精灵吗！

站在花丛里，身边会有几种不同颜色的蝴蝶翩翩起舞。它们忽左忽右，与游人相伴而行，胆子大点儿的还会落在游人的发卡上或衣服上歇脚。蜜蜂们似乎也不甘寂寞，不停地从一朵花儿飞向另一朵花儿。它们来来往往，忙得不亦乐乎。

这时，没有哈达，没有牧歌，也没有马头琴，却有一种歌声般的悠扬委婉。还有一种感觉是如何都挥之不去的，也许就是传说中的诗意吧！

这时，举相机、按快门，是每一个赏花人必须要有的动作，似乎只有如此，才能挽留住这美丽的瞬间。

我想，现在每一朵花儿一定都在自豪地私下窃笑吧。因为在这里，所有的往来的人都是过客，唯有它们，才是这儿真正的主人。当然，它们也是这里最耀眼的明星！

不过，细心的游客还发会发现，这儿的花朵们也喜欢争风吃醋！瞧，每当一阵轻风从这儿路过，若是其中的一朵花儿颔首向游人致意，其他花儿们便会毫不犹豫地摇摆身姿，尽显妖娆，来吸引人们的眼球。

置身芍药谷，仿佛我已经融进了这幅图画里。感谢草原，感谢乌拉盖，感谢芍药谷，在这里，我向你们致敬！

致敬草原，致敬草原上所有的精灵！

仲夏草原

李慧兰

我想说，这片草原是为我保留的，在我之前无人打扰。

仲夏把草原打扮得五彩缤纷，像快乐的公主穿戴得花枝招展，淋漓尽致地表现着她的美丽。可是在我看来，仲夏的草原辽阔而富有，是一个挥霍的王子，把他花园里所有的鲜花和绿草都送给了我，由我支配，任我想象。

风，时紧时慢，绿野随风起舞，像海潮一浪一浪涌来，又一波一波荡去。远远望去，草原像一颗圆圆的大球，不管我站在哪个位置，不管我面朝哪个方向，我都确认是站在草原的中央。天空像一个大大的保护伞，将草地罩住，否则我若走到头，一定会顺着这颗大圆球的边缘掉下去，掉到空气里。远方，天和地相连的地方诱惑着我，让我一次一次想走到天边。脚力不及的地方一定有梦。茂密的草像天鹅绒一样袅娜多姿，天然的花地毯从脚下铺向天边。草茎从我的脚上一道道划过去，有时稍疼，有时奇痒，我很喜欢高高低低的草以这样的方式抚摸我、亲近我。

有一种草，它有一种特殊的清香，枝头长满细细碎碎的小颗粒，像草地的夜空，星星点点。我们叫它星星草。它的清香扑鼻而来，我止不住把脸深深地埋在草丛里，贪婪的满满吸上一口气，让草的芳香浸满肺叶，似乎要把整个草原的清香一次性占有，然后再慢慢地呼气，呼出来的气息都是香的，把肺腑透透地过滤上几遍，像是被清洗过一样，浑身清清爽爽，舒服极了。这是我所能想到的与草地最切肤的亲昵了。有时我全身而卧，想把整个草原抱在怀里；有时我面朝着天伸展开四肢，肆无忌惮地躺在草地上，想最大面积地亲近它，说不清是我拥有它，还是它拥有我。

在草地上，享受着阳光的裸裕，享受着绿色的洗礼，我感到自己光艳得自爱自怜，像极了脚边这朵不知名的小花，毫无保留地绽放着小小生命里所有的美艳。

百灵鸟不知在什么地方唱着好听的歌，越听越像我心底的歌声。我想跟百灵鸟说话，不由自主地学会了吹口哨，尽管被大人们笑话女孩不像女孩样，但我还是吹着口哨跟各种鸟说话，我以为这是与鸟最贴心的交流，是能跟鸟儿沟通的唯一方式。它们肯定懂得我在跟它们打招呼，因为我的哨声越响它们的叫声越欢，这样的一唱一和最准确地表达了我和草原的融合。

视野内的草原，一片深绿，一片浅绿。那是云彩的影子，只有在舒展而辽阔的草原才能领略到这一幅巨大的立体油画。太阳把云彩的影子1∶1的复制到草地上，这片草地就变成了深绿色，随着云彩的游动，这片草地也在行走，悠闲自在。而在城市里，大街小巷高楼林立，永远把阳光和蓝天分割得。

太阳潮，是只有在辽阔而平坦的仲夏草原才能见到的奇景。但是我羞愧于我的语言表达能力，因为我始终无法通过我对太阳潮的描述让你如临其境。中午，太阳正烈，炎热难耐，草原仿佛一个大烤箱，花和草低着头避暑，各种昆虫和爬行动物都不知去向，草原寂静得让人发慌。我就是在这样的天气，见过好多次太阳潮。远远望去，草原的那一边仿佛有一片大海，正在涨潮，极其壮观。海水跳跃着、升腾着，滚滚涌来，好像顷刻间会把我淹没。刚开始我有一种逃难的恐慌，后来发现它好像一直向我涌来，却一直就在那里。有几次我禁不住向它跑去，我想走到大海边，但是我朝着它的方向走了很远很远，它还是在远远的地方跳跃着、汹涌着，我永远无法抵达那里。后来听老师讲，那是因为太阳的炎热烘烤着地面的湿气形成的一种自然现象。

蒙古包在这一种寂静和苍茫中显得十分安逸。古希腊人认为直线不反映真实，曲线建立和谐。这种观念仿佛是大自然神秘的暗示，在蒙古草原，游牧民族在漫长的逐水草而居的历史中，最终选择了蒙古包作为可以移动的家。它的包顶呈拱形，包体为圆形，这种流线型的结构，能最大限度地规避风暴和雨雪的袭击，全能地接受阳光的照耀。这是大自然赐予游牧民族的灵感，这种与大自然最默契的生存居室，与其说是游牧民族的选择，不如说是物竞天择。尚未经过现代文明驯化的蒙古草原，一切都是原生态的，在自然的状态中，显示了和谐的极致。

这一片纯洁而安静的草原，这一片雄浑而浩瀚的草原，每一种不同经历的人，都不可能无动于衷地来、不无眷恋地走。哪怕是再老道的人、再世故的人，他内心的欲望都会被诱惑得淋漓尽致，都会发泄出他最原始的本性。

在人海里，我像一只蚂蚁爬来爬去。而在草原，我像一个骄傲的公主，可以把任意一朵花戴在发际。我可以爱他们，也可以抛弃他们，无论我多么渺小，草原依然会忠实地在这里等我，所有花依然楚楚地为我绽放。其实到草地上来，更多的不是感官上的满足，而是凡心的救赎。我和草原亲近至此，坚信是不会有第三者横亘在我和草原之间了。

守着草原，我仿佛守着永恒。草原太大了，一直连着世界，草原太原始了，一直连着远古。在这种无法抵达的辽远和无法回溯的亘古中，一种胎带的冲动让我的五脏六腑都鼓胀起来，每一根汗毛都站立起来，我把一声一声长长的嘶喊像鞭子一样甩在遥远和神秘中。一种想把自己交给它的冲动让我激动难奈。在大多数时候，人类总想作为统治者支配一切，而到了草原上，你就会有一种被照顾、被追求、被安排的欲望，你就会莫名地生出一种被占有、被俘获的快感。因为此时的你只想属于草原。这种快感如果不是亲历，是不会被人接受的，也无法分享。

不管我怎样用人类的各种情感解读草原，草原依然操守着它的原始和神秘。因了这种神秘，我感觉始终不曾真正走进草原，也从未走出过草原。

草原赤裸裸地袒露了自己，而我却越来越把自己包装成一个伪君子，衣冠楚楚，道貌岸然，与它保持着不可触摸的距离。草原呈现给我的是客观的、现实的，而我对草原的感觉是主观的、臆断的。我用内心的感受，用人类的喜怒无常定义草原，人为地强加给它人情色彩和情感体验。

追逐梦想

陈 丽

梦想的道路究竟有多远，多长，可能是一分钟、一小时、一天、一年，更可能是一生。即使疲惫过、受挫过、失败过、快乐过、感动过、幸福过、成功过，然而从来都不曾停止过，我相信努力会找到它的方向。我现在生活的这座城市，有许许多多的追梦人离开家乡，来这儿开始追梦，有人说这样太辛苦，有人说这太不切合实际，有人说这并不是长久之计。我总在想:“不试一试怎么能知道行不行呢？”下面这个故事，是很多人的梦。这是我第一次感觉这座城市拥有梦想的力量。

这一天，我由于有事，早早就起来，准备出发。早晨不到五点，我已经出了家门。由于起得太早，此刻的我揉着睡眼惺忪的双眼，拖着困乏的身体，无精打采地走在街上。天还是黑蒙蒙的，只有昏黄的路灯在道路两旁凄凉的亮着。此时这座城市已经开始忙碌起来，许多人已经开始了新一天的征程。在行走的路途中，身边总会有人与我擦肩而过，卖早餐的师傅们也开始营业了，那些师傅们推着简陋的餐车，把车上连接的灯泡打开，便急急忙忙准备着他们今天要卖的早点的材料。而此时，有一些人已经排队准备买早餐了。待我到公交车站时，那里已经聚集了好多要上班的人，大家都静静地等待着公车。一会儿公交车来了，我们都坐了上来，可是由于人多座位少，很多人都得站着。此刻的我还提不起精神，站在那里也不停地打着瞌睡。在公交车上，有一些人就用买来的早点开始了早晨的第一顿饭，简单又凑合，有的是一杯豆浆配油条，有的是煎饼，有的是包子。我是不打算在公交上吃早餐的，本来就晕车，起的这么早，还在公交上吃，说什么也吃不下去。那些人似乎没有什么不适，都不声不响地开始吃早餐，而且速度都很快。是啊，他们上班天天都是如此，如果像我这么挑剔，什么时候才能吃早餐，没有力气还怎么工作？想到这儿，我突然有些羞愧。不知不觉，到了换乘地铁站的站点，我下了这班公交，开始准备进入地铁，此刻接近六点，天已经慢慢开始亮起来，地铁站的人群也开始骚动起来。地铁站的人数是刚才乘公交的几倍之多。我在人群中排着队通过了安检，好不容易进入了地铁站。到了通往地铁站的楼梯处，望了望前后左右的人们，都急急匆匆地下着台阶，几乎是一路小跑得走着。有拎着包一路小跑的，有拿着早餐跑的，为的都是早赶上一班地铁，提前几分钟，不耽误上班时间。下了楼梯，到了地铁等候处，我看着每个地铁等候处的人几乎都成群结队，就选择了一个人数略微少的站着，准备坐下一班地铁走。约几分钟，地铁来了，我正准备退后，预想坐下一班。可是地铁开门的铃声一响，那一刹那，不等我后退，就被前后左右的人挤了上去，我就这么被挤上了地铁。“是啊，赶上了早高峰，下一班人也不会少。”我这么默默地想着。被这么一挤，我也突然变精神了，随着地铁的行进，每一站都会上不等量的人，刚开始还空空的车厢，不知不觉开始拥挤了。好不容易，我终于到达了目的地，出了地下通道时，天色已经彻底明亮，太阳升起，超市、服装店、食品店等店铺都开始营业了，城市更是车来车往、人海茫茫。我走在路上，回想这繁忙的一早，不仅仅是我的忙碌，而且是这座城市是匆忙的，它拥挤喧嚣，却充满着挑战和机遇。很多人每天都在重复着这样的路途，他们如同今天这样，清晨出门，拖着疲惫的身体辛苦一天回来时，陪伴他们的又是星星月亮，他们究竟为了什么？那当然是梦想！虽然背井离乡，但是他们抗住压力，默默地在这繁华都市奋斗与耕耘，众多的辛苦都为了更接近他们的梦想。而我，也是如此，这座城市给了我不同于家乡的那种安逸感，不同于家乡的那种磨砺感，可是它的丰富和精彩也感染着我，使我更加努力地去拼搏，更加珍惜来之不易的生活。

梦想不是仅仅用来想的，而是用来追的。愿每个人都会最终拥抱心中的梦想，登上梦想的殿堂。

醉美草原行

仇翠玲

仲夏时节，与几位同学一起前往霍林郭勒市，看草原美景。

从通辽出发，车行近4个小时，中午到达霍林郭勒市。午饭之后，这里的同学带我们来到可汗山脚下的农家院，稍作休整，便开始欣赏可汗山景观。

可汗山景观由山门、苍狼之路、蒙元兵阵和蒙元帝王群4个部分构成，方向是坐西北朝东南。山门在可汗山的东南方向，两位蒙元大将骑马的雕像分列两侧，护卫着山门。进入山门是伫立着26根石人柱的苍狼之路，每根石人柱上面都雕刻着成吉思汗的一位祖先形象。走过苍狼之路，来到可汗山脚下。山脚下是整齐的蒙元兵阵雕像，分两个方阵排列着，每个雕像大概都有三四米高，很是威武。仰望可汗山，并不算高，却气势雄伟，因为山上是蒙元帝王群雕像。最大的是元太祖成吉思汗的巨型雕像，稍次之的是元世祖忽必烈的雕像。我们拾阶而上，将近山顶处，在两尊巨像的左前方，还错落有致地矗立着16尊蒙元时期其他帝王的塑像，与两尊巨像一起构成了雄伟的蒙元帝王群，气势恢宏，壮观无比。每尊雕像都表情威严，鸟瞰着苍茫大地，这不能不让人想起一代天骄成吉思汗策马扬鞭、开拓疆土的辉煌历史。

站在山顶，举目四望，视野开阔，景色壮美。四周要么是无边的草原，绿色的地毯铺向远方；要么是连绵的青山，欲与天公试比高。西北一座更高的山峰，就是有名的观音山。远处的蒙古包群，犹如一堆堆、一簇簇的白蘑菇，妖娆着整个草原……片刻工夫，大片的乌云蜂拥而至，似乎要给山峰戴上帽子。我和同学们赶紧沿着南侧的木质台阶下山，快到山下时，豆大的雨点落下来，我们一路小跑躲到山脚下的凉棚里，看雨水冲刷万物的过程。十几分钟，雨过天晴，空气清新，草色鲜亮，东边的天空出现了彩虹，将绿色草原上一片洁白的蒙古包笼罩起来。这不仅是色彩艳丽之美，还是瑞气祥和之美！

我们驾车西行，进入观音山景区里的一处蒙古大营，几十座蒙古包依山而卧，山坡上有滑草的设施，几个年轻人正惊叫着自山上滑下。伴着夕阳的余晖我们走进蒙古包，热情好客的霍林郭勒牧民在悠扬的马头琴曲中为我们献上蓝色的哈达和醇香的美酒。我们品尝着丰盛的蒙餐，感受着蒙古族文化，心就醉在了这蒙古包里。

外面的音乐响起来，篝火点起来啦，各个蒙古包里的人们涌向篝火旁，伴着欢快的乐曲，大家载歌载舞。一会儿手扬彩绸，舞一曲安代；一会儿手拉手围成一圈儿，面向着篝火忽聚忽散；一会儿又把手搭在前一位的肩膀上，连成一个圆圈儿绕着篝火蹦跳前行……在这苍茫的夜色中，在这无边的草原上，在这烈烈的篝火旁，没有矜持与斯文，不分熟悉与陌生，都是朋友与亲人，全是热情与奔放，大家一起欢呼、一起放松、一起快乐！

夜宿在可汗山脚下的农家小院，躺在农家院的韩式火炕上，耳畔不断传来呼呼风声，房门发出有节奏的“咣当”声，似乎还有狼嚎的声音。这就是草原的夜，草原的呼吸，草原的心跳。“总想看看你的笑脸，总想听听你的声音……”如今我静卧山脚，头枕草原，所有的声音都不是打扰，我与草原一起酣然入梦。

第二天早饭后，我们驱车向草原深处进发，越走地势越平坦，越走视野越开阔，越走花草越茂盛。天边草原乌拉盖，近在咫尺！乌拉盖草原地域宽广，辖3个农场和1个建制镇。站在茂盛的草丛中放眼望去，宽广辽阔，无边无际。不必说《狼图腾》拍摄地那写满故事的房屋，也不必说芍药谷里飘逸的花瓣，单单这蓝天白云、绿草野花就够了，何况还有那溪水潺潺、牛羊肥壮、空气清新，怎能不让人心旷神怡！遥想远至千百年前的游牧部落近至几十年前的兵团知青，在这片神奇的土地上，留下过他们神勇的英姿和青春的热情。此刻，我多么希望自己就是一个真正的草原牧羊人，在马背上放声高歌，豪情万丈；或者是一个套马的汉子，挥舞长鞭，威武雄壮；也希望自己就是一只搏击长空的雄鹰，在圣洁的空气里自由飞翔。

乌拉盖草原是因乌拉盖河而得名，九曲湾是乌拉盖草原最美的景点，是乌拉盖河流经这片草原中最美的一段。我们换上九曲湾景区的客车来到东侧的一个山脚下，这座山是观看九曲湾风景最佳地点。之后，乘坐观光车沿着舒缓的山路上山，我们一路看到草原上开满各式各样的野花，黄的、粉的，大的、小的，与青青绿草一起在风中摇曳。据说这花草中还有好多中草药，怪不得人们都说这儿的牛羊是吃中药长大的。

来到山顶，站到观景台上，向北边望去，乌拉盖河千回百转，曲折蜿蜒，犹如一条银色的飘带随意落在了草原上。河岸的红柳全部在河道的右侧，深绿而凸起，宛如一条绿色的长龙，舞动在辽阔的草原上，精心呵护着腋下的乌拉盖河。远处的羊群，一堆堆、一片片，那是一把把珍珠扬撒在无边的草原上。我和同学们打算在此拍照留念，但山风遒劲，裹挟着花香，扬起秀发、撩起裙摆，让人不自觉地张开双臂，来拥抱这大自然缔造出的美妙画卷，让人不自觉放声高呼：美丽草原，我心中的天堂！

此刻，我就醉在你的怀抱里，美在这一路行程中！

仇翠玲 内蒙古库伦旗人，工作之余喜欢捧一本书，写一段话；看一处景，留一份情。习惯用清浅的文字，唱心底的老歌。作品散见于《内蒙古日报》《通辽日报》以及网络平台等。

一枝花

王海如

如果说男人是一撇，那么女人就是一捺，一撇一捺搭成了人字形。没有女人的支撑，男人就会爬下。这个世界就是这么奇特，女人和男人默契配合，组建了和谐的家。

女人是家的使命者，也是家的主宰者。女人是生活的希望，缺席了女人，家不是家。

当一个婴儿呱呱落地时，注定了一位母亲的诞生，从此有了一个圆满的家。黑夜里多了母爱的摇篮曲，日子里增添了淋漓尽致的呵护，母亲哺育着祖国的花朵，寄托着未来的希望，母爱的伟大是独一无二的，是无可替代的。

如果说：女人是水，那么女人就是孕育生命的源泉。女人的世界像凝结的冰一样纯洁无瑕，女人的生命像清澈的小溪，缓缓流淌，源源不断……一个家，有了女人，才会有家的味道。女人为家增添了温馨浪漫，让生活充满了幸福安康。女人的温柔慈祥，让生活热情高涨，让人生丰富多彩。

神圣的爱，是灯光里女人的穿针引线，是忙碌中女人的粗茶淡饭，是牵挂里女人的嘘寒问暖……沿着漫长的人生轨迹，摇篮里培育出一代代的新秀，驻守在祖国各地。而女人的脚步依然不曾停下，她们像矗立在路两旁的路灯，伴随着千叮咛万嘱咐，在夜空里指引着方向，这是每一位女人共有的天性，激励着她们营造光辉灿烂的每一页。

雪雨狂风中，女人诉说着衷肠，严寒酷暑挡不住女人迈出的坚毅的脚步，经过了蹉跎的岁月，经历了生活的艰辛，跨过昨日坎坷的历程，终于迎来了幸福的港湾。

古往今来，轰轰烈烈的英雄事迹接踵而来，黄继光奉献身躯堵枪口，董存瑞舍身英勇炸碉堡，江姐曾洒下满腔热血，刘胡兰也曾肝脑涂地，雷锋的好人好事传遍了天下，李素丽的美名也不曾掉过队……这个世界有多少男人走过的路，就会留下多少女人的足迹，女人有着不比男人逊色的志气，用温柔的身躯撑起了半边天。

时光把女人的容颜改变，脸上布满了皱纹，鬓角染上了白发，脊背不再挺拔，走路也蹒跚欲坠。春蚕到死丝方尽，蜡炬成灰泪始干，女人就是这样，把一身精力无私的奉献。女人焕发的精神牵动着人心，给予天下人无穷无尽的回味。

微风吹过，就有鲜花朵朵绽放；白云悠悠，就会迎来细雨连绵的滋润。人间万物，随着时节的轮回反反复复。

女人如同盛开的鲜花，点缀着生命，绿洲因你而陶醉，原野因你而美丽，你散发着玫瑰般迷人的幽香，你流露着蜡梅般不畏严寒的傲气，因为你的清香，蜜蜂忙碌在百花丛中，因为你的艳丽，蝴蝶翩翩起舞，展现它的妩媚姿态，你唤起大地无限生机，为人间洒满暖暖爱意。

有女人，百花才会呈现出它蕴含的意义，花香才会四处洋溢惹人醉，没有女人，生活就像白开水没了滋味，整个世界陷入空洞，面目全非。女人伴随生活的节奏编织着希望，姹紫嫣红渲染着五彩缤纷的世界，绚丽的光环弥散在夜空之中。花蕊藏着你的心，花香浸透你的美。

女人的风范不是昙花一现，她像彩虹贯穿着人生的精彩，年年月月唱响着生活奇妙的旋律。

女人像枝四季不败的自由花，是生命里不可缺少的一枝花。

美丽的一角

李长花

憬怡小区是家乡美丽的一角。

一年四季，小区的景色都异常美丽，别有一番风味。小区内有十七栋高高耸立的楼房，每一栋楼的侧面均放有垃圾箱，以便环保。楼前楼后栽满了种类繁多的鲜花、参差不齐的树木，还有葱绿茂密的草坪。无论何时在小区内徜徉，都会感到十分惬意。

清晨，你打开窗，不但能看到免费的美景，而且还能贪婪地呼吸到弥漫在空气中的花香，居住在这里简直就是一种享受。

春天，万物复苏，生机盎然，树枝被春风一吹，便抽出了嫩绿的枝条；小草被春雨一淋，便有了绿色；花儿被春光一照，便含苞欲放，好一派欣欣向荣的景象。在小区的一角还安置了各种健身器材，每天愉快地去锻炼一会儿，身体自然也会更加健康。

夏天，小区更是迷人醉眼。美丽的大花坛中有洁白如玉的玉兰花，有鲜艳欲滴的美人蕉，有清香扑鼻的玫瑰花，还有婀娜多姿的蝴蝶花……数不胜数，朵朵花儿亭亭玉立，欣然盛开，让你目不暇接。微风一吹，花香四溢，引得蝴蝶翩翩起舞。还有满眼皆绿的草坪，虽然它没有树木那么高大，但是它有顽强的生命力。悠然的小草默默地守在树木旁，不卑、不亢、不俗，风格独特，心甘情愿地衬托着每一棵树木，使它们显得更加挺拔。眼前的美景真令人赏心悦目！

小区也是人们休息和玩耍的好去处。晨练、散步、打羽毛球、跳广场舞等，都给小区增添了许多乐趣，真是热闹非凡！当你闲了、累了、烦了、困了，顺着一条由鹅卵石铺成的曲折小路，就会走到古香古色的凉亭和弧形的长廊下，既能乘凉、看书、避雨，还能观赏美景，真是一举两得。如果想恣意地坐一会儿、靠一会儿、躺一会儿、趴一会儿，都会感觉到很舒服，太阳晒不着，风儿吹不着，雨水还淋不着，悠闲的样子，让人羡慕不已。长廊一侧，还设有大理石桌和大理石凳，围坐在桌旁，可以打打扑克、下下棋、唠唠家常、说说笑话，身心也自然十分愉悦。

美丽的一角，最美不过倾盆大雨之后的场景，当雨水汇集成一条条河流时，蓝天白云、花草树木，还有漂亮的楼房等一切景物倒映在波光粼粼的水面上，仿佛天地相接，浑然一体，就像是一座美丽的水上城市，使整个身心都融入美景之中，无比陶醉……

金秋时节，五颜六色，五谷丰登，美如画卷。从四面八方纷纷赶来的候鸟，也来表示祝贺。它们聚集在楼顶，“叽叽喳喳”地叫个不停，逗留片刻，瞬间又舒展着翅膀飞走了。使美丽的一角充满了欢乐，充满了生机。

悄无声息的冬天显得格外寂静，再也找不到往日的姿色。光秃秃的树枝在凛冽的寒风中依然亭亭玉立，依然挡风遮沙，默默地守护着美丽的一角。一排排路灯就像不知疲倦的士兵一样，无怨地守护着过往的车辆和行人的安全，不分昼夜，为美丽的一角坚守岗位。

在一场大雪降临之后，一夜之间，整个小区银装素裹，白雪皑皑。纷纷扬扬的雪花毫不吝啬地飘落在小区的每一个角落，厚厚的积雪把它们遮盖得严严实实，不留一点儿缝隙。仿佛盖上了一层厚厚的棉被，为它们取暖。

无论是春夏秋冬，美丽的一角都会有它独特的魅力。

无论何时来这里观赏，都会忍不住抚摸树木的枝头，亲吻鲜花的芬芳，拥抱小草的端庄，喜欢的甚至不愿走开。

无论何时经过这里，都会驻足观看，留恋地张望，不由得赞不绝口。

就这样，春去春来，花开花谢，因为有它们的点缀，美丽的一角，才会更加迷人。

老 院

张海霞

偶然间在妈妈的空间相册里看到小时候住过的老院子的照片，儿时斑驳的记忆便喷薄而出，萦绕在整个心房。这栋老房子是当年爸爸单位分的，在三十几年前，这个小镇还叫哈巴嘎乡，四角硬，红瓦房，那是堪称现代感十足的小豪宅，许多农村来的亲戚都啧啧地说："你家真阔气哦！"于是，我那点儿微弱的虚荣心感到万分满足，有一种高高在上的感觉。如今回想起来觉得真是荒谬可笑极了。

那时候的孩子很自由，只要假期、周末，随时可以三五成群蹦蹦跳跳去野外玩儿，采野花、摘野果、捉迷藏，尽情享受大自然带来的乐趣，无论到哪儿玩儿多晚回家，家里的大人都不会担心有危险，而现在的孩子生活中自由太少了，即便出去玩儿也都得爸爸、妈妈带着，更多的时间除了繁重的学习，就是电视、电脑、手机。而我因为自己的残腿，不能站起来走路，十八岁手术之前只能扶着双脚爬，所以小朋友们都嫌我累赘不和我玩儿，陪伴我的只有几只在院子里寻找着虫子悠闲自得的母鸡和我的小狗赛虎。于是老院的小菜园成了我自己玩耍的天地，妈妈、爸爸上班走了，我就爬到小园子里。夏天的小园子被爸爸、妈妈种得很美，早晨起来一出门，一眼便看到绿油油的蔬菜和姹紫嫣红的鲜花，深吸几口清新的空气，浑身充满能量，一天做什么都不觉得疲惫。到了秋天，红红的西红柿甘甜可口，脆生生的黄瓜一口咬下去满嘴清香，还有翠绿的豆角、金黄的南瓜，都是现在难以吃到的天然无公害蔬菜。最让我喜欢的是院子里的那棵榆叶梅和刺玫瑰。玫瑰树盛开的时候艳丽夺目，一棵树能开上百朵花，远远地就能闻到沁人心脾的芬芳。妈妈把新鲜的玫瑰花摘下来一些洗干净，放到瓷盆里面撒上白糖，我便乐不思蜀地拿着小擀面杖仔仔细细地捣成泥。妈妈把玫瑰酱掺上红糖蒸包子，软糯的口感和甜蜜幸福的味道是我一辈子都不能忘怀的情愫。榆叶梅春天开满树的白色小花，让你走进小院儿如同走进童话的世界。它粗壮的树干让我感觉很踏实，就像一顶巨伞荫蔽着我的童年。我靠在树下闭上双眼，把自己幻想成身穿白色连衣裙的小公主，能够站起来在飘飘洒洒的落花之下翩翩起舞。待到花落之后，它便会结出一颗颗滚圆的小果实，只是不好吃，忍不住摘一颗放到嘴里，满嘴酸涩。树叶、菜叶、花朵、榆叶梅的果实便成了我过家家的最好道具，用吃过的罐头盖子当盘子，加上水和泥做调料，做出一盘盘‘小菜’给虚幻的客人们热情的介绍着菜名。就这样，在自我娱乐的日子里，我一天天长大。

在家自学到四年级，爸爸、妈妈将我送到学校上学，结束了我散漫不羁的少年生涯，从此踏上艰辛坎坷的奋斗之路。而如今，我已经有了自己的事业和家庭，住上了楼房，老房子也因为年久无人居住变得荒草丛生、破旧不堪，但永远不可否认的是，这座老宅子有很多我童年的难忘记忆，陪伴我走过了最孤独的童年岁月。

寻找巴勒渚纳湖

冯玉楼

1203年春，当时蒙古草原最强大的脱里罕（亦称王罕）为削弱铁木真的实力，借机挑起了历史上著名的合阑真沙陀之战。铁木真终因寡不敌众而撤离战场。在撤退途中，大部分蒙古将领和军队离开了铁木真。当铁木真率部到达巴勒渚纳湖时，人马饥渴，只得从污泥中挤出浑水来饮用。在此，他发下了著名的巴勒渚纳盟誓。巴勒渚纳湖究竟身在何方，目前诸说纷纭。锡林郭勒盟政协教科文卫体委员会主任冯玉楼先生以独到的见解，缜密的推理，对巴勒渚纳湖的地理方位进行了合理推断。现经笔者将冯先生著作《骑着马儿过草原》中关于巴勒渚纳湖的论述摘抄于此，以飨读者。

——题记

据《蒙古秘史》记载，铁木真与王汗合阑真沙陀之战后立即脱离战场，应该是天擦黑时双方鸣金收兵脱离接触，铁木真向东北方向撤退。事实上，铁木真由于敌众我寡，溃退时唯恐王汗率兵追来，所以撤退初期是不会慢慢撤退，而应该是趁天黑快速摆脱王汗，远离战场，直至他认为彻底摆脱王汗且有一定安全距离后再扎营休息，安全起见，当然是撤得越远越好。因为早驻扎又怕王汗派兵偷袭，与其早扎营防偷袭，还不如连夜撤退得远远的好。以此推理，铁木真当天至少子夜前是马不停蹄地撤退。以春天下午六点前擦黑计算，骑马五六小时急行军，以分段合计，撤退初期快马跑半个小时脱离战场，快走五小时到达安全距离计算，当夜至少脱离战场四五十千米，甚至更远一些。

《蒙古秘史》所说的巴勒渚纳湖（班珠尼湖）在今呼伦湖附近。据《蒙古秘史》记载，铁木真脱离合阑真沙陀战场后，先溯浯勒灰河（今乌拉盖河）、湿鲁格勒只惕河（色也勒吉河）而上，到了答阑捏木尔格思，又从答阑捏木尔格思顺合勒合河而行，一路上围猎以储备食品。在收服了弘吉剌部落后，才迁移到巴勒渚纳湖扎营住下。照此推断，时间上至少是一个月左右的事。而巴勒渚纳湖盟誓是铁木真在合阑真沙陀战败后处在最艰难的时刻，与少数忠贞不贰追随他的那可儿和将领们在湖边盟誓的。依《蒙古秘史》记载，铁木真从答阑捏木尔格思顺合勒合而行出发时，已有两千六百人，一个月到达呼伦湖时已是水肥草美，兵强马壮（休整过来），沿途应该还在不断地补充人马，此时此地再盟誓，好像与时境不符，有些矛盾。

据余大均译注的《蒙古秘史》注解称，实际上铁木真在合阑真沙陀被王汗大军击溃后，只带了十几个人先退到巴勒渚纳湖附近（其地应离合阑真沙陀不远），应该在乌珠穆沁草原东北部乌拉盖管理区境内的色也勒吉河、乌拉盖河附近。铁木真在离合阑真沙陀不远的巴勒渚纳湖曾艰难地与十几个忠贞追随者同饮浑浊的巴勒渚纳湖水，并向他们发誓说：今后若成大业，当与他们同甘苦，使他们享有与众不同的确实权利。

乌拉盖管理区巴音胡硕镇在合阑真沙陀战场东北方向，距离毛·温都儿山（西乌旗巴勒尔高勒镇东北60千米处）100千米，距离战场90千米左右，即使再远几十公里，也在合情合理的范围内。因为《蒙古秘史》记载，铁木真头一天晚上撤退，第二天被冲散的几个将领和三儿子窝阔台陆续回来后，铁木真才带领人溯浯勒灰河、湿鲁格勒只惕河而上，没说盟誓之事。溯浯勒灰河、湿鲁格勒只惕河而上，可以说是当天上午，也可以是当天下午或傍晚。按推理，第二天才走大半天，也看不出忠贞不贰的人再加上失败的阴影、惊恐的心境（担心王汗带兵追来）也不适合盟誓。至于第三天来到巴勒渚纳湖，远离合阑真沙陀战场，也没见王汗追袭而来。在失败阴影和事业低谷的双重笼罩下，见十几位与自己不离不弃的那可儿和将领，铁木真此时此境与十几个忠贞追随者，同饮浑浊的巴勒渚纳湖水盟誓，时间与情境合情合理。

据余大均译注的《蒙古秘史》注解称：《史集》说在合阑真沙陀战场上，'由于［敌军］人多，成吉思汗抵挡不住，便退却了。当他后退时，［他的］大部分军队已［溃散］离开了他，他就向巴勒渚纳湖退去……当时跟随成吉思汗一起到巴勒渚纳湖的人不多。他们被称为巴勒只温惕，这是同他一起到过这个地方、没有抛弃他的人。他们享有确定的权利，与众不同。当他们离开那里后，一部分军队与若干部落又追随他来了。'成吉思汗带着少数人离开巴勒渚纳，溯浯勒灰河、湿鲁格勒只惕河而上，进到答阑捏木尔格思。然后继续北行，沿合勒合河北上。在他行进途中，其溃散的部众逐渐追随上来。到达合勒合河中游时，他点视军数，共有二千六百（《亲征录》《史集》作四千六百骑）。他率领数千人，继续沿合勒合河北上，到达贝尔湖以东驻扎，修养兵马，遣使于王汗等。其后又移驻于呼伦湖附近，养精蓄锐，伺机与王汗决战。综上所述可知，成吉思汗与少数几个追随者艰难地同饮于巴勒渚纳湖的时间是逃离合阑真沙陀战场不久之后，地点是离合阑真沙陀不远之地。

巴勒渚纳湖由于是成吉思汗与十几个忠贞追随者逃离合阑真沙陀战场艰难地同饮浑水、留下艰难创业佳话之地，名声很大。但后人往往说不清楚此地在何处，便误将成吉思汗离开巴勒渚纳湖后聚集起数千骑所到达的几次驻营之地（贝尔湖、呼伦湖）附近都附会为巴勒渚纳。不仅《蒙古秘史》有这种附会，其他史料，如《亲征录》《元史》等也都有这种附会。为什么这些史料会有这种这种附会呢？因为只有十几名将领和少数士兵随成吉思汗到过巴勒渚纳（班朱尼），并对水同饮巴勒渚纳湖浑水，后来成为享有特殊荣耀的人。另外数千人是成吉思汗离开巴勒渚纳之后才追随上来，曾随他到达贝尔湖以东驻地。另一些人则更晚才来到呼伦湖附近驻地。后两种人中的有些人把这两处有意误称为巴勒渚纳，为的是向不明真相的人夸耀他们曾随成吉思汗到过巴勒渚纳的特殊功勋，冒领这种特殊荣耀。于是史料上便留下了这种附会。

余大均的注解和冯玉楼先生的论断清楚地说明，巴勒渚纳湖应在乌拉盖管理区境内。

多思年华

李学东

人生旅途之漫漫，人生天地之悠悠。光阴荏苒，岁月如梭，人生似水奔流，世人都在写春秋，难怪孔老夫子发出“逝者如斯夫”的慨叹。朋友，你是在满腹牢骚，大发感慨，还是在辛勤耕耘，专心工作，以期来日有所作为，或推杯换盏，无所事事，耗费青春。

年轻时代，追求上进是腾飞的凯歌，年轻的心如跳动的乐符，喜欢将自己的心声溢满人间，尽情抒发。喜欢使自己的生命节律与时代同步，甚至去赶超时代。青春少年，热血年华，对知识的渴求，大信息量的网罗、消化、挥发，领略人生的多姿多彩，去体验冲浪的豪迈，品尝人生的多味，捧出无愧青春、无愧社会的心血结晶，奉献出自己金子般的心灵。

年轻，多么珍贵的字眼，抛弃畏缩，喜欢体味开拓的风采。年轻之心不见得都被青年人所垄断，只要心态年轻，藐视脸上的皱纹和头上的白发，白发老人亦可成为年轻行列中的主力军。只要青春常在，红颜不褪，有克服一切困难的坚强意志，人生的旅程就会有不竭的向上动力，就会处处鲜花绽放。

年轻，拥有许多的蓬勃朝气，是一个多思的年华，是一个多梦的季节，有五彩斑斓的梦，往往很多如空中楼阁，美梦难圆。思绪似不稳定的罡绳，信念的鸽子总想远走高飞，遨游天宇。在偌大的天地间，总想奏响那缪斯的琴声，似天籁一鸣惊人，轰响天宇。思绪也把自己变得深沉、凝重，不敢对自己的理想懈怠，只有更好地去工作、去学习、去努力奋进，苛求自己，使自己的羽翼日渐丰满，使自己的肌体日渐完美，让自己的人生丰富多彩，留下串串完美的回忆和充实的足迹。

年轻，因为需要接收无尽的新景象、新气息，把自己的眼睛模糊，让自己去体味那精彩的人生，回味那人间的苦辣酸甜，用心汲取人生的精华。年轻时代，是成功的资本，生命的财富，但不要耗费青春，虚度时光。年轻时代，是锦上添花的修饰品，生命之光永远辉煌，如极光之迷人，其灿无比，永恒不绝。

凡人善举

爸妈的芍药花情结

王娜娜

爸妈都是十三四岁跟着老一辈人来到这片草原的。当时这片草原叫中国人民解放军内蒙古生产建设兵团第六师。1969年，爸妈响应毛主席“知识青年接受贫下中农再教育”的伟大号召，光荣地成为内蒙古生产建设兵团第六师五十一团兵团战士。从此，爸妈就扎根在这片草原，豪情满怀地在艰苦、恶劣的环境中建设着这片草原。一路走来，他们默默奉献着青春，就连姐姐和我的小名都叫改疆和建疆，就是他们决心要改变边疆和建设边疆。爸常说：“树高千尺也忘不了根。”他说的“根”就是这片草原。

这些年，在这片草原上，一座座楼房拔地而起，一条条街道宽阔整洁，如今，就连草原深处的牧民都住上了“小别墅”，过去的草原路也都变成了笔直干净的柏油路。旅游业借势腾飞，山沟沟里成片成片的芍药花被开发打造成了旅游景区，全国各地的游客慕名而来，或抱花、或闻花，或吻花，在花海中欢快的或跳，或喊，或唱，与花合影，花真是美，映着人也美，照出来的相片无人不惊叹这片草原的美。

爸妈也看见了花映着人的相片，一脸的笑容和欢喜，端详了一遍又一遍。妈说：“在这片草原干了一辈子了，还没去过芍药谷呢。”一句话惊醒梦中人，我立在那儿久久不能动，看着爸妈端详着芍药花的笑脸，我的心碎了，眼泪在眼眶里打转，努力不让它们掉下来。突然发现，爸妈已是满头白发的老人，不再是满腔热血抛洒青春的兵团战士了。他们对芍药花有这么深厚的情结，他们亲手建设的草原现在竟然是那么的遥远。

这几年各项工作安排得很紧凑，加之儿子在外地上学，每周末就跑去督促孩子学习，照顾他的生活。由于精力和能力所限，我忙的焦头烂额，竟忽略了爸妈，连最起码的陪爸妈去一次芍药谷也未能实现。

与姐姐、弟弟商量一定要带爸妈去看看芍药花，去亲近亲近草原。周末起了个大早，陪爸妈喝了早茶，一切安排妥当准备出发，不巧又遇到了其他事情，还没等我向爸妈解释，他们就说："你有事忙你的去吧，有你姐姐和弟弟陪我们去就行了。"我歉疚地说："晚上回来给你们接风。"爸妈一听急了，说："接什么风啊，尽花没用的钱，家里什么都有。"看着姐姐和弟弟载着爸妈走远，我的心里真不是滋味啊。

晚上回来，爸妈汗流浃背，神采奕奕，拿出手机满心欢喜地看照片，还时不时讨论一下。过去下一趟老乡的蒙古包需要勒勒车、套马杆、大皮袄"三件宝"，得走个几天几夜，现在乡村柏油路通到了老乡的家门口了；过去芍药花没有这么多，也没被保护起来，现在都形成了规模，修了木栈道保护了起来了……爸妈翻看着照片，这张拍得好，那张没拍好，说笑着，满面的笑容，就像绽放的芍药花一样美。

守护圣山

——记宝格达山的护林员们

杨　东

内蒙古境内有一座被称为圣山的山脉，它位于大兴安岭的西南麓，坐落在兴安盟科右前旗西北和锡林郭勒盟东乌旗东北交界处，与蒙古人民共和国接壤。圣山主峰海拔1504.4米，是乌拉盖河、哈拉哈河等几条河流的发源地。这就是大兴安岭的支脉——宝格达山，这里有锡林郭勒盟境内最大的天然次生森林公园。

宝格达山林场始建于1956年，最初为森林经营所。1958年10月扩建为国有林场。1969年，内蒙古生产建设兵团成立时，这里隶属六师的五十五团。1975年，兵团撤销后，恢复宝格达山国有林场名称。2007年，被评为自治区级森林公园，2010年晋升为国家森林公园。

林场在水源涵养、水土保持等方面发挥着重要作用，流域范围内的生态环境质量直接关系到全盟，特别是东部旗区经济社会可持续发展和各族群众的长远利益。为此，盟委、行署2012年紧急启动乌拉盖河源头水源涵养林建设工程，利用5年时间，投资2.1亿元，在宝格达山林场营造30万亩水源涵养林。这是林场自1958年建场以来实施的最大一次造林工程。

2012年“再造一个宝格达山”是当年杨春山书记带领林场全体职工许下

的铮铮誓言。如今，望着延绵起伏，满眼苍翠的宝格达山，感叹他们真的做到了！

带着对宝格达山由来已久的向往，我在8月份第一次来到了这里。层峦叠嶂的山脉静静地矗立在中蒙边境线上。北方的山脉自然没有南方山系的挺拔秀丽，宝格达山的粗放连绵，更像是一位戍守边疆的战士，威武豪迈。我身处其中有回归自然的味道。

9月份我再次来到这里，放眼望去，林间花草已经染上一层柔和的黄晕，这是秋天的颜色。进入林场得知，林间防火隔离带开设工作正在如火如荼地进行中，这是整个林场工作的重中之重，目前林场正是一派繁忙状态，于是我随一辆送油车进入防火隔离带作业区。

林场开设防火隔离带采取的是机械破土的方式，远远地就望见了几台开设防火道的链轨车在工作，隆隆的发动机声伴随着林间的阵阵涛声，合奏出林间特有的音符。林场工人小戴向我介绍，现在厂里共有老式东方红802四台，新式东方红1302一台，还有两台雷沃大胶轮。这几台车均采用悬挂式五骅犁，在林间开出70～100米的防火隔离带。

森林火灾是当今世界发生面广、突发性强、破坏性大、处置扑救较为困难的自然灾害。联合国粮农组织将森林火灾列为世界八大自然灾害之一，控制森林火灾是国际性难题，受到世界的高度重视。我国森林资源相对不足，生态十分脆弱，森林资源极为宝贵，而我们国家地域辽阔、地势复杂，气候多样，是森林火灾的多发国家之一。

2000年5月4日蒙古国境内发生草原火灾，大火迅速沿内蒙古锡林郭勒盟边境外侧由西向东燃烧，火线最长达150千米。国家林业局对这次境外大火实施24小时监测，当地群众、护林员、边防武警、森林部队共3500人投入战斗。在这场大火的成功堵截中，边境防火隔离带发挥了极大的作用。

我暗中想象了一下防火隔离带的作用，就是林区一旦着火，防火隔离带能隔断火源，有效减轻和阻止火势的蔓延。当我的想法得到大致的认可后，内心小小得意了一下，可是这浅显易懂的工作背后，却饱含了巨大的责任与艰辛。

林场分管防火工作的副场长包宝鹰深知这一工作的重要性和自己肩上所担

负的重任。防火隔离带直接关系到整个林场50万亩防护林的安全。到开设防火隔离带工作现场检查机车的工作情况，对包场长而言是这一阶段最寻常的工作之一，因为7台工作车辆，4台已经是老化得快要淘汰了，经常会出现毛病，而车辆能否正常工作则决定整个工期的时间长短与质量高低。

在开设现场，包场长详细询问了作业工人机车的工作情况，然后非常严肃地指出这一区段破土间距有点儿大，这样导致翻地破土不够彻底，不能有效压倒杂草，从而影响防火隔离带的质量。我发现刚才还是谈笑风生的包场长在发现这一问题后，面部表情非常的严肃，从中可以看出，在他这里这是一个绝对不容忽视的问题。

从开垦现场返回林场的路上，我看到最后一抹夕阳，为山顶披上了橘红色的轻纱，显得恬静而柔美。

由于头几天下雨，山路泥泞，在往回走的路上拉油车陷在了泥里，我们用了各种办法都不能使其挪动半步，反而越陷越深。下车后简直无处落脚，看着自己沾满泥巴的双脚、沾满烂泥的裤腿和半截身子陷在烂泥坑里的车，心里真是悻悻然。谁知送油车和挖掘机司机却说，在林区的山路上，遇到这种情况是常事。没办法，大家只好弃车而去，搭上场里的车回去了，第二天用车把它从泥坑里拽了出来。我发现待把车拖出来后，包场长马上拧开一瓶水给司机洗手。这一个小小的举动，可以看出他对待工人的细微、体贴。

我与护林员们攀谈得知，整个防火隔离带工作从前期的准备、车辆的维修到第二遍的耙地，再到整个车辆下山回场，会持续两个多月。这两个月当中，包场长会每天从场里到山上开道现场地至少往返一次，随着开设地点的不断转移，路程也不断加长，最远来回往返需要4个小时时间。也就是说，早上出去，天黑甚至深夜从山上回场是常有的事情。山上给养、车辆维修，有时还要到离场50多千米的地方购买修车所需的零件。总之，每天他都是在山上或在去往工作现场的路上。

看到包场长那辆满是泥浆的车，我内心不自觉地拿它跟马路上明光锃亮的豪车对比。是的，每个岗位，每个人的工作和生活轨迹是不一样的。我只是感叹于，一名普通的致力于林区事业的年轻场长的工作日常。当你某一天在林场之外的场合，看到一个衣冠整洁的包场长从干净明亮的座驾上下来，意气风发地走向你的时候，你是断不会想到他在林场的工作状态的，泥泞颠簸的山路，糊满烂泥的车，满是泥泞的双脚，任山里的风雨打湿衣裳。他每天十几个小时的山路往返，隔离带的开道进度，大小车辆的维修管理，工人们的工作状态、身体状况、到饮食起居……无一不在他的心里盛的满满的。出现问题、解决问题，再出现、再解决……这就是他每天都要面临，无法回避的“烦心事”。

遇有沼泽坑洼地带或山石太多的地方，拖拉机无法作业，需动用挖掘机来开设；遇到地下有光缆的地方，包场长都会及时与作业司机沟通，以免损坏光缆。山上没有信号，这些都需要他开车到现场去告知。

第二天，我来到了林场开设防火隔离带工人的驻地，两台“豪华大巴”是山上作业工人的宿舍和餐厅。9月初我在林场的那几天，有一天晚上气温降到零摄氏度以下，山上放在外面的水桶结了一层冰。防火隔离带的开设工作一直持续到10月初，大巴车就会随着开设区的进度而跟着转移驻地。10月初的宝格达山已有数场降雪，夜晚的山上，工人们睡在车里，那种艰苦，大可自己想象吧。这次上山包场长说山上的天气一天比一天冷了，他给工人们备上了感冒药、胃药等常用药。

在林场待了3天，碰到包场长的机会很少，我曾试图拍一张他在办公室的照片，可真正走近他们的工作，我才明白，别说我在场里待3天，就是待13天，也不见得会拍到我想要的照片，因为这一阶段他的足迹是每天都在防火隔离带的开设现场和崎岖的林间山路上。

我在山上赶上两次中午饭，有幸进入工人们的“餐厅”。餐厅兼厨房，被大厨收拾的还是蛮干净的。包场长进来之后，挽起袖子就开始帮助厨师给工人们包包子。开饭之前，我和小戴聊了一会儿，得知小戴今年37岁，是2014年进入林场工作的，主要从事防火、护林工作。上到驻地给胶轮加油的包永利今年51岁，他是1986年进入林场工作的，1987年那次大火在他的面部和手上都留下了印记。当年那场大火至今回想起来还令他心有余悸。所以，包师傅由衷地发出感慨：有些事情疏忽了可以弥补，防火工作一旦疏漏，造成的后果不可想象，这是来不得半点马虎的工作。我从包师傅的口中得知，在春季的驻站防火工作中，林场的所有护林员们会检查过往车辆，为其安装防火罩，强化防火意识，并且我在山间看到多处防火的警示牌，这些都是林场防火工作很重要的环节。

吃罢午饭，几个年轻的护林员围坐在一起侃大山，爽朗的笑声传出车窗外，融入山间的劲风，在宝格达山的林间回荡。这些年轻的脸庞上洋溢着无比开心的笑容。从他们身上，我没有看到到工作的苦和累，反而被他们苦中作乐的情绪所感染。

从宝格达山林场回来后，我也时常会关注森林防护、国家绿色资源的一些相关信息。1970年宝格达山林场发生了一场森林大火，对那时还没出生的我来说，真是很久远的事了。那次参与救火的一名亲历者对火灾现场的描述真的是揪住了我的心，他是这样描述的："我还是第一次看见森林着火，白桦树的树皮都很有油性，沾火就着。白天看远处森林到处在冒烟，到了晚上，就像满山遍野排列着一排排蜡烛，连绵不断。白桦树着火先从树的底部开始，火舌舔着树身旋转着往上升腾，到树冠后"砰"的一声响亮，满树盛开火花，那场景真是既惨烈又悲壮……"

看了这段文字，我理解了包场长那凝重的眼神，理解了他每天那种如临大敌的工作状态，也更加理解了经历过火灾的包永利师傅那番发自肺腑的话语，更懂得了宝格达山每一位护林员肩上所承担的责任。

国庆长假期间，我联系了小戴，得知他们还在山上耙地。他给我传来了一组照片，照片中宝格达山的林间已白雪皑皑，巍巍群山面前，还在山间工作的他们显得那么的渺小，但他们用坚毅的身躯捍卫了整个森林。看到这些照片，我的内心不由得升腾起一股震撼之感。我想起王昌龄的那首从军诗："青海长云暗雪山，孤城遥望玉门关。黄沙百战穿金甲，不破楼兰终不还。"宝格达山的护林员们，赤诚爱岗，守护着圣山每一棵树、每一寸土地的情怀，不输于戍边将士。对，他们就是将士，是守卫祖国绿色屏障的勇士！

宝格达山的祭山盛会从1738年开始延续至今，每年的农历五月十三和七月初三，方圆几百里的牧民都会来到这里，在高僧的带领下，参加祭山活动。这已成为草原上最重要的、盛大的民俗节日之一。我们有时会祈求上天的庇佑和降福，向往平安祥和的生活。当看到这组茫茫雪原的照片，看到护林员们坚守岗位的身影时，我们会明白，是他们用火热的情怀踏出最坚实的足迹，守护着祖国北疆最璀璨的林带。

爱的奉献

安荣芬

十六年前，一位患有多种疾病的精神病老人闯进了禹春莲的生活，那就是曹荣曹大爷。曹大爷是哈场四连的一位退休职工，生活不能自理，膝下也没有子女，禹春莲见他可怜便将他接回家中。

刚来的时候，曹大爷又脏又臭，可他自己感觉找到了家的温暖，有人给他做饭、洗衣服。这时，于春莲有一种很特殊的闪光点，从她身上，人们可以看到一种朴实的美。她和他一个盘子吃饭，剩余的菜汤倒入自己的碗里，谁能做到这一点？随着相处时间越来越长，老人懂得给于春莲夹菜吃了。这是她用爱心换来的。从此，他成为她家的一员。

人做坏事有人骂，于春莲做好事也有人说三道四，说于春莲捡了个爹回家养的呢。有人说于春莲是为了他的工资和低保。十多年前，老人一个月挣几百元钱，一年下来才几千元钱。哈场有这么多人，为什么别人做不到的事情她能做到。每一件感人的事迹都是她用心做出来的，不是用嘴说出来的。还有人说一年给你几万元钱，你把他带回家养着，没有一个人说“行，我带回家去”。这说明人和人是不一样的，而且差别太大了，你穷也好，富也罢，中国的传统美德尊老爱幼不知道有多少人在传承。

老人犯病时就骂人、打人，吓得于春莲跑到商店躲起来。他出去得有人跟着，不然就瞎跑。他也会骗人，有时候他躲在树坑里看着于春莲着急的样子，他就在那儿偷偷地笑。有时他自己出去走丢了，家里人经常找到半夜十一二点。他自己有钱的时候就往霍林河、乌拉盖跑。最远的一次跑到了天津，过完年才找到接回来的。当问他还跑不跑了，他说再也不跑了。于春莲看着他又生气，又心疼。

是的，他不往别处跑了，在家里闹个不停，玻璃打碎好几次，用拐杖打坏了门，锅碗瓢盆就别提了，电视都摔坏了两个。老人犯病砸东西，谁能受得了？再说她家并不富裕。我听说以后，脑海里出现了她朴实、善良、心胸宽广的形象，真是好样的！她还是无怨无悔地照顾他，让人百思不得其解，这就是真善美，她做到了。

如今，乌拉盖、哈场的领导为老百姓办实事，哈场才有了这样的变化，把温暖送到了人民的心里，做为人民所做，想为人民所想。人民住进楼房，再也不用端煤掏灰了。于春莲不想过老两口有吃有喝和常人一样的生活吗？她想！住在楼房里，条件好了，她对老人倍加关心，每天早晨先给他泼一碗鸡蛋。于春莲上班打扫楼道，干完活以后，九点左右做饭。如果不是于春莲的精心照顾，老人不知去世多少年了，而今他还在有滋有味地活着。

老人生病了，于春莲跑前跑后给他看病。人老了病自然就多了，糖尿病、肩周炎、高血压、前列腺炎、心脏病，医院下过两次病危通知书。住院期间，老人在床上睡，于春莲睡沙发。于春莲给他洗澡、搓背、翻身、洗脚……她自己抱也抱不动，翻也翻不了，她恨自己没有用，坐在旁边哭。是的，谁家没有过病人，更何况一个有精神病的人呢？老人们常说的一句话，久病床前无孝子，于春莲为这位不是亲人而胜似亲人的人，刮胡子、端屎、端尿。老人遇上好人了，是久病床前有孝子。于春莲自己成了半个护士，打针、输液全会。她把爱的种子播撒在草原上，常年开花。这种爱用金钱是买不到的，她做到了穷也不嫌弃他，富也不嫌弃他，用她高贵的品质，承载着前所未有的责任，日日夜夜、风风雨雨。你忙忙碌碌，谁知你的累，谁知你的苦？多少岁月的积累，她的事迹装着满满的正能量，传遍了草原，感动了身边每一个人，成为这一代人的榜样，是一种高尚的精神，绽放出她最精彩的一面。她的事迹会在任何地方发光发热，伴随着草原的清香飞扬！

于春莲，从死神手里救回他两次，得到管理区、哈场的认可，获得全盟道德模范、自治区道德模范荣誉称号。十六年如一日默默无闻、无私奉献地照顾着老人，这份爱是多么伟大！有一首歌唱的真好："只要人人都献出一份爱，世界将变成美好的明天……"

家 风

姚 迪

我家祖籍山东，父亲、母亲于二十世纪七十年代随着唐山知青下乡来到乌拉盖。据说当时，父母俩人只带了两套行李、二十元钱，有点儿“闯关东”的味道。从扎根草原到现在，已近五十年了，家里的生活条件与一般人家相比，属于比较富裕的，按母亲的话说叫“比上不足、比下有余”。父母一生，不靠不要，白手起家，靠勤劳的双手过上好日子，还供我们姐妹三人上了大学，是非常不容易的。

小的时候，父亲在连队任职，家里只有母亲一个人，带着三个孩子。我们姐妹相互间相差不到三岁，家里又没有帮手，还养着羊、鸡、猪，有时母亲还要到附近的公家菜园帮工，挣工分，上石山打石子，困难是不可想象的。弟弟小时候是个“多愁多病身”，遇风就感冒、发烧，一严重就是肺炎，母亲整日整夜地抱着。据母亲说，有一天夜醒，母亲迷迷糊糊地起来点煤油灯，一不小心点着了窗帘，自己瞬间清醒。母亲谈到这些时，总是爽朗一笑。可我明白，白天劳动不暇、晚上又要照顾三个孩子，肯定是极疲惫的。

二十世纪八十年代初，中国大地已经悄然出现变化，但对于内蒙古自治区一个偏远山村来说，物质还是比较贫乏的。我的记忆中，没有零食，糖是绝对的稀缺品，过年的新衣、新鞋、新帽都是母亲做的，鞋是千层底，毛衣是手工编织的，棉衣、棉裤也是自己缝的。这所有的一切，都需要耗费大量的时间。不知道母亲的时间都是从哪儿来。我记得《朗读者》有一个许渊冲老先生说，要向夜晚"偷"点儿时间。我想母亲的时间也是"偷"来的。每逢春节、季节轮换，母亲必是要加夜班的。连队没有电，点的是煤油灯，灯光自然不亮，一个个夜晚，母亲就着这样的光，纳鞋底、织毛衣，缝缝补补，解决了一家人吃穿用度。家里的衣服总是老大穿完老二穿，老二穿完老小穿，我从小捡姐姐的衣服，从没有过攀比的想法。有一次，我和朋友聊天说，到上高中我那"美"的意识都未觉醒过，只知道衣服的唯一功能是"蔽体"。这，一方面是爱母亲的影响，另一方面是时代造就的。

母亲终日劳动，耳濡目染，使我们从小懂得勤劳的意义。劳动成为生命的一种本能。家里的孩子从六七岁时就开始分担家务，收拾房间、洗衣、做饭自不待言，还要帮助母亲完成一些规定的活，比如拆洗冬季的棉衣、毛衣，尤其是毛衣，穿小了的，就要重新拆了，在添一些新线，重新编织，我们叫它"交织牌"；家里冬季炉子的掏灰、搬煤；做饭、收拾房间、洗衣服；喂鸡、羊、猫、狗，大家各司其职。等到过新年，炒瓜子、炸果子、刷房、糊顶棚，更要列出计划，全家参与。炒瓜子是我和姐姐的"老本行"，秋天的时候我们就要找到一些干净的沙子，放起来备用，还要与同学交流做不同味道瓜子的经验，以便过年时大显身手。糊顶棚需要合作，父亲是主力，我们裁报纸的裁报纸，刷糨糊的刷糨糊，跑堂的跑堂，待到大功告成，翌日早上，我们姐弟几个就窝在被窝里，重复我们的"找字"游戏，直到母亲百般催促，才不情愿地起来。这些细碎的劳动并没有让我们觉得负累，反而让我们从小体会到父母的付出和不易，养成了勤劳坚毅、苦中作乐的品格。

在我们十几岁的时候，家里开始养些羊、牛，牧业的活一年排到头，没有一刻能得到清闲。每到暑假末，一家人齐上阵，大人打草、孩子垛草，还有管后勤负责做饭的。打草是技术活，垛草是重体力活，做饭是最舒服的。8月份，天气酷热，蚊虫特别多，这时垛草真是相当沉重的体力劳动。草原上中午气温极高，太阳毒辣，为防晒，头上只好顶件外套，脸上虽有一片荫凉，却也是蚊虫的好去处，不时地叮咬你，又闷又热，汗水顺着脸颊往下流，从太阳上山一直到下山，自己像个机器人一样，保持精神麻木，身体像上了发条，挑起来、堆上去，挑起来、堆上去……翻过一座座山洼，走过一道道坡梁，把一条条的牧草，变成了座座的“小山丘”，等回过神时，才发现劳动了很久。晚上回到家，脸上的汗已结成了盐粒，真是累惨了。但在当时，我从未想过早点儿“逃”回家或歇一歇，也许潜意识是如果我不干，父母会做得更多。这是一个孩子家庭责任感的最初萌芽。

史密斯说，劳动教养了身体，领悟教养了心灵。上一代父母大多靠勤劳成家立业，靠劳动养育了下一代，也靠劳动给予了下一代最好的教养。有人说生命轮回，这一辈子的自己是为了下一辈子做准备。父母的言传身教，给予我们最真实、最直接、最直观的教育，让我们养成勤劳、责任、自强、自立的高贵品质，铸就了我们坚强、忍耐的品格。这些让我终身受益。

平凡岗位绽放美丽人生

赵建英

人生犹如一场旅行，在漫漫旅途中，每个人都会走过许多岔道，都会遇到各式各样的选择，智者信仰真理，所以选择了桀骜不驯；勇者渴望超越，所以选择了奋斗不息；善者祈祷和平，所以选择了舍生取义；我，不甘平庸，所以选择在平凡岗位上演绎精彩人生！

作为乌拉盖管理区仕邦丽华的一名保洁员，正因为有了物业公司搭建的这个平台，我们才有施展的天地，有过奖励，还在工作中取得了一定的成绩，这都得感谢领导的栽培和厚爱以及各部门同事的支持与默契配合。也有个别人对保洁员的工作认识不够深刻，认为这是又脏又累又卑微的工作，但是我相信，绝大多数人的看法不是这样的。

保洁是一份需要耐心细致，不怕吃苦受累的工作。回想三年前，我们刚进入物业公司的时候，由于是新楼，刚在做收尾工作，到处是灰尘、木屑、污物，尤其是卫生间的便池有堵塞，还有许多水泥、胶水。在这样恶劣的环境下，同事们从家中带来了抹布、铲刀、拖布、笤帚等用品，蹲着，甚至跪着，一点儿一点儿地铲，擦地上的污垢。尤其是便池让人恶心的真想呕吐，但是一想到你若是不收拾干净，会影响整个环境，人们能安心工作吗？经过一番思想斗争，我们最终把卫生间打扫得干干净净。就这样周而复始地擦擦扫扫，大楼终以崭新的面目迎接各部门领导及员工的入住。从他们赞许的话语和慈善的眼神中，我们有些许安慰，从内心深处感到我们的付出是值得的，我们的工作是有价值的，所有的苦，所有的累，所有的辛酸都抛之脑后。为此，我对保洁工作更多了份神圣与光荣的使命，我学会了在平凡的岗位上快乐地工作、快乐生活、快乐地与人交往，以坦然的心态品位生活、咀嚼人生。我很欣赏一句话，那就是工作的目的是为了生活的快乐，快乐的工作才能更快乐的生活！

小草不因苍松的傲立挺拔而自惭形秽，它的坚韧不拔足以使自豪在平凡中盛开。水滴不因大海的浩瀚无边而无地自容，它的毅力可以滴水穿石。正如默默无闻的小草和平淡无奇的水滴，作为物业的员工，我们要饮水思源，善待工作，做感恩的事来回馈企业，怀着感恩的心去服务社会，这样才能体会出自身的价值。有时我们的工作很平凡，但有时伟大正寓于平凡之中。在这平凡的岗位上，涌现出许多感人事迹，展现出我们物业人不平凡的青春风采。记得有位名人说过这样一句话：“人的生命只有一次，当我离开这个世界的时候，我不因虚度年华而懊悔，也不因碌碌无为而后悔。”我们的公司正需要你我的奉献，因为我们的事业，要靠我们的辛勤工作才会有更加灿烂的今天和明天。

作为当今社会的女性，面对家庭和事业的双重压力，更加要有阳光的心态和积极乐观的态度。女人使世界绚丽多彩，你可能不是最美丽的，但可以做个会微笑的快乐的女人，微笑像冬日里的一缕阳光，给大家带来快乐，给同事带来温馨，给工作带来动力，给自己带来自信。

同事们，释放我们的热情，执着地追求和不断地超越，将平凡的岗位看成实现人生价值的舞台，将烦琐的日常工作当作检验自我的试金石。“予人玫瑰，手有余香。”让我们共创优雅舒适的环境和物业的辉煌！

青春飞扬在天边草原

赵　鑫

“倾听色也勒吉河畔长调，成吉思汗辉腾战场崛起。守护固腊卜赛罕山敖包，忠诚守望草原无怨无悔。”这是对内蒙古锡林郭勒盟两千里边防线上成立时间最短的舍佰尔图边防派出所官兵们的赞美。年轻的舍佰尔图边防派出所官兵们用自己的生活热情和对边防事业的执着，在素有天边草原美称的乌拉盖书写着激扬的青春。

战地百灵鸟杨乐

“小小竹排江中游，巍巍青山两岸走，雄鹰展翅飞，哪怕风雨骤……小小竹排江中游，滔滔江水向东流，红星闪闪亮，照我去当兵……”

听到这悦耳的歌声，笔者不由自主地顺着歌声走了过去。歌声是从舍佰尔图边防派出所厨房里传出来的，列兵杨乐身穿工作服，边做饭边歌唱，脸上洋溢着灿烂的笑容。老歌与流行曲，李双江与士兵杨乐，似乎有些出乎意料，却是雅俗共赏。

“杨乐，喜欢李双江的歌？”

“不是，我最喜欢阎维文唱的歌，喜欢《小白杨》《说句心里话》《望星空》，那些歌词里的话说得真好。”

“为什么来当兵，喜欢做饭吗？”

“我不会做饭，喜欢锻炼身体，不过干啥都行。”

“哦，那就是参军入伍，保家卫国了。”

“嘿嘿，还没有那么高的觉悟呢，我是一名普通的士兵，更是一名共产党员，部队锻炼了我，我要安心服役，尽力做好本职工作。”

杨乐是个90后，来自鄂尔多斯市，曾以不错的成绩考入内蒙古工业大学土木工程专业，喜欢唱歌、打乒乓球、读书。在校期间他成绩突出，大三时加入了中国共产党。2013年9月，全国《兵役法》改革的第一年他参军入伍，2014年参加内蒙古边防总队中级厨师培训后，就被分配到刚组建的舍佰尔图边防派出所，在天边草原奏响军旅生涯的第一首“锅碗瓢盆交响曲”。

杨乐说：“我不怕苦、不怕累，当兵就是来锻炼自己的，就喜欢工作闲暇时唱歌，喜欢在简陋的车库里打乒乓球，喜欢在稻田、牧场帮助群众，想唱就唱，喜欢就唱。天边草原我的歌，我是舍佰尔图的建设者。”

战士的笑脸最真诚，也最感人，虽说是一名新兵，话语却那么朴实。边防传统的美就来源于朴实的边防生活，朴实的边防生活历练了朴实的边防官兵，朴实的边防官兵戍守了边疆的和谐与稳定。

微信警务心连心

2014年8月6日上午，舍佰尔图乌兰哈达嘎查责任区民警宝音达来收到牧民娜和雅的微信：“有两三个外来人员进入牧其尔家中，形迹可疑。”宝音达来得知消息后，不到十五分钟就赶到牧其尔家中，当场将正在行窃的王某等3人抓获。

原来，牧民牧其尔一家都在草山上打草，来自通辽的外来打工人员王某等3人看见牧其尔家中无人，于是产生了“顺手牵羊”的思想，没想到正在翻箱倒柜行窃中，就被及时赶来的宝音达来和边防民警抓了个正着。犯罪嫌疑人王某等人做梦都没想到派出所民警会来得这么快。

“草原防火、人人有责”“打草季节到了，外来流动人员增多，请各家各户注意，防止财物、牲畜被盗”“雨天路滑，请外出人员注意安全”“宝音达来，我家150只羊下雨跑丢了”……

2013年3月，宝音达来得知驻地移动信号覆盖后，根据边境社会治安和农牧民居住等情况，主动与28户170余人建立了乌兰哈达微信警务群，覆盖嘎查的全部人员。他先后为农牧民发布各类信息112条，通过微信平台接警36起，全部得到了及时处理。牧民们都夸微信警务真管用，谁家有个紧急事，发个微信就管事。

人们都说舍佰尔图这地方很艰苦，可宝音达来没觉得有多艰苦。他说自己也是农牧民的孩子，这里的农牧民就和自己的亲人一样，你真心对待他们，他们会加倍对你好。

宝音达来刚分到派出所，接任管区民警后，就遇到了一个棘手问题。农户郭某某主动来派出所“拜访”，说：“镇政府少给我家分了90亩地，现在的生活没法过。你是管区民警，你要是不给解决问题，我全家就来派出所住。”宝音达来哪儿见过这阵势，顿时懵了。后来在所长的帮助下，好说歹说，总算劝郭某某回家了。

郭某某一家是当地有名的“上访户”“钉子户”。从2005年就因耕地使用、补偿等问题连续上访。既然农户多年上访，肯定有他上访的原因，解决不了问题，肯定是有原因的。于是，宝音达来就认真了解了郭某某上访的前因后果，不顾郭某某一家的冷嘲热讽，主动上门调查核实，走访周围居住的农牧户，还前往所在嘎查村和镇政府了解情况。经过多次沟通协商，2013年11月，宝音达来协调镇政府、司法所、草原监理所，以“三所联调”的形式现场办公，彻底炎郭某某解决了90亩耕地的使用问题。

宝音达来说，自己能够克服艰苦的工作环境，安心工作，除了部队领导关心和战友们的支持，还有妻子的全力支持。今年5月份，新婚妻子主动放弃在内蒙古教育出版社的工作，和他一同在锡林浩特市安家落户，妻子又要找工作，又要照顾家中老人，面对生活、工作上的诸多困难，夫妻俩有他们共同的追求和乐观的信念："生活就像长征一样，这只是个开始，风雨历练彩虹降，好日子还在后头呢！"

嘎查书记谈边防

"那些漂亮的欧式建筑也是牧民旅游度假村的吗？"

"哦，那是给派出所建的警务室，和我们的嘎查办公室、活动室以及草原书屋都在一起。要我说啊，这派出所不是还没选址盖营房呢吗，干脆就在我们嘎查建吧，我们把嘎查最好的地方给你们，边防派出所的工作我们全力支持！"乌兰哈达嘎查书记陈荣真是快人快语。

陈荣，担任舍佰尔图乌兰哈达嘎查的党支部书记十几年，是牧民群众的主心骨，是带领牧民群众走上致富道路的带头人。这个中年汉子中等身材，个性粗犷豪放，办事雷厉风行、干脆利索，在当地群众中很有威信，被农牧民称赞为"乌兰哈达的春天"。

陈荣书记如此慷慨激昂，是什么事情感动他，让他对边防工作如此支持？让我们一起听听，陈荣书记是怎样谈边防的。

过去这地方也有三两个公安民警，也许是远离城市、地广人稀的缘故吧，一年到头也见不了几次面，嘎查有个大事小情的，他们不是顾不上就是来不了。他们也有苦处和难处呀！

"2012年4月，舍佰尔图边防派出所成立了。当时，我还觉得纳闷，这咋来了一帮子当兵的啊，不是又要回到当年的兵团时代吧！这帮兵好相处吗？"陈书记的疑惑和当地群众想到了一起。

没想到，这帮年轻的边防兵给陈书记和驻地群众留下了深刻的印象。年轻的新面孔搬进了破旧不堪的老派出所时，没喊过苦、叫过累，用实际行动改变了当地农牧民对边防官兵的认识。

7月8日深夜，乌拉盖地区连续3天普降暴雨，持续的暴雨让牧民们为久旱的草原欣喜若狂，同时也给牧民们带来了困难。在巴音胡硕镇民族小学上课的十几名学生因为暴雨被困在39千米外。"好多学生家长给我打电话，问我咋办。当时我抱着试试看的想法给派出所打了求助电话，没想到深夜他们就迅速派出了官兵接送孩子，整整15个小时呀，谁都没合眼，走一路、推一路、背一路，就这样一个个安安全全地把学生送回家。苏都拉的父母，乌力吉年迈的奶奶……那一夜，学生家长们无不感激地对我们边防官兵们伸出大拇指：‘边防官兵好样的。’”

陈书记说：“要像边防派出所的官兵们学习，他们干工作那才是实实在在的，到什么时候总是想着我们老百姓，作为书记一定要把百姓的小事先做好。俗话说：舍佰尔图这地方夏天喝雨水，冬天喝雪水，春秋两季喝储水。这是当地农牧民饮用水的实际情况。派出所为进一步核实这一情况，专门找到我深入农牧户进行走访调研，并将辖区农牧民长期饮用不合格的地表水形成专项报告上报管理区委员会，引起相关领导重视。管委会随即组织水利、畜牧、环保等多部门联合进行实地勘测和调研，最终决定在舍佰尔图嘎查建设自来水工程，投资200余万元打了6眼机井，配备潜水泵和井房，彻底解决了36户牧民和上万头牲畜的饮水难题。”

天边草原有大爱，最美还是戍边人。年轻的边防官兵们用真情和实际行动感动着这片草原，牧民们夸陈书记是乌兰哈达的春天，那么派出所的官兵们就是乌拉盖草原舍佰尔图的春天，他们为天边草原注入新鲜的血液，使这片草原更加充满了生机与活力。

唯有百姓心最重

如何理解边防工作这个概念？时任派出所副教导员王玉国用事例和数字给了我最朴实的回答和简单理解。边防工作就是做好百姓生活的那些家常锁事，构建平安和谐边防，让百姓能够生活在一个安全、稳定的居住环境中。

2012年1月13日，派出所接到报警，28名学生被大雪困在回家的路上。他们立即与镇政府工作人员共同组成护送队，护送学生回家。十几公里的路程，两名边防民警用接力的方式轮流背着冀宇菲在满是积雪的旷野中不断前行，4个小时后，终于将冀宇菲安全地送到家中。那天夜里，夹杂着暴风雪，28名学生被安全送回家。

2013年12月，乌拉盖管理区推广的育肥牛羊政策受到了辖区牧民群众的高度关注，由于辖区地处偏远，网络不发达，群众无法了解相关政策。民警得知情况后，通过手机互联网查询相关政策，然后驱车往返几百千米为辖区的50多户牧民群众讲解育肥牛羊的相关政策。

2014年7月16日，辖区舍佰尔图村突降暴雨，派出所官兵先后出警3次，出动警力13人次，动用铲车3辆次，用铁锹和铲车在受灾群众的羊圈门前挖渠排水，成功解救4名因强降雨受灾的群众，并为群众找回50多只羊，挽回经济损失近5万元。

2017年1月，乌拉盖边防大队“雪狐—2017”反恐应急处突模拟演练在舍佰尔图拉开序幕，大队部、边防派出所、机动中队组织官兵在舍佰尔图设置路障、护栏阻截恐怖分子，并集合机动中队前往卡点支援。经过3个小时的紧张封控，成功将2名恐怖分子抓捕，圆满完成此次模拟演练任务。

多年来，派出所始终坚持民意导向警务的理念，依托“党员中心户+农村合作体+警务实体”运行，推行“驻村联户”警务模式，力求让农牧民群众安全满意、办事顺心、生活和谐。他们累计出动警力380余人次，开展各类宣传活动260余次，帮助群众办好事、解难题220余件次，主动上门办证、送证79件次，为贫困户、孤寡老人解决实际困难40余次，帮助村民找回丢失的羊1200余只，挽回经济损失80余万元。他们扑灭草原火灾4次，避免乌兰察布村的10000余亩草场遭受损失；先后接出警190余起，化解矛盾纠纷50余起，其中帮助村民解决草场纠纷19起，涉及金额60余万元。派出所内先后有12人被评为优秀基层民警，1人被评为“爱民固边”先进个人，4人获得优秀党务工作者，5人荣立三等功。

天边草原的路虽然很远，但离百姓很近；边防生活长夜很孤独，可官兵们岁月不言悔。如今，乌拉盖舍佰尔图的官兵们脱下了军装、换上了警服，但不变的是理想与信念，他们共同坚守舍佰尔图精神，心系边关、守望草原，唯有百姓心最重。

群众给了我工作的动力

张天飞

自从进入社区工作，我就与广大居民群众结下了不解之缘，在工作中居民们也给了我巨大的工作动力，促使我不断成长进步，工作成绩不断提高，实现了自我价值。

记得刚进社区工作那年，我刚好三十岁，主要负责人口与计划生育工作。与其他工作人员相比我年龄较小，我亲切地叫她们阿姨。刚开始大家都很照顾我，说我不了解居民情况，有些办公室的活不用我干，我自己也觉得很自在。可居委会的工作是以人为本，无论是社区党务工作，还是综治维稳工作，特别是计划生育工作，都离不开居民群众，都紧紧围绕着居民的生产生活。如果不把居民的情况牢固地掌握好，那么就无法顺利地开展工作，我们不能整天坐在办公室里，而是要经常入户到居民家中，有时登记，有时要证件，有时通知居民，有时下片区收卫生费，有时为居民调解。刚入户时，年轻一些的居民会说："怎么这么年轻就干这活，居委会都是老大妈。"年长一些的居民会说："孩子，居委会的工作不好做，啥事都可能碰到，自己要学会忍受、奉献。"做过机关干部的人会说："居委会增加点儿年轻力量好，工作思路新，效率高……居民们的各种说法，让我内心五味杂陈。但与更多的居民接触后我发现，大家还是很认可、很需要我这样的基层工作人员的，居民们接受了我，对我产生了信任，我也有了工作的动力。

我与许多居民不相识，开展工作很难。到每家我首先是面带微笑的自我介绍，无论在哪儿，只要见面我首先与居民打招呼，慢慢地与大家就熟悉了。有的居民把内心的牢骚和我发一发，我就耐心倾听；有的居民推心置腹地与我谈天，我会很开心地和她们唠一会儿；有的居民把家中的烦心事向我唠叨唠叨，我就开导一番；有的居民把家中的困难讲给我听，我会认真记好以便向领导反映；有的居民需要我帮忙，我就尽自己最大的努力给予帮助。

在一次入户中，我了解到一位外地来的刚毕业的大学生闲置在家，因熟人少，一直没有找到合适的工作。我就留意为他物色工作，四处打听，几天后终于为他找到了一份满意的工作，他感激地说："张姐，怎么谢你呢，我拿到第一个月工资就请你吃饭吧。"我笑着说："不用请我，你能好好工作就是对我最好的感谢。"一位蒙古族阿姨不会写汉字，到申请低保的时间了，我就到她家帮助她代写申请。来到她家，她为我倒上浓浓的奶茶，递到我手里，感激地说："天这么冷，你太辛苦了，喝点儿热茶暖和一下吧。"当我接过阿姨递给我的那碗热茶时，我的心暖暖的，暗下决心，一定要好好工作，帮助更多需要帮助的居民群众。是他们给了我工作的动力。

寒来暑往，岁月更迭，在居民的支持下，不知不觉中我已经在社区工作了十三个春秋，我的工作得到了上级部门的认可，也成为一名优秀的中国共产党员。在社区第十届换届选举中，我得到了有史以来最高的得票比率。这个职务所负责的工作，对于我来说还很陌生、很艰巨，内心有些畏惧。这么多的选票，对于我来说，不只是简单的居民投票，更代表着居民群众一颗颗热切的心、一双双赞许的眼、一根根竖起的大拇指。有居民的支持，我还有什么理由不好好干呢？

群众永远是我工作的动力！居民群众是大海，我就是大海中的一滴水，是他们给予了我跳跃的活力，永不干涸。居民群众就像一面镜子，时刻提醒着我要以党员的标准严格要求自己，永葆革命本色。居民群众就像一个大熔炉，铸就了我坚强的性格，使我完成了一项项艰巨的工作任务。我会在党的十九大的精神指引下，不忘初心，牢记使命，做好自己的本职工作，争取做一名为民、务实、清廉的基层群众利益的执行者，全心全意为广大居民服务，发挥基层党组织的先锋战斗堡垒作用，为创建和谐社区、共圆伟大的中国梦而努力！

乌拉盖地区初创时期

张文林

锡林郭勒盟东北的东乌珠穆沁旗乌拉盖河流域是一片水草丰美的原生态草原，号称草甸草原。1958年锡林郭勒盟食品公司在胡硕庙建起食品储备牧场。那时候没有锡林郭勒盟活畜屠宰厂，每年由锡林郭勒盟食品公司的人负责收购活畜赶运到乌兰浩特加工屠宰。从锡林浩特赶运，经过东乌旗到乌兰浩特，将部分老弱畜驻留在胡硕庙牧场过冬、过春，此谓储备牧场。从此，这里的草牧场得到开发利用。

1960年锡林郭勒盟公署决定在乌拉盖地区建设乌拉盖国有农牧场，充分发挥这里得天独候的天然草牧场资源优势。

锡林郭勒盟五一牧场负责创办阿旗白音塔拉牧场和东乌旗乌尼特牧场。而锡林郭勒种畜场负责创建西乌旗高力罕牧场和东乌旗的乌拉盖牧场，这种形式在当时俗称“国有农牧场下蛋”。

锡林郭勒种畜场抽调于振国、何庆武、金日春、沈大同等同志来乌拉盖筹建乌拉盖牧场，当时场部设在布林庙。于振国任场长，何庆武任生产科科长，金日春任财务科科长，沈大同为会计。

另外，陆续从各旗调入了部分干部充实基层，并安排了部分转业军人到此工作，逐步使机构健全起来。达木林、阿迪亚是此后调整领导班子时调入的领导干部。

乌拉盖牧场是在人烟稀少的大草原上建起来的国有农牧场，白手起家，自力更生，充分发挥了典型的农垦创业精神。在乌珠穆沁草原上树起一面农垦大旗。1964年新建了场部，盖起了办公室、职工食堂以及招待所，即兵团六师五十二团团部。

乌拉盖人奋发图强，1964年请盟水利局马德平、崔则连、李振兴等水利技术人员勘测设计乌拉盖灌区。乌拉盖牧场的刘书田、靳宝华也参与了此项工作。

1965年乌拉盖牧场抽调潘德锦、刘书田、于金龙、周建恩等人组建施工组，开始灌区施工。1965年开挖灌区的干渠6千米。1965年10月锡林郭勒盟农管局牵头组建乌拉盖灌区施工指挥部。

指挥部总指挥由盟委书记色音格日布兼任，锡林郭勒盟农管局局长王景山、锡林郭勒盟水利局局长博力特、东乌旗旗长德仍格、乌拉盖牧场场长阿迪亚任副总指挥。指挥部下设办公室，由农管局干部周选任办公室主任，水利局干部刘正行任副主任，乌尼特干部王端发任后勤部主任。奶牛场干部苏海明任会计，高力罕干部高风英任食堂管理员，施工组长由刘正行担任，施工技术员由刘书田、滦贵廷、张文林、许绂麟担任。同时，从种畜场白音塔拉、奶牛场、包尼特、高力罕达青牧场等借调行政干部20余人，充实指挥部工作。

另外，1965年灌区施工指挥部成立后，从乌尼特牧场达青牧场、白音频塔拉牧场调入一大批工人，从锡林河水库调入部分技术工人。1966年5月1日组建3个施工队，一中队负责水工建筑物施工，二中队和、三中队负责渠道施工。1966年8月二中队和三中队合并为二中队。

这一段历史原乌拉盖牧场的干部潘德锦、刘书田最清楚，他们亲身经历过。可惜的是二人生前未留下文字材料。现在还有一个比较清楚的人那就是韩连山了，他当时是从阿旗白音塔拉调到乌拉盖灌区施工指挥部的，1969年3月组建五十二团七连时任出纳员。

我于1965年10月至1969年9月在灌区施工指挥部当施工技术员及施工二中队队长。成立兵团六师五十二团七连时，我是职工食堂管理员。1969年9月我返回当时的四师三十一团，即原锡林郭勒种畜场。

我于1984年6月1日正式调入乌拉盖管理区生产科，负责全局水利技术工作。直到1997年8月退休。现在我已经84岁了，这段历史再不留点儿文字材料，恐怕后人难以查找了。

巷道里的铺路砖

——献给在社区工作的姐妹们

张天飞

三月的乌拉盖，天空在经历了几天风雪的涤荡后，显得格外湛蓝高远，几片棉絮般的云朵慵懒地悬在天空，太阳也露出久违的笑脸，显得很大，照在还未消融的积雪上，光芒四射，很是耀眼。居民的屋顶上积雪已经融化，瓦片似乎更红了，烟囱上冒出的浅灰色的烟直冲云霄，要与天空的云朵试比高。

今天，我又来到这个小区入户。这个小区是乌拉盖兵团时的建筑，一排排错落有致的砖瓦房，砖瓦虽然有些褪色，但仍能显现出当年建设兵团的气魄与纪律，力量与智慧。这里养育了几代乌拉盖人。我不知多少次行走在这个巷道，却没有在意过脚下的铺路砖。这些铺路砖是建筑用的普通红砖，有的经过风雨的侵蚀已经磨掉了棱角，有的承载过重已经断裂，可它们仍然平整地延伸到家家户户的门口和巷子的角角落落，结束了小区居民雨天出行一脚泥、风天尘土漫巷飞的历史，改善了居民的住行条件。这些红砖没有广场上地砖的华丽，也没有楼房小区里地砖的档次，可它能建得了高楼，也能俯身做铺地砖，哪里需要它，它就会出现在哪里，默默地奉献着。这不就是工作在社区的姐妹们吗？

她们有的风华正茂、踌躇满志，来到社区能家长里短，与居民打成一片。

她们经历了工作与心灵的考验，信念变得更加坚定，用智慧与朝气把居民的热情点燃。她们是孩子们的知心姐姐，是阿姨们的贴心姑娘。她们有的在社区工作了十几年甚至几十年，多少个午休、节假日，多少次狂风暴雨中奔忙，多少次夜不能寐，多少次慷慨解囊。如今，皱纹爬上了额头，两鬓已经斑白，步履不再那么从容，脊背不再那么挺直，她们仍然双脚徘徊在街头巷尾，真真切切的情系每一个居民的生活和健康。

孤寡老人院子里有你忙碌的身影，留守儿童家里有你温暖的手臂，重病居民家中有你急切的眼神，流动户家里有你热情的笑脸，低保户家里有你关切的问候，广场舞里有你欢快的舞步，调解室里有你语重心长的话语，行动不便的老党员家中有你送去的《党史文汇》；新婚家庭有你送去的优孕礼包，准妈妈手里有你帮助申领的“一杯奶”，奖扶家庭有你帮助申领的金牛卡，失业家庭有你送去的用工单位的电话号码……

这些平凡的姐妹，如巷道里的铺地砖，为居民铺出了一条条通往光明的大路，使多少家庭走出生活的阴霾，重新把希望点燃。她们用满腔的热忱，把党的关怀送给千家万户，把国家政策送到每个居民的心坎上。她们的双脚行进在通往千家万户的巷道上，践行着党的群众路线，让党和群众紧密相连。这就是在社区默默无闻工作着的姐妹们，她们用基本国策描绘着百姓祥和的生活蓝图，用满腔赤诚筑起党在群众心中的长城，用坚定的信念编织着美丽的中国梦，用青春谱写着一曲曲和谐社会的乐章！

小　路

安荣芬

时间久了，记不清是谁说过一句话，世上本来没有路，走的人多了就变成了路。

下面让我们一起见证我走过的这条小路上所发生的故事。这是一条艰辛而又平凡的路，是一条发自内心追求梦想之路。

曾记得当我有去捡垃圾的念头时，就有了心理准备，如果没有人支持我，我自己去捡，一天捡不完，就捡两天、三天，总有一天能捡干净。万事开头难，新生事物的本质不在于知，而在于行。别人怎么说我不在乎，丈夫和儿子对我说：”你想去捡就去吧，只要你开心就好。”我不但要做成他人没有做的事，而且要做好。我要让哈场公路边的树林干干净净，给游客留下永不忘怀的好心情。我对我身边的姐妹说出我自己的想法，不曾想，有三个朋友支持我，于是我们四个人（曹丙英、李玉莲、张素芬、安荣芬）开始了第一次捡拾垃圾。我们四个人顶着烈日，汗流浃背，看着被我们捡拾装袋的一袋袋各类垃圾，大家脸上洋溢着幸福的笑容。

2012年8月1日，我们的小队又有新的队员加入了，大部分都是六十多岁，甚至还有七十岁的老年朋友。看着大家有说有笑地加入我的队伍中来，我感到很欣慰。我们的这只小队不仅给老年朋友们架起了友谊的桥梁，还美化了环境，又能锻炼身体。每次捡完了垃圾，看到老人们的开心劲儿，我真的很高兴!

时间过得真快，2012年元旦来临之际，我不知道怎样感谢支持我、加入我的队伍的老年朋友，于是我决定给大家开个哈场中老年志愿者联欢会。我准备东西，去乌拉盖做横幅，崭新的横幅上写着“哈场中老年志愿者联欢会”这告别昨天、迎接2013年的联欢会特约韩清明同志在百忙中为我们录像，还邀请了秧歌队的朋友们欢聚一堂。联欢会的主题是“畅所欲言并跟着音乐唱着、跳着”，老人们那高兴劲儿无法形容。只有在场的我们才能感受到什么是开心、什么是幸福。是大家的热情把现场气氛推向了高潮，大家扭出自己的风格、唱出心中的歌。我久久不能平静的心，伴随着歌舞起伏着。是大家的激情把我们带入时代的行列，从来都不唱歌的朋友都争先恐后放声歌唱。此刻，我们才知道什么是劳动的收获。

2013年6月13日星期五，大家身穿着管理区妇联给我们量身定做的上面印着“巾帼志愿者”的红色坎肩出发了。我知道“巾帼”二字意义重大，是上级领导把荣誉和爱送到我们心中，鼓励我们大家继续努力。这件衣服是我们队伍的标志，穿上它我们无比自豪。

赵秀兰同志为了捡斜坡上的一片纸滑倒受伤。我问她严重吗，她说没事。后来我听说，她胳膊上的伤口十多天才愈合。她又为了谁？曹丙英同志在斜坡下上不来，抓住一把草，想借这拔草的力量上去。可是她不但没上去，反而滑得更低，那把草竟然扎进了她的鼻子里，当时就流了血。像这样的受伤事件还有很多。刘久霞同志是一名优秀共产党员，在她加入队伍时我很惊讶，因为她是在单位上班的在职人员，但是她说：“你们都这么大年纪了还在为哈场的环境贡献自己的力量，我有什么理由不来参加呢？”

她们的精神不值得他人学习吗？这些老年志愿者们这么大岁数，能把别人认为很普通的事情做到更好，着实不简单。老年朋友的素质在提高，她们的生活环境也在改善，我们对这些老年志愿者表示最崇高的敬意。

国家兴良，匹夫有责。在国家受灾之际，我号召大家向灾区捐衣物献爱心，志愿者学雷锋，哪怕你只捐出一件上衣，灾区人民也是需要的。

6月29日早晨五点，人们还在熟睡中，我们大多数志愿者已经穿着雨鞋，手里拿着乌拉盖防疫站为了支持我们工作送给我们的毛巾，迎着初升的太阳出发了。看着队员们用毛巾擦着脸上的汗水，只觉得一股暖流涌上心头，我想让众人的爱伴着我们度过快乐的每一天。

2015年深秋，我收到通知，让志愿者们到社区集合。只看到有一位女子下车向我们走来。她说："我的父亲曾在哈场当过十年的派出所所长，（她的父亲就是梁玉宝同志）我每年都回家乡，今年回来我听说哈场有一支志愿者服务队，很高兴、很自豪，特意从杭州运来一车羽绒坎肩送给大家，送给大家一点儿温暖。"她人在他乡，但她深爱着哈场、深爱着草原，她给我们带来的是千里之外的关怀。我们大家由衷的感谢她。

8月28日，我们在捡拾垃圾时，让人牵挂又让人敬佩的母月兰同志陪着丈夫庞加金从北京化疗回来后，不曾休息就夫妻双双来到志愿者队伍参加活动，同时参加活动的还有和他们一同开车回来的赵金玉以及高瑞花的女儿赵恩因。是什么力量支持着她们？是志愿者无私奉献的力量，不知疲倦，为哈场做贡献。这是一般人做不到的。

9月28日早五点半，在大多数人还在睡梦中的时候，志愿者们已经在商店门口集合了。深秋的早晨很冷，空中还飘着雪花，志愿者们冒着严寒出发了。谁不想在这寒冷的早晨多睡一会儿，但是志愿者们为了哈场的整洁，只能牺牲自己宝贵的休息时间，为的是撒下爱草原、爱家乡的种子，让哈场志愿者精神永远落地生根。

蓝色的天空在向我们问好，哈场的美景在向我们问好，它们似乎在说："谢谢你们，无怨无悔地保护着我们。"这条小路是陪伴我们前进的起点，这条小路是志愿者从不相识到相互关爱的纽带，这条小路是草原最美的路。用我们的双手来描绘草原上每一条小路，请哈场的人民向这些不知辛苦、爱护草原的志愿者朋友们致敬。

我们用老年人的舞蹈跳出内蒙古自治区各民族团结和谐平安，用老年人的歌声唱出真善美，用我们志愿者传递的正能量把哈场的环境卫生保护得像乌拉盖的河水清净透明源泉远流长。游客们不约而同地为乌拉盖点赞，为哈场点赞，为我们巾帼志愿者点赞。只要人人都献出一点儿爱，我们的明天就会变得更加美好！

天边草原文学作品集

叶振亚　主编　【下】

远方出版社

诗 歌

草原十唱鹧鸪天

田学臣

为迎接中华人民共和国成立七十周年，歌颂牧区发展变化，笔者填词十首，以飨读者。

鹧鸪天·篝火

夜幕沉沉长调悠，琴声犹伴小溪流。罗裙风摆树心月，焰火苗亲舞妹头。接远客，亮清喉。几回夙愿梦中收。来人携手齐肩处，北斗为媒恋早秋。

鹧鸪天·小草

默默无闻枯又生，年年待雨盼春青。风狂无奈草原绿，雪压催活冻土层。苍兔跳，野禽鸣。雄鹰振翅看潮平。山花烂漫接宾客，陶醉千川万里峰。

鹧鸪天·走场

盛夏迁徙非扰春，晨曦上路走红云。车行百步风相送，人过一山脚绣痕。情切切，路沉沉。平生厮守故乡亲。前方必有青青草，不负苍天劬力人。

鹧鸪天·牧歌

塞上草原无尽头，声声豪迈唱春秋。真情婉媚清泉泻，美意竭诚热血流。扬盛世，庆丰收。每逢佳境亮金喉。寂寥总把银光照，一曲高歌心底留。

鹧鸪天·早牧

初照天光圈门开，肥羊一线远山排。小花艳丽清风舞，大野春深塞雁来。抬望眼，绽眉腮。心接绮彩故乡怀。哈达捧起敖包祭，求得吉祥福满宅。

鹧鸪天·训马

烈马驰青灵鸟啾，一声长啸漫天游。风中翘首鬃毛立，塞上挥鞭热汗流。惊落月，振香秋。几回牵梦气方遒。任凭桀骜多凶险，勇士飞身志不休。

鹧鸪天·接羔

一圈咩咩夜挑灯，雄鸡催产报天明。羔肥看得牧人笑，母壮求来好事成。前腿跪，后身绷。清风送乳喜相逢。苍天不负平民梦，煮酒烹茶待后生。

鹧鸪天·牧村

广袤无垠草接天，穹庐不尽有炊烟。边陲眺望新居矗，岸柳轻摇绿浪连。

灵鸟唱，彩蝶翩。野花绣地牧羊欢。风机送电提清水，网购直销忙货源。

鹧鸪天·奶茶

清水滚开热气腾，毡房盛满喜盈盈。茗茅怎解助人愿，茶乳才能伴我生。
风瑟瑟，雨蒙蒙。几回共饮与君逢。桌前落座全身暖，大碗端来总是情。

鹧鸪天·牧归

鞭赶夕阳草上飞，头羊摆尾数羊追。猪年闰月知时务，棚圈精灵待育肥。
阿爸笑，大妈随。津津乐道谢天威。牧歌唱响吆声罢，老酒一壶可劲吹。

锡林郭勒盟草原颂词

田学臣

锡林郭勒，天高地阔。
东临赤峰，西至集宁，
南接冀北，北联蒙俄。
穹庐铺野，装点祖国北疆；
山花烂漫，一派吉祥景色。
骏马追风，奔蒸蒸啸月；
文明历久，淌漫漫长河。
海拔千米之余，四季分明；
昌途万里之遥，八方交错。
聚宝藏金，赏辽原撷秀；
镶珠撒玉，看牛羊戏坡。
煤电开发，新科技助推生态平衡；
贸工同举，老行业再兴边区独特。
草原那达慕，彰显文化之魅力，异彩纷呈；
歌王哈扎布，传唱长调之精华，鼎沸群乐。

跤手博弈，似鹰隼横秋；
勇士弯弓，如雷电穿梭。
乌兰牧骑，红色轻骑，六十载征程，风雨无阻，根扎故土；
浑善达克，沙海绿洲，数千里整治，林草颇丰，翠掩沙坨。
元上都遗址，世界文化之瑰宝，印证草原沧桑；
忽必烈大汗，马背民族之骄傲，留下美妙传说。
龙岗晴雪，凤阁朝阳，天山秋狝，敕勒兵歌；
松涛夜雨，滦江晓月，乌桓夕照，马可波罗。
金莲川上叙说铮铮铁骨；
敖包山下绽放束束花朵。
岩画，镌刻远古文明，伴随皓月而生辉；
驿站，经停草原深处，开启通商之先河。
岁月悠悠，恐龙留痕击耳目；
大漠沉沉，化石寻踪惊魂魄。
雄鹰振翅，万丈云涛同抒共揽；
圣山叠翠，一代天骄英姿高卧。
皇家马场，挥洒牧民之汗水，呼唤草原繁荣；
明安图星，装满民族之智慧，长伴夜空闪烁。
老庙焚香，礼贤跪拜，祈祷福门降至；
多伦会盟，烟消兵罢，远去同室操戈。
帅旗，黄旗大营炫流天际，高飘猎猎；
战将，别力古台镇守边关，功载赫赫。
乌力雅斯太山，峰叠翡翠，地涌九曲；
纳赛音朝克图，诗畅蓝天，韵飞千舍。
半拉山头，天公妙造，草动石裸；
乌兰五台，仙气横生，莺飞蜂落。
初春，紫燕回归，银鸥戏水，布谷催耕接仔；
盛夏，野花斗艳，平川滴翠，百灵凌空酬唱。

大漠深秋，姹紫嫣红，层林尽染；
塞北严冬，银装素裹，霞宇无疆。
大美与长空动色，天籁与大地同享。
草原明珠、塞北石乡美誉永驻；
中国马都、诗词之乡盛名远扬。
改革之力度，如江河奔泻；
开放之宏略，似春风浩荡。
边陲小镇，日新月异；
丝路口岸，车来人往。
牧野新村，诗情如画；
宽街闹市，溢彩流光。
游观旺季，大野飘香。
客满贝子庙食府，肉涮苏尼特羔羊。
民族团结，酿成和睦之甘露，守望相助；
经济发展，托起稳定之丽日，幸福安详。
真可谓，携力前行再追梦，激流勇进又起航。
于是乎，捧哈达直抒胸臆，斟美酒以诉衷肠。
共祝愿，今日大展宏图，明天再铸辉煌！

水 谣

叶振亚

水是滋润万物的源泉，
从古到今奔流永不息。
恰是一条条玉带美无比，
源远流长恩惠遍人间。

水是飘飘下凡的仙女，
手捧甘露挥洒向人间。
朝霞辉映江河红似火，
春来江水滔滔绿如蓝。

长江黄河太平洋雪浪连天，
万里波涛滚滚如画卷巨澜。
激流险滩日夜驶过千帆，
排山倒海载舟覆舟力无边。

水是滋润大地的母亲，
涓流虽细功德无量。
如人类乳汁无比甘甜，
上善若水啊名不虚传！

七律·乌拉盖九曲湾

李慧兰

天河漫漫落苍原，
秀水悠悠润百年。
远眺青龙盘沃野，
近观玉带绕清泉。
马蹄掠岸惊闲鹤，
雁翅拂云过远山。
九曲湾头更九曲，
天公作画画天然。

七绝·梦绕九曲湾

李慧兰

柔云戏水两缠绵，
河柳依依守岸边。
我本匆匆一过客，
奈何玉带把心牵。

从你的世界路过

刘　洁

再没有一座山
如你湛蓝
是谁的画笔触了电

我要和你去
那里
星星会说话

背起行囊
那天起
行囊有了方向

从你的世界
路过
我

草原上

巩晓锋

马头琴儿哟悠悠低语，
阿弥嗡，阿弥嗡……
一弦，多劳作，
劳作得平安。
二弦，多回响，
回响得福报。
策马鞭儿哟轻轻挥舞，
阿弥嗡，阿弥嗡……
一鞭，醒当下，
当下需自惜。
二鞭，醒前程，
前程需诚勤。
蒙古包儿哟暖暖开启，
阿弥嗡，阿弥嗡……
包里，求众生，

众生永宁静。
包外，求天下，
天下永太平。

家

关荣荣

家
一个由十笔组合的字眼
十字征程

让我与你和睦吧
彼此相爱
知道思念从此生根

施洗庄严温柔
让我与你合一吧
生命自此绵绵无期

家
一船星辉，斑斓里放歌
热泪在心中汇成河流

寻求

一首可以相送的音符
祝福印在心间
轻轻敲开了每一扇紧闭的窗棂

牧羊人组诗

牧羊人

岁月静好

季节的栈道
我们都在匆匆赶路

风没有节制
吹拂着
从那个萌动的早春
到一个成熟的晚秋

轻风雨水
还有鸟啼牧歌
载在岁月之舟

几分大的园子

是母亲的
收获的果实
都眯着眼睡在窗台上
母亲笑而不语

而我与文字
交谈了整整一个秋天
黄叶红叶落在纸笺
潮润了我多情的眼眸
岁月静好
阳光洒在大地上

古寺黄昏

这里的黄昏更像黄昏
它们被暮鼓不时地敲击

流水与诵经声是睦邻
彼此间不曾打扰
余晖中相视一笑
越过多少纷扰的春秋

松涛阵阵如歌
斜阳肃穆似血
几声寥落的鸟啼
被风挂在枝头

曲径旁花木禅意

暮色里万物安详
山下的尘世烟火
与古寺只隔一步之遥
黄昏时
似乎又距千里万里之远

晚　秋

只是一夜
大块的云朵走了
一片黄叶含着泪
丢在风里
它们是被一场秋风
吹旧的
白霜挂在篱墙

不说暮色
也不说霞光了
单单是那弯月亮
浮在冰冷的荷塘
足以击碎内心的忧伤

掀开轩窗
园里的草木无语
原来
正都纠结于越来越深的
荒凉

风过云也过
岁月拗不过

牧羊人　本名赵瑞山，内蒙古锡林郭勒盟太旗人。内蒙古作协会员，锡林郭勒盟作协、诗词家协会会员，草原书画研究院院士。作品散见《诗刊》《星星》《人民文学》《文学月报》《内蒙古日报》《长城文艺》等文学刊物。鲁迅文学研修班学员。曾出版《牧羊人诗集》《乡村呼唤》《牧野黄昏》三部个人作品集。

祭祀火神印象

云 清

腊月二十三草原之夜
寒风凛凛，白雪皑皑
漫天的星星似乎近在眼前
牛羊不时发出叫声
身穿蒙古袍的牧人，集中在门前草滩
一年一度的祭祀火神仪式开祭
萨满巫师甩动长发，敲击手鼓
跳起了祈福驱邪的舞步
口中发出阵阵狮吼
额吉点燃挂满蓝白红黄绿五彩布条
图力嘎里的牛粪
风助火势，冲天而起
年长者手握长香
焚香祭拜，高举祭祀礼
唱起了祈求风调雨顺的

蒙古长调赞词
身穿盛装的蒙古族人们啊
围着图力嘎顺时针转圈祭拜火神
喇嘛的诵经声平添了庄严神圣
老额吉手提奶桶，将奶洒向四方
祈求密仁扎木勒火神
赐予人们幸福和财富
保佑草原风调雨顺，五畜兴旺
保佑草原人们，人丁兴旺安康
马头琴拉响欢快的乐曲
姑娘们唱起了天籁之音
蒙古长调歌声、琴声飘向夜空
飘向草原深处

云清，曾用云哥、云歌等笔名发表过作品，蒙古族，1962年2月生于达尔汗茂明安联合旗，现居内蒙古呼和浩特市。中共党员，大学学历,高级政工师。中国诗歌学会会员。河南省《大河诗歌》签约诗人。就职于中国铁路总公司呼和浩特局集团公司工会。2018年2月学习诗歌创作至今，创作并发表了100多篇现代诗。作品散见于《大河诗歌》《星星诗刊》《人民日报》《内蒙古铁道报》等纸刊。

七三一电台[1]

月

共创基业大机房，
人杰鑫开不一般。
风雨同舟宏图展，
玉树临风花满园。

注：① 七三一电台建于1973年1月。

用心去看

王海如

别说没有人能读懂你
你的心只是偶然经过
也别指望谁去读懂你
别人代替不了你的经历
别人的懂和不懂又能怎样
属于自己的生活依然在继续
别去期待什么
时间不会停留
久了以后
你会发现
心会很累
其实眼泪会告诉你一切
生活里遇到琐碎之事时
眼里的泪在为你倾诉着
只要你专注地用心去看

一切的一切会尽收在眼底深处
高兴时眼里闪悦着喜乐的泪光
难过时眼里流露着悲伤的泪水
隐忍时眼里噙着无声的泪花
眼泪流出的那一刻只有你知道
它包涵着什么意义
一步一步踏踏实实地向前走
一眼一眼认认真真地用心看
然后你会发现
生活不会弃你于不顾
只是你的感觉出现了误区
当你惘然若失的时候
你要用心去看
日出从海边是怎样升起
当你顿步前行的时候
你要用心去看
海鸥在蓝天上是怎样翱翔
只要用心看了
你会发现身后藏着另一片蓝天
那将会是你永久停留的港湾
所以你不必太在意
属于自己的是什么
别太介意只要用心了
一切会为你留点儿定义
起步向前走去
也许下一个驿站
就是拥抱你的光环
别说生活尽是淤泥

因为建筑高楼大厦它是主力
别说生活尽是不如意
因为是你没有走进欢乐的氛围
一切的一切都是事在人为
没有定点不走曲线成不了圆
船到桥头船不直靠不了岸
这就是要遵循的规律
顺水推舟焉知退
逆流行船迎风上

七月的情思

紫 藤

一道《七月的情思》命题
把我拉回到远古的记忆
那是一个少女怀揣梦想的领地

你的一个敬礼
深深映入我的脑际
我像是一个被老鹰俘虏的小鸡
没有挣扎的精力
心里编排的都是你的程序

书包里的信纸
衣兜里的钢笔
记录着你的无数信息
让我无法抹去的还有你那一幕幕的淘气

你故意唱着《冬天里的一把火》
灼烫我的眼底
燃烧着每一根神经让我无法逃逸
像个小屁孩似的被你面壁

扁担水井的嬉戏
龇牙咧嘴的演技
让你无法伪装自己
爷爷的责备无理
你也只能对我私语泄气
那一刻我就是你的心仪

如今又是七月
你又在哪里
是否还能记起
曾经被七月洗礼的点点滴滴

祭　狼

王志勇

一匹老狼死了
死在了一块白色的石头上
石头瞬间染上了数条黑迹
祭狼人说
那是老狼肚里流出来的故事

数年前，一场大风雪
把赶着牛车回家的祭狼人
困在了雪原
漫天的风雪，呜呜地响
像有千军万马的鬼
太阳稀薄得就像一盏灯花
忽明忽暗在雪的背后
祭狼人呼喊着牛
牛纹丝不动，垂下了头

绝望

一股莫名的寒气
引起祭狼人的警觉
猛回首
一双寒光闪闪的绿眼睛
盯着他
两条粗壮的腿在车上微微抖动
祭狼人以飞快的速度
拧身抽出军刀
劈向狼头
狼呜的一声跳入雪地
围着牛车转圈，转圈
这是一匹饿极了的母狼

死亡的威胁
随着时间在抖动
空气中弥漫着杀机与挑战
狼屡屡尝试
祭狼人突然灵机一动
拉过一个口袋
把袋里的火腿、猪肉、两只鸡等食品
分散给饿狼
狼
开始急匆匆大口地吃
后来有条不紊地慢慢吃
再后来慢条斯理地挑着吃
双目的寒光渐渐弱了下去

狼吃饱了
抖抖身子向远方慢慢走去

天越来越暗
太阳即将在风雪中消失
绝望的祭狼人
再次挥鞭，车不动，祭狼人的眼中满含着泪
突然
车身颤动
回首
狼跪在雪地
肩部狠狠顶住车尾
祭狼人恍然醒悟
猛烈挥鞭打牛
同时伴着大声吆喝
牛奋力一击
车子滚出了雪坑
牛像受惊般飞快地在雪原上奔跑
祭狼人回首看见
狼依旧在原地伫立
背上有鲜艳的红色流出
风雪中是那样的刺眼
祭狼人的心在
绞痛，绞痛

数年后
祭狼人在暮归途中
看到一个熟悉的身影

在夕阳的映照下
跌跌撞撞地走向坡顶的白石群
祭狼人快马飞奔
狼
静静地躺在白石上
直到看到祭狼人飞快地奔向自己
狼，终于闭上了眼睛
两颗泪珠滚落在白石上
祭狼人抱着狼头
泪飞如雨
几炷清香
几盘羊肉
几瓶开了盖的草原白
染醉了白石滩
祭狼人，在那里
坐了许久，许久

王志勇 笔名寒雨，内蒙古苏尼特右旗文联理事，戏曲家协会副主席，酷爱文学，小说、散文、诗歌作品散见于报纸、杂志和网络平台。

冬之绪

刘冬梅

记忆信笺里
心事揉碎
风带来冬天的落寞

岁月里徜徉
吟咏成诗
诉说着这个季节的美丽

捡起沙滩上的贝壳
心声对影月色
洇湿内心世界

这个季节，等过
这个冬天，无悔过

一壶酒，一盏灯

温一壶酒
品味生活
温暖自己
陶醉了一段岁月

点一盏心灯
安放心窝
照亮自己
绚烂了生活

一盏灯，照亮了心空
一壶酒，温暖了岁月

刘冬梅 笔名：淡然。内蒙古锡林郭勒盟正蓝旗上都镇居民，一位热爱生活、身残志坚的女子，喜欢用素笔便笺记录流年，写下感动、写下纪念、写下触动于心的凝重和缠绵。作品散见于《草原》《锡林郭勒日报》《风沙诗刊》《文学月报》《大西北诗人》《深圳诗歌》等报刊以及网络媒体。

春日牧歌

王平贵

柔风细雨燕飞还，
潋滟清池九曲湾。
远近山丘披绿甲，
高低灌木吐芽尖。
牧羊北塞山花里，
马放南坡水草间。
月上敖包篝火起，
琴声佐酒醉苍原。

八声甘州·情迷五十一

周志闯

醉青天远澈胜如蓝，
莫与竞风流。
更长波九曲，
柳丝滴翠，
绿草无休。
且浪飞风满袖，
红日正当楼。
白鹤登云处，
花乱红绸。
魂洒自然一派，
与朝霞共灿，
紫气同收。
几多耕耘苦，
民政两筹谋。
业初兴，志情如火，

想他年，飞举越神州。
谁同饮，一壶陈酿，
碧草潮头。

北方的天空

关荣荣

北方的天空
宽阔，宽容，洁白
我
为你所吸引
别无所求
感恩

你
视生命至高无上
恩慈执手牵引
为北方的儿女沉醉不醒
感动

北方的天空还是天空
天空的真理

博大，神迹

我还是我
像一束前进的光
存在的意义
熔炉自己
发光做盐

兵团岁月

刘秀英

兵团是一个古老的故事
岁月是一段悲壮的历史
河水是一缕多情的秀发
一直流淌到天边去梳理

沿着石头纹理老树的根
将诗轻埋进草原荒
滩里
不小心成长为片片
绿荫
清晰地记载着世纪
潮汐

兵团岁月沉积点点精魂
孕育了兵团战士的

传奇

荒原的血汗印证了

历史

编织着北疆盛世的

富裕

高原驼队

李慧兰

也许在千年以前就已经出发
一次浩大的远征
那头还在岁月的起点
这头已把行进的队伍走成生存的方式

命运安排你
进行如此沉重而浩大的生命之旅
生活就安排你
组织如此艰难的远行
感动至今

这牢固的长城走势
绵延不断
在民族意识里行走
顽强地横亘于北方辽阔的腹地

这不屈的挺进姿态
把北方的信念从远古引领至今
延伸再延伸

这行走的长城
静卧
是民族的脊梁
行走
是北方的风光

只要向着一个目标
集合起来
就凝聚着坚不可摧的力量

红色嫩芽

——乌兰牧骑

冯崇明

最吉祥的色彩是中国红
最美的红色嫩芽吐芳华
乌兰牧骑啊乌兰牧骑
你是草原的孩子，草原是你的家
小小的嫩芽越来越壮大
乌兰牧骑的队伍心心向着党
不忘初心向前方迎着红太阳
用青春年华绘出最美的画

最悠扬的琴声是马头琴
最自豪的是长调一声声
乌兰牧骑啊乌兰牧骑
你是草原的孩子，草原是你的家
花开六十载草原飘清香
花开六十载花儿更芬芳

踏遍草原溪流，跨过戈壁沙滩
让乌兰牧骑的传统放光华

长调悠长琴声悠扬
乌兰牧骑的歌声最嘹亮
六十载的花儿六十载开放
让草原家乡更芳华
让草原家乡更芳华

乌拉盖芍药

王增儒

风练筋骨雪情怀，
草原芍药应时开。
幽居天边守清丽，
游客文人慕名来。
翠枝摇曳绛点唇，
出浴贵妃脂凝彩。
尖尖小荷含羞笑，
醉里梦乡去还来。

那年夏天

鄂尔虎

那时的我们
刚刚踏进大学的校园
那时的我们，年少轻狂
那时的我们，内心懵懂

多么希望
放学的路没有终点
多么希望
躲雨的屋檐不会有晴天
多么希望
月亮永远挂在树梢上
然而还没来得及和我们的青春岁月
说声告别
毕业照里已留下了
我们灿烂的笑脸

如果
时光能够回到从前
我会鼓起勇气大声说出
我对你的喜欢
而不是像每次那样
总是差那么一点点

谢谢那时有你的出现
有你在的那年夏天
是最美的季节
最好的遇见

春夜吟

醉 狂

竹外新春夜，
潮声隔野烟。
云飞三万里，
月照五千年。
醉酒弹黄柳，
赋诗吟碧天。
知音若相爱，
梦醒落花前。

草原遐思

徐 晴

一匹马以风的速度
四蹄生风
来到乌拉盖茫茫草原

天边草原原野上
天地仿佛相连
马儿口中叼着春的讯息
向九曲湾疾驰而来

那些豪放的唐诗
于岁月中愈来愈近
那些平仄的语调
仿佛是前行中的乐调
在夕阳的渲染下
构成一首首韵律十足的诗

那些唐诗宋词元曲等
以清丽的文风
捡拾满地金黄
醉了千百年岁月
一代天骄成吉思汗
于鎏金岁月中
守候成最豪放的梦

历史在这片草原上
生根发芽
也许千万年之后
谁曾是谁的过客
谁曾是谁的等待
大美乌拉盖草原
雄风万里宏图展

囧 事

王海如

我们出现在同一地平线上
时间却把我们错了位置
大千世界中我们各奔东西
从此我们偏离了交集
茫茫人海中我们擦肩而过
相逢变成了心底的那首歌
风雨兼程中饱尝人间沧桑
追寻着发现深心处流淌着失落
生活里的磕磕绊绊
使我懂得了人生的恩恩怨怨
寻找一个定点去走完心的轨迹
为生活画上圆圆的句号
生活的变奏曲注定演绎着人生命中的不等式
我们不甘心服输命运
于是拼搏瓦解束缚的枷锁

终于心累了，脚步停顿了
回眸过往云烟缭绕
不知道你是否看清我昔日的花容月貌
如今身边只剩下残阳余晖
如果能驾一朵彩云
我一定去追赶夜空中的月亮
带我寻找属于我自己
最亮的那颗星
让星光照亮我寂寞的角落
猛然间你出现在视线里
感觉仿佛陷入了梦幻之中
我伸出手想牵你入梦境
你竟望而却步
心底顿时泪水滔滔
错过了终究是错过了
不是努力了就能成就
不是争取了就能拥有
路过的也许就是错过了
错过的也许就是心动的
不去称量永远是个没准的结局
用心去衡量天平才会平衡静待
雨水代表流不尽的眼泪
歌声表达诉不完的思绪
一生中的路纵横交错
我期望某个十字路口与你邂逅
一起追赶夕阳去看晚霞红
一同观赏舞台闭幕瞬间的精彩
美景是用心勾勒而出的一幅画

真情是从心流露出的一段爱
爱的真谛是牵手
微笑是脸上萦绕的表情
心扉是一种无声的索取
路的终点就是尽头
我们的曾经是注定的
一切随波逐流
我们的现在是不变的
一切随遇而安
我们的未来是永恒的
一切随缘而去
终点处用心地画个圆
把所有归零，完美结束
不是前世的回眸能换今生的相遇吗
不是今生的错过能等来世再相聚吗
人和人的灵魂是息息相关的
人间如仙境，天堂亦美景迷人
脸上布满的痕迹随岁月流逝而淡化
心境平静得像流水再无波澜
曾经的生活磨灭了焰火的气息
一个人漫步在午夜的路灯下
观赏着夜空中的奇妙变幻
星追月仿佛是生活的另一个开端

塞北风光

薛翠珍

览胜何须到井冈，
北疆朔漠好风光。
素装万里天飞雪，
美酒千杯月带霜。

薛翠珍　女，内蒙古二连浩特市人，内蒙古诗词学会会员，素喜文学，尤爱对联、诗词，有作品发表于《河东诗论》《文学与艺术》《内蒙古诗词学会》《楹联天地》《华语诗典藏》《一苇诗社》《中国风》《爱巢新语》《锡林郭勒日报》《草原文化微诗刊》等，其中《七月》一诗获得《华语诗典藏》举办的全国情诗大赛三等奖。

渡　风

关荣荣

花开水墨，嘉南彼岸
方舟下
施洗

道路是你来去的方向
去年
一袭祝福的影，留给了天涯

今日
心存感恩扶风归来
一串音符，一水绵绵
忍耐

你渡风而来，在天宇之上
守望遥远的约定

盼

雨落入眼，浇灌，心底的思念
岁月悠悠
长成圣洁的故园

观水中锦

——观七三一台一角

月

清清河水树影清，
潺潺波上起涟漪。
一朵浮云河心映，
对对红锦圈下依。

敕勒川组诗

李爱国

牧归

一轮皓月一毡包，一野残秋俯大雕。
一地牛羊一牧犬，一声长调入云霄。

夜饮锡林河

听涛月下举银盅，苍野飘香醉阙宫。
对饮长河一夜酒，填棋镶下满晴空。

戍边战士

月盈边塞界碑明，夜半遥听猎隼翎。
最忆持枪驱烈马，犬声惊落几颗星。

赴锡林郭勒草原

毡帐残阳下，孤烟上九霄。
鸣雕行素月，奔马入民谣。
大野羊群远，苍天雁阵高。
怡情迟赴宴，梦醉祭敖包。

访锡林郭勒草原作

北国芳草地，毡房乳香飘。
青野连天际，弯月牵柳梢。
艾蒿隐捷兔，苍天俯神雕。
饮马水弄影，群羊若惊涛。
忽闻长调起，悠然入云霄。
诗话锡林河，把酒祭敖包。

忆可汗西征

远塞皆莽原，漠北苍狼启行辕。
登高飨青野，天低云饶现柳泉。
青野恒青赋青涧，鹿鸣山麓葡萄园。
清池潋滟千里地，目疾万马夕阳边。
浅踏青蒿忆雕客，雄霸欧亚杖寒月。
寒月映北海，重甲过茂林。
箭戈影斜流矢声，霞光尽照高加索。
士穿毡毛靴，腰悬蒙古剔。
苍鹰伏肩头，猎犬奔军前。
山河迤逦漫无涯，持鞭方量牧马园。

虎啸龙吟掀巨澜，刀光人影惊肝胆。
旗猎猎如瀚海，兵浩浩似汪洋。
地摇山动，灰飞烟灭，高垒坚城，风卷残垣。
楼阁阙宇锁霄汉，井市阡陌少炊烟。
春风涌兮遣劲旅，东日寒兮萧萧而哀鸿。
号角起兮军如浪，破敌阵兮弓挽强。
闻刀声而丧魂，秉笔书而断肠。
耶律长须经略，处机仁德权谋。
古今霸道一般同，岁月留痕青史间。
烟云幻影东流水，辞别洛邑西关口，独骑青牛逍遥游。
看懂史实事实千秋事，管他花肥草瘦。

祭 火

张海霞

你看
那熊熊的火焰
金莲川上升腾的灿烂
是蒙古人的温暖
是长生天的祝愿
草原儿女用最虔诚的心
祈求火神施恩惠于人间
豪饮一碗奶酒
一曲高亢的长调
唱出对来年的祈盼

惊蛰·笑谈

巩晓锋

惊蛰夜，
狂笑的风吹掉一地枯枝。
刚醒来的小虫跌跌撞撞，
冻得缩回了头。
我叹，
惊蛰，风为何来？
儿子说，多好，
吹走雾霾。
风笑了！
嘶吼着敲打房门，
倒进一地绿，
洒满花香浓。

大美天边草原行

叶荣颖

春风吹绿了大草原，
山坡上开满红山丹。
大美天边草原壮行，
九曲湾泓水天上来。

美丽乡村建设展宏图，
惠民新歌又唱响天边。
一排排农牧民新居美，
宽敞整洁明亮美如画。

故地重游巨大变化，
昔日偏僻荒凉草原，
今朝现代化农牧民新村，
旧貌变新颜牧民乐开怀。

诗韵丹青墨香谱写草原，
九万里宏图展一日千里。
回想昔日六师兵团小镇，
而今现代化都市美名扬！

乌拉盖水库里的苇荡

清　明

风儿引着麻鸭子一次次潜伏进芦苇荡，就在目光
纠葛时，一行点点小的麻鸭，推起一轮轮波纹。乌
拉盖水库，湖岸更加辽阔。

猛然间鹰隼从天而降，叼走了一只小麻鸭。悲悯
的鸣叫在湖面上摇晃。
又有几棵芦苇花，白了头。
不知道芦苇荡，该有多强的气定神闲，才能稳稳坐
落在乌拉盖水库的小岛上。

清　明　苏和，笔名清明，蒙古族。业余写作30余载，中国检察官文联会员，内蒙古检察官文联文学协会理事。内蒙古诗词学会会员。出版个人诗集一部，诗歌作品入选《蓝——检察诗人十四家》《正义的花朵》等诗歌合集四部。偶获小奖。

大雁大雁

刘　洁

一哨雁阵
唤出当年的我
也牵出一群吃月饼的孩子

追着风中排行的雁
念起儿时的歌谣
大雁大雁排溜溜
后面跟着个小舅舅
咯嘣咯嘣磕豆豆
小豁牙们也跟着和

孩子们，吃饭了
妈妈的呼唤还是那么响亮
恍若回到了儿时

春游江南

大　地

烟雨江南三月春，
和风拂面花牵魂。
遍览神州新景色，
手持黄酒把诗云。

听　雨

刘冬梅

不急不缓
悠长的曲子
音符草原间滴落
期盼，心空唱响

深久的积绪
淋漓尽致地释放
诉说着思念和怅惘
久远的岁月
道着曾经的过往
感怀，忧伤
一生都不会忘却的时光

听雨，听岁月
情怀，永远不变
是那深深的眷恋与念想

莜面最爱

徐巧林

家乡的莜面鱼鱼
经过小媳妇巧手
两手能搓八根鱼鱼
上下翻飞如走游龙

莜面囤囤皮薄馅大
一层薄薄的皮
卷起千层人生
土豆丝萝卜丝
夹杂起别样风味

凉热汤皆凭
个人爱好搭配
陈年坛里的咸菜
腌制了生活百味

油里炝些葱花
红红的辣椒点缀其中
色香味俱全

最爱的山芋
也不甘落后
蒸熟的土豆泥与莜面
经过加工
形成了独一无二的山芋

山上的野生蘑菇
也闪亮登场
融进了羊肉汤中
此中滋味
只有品尝者
才能领略到独一无二的
农家风味

乌拉盖湖畔的黄昏

张海霞

乌拉盖湖古老的故事传颂到今天，勒勒车赶着草原人的梦想渐渐走向繁华。

——题记

乌拉盖湖畔的黄昏
酝酿了一季的秋梦
为乌拉盖草原编织出金色外套
那潺潺流淌的湖水便是嵌了玛瑙的项链
母亲河变得更加雍容华贵

散落的牛羊轻轻地啃着金色的夕阳
它们是生活在伊甸的精灵

傍晚的草原上炊烟升起
远处蹒跚走来的老阿妈

皱纹里刻满了沧桑
手提着奶桶
空气中弥漫着乳韵飘香

悠扬的马头琴声和蒙古长调响彻天籁
欢声笑语和杯盏碰撞的声音在毡包里直到深夜未散

牧人们在长生天的恩泽下更加强壮和豪放
今晚乌拉盖湖畔又是一个不夜天

九月素描

云　清

一叶轻摇
秋风乍起
无数块羊砖堆起云层的厚度
就差一次闪电就可以点燃秋雨
急促的敲门声一样砸在我醉意浓浓的
头上
好吧
让我清醒地接待秋雨的到来

银碗里的酒斟满秋天的颜色
也斟满我眉宇间人到中年的
冷与暖
秋风裹着秋雨把浅黄变成深黄
系上风衣最后一颗纽扣的时候
一种思念急速下坠

由近及远

那一簇簇野菊花在山坡上
摇曳着向远方张望
南飞的大雁
用翅膀撑展四野的空旷
以及
温暖的方向

台美如画

——观七三一台一角有感

月

一鼎凉亭迎风搭，
硕果累累鸟喳喳。
台貌美如画中画，
一场细雨润百花。

北疆情花

关荣荣

北疆芬芳地，
天边竟春华。
海内恋其美，
远播至天涯。
孰知萱草劲，
恋者惜青花。
一世牧人梦，
只待天父夸。
情花做何意？
芳香遍心遐！

夏日草原

刘彩霞

无拘雪朵风流卷，
引我诗情绕岫旋。
俯瞰金莲摇碧野，
凭听绿水捻和弦。
三分雅兴随云鹤，
一片闲心酿玉篇。
最爱高原妆靓貌，
且乘骏足荡翩跹。

月光下的芍药谷

刘海林

此时，乌拉盖草原
月亮很近，草原也很静
侧耳，仿佛听到芍药花呼吸的声音
山谷，任玉体肆意裸露
星星正在伺机偷窥

在草丛的掩护下
一朵花儿与另一朵花儿低声密语
风是黑夜里的密探
不停地骚扰而过

一朵云从另一朵云里挣脱
在风的指引下
试图从唐诗宋词里
寻找一个形容词

天界遥远，花容令月光失色

夜幕，隐藏了太多秘密
一片花瓣把心事，藏进了天河
听，整个山谷都已入眠
风儿知趣地开始蹑手蹑脚

趁天还未亮
有些花儿开始交头接耳
它们正在密谋
明天一场盛大的花事

春 色

王海如

杨柳垂条嫩芽发，
轻风斜摆耍柳样。
细雨浇芽绿意漾，
岸边垂青水中望。
美景迷人水中央，
绿叶衬托粉荷花。
织女下凡天仙配，
鸳鸯戏水配成双。

召唤我

殷继红

枯黄的树叶
写满了我的落寞
荒郊野外
刻写着悲凉萧索
我听到了
百灵鸟的歌声
清脆、神秘
像是召唤我
漂泊、幽怨
奋起、拼搏

这片土地
隐藏了
我的青春
记录了

我的挣扎和快活
有草地
有霞光
有热血
诗意和远方
在召唤我

草枯根在
忧伤藏心窝
梦还在
拨开云雾看我
一个人
江湖何惧
两个人
草原辽阔
播种春夏
秋天就有收获

小嫁春

巩晓锋

夜来大地裹银装，
千朵万朵邀春娘。
齐打扫，
慢梳妆。
小笛悠悠响远方，
轿洒雪烟轻驶来。
娇颜展，
喜门儿开。
一笔青黛二点红，
纤纤玉指君子来！

胡 杨

李慧兰

这是历史遗留的思考吗
活着三百年不死
死了三百年不倒
倒了三百年不腐

究竟浓缩了几百年岁月
书就这神乎其神的传说
究竟磨砺了几百年风云
雕成这宁死不屈的姿态

考证你深刻的年轮
性格中弥漫着原始的倔强
骨子里透露着亘古的不屈

时间在你身上留下的

是生命的缺憾
还是灵魂的拯救

我该以怎样深厚的阅历解读你
——上鼎天
——下叩地
传奇地注释着
你以根的延续缩小大地的厚度
你以干的不屈降低苍天的高度

你以最广的广度敞开胸怀
——问天
你以最深的深度落地生根
——问地

问天问地
天地之间生命的哲学
就在于
屈如根——匍匐而行
伸如干——力鼎苍天
能屈
能伸
才是我反复跪拜的上上签

对生命的敬畏和崇拜
让我以膜拜的姿势
俯首向你

你这不朽的伫立就是一种见证
见证
什么是生
什么是死
什么是虽死犹生

枫树，在高原上燃烧

王晓天

在北方，我脚下
是四季棱角分明的高原
多情而执着地站立
十月，风高于一切
羽翼逃离，色彩沦陷
雪，负荷说不清的心事
纷纷坠落，
化作大地一洼洼含泪的苍凉

这时候，一棵棵枫树
从突兀的山冈跳出
不惧霜刃锋芒
高举火把
燃烧似海
我的枫叶

红于江南二月的相思

急奔而来的人们
抖落一身副作用的词汇，
欢呼，雀跃
搅动
凝固的天空流荡

而我
已站成枫树的姿势
并嗅到
血液燃烧的味道

春的诱惑

刘冬梅

寒冬渐渐离去
一个传递信息的幽灵
在荒原林间徘徊
沉默了一个冬天的心
在寻找着新的归宿

寒冬依然在路上
天空眨着湛蓝的眼睛
风儿吹过年的气息
白云逃避着
却躲不过春的诱惑

父亲的脊梁

——于父亲节致父亲

杨 东

父亲冷峻的脸庞，永远镌刻着刚强
严厉的目光，深藏着对儿女的期望

父亲，是一座高山
任风吹雨打，终不改模样
父亲，是一片深邃的海
容纳生活无数的苦涩与沧桑
父亲，更是一堆燃烧的火炭
为儿女释放所有的能量

可生活这辆车父亲拉得真的好沉呀
有时压得他几乎迈不动步伐
尽管梦想犹如隔海相望
可父亲依然挺直着脊梁

当疾风骤雨再次疯狂，
他消瘦的肩膀毅然拼力去扛
终于等到我们羽翼丰满
再也不用父亲为我们遮挡
留在我们记忆里的
是父亲转身的背影和依然挺直的脊梁
多年后，儿女终于明白
父亲，对我们的爱深似海洋
他的选择是另一种隐忍和坚强

山一程水一程

关荣荣

山一程，水一程，身向嘉南彼岸行，枫红夜自明！
艰一更，阻一更，心盼天宇义上行，勿忘月日明！

玉树同根

月

璀璨斑斓月满门，
异彩纷呈趣林森。
深情逸兴横秀景，
玉树临风皆同根。

九曲湾怀想

王增儒

心随星斗共阑珊，
玉带飘落九曲湾。
莽原逶迤千山翠，
飞雪飘洒万川眠。
风追铁甲弯刀急，
箭矢如雨石生烟。
世祖自此成大业，
鞭梢指处世胆寒。

我心中的太阳暮色

王志成

辽阔的草原
天边的余晖
远处白云朵朵
毡房的炊烟早已升起
似能闻到奶茶的香味
牧羊人在扬鞭
声音响彻天际
羊群好似眷恋落日
放慢了自由散漫的步伐
低头嗅嗅这嗅嗅那
本来已经饱饱的
但还在想着满意的美食
离毡包越来越近
羊群开始扩散开来
牧人卸下马鞍

放马自由食草
才健步向毡房
手扒肉奶食与草原上的芳香
牧人的劳作在暮色下拉下帷幕

王志成　喜欢文学、书法。内蒙古通俗文学会会员，锡林郭勒盟诗词会会员，锡林郭勒盟乌拉盖文学会会员。

我是荒原小苦菜

周全孝

我是荒原小苦菜
历史的暴风把我掩埋
破土萌芽的梦想
被沙尘冰雪覆盖

应季的节气
没把生命遗弃
狂风暴雪摔打的种子
有了扎根贫瘠的希冀

不论土壤的质量
只要生命的顽强
哪怕只有分寸空间
不死的灵魂就能挺起脊梁

无权在花海徜徉
只能在荒原歌唱
不怕没人为我鼓掌
开心快乐就足够我欣赏

绿色是天性
食用是奉献
消炎焙火是生命的色彩
吐故纳新是甘愿付出的品行

我是那株小苦菜
冷风吹暴雨打
艰难困苦把根扎
待到山花灿熳时笑在泪里洒
穷人把我当饭吃
富人把我摆上桌
我心爱的荒原啊
坚忍顽强那是你的基因和血脉

知识的海洋广阔无垠

叶振亚

原始蒙昧历史一瞬间，
类人猿长河岁月狩猎。
直立行走造劳动工具，
结绳记事创灿烂文化。

宏伟知识殿堂金碧辉煌，
无数知识精英千古流芳。
人类嫦娥奔月龙宫探宝，
穿梭在漫长知识隧道中。

历史长河中科学知识，
日积月累啊积沙成塔。
人造飞船星球探险啊，

知识的海洋广阔无垠！

漫漫人类历史长河中，
知识的海洋源远流长。
知识的力量如日中天，
知识的海洋丰富多彩！

茫茫宇宙无数天体中，
知识创造了世界奇迹。
互联网高科技地球村，
知识迸发绚丽的火花！

新能源新技术纳米时代，
知识滚滚洪流一日千里。
青山遮不住毕竟东流去，
知识的海洋啊广阔无边！

祖国你好

冯崇明

小小白杨快快长大
长大和我一起守边疆
小小飞鸟快快飞翔
和我一起守卫祖国的蓝天大海
在我很小很小的时候
就唱着社会主义好
这是一首不变的歌谣
祖国啊你好，你好
我就像一棵小小白杨
为国家安宁站岗放哨
任凭狂风吹何惧暴雨打
紧握手中钢枪像泰山一样

在我很小很小的时候
就唱着五星红旗飘

这是一首永恒的歌谣
祖国啊你好，你好
我就像一只小小飞鸟
守卫祖国的蓝天大海
上九天揽月下五洋寻宝
就像“东风快递”怒吼冲云霄

祖国啊你好，祖国啊你好
五星红旗飘呀飘
祖国啊你好，祖国啊你好

又是一年中秋月

云　清

还是我们兄弟姐妹五家人
还是两张大圆桌
还是内蒙古人常喝的草原王
还是倒满白酒的银碗
只是少了走了十年父亲的银碗
走了二十二年母亲的筷子
大概我们已经习惯了或者早已经忘掉了
每天忙于工作的孩子们
聚到一起自是欢声笑语
有说不完的话
醉意朦胧的我
看着他们
忽然觉得父母并没有离开我们
在这群孩子身上
找到了他们的影子

父母辈

巩晓锋

昂首独行闯天下，
创立鸿业成就他。
双手托起家族业，
只为添增家国华。
今朝慈母生辰日，
双手合十心中念：
一念慈母如水爱，
二念慈母如松龄！
质朴自强为祖训，
父母精神永相传！

草原魂

岩　棠

给我一匹铁青马，
男儿当横行！
七彩长鬃卷入云，
铁蹄腾跃宛若龙。
啊！天苍苍，野茫茫，
给我一匹铁青马，
男儿当横行！

给我一把马头琴，
长歌民族魂！
响遏行云震林泉，
英雄史诗弦上传。
啊！天苍苍，野茫茫，
给我一把马头琴，
长歌民族魂！

给我一碗马奶酒，
为国解千忧！
一樽上马走天下，
无怨无悔不回头。
啊！天苍苍，野茫茫，
给我一碗马奶酒，
为国解千忧！

写在《最后一名知青战友“归队”》

刘秀英

朔风香雪风吹落，
凝玉化霜归青冢。
天地共泪泣悲歌，
战友情深忆蹉跎。

雁回归

王海如

雁南飞雁北归
雁叫声声人心碎
宛如游子离家归
游子能诉流离苦
大雁苦衷谁揭晓

天空中雁飞行
行行排成一字形
宛如军人站队形
转眼变换人字形
难辨谁在编队形

头雁领尾雁随
领头大雁路自清
宛如导航引雁飞

谁能看透雁心声
雁语只能雁知晓

雁南飞雁北归
队队行行整齐飞
宛如军队远行归
一年一度往来回
难辨雁儿谁是谁

忘尘谷

关荣荣

熬炼清骨绘春城，
千秋万代晨初耕。
一心一灵真本色，
花开不落结永恒。

父亲母亲的那个年代（组诗）

尘之光

父亲与马

脾性再烈的马
被它的主人牵进我家小院
只需父亲轻抚几下
就温顺下来

此时的父亲，从马掌磨损的残缺
就能读出它们的疼痛
和走过的路

后来，那些钉过的掌
一夜间从父亲的铁锤下走失
二十多年的至交，与他
突然断了联系

父亲再也没有提起有关马
和马掌的
那些故事

母亲与白云

大团白云，被她撕成薄片
絮进裁好的布料，做成扛冬的棉衣
抵秋的夹衣

仿佛整个村庄的暖，掌管在母亲
一人手中
乡亲们排着队候在我家屋门
那时，母亲像一头老黄牛
又像一位女王

港台流行歌，如旋风
吹走母亲手中的白云
母亲终于直起腰身，拢起多年
不曾露出的乌发

而送别白云的母亲
好长一段时间
坐在炕上痴望着蓝天

一个时代的远去

父亲母亲竭力解脱的
那个年代，用一个利落句号做了了结
连打愣怔和思想缓冲的地带
都没留下

马，驮走了父亲半生汗水
白云，带走了母亲的青葱
时代的雨水，浇灌出一茬又一茬
令他们匪夷所思的花

父亲的马，变成了浮云
母亲的白云，更成了浮云

尘之光 臧金芳，笔名尘之光，内蒙古乌兰察布市作协会员。作品见于网络平台及报刊，有作品发表于《风沙诗刊》《少陵诗刊》《华夏文学》等。作品《昭君，请跟我来》获得内蒙古“昭君文化杯”全区首届正北方诗词奖一等奖；《思乡的小鱼》获得“月映丰川、放歌丰镇”二等奖；《草原深处的倾诉》获得呼和浩特“文史杯”比赛优秀奖。

西苏采风

月

春日西苏来采风，
碧空如洗彩云飞。
东风吹得白云散，
万马奔腾牛羊肥。

父亲的烟斗

薛翠珍

夜很静
听到了一场久违的雨声
干渴的庄稼笑了
忽明忽暗中
父亲的烟斗也在笑

一份录取通知书
一个农家孩子的希冀
全家人欣喜
好几天父亲早出晚归奔波
在夜里
当我看到父亲忽明忽暗烟斗的时候
父亲悄悄告诉母亲
姐姐的学费有着落了
还托人批条买了一块手表

咱再苦也不能拮据孩子

七旬的奶奶做手术了
疼痛难忍无法入睡
一个多月
没有看到父亲的烟斗
每晚月光下只是看到父亲抱着奶奶
清瘦的身影像一张古画
告诉母亲买点抹的药
说自己屁股起泡掉皮了
父亲很耐疼
是一个不轻易用药的人

梦已醒
奶奶还是走了
夜，像一扇关不上的窗
凉意里，父亲又拾起烟斗
月光下那张憔悴的脸
随着烟斗忽明忽暗
……

行吟乌拉盖草原六首

徐进昌

大美乌拉盖

天边草原天造美，草盛花妍接云天。
引来四面八方客，争赏芍药晤花仙。
九曲湾畔听河水，柳丛游龙壮画卷。
此番景致何处有？乌拉盖河是家园。

圣洁乌拉盖草原

蓝天搭台举盛会，白云比俏登台来。
谁裁白云三千朵，六万银羊游天外。
蓝天云女翩翩舞，碧草银羊处处彩。
远山舞动白绸带，白云芍药任你猜。

乌拉盖河

一条玉龙来天边，千古一爱惊地天。
千转百回戏草地，一身是胆闯千关。
九曲回肠吻草地，百花丛中结姻缘。
圣祖休养强兵地，乌拉盖河谱新篇。

江城子·乌拉盖草原行

绿地千里烈马狂，原野香，牛羊壮，驱车携友，绿地觅诗行。绿野怀抱相牵手，紧招呼，摄影忙。

草地绿透好还乡，俏模样，心向往。攀谈牧人，如今已小康？70年草地话沧桑，诉衷肠，暖心房。

乌珠穆沁草地行

一阵喜雨来天外，痴情故人牧乡来。
群山如黛天边挂，羊群飘逸画面开。
曾博冰雪护羊群，房新棚新畅情怀。
声声赛奴动情语，事事暖心遂愿来。

乌珠穆沁牧乡行

牧乡别墅景象新，牛犊羊羔比天真。
十个覆盖面貌改，水净书美暖人心。
风雪牧羊何曾远，如今洋房伴羊群。
电脑微信连世界，牧人家园梦成真。

好公仆

游 子 王建华

感谢党的好政策
百姓生活节节高
大海航行靠舵手
群众有了引路人

雄鹰展翅腾空飞
俯瞰草原春盎然
大好河山九曲湾
哈拉盖图美如画

引领人们奔小康
勤俭节约更光荣
领导以身来作责
遵纪守法好公民

哈场风光无限好
迎来四方宾客游
文明村镇人人夸
扶贫攻坚奔小康

回　眸

张国胜

在记忆中
你出现的时候
是缤纷多彩的六月
河水泛起涟漪
波光粼粼

芍药花开的季节
相遇在乌拉盖草原
流连于花的海洋里
心也在此时此刻萌动
于是就有了憧憬和向往
有没有人告诉你
我看见芍药花开时
你已走进了我的心里
让我的心汹涌澎湃

回眸时只是多看了你一眼

从此便有了永远的回忆

小　聚

刘秀英

初冬零星雪乍晴
西沽小聚乐众英
品茶论酒花袭人
感恩兄弟姐妹情
楼内花香楼外冷
兰浆波摇落日轻
同连虹桥联雅集
西风黄叶天趣成

牧人与烈马

牧羊人

在辽阔的乌拉盖草原
接过阿爸的套马杆
将烈酒灌进皮囊
勒紧腰间的彩带
踩着风翻越马背

烈马的嘶鸣
就是游牧人的长调
风声中腾空扬蹄
草儿在数次酣战中
绿了又要泛黄
经历了无数次力的较量
蹄声没进芨芨草的胸膛
上都伦河在牧歌中吟唱
驱赶烈日与风暴

牧人的岁月没有忧伤

仰脖豪饮烈酒
马头琴在毡房拉响
鬃毛飞扬
牧人的生活永远在远方
下一程的敖包
在敖特尔的坡上
系满湖蓝的哈达
在风中扬了又扬

疾驰马背的牧人
牧鞭甩响
乌拉盖草原的太阳
被赶下山岗红霞满天际

家乡颂

王建华

喜鹊枝头叫喳喳
村里来了带头人
陈旧垃圾被赶走
新村新貌新风尚

环境意识牢牢记
爱护家乡寸草根
植树造林干劲足
造福子孙美名扬

——春风吹进来
吹来村庄好时光
机器轰鸣人欢笑
鸟语花香新气象

朝气蓬勃年轻人
龙腾虎跃齐上阵
村庄旧貌换新颜
迎来百花齐开放

青山绿水家乡美
漂泊游子盼春归
百姓安居又乐业
路灯照亮新生活

贺中华人民共和国成立七十周年

赵建英

七十年，风雨披荆斩棘，
七十年，风雨兼程，
号角一声响中国人民站起来了。
十四年的战争洗礼，
山河哭泣，
被践踏的故乡终于回归国人。
沿着历史的足迹，
光辉的历程波澜跌宕。
看世界风云滚滚，
看东方一派霞光。
四十年前的一声春雷，
在东方古国的天空炸响，
一位伟人搬动着舵盘，
让社会主义的航船，
乘风破浪、砥砺前行。

在市场经济无限宽广的海洋，
插上勤劳致富的航标，
无数弄潮儿争先恐后、脱贫致富。
你的智慧让中国从弱到强，
你把中国推向世界舞台中央，
条条大道纵横交错、四通八达。
小楼新剧一夜剑指南天。
“一带一路”世界皆称颂，
国富军强人民幸福安宁。
多少翻天覆地的变化，
多少可歌可泣的佳话。
谱写一曲感天动地，
气壮山河的奋斗战歌。
励精图治，继往开来。
去谱写东方和谐的新篇章，
去拥抱二十一世纪民族复兴的曙光！

春　风

巩晓锋

春请客，
风发柬。
草儿为毯，
羊儿为花。
呼麦为歌，
牛奶为酒。
一敬，唤醒心的梦想，
二敬，滋养生的希望。

登 楼

醉 狂

把酒登栏阙，
谁能解我愁?
云低山漠漠，
月落水悠悠。
闭目鸥声远，
凝神春气收。
良宵好沉醉，
携雨下西楼。

风中劲草

关荣荣

雪里寒梅迎风绽，
风中劲草磐石生。
欲把永恒传天下，
肢体合一筑长城。

秋到草原

王增儒

秋高气更爽，
疾风催草黄。
知时燕雀归，
牛羊早换装。

训　马

王平贵

套马长杆挥百匹，
飞腾绿野响苍穹。
白驹索后惊挣甩，
跃立前奔狂抖鬃。
左蹬脖斜蹄刨地，
鼻喷右绕首低冲。
天边晚霞西垂落，
牵骑归营笑语荣。

雪踏春来

月

遥望白雪踏春来，
西苏内外路露寒。
万家灯火览盛宴，
咫尺欢颜亲情连。

井冈山的红旗

——记2018年8月井冈山学习

林燕妮

井冈山的红旗迎风招展
层叠轻柔，缠绵湿漉
弥漫在五百里巍巍山峦
缥缈在五指峰下赣江畔
亲爱的游客
不要责怪我迷蒙了你的视线
你可知我的身躯
承载着几多烽火硝烟
看五井大小相连
我曾为在此长眠的亲人哭坏了双眼
走黄洋界上
弯弯山路见证了血染河川
听那瀑布潭水至今还在深情长叹

亲爱的游客

井冈山的红旗迎风招展
不要责怪我迷住了你的双眼
我怕断壁残垣上的坑坑点点
让你想起飞弹满天
我怕八面山的红旗飘的你泪流满面
你就在百里竹林听细雨谱写梵音吧
你就在红豆杉与石楠树下看它们联袂合欢
你就听这浓翠碧绿是怎样把岁月序曲唱得壮怀激烈
你就看这碑林追忆尊尊雕塑怎样把轶事刻在心间

亲爱的游客
井冈山的红旗迎风招展
不是我诚心遮挡你的视线
草木葱茏埋忠骨
四万八千人让我的身躯在泪水里沉淀
我依依不舍
呢喃缠绵
一层浓雾一层思念
彪炳千秋的历史沉重得让我无法入眠
散着光阴味道的花草
分分秒秒萦绕着我的眷恋
我知道缅怀遗志的脚步从不停止向前
我知道血染的根茎会让初心不老
看山河共今朝
井冈山的红旗迎风招展

春风来早

刘冬梅

把柴米油盐装进岁月
生命在流年里碾碎浮躁

四季轮回日月丰盈
热土中又溢出年的味道
上都河，犹如青鸟
传递着春的信号

春风来早
吹奏着草尖上的长调
长生天谱写出大自然的旋律
查干萨日①的火光映红天稍

我坐在穹庐之上
观看那喷薄而出的旭日

寒冬，还没顾上脱去外衣

暖阳伴着绿韵早已先到

注：① 查干萨日：白月，蒙古族人的春节。

小雨春游

王海如

风陪小雨来游春
淅淅沥沥随风扬
尽情挥洒尽情唱
春雨拍打玉门关
忽听耳边传燕语
快快藏身屋檐下
暂避风头躲躲雨
转眼又入风雨季
年年筑巢屋檐下
低人一等心堵畅
小燕言传埋怨语
大燕开导小燕语
凡事都要至低起
你看建屋立根基
抬头才见有屋檐

风雨历练你长大
小雨听后心欢畅
小燕难懂风情味
没有滋润哪来园
还是大燕解人意

九曲湾诗歌二首

石玉宝

一

碧草蓝天九曲湾，情思漫漫几千年。
悠悠河水吟长调，郁郁柳丛抚岸弦。

二

月夜聆听相会曲，黎明绘制彩霞天。
清流缓缓白云绕，净水一泓总不言。

酒

王晓天

这美丽的琼浆
这流动的精灵
是天地果实阵痛的涅槃
白的浓烈
红的绵延
黄的淡雅

那千姿百态的衣裳
更显得华丽尊贵

柔柔的浸在唇口
绵绵的涌过舌面
滔滔的灌下喉咙
在杯的交盏中
它会在你不自觉时

悄悄地剥去你坚固的伪装
偷偷地公开你深藏的秘密

这美丽的琼浆
这流动的精灵
是贪的种子
是欲的化身
是欢喜的膨胀剂
是忧愁的浓郁散

它可以燃烧成火
也可以寒凝成冰
它会使聪明插上翅膀
也会使愚蠢带上枷锁
它会让真诚收获友谊
也会让私欲膨胀自焚
它会拨弄理智的弦
你的人生
既可以春华夏艳
也可以秋枯冬寒

狼图腾（草原狼）

刘秀琴

机警在原野
披一身沧桑
从来使命不为牛羊
你是星夜的精灵
你是草原上的王

身如闪电
目露荧光
一身傲骨
不为嗟来之食弯曲脊梁
总是凝聚集体的力量
浴血奋战护卫自己的领疆

夜幕下仰天长啸
流露心中无尽激昂

世人只见到你食肉
谁又曾看到
你在痛苦中
默默地疗伤

从不退缩
从不迷茫
生存的领地
永远的战场

草原的两片树叶

薛　果

走进乌拉盖秀美草原
白桦林美景跃入眼帘
一片树叶已经落下
一片树叶正在下落
落下的就在地上
下落的还在空中
落下的和下落的
先前同挂树枝上
一样晒过太阳，一样看过月亮
共染过新绿，同呈过金黄
也在风雨中瑟抖，也在秋季里暗淡

如何能够听懂两片树叶的语言
落下的，下落的
可以是今天，也许是昨天和明天

并非静静悄悄，也会蹁跹柔转
这样的时刻，不是要吸引眼睛
不是喜欢一座高山或偏爱那蓝海
不是。不是要寻找，不是去美游
两片树叶，落下和下落
都有理由。身外的一切多么喧哗
无声无息，摇飘而去的选择
也视为一种尊严

两片树叶，已不在眼前
无论是那不同的纹路
还是那稍异的叶色，均已行远
这天空下是否有一种
落下和下落的树叶才听懂的
呼唤

朱尔沟村的千年老树

云　清

斑驳淋漓的树身
到处张着小口
似乎要迫不及待
讲述自己的故事
他并没有直立
而是依托粗壮的根须
匍匐向东
它或许是一个斗士
正在振臂高呼
向前冲锋
或者更像一个耄耋老人
述说岁月艰辛
世事轮回
沧桑巨变
风扯着缠绕在

树上的哈达绸带
上下抖动
似乎在轻轻抚摸
前来祭拜
它的人们

美丽的九曲湾

冯崇明

九曲湾，九曲湾
九曲湾在锡林郭勒天边大草原
在天边大草原

天下黄河九十九道弯
最美的景色在天边草原
九曲湾，九曲湾，美丽的九曲湾
洁白的云朵，蓝蓝的天
九曲湾，九曲湾，美丽的九曲湾
绿波荡漾，花儿正鲜艳
多少好文章，多少好诗篇
多少英雄豪杰
传颂在美丽的天边草原

长调悠扬，琴声醉心田

牛羊一群群，奶茶飘清香
这里的人们勤劳生活多美好
这里的人们勇敢骑马射箭摔跤
这里的人们善良和动物共和谐
这里的姑娘最漂亮
就像一朵朵绽放的格桑花
九曲湾，九曲湾
鸟儿唱情歌蝶儿舞蹁跹

远方的客人流连忘返
留下了多少美好的祝愿
祝愿九曲湾，祝愿大草原
幸福美丽，永远永远

天边骆驼

关荣荣

寒沙苍苍透刀瘢，
白雪茫茫窟更寒。
思南极乐永向前，
天边骆驼登塞垣。

月下凡间

月

琴声曼曼心飞扬，
一轮明月下凡间。
夜落中秋开远景，
沁雅柔美轮美奂。

爷爷的故事

刘海林

太爷爷为了讨生活，
一个人背个担子进大漠。
他爬过大山蹚过河，
磨破鞋底脚磨破。

爷爷调牛是好手，
队里安排他赶大车。
牛铃儿叮叮当当响，
那是山里最好听的歌。

爷爷赶过牛车换马车，
马头扎朵花儿，那个得瑟。
几个车倌去张家口进货，
那个美呀，没的说。

父亲有辆自行车，
还是二八式飞鸽，
驮过粮食驮过柴，
带过母亲带过我。
黑色的车梁掉了漆，
可他每天都乐呵呵。

我买了一台四轮车，
又能翻地又拉货，
拉回粮食进城卖，
一天能打个来回还拉得多。

儿子现在开汽车，
车子省油还快太多。
你可别笑俺土老帽，
那个方向盘呀，
到今儿俺都不敢摸。

听说城里有了动车，
俺在电视里见过，
得空咱也去坐坐。
咱老百姓生活越过越红火，
靠的是国家的好政策！

很久很久以前

原作：日·却纳木　翻译：姚俊秀

老祖还未生高祖的时候，
幸福还未找到快乐的时候，
和平的白鸽，
还未衔着橄榄叶的时候。
在炊烟缭绕的哈那上，
美丽诞生的时候，
水边牧马的空谷里，
马驹长鸣的时候。

走进乌拉盖（组章）

清　明

天边的草原，很大，永远也走不到边际。
乌拉盖，很小，像一枚徽章，佩戴在胸前。

谁说这不是诗人们，一次初心的萌动。在诗人的目光里，乌拉盖草原端庄矜持起来。墨绿色的草地，听得见微风猫行的脚步声，烂漫的花枝，在草丛中探头探脑。

蝴蝶扇动着缤纷的翅膀，引诱采风的诗人们，忘却回家的路。百灵在远方集结着，把草地一块块抬起来，又放下。

那些无名的小黄花，还没来得及收起春天的尾巴。乌拉盖敞开胸怀，唱着乌珠穆沁长调，把蓝天一般的祝福，挂在远方客人的肩上。

锡林河

李慧兰

你是不朽的
生命脐带
根一般引领我

你是不竭的
爱情奶酒
血一般燃烧我

你是不期的
心灵哈达
禅一般祝福我

我出生在你不羁的河床
蘸着你
绿草的绿蓝天的蓝

书写人生

从此
我的生命在你亲切的河道里
日夜流淌
你的历史在我凝重的血液里
不断延伸
走进你的那一刻
命运就有了某种归宿

在欲望的江湖里闯荡久了
心上落满了红尘
每一次在河岸打坐
都让我脱胎于原始的圣洁中
每一次涉水而过
都让我彷徨的足印走进新的冲动

锡林河啊——
你是时间的起点
你是生命的源头

传说这古老的河
就是成吉思汗饮马的河岸
传说这九曲长河
是成吉思汗夫人飞落的丝巾

其实
这是草原儿女的柔肠百转

这是一条河对草原的深情眷恋

我想成为你九曲盘旋
盘磨在草原腹地
盘出你迤逦的身段
我想成为你涓涓缠绵
缠绕在花草河边
缠成我的宿命姻缘

锡林河不管风云如何喧嚣
你总是这么安静
静得像出水的少女

锡林河不管时光如何老去
你总是这么美丽
美得柔软如缎

任所有过客盘点心事
任匆匆年华蜿蜒远去
只要留一个温婉从容面对人生

河道弯弯流水潺潺
那流水好像一双手
轻轻地弹拨着我的心弦
所有思绪都是你涌起的波澜

好想握住这双手
握住我的梦握住我的春秋

好想握住这双手
握住你的情握住你的温暖

就这样我
把悠远和葱绿作为底色留在梦里
把河道和根系作为路标留在心里

河流很长
根脉很深
我守着你，如同河流守着草原
我守着你，如同根脉守着绿色

年复一年是为了等待天鹅的翅膀
一次一次滑过你的宁静
日复一日是为了等待蓝色的波浪
一寸一寸漫过我的心灵

大雁浅足
这是迁徙路上
一次温暖的停靠
牛羊深居
这是逐水草而生的两栖家园

我古老的毡包
我崭新的楼房
都坐落在河的两岸
马达轰鸣是草原最美的和弦
风机林立是河畔最新的画卷

又唱起那是首古老的歌
“锡林郭勒草原上，有一条天上的河”
又一首《再唱锡林河》
“我们再次把你唱起，我们再次把你靠近”

我要跟着你到草原深处
去圆一个古老的梦
去触摸一种天然
去放纵一种浪漫

我要沿着你赶往远方
去圆一个蓝色的梦
去追寻一种高远，
去浪迹一次天边

六　月

刘秀英

相聚天边草原
少小离别聚草原
才见圣泉
又袅茶烟
芍药花香话当年

起舞吟诗心怡然
月上绿原
放歌青山
山影水声共流连

我在想

王海如

我在想
从前
我的生活在于百炼成钢
忘了自己
对镜贴花独特的美丽
我在想
很久
分不清自己扮演的角色
忘了岁月
激情的燃烧早以褪色
我在想
生活究竟是哪儿出了问题
你在哪儿
原来地平线处错了位

右手握枪

——于九一八

巩晓锋

夜晚的黑
无限扩大我手伤的痛
如火灼般
彻夜难眠

不知
当年的你
握枪的是哪只手

伸出手
穿过指缝
我看到了
看到
你右手拿枪
看到

你含泪的双眼
看到
你们举枪挥舞、喝彩

将受伤的右手
攥成拳
举到右肩
致敬

感 悟

王增儒

桃红柳绿妆江南，
四月飞雪是胡天。
千山弄影随风舞，
万马奔腾逐浪翻。
旷野无际河湖小，
白驹过隙心路宽。
枯荣劲草量岁月，
成败人生亦天年。

我的花儿狗，在想些什么

原作：日·却纳木　翻译：姚俊秀

不论我这样的人，
还是你那样的狗，
无论老幼，智者还是愚人，
都受到世间无言的律法的掌控，
向着人笑，背着人哭。

梦别羊盘[1]

周全孝

夜朦胧
月色把山雀惊醒
沉寂
陪伴勒勒车独自夜行
我的心早已飞回牧场
宁静的羊盘不再宁静

悄悄的梦别
正如我悄悄的梦来
挥挥手与羊盘作别
蒙古包的依恋怎能让我走开

沟壑坡湾绽放的山丹花
那是原上最美的新娘
夕阳下的艳影啊

在我动情的心头荡漾

老榆湾的那眼清潭
碧波粼粼蜻蜓戏水
揉碎了牧羊人的惆怅和爱恋
沉淀着千年不老的梦幻

那泉水灌注的潭啊
是我梦中的眷恋
是我心灵的驿站
是我清洗伤口挺起脊梁的港湾

草库伦的枳芁柠条
依风起舞招摇
百灵、画眉蓝天翔绕
野兔野鸡在草丛蹿闹
我能想到的
甘愿做棵绿地的小草

晨曦惊起沉睡的羊盘
炊烟夹着羊粪味飘向云天
毡包四周羊羔散漫
夕阳西下群羊回吃排成了横线

寻梦驾辆古老的勒勒车
驶向峡谷驰游密林
满载一车星辉
在色彩斑斓的牧场放歌

但我只能低吟
低吟是别离的笙箫
鸟雀也为之沉默
沉默是今宵的基调

我轻轻地别
正如我轻轻地来
挥挥衣袖
别离的眼泪我无力节流
拥抱草原牵手牧场
远去的羊盘在虚影里泛呆

注：① 羊盘：称牧场，还称草原。

明月千里寄相思

薛翠珍

桂花饼散发着清香
草原王
火辣着胃囊
中天满月翻动着愁肠
我拿什么去释怀我热恋的故乡

炊烟袅袅的村庄
养育我一路成长
青春的孟浪
让我插上一双翅膀
千里外放飞自己的梦想

羊肠小道
学龄前的歌谣还在回荡
蒿草兰香

曾经让我浅步流芳
牧牛背上缠绵着火红的夕阳
那是小村最美的遐想

守护热土一方
日出而作日落而息
是小村人的生活模样

村口的张望
年轮的深藏
清泪几行
将冗长心思
写进月圆写进柔肠
塞进行囊

梦仙境（借平凡老师图题诗·新韵）

月

不恋美景玉影忧，
青草葱茏岁月悠。
人仙传奇皆有梦，
笛声曼曼遥相犹。

风度云水

关荣荣

一江云水一颗心，
一树梅红谷天青。
一座天边奇观映，
一终南山接繁星。

新　春

刘冬梅

时间不言不语
一眨眼
冬，迎接着春的黎明

锣鼓喧天
敲开了新年的大门
和煦的阳光释放着能量
期待着长空飞鸿

流光溢彩
凝聚着浑善达克的激情
冰封的上都河
涌动着春的血脉与生命

海棠花

大　地

阳春三月日丽天，
庭前海棠叶如蓝。
花瓣如粉初含羞，
香蕊暗藏蝶相恋。

静谧的夜晚

原作：日·却纳木　翻译：姚俊秀

静谧的夜晚，站在旁边，
忠诚的卫星，盯着脚踝，
温顺地摇着尾巴。
我的花儿狗，在想些什么？
十六的月亮更近了一些，
花儿狗，不会想我所想，
关于它自己，也在思考着什么。

静静的夜晚，能听见星星的私语，
花儿狗，不会想我所想，
关于它自己，也在思考着什么。
十六的月亮更近了一些，
花儿狗，不会想我所想，
关于它自己，也在思考着什么。

风入松·金莲川故乡晚春

张海霞

和风送暖落红香，野鸭河塘。坡西岸柳涂新绿。雁归时，队队行行。鸟雀枝头昵语，蝶蜂蕊上寻芳。

一川春色醉心房，几许柔肠。白云为纸书横字。颂长歌，诗梦飞扬。天韵尽归笔底，乡愁卷入行囊。

念奴娇·春愁（新韵）

郭欣格

临风把酒，看孤篷万里，云中无迹。愁雨惜花三两点，知为谁生春意。落日西沉，琴书消散，杳杳人声寂。红尘难断，怎将山鬼寻觅。

醉后两目潇潇，酒痕衣上，遥把多情寄。染纸挥毫吟故事，写尽经年回忆。浮世悲欢，万千风月，不过诗情里。横笛吹断，再借疏影归去。

偶 遇

清 风

美丽乌拉盖碧蓝的天空上
偶有几朵白云飘过
不远处一群羊儿
正在悠闲地吃草
此刻，忽然忆起了
正在山坡上牧羊的亲人
翘首盼着远方亲朋的到来

那一排排洁白的房屋
静静矗立在时空中
与岁月对话
与季节物语

一层薄雪柔柔地铺洒在原野上
那么轻柔

那么灵秀
透露着一股精灵劲儿

那一棵棵挺拔的树
静静地立在那一隅
聆听岁月之外的馨音
渐已漫盈四围
默默地生长
默默地奉献
守着那一方净土
直至开花结果

塞上春

岩 棠

这儿的春天，
欲来又还，
乍暖复寒，
总是趑趄不前。
鲜见小草探绿，
时有风雪迷漫。

但我还是爱她，
那高天飞云，
澄澈而湛蓝，
那红日喷薄，
让大地抖掉严寒。
更有穹庐孤烟，
在皑皑莽原升腾，
是何等温暖壮观！

这儿的春天，
不会让你慵懒，
银树冰花精神抖擞，
山峦河川清气飘然。
用呵气暖暖双手吧，
攀上雕花马鞍，
一鞭飞雪放歌，
春，在马蹄后面！

注：

3月11日晨
雪花
飘落掌中，融为晶，
莹一握，沁凉清冽，
草成此诗。

新农合之歌

冯崇明

你从北京款款走来
带着党中央的关怀
走进了塞北的村庄
走进了江南的水乡
盛夏里你是遮阳的伞
寒冬中你是一团火焰

你从北京款款走来
带着党中央的温暖
走进了美丽的草原
走进了一座座毡房
你是传播爱的使者
爱在哪里哪里就能开花

新农合就是好就是好

党的阳光把大地普照
白衣天使共携手把爱缔造
祝愿人人都健康
祝愿家家都幸福地久天长

七色堇

绿 叶

你说草原，碧野蓝天。
我说家乡，缤纷绚烂。

红，桃吐丹霞，红英扑地，炽热的。
红色是很多故事里的起点，火红的玫瑰与冲动的心，热情洋溢。

橙，明亮甜蜜，愉悦活泼，温暖的。
橙色好像是夜幕中的灯火，无微不至的嘱咐和惦念，温润如水。

黄，晚雨秋风，黄花冷落，心杳杳。
黄色像是叶落花残的颜色，是患得之后的患失，柔肠百转。

绿，蒹葭杨柳，绿荫冉冉，生机的。
绿色是心中的宁静和希望，黄沙白雪不能掩埋，生生不息。

青，青青子衿，悠悠我心，诗意的。

青色像是优美感人的词句，纵然无情也能动人，娓娓道来。

蓝，天光水色，一碧万顷，澄澈的。

蓝色是天空和流水的颜色，是向往的包容和透彻，润物无声。

紫，雍容华贵，典雅浪漫，魅力的。

紫色时常代表特殊与尊荣，也代表平凡的薰衣草，馨雅芬芳。

注：七色堇，又名七色花，传说中的七色堇是具有七个花瓣的花朵，每片花瓣都呈现不同的颜色。

传奇的小马

原作：日·却纳木　翻译：姚俊秀

我的红棕母马啊，
前夜站着生下了驹。
落地时的小马驹，
用蹄子着了地。
红棕马的骨肉，
在这片土地上，
为经营草原而来。

年华如梦

鄂尔虎

时间煮雨
纤尘荏苒
有多少往事随风而去
翻开记忆的扉页
感怀那逝去的青春
和一起走过的如花岁月

牵左手倒影，恋右手年华
踏上那一片属于生命的翠绿
一眼回眸便是一个风景
千回百转后，沉重的眼颊
再也看不清那风中含情婉约的娇柔

浮生若梦
韶华易换

风花雪月洗净了红尘喧嚣
如血残阳染红了天边晚霞
难追忆
那花满枝头的昨日
且珍重
这阳光明媚的今朝

春 晓

王海如

小草出头来问早
看看春晓
知晓不知晓
野花瞄见了小草
赶紧穿衣
来起早
微风闲逛
闻花香
探头缩脑
来回摇
摇醒小树
唤云朵
看看春晓
知晓不知晓
小雨追风

一路跑
来看春晓
知晓不知晓
风云雷电
接力跑
鸟语花香
随风飘
春回大地
伸懒腰
小草招手
唤春晓
春晓已知晓

真心英雄

关荣荣

灵程长路造云日，
风雨如磐砺羽翼。
寄意启明犹比邻，
吾以吾爱展殷勤。

想你了

王增儒

想你了，不曾有过忘记，
想你了，不是因为远离，
想你了，不是觉得空虚，
想你了，因为不曾忘记。

想你了，你是天上的云，
想你了，你是远方的雨，
想你了，你是天边的霞，
想你了，你是心上的霓。

想你了，让思绪去追赶空蒙，
想你了，幻化是探寻的足迹，
想你了，相约在梦的世界里。

青春的思念

刘凤岐

我思念乌拉盖广袤的草原，
我思念那里平缓的群山。
我思念那条湍急的小河，
我思念那里的白云蓝天。
那里是曾经的建设兵团，
我们是曾经的知识青年。

我曾在草原上骑马放牧，
我曾在石山上握锤打钎。
我曾在小河边捉鱼嬉戏，
我曾在蓝天下收割麦田。
兵团有我们的青春花季，
乌拉盖让我们梦绕魂牵。

我寻觅土绿的兵团军装，

我寻觅稚嫩的张张笑脸。
我寻觅走过的青春足迹，
我寻觅难忘的激情瞬间。
草原上记载着那段历史，
盛开的百花与我们同鉴。

热　土

郭秀兰

飞扬的雪花，
迎来了和煦的春风，
悄悄地来到我们身边，
轻轻地抚摸着我的脸。
走进蒙古包，
额吉捧着热奶茶，
飘着丝滑淡淡的茶香。
大块的手把肉，
还有那忘不了的羊血肠。
小羊羔舔着嫩草，
不停地咩咩叫。
远处的蒲公英一蹲蹲比草高。
那些小草还在沉睡，
它已经绽放出黄色的花朵，
是草原上最早的报春草。

春风悄悄地离去，
迎来了蒙蒙的细雨，
无声地滋润着大地，
勾画着多彩的画卷。
白色蘑菇偷偷地藏在草丛里，
大片的黄花更加耀眼。
蒲公英绽放出白色的花茸。
紫色的狗尾巴花，
也在争奇斗艳。
悠扬的马头琴声，
在草原回荡。
洁白的蒙古包散落在天边。
雪白的羊群在碧绿的草甸上，
像雪花，像白云，
像那圣洁的哈达。

秋风轻轻地吹，
野花淡淡的香。
油菜花上的蜜蜂，
在不停地采蜜。
远处的麦田一片金黄。
春天跟着妈妈的小羊羔，
个个都是膘肥体壮。

秋风萧瑟冬又来，
冰封大地雪皑皑。
雾凇挂满了枝头，

黄羊群不时地出没。
唯有蒙古马，
不畏冰雪，不畏严寒，
留下了一串串的马蹄印。
土豆炖牛肉，
永不褪色的名菜。
草原的小屋里，
散发出涮羊肉的浓香。

这片炽热的土地，
有我青春的萌动，
也有我中年的梦想，
晚年的天伦依旧辉煌。
愿百年之后捧着野花，
闻着泥土散发出的芳香，
长眠在这片土地，
我深爱的地方！

我的人民

原作：日·却纳木　翻译：姚俊秀

弊病与恶习，荣誉与胜利的同时制造者，
白天每走一步就能碰到的那些是我的人民。

如梦令·草原夏令

赵立武

头上天蓝云俏，脚下草芳花笑。乌拉盖水美壮牛羊，阵阵牧歌长调。醉了，醉了，风景这边独好！

九曲湾

月

九曲酿清泉，
美景龘引水康源。
神龙展旭献，
国臻大智生态园。

行香子·雨荷

醉 狂

云落平岗，
雨锁池塘，
且怜惜，花叶飞扬。
红衣凝焰，
白袖飘霜。
忍一千泪，
一千恨，
三秋殇。
匆匆如梦，
心绪如狂。
君同我，怎不思量。
奈君无语，
枉诉衷肠。
更清宵里，
冷风外，
两茫茫。

证　明

巩晓锋

不用铭记
无须传唱
时间流逝的长河
留下您走过的足迹

您老了
眼前总似有一层薄雾轻纱
但故乡家家户户灯火明亮
后辈们没听说过您
只有村口木杆子路灯
与地上的影子证明着
当年奔波乡镇间
批供电的那个身影
我亲爱的父亲

过年了
您千嘱咐万叮咛
不要给买过年衣服了
您说
家里的衣服穿十年也穿不烂
遥想当年
您为了让职工家属老有所依
上百户家属转成大集体编制
如今她们都已步入老年
她们已把您忘记
但那山那水
与路过的风儿证明着
您，我敬爱的父亲

布林圣泉

刘秀英

清泉神奇水潺潺
莫是仙境落人间
奇石嶙峋芳草地
木栈道上笑语喧

美酒圣泉九曲湾
酿透天边绿草原
高原湿地迷人景
一步三回久流连

初春轻雷雨乍晴
九曲浮翠带潮明
牧马草原踏花归
闲云飞鸟共身轻

小青马儿亦通灵
人马真似画中行

神　树

王晓天

在这片钙砾的土地上
西伯利亚的寒流
波涛汹涌
风，剪割一切高度
唯，青草猎猎

纵横川野
无垠之上
一棵树
孤傲成
瞩目的惊叹

雨成过往
风成过往
你，执着地融入草原

刻录历史变迁的沧桑
一棵树，
站成一片森林的气魄

喻你之名
哈达在琼枝摇曳斑斓
朝拜者
叩仰你千年之躯的伟岸
合掌静默
匍匐祈拜
对语，照射胸膛的灵光

锡林郭勒

王志成

辽阔的草原
呈现天之骄子
马群
马群如风驰电掣般
时而奔向沙丘
时而驰骋草原
马背民族的游牧生活
造就代代草原儿女
孕育了多少理想
民族的骄傲
草原巴特尔
一代天骄
成吉思汗
马儿我心中的草原

这一年

郭宜静

这一年，有些事像烟
有些情像盐。有些路越走越远
有些人越来越淡，像是开遍
山野的小菊花，也像是窗台上未开的君子兰
而有些花绽放如昙，花落
声音却穿透了整个春天
有些风吹着昨夜雨，举手拍遍栏杆

这一年，定下的约
许下的愿。草尖顶起露珠
大雪一层压着一层。苍白的人间
有些情节已是花落水流的故事
有的故事如火如荼，灰飞烬散
而那星星死灰复燃，尽可燎原

这一年，看不得
有些脸色的柳暗花明，诅咒声
是山重水复的深情款款
从未愧疚过幸灾乐祸的阴险
令我惭愧的是，对酷似老邻的乞者
未施一文。而对那个行骗多年的亲戚
曾经一诺千金

这一年，眼看着
有女浣衣的小河成桑田
沧海月明，蝴蝶的翅膀离开花间
一本书已经看了一大半
厌倦去细读平铺直叙的下半卷
一步一回头，走上没有终点的圆

这一年，我渴望的爱情
也改头换面。删除了风花雪月的繁
成就了一粥一饭的简
温暖，终于抵住了手指、脚尖

郭宜静 笔名、网名：风吹不散的梦，60后，内蒙古锡林郭勒盟多伦县人，诗歌爱好者，作品散见报刊及网络平台。

聆听草地

李慧兰

舒展地
躺在夏夜草地
我便
与天心贴心
与地背靠背
上天入地竟是一我之遥
原来
我在天地之间

流星
撩开天堂一角
草根
扎进地府一脉
天堂地府竟是一我之隔
原来

我在阴阳之间

掰着小草的手
数着星星的数
清点往事
对的是我
错的也是我
对错竟是一念之差
原来
我在命运之间

白　雪

关荣荣

欲树天边冰塞川，
月前寒梅雪满山。
身臣子心碧溪上，
光耀北疆佳作传。

登泰山抒怀

原　野

久有凌云志，
今朝登泰山。
九天揽明月，
五洋捉大鳖。

早登玉皇峰，
南天十八盘。
会当凌绝顶，
一览众山小。

白云绕奇峰，
天门映彩霞。
虎啸龙吟处，
云峰迎客松。

泰山碑林立，
代代豪杰美。
太和元气盛，
千古正气歌。

一轮红日升，
山川大地秀。
和谐社会兴，
华夏一统安。

岱宗夺天工，
人杰地显灵。
绘四化蓝图，
奔中华复兴。

叹 息

王海如

风会耍脾气
雨会闹情绪
雷鸣电闪
云落泪
花儿会含蓄
草儿会言绿
草枯花谢
逢荒季
心会流眼泪
情会无痕迹
魂牵梦绕
人憔悴
远望风云起
近观风景移
人生锁定
命运区

分 别

云 清

车到奈伦旺兴园公交站
看到一对恋人难舍难分
拥吻告别
公交车开动了
那位中年男子挺着
胖胖的小肚子
与车上人挥手
女子上车
站在我旁边
手里提一个
长方形纸袋子
里边只放着
折叠整齐的蓝格床单
蓝格床单很轻
女人看上去心事重重

蓝格床单很小
纸袋子空荡荡

雪 花

刘冬梅

伸出手掌
躲开目光

午夜，打开小窗
冷风扑面而来
诗意的你抚摸我的脸颊

心开始澎湃
人开始战栗
你终于如期绽放

天边草原乌拉盖

万　方

一路风尘
终于走到天边
站在高高的山坡上
一望无际的黄金牧场
展现在眼前

拜为图腾的狼
出没在山间
土著者的羊
从山坡上
海海漫漫
星星点点
看不尽
数不清
一大片

和虫鸟同鸣
与花草为伴
躺在草原上
云那么的白
天那么的蓝
草那么的绿
花那么的艳

记住乌拉盖
草原连着草原
天边还有天边
最迷人处
是一望无边

飞雪凝瑞

月

白雪绽青松，
嗅芳迎风颂。
群英香吐艳，
荟萃相映红。

天边草原乌拉盖等你来

王学英

一片草原挂在天边
一支河流九曲十八弯
一群奔马海潮般冲向山巅
一条大道把心胸趟得更宽
啊——乌拉盖
美丽的乌拉盖
多彩的乌拉盖
等着你到来
这里的花儿为你开
这里的空气清心怀
这里的天空雁成排
这里的草原花如海

一片绿色承载牛马羊驼的歌唱
一条沟壑是图腾狼出没的山峦

一支套马杆舞动着牧场的沸腾和平安
一曲马头琴奏响了牧人勤劳自豪的今天
啊——乌拉盖
美丽的乌拉盖
神奇的乌拉盖
白桦林里千鸟追
深邃幽静恋着大兴安
布林神泉清又甜
饮一捧润肺又延年

天边的草原

霍忠义

弯弯曲曲的乌拉盖河
载着千年的幻梦
像一条银色的哈达
随风飘向遥远
与你相约六月
在无垠的草原上走马
与各种颜色的花朵
开始夏天的对话

美丽的野芍药
摇曳沉思少女的娇姿
红色的萨日朗
绽放落日的晚霞
延伸向天边的翠绿
诱发我探索的欲望

目眺多姿的白云
畅想童话里的世界

在清澈的溪流边放牧
在斑斓的星空下放歌
马头琴的悠扬音韵
诉说着古老的故事
琥珀色的乌拉盖湖水
荡漾月光下的微波
辽阔飘香的草原上
是谁，点燃了希望的篝火

清爽的气息醉人
在梦里更深地走进草原
神秘的浪漫曲
在空旷的夜色里低回
掀开天幕的一角
偷窥浩瀚的银河
跳跃着的灿烂星群
寂静着九曲湾的沉默

草原一瞥

王增儒

碧水映蓝天，
草鲜牛羊欢。
风吹腾绿浪，
白云朵朵翻。
疾风知劲草，
洒金满山川。

锡林河水长长环山饶

原 野

百灵鸟飞舞着把歌唱
蒙古族汉子河边打哨饮马气定神闲
挤奶的姑娘歌声撩绕着牧区新生活
小伙子踩镫跨骑赛马场上潇洒显英姿
悠扬的马头琴声为骏马驰骋草原再度渲染风采
红日东升七十周年迎来草原巨变
四十年改革开放迎接宏图大发展

美丽草原风景如同骏马奔腾展现
昔日草原旧貌远去今日已换新颜
现代化步伐创建新城风光无限好
草原各族人民唱响团结幸福的歌
蒙古族长调天籁之音飞向天边外
幸福的生活永不休啊永不休

蒙古汉

关荣荣

天边牧场自妖娆，
弯弓射雕醉九霄。
牧人炉下殷勤报，
大地飞歌乐逍遥。

牧 归

王平贵

九曲蜿蜒弯几道，
十八里路水盘山。
牛肥马壮羊膘起，
燕跃莺鸣雀戏欢。
放牧归途云落尽，
飞歌暮景细风绵。
忽闻犬吠三两声，
驻望毡包袅袅烟。

马儿的心事

巩晓锋

蓝蓝的天空下
一群食草的马儿
乐哉优哉
与头顶的云朵
玩着踩影子的游戏
没有被白云踩到
地上的影子
小马乐得
打出一个清脆的响鼻

得意间抬头一瞥
大风车吹来
一群没有腿的虫子
突突突的
屁股放着屁

慢慢地朝这边爬来
停下来
肚子里走出
一群花花的虫子

小马好奇地
朝着虫虫们靠近
它们在干什么
走走停停
蹲下起来的
只见它们把
小马最爱的
小草和花花
都装进了手里的袋子

小马急转身
朝着马群奔去
快跑呀
虫虫把这里都收进袋子了
别让它们
把咱们的影子也捡走
马儿们一甩马尾
蹬云疾去

杜鹃泣血

刘秀英

祭奠69名知青战友葬身兵团五师四十三团火灾，由此引发对生命的思考。

——题记

山谷荒凉墓尚存
悲歌一曲泣鬼神
凤凰涅槃烈焰腾
一树梨花欲断魂

四十五载死生离
豆蔻年华扑火时
义无反顾蛾扑火
一瞬化为泉下人

频逢梦里俏若昔

每到清明不减思
忍读生命价几许
杜鹃泣血恰恰啼

注：1972年5月5日，69名知青在烈火中牺牲，他们年龄最大的27岁，最小的只有15岁。他们的英魂永远与草原相伴。他们是死去的我们，我们是活着的他们。69个年轻的生命瞬间消失，凤凰涅槃所闪烁的人性光芒唤起内心深处对生命价值的沉重思考。

《上都女儿》的印记

冯崇明

上都不是神话，不是传奇
它是一个很美很美的地方
那里有蔚蓝的天空、绿色的草原
成群的牛羊、奔放的骏马
还有一条弯弯曲曲的美丽的小河
那里洋溢着和谐与丰收的景象
那里有勤劳朴实勇敢的蒙古民族
那里有纯朴深厚的蒙元文化
那里有远古的文明与强盛
那是世纪强盛的见证与历史永恒的记忆
看看今天的上都，更加秀美，更加繁荣昌盛
上都男儿尽显英雄本色
上都女儿更是巾帼不让须眉
勤劳、善良与美丽

一

西北风呼呼地吹着
鹅毛大的雪片漫天飞舞
干枯的树枝被刮得沙沙作响
真是天昏地暗日月无光
夜幕下还能隐隐约约看见闪着绿色的光
时而能听到凄惨而无力的嗥叫声
也许是多日未能进食的那种虚弱的哀号，那是野狼在叫
猫头鹰也陪着发出那种不详的嗷嗷声
夜是那么的狰狞可怕
夜是那么的漫长
异乡的生活是那么的孤独乏味而无助
上班族的工资每月只有几十元钱
有的可能用小米来代替工资
农村社员每天的工分更是少得可怜
仅有两三角钱，年底结算还不能兑现
贫乏的收入没有物质基础市场极度匮乏
人们是那样的执着、辛勤地劳作
他们等待着、期盼着，深信日子会慢慢地变好
史无前例的“文化大革命”开始了
来得那么的突然、那么的凶猛
就像是山崩地裂的地震
就像是惊涛骇浪疯狂的海啸
上都女儿的父母也无法避免
身心受着折磨
爸爸妈妈被关押了，周岁的小弟弟整天哭着要妈妈
仅有十五岁的上都女儿只得挑起家庭重担

既当姐姐又当妈妈，咬着牙坚持着、忍耐着
期盼着爸爸妈妈的归来
在她那个花季少年的心灵里留下了什么
忧伤、无奈和那场灾难的灰色记忆

二

在那无法忍受、没有期盼的苦难岁月里
上都女儿为了躲避不幸
想起了爸爸妈妈的故乡——上都
上都在什么地方
听说很远很远
回家的心情是那么的急迫
回家的那种期盼
用语言无法表达
天依然下着雪花，纷纷扬扬
西北风吹在脸上像针扎一样疼痛
上都女儿抱着幼小的弟弟
和几岁的大弟弟坐在一辆牛牛车上
弟弟的小脸被冻得发青，浑身颤抖
牛牛车的轮子与坚硬不平的路面
发出了吱吱呀呀极不协调的声音
牛牛车就像蜗牛一样一步一步地向前爬行着
经过漫长的旅途，终于登上了回家的列车
列车发出了几声撕心裂肺的长鸣
然后发出有节奏的隆隆声向前奔跑
好像是那么的费劲、那么的疲惫
列车向前行驶着离出发地越来越远

离可怜的父母也越来越远
上都女儿没有丝毫的睡意
往事与经历一幕幕地浮现在眼前
是那么的可怕、那么的难忘
那是一种无法抹去的永久的深刻印记
经过十几个昼夜的辗转奔波
终于回到了父母的家乡
锡林郭勒盟正蓝旗上都河公社
家乡背靠大山面向一望无际的大草原
一条蜿蜒曲折的小河静静地流淌着
那可能就是母亲河吧
清澈见底的水中有一群群小鱼在游动
蜻蜓戏水，彩蝶飞舞
绿色的原野中点缀着多彩的鲜花
清风中弥漫着花草的芳香
家乡真的好美好美啊
这一切的一切都在迎接着从异乡归来的女儿
当初的家乡并不富裕
父老乡亲们却是那么真诚、热情
他们用爱和温暖抚摸着带着心灵伤痛的女儿
心灵受到了安慰但依然思念着异乡的父母
他们现在怎么样了
父母的家乡没有歧视，没有恶意，没有眼泪
有的只是温暖、关怀、呵护、互相帮助
姐弟三人过得都非常开心
他们的生活有了保障并且井然有序
上都女儿和父老乡亲们一同劳动、一同生活，同甘共苦
家乡的一切都是那么宁静、那么和谐

她的女儿获得了解放，看到了前途，看到了希望
就像出笼的草原雄鹰一样
飞向蓝天，将飞得更高更远

三

黑暗慢慢地消失了，阴影越来越淡了
太阳终于冲破了黎明前的黑暗从东方升起来了
上都女儿长大了，成为一名光荣的草原民兵
她骑着高大的枣红马，腰配马刀
挂着冲锋枪飒爽英姿
真是“飒爽英姿五尺枪，不爱红装爱武装”
好像毛主席当年就是为上都女儿提的词
她每天摸黑训练，越障碍、冲锋、劈砍、骑马射击
保卫着草原，保卫着祖国的边防线
她更显巾帼风范、英雄本色
一年一年地过去了，她长大了
越来越成熟了，也越来越优秀了
经过严格地选拔，她成为一名人民的公仆
她的服务宗旨是为人民服务
她的工作宗旨是认真负责
她的做人宗旨是光明磊落
对党的事业是无限忠诚、无私奉献
她热爱党、热爱祖国、热爱人民
她是党的好女儿、人民的好女儿
是草原人民的骄傲，是上都人的骄傲
她所赢得的一切荣誉
归功于党、归功于人民、归功于上都人民

几十年过去了，她依然在自己的工作岗位上辛勤耕耘
在平凡的岗位上做着不平凡的贡献
她一步一个脚印，印记着自己的童年
印记着自己的青春与现在

情寄草原

王增儒

青青碧草，
高高蓝天。
牛羊成群，
马儿撒欢。
鸿雁筑巢，
苍狼家园。
金雕展翅，
黄羊满山。
草原深处，
安适小镇。
情牵梦绕，
岁岁年年。

浅 秋

牧羊人

浅秋
我慢慢喜欢上这个季节
天空高远
云朵飘逸

草枯
花落
枫叶渐红
风儿轻拂大地

放下一切尘世间纷扰
一个人回望
三十年时光走过
还是无法掸落
一身的泥土味道

只是
乡下的旧事
正被浅秋的叶渐渐覆盖

浅秋里可以思索我的人生
多像远方的母亲河
曲折，奔流
未来有多长
努力就有多长

浅秋季节
我没有欣喜
也没有太多忧伤

我的乌拉盖草原

任凤林

河

站在草原的高岗
静若处子的乌拉盖河
弯弯转转，曲曲幽幽
那是传说中的仙女
遗忘在人间的纱巾

芦苇荡

金黄色的芦苇顶着
一个个飞蓬
那是金甲的武士在等一去不归的心上人
霜染了一年又一年
一世又一世的白发

芦苇丛中有白鸥飞起
带起一片片芦花如絮似雪
载着千年的思念
在向天空倾诉
泪流成河

牛

眼前风慢慢地微微地轻抚过草面
一群牛或立或卧
在金色的草地上
点点缀缀
所有牛都在咀嚼岁月
像是在沉思
像在沉醉
像在回味、回忆那
春暖花开小河流水的欢快
夏日清风拂面、蜂飞蝶舞的悠闲
金秋丰满妖娆、妩媚多姿的诱惑
寒冬严酷岁月侵袭的点点滴滴
只有那些不安分的小牛犊
高翘着尾巴
来回奔跑、活力四射

牧　场

微风带着金色的波涛在草原上
涌起，涌起

羊如珍珠般洒落草原
时隐时现
一朵又一朵的小花
竞相开放，色彩斑斓
向秋日争宠
红的似火，白的如雪
紫的像玉，黄的赛金
粉的嫩，蓝的净
比着娇、赛着艳
飞起了蝴蝶，落下了蜜蜂
随风婀娜，绰约多姿
醉了山、醉了水
醉得风儿停住了呼吸
百灵鸟婉转的歌声
唱醉了万物生灵
一代又一代
生机勃勃

晚 霞

夕阳渐渐隐在山的那一边
广袤的草原
披上了一道道霞光
一头头晃动着圆滚身子的牛
从霞光中走出
在无际的金色中摇摆
一只只拧着肥大尾巴的羊
在草丛中汇成一条条白练

又像一条条哈达在奉献

晚　炊

当一片白色的海洋
聚起时
牧归的人
悠扬起长调
伴着四射的晚霞
回荡在草原的暮色中
蒙古包的炊烟
带着奶茶的浓香
像姑娘的纱巾
飘在牛群羊群的上空
合着长调飘舞
牵扯着那魁梧汉子
的
马缰绳
心动了
血沸了
马快了
人近了

乌拉盖草原梦幻的诱惑

柴秀娥

不能说这不是天边
是因为绿牵起了蓝
那份自然的相连
一直萦绕在心间
白云飘过天空山峦
马群的起点是地平线
撒开四蹄才能如风一样
奔腾出辽阔的宽

弯曲流水的源
就在夜空中的银河岸
上苍造就了北方的生硬
却又诞下一条银链
绕过白毡房
淌过牧人心田

如乳汁甘甜柔软
日夜滋养着大草原

白桦林
爱遗落的地方
多少青春的梦封存在
九月的风景线里
金黄的叶片
洁白的树干
林间的足迹
让相会如此浪漫

银　花

月

松林妆后凝眉绿，
清风拂面一树纱。
秋来寒蝉情未了，
轻愁绒雪似银花。

静观望雪

王海如

雪花漫舞纷纷坠
宛如梨花铺满地
转眼之间化作泪
泪水滴滴传怨言
小草言听起抗议
冒头出土去争议
为何人间烦事起
老天也在降眼泪
我去找人评评理
看看谁在生祸起
沿途经过佛门口
探头探脑探口风
佛在普法超度生
万事起头皆有因
上天播撒人间爱

五味杂陈紧随行
花好月圆皆是春
风云变换转眼间
天冻地寒万物枯
老天眼见也心寒
落泪又怕风耻笑
不如梨花洒人间
净化空气献妩媚
落地化泪来润物
万物复苏大地绿
无痕迎来又一春
无常又把季节换
天上人间美如画
百炼成钢正气歌
小草听后细思想
佛说言语也在理
回去充添绿浓意
告诉雪花莫伤悲
雪花情意草铭记
你的苦衷绿知晓
美化大地功属你
冬去春来雪隐退
鸟语花香春回归
瑞雪营造丰收年
一年胜似一年好

井冈山精神

大　地

罗霄山翠埋忠骨，
革命旗帜引征途。
无畏艰辛雄心在，
红色基因传千古。

梅花泪

关荣荣

冬季，我就是梅
刺骨的寒，动摇不了我的痴
风雪的日子道路牵着手
浇灌着心灵的尘埃

枯枝上布满生命的血脉
追随洁白的世界
严寒冰霜
寻求永恒的家

雪依偎在梅的身旁
静静地听
融化在熔炉里的泪水
暗香洗却污秽

梅雪合一
一抹惊红
醉了冬日
醉了天边

达地盖河

云 清

我梦见家乡门前流经草原的小河
涓涓溪流滚动的浪花，落入了
摇动的枳机草
漂浮的白云
走动的牛羊
这条小河是我儿时戏水的记忆与欢乐
梦醒后，却有了莫名的惆怅与伤悲
家乡的小河早已断流
一条狭长的河槽
装满了白花花的沙子
刺的人眼睛无法睁开
我瘫软在已无生命体征的沙地上
一阵悲凉由心底发出
憋得通红的脸与一河槽的沙子
形成对比
我的达地盖河

布林泉

李慧兰

传说乌拉盖有二十一个泉眼。谁都见过，谁都拜过呢？我有幸见过布林泉。我惊异，泉眼的水是静静的，纹丝不动，并不见水从地下或从什么地方涌出，也无流水的声音，却流淌成河，源源不断，一直远去。

——题记

把自己的身世安排得
超然
神秘
走进你的那一刻
命运就有了某种归宿
血液跟随你的走向流动
思绪模仿你的姿态一再调整

你是不竭的草原之灵

你是不朽的大地之魂
以沉思的状态静默成泉
以反省的方式流淌成河

你是神之又神的祭坛啊
无论用怎样的仪式
都不足以为拜
你是圣之又圣的天水啊
无论怎样纯洁的灵魂
都应该过滤千遍

重新为自己洗礼
重新为自己整形
泉下走出一个
朝圣的心灵

静与动
成为诠释人性的禅语
处静而思
处动而变
只要虔诚
就能超然

乌拉盖河

青格里

在黄绿交替的路上
你以奔马的姿势
驰入我的晨梦

流水淙淙
蹄韵匆匆

迎小草萌芽
悲大树轰然倒下
高山祈祷
马背歌声
当昨天的记忆在身后尘埃落定
前面还有多少敖特尔
呼唤狼狼漠风

草原迎面扑来
马背上喧嚣的是谁
牧歌里委婉的是谁
风沙中勒勒车
碾过我的心头
很重很重

当你又一次洗亮日出
我也和你一样脚步匆匆
沿着九曲十八弯
站成一道风景
倒映在河中

乌拉盖芍药洼

苏　和

一

风俯在山坡
把芍药花向上推

麻鸭子，在乌拉盖水库的水面上
留下一串省略号
那么多人啊
不厌其烦

一遍遍解读

二

阳光，在花朵上打了个晃

失足跌进鸟巢
乌拉盖的早晨再也耐不住寂寞啦

云雀在正午挂出铃铛
没有谁理会
哪朵芍药开过了
哪朵刚开

三

偶然一个镜头
芍药洼就被人们发现了

那么多勒勒车辙以及
牛蹄、马蹄、羊蹄，都不曾驻足
风，还是古老的样子

四

这里是土匪山寨
蝴蝶、蜜蜂、鸟雀，都来打探
草原黄鼠是忠诚的卧底

牧马人盘腿坐在花丛
马靴沾了花粉
不等回到蒙古包花香就散尽了

五

蜜蜂的细脚，踩破露珠
还以为踩碎了地球

惊叫凝在唇边
斜阳站在成吉思汗山顶
按下快门

六

姿色不逊花王
根茎，舒缓肝之盛气
以及这个世界更年期的痛经

起伏跳跃的蚂蚱，如钢琴键
弹响六月

七

芍药花，也会以为失约的雨季
误了花期
失去一轮一轮绰约的目光

绿叶摊开手掌
显示生命顽强的走向

梦里草原

王增儒

心里的广阔是蓝天
梦中的景色是草原
白云朵朵自由飘飞
牛羊肥壮牧人欢颜
草香泥味最是难忘
看不够原野的花鲜
落日洒金晚霞尽染
哞咩欢叫归牧卧盘
毡房升起袅袅炊烟
飘出烤羊味美香鲜
诚待宾客金樽高举
长调悠扬歌喉婉转
安代跳起长袖飞扬
篝火熊熊舞步蹁跹
盘肠奶茶肉粥馃条

哈达圣洁情纯心暖
马头琴声浑厚悠远
天涯万里故土魂牵
一草一木永驻心底
千折百回梦里草原

七律·乌拉盖畅游

常　胜

人间仙境乌拉盖，
细雨和风迎客来。
秋草野花同起舞，
天鹅灰鹤共徘徊。
布林庙内念佛祖，
芍药沟中辨药材。
九曲湾平吟酒曲，
晚霞篝火尽开怀。

七绝·游乐园

陈耀全

湿地鲜花六月开，
游人簇簇上亭台。
黎民日暮休闲处，
拂面幽香扑鼻来。

小草，您吉祥

岩　棠

扬起稚嫩的笑脸，
抖擞新鲜的朝气，
顶着料峭的春寒，
挣开残雪的羁绊，
一簇簇、一丛丛，
歌着、笑着，
涌向春的怀抱。
没有崖松的傲岸，
没有庭竹的虚荣，
没有堤柳的招摇，
没有池花的娇妖。
却是天地育灵气，
仰承雨露赐精神，
鹅黄嫩绿好颜色，
清芬自向云天外。

布林泉

刘秀英

玲珑怪石点其间，
绿绕神泉水一湾。
山水相依两不厌，
犹如明珠嵌草原。

从头再来

关荣荣

日复日，心镜净，到天峰！忽然千浪，飘洒一夜白头翁。归去来，长记天父堂上，备酒等儿品尝，殷殷脚步忙。时间雨，枝叶合一，无花果树尽开放。

莲之魂

巩晓锋

你是我
从天上下凡时
十个魂魄中的一个
贪嗔痴慢，慈悲欢喜
我把你
不小心
丢落在池水里
所以我出生人世间
哇的一声
而不是笑着

于是你
静卧在池水淤泥处
清雅淡然，洁身自惜
只为等

那雨后

撑着油纸伞的人儿

你站在池中

我伫立岸边

你落下眼泪

我展开笑靨

望　月

王海如

月儿阴晴无常，
星光若隐若现。
人有悲欢离合，
心迹似苦似甜。
星光时聚时散，
人心忆苦思甜。
人生情在泛乱，
月夜星来做伴。

立 岩

月

一米阳光暖人间，
手握清风秋色浅。
劲草潇潇有清气，
青松立岩肩并肩。

酒

王志勇

你会陪我喝酒么
树，摇摇手
蓝天已经醉成彩虹
太阳晃晃悠悠
躲进了山后

弯月像斟满酒的斛
飘着桂花的香味
我举马奶酒千杯
不醉不归
深秋的夜，有点儿寒
乌拉盖的大草原
我孤独地坐在你的身边
懂事的枣红马凝视着远方
挥一挥套马杆

仿佛想套住远方的山

你会陪我喝酒么
南飞的雁，头也不回地
飞向天边

锡林河，我的母亲河

薛翠珍

风与沙，是一把双刃剑，刺疼了眼
灵魂里的泪水早已流干
百里长驱
只剩记忆中的妖娆与妩媚
锡林河
那纵横百里的波澜壮阔
被时光的脚步践踏成斑驳

我的母亲，就是这条河
滋养了大草原沧桑岁月
却被无情地摧残
只留下干瘪的乳房，让人痛心疾首的轮廓，已无奶水可吸
那一双双眼睛，透射着贪婪
取走了您博大无私的血液
让您遍体鳞伤

让您的痛，含在嘴里无法诉说

锡林河啊，母亲河
站在您脚下
我的心在颤抖
抚摸着您过往的沧桑
于追忆里聆听你的呼唤
感受着曾奔流不息的脉搏

曾经月光下的长调里
吟唱着您的坚强与广阔
曾经篝火旁的安代舞
演绎着您的浪漫与洒脱
洁白的哈达曾奉献着
您对草原的祈福与高歌

锡林河啊，锡林河
风沙里的勒勒车已被岁月雕刻成样本
倔强而飞扬的套马杆
仿佛已凝重为梦中的曲折
洁白毡房的炊烟
袅袅娜娜
她似乎只能是歌声里才开出的云朵

锡林河啊，锡林河
您永远是草原深处的魂魄
是一首从上古流淌至今爱的圣歌
锡林河，我的母亲

您不可以过早地老去
这片土地没有您将会是怎样的颜色
锡林河，我的母亲
您是所有的生灵唯一的寄托
听见儿女的呼唤了吗
呼唤您
奔流起来，把那并非遥远的传奇
重塑

献给中华人民共和国成立七十周年

齐少云

70年走过万水千山
历经风云变幻
中华儿女用智慧和勇敢
征服了前所未有的困难
高举着五星红旗
唱着前进的歌
开创了崭新的纪元
东方巨人站立
守护昂首的雄鸡
向世界展现
960万平方千米永远是整版
40年改革开放释放活力
从摸着石头过河
到惊涛拍岸
硬道理就是发展

春风吹醒大地
激情与梦想在这块热土书写奇迹
广厦万间拔地起
高速坦途相互连
四通八达如蜘编

紫荆荷绽，与红牡丹一起绚烂
嫦娥已揽月，
蛟龙探海
下五洋捉鳖
和谐飞速
北斗俯瞰蓝色家园
“一带一路”牵动地球旋转
航母下海走向深蓝
东风快递守卫着大好河山
巨龙腾飞把华夏威武彰显
站起来！富起来！强起来
中国的声音，响亮在世界中央舞台
新时代的引路人
不忘初心，砥砺前行
凝聚起奋斗磅礴的力量
步伐铿锵健稳
带领各族人民
如石榴籽抱团同心
把历史画卷绘就得更加气势恢宏
实现伟大的中国梦

雪原，我的盛装

殷继红

冬天来了，家乡
冰天雪地的模样
白茫茫千里银装
纯洁，干净
把我的人生照亮
纯洁，透明
一年又一年
成就了多少时光
痴情还在
雪仍然是那样

拥抱温馨
浪漫，美好
追寻逝去的理想
妈妈说

暴雪封山的时候
草原没有路
鸟儿也失去了家
喜鹊飞来了
在家门口
给我们歌唱

历经了
一次次冰雪寒霜
还有热泪满眶
满腔的激情啊
面对皑皑白雪
融化远山的荒凉
收拾错过的光阴
在记忆里把爱收藏

妈妈头发已经雪白
爸爸的身板
写满了沧桑
我依旧相伴雪原
追寻着理想
一尘不染的冰雪

感 怀

醉 狂

二十年前别故乡，
男儿意气太轻狂。
东山顶上观世界，
北海潮头扶夕阳。
夜读诗书三百卷，
晨行风雨八千场。
几时圆得冲霄梦，
好把金晖置玉堂。

雪 夜

吴海波

冬至时节雪飞飞，
夜里归路无一人。
万家灯火何处开？
唯有组织一盏灯。

乌拉盖

杨梓林

来了。太阳仿佛一棵白萝卜
被谁从泥土揪出。灯笼似的
悬挂于湛蓝的天空
癫狂、无拘，跑出一个乌拉盖
此时你和它背对着。不知月亮的方位
一转身，刚好迎头撞面

来了。狼图腾成线索，九曲湾为渊源
当地人如是说
此时你和它正对着。乌拉盖
恰似一个滚圆烂熟的大脚掌
踩在忽远忽近的地平线上
脚跟的地方，叫草原
脚趾的地方，叫天边

来了。牧人以一曲蒙古长调
把地球点化成了诠释永恒的古老日晷
经久不衰
它的前世，比草原更恬静
它的后世，比天边更辽远
而眼下夜与昼交替呈现的唯美
草木葱茏。群狼出没。鸟语花香

杨梓林　笔名四木，诗人。中国诗歌学会会员，内蒙古作家协会会员。作品散见于《诗刊》《诗选刊》《星星》《北京文学》《散文诗世界》《作品》《草原》等报刊。有诗入选《2013中国诗歌年选》（花城年选系列）等。2018年荣获《诗选刊》首届“凤凰山杯”全国山水诗大奖赛一等奖。

雪山的约定

关荣荣

你
就是那指南针的方向
屹立于北国嘉南
我终于踏上寻找你的路径
连接人间与天堂

好像创世的约定
次次赶上了花开的速度
落日的翻身
把自己的身影送出去
在云朵之上

无畏地向上生长，延伸
追随雪山的约定
抒写
信达天下的大写意

夕　照

刘彩霞

谁在天边挥墨彩，
千红万紫伴云流。
奇花有意平湖聚，
芳草无声满面羞。
自古文人叹暮影，
从来晚照结乡楼。
霞杯一盏依山醉，
目尽黄昏入远鸥。

锡林河畔

张海霞

锡林河古老的故事传颂到今天，勒勒车赶着草原人的梦想渐渐走向繁华。

——题记

锡林河畔的秋晚
酝酿了一季的秋梦
为锡林河编织出金色外套
那潺潺流淌的河水便是嵌了玛瑙的项链
母亲河变得更加雍容华贵

散落的牛羊轻轻地啃着金色的夕阳
它们是生活在伊甸的精灵

傍晚的草原上炊烟升起
远处蹒跚走来的老阿妈

皱纹里刻满了沧桑
手提着奶桶
空气中弥漫着乳韵飘香

悠扬的马头琴声和蒙古长调响彻天籁
欢声笑语和杯盏碰撞的声音在毡包里直到深夜未散

锡林河畔的牧人们在长生天的恩泽下更加强壮和豪放
今晚锡林河畔又是一个不夜天

醉　美

王海如

燕双栖
蝶双飞
鱼儿恋水
花为媒
风牵雨
云追月
烽火佳人
情难却
长相思
无眠夜
静望星空
独守月
人有情
天做媒
玫瑰清香
熏人醉

奇　石

月

亘古延绵，
毓秀无双。
草原奇石，
苔绿藏光。
金砂旋体，
娇媚端庄。
沃野平畴，
古朴大方。

感恩岁月

刘秀英

感恩岁月是文章
插队草原风雪凉
牧马生涯翰墨香
写生湖边溶溶月
青马嘶鸣醉心房

牧工转战到电厂
山光水色诉衷肠
战士飞架千里线
亘古荒原电灯亮

心清气爽轻荣辱
朔风吹雨碧天凉
千秋忠义初心在
感恩岁月是文章

这——才是乌拉盖

杨梓林

来了。拔出萝卜的大坑
（顺手牵出个孪生月亮）
后来被风沙、黄土掩埋
被民风滋养，被民俗浇灌
被风吹垄成冷暖交汇的一道坎
横亘在华北平原与蒙古高原的分界线
坎下、坎上
不难逾越，实难抵达
只一顾，你就疼出了三世的眼泪

父亲与手艺

徐巧林

这个冬天
父亲重新拾起了皮匠手艺活
如往年一样，选料裁剪
每一道工序，牢记于心
傍晚，冷风袭来
父亲满头大汗，正在用力地铲皮
仿佛回到了从前
空间里传出皮子与刀接触的声音
传出好远好远

寒冷的冬天
曾经的皮袄
在那个年代里
唯一的取暖衣服
在记忆中渐行渐远

童年的暖心场面
占据着时空一角
一针一线，凝结着父亲的心血
父亲双手轻轻抚过柔软的皮毛
似沉思，似追忆
如抚摸初生的婴儿
爱怜在眼角渐渐蔓延

那些熟悉的场景
在空间里一遍遍回放
父亲忙碌的背影
以及被汗水浸渍的面庞
温暖了整个岁月

河　流

关荣荣

永世河流
涤洗星光的身心
繁衍生命

扬起白发千丈
溅起的浪花
养育生灵

芍药谷的情郎

刘海林

一

太阳还没有升起
朝霞已染红了天空
赏花人脚步轻盈
笑靥与花朵竞相绽放

二

马蹄声踏破晨曦
惊醒了梦中的姑娘
风儿也懒懒地起床
掬一捧芍药花上的露珠
梳理这一地芬芳

三

是谁把马头琴拉响
是谁的牧歌在草原回荡
是谁的呼麦划破长空
又是谁的长鞭
甩出一条小路，弯弯长长

四

绿叶托起一湾梦幻
山谷洒下一路清香
谁的情书不小心掉落
拨动了这满山儿女情长

五

马鞍子驼起五彩祥云
太阳把花枝儿影子摁短又抻长
相邻的花骨朵儿互道心事
草原，才是这里最执着的情郎

根在草原

冯崇明

洁白的云朵飘呀飘
飘过了大海，飘过了山川
飘进了草原最美的怀抱
我看见美丽的家园熟悉的容颜
一群群的牛羊在天边草原
撒欢儿的小马驹喊着妈妈
美丽的姑娘就像花一样
百灵鸟唱着丰收的歌谣
家乡啊，还是你最好

离家的大雁飞呀飞
飞过了森林，飞过了原野
飞回了祖国妈妈的怀抱
我看见慈祥的爹娘满头的白发
这是时光留下的风雨沧桑

往事如烟云，岁岁谱新章
大雁一排排，草原多吉祥
雁鸣一声声，鸣出最美声音
祖国啊，还是你最好

根在草原，爱心永不变
登高看世界，最美还是大草原

实现中国梦

叶振亚

走进新时代新征程，
实现中华民族伟大复兴中国梦。
巨龙腾飞华夏神州宏图大展，
齐奔两个一百年奋斗目标。

“一带一路”合作互利共赢，
960万平方公里14亿中国人，
昂首挺胸走进新时代、新征程，
犹如一艘巨轮乘风破浪扬帆万里！

如今世界第二大经济体，
中国人民从站起来到富起来、强起来！
国力强盛，人民幸福，和平安康，
社会主义大厦巍然屹立在世界东方。

鲜红的太阳从东方冉冉升起，
山丹花、芍药花、野菊花等飘香万里，
东风送来十九大精神指引前进航向，
可上九天揽月、可下五洋抓鳖再不是神话梦想！

怎能忘

范国忠

怎能忘，梦常在，天边草原乌拉盖。
绿草盈盈野花香，牛羊遍地百鸟翔。

怎能忘，六九年，中央批准建兵团。
自此草原不再寂，各地知青边疆聚。

怎能忘，十七岁，响应号召去部队。
一九七一初夏季，七月九日赴疆去。

怎能忘，夜已深，小雨蒙蒙湿发身。
亲人分别情难舍，父母姐妹共沾巾。

怎能忘，火车快，梦醒已至大石寨。
夜息片刻现晨光，集合点名配着装。

怎能忘，号令起，坐上卡车四百里。
一路观山山越低，越发感觉人烟稀。

怎能忘，终点到，新家就是胡稍庙。
首长战友来慰问，食宿备好没得挑。

怎能忘，饭真香，饱餐浓睡到天光。
阵阵号声冲耳进，方知起床号已响。

怎能忘，从此起，部队生活来洗礼。
生产操练忙战备，各种技能要学会。

怎能忘，我八连，工业副业首为先。
酒房榨油面粉厂，酱油糕点味道鲜。

怎能忘，皮革班，马具皮衣样样全。
服务全团生活好，建设边疆功在先。

怎能忘，在八连，曾任一年通讯员。
书信文件及时到，团部连队一线牵。

怎能忘，实变故，工作调到政治处。
领导派至电影组，为团娱教搞服务。

怎能忘，雄心树，放映技术学牢固。
严寒刺骨何所惧，踏遍草原万里路。

怎能忘，七五年，兵团撤销归从前。

哈拉盖图农牧场，重振雄风号角响。

怎能忘，这一年，美丽草原换新颜。
偏坡梁，高尧山，一座大坝连两端。

怎能忘，奇观现，乌拉盖河水截断。
千古草滩汪洋起，雄伟水库人间现。

怎能忘，零五年，第二故乡得重返。
场部领导如挚友，热情款待记心间。

怎能忘，忆昨天，走遍当年生活圈。
曾经痕迹偶有在，只是难觅旧时颜。

怎能忘，一五年，哈场相邀又重返。
举办兵团文化周，满目景观似当年。

怎能忘，蓝蓝天，仿佛梦中回从前。
彩旗标语当年乐，礼堂重装建展馆。

怎能忘，到里边，耳目一新心喜欢。
兵团文物样样有，当年照片满堂鲜。

怎能忘，亲眼见，哈拉盖图又巨变。
旅游事业大发展，当地领导功非凡。

怎能忘，那片地，美好青春给了你。
人生几何时光苒，魂牵梦绕神圣地。

怎能忘，挥不去，心灵深处的痕迹。

恭祝哈场程似锦，天边草原万古誉。

走基层抒怀

思　博

熟悉一条道路，
从此走村入户进入新课堂。
认知一种模式，
小麦油菜青贮杜伯与养牛。
倡导一种理念，
扶贫扶志上下齐动谋发展。
融入一个集体，
团结争论协商民主有发扬。
做好一种宣传，
医有保老有养吃穿不愁民生有保障。
把握一个关键，
群众满意收入长全面小康在路上忙。
回头看，群众利益无小事，
充实、奋进，责任肩上扛。

醉了草原

孙树海

牧草轻拥
牛羊欢畅
美丽的乌拉盖
像明珠一样
镶嵌在锡林郭勒大草原
天鹅湖
荡漾着美丽的波光
毡房点点
牧歌悠扬
远古的长调
咏叹着历史的辉煌
勤劳的乌拉盖人
打造着缤纷的生活
马奶酒的绵长
丰润着纯朴与吉祥

马头琴的旋律
诉说着草原深深的情怀
看乌拉盖的汉子
闻着格桑花的芬芳
豪饮着草原的粗犷
醉了山色
醉了牛羊
醉了乌拉盖的生活

人 生

王海如

朝阳初升映天红，
落日余晖披晚霞。
君叹人生能几何？
且看风云起落间。

我不想说

关荣荣

不与风说
不与云说
只与天空静默融合

别问我
爱是什么
担当，宽容，包容点滴生活

我不想说，不想说
期盼的道路触动心灵
就让生命遍满心窝

面对世界
爱心沐浴万家灯火
凝结着北国江南的传说

大写草原

——献给锡林郭勒大草原暨内蒙古自治区成立七十周年献礼

陈修明

六月的草原
五彩斑斓

辉腾锡勒的黄花
侍郎城的山丹
三十一团的芍药
元上都的金莲

七月的草原
登高望远

敖包山上风马旗猎猎招展
贝子庙晨钟暮鼓神圣庄严
最崇拜湛蓝深邃长生天

八月的草原
风度翩翩

平顶山下千年地火守望锡林草原
中国马都《蒙古马》正在激情上演
南市门浪荡四方的游子打马走过
最难忘那锡林河水九曲十八弯

壮美草原
浩瀚无边

多伦诺尔京城后花园
正蓝旗虎踞龙盘金莲川
太仆寺旗皇家御马苑
正镶白旗崔嵬八支箭
镶黄旗镶嵌金界边
这是拳拳赤子南五旗县

东乌珠穆沁额吉淖尔大青盐
西乌珠穆沁瞭望山
黑骏马的故乡阿巴嘎
苏尼特左旗黄羊不下山
苏尼特右旗曾经繁华了丝绸之路的古老驿站
这是北五部落悠然天边

南有深圳北有二连
盟府锡林浩特坐落在锡林郭勒大营盘的最中间
还有乌拉盖那天边的草原

亭亭玉立白桦林
生生不息布林泉
人间仙境芍药谷
五月十三宝格达圣山盛况空前
这就是锡林郭勒盟九旗二市一区一县
这就是我们阿拉坦努特格黄金大草原

这是无边的草原
这是亘古的草原

这是二十多万平方公里
这是祖国北疆亮丽风景线
这是草原儿女无论天涯海角一世的魂牵梦绕

这里散落的突厥石人风雨中矗立千年
这里盘旋着李陵望乡台上一心南飞汉庭的鸿雁
这里曾驻足驰骋欧亚大陆的上帝之鞭——成吉思汗

大哉乾元

忽必烈与传说中的兆苏默乃曼
马可波罗至今熠熠生辉的诗篇
燕王扫北秋风榆木川
康熙会盟春雨七星潭
李大钊播革命火种于滦河畔
吉鸿昌率同盟军收复山西会馆
开国大典踏歌而过天安门广场的是我们察哈尔白马团

这是父亲的草原
这是骏马的草原

这里有照临天下的元上都
这里有掩埋忠骨的砧子山
这里是祖先漂泊的最后一站

这是母亲的草原
这是博大的草原

阿尔善日夜不息的圣泉
蒙古包上缕缕的炊烟
曾记否那扬鞭策马白衣少年

这是诗意的草原
这是抒情的草原

这是特迦森乎
如青草般的草原义子的深情礼赞

这是天边的草原
这是大写的草原

睢盱天色

月

蓝天赐祥云，
天池娆氤氲。
暮色余晖韵，
睢盱月依云。

三月风

王志成

领略草原上的风
是大自然
赋予草原的灵魂
各种神奇独特的感觉
要数草原三月的风
凭借着草原宽广的胸怀
自由风行天下
风吹蓬卷静地光
嫩芽微黄铺原野
绿色草原沁心田
白云朵朵涌天边
毡房琴声牧歌响
啊！三月风
请你留下来
阿妈为了你

深情的眼期盼已久
阿爸扬鞭策马
在草原深处
等你

夜 雨

大 地

在午夜的梦中
我猛地听到
嘀嗒嘀嗒的回响声
忽然感觉自己像是在半梦半醒之间
我琢磨着、思索着
这是什么声音
嘀嗒嘀嗒
是雨声
是下雨的声音
这回我听清楚了
是雨的声音
是雨点儿轻轻飘落
继而打在那断桥铝制的窗棂上
发出的声音

嘀嗒嘀嗒不停的嘀嗒声
它好像是在急切而又温柔地
呼唤着我
呼唤着
大地、大地
你醒醒、你醒醒
是我，是我回来了
我喃喃的
哦了一声
听见了、听到了
我听清了
这回我听得真真切切
是夜雨的
那少女般温柔的召唤声
我不由得
在美妙的梦中猛地驻足
赶紧抽出身来
来欢迎这位
与云相伴
与风同行
与天地同在的老朋友
我
为这位亲切而又热盼的老朋友
为这位能给世间万物
带来生命源泉的贵宾
张开我热情而有力的双臂
三步并做两步地迎上去
仰起头对着它亲切地道一声

老朋友是你，是你来啦
欢迎啊欢迎啊
不等它做出回应
我便将它一把
紧紧地揽入怀中
在她的耳畔亲切地说
老朋友
我代表草原上勤劳的
勇敢的各族儿女
欢迎你的到来
这片神圣而原始的天边草原
会因为你的到来
而焕发出勃勃生机
北疆这道亮丽的风景线
更加亮丽，令人神往

随一群天仙入蜀（组诗）

洋浴海

蜂蝶之招，夏天的味道

四姑娘山上，拈花惹草
不曾想
竟然有招了蜂而惹了蝶
意外诗情

一字一句写不出
山前河、山后海
西去七彩措
东往小金河
西出康巴
东往阿坝

一夜风，带来清雾

朝辞汽车旅馆
夕住蓉城
写一首蜀香味
回到草原，唇上还沾着麻辣梦呓

大慈寺冬景

大慈寺门前的古树
吊住猫的尾巴
大木门转“吱吖吖”一声
夹住了魏葵[①]少年的耳朵
疑是地上霜的冬景
在小桌板上展开
大慈寺前跑过小街的眼睛
记录老成都的风味
蜀香，芙蓉
一桶水墨润染麻辣情
纸面上的汉子
吃一碗抄手[②]，出一头汗
绘出航空刊物上的飞行
收起小桌板，扎紧安全带
飞机起飞了
蓉城画家魏葵陪我回草原
水墨画中行

随一群天仙入蜀

4500年以前，雅士某某

随一群天仙打破了“少不入川”的祖训
一年而居成聚
二年长邑
三年成都
鸟落蜀都会见戴青铜面具的人

见唐僧游学，有大熊猫玩竹
西岭有千堆雪，万户千门入画
我却在电塔下思想
在铁索下呼唤，在佛门口哑言
在藏楼前低头
在大雾里隐身

地上滚过汉字，溢美而麻辣
酒坊，茶馆，角楼，草堂
丞相，锦官，雅士，诗人
芙蓉，栀子，杜鹃，熏衣
捏脚，掏耳，打牌，耍猴
天府之地吃喝不愁
背扇提笔走上江楼

随天仙，入川蜀
千年石头在那儿都会磨透
一语之下，山河依旧

密语者，深入山谷

我被设计在密语里，以不知名而名

接头时的唇言，叫一个浅色占据
展开的联络图早早传出风声
以花蕊、花粉、孢子的姿态行进

在山谷中回荡，不以鸟语分心
层次渐次地行驶
密语如涟漪，一生一灭

我已不知怎么对接，密码一样活在隐藏与阴谋中
在数字中找到摩斯密码的存活
谜底是我挠起的尾巴
让事物有好多毛绒

注：

① 魏葵：成都人，当代画家。《大慈寺冬景》为他的一幅水墨画。

② 抄手：馄饨在四川的别称。

【正宫·合欢曲】迎春归

张海霞

暮春迎，素枝萌，杏雨饶饶映笑容。煦煦和风滋大地，一年生计启新程。

感恩母亲

关荣荣

感戴凯风慈母心，
恩逾高山问苦辛。
母祈福至油灯下，
亲炙大爱永恒临。

暮 归

云 清

夕阳西下的草原，烧红了半边天
烧的嫩绿草原变成了金色
金色中滚动着归圈的牛羊
悠扬的蒙古长调叫醒了
袅袅的炊烟
暮归的牛羊蹄声
敲出了牧人的酸甜苦辣
他赶着牛羊
牧鞭声响，惊出星星
叫醒了月亮
轻掩房门，遮一篱烟霞
老伴儿早把晚饭摆上了桌
一壶奶茶
一盆手把肉再加老白干
酣畅淋漓，嚼碎了月色满地
醉成了山花烂漫

改革开放

冯崇明

改革开放的春风
吹美了山河锦绣
就像春风化甘露
滋润五千年春秋
中国智慧开创新天地
中国智造走向全世界
上九天揽月，下五洋寻宝
东风快递怒吼冲云霄
敢问苍茫大地谁主沉浮
唯我中华民族，中华民族

乡思

刘秀英

山水苍茫夜寂静
月上树梢鸟朦胧
邻鸡喔喔惊梦醒
窗前曙色还未明

举目望断天涯路
峰回路转近泉声
秋冬站岗风露冷
回首乡音路千重

我爱你，家乡的小河

刘冬梅

家乡的小河缓缓流淌
由北向南，穿过草滩
绕过农舍
像一首悠扬的歌
倾诉着哈哔日嘎的传说

那是一弯碧绿的天水哟
萦绕着牧野，潋滟粼粼碧波
姐妹们欢乐得在河边浆洗
兄弟们陶醉在无垠的碧野里

月光轻抚着恬静的村庄
花香和着清风。仿佛
月色下姑娘的羞涩

家乡的小河
像一条绿色的绸带
印记着小脚丫留下的花朵
捞蝌蚪、扑蝴蝶
捉蜻蜓、摘花果
水花飞溅起孩子们的欢乐

我爱你，家乡的小河
几代人唱不完的歌
我爱你，家乡的小河
承载着多少英雄的本色
我爱你，家乡的小河
滋润着风姿绰约的浑善达克

再 生

刘 洁

仿古的花架上竖着一盆水竹
熟知她的脾性
只在浇水时多顾着些
便是茵茵的样子

当初那一捧荒草
被悉心折去枯黄
捡出绿影
重新培入土中
洇上水
不几日就窜出新绿

十二年
花龄竟见证了一段漫漫的婚姻
多希望

还是当时的样子
花一样的新娘

言 心

王海如

芳草言寸心，
绿伴花正行。
人心包万象，
美醉天仙人！

草原春夜二首

醉　狂

一

独对凄清夜，相思入远家。
鹂声隔杨柳，星影透窗纱。
君子分帘幕，美人垂泪花。
殷殷两相望，点点白无瑕。

二

荒原夜色深，独自泪沾襟。
宇宙风吹裂，功名浪打沉。
朝来强欢笑，暮去彻悲吟。
除却多情酒，无人知我心。

铿锵玫瑰

关荣荣

芳菲传自创世纪，
血染红衣天边栽。
香风影照晨初屹，
铿锵玫瑰永恒开。

诗　恋

（仿余光中老先生《乡愁》而作）

周全孝

小时候
拥有诗的海洋
但它是我读不懂得天书
我在这头
它在那头

长大后
我和诗交成朋友
羡慕它敬重它拥戴它
可无论怎样终将是
我在句里
它在句外

现在啊

我努力地拥抱它
它却悄然离我而去
尽管人们尊我为诗人
然而
我和它仍如海峡隔岸
我在这头
它依然在那头

纠结了许多年
后来渐趋领悟
艺无止境
距离是美的结晶

荡 漾

月

春风荡漾草木心，
地阔天宽看云飞。
奶茶美酒邀明月，
万马奔腾跃神威。

哀思又到清明时

薛翠珍

杏花又要开了
满屏都是清明节的诗
那“清明时节雨纷纷，路上行人欲断魂”的诗句
翻动着多少人的哀思
三炷高香缭绕升天
仿佛诉说着隔世的情牵
千万里的归乡
跪在坟前
依稀想起老祖宗的模样
一堆黄土掩埋了
多少曾经屈指的盼望
酹酒断肠
哀思里不仅仅是念想
更有一份心底的告白在激荡

不管是曾经的背井离乡
不管是现在的衣锦还乡
更不管是默默地固守一方
心思里只想告慰先祖
希望在天之灵保佑
子子孙孙幸福安康
更想把这些年一路的奔波
满肚子的辛酸道尽
欲言又止
只期望前辈们安乐天堂
不再为后人牵肠
有些生活中的无奈还是留给自己品尝

“子欲养而亲不待”
一把清泪
共诉衷肠
更多的是告诫后人
活在当下
百善孝为先
趁父母健在
孝在当下床前奉汤
是谁写下了“死去原知万事空”的诗句
而我也总想
把清明的情思写进诗行

李爱国歌词三首

李爱国

梦回草原

梦回敖包，梦回草原
草原夕阳，夕阳亲切
牧羊额吉话语在心间
我是马背上放飞的鸿雁
啊草原，我的草原
这是我生长的摇篮，让我梦绕魂牵
青青草场牛羊遍野
岁月仿佛又回到童年

悠悠乡愁，乡愁缠绵
故乡出现，出现在眼前
毡房的炊烟直上云天
锡林河绵延守护着草原

啊草原，我的草原
这是我生长的根，我的眷恋
雄鹰展翼白云蓝天
牧人的歌声仿佛又回荡在耳边

一弯月亮

一弯月亮迷醉星光
暮色草原静谧安详
骏马踏青辽阔牧场
雄鹰掠过天的苍茫
勒勒车守望洁白毡房
美丽姑娘对月梳妆
锡林河闪耀粼粼波光
姑娘心事流水绵长
谁的影子走进她的心房
脉脉情意九曲回肠
山丹朵朵摇曳她的面庞
天籁和鸣抚琴歌唱
青青芳草浸润花香
一抹红云脸颊绽放
情歌唱给远方情郎
何时来到妹的身旁

草原聚会

毡房炊烟飘上云天
姑娘小伙围在篝火边

歌舞欢快马头琴悠扬
皓月星空凉爽的草原
草原聚会草原聚会
舞蹈骑马摔跤射箭
舞蹈骑马摔跤射箭
草原聚会草原聚会y
啊嗬哈嗨啊嗬哈嗨
放羊牧马
牧马放羊

草原聚会牧人聚会
姑娘小伙唱吧跳吧
小伙姑娘跳吧唱吧
草原主人尽情玩吧
草原聚会草原聚会
放羊牧马
牧马放羊
啊嗬哈嗨啊嗬哈嗨
唱吧跳吧
跳吧唱吧

举起银碗奶酒飘香
唱着长调婉转悠扬
我们成吉思汗的英雄儿女
长生天祝福我们地久天长
歌唱草原歌唱吉祥
歌唱牧人的幸福时光
歌唱锡林河歌唱大草原

歌唱雄鹰展翅翱翔
勒勒车碾出历史车辙
套马杆牵动岁月长河
歌唱草原歌唱吉祥
醉倒了星辰醉倒了月亮

啊嗬哈嗨啊嗬哈嗨
草原聚会
姑娘小伙唱吧跳吧
小伙姑娘尽情玩吧
草原聚会草原聚会

李爱国 笔名敕勒川、麦子，九三学社内蒙古自治区青年工作委员会委员、九三学社锡林郭勒基层委员会组宣部副部长，内蒙古自治区2016全民阅读优秀推广人，内蒙古作家协会第八届全委会委员。中华诗词学会会员，内蒙古作家协会会员，内蒙古文艺评论家协会会员，内蒙古音乐文学学会会员。著有文集《阴山雪》（2009年）。

七律·塞北白风

王平贵

白风漫卷舞唔吼，
咫尺遮风不见手。
马卧牛藏羊圈挤，
毡包没尽筑墙沟。
开门挖道取柴火，
化雪煮肉烈酒酬。
暖炕奶茶欢声语，
长调委婉曲悠悠。

梦

周志闯

我把梦抛向
草原的天空
梦变成了世界上
最纯净的蓝
宇宙的本源
我把梦抛向
无边的绿草
梦变得深远
生机盎然
我把梦抛向
九曲湾的流水
梦变得清澈甘甜
一片白帆
飘香遥远
我把梦融进

清新的空气
莹润心田
滋养万物
我让梦住进
排排高楼
梦便有了归宿
现代化的生活
新时期的思想
美丽的容颜
我把梦交给党
梦便有了方向
到达光明灿烂的彼岸
梦
并不虚幻
只要手相牵
梦
梦并不遥远
只要心相连
梦
就是齐声呐喊
梦
就是不退缩
一往无前
我站在
哈拉盖图牧场
高傲地宣布我的誓言
我要把青春
热血奉献

为了美丽的草原
为了淳朴的人民
为了我热爱的祖国
为了和谐的大自然
无怨无悔
一世情牵

博格达乌拉的夜

岩 棠

风儿，在树上睡了，
雨儿，在淖尔里眠了。
只有云儿缠绵着月儿，
像一对倦慵的爱人，
偎依着博格达峰，
呢喃着絮絮呓语。

山在退隐，
水在闪烁，
黑色的夜调和着
原野的绿，
天与地渐渐相融。
星儿抛着珠光，
如水银泻地，
轻盈的灰色，

便弥漫了辽阔和永恒。

毡房旁的马儿，
喷了个响鼻，
驱赶着笼头上的牛虻。
远处一声长嗥裂空，
那是苍狼
献给情侣的歌声。
勒勒车下，
牧羊犬尖起双耳，
谛听芨芨草丛的动静。
圈里羊群骚动起来了，
沙柳编的篱笆，
发出咔咔的哀鸣。
须臾，一切又归于阒寂，
青山依然酣睡弗醒。

草原入夜夜入梦，
梦在虚无缥缈中
跨青骢，挽雕弓，
左牵黄，右驾鹰，
追狐逐鹿疾如风。
忽见慈颜款款现，
白发飘然笑盈盈。
牛粪燃起融融火，
奶茶香过黄粱蒸。
夜的草原，
甜甜的。

草原之夜，
情浓浓。

白 雪

关荣荣

天边阴岭秀，
积雪浮云除。
城中光明曲，
飞花洗尘屋。

蒙古马

王增儒

自由奔腾是你的理想
天高地阔是驰骋的疆场
你用无所畏惧征服一切
浩浩青史留下马踏飞燕的悲壮
桀骜是你的品性
驯良源于担当
忠诚让鼠辈无地自容
勇敢无畏是你争锋的力量
孤行独来天马行空
万马怒吼翻江倒海
天生我材必有用
躬耕田野亦徜徉
心怀江河恨地窄
长嘶短鸣谁晓龙马心凄凉
追风踏浪本来的风采

行空傲视心中的期望
不知畏惧与生俱来的本色
老骥伏枥的壮怀终生担当

【中吕·山坡羊】乌拉盖草原

柴秀娥

云接绿海，风传天籁，白桦顶翠苍山盖。夏花开，蝶飞来，养心幽静桃源外。芍药谷中诗赋采，来，舒畅怀，拍，意美哉。

思　想

刘秀英

把明媚的阳光
带给每一双沉思的眼睛

穿过岁月的沧桑
清楚记得那间间营房
是知青双脚踩过的泥砌成
青春美丽的梦
清晰地刻在墙上
时间催促灯盏
把草原的明眸和故事点亮

连队各班战士围坐一圈
红宝书像海一样斟满
战天斗地的战歌豪迈粗犷
岁月老去

但不会构成遗忘

蓝天下白云静静的
草原像鹰一样滑翔
知青手中甩出一串鞭响
打痛了岁月的脊梁

兵团时光一个个多彩的画面
在心灵的底片上曝光
兵团知青深深懂得
如何将这一页历史珍藏

眼睛不是简单的一扇窗
它潜伏着一片海洋
顺着生命的时针
书写大中华的梦想

小　年

刘　洁

暮归
爆竹炸响夜的梦
烟花将年味熏起
脚下生了风
忽又戛然
腊月二十三
糖瓜粘
想想孩子被糖瓜粘住的样子
转道疾走
不觉间
已被人流裹挟进一场红火的盛宴

镂空的记忆

紫 藤

是谁捧起了那一束马兰
让你在诗行中流连
是谁剪下了那一串榆钱
让你在细雨中缠绵
又是谁采了那一捧蘑菇
让你在晨曦中欣然

是那一双小手
那双无力挣扎摇摆的小手
幼嫩的声音在马蹄踏起的尘土中扩散
凝固的羊角辫站立屋檐

翻开夜的扉页
混沌的时光里
隐约又浮现了那张笑脸

叩门上系着的口哨吹不醒童年
后脑留着的发舅淡化不了从前
瞪着的圆眼无法找回那屈指的流年

落尘的炕沿堆积思绪万千
裂缝的土墙有谁再去美颜
一窝鸟蛋成了挂在树上的遥远

半个世纪
思绪依然无法剪断
缘分
是隔世离空
还是离空隔世

晖

月

夕阳余晖，
香风馥馥。
浴尽秋黄，
朝朝暮暮。

瑞雪兆丰年

王海如

2018年的冬天，
是一个前所未有不见雪的冬天，
是一个沉浸在暖冬之中的冬天。
太阳悄悄地下到山的那一面，
夜静静地拉下了帷幕。
三月的天，
还留有冬的寒意，
漫步在路灯下的夜色之中，
空旷的原野更增添了几分清净。
拽了拽衣领，
伴随路灯拉长的身影，
默默地向路的前方走着。
路上行人寥寥无几，
脸上掠过阵阵冷风，
不由得抬起头仰视，

无意间闯入眼帘的奇景，
令我震撼。
雪，是飞扬的雪花，
是2018冬天迟来的雪。
这雪来得太突然了，
太无声无息了，
我喃喃自语。
放眼看去，
视线里的雪，
在灯光下纷纷扬扬，
一种切身的朦胧笼罩着我，
我的心仿佛被雪柔化，
从未有过的心情在瞬间升华。
瑞雪兆丰年，
这是众所周知的期望，
脚下的感觉越来越软绵绵，
我好像陷入茫茫的雪海之中，
回头看走过的路，
那里留下春天与冬天交接的足迹。
不用去遐想，
次日的阳光谱照大地，
冰雪融化，
万物苏醒，
这既是一场送冬的雪，
又是一场迎春的雨。
春回大地暖，
小草含羞露尖尖，
羊欢马炸去踏青，

瑞雪迎来美好的春，
同时兆着丰收的年。

布林泉

石玉宝

楼宇回廊绿涌波，
白云飘处唱新歌。
布林泉水来何处，
不见高山与大河。

魂牵梦绕大草原

——心中的乌拉盖

刘凤岐

我的心中有个梦，
魂牵梦绕大草原。
我的心中有段情，
情丝万缕在兵团。
我的心中有首诗，
历历往事字行间。
我的心中有支歌，
低回婉转泪涟涟。
蹉跎岁月随风去，
青春永驻百花间。

九月九的酒

关荣荣

我的诗歌嫣红了九月的暖阳
目标只有一个
道路行走，敲响了久扣的门环

我的诗歌沉醉了思乡的心曲
目的只有一个
万家灯火永享安康

目标与目的只有一个
那是永恒的生日，写在我的诗行里

草原，九月九的酒
回归，回归
如大批军队

草原，九月九的酒，且欢呼且凯歌

草原，九月九的酒，背上重阳登着望月的高楼

在家乡的门口

抿上父备的庆功酒

菩萨蛮・天边夕照

赵立武

天边薄暮斜晖映，
霞光一片迷人景。
暮色染长空，
诗情画意浓。

黄昏平野醉，
夕照无穷媚。
落日挽余晖，
彩云天际归。

七绝三首

常　胜

红军崖

红军崖下泉如泪，鬼子山前咬碎牙。
旧恨新仇燃烈焰，采石砺刃斩冤家。

赛　马

奋蹄神骏离弦箭，鼓乐催征动草原。
一阵红云无影迹，瞬时立马奖台前。

乌拉盖水库

碧山环绕溢清波，众鸟欢腾远客多。
霞色盈湖堆码瑙，小舟向晚载渔歌。

五律·赞乌拉盖

陈耀全

感悟时光远，
须臾六十年。
云飘花海美，
霞蔚柳林妍。
夏日羔羊嫩，
金秋小麦鲜。
明珠乌拉盖，
镶嵌在天边。

爱 月亮作证

——敖包相会姐妹篇

冯崇明

今天的月亮为什么这么圆
那是敖包又相见
为什么姑娘笑开颜
那是甘露润心田
天上的小星星眨着小眼睛
它会告诉你什么是真情
嫦娥拂袖舞翩跹
吴刚把酒问青天
今天的月亮为什么这么圆
是不是敖包又相见

圆圆的月亮对着你微笑
它会告诉你什么是真爱
不需你山盟海誓
只要你一颗真心

有情人相爱到永远
每天的月亮都会这么圆

美丽的姑娘红红的脸
勇敢的小伙子敞开了心田
爱，月亮为你做证，爱到永远永远
爱，草原也为你做证，爱到海枯石烂
把一生交给爱自己的人
情不变，爱永恒，心相依，共缠绵
幸福的日子千年万年，千年万年

春 醒

大 地

夜雨催花香自溢，
春风拂面神相怡。
山清水秀天更蓝，
幸福生活人欣喜。

阳春三月

鄂尔虎

推开三月的窗
期待的一场春雨如期而至
淅淅沥沥的细雨轻轻地、细细地拂过
将昔时的梦润泽得湿漉漉的
轻盈而朦胧，滋润着这心儿都好似泛起亮晶晶的嫩绿

烟雨蒙蒙，杏花妩媚
美了一场浪漫的邂逅
惊鸿一瞥
是蕾儿一往情深脉脉含着雨珠，还是雨珠依依不舍噙着蕾儿
好想，好想，随着这春天的气息
沉浸在三月杏花春雨的梦里，只愿花未谢，雨未消
让生命流动的色彩在明媚的春色里徜徉

捡拾光阴的碎片

总有一段风景
就像一树花开、一场雨落，纵使万般留恋，再也无法回头找寻
掬起流年的芬芳，斟一杯最美
一路扬尘，打马下一道驿站
还自己一个春暖花开，在春雨呢喃声里，在那抹杏花疏影中
再次
走进阳春三月

望海潮·天堂草原

刘彩霞

水萦萱草，风翻花浪，锡林俏立诗乡。烟隐顶山，星垂九曲，柳兰点泛微光。醉赏类天堂。看桦林翠染，灵鸟高飏。数朵流云，正毡包一侧徜徉。

南风遍入辽疆。感明晖沐我，奋力图强。楼结碧空，车分霁野，青原又扮新妆。歌者正抛腔。多少游客至，景点繁忙。最是祥云卷处，机翼剪天长。

蒙古马飞驰在天边

原 野

蓝天衔接着锡林郭勒草原美
春风拂过又吹绿了神奇草原
山坡上迎来了红山丹飘香万里
绿茵衬托着红色花蕾微风摇曳
夜草壮肥了生龙活虎的蒙古马
鞭儿甩开了千层雾
四蹄踏空飞跃显雄风
万马奔腾气势恢宏引发美景八骏图

重阳秋语

月

重阳载魅来，
朝霞行异彩。
艳阳照云头，
金波聚万籁。

七月，草原

牧羊人

七月走进了草原
草原拥抱了七月
草原以一泻千里的广阔
接纳了这个多情的季节

那弯湖水在湛蓝中骚动
那天空在无垠中辽远
牧人策马甩响了鞭
蒸腾起毡房缕缕的炊烟

无名的野花迎着微风初绽
露珠儿滚动在草叶间
多梦的牧马少年
轻声吟唱这片草原

你听，你听
山雀温婉，百灵啼转
湖水淙淙潺潺
揉进七月的梦魇

你看，你看
贡宝拉格山下
额吉淖边
飞来了一群群的鸿雁
勒勒车的辙畔
又怒放了一丛醉人的山丹

归来了，七月和你的草原
耐不住的思念
你的湖水，峰峦
你的白云，蓝天
你荡起的袅袅炊烟
都将用心写进我的诗篇
只是将这个秋色平分
一半留给生活
一半写进诗行

敖包情深

王志成

拾阶而上，敖包就在眼前
与友同行，深情厚谊尽在无言
望不尽连绵的草原
放飞的是牧人的期望
展现的是草原的凄凉
曾无垠的草原
不堪回首
虔诚的心拜祭先人
愿草原天路幸福快乐
愿草原人民永生安康
敖包相会
望苍天
祈愿风调雨顺
降甘露于草原

我是你的羊皮鼓

李慧兰

走过草地
腹内只剩花草的残渣
我的肉
在你大餐之后
也总难填满你的欲望
还有我的骨头
即使古老成化石
也不足以考古

只是
我还有一张皮
一张经过四季烘焙
经过风雨抻拉的皮
请你用这张皮
去蒙一面鼓

把我的灵魂牢牢钉在鼓桶之上
你不敲我我不响

静静的色也勒吉河

殷继红

一

茫茫的大兴安岭，
苍翠的宝格达乌拉。
祖国北疆的一道风景，
塞外草原的沃土一方。
广袤草原的一枚碧玉啊，
色也勒吉河流淌着温馨乐章。
那闪闪发亮的潺潺河水啊，
带着几千年的历史底蕴，
诉说着蒙古高原的沧桑。
由宝格达南麓启程，
和乌拉盖河并肩行进，
情侣般一路挽手欢唱。
众多儿女相依相随啊，

六条河水合奏草海华章。

二

色也勒吉河浸润的乌拉盖草地，
50亿产值绽放着百花芳香。
西门塔尔奶牛肥胖着财富，
万顷麦浪滚动着世纪的梦想。
牧人之家迎接着八方宾客，
牛羊悠闲在草海徜徉。
贺斯格乌拉湿地水禽繁衍，
狼图腾山地影视亮相。
游牧民族驰骋的沃野啊，
兵团战士护卫建设的北疆。
现代化建设又有新起点啊，
乌拉盖儿女敢问路在何方！
工业化建设开基业啊，
生态文明永保绿色屏障。

五律·春耕

张海霞

晨莺啼正脆，
暖旭出新晴。
马达田间起，
耧铃耳际萦。
梦随春籽洒，
人在画屏行。
盼得逢时雨，
催芽希望萌。

草原的月亮

关荣荣

夜空
月亮上长满了鲜花
在你居住的地方
亮起颗颗启明星
守望着家园

月光
在黑暗中照亮
悬挂在高处的火焰
歌唱着平安
分享着喜乐

月亮
如此皎洁，如此宽容，如此神奇
我期盼地望着被血染红的天空
在天边写下你的名字——草原的月亮

早春的草

云　清

远眺
茫茫起伏的草原
还是灰褐颜色
枳机草
在风中摇摇摆摆
近看，却有
不一样的颜色
草根藏着绿
绿草尖尖，向上
挺拔
稚嫩的草芽啊
不畏初春高原
猎猎的风
释放着一个冬天的
委屈

顽强地伸展
羊群在头羊带领下
跑青
享受着绿草芽的
诱惑
望着此景，感慨
生命的轮回
朦胧中回到梦里
把我闪耀在心中的种子
全部撒落在这片草原

草原抒怀

醉 狂

君不见，
风吹青草碧于天，
一浪涌在一浪前。
君不见，
我披朝霞上西山，
支手千里金阙开。
朝阳照我影，
似醉还非醒。
醒醉却如何，
天高终有顶。
茵茵多雄壮，
凛凛穷孤独。
攀登几大道，
我却不得出。
夕来过一峰，

皓月即当空。
明月照我影，
斜斜玉湖中。
声声鸟哀啼，
点点露儿稀。
何此清冷夜，
明月又向西。
黯然归小楼，
把酒再浇愁。
孤灯照我影，
相视双泪流。
不知明日多少愁，
为我留，不能休。
唯凭一壶酒，
笑看风云五十洲。

骑着马儿看草原

冯崇明

琴声长长草原多吉祥
歌声悠扬醉你我心房
骑着马儿看草原
看看草原的美丽风光
天是那么的蓝
就像大海的蓝
云是那么的白
就像是一朵朵洁白的雪莲花

琴声长长草原美如画
歌声悠扬唱美我家乡
骑着马儿看草原
看看草原处处新气象
清清的溪水长
花儿香，蝶儿忙

美丽的草原姑娘
唱着情歌在牧羊心中想情郎

骑着马儿看草原
一边走一边看美景看不完
一边走一边看最美草原在天边
骑着马儿看草原
一边走一边看锡林郭勒大草原
一边走一边看
陶醉在心田
陶醉在心田

春天的晨雾

刘秀英

流逝的岁月
像春天的晨雾
淹没了年少走过的路
连队战友天各一方
转眼近五十个春夏秋冬
哪儿
哪儿还有连队当初的小屋
漂泊太远
岁月太久
思绪随风飘过群山
山的手臂请将绿荫留住
让我在绿荫下做一个故乡草原的梦
梦中再响起兵团岁月青春的脚步
时光荏苒永不重复
只有初心永在心海存驻

心 愿

王海如

牵着你的手，
伴你一路行。
送你一颗星，
照亮你行程。
路路洒满爱，
步步见爱心。
期盼你长大，
挽着我前行。

告别家乡草原

云　清

看一眼我的草原，眷恋不舍
才发现我的灵魂已经融入了
群山草原河流
而且辽阔得无边无际
喊一嗓子
我爱你草原
久久回荡盘旋的声音
失去了疆界
看一眼草原才知道
最后告别不了的
是被蓝天、白云、纯净草原
洗涤的心
是装满单纯、鲜花、阳光
欢乐的心
广福寺的钟声回响久远

喇嘛诵经的经文带来时间的宁静
风扯着诵经，吹遍了一草一木
在我的心中响起久远的回音，荡涤灵魂
温暖、沉静、宽广
蓝天白云与草原相接
万物相融，天地合一
再看一眼我的美丽草原
装在心里，把它带走

走进乌拉盖（组章）

苏 和

天边的草原，很大，永远也走不到边际。
乌拉盖，很小，像一枚徽章，佩戴在胸前。

谁说这不是诗人们，一次初心的萌动。在
诗人的目光里，乌拉盖草原端庄矜持起来。墨
绿色的草地，听得见微风猫行的脚步声，烂漫
的花枝，在草丛中探头探脑。

蝴蝶扇动着缤纷的翅膀，引诱采风的诗人们
忘却回家的路。百灵在远方集结着，把草地一
块块抬起来，又放下。

那些无名的小黄花，还没来得及收起春天的
尾巴。乌拉盖敞开胸怀，唱着乌珠穆沁长调，把
蓝天一般的祝福，挂在远方客人的肩上。

乌拉盖水库里的苇荡

风儿引着麻鸭子一次次潜伏进芦苇荡，就在目光纠葛时，一行点点小的麻鸭，推起一轮轮波纹。乌拉盖水库，湖岸更加辽阔。

猛然间鹰隼从天而降，叼走了一只小麻鸭。悲悯的鸣叫在湖面上摇晃。
又有几棵芦苇花，白了头。
不知道芦苇荡，该有多强的气定神闲，才能稳稳坐落在乌拉盖水库的小岛上。

后 记

在锡林郭勒盟乌拉盖管理区党工委、管委会及宣传部大力指导和支持下，《天边草原文学作品集》终于付梓与读者见面了。该书从征稿到出版历时两年，共收集文学作品近130万字，分上、中、下三册。

“文化兴国运兴，文化强民族强。”本书所辑作品基本上反映了乌拉盖文学创作的成就和水平。该书上册以小说、报告文学为主，描述了这片草原哺育了几代人的故事；中册以散文、凡人善举为主，记录了乌拉盖的发展历程，让读者感受草原发展的不平凡；下册以诗歌为主，深情赞美了这片草原。这些文学作品大部分由本土文学会员和文学爱好者创作。此外，还收录了部分区外作者的作品。作品选材广泛，文风朴实，无论是写人记事，还是状物抒情，都渗透着浓烈的情感体验，描绘出一幅绚丽多彩的天边草原风光，建构起乌拉盖草原纸上故乡的文化画卷，是透视乌拉盖风土人情的一扇窗，表现了草原儿女对伟大祖国的热爱，对新时代幸福生活的向往和礼赞！

《天边草原文学作品集》的出版，得到了乌拉盖管理区党工委、管委会及党工委宣传部的大力支持， 同时也得到了周边旗、县、市广大文学爱好者的支持。内蒙古作家协会副主席敕勒川、远方出版社原副社长周承英、远方出版社社科文艺编辑部主任云高娃、本书责任编辑蔺洁等对本书的编印给了很好的建议和指导。乌拉盖文学会会长、本书主编叶振亚付出了辛勤的汗水。在此，一并对他们的支持和辛勤劳动深深地致以敬意。

限于作者水平和编者的经验，本书不足之处颇多，恳请广大读者批评指正。

编委会

2019年9月16日